ANDRE SCHACHT

Kreuzblume

Buch

Nach jahrhundertelanger Baupause soll nun, an der Schwelle des 19. Jahrhunderts, der Kölner Dom endlich vollendet werden. Antonia, die in den Wirren der napoleonischen Kriege aufgewachsen ist, erfährt, dass ihr Leben und das jener Menschen, die ihr nahe stehen, eng mit den mittelalterlichen Bauplänen des Doms verbunden ist. Doch die sind seit ihrer Geburt verschwunden ... Unerschrocken und mutig wagt sich Antonia in einen Klüngel aus Intrigen und Gefahr, bis sie die Pläne wiederentdeckt – und die Liebe ihres Lebens findet.

Autorin

Andrea Schacht war lange Zeit als Wirtschaftsingenieurin in der Industrie und als Unternehmensberaterin tätig, hat dann aber dem seit ihrer Jugend gehegten Wunsch nachgegeben, Schriftstellerin zu werden. Sie lebt heute als freie Autorin mit ihrem Mann und ihren zwei Katzen in der Nähe von Bonn.

ANDREA SCHACHT

Kreuzblume

Historischer Roman

blanvalet

Verlagsgruppe Random House FSC® N001967

1. Auflage
November 2016 bei Blanvalet, einem Unternehmen
der Verlagsgruppe Random House GmbH,
Neumarkter Str. 28, 81673 München

Redaktion: Dr. Rainer Schöttle
Umschlaggestaltung und -motiv: © Johannes Wiebel | punchdesign,
unter Verwendung von Motiven von
Richard Jenkins Photography und Shutterstock.com
HK · Herstellung: wag
Druck und Einband: GGP Media GmbH, Pößneck
Printed in Germany
ISBN: 978-3-7341-0387-2

www.blanvalet.de

ERSTER TEIL

Toni, der Trossbub

1790–1807

Es bildet ein Talent sich in der Stille,
sich ein Charakter in dem Strom der Zeit.

Goethe

Der Plan des Meisters

Der hohe Dom zu Köln!
Der Meister, der's entwarf,
Baut' es nicht aus und starb;
Niemand mocht' sich getraun
Seitdem ihn auszubaun,
Den hohen Dom zu Köln!

Der Dom zu Köln, Rückert

»Schon wieder Wasserspeier«, maulte Johannes und sah seinen Vater, den Dombaumeister Arnold, trotzig an. »Wasserspeier und Laubfriese und Laubfriese und Wasserspeier. Sie wiederholen sich ständig. Das muss man doch nicht in jeder Einzelheit zeichnen?«

Meister Arnold, ein behäbiger Mann in einem abgewetzten Lederwams, dem man den ständigen Aufenthalt auf der Baustelle ansah, erklärte seinem Sohn geduldig: »Nein, wir Bauleute brauchen nur eine Werkzeichnung, mein Junge. Wir wissen ja, nach welchem Prinzip das große Werk errichtet wird. Aber dieser Plan«, er wies auf die vielen zusammengehefteten Pergamente hin, die auf dem Tisch in der Dombauhütte ausgebreitet lagen, »dient ja nicht den Baumeistern und Maurern zur Hilfe, sondern soll den geringeren Geistern einen Eindruck vermitteln, wie gewaltig einst die Kathedrale wirken wird. Sie, die von den Gesetzen der Harmonie, die der Geometria innewohnen, nichts verstehen, benötigen einen Gesamteindruck der Fassade und der beiden Türme.«

Er stach den Zirkel in das Pergament, um die Grundlinie für einen Vierpass im Maßwerk eines Fensters zu ziehen. Sein Sohn gab ein belustigtes Schnauben von sich. Despektierliche Äußerungen bekam er häufiger von dem Dombaumeister zu hören.

»So haltet Ihr die Domherren für geringe Geister, Herr Vater?«

»An Erkenntnis wohl, nicht an Geschäftstüchtigkeit. Das Domkapitel will etwas zum Vorzeigen haben, wenn sie um Spenden für den Bau bitten. Wir, Johannes, wollen den Dom bauen. Also widmest du dich weiter Wasserspeiern und Laubfriesen.«

»Aber wenigstens eine der beiden Kreuzblumen lasst Ihr mich zeichnen, Herr Vater. Bitte!«

»Na gut, eine der Kreuzblumen! Aber bedenke, mein Junge, der Bau ist ein Werk, das über viele Generationen hinweg erst vollendet wird. Wir beide werden es nicht mehr erleben, dass sie ihren Platz auf dem Turmhelm finden.«

Wie lange es wirklich dauern würde, ahnten weder Meister Arnold noch sein Sohn, der später sein Nachfolger werden sollte.

Der Fassadenriss der beiden Türme aber diente immer wieder genau dem Zweck, zu dem er so sorgfältig auf dauerhaftes Pergament gezeichnet wurde. Allerdings gab es eine Zeit, da verschwand dieser wunderbare Plan aus der Geschichte. Erst ein geradezu unwahrscheinlicher Zufall brachte ihn zum rechten Zeitpunkt wieder ans Licht und ließ ihn in die richtigen Hände gelangen.

Pulverdampf

Wenn meine Mutter hexen könnt',
Da müßt' sie mit dem Regiment,
Nach Frankreich, überall mit hin,
Und wär' die Marketenderin.

Volkslied

Antonias erste Eindrücke von der Welt bestanden aus Wärme, dem Geruch von Kohlsuppe, dem Geschmack von Honigmilch, den weichen Strichen einer Bürste, mit der ihre blonden Locken entwirrt wurden, dem leisen, liebevollen Summen ihrer Mutter, wenn sie an ihrem Bettchen saß, und dem rauen, polternden Lachen ihres Vaters, der sie oft genug fröhlich durch die Luft schwenkte. Sie war ein glückliches Kind, und einzig ihre beiden älteren Brüder bereiteten ihr gelegentlich Verdruss. Nicht weil sie hässlich zu ihr gewesen wären, sondern weil sie noch nicht an ihren aufregenden Spielen teilnehmen konnte. Noch waren ihre Beine zu kurz, um mit ihnen im Paradeschritt mitzuhalten, wenn sie mit ihren Holzgewehren auf und ab marschierten oder sich wilde Gefechte mit den anderen Gassenbuben lieferten. Zum Trost nahm die Mutter sie an schönen Sommertagen mit auf den Markt, wo sie hinter dem Stand in einem Laufställchen spielen, von den süßen Beeren naschen oder gar an einem Orangenschnitz lutschen durfte. Sie liebte die Geschäftigkeit, das Feilschen und gutmütige Schimpfen, die streunenden Hunde, den Werber mit seiner Trommel, der den jungen Männern eine ruhmvolle Soldatenkarriere versprach, die kichernden Wäschermädchen mit ihren schweren Körben, die Pferdefuhrwerke, die vorbeirumpelten. Weniger liebte sie die hübschen Kleidchen, in die ihre Mutter sie steckte, und die bunten Schleifen in ihrem Haar, oder wenn die anderen Frauen sie ein niedliches Püppchen nannten und ihr über den Kopf strichen. Zum beständigen Leidwesen der Mutter hatte sie immer wieder Flecken auf dem Rock, baumelten die Haarbänder gleich wieder unordentlich an ihren Zöpfchen, und meist war ihr Gesicht mit irgendetwas verschmiert.

Die Schelte fiel nie besonders ernsthaft aus. Zu sehr liebte Elisabeth, die Marktfrau, ihre kleine Tochter – ihr Wunschkind.

Auch Wilhelm, der Vater, war ihr auf das Innigste zugetan, und Antonia erwiderte diese Liebe. Er war ein ansehnliches Mannsbild in seinem roten Rock mit den weißen Aufschlägen, den engen Lederhosen und schwarzen Gamaschen. Schnell hatte sie gelernt, dass er zu den »Roten Funken« gehörte, den Stadtsoldaten, deren Aufgabe es war, in den Türmen an den Toren der Mauer zu wachen, damit nichts Böses oder Fremdes von draußen in die Stadt eindrang.

Ihre Welt war heil und überwiegend sonnig – bis kurz vor ihrem vierten Geburtstag. An einem Nachmittag im September fand sie ihre Mutter weinend in der Stube sitzen. Jupp und Franz, die neunjährigen Zwillinge, jedoch starrten mit aufgeregtem Glitzern in den Augen den Vater an, der seine Hand auf Elisabeths Schulter gelegt hatte.

»Ich will dich auch nicht verlassen, Elisabeth, aber wir sind nach Mainz abkommandiert, um uns dort dem kaiserlichen Heer anzuschließen. Die Franzosen rücken näher, und Köln ist nicht zu halten.«

»Aber was wird aus mir und den Kindern, Wilhelm, wenn die Franzosen die Stadt besetzen?«

Ihr Vater sah ebenfalls unglücklich drein, fand Antonia, als er seinen Blick über sie und die beiden Jungen schweifen ließ.

»Es wird keine Kämpfe geben«, versuchte er ihr zu versichern.

»Nein, aber Plünderungen und Schlimmeres.«

Antonia verstand nicht, was ihre Eltern bedrückte, aber eines war auch ihr ganz klar – etwas Entscheidendes war geschehen, und nichts würde mehr so sein, wie es einmal war.

Einige Tage später spürte sie am eigenen Leib die Auswirkungen, und es wäre unwahr zu behaupten, dass sie sich darüber grämte, als ihre Mutter ihre Zöpfe abschnitt und ihr Jungenkleider anzog, obwohl sie dabei Tränen in den Augen hatte.

»Du bist nun unser dritter Sohn, Toni«, sagte Elisabeth und nahm ihre Tochter zwischen die Knie. »Das wird besser sein und weniger Probleme bereiten. Ein rechter Wildfang bist du ja schon.«

»Warum, Mama?«

»Weil wir mit Papa mitziehen werden. In einem zweispännigen Wagen. Wir werden in einem Zelt wohnen, dort, wo er Lager macht, und ich werde meine Waren an die Soldaten verkaufen. Ich habe eine Lizenz als Marketenderin bekommen.«

»Wird das wie ein Ausflug sein?«

»Ja, so etwas Ähnliches. Nur wird es wohl ein wenig länger dauern, als unsere kleinen Reisen nach Deutz hinüber.«

»Aber wir kommen zurück, ja?«

»Ja, wir kommen zurück.«

»Bald?«

»Kind, das weiß ich nicht.«

»Du bist traurig deswegen.«

»Ja, Toni. Ich bin traurig. Ich liebe diese Stadt, und ich verlasse sie nicht gerne. Aber ich liebe deinen Papa weit mehr, und darum gehen wir mit ihm.«

»Darf ich ein Schießgewehr haben, wie Jupp und Franz?«

»Nein. Aber du sollst jetzt eine heiße Honigmilch bekommen.«

Das tröstete Antonia – von nun an für lange Jahre Toni – über vieles hinweg.

Am 5. Oktober 1794 verließen die Stadtsoldaten Köln und wurden zur »Kaiserlich-Königlich Stadt-Köllnischen Kreis Contingent Division«.

Bevor der schwere Marketenderwagen aus dem Stadttor rollte, sah Toni sich noch einmal um und nahm Abschied von dem riesigen, düsteren Gebilde, das dort, seit sie denken konnte, am Rhein kauerte, und das sie immer mit einer Mischung aus Ehrfurcht und Grauen betrachtet hatte. Der hohe Dom zu Köln stellte wahrhaftig keinen schönen Anblick dar.

Die Reise hingegen bereitete ihr Vergnügen. Noch war das Herbstwetter angenehm, die Sonne wärmte sie, Äpfel hingen an den Bäumen, süße Trauben reiften im Überfluss. Die Soldaten, die mit ihnen zogen, waren übermütiger Laune. Zumindest Pitter Stammel und Stephan Schäfer, die oft neben ihrem Wagen marschierten. Sie waren mit sechzehn und siebzehn die jüngsten Mitglieder der Truppe, und die mütterliche Elisabeth fühlte sich berufen, ihnen ihre besondere Fürsorge angedeihen zu lassen – sehr zur Freude ihrer Kinder. Denn Pitter war der Regimentspfeifer und Stephan der Tambour. Trommeln und fröhliche Liedchen begleiteten sie auf dem Weg nach Süden.

Aber dann wurde das Wetter schlechter und die Lager unbequemer. Sie erreichten in jenem bitterkalten Winter die Festung Mainz, die von den Franzosen belagert wurde. Doch die Waffen ruhten, denn der Rhein war zugefroren, und die Armeen – die österreichische und die französische, lagen in ihren Quartieren. Schreckliche Gerüchte erreichten die eintreffenden Kölner. Im belagerten Mainz grassierten Krankheit und Hunger, der Typhus forderte seine Opfer, und hin und wieder zogen Wagen mit jämmerlich aussehenden Kranken an ihnen vorbei. Dann, am 15. Februar, ereilte schließlich Corporal Wilhelm Dahmen der Befehl, mit seinen Männern über den Rhein zu setzen und den Mainzern Verstärkung zu bringen.

Toni litt unter Frostbeulen und lernte erstmals in ihrem Leben Hunger kennen. Ihre Mutter war nur noch selten fröhlich, und auch als der Frühling endlich anbrach, blieb sie bedrückt. Hin und wieder nur erhielten sie kleine Botschaften aus der belagerten Stadt, aber wenigstens schienen Wilhelm, Peter und Stephan zu überleben. Ihre Zeit verbrachte Elisabeth damit, immer neue Versorgungsquellen zu erkunden, und oft nahm sie Toni auf ihre Streifzüge über das Land mit. Erst im Sommer besserte sich die Lage, das Essen wurde reichhaltiger und abwechslungsreicher, die Krankheiten gingen zurück.

Im Oktober erlebte Toni ihre erste Schlacht. Von Weitem natürlich, denn ihr Lager befand sich außerhalb der Kampflinien. Österreichische Truppen stürmten Mainz, und die Franzosen flohen. Der Geruch von Pulver und Brand wehte zu ihnen, und die aufpeitschende Musik der Spielleute vermischte sich mit den Schüssen und dem Schreien der Männer. Es dauerte einen halben

Tag, dann brachten sie Wilhelm auf einer Trage zum Marketenderzelt zurück, und Toni sah ihre Mutter blass werden. Er hatte eine Schusswunde in der linken Schulter erhalten, und der Feldscher wollte ihn, nachdem er die Kugel entfernt hatte, ins Lazarett einweisen. Elisabeth, inzwischen gut vertraut mit den unsäglichen Zuständen dort, fuhr ihn an wie eine Tigerin. Einige Tage später ließen sie sich in einem Dorf auf hessischem Gebiet nieder, wo sie eine kleine Kate bezogen. Hier pflegte Elisabeth ihren Mann gesund.

Toni lernte Verbände wickeln, den Geruch von Krankheit, Blut, Eiter und Fieberschweiß ertragen, half ihrem Vater, Suppe zu löffeln und seine Kissen zu richten. Mit Elisabeth lernte sie beten. Vor allem zur heiligen Ursula, von der ihre Mutter ein kleines Bildchen besaß. Eine eigenwillige Frömmigkeit wurde ihr damit beigebracht. Bestimmte Gebete kannte sie inzwischen auswendig, plapperte sie nach und glaubte fest daran, damit die Heilige bewegen zu können, ihren Vater zu heilen. Ob es nun diese Bitten waren oder die Natur ihren Lauf nahm – Wilhelm genas langsam, und als es ihm besser ging, brachte er Toni das Stricken bei. Im Juni des nächsten Jahres war er so weit gesundet, dass er wieder seinen Dienst antreten konnte.

Elisabeth befüllte ihren Marketenderwagen und zog mit Mann und Kindern Richtung Mainz, das aufs Neue umkämpft wurde. Tonis Erinnerungen an diese Zeit wurden für immer beherrscht von dem Geruch nach beißendem Pulverdampf, Pferden, Schweiß und Blut. Raue Stimmen, die Befehle brüllten oder vor Schmerzen schrien, Trommeln und Pfeifen, die zum Kampf riefen, manchmal wilder Gesang und das Wiehern der Pferde. Geschützfeuer konnte sie von Gewehrsalven unterscheiden, Mörser von Kanonen. Jupp und Franz, jetzt alt genug, um sich nützlich zu machen, waren Pferdeburschen geworden und gebärdeten sich, wenn sie denn gelegentlich bei Elisabeth vorbeikamen, wie harte Männer. Toni wäre ihnen gerne gefolgt, aber ihre Mutter hatte es ihr strikt verboten. So half sie ihr beim Zubereiten der Mahlzeiten, strickte Strümpfe und schnappte von den anderen Lagerbewohnern die seltsamsten Kenntnisse auf. Häufig begegneten sie Emigranten aus Frankreich, die vor der Revolution geflohen waren und nun auf Seiten der Österreicher und Deutschen kämpften. Ihre Sprache lernte sie genauso leicht wie die Grundlagen des Rechnens und des Feilschens. Lesen brachte ihr Elisabeth anhand eines kleinen Breviers mit Heiligengeschichten bei, und als Toni auch diese Kunst bewältig hatte, war sie beständig auf der Suche nach Lektüre.

Im Grunde war ihr Leben von ständiger Unsicherheit geprägt, von Gefahren und Not, von Gewalt und Kampf um sie herum, und dennoch gelang es ihrer Mutter – und ihrem Vater, wann immer er Zeit für sie erübrigen konnte –, ihr einen festen Halt in dieser chaotischen, von Aufruhr und Umsturz bestimmten Zeit zu geben. Ihre wichtigste Erfahrung aus der wirren Welt ihrer Kindheit war die, dass man aus jeder noch so verfahrenen Situation etwas machen konnte – wenn man es nur wollte.

Der Mann am Pranger

Ah! ça ira, ça ira, ça ira!
Les aristocrates à la lanterne.
Lied der französischen Revolution

Er hatte seinen Blick dem Dom zugewandt, aber er sah ihn nicht. Höllisch schmerzte ihn die linke Schulter, in die ihm der Scharfrichter das glühende F gebrannt hatte. Die Arme hatten sie ihm hinten um den Pfahl geschlossen, und weitere drei Stunden musste er nun noch auf dem Prangergerüst ausharren. Dabei konnte er von Glück sagen, dass er sich nicht allzu viele Feinde gemacht hatte. Bisher war niemand auf die Idee gekommen, ihn mit stinkendem Unrat zu bewerfen. Nur mitleidige Blicke oder höhnische Bemerkungen hatte er zu hören bekommen. Vor allem seine ehemaligen Kommilitonen ließen es sich nicht nehmen, an ihm vorbeizuflanieren.

Cornelius versuchte, sie zu ignorieren. Er war sich seiner Schande nur zu bewusst. Vor drei Jahren hatte man ihn der Universität verwiesen. Er hatte den Fehler begangen, sich mit der Frau eines Professors einzulassen. Es war entdeckt worden, und mit seiner trotzigen Haltung machte er alles nur schlimmer. Doch war er nicht unglücklich gewesen, das Studium aufgeben zu müssen. Der Theologie, so hatte sein Vater verlangt, sollte er sich widmen, um der Familientradition folgend die geistliche Laufbahn einzuschlagen. Aber weder fühlte Cornelius sich zur Religion hingezogen noch zu den kirchlichen Ämtern. Obwohl sie einem jüngeren Sohn gewisse Annehmlichkeiten verschafften. Die Revolution, die Frankreich erschütterte und nun ihre Wirkung auch in Köln entfaltete, hatte indessen sowieso alles geändert. Die Geistlichkeit war ihrer reichen Pfründe verlustig gegangen, sie erhielten keine Sonderrechte mehr, keine lukrativen Anstellungen. Ja, es war sogar verboten, die Religion öffentlich zu praktizieren.

Dennoch ergab sich ein großer Nachteil aus dem Abbruch seiner akademischen Ausbildung, denn er hatte damit den Zorn seines Vaters auf sich gezogen. Der strich ihm seine Apanage und wies ihn kurz und bündig an, er möge gefälligst selbst für seinen Unterhalt sorgen. Das wäre vermutlich nicht allzu unbequem gewesen, hätte doch sein Pate, Hermann von Waldegg, sogar ein gewisses Verständnis für sein Handeln aufbringen können und ihn weiterhin unterstützt. Nur – der Domkapitular weilte zu jener Zeit zusammen mit der hohen Geistlichkeit in Arnsberg, wohin die Domschätze kurz vor dem Einmarsch der Franzosen verbracht worden waren, um sie vor den erwarteten Plünderungen zu schützen. Cornelius fand sich mit zwanzig Jahren auf sich selbst gestellt. Findig wie er war, tat sich ihm ein Weg auf, diese Selbstständigkeit auszubauen – leider einer, der ihn ins Unglück führte. Durch Vermittlung eines Freundes begann er eine Lehre als Buchdrucker bei dem Verlag Lumscher auf dem Heumarkt. Daran fand er sogar Gefallen, vor allem die Holz- und Kupferdruck-Technik hatte es ihm angetan. Doch der Lohn, den er als Lehrling, später als Geselle erhielt, war mehr als dürftig und nicht dazu angetan, ihm seinen gewohnten Lebensstil zu finanzieren. Er besserte ihn auf ungewöhnliche Weise auf – er spielte Karten. Und zwar gut. Sein präziser, mathematisch geprägter Verstand, seine leidenschaftslose Haltung zum Spiel und seine beherrschte Miene machten ihn oft zum Gewinner. Aber die kleinen Beträge, die er Studenten oder Reisenden abnahm, reichten noch immer nicht. Er lernte von einem Franzosen, einem professionellen Spieler, wie man mit gezinkten Karten die Gewinnchancen erhöhen konnte. Gewitzt, wie er war, erschienen ihm die Methoden des Abschleifens und Einknickens der Karten zu primitiv. Lumscher stellte – nicht unter seinem Namen, aber als gewinnträchtiges Nebenprodukt – auch Spielkarten her, und hier fand Cornelius die perfekte Form, sich Kartendecks zu verschaffen, die nur für ihn sichtbare Zeichen auf der Rückseite trugen.

Vor zwei Monaten hatte er einmal zu oft gewonnen.

Man hatte ihn des Falschspiels überführt und angeklagt. Das F auf seiner Schulter würde ihn sein Leben lang daran erinnern, wie leichtsinnig er gewesen war.

Ein sehr junges Mädchen in einem hellen, mit Blumen bestickten Kleid und einer Strohschute auf den goldblonden Locken schlenderte vor dem Domportal vorbei und blieb, die Augen nach oben gewandt, stehen. Ein hübsches Ding, dachte Cornelius und bemühte sich, so unscheinbar wie möglich zu werden, um nicht ihr Augenmerk auf sich zu lenken. Trotz aller Schmach und Schande, trotz aller Schmerzen und allen körperlichen Elends – hübschen Mädchen wollte er lieber gefallen, als von ihnen verachtet zu werden.

Es gelang ihm nicht. Sie drehte sich um und starrte ihn mit großen Augen an. Dann kam sie langsam näher. Neugier spiegelte sich in ihrem Gesicht, als sie ihn aufmerksam musterte.

Cornelius war ein ansehnlicher junger Mann, groß und hager, doch hielt er sich aufrecht und hatte breite Schultern. Sein Haar trug er seit Langem kurz geschnitten, des Zopfes hatte er sich schon früh entledigt. Jetzt fielen seine dunkelbraunen, fast schwarzen Haare ungekämmt auf seine Schultern. Sein Gesicht war es allerdings, das die Aufmerksamkeit vieler Menschen auf sich zog. Denn die Laune der Natur wollte es, das sich seine rechte Braue höher wölbte, als die linke, der nämliche Mundwinkel sich aber ein wenig mehr nach unten zog als der andere, und selbst die Nase neigte sich eine Idee weiter nach rechts, sodass er von der einen Seite betrachtet wie ein gut aussehender, aber gelangweilter junger Mann aussah, von der anderen Seite jedoch einen reichlich sardonischen Ausdruck zeigte. Janusköpfig hatte man ihn oft genannt, nach dem römischen Gott der zwei Gesichter.

»Haben Sie sich an meinem Elend nun genug ergötzt?«, fragte er das Mädchen, als es nahe an das Holzgerüst mit dem Schandpfahl herangetreten war.

Sie fuhr zusammen und errötete. »Verzeihen Sie. Ich wollte nicht unhöflich sein.«

»Sie sind es aber.«

Sie nickte und sah dennoch herausfordernd nach oben, um zu entziffern, was auf dem Zettel an dem Pfahl geschrieben stand.

»Hermann Cornelius von der Leyen, Falschspieler«, las sie

laut. Dann sah sie die Wunde. »Mein Gott, man hat Sie gebrannt!«

»Das tut man mit Verbrechern, mein Fräulein.«

»Es muss entsetzlich schmerzen.«

»Das stimmt.«

Das Mädchen schüttelte den Kopf, kramte in seinem Retikül herum und förderte ein Taschentuch zu Tage. Sie sah noch einmal zu ihm hin, als ob sie sich vergewissern wollte, dass er nicht fortlief, und eilte dann zu dem nahen Brunnen, um das Leinen ins Wasser zu tauchen. Mit dem nassen Tuch kehrte sie zurück und legte es sacht auf die brennende Stelle. Cornelius seufzte unwillkürlich.

»Tue ich Ihnen weh?«

»Nein, mein Fräulein. Es hilft. Danke. Aber Sie sollten so etwas nicht tun. Es gehört sich nicht.«

»Ich weiß.«

Trotz allem musste Cornelius lächeln. »Eine barmherzige Samariterin.«

»Ich wünschte, ich hätte einen Becher. Sie haben bestimmt auch Durst.«

»Habe ich, aber in Anbetracht der Umstände möchte ich lieber nichts trinken. Ich muss noch weitere drei Stunden hier ausharren. Eine volle Blase erleichtert das nicht eben.«

»Oh.«

Er grinste sie herausfordernd an.

»Sie haben natürlich Recht«, antwortete sie mit Würde und brach dann in ein kleines Kichern aus. »Man denkt so wenig über solche Sachen nach, wissen Sie.«

»Ehrbare Bürgerinnen wie Sie brauchen das auch nicht. Bleiben Sie also auf dem Pfad der Tugend, mein Fräulein.«

»Ich werde es mir überlegen. Werden Sie auf besagten Pfad zurückkehren, Herr von der Leyen, wenn man sie hier losmacht?«

»Mein Weg ist vorgezeichnet.«

»Was werden Sie tun? – Entschuldigen Sie, ich bin grässlich neugierig.«

»Ich werde meine Strafe antreten.«

»Wie bitte? Ist das hier nicht Strafe genug?«

»Nein, mein Fräulein, man befand mein Vergehen schwer genug, um über mich weitere zehn Jahre eine Kettenstrafe im Bagno zu verhängen.«

»Allmächtiger Gott!«

»Keine rosigen Aussichten, ich weiß.«

»Das ist entsetzlich! Das ist barbarisch!«

»Das ist das geltende Recht. Ob es gerecht ist ...?« Er hob die unverletzte Schulter und verzog die Lippen zu einem bitteren Lächeln.

»Haben Sie denn keine Freunde, die Ihnen helfen können?«

»Man verliert schnell seine Freunde, wenn man Pech hat. Sie sollten nicht hier bei mir bleiben. Es ist sicher nicht im Sinne Ihrer Eltern, wenn Sie alleine über den Richtplatz wandern.«

»Sie werden von ihrem Platz im Himmel über mich wachen, stelle ich mir vor.«

»Eine Waise? Sie verloren Ihre Eltern?«

Das Mädchen wies auf den Dom. »Er forderte das Leben meines Vaters. Sein totgeborener Sohn das meiner Mutter.«

Cornelius kam nicht mehr dazu, ihr zu antworten. Aus den Passanten trat eine ältere Dame in einem nüchternen grauen Kleid hervor und zischte zu dem Mädchen hoch: »Sarah Susanne! Komm sofort da herunter!«

»Sogleich, Madame«, beschied sie die Aufgebrachte und wandte sich noch einmal an Cornelius. »Meine Gouvernante. Ein Brechmittel.«

»Der Ruf der Tugend, Fräulein Sarah Susanne. Hören Sie auf ihn!«

»Er ist aber so langweilig.«

»Da mögen Sie Recht haben, aber ich glaube, Sie würden nicht mit mir tauschen wollen, um jener Langeweile zu entgehen.«

»Nein, sicher nicht. Leben Sie wohl. Ich werde für Sie beten, Herr von der Leyen.«

»Und ich werde an Sie denken, Sarah Susanne. Vielleicht hält mich das am Leben.«

»Sarah Susanne!«, kam es scharf und ungehalten von der Gouvernante.

»Bleiben Sie gesund, und kommen Sie wieder!« Susanne hüpfte

mit undamenhaft gerafften Röcken von dem Holzgerüst und wurde sogleich mit festem Griff am Arm weggeführt, wobei ihr heftigste Vorwürfe in die Ohren gezischelt wurden. Cornelius sah ihr lange nach. Frauen würde es so bald in seinem Leben nicht mehr geben.

In der nächsten Stunde war er dankbar für die rasch über den Himmel ziehenden Wolken, derentwegen er nicht ständig der brennenden Sonne ausgesetzt war. Dafür aber stellten sich etliche Gaffer ein, die sich an seinem Anblick ergötzten. Der Domhof war, seit das neu gegründete Kriminalgericht 1798 seinen Dienst aufgenommen hatte, der Platz, an dem die Urteile vollstreckt wurden. Nicht nur der Schandpfahl wurde hier aufgebaut, auch die neuartige Guillotine, die man sich aus Frankreich hatte liefern lassen. Vor drei Monaten, im Mai, hatte sie das erste Mal ihre Effizienz bewiesen. Schaulustige promenierten daher gerne über den Domplatz.

Kurz bevor Cornelius' Zeit am Pranger vorüber war, bewegte sich die hohe Gestalt des Domkapitulars Hermann von Waldegg eilig auf das Gerüst zu. Er war Anfang fünfzig, trug sein graues, lockiges Haar ungepudert, doch stand es ihm wie immer wirr vom Haupt ab. Cornelius hatte seinen Paten seit fünf Jahren nicht mehr gesehen, und tiefe Scham überfiel ihn.

»Junge, was hast du nur getan?«, murmelte Waldegg, als er das Strafgerüst erklomm. »Du hättest zu mir kommen sollen, als du in Geldnöten warst.«

»Es war nicht nur das, Cousin Hermann.«

»Nein, ich weiß. Ich habe weiß Gott versucht, sie dazu zu bringen, das Urteil zu mildern. Ich habe mit Pape, dem Gerichtspräsidenten, gesprochen und mit Anton Keil, dem Ankläger. Ich habe mit Kormann geredet, der zu den Geschworenen gehört, und war eben sogar bei dem Regierungskommissär Lakanal selbst. Irgendwie musst du dir einen Feind gemacht haben, Cornelius. Es hat alles nichts genützt.«

Cornelius schwieg. Wie hätte er seinem wohlmeinenden Paten verständlich machen können, dass sein Intervenieren vermutlich sogar das Strafmaß hochgesetzt hatte? Schließlich hob er noch einmal resigniert die unverletzte Schulter.

»Es sind überzeugte Republikaner, Cousin. Adligen stehen sie mit keinem großen Wohlwollen gegenüber.«

»Einige von ihnen gehören meiner Loge an.«

»›Brüder, reicht die Hand zum Bunde …‹«, spottete Cornelius bitter. »Haben sie getan. Gräm dich nicht, Cousin Hermann. Wer weiß, vielleicht habe ich es verdient.«

»Hast du gewiss nicht. Ich heiße selbstredend das Glückspiel nicht gut und Falschspielerei erst recht nicht, aber es ist kein Totschlag oder gewalttätiger Überfall.«

»Diebstahl ist es. Dafür hat man auch schon das Fallbeil bemüht. Bedenke, andernorts hing man die Adligen an die Laternen. Ich lebe noch.«

»Ja, du lebst noch. Cornelius. Man sagt, der Dienst in den Häfen sei hart. Aber sie begnadigen diejenigen, die sich gut führen. Versuche, dein Temperament zu zügeln. Möglicherweise kannst du Gnade erwirken. Du bist nicht dumm. Setz deinen Verstand ein!«

»Ich ertrage Demütigungen nicht besonders gut«, wandte Cornelius leise ein.

»Du wirst es lernen. Um zu überleben. Außerdem – die Zeiten ändern sich wieder einmal. In Paris gärt es im Directoire. Wer weiß, was daraus wird.«

»Eine Wendung zum Schlimmeren?«

»Nicht unbedingt. Warten wir es ab. Cornelius, ich habe in deiner Wohnung vorbeigeschaut und deine Habseligkeiten zusammengepackt. Wenn du zurückkommst, wirst du alles bei mir finden.«

»Falls ich zurückkomme. Dennoch, danke. An so etwas habe ich seit meiner Verhaftung nicht mehr gedacht.«

»Schon gut, mein Junge. Ich habe auch deinem Vater geschrieben, aber er hat nicht darauf reagiert.«

»Er wird mich kommentarlos aus der Familienbibel gestrichen haben.«

»Ich bedaure seine Hartherzigkeit. Bevor ich von Arnsberg zurückgekommen bin, habe ich ihn besucht. Darüber habe ich erst erfahren, dass du die Universität verlassen hast. Von deiner Mutter. Sie war sehr betrübt deswegen, bedauerte dich aber. Er hingegen hat keine einzige Frage nach dir beantwortet. Und du bist genauso stur. Du warst wie vom Erdboden verschwunden, Cornelius. Warum hast du mich nicht aufgesucht? Du musst doch von meiner Rückkehr gehört haben.«

»Hörte ich. Ich wusste von deiner Heirat. Ich wollte mich nicht aufdrängen.«

»Cornelius… Du warst mir nie lästig. Und Elena – nun, sie wird verstehen müssen, wie wichtig du und David mir seid. Wichtiger als alles andere im Leben.«

Leicht überrascht musterte Cornelius seinen Paten von der Seite. Der hatte die Augen niedergeschlagen, und seine Finger umfassten mit krampfhaftem Griff den silbernen Knauf seines Spazierstocks. Eine seltsame Ahnung überkam ihn.

Sie konnten nicht mehr weiter miteinander sprechen, denn der Scharfrichter traf ein, um den Delinquenten vom Pranger zu lösen. Waldegg schob ihm einen ordentlichen Betrag zu, damit er die Ketten, die Cornelius ab jetzt zu tragen hatte, nicht zu fest um dessen Beine schloss.

Cornelius aber sah die Tränen in den Augen des Älteren, und er nahm mit den schweren Eisen die Verpflichtung auf sich, nicht nur zu überleben, sondern auch, sobald er einen Weg fand, zurückzukehren.

Der Trossbub

Am Abend wird man klug
Für den vergangenen Tag,
doch niemals klug genug,
für den, der kommen mag.

Vierzeilen, Rückert

1798, als Toni acht Jahre alt war, erschütterte ein weiterer Verlust ihr Leben. In den letzten Kämpfen um Philippsburg fiel Corporal Wilhelm Dahmen. Pitter und Stephan gerieten in Gefangenschaft, und eine zutiefst unglückliche Elisabeth hatte kaum mehr die Kraft, sich von ihrem Lager zu erheben. Ihre Söhne Jupp und Franz saßen Tag und Nacht bei ihr, aber auch sie wussten sich keinen Rat. In all dieser Trauer und Ratlosigkeit war es schließlich Toni, die sich auf den Weg machte, den Mann zu suchen, von dem ihr Vater immer behauptet hatte, er sei der beste Offizier, den er je kennengelernt hatte – den Oberstleutnant von Klespe. Sie fand den Offizier, erschöpft, von Krankheit und Hunger gezeichnet, wie alle anderen, die die Belagerung der Stadt überstanden hatten. Erstaunlicherweise erkannte er den kleinen Burschen und hörte ihn an. Da er ein Mann war, der sich für seine Leute verantwortlich fühlte, begleitete er Toni zum Marketenderzelt und führte dort eine lange Unterredung mit der Witwe seines Corporals.

Als Folge davon packten sie, als die Straßen wieder passierbar wurden, ihre Habseligkeiten auf den Wagen und traten die Reise ins Hessische an. Hier hatte Elisabeth schon zu der Mainzer Zeit den einen oder anderen Ort kennengelernt, und mit dem Geld, das von Klespe für sie von der Regimentskasse gefordert hatte, mieteten sie sich in Pfungstadt, in der Nähe von Darmstadt, ein winziges Häuschen mit einem verwahrlosten Gemüsegarten.

Der Jahrhundertwechsel ging unbemerkt an ihnen vorüber,

und die Jahre 1800 und 1801 verbrachten sie in einem vergleichsweise friedlichen Ländchen. In Frankreich war, wie Toni, die jede Zeitung las, deren sie habhaft wurde, ein neuer Machthaber aufgestiegen, ein korsischer General, der im Juni 1800 bei Marengo einen außerordentlichen Sieg errungen hatte. Nicht immer verstand sie alles, was in den Berichten stand. Elisabeth bezog keine eigene Zeitung, aber alte Blätter wurden manchmal als Einwickelpapier verwendet oder fanden sich, zerlesen und zerfleddert, bei den Abfällen. Es war ein krauses Sammelsurium an Nachrichten, das Toni damit zusammentrug, aber da sie nun am Marktstand mithalf, gelang es ihr, sich aus den Gesprächen der Kunden, dem Geschwätz der anderen Marktfrauen, den Ansichten der Bauern und Viehhändler und dem Schwadronieren der Invaliden und Veteranen in den Wirtshäusern ein recht stimmiges Bild von der Welt zu machen, in der sie lebte. Ihre Brüder hatten diesen Ehrgeiz nicht. Sie waren nur an einem interessiert – in den Krieg zu ziehen. Knapp siebzehn waren sie jetzt und ausgemachte Pferdenarren. So klangen denn die Verlockungen der Werber immer köstlicher in ihren Ohren. Kurz nach Ostern 1802 standen die Zwillinge eines Nachmittags in der schmucken grünen Uniform der Hessisch-Darmstädtischen Chevauxlégères in der Tür. Toni juchzte auf und betastete mit Begeisterung die roten Aufschläge und Kragenspiegel, paradierte bewundernd um die großen Brüder herum und überschüttete sie mit Dutzenden von Fragen.

Ihre Mutter zeigte weit weniger Enthusiasmus.

»Es musste ja so kommen, nicht wahr, Jupp? Franz?«

»Ja, Mama. Wir können doch nicht ewig Kohlköpfe verkaufen.«

»Nein, das könnt ihr wohl nicht. Hoffen wir aber, dass uns der Frieden erhalten bleibt.«

Altklug mischte sich Toni ein: »Sie haben in Lunéville beschlossen, den Franzosen das ganze linke Rheinufer zu überlassen. Die Fürsten hier auf der Seite werden für die Gebiete entschädigt, die sie dadurch verlieren. Ihr werdet bestimmt irgendwohin marschieren müssen, um die neuen Länder zu besetzen.«

»Wo schnappst du nur immer solche Sachen auf, Toni?«, fragte Jupp erstaunt.

»Der alte Feldwebel mit der Augenklappe hat es mir erklärt.«

»Kind, du sollst dich nicht in den Wirtsstuben herumdrücken«, mahnte Elisabeth sie.

»Hab ich gar nicht. Er hat draußen auf den Stufen gesessen.«

Franz legte Toni die Hand auf die Schulter. »Sie könnte wohl Recht haben, Mama. Aber es wird sicher so bald keine Kämpfe geben. Wir werden erst einmal unsere Ausbildung machen. Hier, das haben wir für dich. Kauf dir und Toni etwas Hübsches davon.« In zwei Lederbeuteln übergaben die Zwillinge ihrer Mutter das Handgeld, das sie von den Werbern erhalten hatten. Dann verabschiedeten sie sich, um sich auf den Weg nach Darmstadt zu machen.

Eine Weile saß Elisabeth bewegungslos auf der schmalen Bank neben dem Kamin, während Toni eifrig die Goldstücke zählte.

»Antonia!«

Toni sah verblüfft auf. Lange nicht mehr hatte sie jemand mit ihrem Mädchennamen angeredet. Sie ging zu ihrer Mutter, die sie an sich zog.

»Nun bist du alles, was mir bleibt«, seufzte sie leise und strich ihrer Tochter durch die kurzen, lockigen Haare.

»Du bist traurig, weil sie jetzt Soldaten sind.«

»Natürlich. Ich habe es seit einiger Zeit geahnt. Wir werden sehen müssen, wie wir zurechtkommen, nicht wahr?«

Toni schmiegte sich an sie. Elisabeth war sechsunddreißig Jahre alt, eine kräftige Frau, deren kastanienbraune Haare noch kein Grau aufwiesen. Sie war hübsch, doch der Kummer hatte einige Fältchen in ihr Gesicht gegraben. Den Verlust ihres Mannes hatte sie zwar nicht überwunden, aber sie arrangierte sich damit. Tatkräftig und erfindungsreich war sie immer gewesen, und nur die vier Monate nach Wilhelms Tod war sie lethargischem Nichtstun anheim gefallen. Inzwischen hatte sie wieder einen kleinen Marktstand eröffnet, der sich bei den Dorfbewohnern großer Beliebtheit erfreute.

»Du wirst allmählich erwachsen, Toni, wir müssen auch darüber nachdenken. Du kannst nicht weiter als Junge herumlaufen. Zwölf Jahre wirst du im Dezember. Bald wird sich dein Körper verändern.«

»Ich will aber kein Mädchen sein. Die müssen in solch dummen Kleidern herumlaufen und benehmen sich wie blöde Ziegen.«

Toni galt in der Umgebung als Junge und hegte eine ausgesprochene Verachtung für die gleichaltrigen Mädchen, mit denen sie die Dorfschule besuchte.

»Du kannst es nicht vermeiden. Wir werden uns etwas einfallen lassen, wie wir den Wandel begründen.«

Toni grinste ihre Mutter plötzlich an. »Das wird runde Augen geben, wenn ich plötzlich mit Schleifen im Haar und Rüschenröckchen auftauche.«

»Ich fürchte auch. Vielleicht sollten wir von hier fortziehen.«

»Willst du wieder als Marketenderin arbeiten, Mama?«

»Nein, Toni. Obwohl es gutes Geld gibt.«

»Auch nicht, wenn Jupp und Franz Order bekommen, auszurücken und ein fremdes Gebiet zu besetzen?«

Nachdenklich betrachtete Elisabeth ihre Tochter. Sie war eine lebenserfahrene Frau, die ein gutes Gespür für Menschen und Situationen entwickelt hatte. Sie nahm ihre Tochter, die so begierig Nachrichten aus der großen Welt sammelte, durchaus ernst, wenngleich sie ihren Wissensdurst selbst nicht teilte. Ihre Welt war kleiner und rankte sich um das tägliche Überleben. Schließlich nickte sie.

»Manchmal bist du beinahe zu klug für dein Alter, Toni. Ich werde mich umhören, was man dazu zu sagen hat.«

Das taten sie beide. Einige Tage später betrachteten sie ihre Ausbeute bei einer heißen Honigmilch.

»Es heißt, im Reichs… depu… dingsbums wird darüber verhandelt, wer von den Fürsten auf der rechten Rheinseite welche Gebiete an die Franzosen auf der linken Rheinseite abzugeben hat und welche sie als Entschädigung erhalten. Das habe ich hier gelesen.« Toni breitete einen halbzerrissenen Fetzen Zeitung aus.

»Der Reichsdepu…?« Auch Elisabeth hatte ihre Schwierigkeiten mit dem Wortungeheuer Reichsdeputationshauptschluss, das vermutlich kein Mensch in der Lage war, ohne Stottern und Speichelversprühen auszusprechen.

Toni ergänzte die nüchterne Information mit den Mutmaßungen, die sie aufgeschnappt hatte.

»Es ist die Versammlung der rechtsrheinischen Landesfürsten. Unser Landgraf Ludewig soll mit Napoleon ausgehandelt haben, dass er ein Stück von Westfalen erhält. Ich habe mir das von Ernst auf der Karte zeigen lassen. Dieses Westfalen liegt ziemlich weit im Norden von hier und hat eigentlich keine Verbindung mit der Grafschaft Darmstadt.«

Ernst war ein Unteroffizier, der eine gewisse Zuneigung zu Elisabeth entwickelt hatte, die zu erwidern sie nicht abgeneigt war. Er war, wann immer sein Dienst es erlaubte, zu Gast in ihrem Haus.

»Mir hat Ernst erzählt, es sollen angeblich alle Kirchen aufgelöst und verkauft werden«, fügte Elisabeth hinzu. »So, wie sie es in Frankreich gemacht haben. Sie reißen all die schönen Bilder herunter und schmelzen das goldene Messgerät ein. Auf dem Markt erzählen sie, sie plündern sogar die Reliquien.«

Das schmerzte sie beide sehr, denn sie beteten gerne in prächtig ausgestatteten Kirchen und hatten ihre Freude an glitzerndem Metall und funkelnden Edelsteinen – Kostbarkeiten, die sie sich selbst nicht leisten konnten, an deren Anblick sie sich aber erfreuten.

»Mhm!« Toni überlegte, dann leuchteten ihre Augen auf, als sie eine Schlussfolgerung gezogen hatte. »Mama, du erzählst immer, Köln sei eine Stadt mit reichen Kirchen und Klöstern.«

»Ja, das ist richtig.«

»Angeblich gehört das Stück Westfalen, das der Landgraf haben will, zu Kurköln. Es gibt da wohl etliche Klöster und Stifte, meint Ernst.«

»Vermutlich ebenfalls reich.«

Elisabeth mochte keine gebildete Frau sein, aber die menschliche Natur kannte sie. Ob Bauer oder Offizier, ob Fuhrknecht oder Landgraf – in manchen Dingen waren sie alle gleich. Von Ludewig dem Zehnten hatte sie bisher nur Gutes gehört, er war ein Landesvater, der sich um seine Kinder kümmerte und den Ruf hatte, ein sehr kultivierter Mann zu sein. Er umgab sich gerne mit Kunst und sammelte sie mit Leidenschaft, sagte man. Die alten kurkölnischen Klöster und Stifte beherbergten vielerlei Kunstgegenstände.

»Er wird die Kirchenschätze haben wollen. Das ist vermutlich mehr Entschädigung als das bisschen Land, was er dort erhält. Er wird sie sogar ziemlich schnell haben wollen. Die Habgier ist ein starker Antrieb und macht auch vor reichen Landgrafen nicht Halt«, sann sie laut vor sich hin.

»Jupp und Franz werden also bald aufbrechen«, folgerte Toni ganz richtig.

»Ich werde mich um eine Lizenz als Marketenderin bewerben.«

Toni grinste zufrieden. »Und ich werde weiter Hosen tragen.«

Ihre Mutter seufzte ergeben.

Im August war es in der Tat so weit. Das Heer rückte aus und machte sich in der Sommerhitze auf den Weg nach Westfalen. Elisabeth und Toni folgten der Kolonne, die von Oberst von Schaeffer geführt wurde. Es war ein beschwerlicher Marsch, die Soldaten und ihr Tross litten unter der brennenden Sonne und dem Staub, den Stiefel und Räder aufwirbelten, obwohl der Weg durchgehend über gut gehaltene Chausseen führte. Nur hin und wieder boten schöne Pappelalleen kühlen Schatten. Dennoch hörte man nur wenig Murren. Die Bevölkerung nahm die Truppen gastfreundlich auf, man versorgte sie mit Nahrungsmitteln und gab ihnen Unterkunft. Die Offiziere hielten strenge Disziplin, selten gab es unliebsame Zwischenfälle. Abends kamen oft Jupp und Franz zu Elisabeth und erzählten ihr von ihrem neuen Leben. Sie brachten ihre Kameraden mit, und sie fanden immer eine nahrhafte Suppe und meist auch ein Fässchen Bier oder Wein vor.

Anfang September erreichten sie die Grenze zu Westfalen und machten am Fuße eines waldigen Bergrückens Halt. Hier sollte sich die gesamte Truppe versammeln.

Die Chevauxlégères fanden in Altenkleusheim, einer kleinen Ansiedlung von strohgedeckten Häusern und Katen, Quartier, und auch Elisabeth richtete sich dort ein. Es würde mehrere

Tage dauern, bis alle Truppenteile beieinander waren, es stand also Zeit zur Verfügung, die zahlreichen anstehenden Arbeiten zu erledigen, die auf dem Marsch liegen geblieben waren. Die Frauen im Tross machten sich über die Wäsche her, die Soldaten kümmerten sich um ihre Pferde, Waffen und Uniformen, und Toni, die sich gerne vor der Wäsche drückte, durchstreifte alleine oder mit anderen jüngeren Mitgliedern des Trains die Dörfchen, die Heide und den Wald. Selten kam sie ohne Beute zurück. Ihre Brüder hatten ihr beigebracht, mit einer Schleuder zu jagen, und der eine oder andere Hase fiel ihr zum Opfer. Vor allem aber hatte sie es auf Pilze abgesehen. Die suchte sie jedoch am liebsten alleine, um die reichsten Fundstellen nicht teilen zu müssen.

Als sie am vierten Abend von ihren Streifzügen zurückkam, hatte sich der Unteroffizier Ernst am Marketenderzelt eingefunden und trank, in der Abendsonne sitzend, sein Bier.

»Elisabeth, du solltest Toni nicht alleine umherziehen lassen. Das mag zwar hier ein friedliches Örtchen sein, aber ich habe Gerüchte gehört, dass eine Bande Gauner die Gegend unsicher macht.«

»Ich werde Toni in Ketten legen lassen müssen. Das Kind entwischt mir immer wieder.«

Toni grinste ihn an und stellte dann den Korb mit Pfifferlingen auf den Tisch.

»Was sollten die Gauner wohl mit einem schmutzigen kleinen Jungen anfangen wollen, Ernst?«

»Toni!« Der Unteroffizier sah sie sehr eindringlich an. »Du würdest dich wundern, was diese rohen Gesellen mit dir anstellen könnten. Fänden sie heraus, was du wirklich bist, würde es dir mehr als schlecht ergehen.«

Ernst wusste natürlich um Tonis Verkleidung und hieß sie im Grunde gut. Er war aber mehr an Elisabeth interessiert, das Mädchen war ihm eher gleichgültig. Nichtsdestotrotz sah er sich gezwungen, sie diesmal zu ermahnen.

»Es gibt hier einige Fuhrleute, die sich mit ihren Transporten über die Grenze ordentliches Geld verdienen. Sie kennen alle Nebenwege und kommen weit herum. Aber vor Kurzem ist eine

Fuhre direkt am Wirtshaus oben an der Hecke überfallen und geplündert worden.«

»Dann sind die Diebe sicher über alle Berge.«

»Nicht unbedingt, Toni. Wenn es sich gelohnt hat, werden sie vielleicht ihr Glück noch einmal hier versuchen.«

»Was hatte die Fuhre denn geladen?«

»Darüber habe ich nichts gehört. Nur, dass sie nach Frankfurt unterwegs waren. Also muss es wertvoll gewesen sein. Wegen einer Ladung Heu wird man sie nicht beraubt haben.«

»Aber Mama, mit all den Soldaten hier herum wird es schon keine Überfälle geben.«

Doch Elisabeth schüttelte nachdrücklich den Kopf.

Toni war kein unwissendes Jungferchen, ihr war klar, was sich zwischen Männern und Frauen abspielte. Man lebte nicht auf engem Terrain mit Soldaten, Wäscherinnen und Trosshuren zusammen, ohne nicht auch deren delikatere Beschäftigungen kennenzulernen. Elisabeth hatte ohne Scheu ihre Fragen dazu beantwortet. Sie hatte sie gewarnt, und zwar nicht nur vor den Männern, die sich an den Frauen vergriffen, sondern auch vor jenen, die ihr Augenmerk auf hübsche Buben richteten. Toni nahm es zwar ernst, aber eine Bedrohung hatte sie bisher nicht erfahren, und so hielt sich ihre Angst in Grenzen.

Sie wäre dennoch nicht so weit in den Wald eingedrungen, hätten sie nicht eines Tages die Steinpilze so sehr gelockt, dass sie darüber den Blick zum Himmel vergaß. Die Ausbeute war reichlich, und Tonis Korb füllte sich. Noch war ihr die Gegend vertraut, immer wieder blieb sie stehen, um sich den Rückweg zu merken. Doch als sie ein paar reife, dicke Brombeeren aus den Büschen pflückte, bemerkte sie plötzlich, dass die Sonne verschwunden war. Ja, es verfinsterte sich zusehends. Schwarzes Gewölk zog auf, und schon rauschte eine kräftige Windbö durch die Blätter. Toni steckte ihr Messer ein und nahm den Korb auf, um sich zügig auf den Heimweg zu machen.

Ein Donnerschlag ließ die Welt erbeben. Dann brach das Gewitter mit aller Gewalt los. Blitze zuckten auf, es grollte und krachte Schlag auf Schlag, und ein gewaltiger Regenguss setzte ein. Hagel durchschlug mit dicken, harten Eissplittern die Laubbäume, sie boten keinen Schutz mehr. Toni ließ den Korb fallen und lief, die Hände schützend über dem Kopf, auf die dunklen Tannen zu, deren dichtes Geäst nicht ganz so durchlässig war. Zusammengekauert hockte sie sich auf den mit trockenen Nadeln bedeckten Boden und gestand sich eine erbärmliche Angst ein. Sie hielt sich mit einem Aufschluchzen die Ohren zu, doch die Donner ließen die Luft erbeben. Noch tiefer versuchte sie sich im Unterholz zu verkriechen.

Das erwies sich letztlich als ein Fehler.

Das Gewitter zog weiter, das Grollen wurde zum fernen Grummeln, die Sonne ließ ihre Strahlen wieder durch die Zweige fallen. Aber Toni hatte die Orientierung vollständig verloren. Sie irrte lange umher, ohne eine bekannte Stelle zu finden. Schließlich entdeckte sie die mit Grassoden bedeckten Köhlerhaufen und die einsame Hütte. Erleichtert lief sie darauf zu, in der Hoffnung, hier Hilfe und Auskunft zu erhalten.

Auf ihr Klopfen an der aus groben Planken zusammengezimmerten Tür antwortete niemand. Sie schob den Riegel zur Seite und lugte ins Innere. Die Hütte war kaum mehr als ein Unterstand und vermutlich nur bewohnt, wenn die Köhler ihrer Arbeit nachgingen. Ein Strohlager und ein paar Decken, eine Bank und ein wackeliger Tisch bildeten die Einrichtung. Vollkommen unpassend stand die schön geschnitzte Truhe daneben.

Die Angst war vergessen, die Neugier erwachte. Toni trat ein und betrachtete die Truhe. Sie war mit Metall beschlagen, doch die beiden Schlösser waren mit Gewalt aufgebrochen worden. Der Deckel ließ sich aufheben, und im Inneren leuchteten Toni glühende Farben entgegen.

»Oh!« Ein Ausruf des Entzückens kam von ihren Lippen. Vorsichtig hob sie die Pergamentstapel heraus und betrachtete die farbenprächtige Malerei. Die Einbände der Bücher waren roh entfernt worden, vermutlich waren sie mit Gold und Edelsteinen besetzt gewesen. Die einzelnen Blätter lösten sich aus der Bindung, als sie es auf den Tisch legte. Die Aufmachung hingegen begeisterte sie. An den Rändern umgaben wunderschöne Blumenranken die Seiten, und die akkurat geschriebenen Texte waren mit zierlichen Schnörkeln versehen. Die Schrift selbst machte ihr Mühe, und das Wenige, was sie entziffern konnte, waren Worte in einer ihr nicht geläufigen Sprache. Trotzdem behandelte sie die Werke mit Achtung. Sie waren so schön. Noch schöner fand sie die Bilder. Sie leuchteten wie die Glasfenster einer Kirche aus einer dunkelblauen Umrandung. Einige Szenen waren ihr aus den Heiligengeschichten vertraut, die sie von Elisabeth gehört hatte. Dort watete ein Christophorus mit dem Kind auf der Schulter durch die Fluten, hier litt ein von Pfeilen verwundeter Sebastian, David trat mit seiner Schleuder gegen Goliath an und Ursula traf mit ihren Frauen am Stadttor von Köln ein.

Ein Eichelhäher kreischte auf, und Toni zuckte zusammen. Plötzlich war ihr bewusst, was sie hier in den Händen hielt – Diebesgut.

Denn was hätte ansonsten dieses kunstreich bemalte Pergament in einer Köhlerhütte zu suchen gehabt? Schnell sortierte sie die Seiten wieder zusammen und wollte sie in die Truhe zurücklegen. Da fiel ihr die Lederrolle auf, die ebenfalls darin lag. Sie lauschte nach draußen, trat vorsichtig vor die Tür und vergewisserte sich, dass keine Menschenseele in der Nähe war. Dann machte sie die Rolle auf und staunte über das fest zusammengewickelte Pergament. Sie zog es heraus und rollte ein Stückchen davon auf. Doch welche Enttäuschung war das gegenüber den bunt illuminierten Handschriften. Nur ein mit bräunlicher Tinte gezeichnetes Kirchenportal sah sie, dann Bogenfenster, Wimperge, Säulen, Fialen. Enttäuscht rollte sie es zusammen und steckte es in seinen Behälter. Dann legte sie auch die Buchseiten zurück in die Truhe. Wie der Zufall es wollte, löste sich dabei das Blatt mit dem Abbild der heiligen Ursula. Toni konnte nicht widerstehen. Diebesgut war es, und sicher ein Unrecht, etwas davon mitzunehmen. Aber dieses Bild wollte sie nun einmal gerne besitzen. Vorsichtig drehte sie es zusammen und steckte es in ihre Jacke. Dann verließ sie die Hütte und machte sich erneut, diesmal mit mehr Glück, auf die Suche nach dem Heimweg.

Das Donnerwetter, das Elisabeth ihr angedeihen ließ, war von ähnlicher Heftigkeit wie das Gewitter am Nachmittag. Gebührend zerknirscht ließ Toni den Kopf hängen und versprach, keinen Schritt mehr alleine zu unternehmen.

»Wirst auch keine Gelegenheit haben dazu. Am Montag brechen wir auf«, verkündete ihre Mutter, und zog das Mädchen dann an sich. »Verdammt, ich hatte solche Angst um dich!«

»Ich weiß, Mama. Es tut mir so leid.«

Von ihrem Fund in der Köhlerhütte jedoch verriet sie nichts. Es hätte, vermutete sie, ihre Mutter nur weiter aufgeregt zu wissen, dass es wirklich Diebe gegeben und sie Teile ihrer Beute gefunden hatte.

Im Dorf ging es lebhaft zu, denn die restlichen Heereskolonnen waren inzwischen eingetroffen. Den Sonntag verbrachte man noch im Quartier, dann würden sie die Grenze nach Westfalen überschreiten.

Toni wurde von Elisabeth angehalten, zur Beichte und zur Messe zu gehen, und in der kleinen Pfarrkirche von Altenkleusheim erleichterte Toni ihr Gewissen. Nur das Blatt mit dem Bildnis der heiligen Ursula verschwieg sie dem Priester. Schweigen war ja nicht lügen, oder?

Kettenpartner

Pour qui ces ignobles entraves,
Ces fers dès longtemps préparés?
Für wen diese gemeinen Fesseln,
Diese seit Langem vorbereiteten Eisen?

Marseillaise

Der Weg nach Brest war grauenvoll und dauerte mehrere Wochen. Zwei Tage haderte Cornelius mit seinem Schicksal, dann hatte sich irgendetwas in ihm in eine dunkle, ferne Höhle zurückgezogen, und er versuchte nur noch zu überleben. Selbst die Schmerzen der Brandwunde, die aufgeriebenen Stellen, wo der Eisenring in sein Bein einschnitt, die vielen Schrammen und Kratzer, die sich entzündeten und eiterten, und die neugierigen Gaffer mit ihren Schmährufen am Wegesrand nahm er nur unbeteiligt wahr. Er trottete neben den anderen der fünfzehn Mann starken Truppe voran oder saß auf dem Karren, der holpernd und ungefedert über das Pflaster rollte. Er aß, was man ihm reichte, ohne sich um den Geschmack zu kümmern, er schlief auf dem harten Boden von Scheuern oder in geplünderten Kirchen. Und er schwieg. Was sollte er auch sagen? Die Männer, die mit ihm zogen, waren primitive Gesellen, einige waren des Mordes angeklagt, andere hatten Raubüberfälle unterschiedlicher Schwere begangen.

Anfang Dezember erreichten sie endlich Brest. Ein am Kai festgemachtes, rot angestrichenes Schiff war ihre erste Unterkunft. Regungslos erduldete Cornelius die rohe Säuberung. Man schor ihm Bart und Haare und übergab ihm derbe, rot gefärbte Kleidung. Auf der Mütze war ein Schild mit der Nummer sechshundertvierundneunzig befestigt, mit der er fürderhin angebrüllt, beschimpft und verflucht wurde. Dann brachte man ihn in einen kahlen Raum, in dem ein mächtiges Schmiedefeuer brannte, und stieß ihn auf eine Bank. Mit einer Fußkette, die ihnen kaum Bewegungsfreiheit ließ, fesselten sie ihn an einen anderen, müde aussehenden Mann. Anschließend wurden sie zu der Pritsche geführt, die sie zukünftig miteinander teilen würden. Jeder von ihnen erhielt eine Decke.

Cornelius setzte sich auf die harte Holzbank und strich sich über den kahlen Kopf. Zumindest war er nun sauber. Er hatte sich in den vergangenen Monaten an vieles gewöhnt, an Hunger und Schmerzen, permanente Müdigkeit, die beständige Gegenwart anderer und den eigenen Gestank. Es galt zu überleben. Nichts weiter. Dennoch war er froh um die rudimentäre Hygiene, die im Bagno herrschte.

Zwei weitere Männer, gerade aneinandergekettet, begannen einen lautstarken Streit. Der eine brüllte in einem breiten französischen Dialekt, der andere in einem selbst für Cornelius kaum verständlichen Deutsch. Die Argumente gingen ihnen schnell genug aus, und die Fäuste sprachen ihre Einheitssprache. Zwei Aufseher gingen dazwischen.

»Es wird die Hölle für sie werden«, erklärte der Mann neben ihm. »Es ist besser, man kooperiert.«

Cornelius starrte seinen Kettenpartner mit unbewegter Miene an. Er hatte sich in den langen Tagen und Nächte ein Verhalten zurechtgelegt, mit dem er hoffte, gewisse Vorteile zu erhalten. Vor allem wollte er nicht zu erkennen geben, dass er die französische Sprache beinahe fließend beherrschte, in der Hoffnung, andere wären daher unvorsichtig mit den Gesprächen, die sie in seiner Gegenwart führten. Es mochte ihm mehr Informationen bringen als höfliche Fragen. Seine Theorie bestätigte sich, der andere sprach in ruhiger Stimme weiter.

»Mein Name ist Pierre, junger Freund, und ich bin gestern hier angekommen. Im Gegensatz zu dir habe ich allerdings schon vier Jahre im Gefängnis von Vannes hinter mir, und ich kann dir versichern, das hier ist eine Erleichterung. Auch wenn du es im Moment nicht so siehst.«

Das tat Cornelius auf gar keinen Fall, doch blieb er stumm und verfolgte unter gesenkten Lidern die beiden Streithähne. Sie hatten Prügel bezogen und schleppten sich, einander mit hasserfüllten Blicken musternd, zu ihren Pritschen.

»Sie werden sich gegenseitig das Leben schwer machen. Ein Horror, den wir um jeden Preis vermeiden sollten, meinst du nicht?«

Cornelius rang mit sich. Er musste dem Mann an seiner Seite Recht geben, zusätzliche Quälereien sollte man in ihrer Lage vermeiden. Aber er wollte seine Haltung nicht ohne Not aufgeben. Immerhin, die Stimme seines Partners war kultiviert, sein Französisch gewählt und frei von Akzenten. Er sprach langsam und deutlich. Wenn auch sein ausgemergeltes Aussehen, die schlecht sitzende Kleidung und die müden Augen ihn mit den anderen Kettensträflingen gleichmachte, hatte er doch ein fein geschnittenes Gesicht, das vage bekannte Züge trug. Aristokratische Züge. Und er war beharrlich. Obwohl sich Cornelius noch immer jede Reaktion verbot, sprach er weiter auf ihn ein.

»Ich möchte dich nicht mit Nummer sechshundertvierundneunzig anreden, darum solltest du mir deinen Namen nennen. Sie legen es darauf an, unsere Persönlichkeit zu vernichten, und nichts ist schlimmer, als sie zu verlieren. Es raubt einem im Laufe der Zeit jedes Selbstbewusstsein, weißt du?« Es musste ein winziges Aufzucken des Verstehens in Cornelius' Gesicht zu erkennen gewesen sein, denn der Ältere lächelte ihn an. So, dass der Aufseher es nicht hören konnte, murmelte er: »Du verstehst mehr, als du zugeben willst. Das mag klug sein, mein Freund. Keine Angst, ich verrate dich nicht. Wir müssen das hier gemeinsam durchstehen, vermutlich für viele Jahre. Wir sind gezwungen beieinanderzubleiben, und das ist demütigend genug. Wir schlafen auf einer Pritsche, wir arbeiten und essen nebeneinander, und wir werden gemeinsam die Latrine benutzen. Versuchen wir, so weit es geht, unsere gegenseitige Würde zu wahren.«

Cornelius lehnte sich an die Wand und schloss die Augen. Möglicherweise meinte es dieser Pierre wirklich gut. Aber zu viel Freundlichkeit machte ihn misstrauisch. Er hatte seine Beobachtungen und Erfahrungen auf dem langen Weg zum Bagno gemacht. Trotzdem sah er die Notwendigkeit ein, eine friedfertige Beziehung zueinander aufzubauen, um zu überleben. Darum flüsterte er: »Nenn mich Cornelius. Zehn Jahre, wegen Falschspielens.«

»Gut, Cornelius. Danke.«

Danach respektierte Pierre sein weiteres Schweigen.

Sie mussten arbeiten, schwer arbeiten. Es galt Holzbalken für den Schiffsbau zuzurichten, und Pierre stellte sich nicht besonders geschickt dabei an. Cornelius, jünger und kräftiger, hatte zumindest schon einmal Holz gehackt und mit einem Hobel gearbeitet. Pierre hingegen verstand die meist in breitem örtlichem Dialekt erteilten Anweisungen besser, und gemeinsam schafften sie es, weitgehend unauffällig das ihnen aufgetragene Pensum zu erledigen.

Dennoch war es für Cornelius eine schwer zu ertragende Zeit. Dann und wann erinnerte er sich daran, dass er erst dreiundzwanzig Jahre alt war und sich sein Leben wegen einer Dummheit zerstört hatte. Zehn Jahre – eine Ewigkeit! Tagein, tagaus würde er Balken schleppen, Planken hobeln, grauen Brei essen, in der Kälte frieren und in der Hitze schwitzen, die Pöbeleien der anderen und die Schikanen der Aufseher ertragen müssen. Wieder zog er sich mehr und mehr in sich zurück, auf keine Bemerkung reagierte er. Sein Gesicht blieb unbewegt, seine Augen waren ausdruckslos. Er war zu einem dumpfen Gesellen geworden, dessen Geistesfunke erloschen schien.

Nur einmal durchbrach er seine Dumpfheit. Als Pierre, erschöpft von der schweren Arbeit, beinahe zusammengesunken wäre, schob er ihm abends die Hälfte seiner Essensration zu. Sein Kettenpartner wollte sich weigern, mehr als er zu essen, aber er murrte nur leise: »Iss! Ich will mich bei der Plackerei nicht auch noch mit einem halbtoten Esel belasten.«

Pierre schnaubte, es hätte fast ein Lachen sein können. Aber er aß, was ihm angeboten wurde, und überließ Cornelius dankbar die schwersten Arbeiten. Nach einigen Tagen ging es ihm besser. Und er beobachtete Cornelius noch aufmerksamer.

In einer kalten Nacht, eine Woche später, als sie in ihre Kleider und Decken gehüllt auf der Pritsche nebeneinanderlagen, hörte Cornelius dann Pierre leise wispern:

»Arma virumque cano, Troiae qui primus ab oris

Italiam fato profugus Laviniaque venit litora, multum ille et terris iactatus et alto …«

»…vi superum saevae memorem Iunonis ob iram, multa quoque et bello passus…« setzte Cornelius die Verse fort. Pierre drehte sich zu ihm um.

»Ich dachte es mir doch. Ich habe es fast bis zum Buch drei geschafft.«

»Großer Gott, und ich versuche gerade die ersten fünfhundert Zeilen zusammenzubekommen«, flüsterte Cornelius.

»Dann besingen wir gemeinsam den Kampf des Helden, der einst von Trojas Küsten floh und von Junos erbittertem Zorn durch Länder und Meere geschleudert wurde.«

Seit geraumer Zeit hatte Cornelius angefangen, Texte zu memorieren, die er während seiner Schulzeit auswendig lernen musste. Da er eine klassische Bildung erhalten hatte, war es nicht so überraschend, dass er, ähnlich wie Pierre, auf Vergils Aeneis verfallen war. Es passte irgendwie zu ihrer Situation. So arbeiteten sie sich in leisen Rezitationen durch die Irrfahrten des Aeneas, als ein Mittel, der stumpfsinnigen Fron zu entgehen und ihren Geist beweglich zu halten. Cornelius fand in Pierre einen hochgebildeten Mann, in der Literatur weit bewanderter als er selbst. Er lernte viel von ihm, und im Gegenzug überraschte er seinen Kettenpartner mit seinem mathematischen Wissen und seiner Lust am Lösen schwieriger Logikprobleme. Gelegentlich spielten sie aus dem Gedächtnis Schach miteinander. Vor allem aber unterhielten sie sich. Damit die anderen sie nicht verstanden, taten sie es oft in Latein. Cornelius erzählte von seinem Elternhaus auf der Burg Adendorf, wo er als der zweite von drei Brüdern aufgewachsen war, von Köln, wohin er mit zehn Jahren zu seinem Paten, dem Domherren von Waldegg, übersiedelt war, um Gymnasium und Universität zu besuchen. Vor allem aber vertraute er Pierre seinen Kummer darüber an, dass er sich nicht an Waldegg gewandt hatte, als sein Vater ihn verstieß.

»Er war mir immer sehr viel mehr ein Vater, als es mein leiblicher Vater war. Er ist der Sohn meines Großonkels mütterlicherseits, meine Mutter und er sind Vetter und Base. Sie war fünf Jahre verheiratet, als ich geboren wurde. Manchmal, Pierre, frage ich mich, ob ich nicht vielleicht… Aber was immer geschehen sein mochte, hat man wohl vertuscht. Das würde aber zumindest diese abgrundtiefe Abneigung meines Vaters mir gegenüber erklären und sein kaltes Wesen gegenüber meiner Mutter.«

»Nicht unbedingt, Cornelius. Kälte und Distanz, manchmal sogar Abneigung, kommen in vielen Familien vor. Söhne und Töchter werden oft aus Gründen verheiratet, die nichts mit der gegenseitigen Neigung zu tun haben. Auch ich nahm ein Weib der passenden Beziehung wegen. Und eine Mätresse der Leidenschaft wegen. Wir handhaben es so und verschwenden keine Bitterkeit darauf.«

»Das mag vernünftiger sein.«

»Nun ja, Frauen – sie sind hier ein seltenes Gut, und einsame Männer fangen an, sich in Fantasien zu steigern. Sei vorsichtig damit, Cornelius!«

Die Warnung war nicht ganz unberechtigt. Das junge Mädchen, das sich mit ihm am Pranger unterhalten hatte, wollte ihm nicht aus dem Sinn gehen, und manche Nacht hatte er sich ausgemalt, wie es sein würde, wenn er sie wiederträfe. Es waren schmerzhafte Vorstellungen, geboren aus frustrierter Enthaltung und gesundem Geschlechtstrieb.

Er versuchte, diese Bilder nicht mehr aufkommen zu lassen. Ganz gelang es ihm nicht. Aber er konzentrierte sich darauf, seinem Freund aufmerksam zuzuhören. Er vermutete inzwischen, dass er einen ganz anderen Namen als Pierre trug. Denn er war einer der Überlebenden der Kämpfe auf der Halbinsel Quiberon, wo die französischen Emigranten, die nach England geflohen waren, 1795 zusammen mit den Briten und den bretonischen Chouans versucht hatten, einen Aufstand gegen die französische Republik zu organisieren. Doch die Truppen unter General Hoche hatten sie vernichtend geschlagen. Die meisten Anführer, bourbonentreue Aristokraten, waren hingerichtet worden, andere hatte man in das Gefängnis nach Vannes gebracht.

»Es war ein Versuch, ein tapferer, törichter Versuch«, kommentierte Pierre es.

»Du wärst besser auf der anderen Seite des Kanals geblieben. Wenn man bedenkt – inzwischen hat man den blutrünstigen Robespierre geköpft und eine moderatere Regierung gebildet.«

»Später ist man klüger.«

»Wie bist du dem Terror überhaupt entkommen?«

»Mit knapper Not und Bestechung. Wir, meine Frau und ich, hatten Freunde, die uns frühzeitig gewarnt hatten. Wir sind über Belgien zur Kanalküste gezogen, verkleidet als Bauern. Wir waren nicht besonders gut darin, wie arme Landleute aufzutreten, wie du dir vorstellen kannst. Aber einige gütige Menschen versteckten uns, und einer deiner Landsmänner verhalf uns zu einer Passage über den Kanal. Gegen gutes Gold versteht sich. Aber warum sollte ich ihm das verdenken? Es war ein Risiko. Den Mann werde ich nie vergessen, ein Frédéric Kormann, aus Köln – wie du, Cornelius.«

Cornelius sog scharf die Luft ein.

»Kay Friedrich Kormann. Tatsächlich.«

»Du kennst ihn?«

»Kennen ist zu viel gesagt. Er war ein Bekannter meines – mh – Paten. Ein Freimaurer wie er, und daneben ein überzeugter Jakobiner. Ich fand damals die Kombination schon seltsam. Er scheint ein Mann mit ziemlich wechselnden Überzeugungen zu sein. Ausgerechnet er soll royalistischen Flüchtlingen geholfen haben? Das ist erstaunlich.«

»Das mag seine tolerante Seite gewesen sein.«

»Möglich. Aber er ist 1794 mit den Besatzungstruppen nach Köln zurückgekommen und hat in der Verwaltung eine steile Karriere gemacht.«

»Ein Opportunist. Das ist in Zeiten wie den unseren nicht unüblich. Wem kann man es verdenken, Cornelius?«

»Er saß als Geschworener im Gericht, vor dem ich verurteilt wurde.«

»Und ließ keine Gnade walten?«

»Vermutlich nicht. Ich hatte ihm kurz vorher beim Kartenspiel gründlich die Hosen ausgezogen.«

Pierre gab sein charakteristisches Schnauben von sich. »Das Schicksal erlaubt sich zuweilen eigenwillige Kapriolen.«

»Leider! Deine Frau ist noch in England?«

»Nein, sie ging vor mir zurück, schon 1791. Sie hatte den wahnsinnigen Wunsch, ihrer Königin beizustehen. Man enthauptete sie im Herbst zweiundneunzig.«

»Und deine … Mätresse?«

»Beatrice blieb zurück. Sie war – nun ja – nicht sonderlich gefährdet.«

Aus den Berichten und vielen anderen Kleinigkeiten war Cornelius zu dem Schluss gekommen, dass Pierre ein Mitglied des französischen Hochadels sein musste, der seinen Namen aus sehr verständlichen Gründen strikt für sich behielt. Selbst ihm gegenüber. Seine Geliebte schien indessen in Sicherheit zu sein, was offenkundig an ihrem bürgerlichen Status lag.

»Weiß sie von deiner Gefangenschaft hier?«

»Ich glaube nicht, ich bin unter fremdem Namen von England zurückgekehrt und unter dem auch verhaftet worden. Aber wer weiß, vielleicht überlebe ich so lange, dass ich sie noch einmal wiedersehe.«

»Wir haben beide gute Gründe, lebend aus dieser Vorhölle herauszukommen.«

»Wir werden uns bemühen«, versprach Pierre.

Sein Wunsch jedoch ging nicht in Erfüllung.

Zwei Jahre später, sie hatten inzwischen, da sie nie auffielen und ihre Arbeit widerspruchslos erledigten, ihren Platz im Arsenal auf dem Festland bekommen und leichtere Aufgaben bei einem Küfer erhalten, als Pierre eines Nachts zu keuchen begann. Cornelius, weiterhin an seine Seite gekettet, versuchte, ihn aufzurichten und ihm zu helfen, aber das schwache Herz seines Freundes versagte. Noch einmal rang er um Atem und flüsterte Cornelius einen Namen zu. Einen alten, sehr traditionsreichen. Zuletzt hauchte er mit kaum hörbarer Stimme: »Beatrice de Keroual.«

»Ja, ich werde versuchen, sie zu finden.«

»Danke … Freund.«

»Psst. Ruhig. Ich will versuchen, Hilfe zu rufen.«

»Zu … spät …« Die Schmerzen in seiner Brust lösten einen heftigen Krampf aus, und Cornelius hielt ihn fest in seinen Armen.

»Dormez bien, mon Prince«, flüsterte er in sein Ohr, als Pierre mit einem letzten Aufbäumen starb. Dann wachte er bei ihm mit starrem Gesicht, bis der morgendliche Weckruf ertönte, und er dem Aufseher Meldung machen konnte.

Der Leiter des Bagnos, ein Marineoffizier, entschied, Cornelius solle auf Grund seiner guten Führung nicht mehr an einen anderen Sträfling gekettet werden, sondern seinen Dienst an der »gebrochenen Kette« tun dürfen. Der Eisenring an seinem Fuß blieb, aber das freie Ende der Kette konnte er nun in den Gürtel gesteckt tragen. Es war zwar eine Form der Straferleichterung, doch tiefe Trauer überschattete diese Entlastung. Noch mehr, als er erfuhr, dass Pierre, nun, da Frankreich einen neuen Machthaber hatte, von dem ersten Konsul, Napoleon Bonaparte, begnadigt werden sollte.

Der blinde Pater

Ihr glücklichen Augen,
was ihr je gesehen,
es sei, wie es wolle,
es war doch so schön.

Lynkeus, der Türmer, Goethe

Der Teich war zugefroren, und eine weiße Decke aus Schnee lag wie frisch gebleichtes Leinen darüber. Nur in der Mitte war ein Loch in die Eiskruste geschlagen worden, aus dem die Anwohner manchmal Fische holten. Auf genau dieses Loch wanderte der Mönch in seinem weißen Umhang und dem Stock in der Hand zu.

Toni starrte ihm verblüfft hinterher, dann aber sagte sie sich, dass irgendetwas mit ihm nicht in Ordnung war.

»Bleiben Sie stehen!«, rief sie laut und rannte los, wobei der Pulverschnee nur so aufstob. »Bleiben Sie ja, wo Sie sind! Keinen Schritt weiter!«

Der alte Mann blieb gehorsam und starr stehen, bis Toni ihn schlitternd und keuchend erreichte. Das Eis unter ihren Füßen knarrte und knackte bedrohlich, und sie befahl, ein Stückchen von dem Mönch entfernt stehend: »Reichen Sie mir Ihren Stock! Hierher. Hier stehe ich!«

Vage bewegte sich der Stock in ihre Richtung, und sie packte ihn mit beiden Händen.

»Folgen Sie mir, ganz vorsichtig! Langsam, vorsichtig die Füße aufsetzen. Ja, so ist's gut. Recht so.« Sie leitete ihn an das Ufer zurück und meinte: »Puh, das war knapp, ehrwürdiger Bruder. Sie dürfen doch nicht alleine auf das Eis hinausgehen. Hätte ich das gemacht, die Mutter würde mir die Ohren lang ziehen.«

»Sie hätte wohl guten Grund dazu, meine Tochter. Du darfst diese üble Strafe jetzt gerne an mir vollziehen.«

»Entschuldigen Sie, ich bin Toni, nicht Ihre Tochter.«

Der schmächtige Mönch wandte sich ihr zu und schüttelte den Kopf.

»Mein Augenlicht mag mich fast verlassen haben, mein Gehör ist jedoch noch recht gut. Aber wie du willst, Toni.«

»Bitte.«

»Ich glaube, ich muss dir sehr dankbar sein. War das Eis dünn an jener Stelle? Ich nahm das Knistern wahr, wusste es aber nicht zu deuten.«

»Sie wären fast ins Fischloch gefallen, ehrwürdiger Bruder.«

»Dann verdanke ich dir ganz gewiss mein Leben. Das soll mir eine Lehre sein, nicht mehr alleine umherzuwandern. Aber – es ist so langweilig im Kloster, seit es mir nicht mehr vergönnt ist, zu lesen oder die Feder zu führen.«

Toni sah den alten Mann belustigt an. Er wirkte trotz seines faltigen Gesichtes und des weißen Haarkranzes wie ein schuldbewusster Lausbub, nicht wie ein würdiger Ordensmann.

»Tja, das kenne ich«, bekannte sie. »Ich streife auch gerne umher. Also, die Ohren ziehe ich Ihnen deshalb nicht lang. Verraten Sie mir, wo sie wohnen, dann begleite ich sie dorthin.«

»Ah, das wäre sehr nützlich. Ich scheine nämlich die Orientierung verloren zu haben. Ein bisschen sehe ich normalerweise noch, aber es ist alles so eintönig weiß heute. Das Kloster Wedinghausen ist meine Wohnung.«

»Nun, dann folgen Sie mir! Es ist so weit ja nicht.«

Toni und Elisabeth hatten nun, da die Hessisch-Darmstädter Truppen im Westfälischen ihr Winterquartier genommen hatten, ein Zimmer bei einer Schneiderfamilie gemietet. Elisabeth, findig wie immer, fand sofort eine Beschäftigung. Da die kalte Witterung ihre Opfer unter den Soldaten forderte, arbeitete sie im provisorischen Lazarett mit, das man im Gemeindesaal errichtet hatte. Die wohltätigen Damen des Ortes hatten sich zusammengeschlossen, um den Kranken das Leben zu erleichtern. Sie sorgten dafür, dass Laken und Decken gewaschen wurden, Briefe geschrieben oder vorgelesen wurden, trugen den Genesenden erbauliche Texte aus der Bibel und Gedichtsammlungen vor und ließen die Räume mit Kohlepfannen heizen, was einen weit größeren Zuspruch als die frommen Sprüche fand. Natürlich wuschen, flickten und reinigten die Damen nicht selbst, sondern bezahlten Helferinnen derberen Gemütes dafür. Toni half ihrer Mutter, wenn sie nicht in der Schulstube saß und gelangweilt dem Lehrer zuhörte, der ihrer Meinung nach dümmer als ein altbackenes Brot war.

In ihren freien Stunden streifte sie, wann immer es ihr gelang, Elisabeth zu entwischen, durch Arnsberg und seine Umgebung.

Der Mönch hatte Toni die Hand auf die Schulter gelegt, sie war nur unwesentlich kleiner als er, und ließ sich von ihr auf den festgetretenen Schnee des Weges führen.

»Du kennst dich gut aus, Toni. Obwohl du nicht von hier zu stammen scheinst. Du sprichst anders als die hiesige Jugend«, stellte der Mönch fest.

»Wir sind mit den Soldaten gekommen. Meine Mutter ist Marketenderin. Sie versorgt jetzt die Kranken im Lazarett.«

»Eine gütige Frau, deine Mutter.«

Toni gluckste: »Geschäftstüchtig, ehrwürdiger Bruder. Die Damen vom Wohltätigkeitsverein bezahlen sie dafür. Die können nämlich nicht selbst Kartoffeln schälen. Und die Vorstellung, Tote zu waschen, behagt ihnen auch nicht.«

Der Mönch gab ein seltsames Geräusch von sich, blieb aber völlig gelassen.

»Nun, du hast, scheint's, ein pragmatisches Verhältnis dazu.«

»Ich bin mein Lebtag als Trossbub dabei, ehrwürdiger Bruder. Mein Vater war Corporal, und meine beiden älteren Brüder sind jetzt bei den Chevauxlégères der Darmstädter.«

»Ist dein Vater auch hier einquartiert?«

»Er hat sein Quartier im Himmel bezogen. Er fiel bei Philippsburg.« Es klang nüchtern, doch der fast erblindete Mönch hörte die Trauer in Tonis Stimme.

»Möge er in Frieden ruhen, Kind. Ich will heute für ihn beten. Und ganz besonders für dich, Toni, und deine Familie. Du führst ein ungewöhnliches Leben. Nun verstehe ich ein wenig besser, warum du als Junge auftrittst.«

»Es ist bequemer.«

»Und sicherer. Wie alt bist du?«

»Im Dezember bin ich zwölf geworden.«

»Im Dezember bin ich zweiundachtzig geworden. Aber ich fühle mich nicht so.«

»Ich mich auch nicht, ehrwürdiger Bruder.«

»Ich heiße Emanuel, Toni. Und – nein, du bist älter als deine Lebensjahre. Aber ich – ja, ich bin jünger, will mir scheinen. Etwa dein Alter hüpft in meinem Geist herum. Auch wenn mein Körper nicht mehr so will wie vor siebzig Jahren.«

»Sind Sie schon lange im Kloster?«

»Mit sechzehn wurde ich Novize, mit achtzehn habe ich den Profess geleistet und mit zwanzig die ersten Weihen erhalten. Tja – sechsundsechzig Jahre sind wohl eine lange Zeit. Kaum vorstellbar, dass sie jetzt zu Ende gehen soll.«

»Ach du lieber Gott, ja. Sie gehören ja zur Entschädigung.«

Der Mönch blieb überrascht stehen. »Du weißt davon?«

»Natürlich. Ich lese oft Zeitung, wenn ich eine finde. Mamas Freund erklärt mir das, was ich nicht verstehe. Wenn ich lange genug nachfrage. Der Lehrer tut das nicht, der guckt mich immer nur blöde an, wenn ich von ihm wissen will, was Säku… Säkulie…«

»Säkularisation.«

»Ja, also, was das nun bedeutet. Es heißt, die Klöster werden aufgelöst und die Mönche und Nonnen müssen ausziehen, nicht wahr?«

»Richtig, das ist die Folge davon.«

Sie hatten ihren Gang wieder aufgenommen, und Toni, die keine falsche Scham kannte, fragte neugierig weiter.

»Was werden Sie tun, Bruder Emanuel?«

»Ich weiß es noch nicht. Vielleicht nimmt mich der Sohn meiner Schwester auf. Er wohnt in Paderborn, und ich werde wohl einen Bettelbrief schreiben müssen.«

»Sie mögen das nicht.«

»Nein, Toni. Ich mag das nicht. Aber was soll ich sonst tun, halbblind, wie ich bin. Derzeit sorgt die Klostergemeinschaft für mich, ich bekomme mein Essen und Kleidung. Man hilft mir, mich zurechtzufinden und erzählt mir die Neuigkeiten. Viele von den Unseren tragen bereits weltliche Kleidung und suchen sich Beschäftigungen außerhalb des Klosters. Aber ich kann nicht mehr viel tun, ich bin nur eine Last für andere. Bald werden die Kommissare unseres neuen Landesherrn unser Haus für andere Zwecke beschlagnahmen.«

»Sie brauchen eine Wohnung und Leute, die sich um Sie kümmern. Haben Sie Geld?«

»Was bist du für ein gradlinig denkendes Kind, Toni!«

Sie zuckte mit den Schultern. »Ist doch eine wesentliche Sache, oder nicht?«

»Ist es wohl. Ja, ich werde Geld haben. Ich werde mich noch heute darum kümmern. Das wird den Bettelbrief ohne Zweifel dem Empfänger schmackhafter machen.«

Sie hatten das Kloster erreicht, und der Pförtner bedachte den Mönch mit einem gutmütigen Vorwurf.

»Schon wieder unerlaubt ausgeflogen, Pater Emanuel?«

»Und beinahe den Fischen zur Beute geworden, hätte mich dieser junge Bursche nicht im letzten Augenblick vom Eis gerettet.«

»Du solltest doch immer einen Begleiter mitnehmen, wenn du deine Runde machst.«

»Schon recht, schon recht. Aber alle waren beschäftigt.«

Toni wollte sich verabschieden und legte dem Mönch die Hand auf den Arm. »Ich gehe jetzt. Sie sind ja in sicherer Obhut, nicht wahr?«

Pater Emanuel drehte sich zu ihr um und blinzelte angestrengt. Dabei bedeckte er ihre Hand mit der seinen.

»Sag, Kind, sind deine Tage sehr ausgefüllt, oder könntest du dann und wann eine Stunde entbehren, um mit mir einen Spaziergang zu machen?«

»Ich könnte die Schule schwänzen.« Es klang überaus hoffnungsvoll.

»Das bestimmt nicht.«

»Schade. Aber nach dem Essenverteilen im Lazarett hätte ich Zeit. Soll ich morgen wiederkommen?«

Es war für alle Beteiligten eine äußerst erfreuliche Vereinbarung, die sie auf diese Weise getroffen hatten. Elisabeth war froh, dass

Toni nicht mehr mit den Dorfbuben oder alleine herumzog. Pater Emanuel musste nicht seine Mitbrüder belästigen, und Toni selbst genoss die anregenden Gespräche, die sie mit ihm führen konnte. Sie war es auch, die eine Unterkunft für ihn fand, bis sich sein Neffe auf den Brief meldete, in dem er ihn um Aufnahme gebeten hatte. Auf Tonis Anraten hatte Elisabeth die Damen des örtlichen Wohltätigkeitskränzchens entsprechend bearbeitet, und als der Schnee taute, zog Pater Emanuel in das Haus des Apothekers ein. Denn am 25. Februar 1803 hatte der Reichsdeputationshauptschluss die Landesherren ermächtigt, alle geistlichen Organisationen in ihren Territorien zu säkularisieren. Es geschah umgehend.

Der Prämonstratenserorden war glücklicherweise reich genug, um für seine Mitglieder selbst nach der Auflösung angemessen zu sorgen. Der Apotheker erhielt eine auskömmliche Miete, Pater Emanuel hingegen konnte über die Betreuung durch den Kammerdiener und die Beköstigung durch die vorzügliche Küche des Hauses verfügen. Toni besuchte ihn fast täglich, und zu ihrer Freude bat er sie, jetzt, da die Wege zu schlammig und das trügerische Frühlingswetter regnerisch waren, ihm aus den Büchern vorzulesen, die sie gemeinsam aus der kleinen Bibliothek des Hauses auswählten. Auch aus den Zeitungen, die ihnen der Hausherr gerne zur Verfügung stellte, las sie Pater Emanuel vor, und gemeinsam diskutierten sie die Neuigkeiten. Im April erstaunte Toni die Meldung, Teile des Kölner Domschatzes sollten auf Anweisung des französischen Machthabers Napoleon wieder zurück zum Dom transportiert werden.

»Nun ja, Toni, wir haben in unserem Kloster geheimnisvolle Gäste gehabt. Aber wir waren zu vollkommenem Stillschweigen verpflichtet. Jetzt scheint man aber über diese besondere Einquartierung sprechen zu dürfen.«

Toni, immer aufgeschlossen, wenn es um Geheimnisse ging, fragte mit einem begehrlichen Leuchten in den Augen: »Wen haben Sie denn beherbergt?«

»Die Heiligen Drei Könige.«

»Wirklich?« Die legendären Gestalten, die Schutzpatrone Kölns, waren Toni selbstverständlich vertraut, fast wie Familienangehörige. Elisabeth hatte ihr oft genug von ihrer Herkunft, ihrem Wunderwirken und vor allem den schönen Feiern und Prozessionen zu ihren Ehren erzählt.

»Nun, natürlich. Als die französische Armee vor den Toren eurer Stadt stand, hat das Domkapitel, das sind die Männer, die sich um die Kathedrale und ihre Schätze kümmern, beschlossen, die wichtigsten Kostbarkeiten heimlich zu uns nach Wedinghausen zu bringen, damit sie nicht den Plünderungen anheim fielen. Über vierhundert Kisten und Verschläge, Fuhre um Fuhre, trafen bei uns ein. Goldenes Gerät, Schreine, Reliquiare und unzählige wertvolle Handschriften brachten sie uns. Damals, vor neun Jahren, konnte ich noch recht gut sehen, und – ach, es war eine Pracht! Die zwei größten, schwersten Kisten aber enthielten den goldenen Dreikönigsschrein. Mit ihm kamen die Domherren aus Köln.« Pater Emanuel seufzte.

»Was ist mit ihnen geschehen?«, wollte Toni ungeduldig wissen.

»Mit den Domherren?«

»Nein, mit den Königen.«

»Man hat sie eingemauert, im Hochaltar der Abteikirche. Das war auch gut so. Denn, weißt du, als eure Soldaten hier eintrafen, im vergangenen Herbst, da haben sie die Kommissare des Landgrafen begleitet, und die haben unser ganzes Kloster auf den Kopf gestellt, um nach den Domschätzen zu suchen.«

»Also war das doch kein Geheimnis?«

»Offensichtlich nicht. Aber das Domkapitel hat sich ungeschickt benommen, weißt du. Kaum ein Jahr waren die Sachen hier, da packte sie die Angst, sie könnten in unserer Abtei nicht sicher sein, und sie verbrachten Teile davon weiter nach Bamberg, nach Paderborn und Prag. In Prag, hörte ich, hat man etliches davon verkaufen müssen, um die Kosten für das Domkapitel und den Erzbischof abzudecken. Bald darauf kamen viele Stücke aus den Archiven wieder zu uns zurück.«

»Herrje!«, schnaufte Toni. Und mit ihrer jungen, aber bedauerlich guten Welterfahrung erklärte sie Pater Emanuel: »Das alles wussten natürlich die Händler und die Fuhrleute. Die wissen sowieso immer alles. Die und die Wirte.«

»So wird es wohl sein.«

»Kein Wunder, dass der Landgraf Ludewig sich so für dieses Zipfelchen Land interessiert hat. Mama und ich hatten so etwas vermutet. Die Könige haben die Kommissare aber nicht gefunden, oder?«

»Nein, die Könige nicht. Sie werden bald auf die Reise zurück nach Köln gehen.«

»Aber – warum hat man denn die anderen Sachen nicht vor dem Landgrafen in Sicherheit gebracht, Pater Emanuel? Es war doch bestimmt bekannt, dass er seine Hand darauflegen würde.«

»Man hat es ja versucht. Sechzehn Kisten, ein paar Fuhren also, wurden im August letzten Jahres nach Frankfurt geschickt, um sie dort im Bartholomäusstift einzulagern.«

Nachdenklich kaute Toni auf ihrer Unterlippe. Dann brach es aus hier heraus: »Sind sie von Fuhrleuten aus Altenkleusheim transportiert worden?«

»Schon möglich. Warum willst du das wissen?«

»Als wir im September dort lagerten, da hieß es, Fuhrleute auf dem Weg nach Frankfurt seien überfallen worden.«

»Das kann schon mal vorkommen, denke ich. Gesetzlose plündern gerne Fuhren aus.«

»Ja, aber … Also …« Stockend erzählte Toni von ihrem Fund in der Köhlerhütte. Sie schwelgte bald in dem Genuss, einen vollständig faszinierten Zuhörer zu haben. Die von einem grauen Schleier umwölkten Augen des Paters funkelten auf, als sie die Pergamente beschrieb, und fast meinte sie, er könne doch wieder sehen.

»Das ist ja unglaublich, Toni. Unglaublich! Ich bin sicher, du hast einen Teil der Handschriften aus dem Domschatz gefunden. Ach, was kann man nur tun, um sie zu retten?«

»Ich weiß nicht. Sehen Sie, ich könnte noch nicht einmal die Hütte wiederfinden. Was soll's auch! Die Einbände waren sowieso abgerissen. Das Gold ist vermutlich bereits lange eingeschmolzen und die Edelsteine verhökert.«

»Kind! Nicht die Einbände, so kostbar sie wohl waren, machen den Wert dieser Handschriften aus. Es sind wichtige Aufzeichnungen, von Menschen, die vor vielen hundert Jahren gelebt haben. Die uns ihr Wissen und ihre Gedanken darin übermittelt haben. Zeugnisse ihres Glauben und ihres Lebens. Das ist unwiederbringlich, das sind unschätzbare Kostbarkeiten.«

»Mh.« Toni rieb sich skeptisch die Nase. »Sie waren hübsch anzusehen, die Bilder. Aber manches, fand ich, war einfach nur unleserliches Gekritzel.«

»Für dich vielleicht. Für jene, die die alten Schriften studiert haben, nicht.«

»Aber das werden doch nicht die einzigen Bücher darüber sein?«

»Doch, Toni, das sind sie. Damals kannte man den Buchdruck noch nicht. Jede Seite wurde mit der Hand geschrieben. Schön geschrieben!« Da Pater Emanuel wusste, wie ungern Toni sich in Schönschrift übte, hatte diese Bemerkung die gewünschte Wirkung.

»Oje!«

»Ja, oje.«

»Ich kann ja noch mal versuchen, die Köhlerhütte zu finden, wenn wir zurückmarschieren. Ich denke, es ist bald so weit, jetzt, wo der Landgraf das Land hier offiziell in Besitz genommen hat.«

Ein wenig betrübt über diese Aussicht streichelte Toni das Buch, in dem sie gerade lasen. Sie hatte eine schöne Zeit hier in Arnsberg verbracht und den alten Pater aufrichtig lieb gewonnen.

»Ja, ich glaube, du wirst bald zurückkehren. Sei nicht traurig, Toni. Ich werde bestimmt in Kürze Antwort von meinem Neffen haben, und dann verlasse ich diesen Ort ebenfalls.«

Es war im Mai so weit, sie rüsteten sich zum Aufbruch. Lichtes Grün überzog die Bäume und Sträucher, Frühlingsblumen entfalteten ihre Pracht, als Toni den letzten Spaziergang mit Pater Emanuel machte. Er trug, obwohl es eigentlich verboten war, sein weißes Habit, aber niemand sprach ihn je darauf an. Er selbst hatte nur einmal gemurrt, man könne ihn zwar seines Heimes berauben, nicht aber dazu zwingen, die Gewandung aufzugeben, die er den größten Teil seines Lebens aus Überzeugung getragen habe. Dennoch nahm er mit aufrichtigem Dank die wollenen Strümpfe an, die Toni ihm gestrickt hatte.

»Was wirst du tun, Toni, wenn du wieder zu Hause bist?«

»Och – in die Schule gehen, der Mutter beim Marktstand helfen, Beeren und Pilze sammeln. Jemanden finden, bei dem ich in die Lehre gehen kann. Ich kann ja nicht Soldat werden.«

»Du wirst wohl erst einmal ein Mädchen werden.«

»Nicht gerne, Pater Emanuel.«

»Was würdest du denn lieber machen, wenn du dir etwas wünschen könntest?«

»Vielleicht eine Bücherstube führen.«

Sie hatten am Tag zuvor die kleine Buchhandlung am Ort aufgesucht, wo Pater Emanuel für sie ein Abschiedsgeschenk erstehen wollte. Es begeisterte sie, in einem Laden voller Druckerzeugnisse zu stöbern. Viel gab es da, was sie zu gerne näher betrachtet hätte. Werke mit Landkarten, solche mit Stichen von Flora und Fauna fremder Länder, anatomische Bücher. Gedichtbände, Romane, Erzählungen, einige illustriert – es erschien ihr eine wahre Wunderwelt.

»Warum solltest du das nicht? Du bist von rascher Auffassung und bringst den Büchern Achtung entgegen. Such dir so einen Buchhändler, der dich in die Lehre nimmt!«

»Meinen Sie, das würde gehen?«

»Ich habe den festen Glauben daran, Toni, dass du alles, was du wirklich willst, auch erreichst.«

Toni blieb an der Brüstung der Brücke über die Ruhr stehen und sah auf das glitzernde Wasser hinaus.

»Ich habe bislang nicht viel über die Zukunft nachgedacht, Pater Emanuel. Es ist immer so viel um mich herum geschehen. Ich sollte es aber bald tun.«

»Es ist immer gut, sich nicht nur nähere, sondern auch fernere Ziele zu setzen, mein Kind.«

Versonnen meinte Toni dann: »Ich würde Köln gerne wiedersehen. Ich war erst vier Jahre alt, als wir fortzogen.«

Pater Emanuels erblindete Augen sahen in die Ferne, und seine pergamenttrockene, warme Hand umfasste die ihre mit erstaunlich festem Griff.

»Du wirst zurückkehren, Antonia. Seltsamerweise bin ich mir dessen ganz sicher. Du wirst zurückkehren, genau wie die Heiligen Drei Könige. Es wird dein ganzes Leben verändern. Aber du bist stark, meine Tochter, stark genug, um selbst den größten Verlust zu überwinden und einen Gewinn daraus zu ziehen. In den Feuerbränden der Welt wirst du noch aufrecht stehen und das verteidigen, was dir von Wert ist, auch wenn du kein Soldat bist.«

»Pater Emanuel.« Gepresst klang Tonis Stimme, als sie zu ihm aufblickte.

»Manchmal kann sogar ein blinder Pater ein Goldkorn sehen«, erklärte der alte Mönch und lächelte sie an. »Du bist eines. Ich werde immer an dich denken und dich jeden Tag in meine Gebete einschließen. Du hast Licht in mein Leben gebracht, als ich schon dachte, die Dunkelheit würde mich für immer umschließen.«

»Ich könnte hierbleiben, Pater Emanuel. Und für Sie sorgen.«

»Nein, meine Liebe, das wirst du nicht. Du hast einen langen und aufregenden Weg vor dir, meiner ist nur mehr kurz. Aber ich habe nun vieles, woran ich mich mit Freude erinnern kann.«

»Ich möchte Sie aber nicht verlassen.« Toni klang plötzlich sehr kindlich, und die Wehmut in ihrer Stimme erschütterte den alten Mann.

»Du hast für dein junges Leben viel zu oft Abschied nehmen müssen, Antonia. Und jedes Mal hat es dir wehgetan, nicht wahr?«

»Ja, aber ich versuche, jetzt nicht mehr zu weinen.«

»Du solltest dich nicht verhärten, liebes Kind. Abschiednehmen schmerzt immer und hinterlässt Narben im Herzen. Tränen weichen sie wieder auf. Vergiss nicht, kein Abschied ist für immer. Auch der Tod ist kein endgültiges Scheiden. Niemand ist wirklich fern von dir, wenn du dich seiner mit Liebe erinnerst.«

»Ach, Pater ...«

Als sie zurückgingen, hatte er wieder die Hand auf Tonis Schulter gelegt und ließ sich von ihr vertrauensvoll führen. Sie brachte ihn bis in sein Zimmer, und dort nahm er das goldene, mit Perlen besetzte Kreuz ab und legte es ihr um den Hals.

»Erinnere dich meiner!«

»Immer, Pater Emanuel«, versprach Toni und wischte sich die Tränen ab.

»Der Herr segne und behüte dich, mein Kind. Er wache über deine Wege und erfülle dein Herz mit Freude.«

Am nächsten Morgen folgten Toni und Elisabeth im Marketenderwagen den ausziehenden Truppen.

Tonis Absicht, in Altenkleusheim noch einmal nach der Köhlerhütte zu suchen und die Handschriften zu retten, schlug fehl. Diesmal machten sie dort nicht Lager, sondern zogen ohne weiteren Halt nach Süden.

Aufbegehren

Ich denke, was ich will
Und was mich beglücket,
Doch alles in der Still',
Und wie es sich schicket.

Volkslied

Sarah Susanne Bernsdorf sah ihrem achtzehnten Geburtstag in der kommenden Woche mit gemischten Gefühlen entgegen. Ihr Onkel und ihre Tante hatten ihr unmissverständlich klargemacht, sie habe baldmöglichst einen akzeptablen Heiratsantrag anzunehmen, um den Haushalt zu entlasten. Nun ja, verständlich war der Wunsch ihrer Familie. Die Hirzens lebten in edler, aber schäbiger Grandezza in dem weitläufigen, heruntergekommen Stadthaus, das seine Gründung im Mittelalter erlebt hatte. Ihre beiden eigenen Töchter waren schon eine Belastung für die angegriffenen Finanzen, sie sollten wenigstens eine einigermaßen anständige Mitgift erhalten. Da war für die angenommene Tochter der irregeleiteten Schwester nicht mehr viel Spielraum. Eine schnelle Verheiratung war also wünschenswert. Es hatte einige Auseinandersetzungen zu diesem Punkt gegeben. Keine lautstarken, bewahre! Leise, aber kalte Worte waren gefallen. Man hatte Susannes Mutter nie verziehen, dass sie im Alter von achtzehn Jahren mit dem Lutheraner Johann Daniel Bernsdorf ausgerissen war und ihn zivil im preußischen Altena geheiratet hatte. Zu allem Überfluss war der Mann auch noch ein windiger Künstler gewesen.

Jetzt, zehn Jahre nach dem tragischen Unfall ihres Vaters, im September 1804, saß Susanne in ihrem Zimmerchen und versuchte, ihren aufsteigenden Zorn in den Griff zu bekommen. Unwillig betrachtete sie dabei die sich von den Wänden lösende Tapete. Für eine Renovierung der abgelegeneren Räume war kein Geld da, aber der Salon hatte gerade neue Samtportieren erhalten.

Draußen auf dem Neuen Markt hörte man es hämmern. Seit Tagen war größte Geschäftigkeit in den Straßen der Stadt ausgebrochen. Überall wurden Gerüste und Podeste aufgestellt, mit Girlanden umwunden, mit Fahnen geschmückt, Fackeln angebracht und Wimpel aufgezogen. Kaiser Napoleon und seine Frau Josephine wurden am 12. September in Köln erwartet.

Die Stadt rüstete sich zu einem festlichen Empfang. Einer der Vorteile des Hirzen'schen Hauses war sicherlich, dass es mitten im Geschehen stand. Die Kaiserin würde im Hackeney'schen Hof, der Emperateur selbst einige Häuser weiter im Blankenheimer Hof residieren. Allenthalben herrschte erwartungsvolle und freudige Stimmung. Es sollte zahllose Empfänge und Geselligkeiten geben, Bälle und feierliche Diners, Paraden und allerlei Lustbarkeiten in den Straßen und auf den Plätzen. Und ein Feuerwerk über dem Rhein.

Auch ihr Onkel hatte ein Essen geplant, zu dem einige hochrangige Personen aus dem kaiserlichen Gefolge geladen waren. Und in Susannes Händen lag die Organisation des festlichen Abends, wenngleich nominell dafür die betagte Haushälterin zuständig war. Susannes derzeitige Misslaunigkeit war jedoch nicht durch die Hektik der Vorbereitungen entstanden, sondern durch den Besuch von Herrn Franziskus Hedderich.

Kaiserin Josephine hatte an diesem Tag feierlich Einzug in Köln gehalten, wobei, wie Susanne vermutete, das Feierliche ausschließlich auf Seiten der Kölner und ihrer Honoratioren lag. Ihre Majestät blieb nämlich, zum Bedauern der an den Straßen versammelten Bürger, hinter den verhüllenden Vorhängen ihrer Kalesche verborgen, und auch Susanne und ihre Cousinen, die am Fenster ihre Ankunft verfolgten, konnten keinen Blick auf sie erhaschen. Sie hatte selbst beim Betreten ihres Quartiers den Schleier fest um ihr Gesicht gezogen. Man munkelte, eine heftige Migräneattacke sei der Grund dafür.

»Sieh mal, da kommt dein Freier«, spöttelte eine ihrer Cousinen, als sie den ältlichen Herrn mit seinen knieweichen Schritten auf den Eingang des Hauses zusteuern sah. Franziskus

Hedderich, ein Freund ihres Onkels, hatte verschiedentlich bei Veranstaltungen versucht, sich ihr gefällig zu machen. Sie fand ihn ermüdend langweilig, hörte aber immer höflich zu. Erst die spöttischen kleinen Spitzen ihrer Cousinen hatten in ihr den Verdacht aufkommen lassen, er suche nicht gänzlich ohne Absicht ihre Nähe.

Ihre Vermutung trog sie nicht. Noch an diesem Nachmittag ließ ihr Onkel sie zu sich in sein Arbeitszimmer bitten und machte sie mit dem Wunsch seines alten Freundes vertraut, sie zu seinem Weib zu nehmen. Weiß vor Ärger verließ Susanne kurz darauf den Raum und verschloss mit einer heftigen Gebärde ihre eigene Zimmertür. Die Familie würde es sich nicht entgehen lassen, auf dem morgigen Fest ihre Verlobung mit dem alten Langweiler bekannt zu geben. Knurrend vor Zorn wanderte sie auf und ab. Fliehen müsste man können, einfach weglaufen vor diesen Aussichten. Himmel, wenn es doch nur einen Zufluchtsort gäbe.

Als sich das erste Aufwallen ihrer Wut gelegt hatte, setzte eine müde Niedergeschlagenheit ein, und wie so oft führte sie ein stummes Gespräch mit ihrem verstorbenen Vater. Er war in ihrer Erinnerung immer ein heiterer, unternehmender und fantasievoller Mann geblieben, ein Künstler, der mehr Wert auf Herzensanmut als auf steife Manieren gelegt hatte und der seiner Tochter oft genug mit einem Augenzwinkern Dinge erlaubte, die selbst ihre sanftmütige Mutter missbilligt hatte.

»Nie würdest du von mir verlangt haben, einen solchen Mann zu heiraten, Papa«, flüsterte sie, nachdem sie ihm ihr Leid geklagt hatte. »Ach, ich wünschte, du zeigtest mir einen Ausweg.« Sie lehnte die Stirn an die kalte Scheibe des Fensters und sah zur Straße hinaus. Die Ehrenwache in ihren goldbetressten Uniformen schritt auf und ab, bunte Wimpel flatterten, Damen in vornehmen Kleidern und schmucke Offiziere flanierten unter den Bäumen.

Es zog und zerrte noch immer dieser Schmerz in ihrem Herzen, wenn sie einen französischen Offizier sah. Obwohl derjenige, nach dem sie sich sehnte, die Stadt längst verlassen hatte. Zwei Jahre lang hatte er sein Quartier im Haus der Hirzens gehabt, die, wie so viele Familien, die Angehörigen der französischen

Streitkräfte aufnehmen mussten. Aber Major Sebastien Renardet war ein rücksichtsvoller Logiergast gewesen, höflich und mit guten Manieren, anders als manche der neuen Offiziere, die die Revolution oft aus häufig sehr niedrigen Bevölkerungsschichten emporgespült hatte. Susanne fasste sofort eine stille Neigung zu ihm, die sie aber erfolgreich zu verbergen wusste. Nichtsdestotrotz hatte sie ihm oft nachgeschaut, wenn er das Haus verließ und mit seinem leichten Hinken über den weiten Platz des Neuen Marktes ging. Die Beinverletzung hatte er sich zugezogen, als er 1795 auf der Quiberon unter General Lazare Hoche gegen die Royalisten kämpfte, hatte sie erfahren. General Hoche war in Köln nicht unbekannt, dieser sehr junge, sehr erfolgreiche Offizier hatte 1797 die Verwaltung der linksrheinischen Provinzen übernommen. Major Renardet hatte ihn geschätzt, Susannes Onkel ihn zutiefst verabscheut, denn er hatte den Protestanten die Bürgerrechte zugesprochen. Aus diesem Grund war das Verhältnis zwischen den Hirzens und dem aufgezwungenen Quartiergast höchst kühl. Susanne hingegen befleißigte sich nicht der frostigen Höflichkeit, die die anderen Familienmitglieder an den Tag legten. Ihr gefiel der Offizier. Er war groß, auffällig groß, und seine krausen, dunklen Haare genau wie seine immer sonnengebräunte Haut ließ sie einen südländischen Einfluss vermuten. So hatte sie denn auch bald gesprächsweise herausgefunden, dass er aus der Gegend von Marseille stammte, dem Ort, nachdem die französische Nationalhymne benannt worden war. Bedauerlicherweise erfuhr sie im selben Gespräch auch, dass er verheiratet war und zwei Kinder hatte. Major Renardet war immer ausgesucht freundlich zu ihr, hielt aber strikt die gesellschaftlichen Regeln ein und vermied jedes Alleinsein mit ihr. Nie hatte er sich anmerken lassen, ob er ihre heimliche Schwärmerei bemerkt hatte. Lediglich ihre sprunghaft sich verbessernde Kenntnis der französischen Sprache hatte er gelobt.

Erst als Renardet erfahren hatte, dass er ein neues Kommando übernehmen sollte, hatte er einen Tag vor seiner Abreise das vertrauliche Gespräch mit Susanne gesucht. Sie hatte jedes Wort davon in ihrem Herzen bewahrt.

»Mademoiselle, ich werde morgen nach Mainz reiten, um eine

neue Aufgabe zu übernehmen. Ich werde die Zeit hier in Köln als sehr angenehm in Erinnerung behalten.«

»Ich bedaure sehr, dass Sie gehen müssen. Hoffentlich wird es keine neuen Kämpfe geben.«

Er hatte ein schiefes Lächeln gezeigt.

»Hoffen können wir es, aber unser Kaiser ist nicht der Mann, der es lange untätig auf seinem Thron aushält.«

»Nein, vermutlich nicht. Passen Sie auf sich auf, Major!«

»Soweit es in meiner Macht steht. Und Sie, Mademoiselle, passen Sie auch auf sich auf! Lassen Sie sich zu nichts zwingen, das Ihren Frohsinn und Ihre erstaunliche künstlerische Gabe beeinträchtigt.«

Susanne hatte ihn überrascht angesehen. Offenbar hatte er weit mehr von dem bemerkt, was im Haus vor sich ging, als er je gezeigt hatte. Als ihr das bewusst wurde, errötete sie. Er nahm ihre Hand, küsste sie leicht und sah ihr in die Augen. »Sie sind eine schöne junge Frau, Mademoiselle, aber Sie sind einsam, nicht wahr? Es wäre gut, wenn Sie einige Freundinnen hätten.« Stumm nickte sie. »Sie besitzen ein großherziges Wesen, Susanne, und Ihre Freundlichkeit hat mich sehr glücklich gemacht.«

Susanne musste die Lider niederschlagen und biss sich auf die Lippen. Er hatte es gewusst – und »Leben Sie wohl, Mademoiselle. Wenn die Zeiten und die Bedingungen andere gewesen wären …« erwidert.

Er hatte den Raum sehr schnell verlassen, und Susanne musste ihr Tüchlein an die feuchten Wangen drücken. Später hatte sie aus dem Gedächtnis sein Gesicht gezeichnet. Viele Seiten ihres Skizzenbuches füllte es bereits. Eines Skizzenbuches, das außer ihr niemand zu sehen bekam. Sie zog es jetzt aus der unteren Lade hervor, wo sie es unter Strümpfen und Hemden verborgen hatte, und blätterte es durch. Dabei stieß sie auf ein anderes Porträt, viel älter und von der Technik her sicher noch sehr unbeholfen. Aber erkennbar war es dennoch – das Antlitz, verwegen, übermütig. Aber seltsam zweigeteilt – auf der einen Seite das eines abgebrühten Zynikers, auf der anderen das eines lebenslustigen, aber auch nachdenklichen Mannes. Ein janusköpfiger Mann namens Cornelius von der Leyen, Kettensträfling, hatte

Susanne, als sie kaum vierzehn war, tief beeindruckt und ihrem erwachenden Interesse an dem anderen Geschlecht die erste Nahrung gegeben. Manche Nacht hatte sie davon geträumt, ihn von seinen Fesseln zu lösen und wilde Abenteuer gemeinsam mit ihm zu bestehen.

Wieder seufzte Susanne. Abenteuer waren in ihrem Leben nicht vorgesehen. Sie verstaute das Skizzenbuch wieder und setzte sich ans Fenster. Es schien, als habe sie eine Vorliebe für verwegene, von Tragik umgebene Männer. Susanne fragte sich, ob dieser unstatthafte Drang nach Abenteuern erblich war und nahm ihr stummes Gespräch mit ihrem Vater wieder auf.

»Mama muss auch so eine Neigung zum Abenteuer gehabt haben. Sie ist schließlich aus ihrem Elternhaus geflohen. Ich bin sicher, man hat ihr damals genauso zugesetzt wie mir. Die Bernsdorfs waren ja unzumutbar für sie. Protestanten, reiche Fabrikanten, aber ohne vornehme Vergangenheit. Pah! Aber Mama hat dich dennoch gewählt, Papa.«

Mit einem Schlag kam Susanne ein Gedanke.

Erst erschien er ihr völlig absurd. Dann fing er an, in ihrem Kopf Kreise zu ziehen, und auf einmal rückte er in die Nähe des Machbaren. Susanne fing an zu kichern.

Staubige Wege und staubige Bücher

Wer einem Fremdling nicht sich freundlich mag erweisen,
der war wohl selber nie im fremden Land auf Reisen.

Rückert

Der sonnige, warme Herbst 1804 war reich an Früchten und Gemüse, und Elisabeth hatte ihren Wagen mit den Erzeugnissen des Landes vollgeladen. Derzeit bewachte Toni ihn, während ihre Mutter der Bäuerin einen Besuch abstattete. Seit über einem Jahr hatten sie wieder das Häuschen in Pfungstadt bezogen und waren ihrer Beschäftigung als Markthändler nachgegangen. Die Frage, ob Toni nicht endlich Mädchenkleider tragen sollte, war nie wieder berührt worden, seit Elisabeth auf dem Rückweg der Truppen von einem betrunkenen Soldaten brutal vergewaltigt worden war. Über diesen Zwischenfall hatten sie später kein Wort mehr verloren, statt dessen versuchten sie, zu ihrem normalen Leben zurückzukehren. Toni besuchte die Dorfschule, sammelte Beeren und Pilze und half beim Verkauf am Marktstand. Aber sie streifte nicht mehr allein auf unbekannten Wegen umher und mied die Gesellschaft der Dorfkinder. Vor allem aber steckte sie häufig ihre Nase in ihre Bücher, darunter auch einige französische. Diese Texte hatten ihr anfangs Mühe bereitet, sie konnte die Sprache zwar ausgezeichnet verstehen und sprechen, das geschriebene Wort hingegen fiel ihr schwer. Sie schlug sich aber redlich damit herum. So auch an diesem sonnig warmen Septembernachmittag im Schatten des Marktwagens. Neben sich hatte sie einen Krug kühlen Apfelweins, ein frisches Brot und ein Stück hausgemachter Sülze. Das Pferdchen hatte sie hinter sich an einen Baum gebunden, sie hörte sein Rupfen und Kauen, das Tschilpen der Spatzen, denen sie einige Krumen hingeworfen hatte, und das Summen einiger Wespen, die sich an herabgefallenen Pflaumen delektierten.

Die Idylle wurde von Hufgeklapper unterbrochen, und alarmiert sah Toni auf. Ein einsamer Reiter näherte sich auf dem steinigen Feldweg, und als er näher kam, erkannte sie eine französische Uniform. Sorgsam legte sie das Buch zur Seite und griff nach dem Heft des Messers, das sie in ihrem Stiefel verborgen hatte.

Der Mann zügelte sein Pferd, als er den Marktkarren sah und warf einen suchenden Blick um sich. Als er Tonis gewahr wurde, die in abwehrbereiter Haltung neben den Hinterrädern stand, machte er eine grüßende Geste und sagte in gebrochenem Deutsch: »Bitte nicht erschrecken, junger Mann. Ich habe nur eine Frage.«

»Bonjour, Monsieur l'Officier«, erwiderte Toni vorsichtig. »Was wünschen Sie zu wissen?«

»Ah, Monsieur spricht meine Sprache. Wie vortrefflich! Gestatten Sie, dass ich absteige? Es geziemt sich nicht, von oben herab mit einem gebildeten Mann zu sprechen.«

Toni entspannte sich, ja, sie war sogar erheitert und nickte auffordernd.

»Ich scheine mich in dieser hübschen Gegend verirrt zu haben. Ich wäre Ihnen sehr dankbar, wenn Sie mir verrieten, wo ich mich eben befinde.«

»Etwa drei Meilen südlich von Pfungstadt, der Karrenweg, den Sie nahmen, Monsieur, endet hier auf dem Bauerhof. Sie gingen wirklich in die Irre. Wohin wollten Sie denn?«

»Gernsheim heißt der Ort. Kennen Sie ihn?«

»Ich war noch nie dort, aber ich weiß, wie Sie dorthin kommen.«

Mit einem leicht hinkenden Schritt trat der Mann näher, und Toni bemerkte den Staub auf seiner Uniform.

»Wäre es möglich, von Ihnen gegen eine angemessene Bezahlung eine Erfrischung zu erstehen, Monsieur?«

»Hören Sie mit dem Monsieur auf. Ich bin Toni. Wenn Sie mit Apfelwein, Brot und Sülze zufrieden sind, will ich meine Mahlzeit gerne mit Ihnen teilen.« Mit einem Grinsen fügte sie hinzu: »Ich werde es Ihnen aber weder auf einem flachen Teller noch in einer schmalen Flasche servieren.«

»Nicht?« Verständnislos sah der Offizier den vermeintlichen Burschen an, dann fiel sein Blick auf das Buch neben dem Karren, und er lachte auf. »Nun, ich bin weder ein Storch noch ein Fuchs. Colonel Sebastien Renardet, zu deinen Diensten, Toni!« Eine formvollendete Verbeugung begleitete diese Vorstellung. »Gefallen dir die Fabeln?«

»Wenn ich sie entziffert habe, ja. Sie sind sehr lehrreich.«

»Dazu wurden sie geschrieben.«

Renardet führte sein Reittier zu dem Baum, an dem schon das Pferdchen angebunden war, und setzte sich neben Toni in den Schatten. Dankbar trank er den Becher leer, den sie ihm reichte. Mit dem langen Messer aus ihrem Stiefel schnitt sie eine Scheibe Fleisch herunter und brach vom Brot ein Stück ab. Renardet beobachtete sie interessiert.

»Nicht gerade ein Küchenmesser«, stellte er trocken fest.

»Ach doch, gelegentlich. Es eignet sich gut, einen Hasen zu häuten.«

»Natürlich.«

»Das brachte mir meine Mutter bei. Aber wenn nötig, kann ich mich damit auch meiner Haut wehren. Das brachten mir meine Brüder bei.«

»Das dachte ich mir.« Er nahm Brot und Sülze von Toni an. »Du wirst keinen Grund finden, diese Fähigkeiten an mir auszuprobieren, Toni.«

Sie nickte und steckte das Messer wieder in die Scheide am Stiefel. »Schon lange unterwegs, mon Colonel?«

»Seit heute früh.«

»Sehr weit sind Sie nicht vom Weg abgekommen. Wenn Sie eine Weile hier rasten wollen, können wir Sie auf die richtige Straße zurückgeleiten.«

»Das wäre ausgezeichnet.«

Toni hatte ihr Misstrauen inzwischen abgelegt, denn sowohl die Manieren als auch das Aussehen des Offiziers hatten sie beruhigt. Seine braunen Augen schienen ihr aufrichtig und sein Lächeln herzlich. Seinem Blick auf die Ladung des Wagens folgend, erklärte sie: »Meine Mutter und ich führen einen Marktstand. Zweimal in der Woche holen wir Waren von den Bauern.«

»Ah, ich verstehe.«

»Nehmen Sie noch einen Apfel! Haben Sie ein Kommando in Gernsheim?«

»Nein, in Mainz. Ich bin, auf Umwegen, auf dem Weg dorthin. Bislang war ich in Köln stationiert.«

»Ach!« Tonis Augen blitzten auf. »Ich bin in Köln geboren, aber wir haben es leider schon früh verlassen müssen. Meine Mutter war Marketenderin, verstehen Sie?«

»Also vor zehn Jahren?«

»Mhm. Hat Ihnen die Stadt gefallen? Wie sieht es jetzt dort aus? Mama möchte immer Neuigkeiten hören.«

Renardet lächelte über die enthusiastisch geäußerten Fragen und erklärte: »Die Stadt ist noch immer schmutzig und dunkel. An vielen Stellen jedenfalls. Eure Bürger weigern sich hartnäckig, eine nächtliche Beleuchtung einzurichten, und ihren Müll werfen sie einfach auf die Gassen. Immerhin sind jetzt aber alle Häuser nummeriert, und man findet sich besser zurecht.«

»Wie lange waren Sie in Köln?«

»Oh, ich kam siebenundneunzig mit General Hoche dorthin und übernahm einige Aufgaben, als die Militärverwaltung durch die Munizipalverwaltung abgelöst wurde. Dann wurde ich wieder in das aktive Kampfgeschehen beordert und nahm an der Schlacht bei Marengo teil. Vor gut zwei Jahren kehrte ich abermals nach Köln zurück.«

»Wir waren bei Mannheim und Philippsburg dabei, und vergangenes Jahr marschierten wir nach Westfalen.«

Es breitete sich ein Hauch Mitleid in Renardets Gesicht aus. »Für deine jungen Jahre hast du schon viel mitgemacht, Toni. Das sollte nicht so sein.«

»Es ist aber so. Erst folgten wir meinem Vater, nun stehen meine älteren Brüder bei den Darmstädtern in Dienst.«

»Dein Vater lebt nicht mehr?«

»Philippsburg.« Toni schüttelte den Kopf, wie um anzudeuten, dass sie darüber keine weiteren Worte verlieren wollte und wechselte das Thema. »Sagen Sie, Colonel, sind die Heiligen Drei Könige eigentlich wohlbehalten in Köln eingetroffen? Damals in

Arnsberg hörte ich, sie sollten zurückgeführt werden. Sie sind den Kölnern sehr wichtig.«

»Oh, natürlich sind sie wieder eingetroffen. Pünktlich im Pluviose, zu ihrem alten Feiertag, wurden sie in einer prächtigen Prozession in den Dom geleitet.«

»Wäre ich gerne dabei gewesen.«

»Ja, es war beeindruckend. Prozessionen und öffentliche Feste lieben die Kölner sehr, musste ich feststellen. Es gibt im Messidor wieder eine Schiffsprozession, und im Ventiose wird wieder Karneval gefeiert. Es war keine gute Entscheidung unserer Verwaltung, diese Feiern zu verbieten.«

»Das war es bestimmt nicht. Und es ist auch keine gute Entscheidung, so einen dummen Kalender zu verwenden.«

»Ich glaube, er wird nicht mehr lange von Bestand sein. Unser Kaiser hat sich mit dem Papst bereits darüber verständigt.«

Das Pferdchen schnaubte, und Toni sprang auf.

»Oh, meine Mutter hat ihren Besuch bei der Bäuerin beendet. Wir werden jetzt aufbrechen, denke ich.«

Elisabeth musterte den dunkelhaarigen Offizier mit einem gewissen Misstrauen, ließ sich aber von Toni beruhigen. Sie selbst sprach nur wenig Französisch, und so übersetzte Toni ihre neugierigen Fragen nach ihrer Heimatstadt, während sie den Karrenweg zurückzockelten. Sie erfuhren, dass inzwischen wieder viele Kölner in der Munizipalverwaltung tätig waren. Wer den Schwur auf die Republik leistete, hatte gute Chancen, ein einflussreiches Amt zu erhalten. Renardet selbst hatte die ersten Kölner in die Arbeit des Kriminalgerichts eingewiesen. Der Dom – im Vertrauen gesagt, ein entsetzlich hässliches Gemäuer – sei seit drei Jahren wieder zur Pfarrkirche geweiht. Die Klöster und Stifte seien inzwischen jedoch aufgelöst und die Gebäude an Fabrikanten verkauft oder in städtische Einrichtungen verwandelt worden.

»Was ist mit Sankt Mauritius geschehen?«, wollte Elisabeth wissen. Leicht überrascht übersetzte Toni diese Frage.

»Sankt Mauritius?«

»Ein Kloster der Benediktinerinnen. Südlich vom Neuen Markt.«

»Tut mir leid, alle Einzelheiten kenne ich nicht. Vermutlich ist es ebenfalls aufgelöst worden.«

»Was ist mit den Nonnen geschehen?«

»Sie werden, wie alle, ihre staatliche Pension erhalten und jetzt ein weltliches Leben führen. Viele sind zu ihren Familien zurückgekehrt. Aber einige Orden widmen sich der Krankenpflege, soweit ich weiß.«

Sie hatten die Straße erreicht, und Toni wies Renardet den Weg nach Gernsheim. Sehr höflich verabschiedete er sich von Mutter und Tochter, und Elisabeth hatte, trotz Tonis vorwurfsvollem Blick, keine Hemmungen, die Bezahlung für die Mahlzeit anzunehmen.

»Warum wolltest du etwas über Sankt Mauritus wissen, Mama?«, hakte Toni neugierig nach, nachdem der Colonel ihren Blicken entschwunden war.

»Ich kannte einmal ein paar der Schwestern.«

Mehr wollte sie nicht dazu sagen. Statt dessen machte Elisabeth Toni milde Vorwürfe, weil sie so unbedarft einem Fremden vertraut hatte.

»Warum gehen wir denn nicht nach Köln zurück, Mama?«, fragte sie, als die Gardinenpredigt ihr Ende gefunden hatte.

»Ich habe bisher nicht daran gedacht, Toni. Es gehört ja inzwischen den Franzosen. Außerdem – Franz und Jupp sind hier.«

Sie ließen das Pferdchen ein Stück traben, denn ihr Heim war nun ganz nahe. Nach einigen Minuten brach Elisabeth das Schweigen zwischen ihnen wieder.

»Ich habe mir überlegt, ob wir nicht im nächsten Frühjahr in die Stadt umsiedeln sollen. Die Schule endet jetzt für dich, und ich habe den Eindruck, viel mehr kann dir der Lehrer nicht mehr beibringen.«

»Nein, kann er wirklich nicht«, grinste Toni.

»Dieser alte Pater, der hat doch vorgeschlagen, du solltest den Buchhandel lernen. Wir könnten sehen, ob wir eine Lehrstelle für dich finden. In Darmstadt ist das bestimmt möglich.«

»Können wir uns das leisten?«

»Ja, ich denke schon. Ich würde gerne einen kleinen Kramladen aufmachen, weißt du. Dieses Umherziehen, den Stand sommers wie winters, bei Hitze und Regen aufzubauen, das wird mir allmählich zu viel.«

Toni nickte. Es war schwere Arbeit, einen Marktstand gut zu führen.

»Aber du musst jetzt als Mädchen auftreten, Toni. Du bist zu alt, um als Junge durchzugehen.«

»Pah!«

»Doch, Toni. Weißt du noch, als Jupp und Franz vierzehn waren?«

»Ja, ja, ja. Da waren sie besonders unleidlich und bildeten sich wer weiß was auf die paar Fusseln in ihrem Gesicht ein. Aber ich könnte behaupten, ich sei erst zwölf. Ich bin ja nicht so groß.«

»Du wirst mit jedem Tag älter.«

Ein halbes Jahr später stichelte Elisabeth eifrig an dem Saum des dunkelbraunen Rocks, während Antonia missmutig, wenn auch geschickt, einen Ärmel in eine kurze Schoßjacke, den Caraco, einsetzte.

»Ich werde mich bei jedem Schritt in meinen Unterröcken verwickeln«, murrte sie dabei.

»Mir gelingt es, mich recht gut in Röcken fortzubewegen.«

Ihre Mutter bedachte sie mit einem halb spöttischen, halb verständnisvollen Lächeln.

»Du kennst es ja nicht anders.«

»Ach, Toni, du wirst es lernen. Du wirst hübsch darin aussehen. Vor allem, wenn deine Haare gewachsen sind.«

»Wer will schon hübsch aussehen?«

»Gewöhnlich alle jungen Mädchen. Und du *bist* hübsch.«

Das war die vierzehnjährige Antonia wirklich. Ihre als Kind hellblonden Haare waren zu einem warmen Altgold nachgedunkelt, doch die Sonne und Antonias Angewohnheit, auf eine Kopfbedeckung zu verzichten, ließen helle Lichter darin aufblitzen. Ihr glattes, fein geschnittenes Gesicht entsprach zwar nicht dem rosenmundigen Schönheitsideal, sondern wies beinahe strenge Züge auf, jetzt, da der Kinderspeck langsam zu schwinden begann. Sie hatte eine gerade Nase, einen breiten Mund und ein energisches

Kinn, aber alles von der rechten Proportion. Am reizvollsten aber waren ihre schönen, graublauen Augen, die sie freimütig und ohne Koketterie auf jedes Objekt ihrer Wissbegier heftete. Als Junge ging sie noch glaubhaft durch, als Mädchen würde sie einiges Aufsehen erregen.

In Darmstadt hatte Elisabeth bald ein Häuschen gefunden, das sich für ihre Pläne eignete. Doch die gewünschte Lehrstelle bei einem Buchhändler bekam Antonia nicht, es war zu optimistisch gewesen anzunehmen, die ehrenwerten Herren Buchhändler würden einen weiblichen Lehrling in ihr heiliges Wissen einweisen. Also arbeitete sie im Frühjahr und im Sommer noch im Laden mit, aber im Herbst hatte sich der Besitzer eines Antiquariats bereiterklärt, Toni als Gehilfin einzustellen. Anfangs war sie stolz darauf gewesen, in den mit alten Büchern und Folianten vollgestopften Räumen Ordnung zu schaffen und Inventarlisten zu führen. Aber zum Lesen kam sie selten. Der Besitzer des Ladens, Johannes Hintzen, war ein verschrobener, ältlicher Junggeselle, der sich mehr und mehr von ihr bedienen ließ. Gelegentlich aber durfte sie ihm auch in seinem Hinterstübchen helfen, unter seiner Anleitung zerschlissene Einbände zu reparieren, stockfleckige Seiten zu reinigen und eingerissene Blätter vorsichtig zu kleben.

Obwohl sie mehr Dienstmädchen als Gehilfin im Laden war, gab es manche neuen Dinge zu lernen. Den Wert der Ware einzuschätzen beispielsweise. Bald erkannte sie auf den ersten Blick, ob es sich um ein abgegriffenes, durch viele Hände gegangenes Lehrbuch handelte, einen gern gelesenen Roman, eine kaum geöffnete Erstausgabe oder eine geliebte Gedichtsammlung, aus der nicht selten ein gepresstes Blümchen oder ein zerknitterter Liebesbrief fiel. Dann und wann entdeckten sie sogar wahre Juwelen. Es waren viele alte Bücher auf den Markt geschwemmt worden, seit die Klöster und Stiftsbibliotheken aufgelöst worden waren. Darunter einmalige alte Handschriften, oft ihrer kostbaren Einbände beraubt, aber dennoch wertvoll. Nicht selten schob sie ein solches Werk in die Nähe des Fensters, um die farbenprächtigen Miniaturen zu bewundern, die kunstvoll ausgestalteten Initialen, die Ornamente und Rankwerke und selbst die sorgsame Schrift. Gelegentlich ließ sich Johannes Hintzen sogar dazu herab, ihr das eine oder andere zu erläutern. Sie lernte gewisse Stile zu unterscheiden und das ungefähre Alter zu schätzen. Sie erfuhr, da sie die Inventarlisten zu führen hatte, auch einiges zu der Herkunft der Bücher. Da sie zudem seine Korrespondenz führte, wusste sie, dass der landgräfliche Hof immer bevorzugt die kostbarsten Stücke angeboten bekam. Es überraschte sie nicht.

Was sie überraschte, war der Inhalt einer Kiste, die sie eines Nachmittags öffnete. Sie enthielt, neben zwei speckigen, billigen Bibeln und einem mit bedenklichen Stichen versehenen erotischen Werk, einige ihr höchst bekannte Pergamentseiten. Die Bindung hatte sich gelöst, das Vorblatt fehlte, Feuchtigkeit hatte das feine Pergament stellenweise aufquellen lassen. Hastig blätterte sie die Seiten durch. Es war kein Irrtum – da, wo sich das Bild der heiligen Ursula hätte befinden sollen, fehlte ein Blatt.

Da sie inzwischen den Wert dieser Handschriften sehr wohl einzuschätzen wusste, packte sie das schlechte Gewissen. Sie nahm sich fest vor, am nächsten Tag die vor drei Jahren entwendete Miniatur unauffällig wieder zurückzulegen.

»Was hast du denn da gefunden, Antonia?«

Sie zuckte zusammen, als Johannes Hintzen ihr über die Schulter blickte.

»Das war in der Kiste, die gestern kam, Herr Hintzen. Viel wertloser Kram, aber das hier …«

»Nicht schlecht. Das ist wertvoll. Frühes Mittelalter, würde ich vermuten. Ein Stundenbuch.« Mit spitzen Fingern hob er die Bogen heraus und sah sie durch. »Nicht mehr vollständig, etwas angegriffen, feucht geworden und sogar schimmelig. Aber die Farben sind gut erhalten.«

»Wer brachte die Kiste, Herr Hintzen? Vielleicht kann man über den Verkäufer mehr herausfinden.«

Hintzen gab ein verächtliches Grunzen von sich.

»Der Hausknecht von der ›Traube‹. Haben ihren Speicher aufgeräumt. Weiß der Teufel, wie das da hingeraten ist.«

Antonia hätte zumindest einen vagen Hinweis geben können,

unterließ jedoch jegliche Bemerkung. Hintzen nahm die Blätter an sich und brachte sie zur weiteren Begutachtung in sein Hinterzimmer. Antonia sah sie nicht wieder, und die Gelegenheit, die entwendete Seite zurückzugeben, ergab sich nicht mehr.

Räubergeschichten

Ein kesses Leben führen wir,
Ein Leben voller Wonne.
Bei Hollmusch Lein marschieren wir,
Knackert ist unser Nachtquartier,
Gallon ist unsre Sonne.

Rotwelschlied*

Cornelius legte das sorgfältig gedrechselte Tischbein zur Seite und reckte sich. Nach nunmehr sechs Jahren Kettenstrafe war er ein überaus hagerer, aber zäher Mann von nicht ganz dreißig Jahren. Seine unregelmäßigen Züge waren hart geworden von karger Ernährung und anstrengender körperlicher Arbeit. Und ausdrucksloser denn je. Immerhin war er von schwereren Krankheiten als gelegentlichen Erkältungen und Anfällen von Ruhr verschont geblieben. Er hatte einige Privilegien erhalten, dank seiner stoischen Art, jede auferlegte Pflicht zu erfüllen. Aufgegeben hatte er es inzwischen vorzutäuschen, er verstünde die französische Sprache nicht. Sein Geschick in der Bearbeitung von Holz hatte ihn vor einigen Monaten in die Tischlerei gebracht, wo die Möbel für die Schiffe hergestellt wurden. Der Tischlermeister, der die Aufsicht über die Werkstatt hatte, war nicht unfreundlich und brachte ihm einiges über sein Handwerk bei.

Den Mithäftlingen gegenüber war Cornelius als wortkarg und unzugänglich bekannt, und es suchte niemand seine Gesellschaft. In den drei Jahren nach Pierres Tod hatte er sich wieder in sich selbst zurückgezogen. Die Trauer um den Mann, der ihm geholfen hatte, sich den fast unmenschlichen Haftbedingungen anzu-

* Kess = klug; Hollmusch = Sturm; Lein marschieren = Weg finden; Knackert = Wald; Gallon = Mond

passen, hielt er tief in sich verschlossen. Der Verlust des Freundes, mit dem er über Jahre Seite an Seite denkbar eng zusammengelebt hatte, schmerzte ihn noch immer. Zwar konnte er sich inzwischen weiterer Vergünstigungen erfreuen, belegte eine Pritsche für sich alleine, besaß eine zweite Decke, durfte bei der Essensausgabe helfen und bekam dadurch eine etwas bessere Ernährung, aber all diese Dinge bedeuteten nur, dass manch anderer voller Neid auf ihn schaute, und er hatte einige Streitereien und Prügeleien auszustehen. Doch dann geschahen im Sommer 1805 einige Dinge, die es ihm geraten sein ließen, seine Zurückhaltung langsam zu lockern. Zum einen hatte er von dem Tischler erfahren, dass ein Fremder sich bei der Direktion der Anstalt nach ihm erkundigt hatte. Ein David von Hoven, hieß es, habe versucht, Straferlass für ihn zu erwirken. Was daraus allerdings werden würde, entzog sich der Kenntnis des Tischlers. Aber es nährte in Cornelius das Flämmchen Hoffnung. Als Nächstes traf ein Trüppchen abgerissener Gestalten ein, die eindeutig aus seiner Heimat stammten. Sie waren paarweise aneinandergekettet und hatten schwerste Arbeit zu leisten, aber ihre Pritschen standen in der Nähe der seinen. Da er sich frei umherbewegen konnte, suchte er sie eines Abends auf.

»Sieh dir den Manobisch* an. Walzt hier durch die Schränz**, als wie ein Schienkele***«, äußerte ein Rothaariger abfällig.

Cornelius musterte sie von oben herab. Beobachtet hatte er sie schon einige Tage lang. Vier Männer waren es, vom langen Transport angeschlagen, aber nicht so verstört vom Gefangenenleben wie manche andere. Ein raues Leben schienen sie gewohnt. Eines auf der Landstraße, und wenn er auch die Bedeutung der Worte nicht kannte, so ahnte er aber, dass es sich dabei um das Rotwelsch der Fahrenden handeln musste. Zwei von ihnen erschienen ihm träge, wenngleich verschlagene Typen zu sein. Sie hatten es geschafft, anderen Häftlingen Decken und Essen abzugaunern und dafür Prügel bezogen. Ein weiterer war stiller, resignierter wahr-

* Faulenzer
** Stube
*** Herr

scheinlich, und noch sehr jung. Doch der, der ihn angesprochen hatte, wurde von ihnen als Anführer betrachtet.

»Ich spreche zwar dieselbe Sprache wie ihr, Leute, aber verstehen tue ich euch nicht,« stellte Cornelius fest und stützte den rechten Fuß auf der Pritsche ab zum Zeichen, dass er einem Schwatz gegenüber nicht abgeneigt war.

Misstrauisch blinzelte der Angesprochene zu ihm hoch.

»Klar, dass du das nicht tust. Verpiss dich! Das verstehst du, oder?«

»Natürlich. Ich würde nicht versuchen abzuhauen. Obwohl ihr die Kette schon fast durchgefeilt habt.«

»Was geht dich das an?«

»Nichts.« Cornelius wandte sich grußlos ab, spürte aber ihre Blicke in seinem Rücken. Wie auch immer, er hatte gehofft, von ihnen irgendetwas über die Situation zu Hause zu erfahren. Seit einiger Zeit hatte sich die Sehnsucht nicht mehr mit Disziplin und Anstrengung zurückdrängen lassen, in seinen Träumen war er dem Heimweh und dem Wunsch nach einem Leben in Freiheit hilflos ausgeliefert. Darum hatte er schließlich beschlossen, seine selbst gewählte Schweigsamkeit zu beenden und wieder Beziehungen zu anderen Menschen aufzunehmen. Aber das Misstrauen dieser Männer war tiefer, als er gedacht hatte. Obwohl Cornelius weiter beobachtete, wie sich die Männer ihrer Ketten annahmen, ihren Nachforschungen nachgingen und sich allerlei kleine Dinge beschafften, verriet er sie nicht an die Aufseher.

Zwei Wochen später war es so weit. In der Nacht hatten sich die beiden Verschlagenen davongemacht. Am Mittag waren sie wieder da, blutend und mit zerrissenen Kleidern. Sie wurden am Tor des Bagnos auf Fässer gesetzt, mit dem Schild um den Hals, auf dem die Worte »entwischt und zurückgebracht« standen. Die brutale Prügelstrafe am nächsten Tag erlitten sie schreiend, bis sie zusammenbrachen. Danach steckte man sie einzeln in fensterlose Zellen. An diesem Abend bemerkte Cornelius, wie der Rothaarige seinen Blick suchte. Er ließ sich Zeit, schlenderte dann aber später zu ihm hinüber.

»Die Bevölkerung hier erkennt die Kettensträflinge. Sie schätzen uns nicht sonderlich«, erklärte er unaufgefordert.

»Sie hätten warten sollen. Warum bist du noch hier?«

»Weil's mir so gut gefällt.«

»Klar.« Weiterhin misstrauisch wollte er sich abwenden, als einer der Aufseher vorbeikam und Cornelius barsch fragte, was er mit den Männern zu reden hatte.

»Ihnen erklären, warum sich ein Ausbruch nicht lohnt.«

»Das haben sie jetzt gesehen. Halte dich von ihnen fern, sechshundertvierundneunzig. Du willst doch an der gebrochenen Kette bleiben.«

Cornelius zuckte mit den Schultern. Es war ihnen nicht verboten, miteinander zu sprechen. Aber die Aufseher ließen gerne ihre Macht spielen.

»Was wollte er?«, fragte der Rothaarige, als der Franzose gegangen war.

»Mich warnen. Vor euch Idioten.« Wieder wandte sich Cornelius ab und zog sich schweigend auf seine Pritsche zurück. Allerdings sah er, wie die beiden aneinandergeketteten Häftlinge leise miteinander sprachen. Er schloss die Augen und versuchte, sich wieder mit einem der langen Texte abzulenken, die er und Pierre auswendig rezitiert hatten. Es wollte ihm nicht gelingen. Vielleicht war es der vertraute Klang der Muttersprache mit ihrem Dialekt, vielleicht etwas im Gebaren und Blick des Rothaarigen, das ihn berührte. Der Mann war nicht dumm, und er hatte etwas Verwegenes an sich. Seine Art, sich in einer fremden, feindlichen Umgebung sowohl kleine Erleichterungen zu verschaffen als auch so viel an Information zu erhalten, um beinahe zu entkommen, mochte Schlitzohrigkeit sein, aber es sprach ebenso von einem starken Überlebenswillen und von Anpassungsfähigkeit. Einst hatte Pierre wohl etwas Ähnliches in ihm gesehen und ihm geholfen, nicht in die dumpfe Verblödung abzusinken, wie viele Häftlinge es taten. Ihm konnte er nicht mehr danken, aber er hatte den Wunsch, anderen zu helfen. Darum folgte er dem auffordernden Wink des Rothaarigen am nächsten Abend.

»Wie hast du das geschafft, von der Kette zu kommen?«, wollte er sofort wissen. Cornelius zeigte ihm ein böses Grinsen.

»Mein Partner ist gestorben.«

Die beiden Männer an ihrer Kette sahen einander fassungslos an. »Hast ihn mackabert*?«

»Wird schon so sein.«

Ein kalter, abschätzender Blick streifte Cornelius. »Glaube ich nicht.«

»Nein?«

»Du siehst nicht aus wie ein Mörder.«

»Nein?«

Jetzt grinste der Rothaarige und stellte sich vor: »Ich heiße Mathias, und der Junge da ist Willi.«

»Cornelius.«

»Wie bist du nun wirklich die Kette losgeworden?«

Cornelius setzte sich zu ihnen auf die Pritsche und erläuterte ihnen die Regeln des Bagnos.

»Scheiße!«, war Willis Kommentar, dem die Aussicht, durch Gehorsam und harte Arbeit Vergünstigungen zu erlangen, nicht besonders behagte. Mathias hingegen war nachdenklich geworden.

»Du bist kein Malocher, und auch kein Kochumer**. Muss dir schwergefallen sein, Euer Gnaden.«

Cornelius sah sich in seiner Einschätzung bestätigt, Mathias war nicht dumm. »Leicht ist es für niemanden, aber eure beiden Kumpel werden es jetzt weit schwerer haben.«

»Wir müssen diese verdammte Sprache lernen, Willi.« Der Angesprochene beschränkte sich auf ein Grunzen, aber Cornelius nickte zustimmend.

»Ich bring sie dir bei, wenn du willst.«

Das verblüffte Mathias, aber er war nicht der Mann, der sich eine Chance entgehen ließ. Daher verbrachten sie regelmäßig die Zeit nach dem Essen gemeinsam, und im Gegenzug zu seinen Bemühungen, ihnen Vokabeln und einfachen Satzbau beizubringen, erhielt Cornelius eine erstaunliche Menge an Informationen. Über Mathias' persönliche Geschichte hinaus erfuhr er vieles über die aktuelle Lage in seiner Heimat, allerdings aus einem unerwarteten Blickwinkel heraus. Etwa über die Hehlerei mit

* umgebracht
** Sprecher des Rotwelsch-Dialekts Kochum

Kirchengütern, die Machenschaften der Ordensleute bei der Säkularisierung, die Gründung des Spezialgerichts im Kölner Augustinerkloster, das der Bekämpfung des Bandenwesens dienen sollte, und über die Hinrichtung des gefürchteten »Fetzers«. Daneben erwarb er einige Kenntnisse des Rotwelschen, jener seltsamen Sprache, die die Vagabunden und Fahrenden benutzten. Als Willi, der zwar im Gegensatz zu Mathias nicht sonderlich sprachbegabt war, aber eine geradezu mystische Fähigkeit im Beschaffen von allerlei Kleinigkeiten besaß, eines Abends mit einem schmierigen Kartenspiel aufwartete, schaffte es Cornelius endgültig, sich der Achtung seiner neuen Freunde zu versichern.

»Euer Gnaden hat aber ein glückliches Händchen«, stellte Mathias nach einigen Spielen fest.

»Habe ich.«

Sein Gegenüber grinste, mischte und teilte die Karten neu aus. Cornelius bekam ein erstaunlich mieses Blatt. Also griff er in seine Trickkiste. Sein ausdrucksloses Gesicht half ihm dabei.

Nach vier weiteren Spielen, bei denen Cornelius nur Hände voller Luschen erhielt – sie wurden nur einmal unterbrochen, als der Aufseher seine Runde machte – legte Mathias geschlagen die Karten nieder.

»Du gewinnst, obwohl du kein einziges Mal ein vernünftiges Blatt hattest. Was ich dich noch nie gefragt habe, Euer Gnaden – weshalb bist du eigentlich hier gelandet?«

»Falschspielerei«, beschied Cornelius ihn schlicht.

Mathias brach in ein brüllendes Gelächter aus.

»Ein Freischupper! Und ich fall da auch noch drauf rein.«

Über den Winter, der in das Jahr 1806 führte, freundete sich Mathias mit Cornelius an. Karten spielten sie nie wieder, sondern zeigten sich gegenseitig ihre Tricks und verfeinerten sie. Willi hingegen hörte zu, machte aber selten den Mund auf. Er hatte den Traum von der Flucht nicht aufgegeben, und immer häufiger wurde Cornelius Zeuge erbitterter Zankereien zwischen den beiden. Seine Versuche, den Jungen von einem Ausbruchsversuch abzuhalten, schlugen fehl. Eines Abends, als Cornelius Mathias zu einem freundschaftlichen Spiel aufforderte, schüttelte der nur den Kopf.

»Keine Karten mehr.«

»Verloren?«

»Verbrannt. Ist besser für dich.«

»Mathias, tu es nicht! Ihr habt euch in der letzten Zeit nichts zuschulden kommen lassen.«

Doch Mathias lächelte nur nachsichtig.

In dieser Februarnacht verschwanden die beiden, und das tragische Schicksal wollte es, dass sie dabei einen Aufseher umbrachten. Sie wurden gefasst und vor den Augen aller Häftlinge hingerichtet. Und der kalte Winter hielt wieder Einzug in Cornelius' Herz.

Freund und Feind

Ich seh, ich sehe schon – freut euch, o Preußens Freunde! –
Die Tage deines Ruhms sich nahn.

Ode an die Preußische Armee, E. C. von Kleist

Ganz Berlin war beflaggt, in ganz Berlin donnerten die Geschütze, ganz Berlin jubelte, und ganz Berlin feierte.

Der junge, prächtig aussehende russische Zar Alexander hielt am 25. Oktober 1805 Einzug in die preußische Hauptstadt, um sich mit König Friedrich Wilhelm in Sachen Frankreich zu beraten.

Leutnant David von Hoven und Leutnant Nikolaus Dettering jubelten pflichtschuldigst mit. Es war ein aufreibender Dienst, den sie während des hohen Besuchs zu leisten hatten. Paraden und Inspektionen waren abzuhalten, Ehrengarden zu stellen, bei den zahllosen Festen zu Ehren des Zaren war die Anwesenheit junger, gut aussehender Offiziere in ihren Galauniformen gewünscht. Ihre Burschen kamen aus dem Polieren der Stiefel und Bürsten der Röcke gar nicht mehr heraus.

Lange waren die beiden Leutnants noch nicht im offiziellen Dienst. Vor anderthalb Jahren hatten sie die École militaire absolviert und waren zu Fähnrichen im fünfunddreißigsten Infanterieregiment ernannt worden. Dann aber hatten sie sich für ein Jahr beurlauben lassen, um Nikolaus' Verwandte in England zu besuchen. Sie waren über Köln gereist und hatten bei dem Domherrn von Waldegg Station gemacht. Er war Davids leiblicher Vater, doch zwölf Jahre zuvor hatte seine Mutter Isabetta einen preußischen Major geheiratet und war mit ihm nach Berlin gezogen. Mit dem Domherrn aber war er in brieflichem Kontakt geblieben: Besuchen können hatte er ihn in dieser Zeit jedoch nie. Das Wiedersehen berührte ihn tief. Das Verhältnis zwischen ihnen war von Achtung und Zuneigung geprägt. Darum hatte er gerne den Umweg über Brest gemacht, um dort herauszufinden, ob man etwas für seinen Cousin Cornelius tun konnte. Viel war es nicht. Er hatte ihn nicht sprechen dürfen, aber er erfuhr, dass er lebte und gesund war. Angeblich zeichnet er sich durch gute Führung aus, und man schloss eine vorzeitige Entlassung nicht völlig aus. Wenigstens konnte er bei dem Admiral, der das Kommando über das Arbeitslager hatte, einen kurzen Brief für Cornelius hinterlassen, der ihm bei seiner Freilassung ausgehändigt werden sollte. Auch die Adresse einer Bank befand sich darin, bei der etwas Geld für ihn bereitläge, wenn er sich wieder auf freiem Fuß befände.

David und Nikolaus schlenderten nach der Parade auf dem Exerzierplatz zu ihrer Unterkunft und hatten noch so viel Energie, dem einen oder anderen bewundernden Blick junger Damen mit einem herausfordernden Lächeln zu antworten.

»Du wirst heute Abend wieder die Herzen brechen, David.«

»Erstaunlich, wie langweilig einem das werden kann.«

Nikolaus lachte trocken auf. »Es trifft immer die Falschen. Du siehst einfach zu gut aus, mein Junge. Sogar wenn du deine schwarzen Haare unter dem Puder verstecken musst. Meine Cousine Dorothea seufzt sehnsüchtig, wenn ich dich erwähne.«

»Es wird Krieg geben, Nikolaus. Der Zar ist nicht hier in Berlin, um sich Denkmäler, Militärakademien und Porzellanmanufakturen anzuschauen. Er knüpft mit unserem König ein Bündnis gegen die Franzosen. Das wird Napoleon sich nicht bieten lassen.«

»Ein Grund, sich eines liebenden Herzens zu versichern, das für dich betet, wenn du in die Schlacht ziehst.«

»Vielleicht.«

»Gut, mich würde es nicht stören, David, dich enger an unsere Familie zu binden. Aber dann gibt es keine Besuche mehr bei der schönen Lavinia, verstanden?«

»Das ist einer der Gründe, warum ich zögere, mein Lieber. Denn die schöne Lavinia hat ihre ganz eigenen Reize.«

Die beiden waren gute Freunde geworden, sie kannten sich schon, seit David mit elf von seinem Stiefvater, dem Major Cattgard, auf die Kadettenschule geschickt worden war.

Gerne war David dort nicht eingetreten, und die ersten Monate waren hart gewesen. Die Schüler dort stammten überwiegend aus dem protestantischen preußischen Adel, er kam aus dem katholischen Köln, war nur der angenommene Sohn eines Offiziers von niedrigem Adel, sprach anders, gebärdete sich anders und kannte all die kleinen Angewohnheiten und Rituale nicht, die ihn zum Mitglied der Gruppe hätten werden lassen können.

Er biss sich durch den Lehrstoff und bekämpfte sein Heimweh, so gut es ging. Er bekämpfte auch den Drang, sich gegen die beständigen Repressalien durch die Mitschüler, die kleinen Demütigungen und Spitzen, zur Wehr zu setzen, aber einmal brach seine Wut durch, und er verprügelte einen jungen Grafen.

Der Schulleiter verprügelte ihn und setzte ihn auf Wasser und Brot.

Sein Stiefvater verprügelte ihn noch einmal.

Isabetta schluchzte. David nicht.

Er schrieb von diesem Vorfall nichts in seinem wöchentlichen Brief an Hermann von Waldegg.

Doch diese bittere Erfahrung bescherte ihm zwei Dinge – das Geschenk einer beständigen Freundschaft und eine tiefe Feindschaft. Nikolaus Dettering war genau so ein Außenseiter wie er. Ein schmächtiger Junge, gut ein Jahr jünger als er, der wegen seiner niedrigen Herkunft keinen Anschluss fand oder nicht suchte. Er war der Sohn eines Pastors und hatte den Zugang zur Kadettenschule nur durch Vermittlung seines Großvaters, eines alten Generals, erhalten. Nikolaus war zwar schüchtern, aber von dem glühenden Wunsch beseelt, eine militärische Laufbahn einzuschlagen. David fand ihn eines Nachmittags über seine Bücher gebeugt in einem leeren Schulzimmer, aus dem er ein vergessenes Heft holen wollte. Er hatte den Kopf in die verschränkten Arme auf dem Pult vergraben, und seine Schultern zuckten in einem lautlosen Weinkrampf.

David hatte ihn zuvor einige Male abseits von den anderen

stehen sehen, ihn aber, da er eine Klasse unter ihm war, nicht weiter beachtet. Jetzt, direkt mit seinem Elend konfrontiert, verspürte er Mitleid mit ihm und setzte sich auf die Bank neben ihn.

»Ärger?«

Nikolaus zuckte zusammen und rückte von David ein Stückchen weg.

»Entschuldigung«, stieß dieser pikiert hervor und wollte wieder aufstehen. Der Junge schniefte und wischte sich mit dem Ärmel über das Gesicht. »Ja, Ärger.«

David war besänftig und sah auf das Buch. Geometrie. Einfache Dreiecke. Er deutete darauf. »Kommst du damit nicht zurecht?«

Schulterzucken.

»Strafarbeit?«

»Was geht's dich eigentlich an?«

»Nichts natürlich. *Ich* weiß ja, wie die Aufgaben zu lösen sind.«

»Außer mir weiß das vermutlich jeder«, kam es bitter von dem Jungen.

»Aber keiner erklärt es dir, was?«

»'n dummer Pastorsjung wird das sowieso nie kapieren.«

»Richtig, dafür muss man schon von Holzkopf und Schnarrlippe sein.«

Nikolaus sah auf und nahm jetzt sein Gegenüber genauer wahr. »He, sag mal, du bist doch der, der dem Verdammnitz das Veilchen verpasst hat! Mann!«

»Ich bedauere immer wieder und unermesslich, dem hochedlen Herrn Johannes Dionysus von Damitz diesen Tort angetan zu haben. Aber du glaubst gar nicht, wie gut mir das getan hat. Es hat sogar die anschließenden Stockprügel erträglich gemacht.«

»Ich heiße Nikolaus Dettering. Ohne von.«

»David, leider *von* Hoven. Aber ohne Titel. So, und jetzt widmen wir uns mal der Winkelsumme im Dreieck.«

Von diesem Tag an wurden sie Freunde, und in den nächsten Ferien lud Nikolaus David zu seiner Familie im Brandenburgischen ein. Denn er hatte gemerkt, dass David nur ungern das Haus seines Stiefvaters aufsuchte. Major Cattgard gab seine Zustimmung, erleichtert, sich nicht mit dem heranwachsenden Bastard seiner Frau herumplagen zu müssen, die inzwischen seinen eigenen Erben unter dem Herzen trug.

Der Aufenthalt im Haushalt des Pastors Dettering wurde für den Stadtjungen David zu einer ganz neuen Erfahrung. Das Pfarrhaus in Werneuchen, ein Fachwerkbau mit gelbem Anstrich und kleinen Fenstern, einem geräumigen Vordergiebel und ein paar alten Kastanienbäumen, deren hohe Kronen das ganze Haus in Schutz zu nehmen schienen, war ihm gleich zu Beginn mehr ein Zuhause als die vornehme Stadtwohnung Cattgards in Berlin. Die Aufnahme in die kinderreiche Pastorenfamilie war herzlich, das Landleben ein einziges Abenteuer. Eine Rasselbande von halbwüchsigen Burschen zog durch die Felder und Gehölze, tobte in Scheuern und Ställen, planschte im Mühlteich und kletterte auf Bäume. Ihr Anführer war der stämmige Sohn des Eisenwarenhändlers Burk, dem immer wieder neue Streiche einfielen, nicht immer ganz harmlose, wie sich nach und nach herausstellte. Er verlangte auch von den anderen Jungen strikten Gehorsam, und dank seiner Körperkräfte respektierten die meisten seinen Führungsanspruch. Denn wenn er Widerspruch verspürte, war er schnell dabei, kräftige Prügel zu verabreichen.

Und dann kam der Zwischenfall mit den Kühen. Adam hatte aus dem väterlichen Laden ein paar Hände voll Schrauben und Nägel mitgehen lassen, und sie hatten aus Schilfrohr und Holunderzweigen Blasrohre hergestellt. Zunächst war die Beschäftigung damit harmlos, sie machten Zielübungen auf Baumstämme, dann auf alte Flaschen. Nikolaus machte nicht mehr mit, als Adam begann, auf Vögel zu zielen, und David weigerte sich, dem angeketteten Hofhund Nägel aufs Fell zu brennen. Es kam wieder einmal zu einem Streit und einer Prügelei, bei der David mit zerrissenem Hemd den Kürzeren zog. Er suchte sein Heil in der Flucht und erhielt dabei einen schmerzhaften Treffer an der Schläfe, von einer Schraube aus dem Blasrohr. Benommen blieb er eine Weile liegen und musste mit ansehen, wie alle anderen sich schnellstens von ihm abwandten. Nur Nikolaus lief zu ihm hin, während Adam seine

Kameraden aufstachelte, die Zielgenauigkeit der metallenen Projektile an der Kuhherde auszuprobieren. Mit lauten Gejohle feuerten seine Getreuen auf die grasenden Rinder. Schwerfällig versuchten die Tiere den schmerzhaften Geschossen zu entkommen und galoppierten blökend über die Weide. Eine Kuh blieb mit dem Vorderhuf in einem Kaninchenbau hängen, stolperte, muhte verzweifelt und kam nicht mehr hoch. Ihr Bein war gebrochen. Adam erkannte das Unglück und rief zum Rückzug auf.

David hatte sich inzwischen weit genug erholt, um aufstehen zu können, und Nikolaus stützte ihn bei den ersten Schritten. Unseligerweise begegnete ihnen kaum fünfzig Schritt weiter der wutentbrannte Bauer, den das Geblöke auf seine Herde aufmerksam gemacht hatte. Mit geübtem Blick erkannte er, was seiner besten Milchkuh passiert war und stellte Nikolaus und David zur Rede.

Man petzt nicht, das war beiden klar. Sie nannten auch keinen Namen. Nur David konnte es nicht lassen, den Bauern darauf aufmerksam zu machen, dass er einige kleinere Eisenwaren auf seinem Feld finden würde.

Vater Burk schlug seinen Sohn bis zur Bewusstlosigkeit.

Adam schwor dem Verräter Rache!

Doch bis dahin brauchte es eine Weile.

David begegnete ihm in Potsdam wieder, als er als Fähnrich in das Infanterieregiment eintrat. Adam Burk war dort Unteroffizier und damit zuständig für den Drill der Leute. Er erfüllte diese Pflicht mit unbeugsamer Grausamkeit, gedeckt durch die Einstellung des Generals, der die Stockstrafen als einziges Disziplinierungsmittel erachtete. Als David ihn eines Tages dabei beobachtete, wie er einen Soldaten wegen eines leichten Fehlers an seiner Montierung blutig schlug, gebot er ihm mit einem kurzen Befehl Einhalt. Den Blick, den er in jenem Moment von Unteroffizier Burk erhielt, war von brennendem Hass und versprach Vergeltung.

Den nächsten Zusammenstoß weit heftigerer Art hatten sie, als Burk eines Tages einen wieder eingefangenen Deserteur derart prügeln ließ, dass der Mann auf dem Kasernenhof starb.

David bezichtigte ihn, weiß vor Wut, des Mordes und meldete das Geschehen seinen Vorgesetzten. Immerhin wurde Burk gerügt und erhielt ebenfalls eine Strafe. Da man zwar die übermäßige Härte, nicht aber die Sache als solche in Frage stellte, blieb die Tat ohne weitere Folgen für den Unteroffizier. David jedoch brachte sie den Ruf ein, ein weichlicher, viel zu nachgiebiger Soldat zu sein.

Inzwischen war David befördert und versetzt worden, und es war eine gewisse Entspannung eingetreten. Allerdings blieben beide Männer in Berlin.

In ihrer Unterkunft kleideten sich die jungen Offiziere um, damit sie bei dem anberaumten Ball, den Prinz Ferdinand zu Ehren des Zaren im Schloss Bellevue veranstaltete, eine gute Figur machten. Mit Haarnadeln und klebrigem Puder rollten sie die Haare zu den drei Seitenlocken auf, wie es die Dienstvorschrift verlangte, und umwickelten die Zöpfe mit schwarzem Band.

»Die Franzosen machen es sich leicht«, murrte David. »Schneiden sich die Haare ab und lassen sie ungepudert. Kein Wunder, dass sie so erfolgreich sind. Unsere Soldaten sind mehr mit ihren Frisuren als mit den Gewehren beschäftigt.«

»Das ist eben der preußische Wunsch nach Einheitlichkeit. Hast du übrigens von deiner Mutter gehört? Ich habe sie neulich bei Itzenblitz getroffen, da sah sie fantastisch aus.«

»Meine Mutter sieht immer fantastisch aus. Ich kann einfach nicht verstehen, warum der Major sich von ihr getrennt hat. Aber er ist ein verschrobener Knickstiefel, und sie ist besser ohne ihn dran.«

»Schon. Aber sie sollte vorsichtig sein, damit sie sich nicht ins falsche Licht setzt. Ich habe neulich einige ziemlich derbe Anmerkungen im Casino gehört.«

»Ach ja?« David tat es zwar mit einem Schulterzucken ab, aber als er intensiver nachforschte, fand er heraus, dass sich Adam Burk einen Spaß daraus machte, üble Nachrede über seine Mutter zu verbreiten.

Als der Zar abgereist war, zog David eines Abends Zivilkleidung an, schnappte sich den Unteroffizier nach einem Zechgelage, prügelte sich mit ihm und warf den Trunkenen anschließend in die Spree.

Die Lauscherin im Apfelbaum

's ist Krieg! 's ist Krieg! O Gottes Engel wehre
und rede Du darein!
's ist Krieg – und ich begehre,
nicht schuld daran zu sein.

Kriegslied, Claudius

»Kein Brot im Umkreis von zehn Meilen aufzutreiben«, schimpfte der französische Fourier, der an Elisabeths Marketenderzelt anhielt. Toni sah von der Kartoffel auf, die sie gerade schälte.

»Wenn sie's bezahlen, bekommen auch Ihre Leute bei uns ihren Napf mit Kartoffeln gefüllt«, beschied ihre Mutter dem Unteroffizier.

»Kartoffeln!« Der Mann schnaubte verächtlich. Aber Elisabeth zuckte nur mit der Schulter.

»Sie werden schon kommen«, raunte sie Toni zu, als er davonsprengte. Die nickte nur und warf die nächste Knolle in den Topf mit Wasser. Dann wischte sie sich die Hände am Hosenboden ab und reckte sich.

»Hast du was dagegen, wenn ich mich mal umsehe? Ich denke, ein paar Äpfel und Zwiebeln finde ich irgendwo.«

Ihre Mutter warf einen kritischen Blick auf die Vorräte. Auf Colonel Renardets Rat hin hatten sie einem Bauern mehrere Sack Kartoffeln abgekauft, aber reichen würden sie nicht lange. Dieser Feldzug war eine ziemliche Strapaze. Dass sie ihn überhaupt mitmachten, hatte eine Reihe von Gründen.

Antonia hatte noch zu Beginn des Jahres 1806 bei Johannes Hintzen gearbeitet, doch im Januar sorgte die Besetzung Darmstadts durch französische Truppen für Aufregung. Landgraf Ludewig der Zehnte, zwar ein Günstling Napoleons, war mit seiner Eigenmächtigkeit zu weit gegangen. Er hatte sich bisher standhaft geweigert, den Rheinbundstaaten beizutreten. Damit wäre er dem französischen Herrscher zu Abgaben verpflichtet gewesen, vor allem aber zur Waffenhilfe. Seine Armee wollte er jedoch in den Kriegen des Kaisers nicht opfern. Nun machten die Einquartierung der französischen Soldaten, die militärische Verwaltung und Vorschriften der Besetzer das Leben ungemütlich. Man lebte mit Entbehrungen und Erschwernissen im Handel. Dennoch gab es im Antiquariat genug zu tun. In den langen, dunklen Wintermonaten machte ihr das alles nicht so viel aus, aber als der Frühling mit seinen süßen Düften, den bunten Blumen und dem frischen Grün ins Land zog, betrat sie nur mit einem mühsam unterdrückten Knurren den muffigen Laden.

Als sich die Gerüchte im Laufe des Sommers verdichteten, der Landgraf würde nun doch seinen Verpflichtungen nachkommen – und zum Lohn dazu die Großherzogswürde erhalten – suchte Antonia ihre Knabenkleider wieder aus der Truhe. Sie bedurften einiger Änderungen, und Neuanschaffungen waren auch vonnöten.

»Antonia, was soll das bedeuten?«, wollte Elisabeth wissen, als sie Toni morgens noch in ihrer Kammer antraf. »Gehst du nicht in die Buchhandlung?«

»Nein, Mama.«

»Was machst du da?«

»Ich suche mir vernünftige Kleider heraus. Die Stiefel sind zu eng geworden. Ich werde neue brauchen.«

»Aber bestimmt nicht.«

»O doch! Es wird wieder Krieg geben, Mama.«

»Wenn schon. Wir werden hierbleiben. Es gibt keinen Grund mitzuziehen. Die Darmstädter …«

»Müssen viertausend Mann stellen. Ja, glaubst du denn, Jupp und Franz bleiben in der Garnison und stricken Stümpfe, während ihre Kameraden gegen die Preußen ziehen? Und ich kann auch nicht hierbleiben. Ich will nicht bleiben! Ich hasse diesen dumpfen, staubigen Laden! Es widert mich an, dem alten Hintzen die Socken zu stopfen und seinen klebrigen Haferbrei zu kochen. Es widert mich an, schimmelige Bücher zu sortieren. Und es widert mich an, mir von dem schimmeligen, staubigen Hintzen unter die Röcke fassen zu lassen.«

»Heilige Sankte Maria!«, fuhr ihre Mutter auf. »Warum hast du das nicht früher gesagt?«

»Weil er es gestern zum ersten Mal versucht hat. Ich habe ihm eine Bibel auf seine staubigen Locken gehauen.« Sie knirschte mit den Zähnen. »Er kann froh sein, dass ich mein Messer nicht dabeihatte.«

»Ich werde ein Wörtchen mit ihm reden.«

»Lass es, Mama. Rede lieber ein Wörtchen mit Colonel Renardet!«

»Mit wem?«

»Erinnerst du dich nicht? Letztes Jahr trafen wir ihn unterwegs – der Offizier, der sich verirrt hatte. Er kommandiert die Truppen, die die Stadt besetzt halten, habe ich gehört. Er war nett. Vielleicht kann er dir helfen, eine Lizenz zu bekommen.«

»Vielleicht gibt es gar keinen Krieg.«

»Mama! Napoleon hat Hannover besetzt und ist durch Ansbach marschiert, das war ein Schlag ins Gesicht für die Preußen. Aber wenn du mir nicht glaubst – Jupp und Franz werden es dir bestimmt bestätigen.«

Sie taten es, und dann überstürzten sich die Ereignisse. Hessen-Darmstadt trat dem Rheinbund bei, die Besetzer zogen ab. Am 6. August dankte der deutsche Kaiser ab, am 14. August verkündeten die Gazetten in Darmstadt die Erhebung Ludewig des Zehnten zum Großherzog Ludewig dem Ersten. Kurz darauf hörte man von der Mobilmachung der Preußen, denn es war bekannt geworden, Frankreich habe das Kurfürstentum Hannover, das Preußen zufallen sollte, Großbritannien angeboten. Diese Tatsache verstimmte Friedrich Wilhelm den Dritten derartig, dass er am 26. September den französischen Kaiser aufforderte, alle rechtsrheinischen Gebiete zu räumen. Krieg lag in der Luft.

Elisabeth bekam ihre Lizenz, Toni ihre neuen Stiefel, und gemeinsam kümmerten sie sich darum, den Marktkarren wieder zum Marketenderwagen umzurüsten. Colonel Renardet hatte sich tatsächlich an sie erinnert, und er tat sogar noch ein Weiteres für sie. Als Verbindungsoffizier zu den Darmstädter Truppen sorgte er dafür, dass Jupp und Franz ihren Wunsch erfüllt bekamen, zu den Aufklärern versetzt zu werden, der berittenen Truppe, die die Stellungen des Feindes zu erkunden hatten. Die jungen Männer waren überglücklich, Elisabeth skeptisch.

Anfang September schlossen sie sich den Hessisch-Darmstädter Truppen an und zogen nach Bamberg, wo sich die zweihunderttausend Mann starke französische Armee versammelte und den Ablauf des Ultimatums abwartete.

Colonel Renardet hatte Gefallen an Elisabeths Söhnen gefunden, oft tauchte er mit ihnen am Marketenderzelt auf und hielt einen kurzen Schwatz mit Toni und Elisabeth. Als er von den Versorgungsproblemen hörte, riet er ihnen, sich mit Kartoffeln einzudecken. Seine Freundlichkeit lohnte Elisabeth ihm, indem sie ihm manchmal ein Glas aus ihrem streng gehüteten Cognacvorrat anbot. Toni hingegen erhielt kleine Extraaufträge, die sie für ihn zu erledigen hatte, wobei immer eine Belohnung abfiel. Außerdem schienen die gelegentlichen Unterhaltungen mit dem gewitzten Trossbuben den Colonel zu ergötzen. Er stritt mit Toni gerne über eine Vielzahl von Themen.

Toni selbst teilte die Bewunderung ihrer Brüder für den Offizier. Jupp und Franz schätzten seine klaren Anordnungen, seine schnellen Entscheidungen und sein Augenmaß. Er forderte nicht mehr von seinen Leuten, als sie zu leisten imstande waren, aber achtete auch immer darauf, dass Disziplin gewahrt wurde. Da er sie nicht mit Willkür behandelte, gehorchten sie ihm gerne. Toni selbst bewunderte seine Haltung zu Pferde und die Höflichkeit, mit der er ihre Mutter behandelte. Besonders einnehmend aber fand sie an ihm, dass er sie selbst nie als lästiges Kind betrachtete, sondern ihre Pflichten anerkannte und ernst nahm.

Am 6. Oktober war es so weit, Napoleon traf in Bamberg ein, und es kam der Befehl zum Aufbruch. Am nächsten Tag zogen sie nach Kronach. Danach ging es durch das Tal der Rodach durch den Frankenwald, was mit dem schwer beladenen Wagen mühselig war, und am Nachmittag machten sie dann südlich des Dörfchens Lobenstein Rast. Hier begann die unermüdliche Elisabeth sofort mit der Zubereitung von Mahlzeiten, denn die Truppen hatten sich aus dem Land zu versorgen, und nach einem langen Marsch fiel das den Männern meist schwer. Zumal, wie der Fourier ganz richtig bemerkt hatte, wenig Vorräte in dieser Gegend aufzutreiben waren. Also ließ sich an den billigen Kartoffeln einiges verdienen, wie auch an den Zwiebeln und Äpfeln, die Tonis Argusaugen selten entgingen. Sie hatte in ihren jungen Jahren einen geübten Blick für abgeerntete Felder und versteckte Früchte erworben. Daher erlaubte Elisabeth ihr, vor dem Dunkelwerden noch eine Sammelrunde zu machen.

Sie hatte nicht nur Zwiebeln, sondern auch Möhren und einige Rüben eingesackt, als sie dieses unerwartete Geschenk fand – einen Apfelbaum am Rande eines kleinen Gehölzes, der voller reifer Früchte hing. Sie schob den halbvollen Sack unter einen Busch und kletterte gewandt über die niedrigen Äste weiter nach oben. Mit Genuss biss sie in das saftige Fruchtfleisch und ließ die Beine von dem luftigen Sitz baumeln. Hier oben hatte man einen guten Blick über die Gegend. Dicht besiedelt war sie nicht, verstreut lagen in der welligen Ebene einzelne Dörfchen und Gehöfte. Das schimmernde Band der Saale durchschnitt Wiesen und Äcker, und einige Karrenwege zogen sich durch das Land. Von den Tausenden Soldaten, die nach und nach eintrafen, bemerkte man von hier oben nichts.

»Verdammt!«, murmelte Toni, als sie die zwei Reiter genau auf ihren Apfelbaum zutraben sah. Blaue Uniformröcke, altmodische Zöpfe und Seitenlocken! Sie zog die Beine an und hoffte, die beiden würden einfach passieren. Aber nein, ausgerechnet unter dem Baum mussten sie anhalten.

»Ha, Äpfel, Nikolaus! Was für eine Ergänzung unserer kargen Kost.« Der eine stieg vom Pferd und bückte sich nach den herabgefallenen Früchten, der andere beugte sich vom Pferd und nahm sie ihm ab.

»Lass uns eine Rast einlegen, David! Hier scheint es wunderbar ruhig zu sein. Du hast mit deinen Vermutungen vollkommen danebengelegen. Kein Franzmann hat es bis hier geschafft. Die sammeln sich, wenn überhaupt, vor dem Gebirgszug.«

»Ich weiß nicht, Nikolaus. Sie haben den Ruf, ungeheuer schnell zu marschieren.«

Die beiden setzten sich am Fuße des Stamms nieder und bissen in die Äpfel.

»Manchmal glaube ich, du bist nur aus Prinzip anderer Meinung als dein Stiefvater.«

»Unsinn. Es ist sträflich leichtsinnig, keine Patrouillen die Ausgänge des Frankenwaldes überwachen zu lassen.«

Der mit Nikolaus angeredete junge Offizier zuckte mit den Schultern.

»Wir patrouillieren, und wir dürfen die Meinung der Herren Generäle bestätigen. Es wird dir nicht schmecken, mein Junge, dem Major von Cattgard das zu melden.«

Wütend warf der Angesprochene sein Apfelgehäuse fort.

»Nein, wird es nicht. Trotzdem bleibe ich dabei. Wenn ich die französischen Truppen kommandieren würde …«

»Du kommandierst aber nicht einmal ein Fähnlein Preußen. Und ich auch nicht.«

»Es ist falsch, morgen nach Neustadt aufzubrechen. Wir sollten sie hier abfangen und über den Frankenwald zurücktreiben.«

»Richtig, die Ebene ist für ein Gefecht wie geschaffen.«

»Noch besser, Nikolaus, wäre es, wenn wir die Pässe besetzen würden. Es gibt nur drei Durchgänge durch den Gebirgszug. Er ist bewaldet. Sie müssen in einer schmalen Kolonne hindurchziehen. Man könnte ihnen gewaltige Schwierigkeiten machen.«

Ein spöttisches Lachen begleitete die Antwort: »David, David, das entspricht aber gar nicht unserer guten alten Gefechtsordnung! Man marschiert in breiter Front aufeinander zu, sieht sich in die Augen und schießt drauflos. Was du da beschreibst, hört sich bedenklich nach Freischärlerkampf an.«

»Wenn schon. Das Gelände gibt es her.«

»Unsere Generäle sehen es anders.«

»Unsere Generäle haben doch seit Jahrzehnten lediglich Salonkriege geführt. Sieh dir diese verkalkten alten Kracher an! Kaum einer unter siebzig. Man muss sie aufs Pferd heben und festschnallen, damit sie nicht herunterfallen.«

»Du wirst eben an deiner Karriere arbeiten müssen, um endlich ein Feldherr zu werden. Hier, nimm noch einen Apfel, und dann reiten wir zurück. Nach Schleiz ist es ein gutes Stück, und unterwegs kannst du dir schon mal eine Formulierung für deine Meldung ausdenken.«

Toni hatte fast den Atem angehalten, während sie diesem Gespräch lauschte. Sie hatte hochbrisante Informationen erhalten, und der Himmel möge sie beschützen, wenn die beiden Männer sie entdeckten!

Einer von ihnen stand auf und langte nach oben, um einen weiteren Apfel zu pflücken. Und hielt mitten in dieser Tätigkeit ein.

»Ach, sieh mal an! Was haben wir denn da?«

Toni, die sich entdeckt sah, fuhr der Schrecken in die Glieder. Es gab keine Flucht nach oben, nur eine nach unten. Sie zog den Dolch aus dem Stiefel und sprang hinab, bereit, ihr Leben zu verteidigen.

»Bursche!« Der Preuße stellte sich ihr, ohne sich von dem gezückten Messer beeindrucken zu lassen, in den Weg. »Lass es fallen!«

»Niemals!«

»Doch, Junge, sonst tue ich dir weh.«

»Lasst mich gehen!«

»Natürlich. Wenn du das Messer fallengelassen hast.«

Toni hatte zwar die Grundzüge des Messerkampfes von ihren Brüdern gelernt, aber vor zwei groß gewachsenen Männern war sie sich plötzlich nicht mehr sicher, ob sie damit besonderen Erfolg haben würde. Es galt zu verhandeln.

»Ich habe Ihnen nichts getan.«

»Noch nicht. Also …?«

»Nikolaus, ich würde mich mit dem Jungen ganz gerne mal unterhalten«, mischte sich der andere Offizier ein. An Toni gewandt, fragte er: »Woher kommst du, Bursche?«

»Ich? Ausm Dorf.«

»Aus welchem?«

Die Beantwortung dieser Frage fiel Toni schwer, sie wusste zwar, dass sie in Lobenstein lagerten, wie die Nester in der Gegend ansonsten hießen, war ihr nicht bekannt. Blieb ihr, den Dorftrottel zu spielen, und sie antwortete mit selten dümmlichem Blick: »Aus unserm natürlich.«

Mit einem widerwärtig schnellen Griff packte ihr Gegenüber plötzlich ihr Handgelenk und entwand ihr den Dolch.

»Spiel kein Spielchen, Bursche! Du bist bei Weitem nicht so dumm, wie du tust.«

»Nein, offensichtlich bin ich noch dümmer«, erwiderte Toni und ließ die Schultern hängen.

»Vielleicht. Also – woher?«

»Lobenstein.«

»Aha, geht doch. Was machst du hier?«

Ein vielsagender Blick ging zu den Äpfeln oben im Baum. »Sie haben auch welche davon gegessen«, wagte Toni trotzig den Gegenangriff.

»Wir haben uns verpflegt, du hast sie geklaut.«

»Und – ist das ein Unterschied?«

Mit einem unerwarteten Auflachen schüttelte der Preuße den Kopf. »Kein großer. Junge, wie heißt du?«

»Toni.«

»Gut, Toni. Sag, hast du heute schon Soldaten gesehen?«

Das war wieder so eine gefährliche Frage. Toni war sich nach dem belauschten Gespräch klar darüber, dass sie über den Einmarsch der französischen Truppen Stillschweigen zu bewahren hatte. Sie konnte schließlich nicht die eigenen Leute verraten. Sie versuchte es mit einer Gegenfrage.

»Meinen Sie Franzmänner oder solche wie Sie?«

»Franzosen.«

»Im Dorf habe ich keine gesehen.« Da sie nicht im Dorf selbst gewesen war, war das keine Lüge. Sie spann fröhlich weiter: »Aber die Männer bei uns reden davon, dass sie bald kommen. Die Mutter hat Angst, dass sie uns die Vorräte plündern.« Was der Wahrheit entsprach. »Darum bin ich ja losgezogen, um was zum Essen zu sammeln. Da, in dem Sack.« Je näher sie mit ihren Aussagen der Wahrheit kam, desto leichter flossen ihr die Worte von den Lippen, und desto treuherziger wurde ihr Blick.

Der andere Mann zog auf ihre Geste hin den halb gefüllten Jutesack unter dem Busch vor und warf einen Blick hinein.

»Möhren, ein paar Kartoffeln, Zwiebeln.«

»Und jetzt noch Äpfel. Na gut, Toni. Ich will dir glauben. Versteckt eure Vorräte gut. Die Zeit wird hart werden.«

»David«, unterbrach Nikolaus seinen Freund kurz und wies mit ausgestrecktem Arm auf einige sich bewegende Punkte. »Kavallerie! Ein Geplänkel.«

»An der Saalefurt. Verflucht, Nikolaus, da sind unsere Leute. Also habe ich doch Recht gehabt. Sie sind hier.«

Er warf Toni den Dolch vor die Füße und rannte zu seinem Pferd. Der andere Offizier folgte ihm, und ohne ihr einen weiteren Blick zu schenken, gaben sie ihren Tieren die Sporen.

»Puh, Glück gehabt«, gratulierte sich Toni selbst, schob das Messer zurück in den Stiefel und sammelte ihre Beute auf. Es wurde Zeit, zum Lager zurückzugehen. Aber sie sah den jungen Offizieren eine Weile nach. Dieser Leutnant David hatte sie beeindruckt. Noch nie, glaubte sie, hatte sie einen so schönen Mann gesehen. Hätte sie ein wenig mehr Bildung gehabt, wäre ihr sicher die Idee gekommen, dass er den Namen David nicht zu Unrecht trug. Michelangelo hatte einem anderen jungen Mann ähnliche Züge verliehen.

Um den Marketenderwagen war eine ansehnliche Zahl von Soldaten versammelt, die hungrig auf eine Portion Essen, was immer es war, warteten. Elisabeth hatte alle Hände voll zu tun und schenkte Toni nur einen ungeduldigen Blick.

»Zwiebeln schälen, los.«

Während der Arbeit überlegte Toni, wie sie das, was sie erfahren hatte, nutzbringend weitergeben konnte. Es einem der Soldaten zu melden, hatte wenig Sinn. Die Männer gehorchten Befehlen, sie marschierten dahin, wohin die Order sie schickte. Der eine oder andere Unteroffizier mochte sich zwar Gedanken zur Lage machen, hatte aber wenig Entscheidungsfreiheit. Die Offiziere hingegen kamen nur in Ausnahmefällen mal zu den Marketendern. Eine Lösung fand sich, als Jupp und Franz, beide schlammbespritzt, aber mit strahlenden Gesichtern, bei Elisabeth eintrafen.

»Wir haben sie über die Saale zurückgetrieben«, grinste Franz und hatte augenblicklich eine begeisterte Zuhörerschaft. Jupp, der schweigsamere von beiden, ließ sich von Toni eine Schale Kartoffelbrei geben, während sein Bruder von dem Zwischenfall mit den Preußen berichtete.

»Warum seid ihr nicht dort, Jupp? Müsstet ihr nicht bei eurer Gruppe bleiben?«

»Wir Aufklärer mussten in Lobenstein beim Offizierskorps Bericht erstatten.«

»Ist Colonel Renardet auch dort?«

»Ja, sicher.«

»Ich muss ihn sprechen. Kannst du mich zu ihm bringen?«

»Was willst du denn mit dem Colonel besprechen, Toni? Die Offiziere haben Wichtigeres zu tun, als sich die Schwätzereien eines Trossbuben anzuhören.«

»Ich denke, ich habe etwas, das er wissen sollte. Ich habe heute zufällig zwei preußische Offiziere getroffen.«

»Toni!« Entsetzt sah ihr älterer Bruder sie an.

»Keine Angst, sie hielten mich für einen hiesigen Bauernlümmel.« Sie erzählte ihm kurz, wie es zu dem Treffen kam, und er stimmte zu, sie später mitzunehmen.

Es war schon dämmerig, als sie sich hinter Jupp in den Sattel schwang. Zu Pferd war der Weg ins Hauptquartier schnell zurückgelegt. Es war lediglich die Avantgarde des Korps Murat, die sich den Übergang über die Saale erkämpft hatte, die Masse der Truppe hielt sich auf dieser Seite auf, denn immer noch trafen Nachzügler von dem Gewaltmarsch der letzten Tage hier ein, um sich zu sammeln. Die Offiziere hatten sich in dem Gasthaus einquartiert, und Jupp, der sich als Kurier auswies, richtete einem Adjutanten aus, Colonel Renardet möge sich eine ungewöhnliche Meldung anhören. Der Adjutant sah den vermeintlichen Trossbuben zweifelnd an, schob ihn aber dann doch in den Raum.

Die Offiziere hatten es sich in der Schankstube gemütlich gemacht. Tabakrauch und der Geruch nach Braten hingen in der Luft, Bierkrüge standen auf den Tischen, die Männer hatten ihre Uniformkragen geöffnet oder die Röcke abgelegt. Der Adjutant drängte sich zu einem der hinteren Tische durch und kam gleich darauf mit dem Colonel zurück.

»Toni, was ist passiert?«

»Ich habe eine Meldung zu machen, mon Colonel!«

»Soso.« Er schob Toni in ein Nebenzimmer, wo auf einem Tisch etliche Karten ausgebreitet waren. »Dann berichte!«

Toni holte tief Luft und versuchte, so klar wie möglich darzustellen, was sie belauscht hatte.

»Bei Schleiz«, wiederholte Renardet nachdenklich und tippte mit dem Finger auf einen Ort auf der Karte. »Das muss das Korps Tauentzien sein. Nach Neustadt wollen sie morgen früh aufbrechen.« Er wandte sich zu Toni und meinte: »Das war eine nützlich Nachricht, mein Junge.«

»Der Leutnant David hätte Sie gerne in den Pässen abgefangen.«

»Hätte er? Donnerwetter. Da wären wir in böse Bedrängnis gekommen. Beruhigend, dass der junge Mann keine Befehlsgewalt hat.«

»Wo werden Sie sich mit ihnen schlagen?«

»Dort, wo wir sie haben wollen. Unser Feldherr, Toni, ist nämlich genial. Du kannst sicher sein, wären die Preußen durch das Gebirge gezogen, wir *hätten* sie an den Pässen abgefangen.«

Nachdenklich nagte Toni an ihrer Unterlippe und sah dann zu dem hoch gewachsenen Renardet auf.

»Es tut mir fast leid, dass ich sie verraten habe, mon Colonel.«

Er maß den vermeintlichen Buben mit einem verständnisvollen Blick. »Wir sind im Krieg, Junge. Das Ultimatum ist abgelaufen.«

Toni nickte. Ja, es war Krieg. Aber der Feind hatte seit heute Nachmittag ein Gesicht. Und zwar das eines gut aussehenden jungen Mannes. Sie konnte ihre Beklommenheit nicht ganz verbergen. Renardet bemerkte es.

»Ihr hättet nicht wieder mitziehen sollen, Toni, du nicht und auch deine Mutter nicht.«

»Sie kann ihre Söhne nicht alleine lassen, mon Colonel.«

»Sie ist sehr mutig. Lass dich von deinem Bruder zurückbringen! Wir haben hier jetzt noch zu tun.«

Antonia begegnete Renardet kurz darauf unter dramatischeren Umständen wieder. Die Kampfhandlungen begannen am Morgen, und als sie am Abend auf dem Weg zu dem Flüsschen in ihrer Nähe war, um Wasser zu holen, sah sie ein Pferd, das reiterlos am Ufer stand. Vorsichtig hielt sie nach dem Besitzer Ausschau. Sie fand ihn, blass und mit geschlossenen Augen an einen Baumstamm gelehnt sitzen. Mit seiner linken Hand hielt er ein Tuch an seine rechte Schulter gedrückt. Es war blutrot.

»Colonel Renardet! Sie sind verwundet.«

Mühsam öffnete er die Lider. »Oh, Toni.«

»Was verschlägt Sie hierher?«

»Muss nach Saalburg, dem Marschall Bericht erstatten.«

»Dazu sind sie doch gar nicht in der Lage. Sie bluten zu sehr.«

»Heckenschütze. Hab zwei Mann Begleitung verloren. Pferd durchgegangen.«

Es huschte ein kleines Lächeln über Tonis Gesicht. »Ich habe keinen Rapport von Ihnen verlangt, mon Colonel. Aber ich werde mich um Ihre Blessur kümmern.«

Renardet litt zwar starke Schmerzen, aber ein geisterhaftes Lächeln glitt sogar jetzt über sein graues Gesicht.

»Du scheinst die schwierige Aufgabe übernommen zu haben, als mein rettender Engel zu wirken, Toni. Ob verirrt oder verwundet, auf dich kann ich zählen.«

»Würde ich mich nicht immer drauf verlassen, mon Colonel. Aber Sie haben Glück. Wir haben unseren Wagen etwa hundert Schritt von hier. Schaffen Sie es bis dorthin? Mama hat immer einen Vorrat an Verbandsmaterial, und sie ist ganz geschickt im Versorgen von Wunden.«

»Sie wird die Kugel entfernen müssen.«

»Wär auch nicht das erste Mal.« Toni half Renardet auf sein Pferd, füllte ihre Eimer mit Wasser und führte ihn dann zum Marketenderwagen.

»Mama, ein Verwundeter!«

»Colonel Renardet!«

Gemeinsam schafften sie den Verletzten in das Zelt und setzten ihn auf einen Hocker. Elisabeth erteilte Anweisungen, und Toni übersetzte sie für Renardet.

»Wir müssen Ihnen den Rock ausziehen, Colonel. Es wird schmerzhaft.«

»Ich weiß.«

So vorsichtig es ging, streiften sie ihm den engen Uniformrock ab. Der rechte Ärmel war blutdurchtränkt. Den Hemdärmel darunter schnitt Elisabeth dann einfach ab, um an die Wunde zu gelangen. Mitfühlend sog sie die Luft zwischen den Zähnen ein, als sie nach der Kugel tastete.

»Gib ihm von diesem Obstschnaps, den uns der Bauer überlassen hat, Toni! Ich muss die Wunde aufschneiden.«

Toni holte die Steingutflasche und reichte Renardet einen gut gefüllten Becher. Er trank, todesmutig.

»Was ist das für ein Höllentrunk?«, fragte er, als er wieder Luft bekam.

»Etwas, das die Bauern hier selbst brennen. Ist es scharf?«

»Wie ein Dragonersäbel.«

»Noch einen!«, befahl Elisabeth.

»Ihr wollt mich betrunken machen.«

»Bewusstlos, wenn möglich.«

»Ich muss aber noch …«

»Seine Majestät wird schon noch informiert werden. Ich nehme an, das Scharmützel ist siegreich verlaufen.«

»Wir haben sie überrascht.«

»Haben Sie Jupp und Franz gesehen?«

»Nein, Toni. Aber macht euch um sie nicht zu viele Sorgen! Die Preußen sind Stümper«, knurrte er. »Möchte wissen, was in den Köpfen ihrer Offiziere vorgeht.«

»Es rieselt der Kalk darin, meinte der Leutnant gestern. Darüber dürfen Sie jetzt eine Weile sehr intensiv nachdenken. Es wird Sie von dem ablenken, was wir tun müssen.«

Es lenkte ihn nicht ab, aber außer den wenigen Malen, die er vor Schmerzen aufstöhnte, ertrug er die Prozedur mannhaft. Erst als Toni den festen Verband um die vernähte Wunde wickelte, sank er erschöpft zusammen, und Elisabeth half ihm, sich auf das Deckenlager zu legen, das ihnen nachts als Schlafstätte diente.

»Ich muss mich um die Leute draußen kümmern, Toni. Bleib eine Weile hier!«, meinte sie mit einem Blick durch die offene

Plane. Es hatten sich Soldaten sogar an diesem abgelegenen Plätzchen eingefunden, die lauthals nach den Diensten der Marketenderin verlangten. Hunger hatten sie, natürlich auch Durst, brauchten Verbandsmaterial für kleinere Blessuren, verlangten Nadel und Faden, um Risse zu stopfen, und Knöpfe, um die verlorenen zu ersetzen.

Renardet hatten einen glasigen Blick bekommen und sah Toni mit unsteten Augen an. Er bewegte sich nicht, als sie ihm mit einem in kaltes Wasser getauchten Schwamm das Gesicht netzte und dann das Blut vom Arm wusch.

»Schlafen Sie ein bisschen! Ich bringe Ihnen nachher einen Teller Suppe. Jetzt sehe ich mal draußen nach, ob ich jemanden finde, der Ihre Leute benachrichtigt.«

»Danke, Toni«, nuschelte Renardet und schloss die Lider.

Sie betrachtete seine erschöpften Züge und dachte an die Schmerzen, die er ausgehalten hatte. Er war ein tapferer Mann, aber nun sah er verloren und wehrlos aus. Für einen Moment vergaß sie ganz, dass sie nur ein Trossbub für ihn war, und strich ihm sacht und tröstend über die Stirn. Sie mochte diesen Franzosen, der sich, ungewöhnlich genug, um eine deutsche Marketenderin und ihre Brut kümmerte. Vielleicht, dachte sie, tat er es, weil er seine Familie vermisste. Toni fühlte einen Anflug von Mitleid mit ihm. Er hatte seine Kameraden und war ein beliebter Offizier, aber verwundet und müde brauchte es mehr als Kameradschaft.

Als er eingeschlafen war, stand sie auf, um ihrer Mutter vor dem Zelt zu helfen. Sie näherte sich dem Kessel über dem Feuer und verteilte den Eintopf zusammen mit ihr an die Hungrigen. Dutzende von Männern saßen nun rund um den Marketenderstand an vereinzelten Lagerfeuern, prahlten mit ihren Heldentaten oder leckten ihre Wunden. Manch einer rauchte eine Pfeife, die Krüge mit dem scharfen Schnaps kreisten, und von einem Feuer klang ein wehmütiges Lied herüber. Die Männer wirkten gelassen, sie hatten den ersten Kampf erfolgreich überstanden, die Verluste waren gering. Toni schnappte alle möglichen Neuigkeiten auf, fand nach einigem Umherfragen auch einen Soldaten aus Renardets Einheit und bat ihn, seinen Adjutanten zu verständigen.

Es war Abend geworden, als sie endlich Zeit hatte, nach dem Verletzten zu sehen und ihm eine Schale Suppe zu bringen. Es ging ihm deutlich besser, er war wach, hatte sich zu der Ecke mit dem Nachttopf begeben und bemühte sich gerade, mit der linken Hand seine Hose aufzunesteln. Mit einem schiefen Lächeln hielt er inne und haderte: »Es scheint, ich benötige selbst bei derart schlichten Verrichtungen deine Hilfe.«

Toni kannte zwar wenig falsche Scham, aber irgendwie erschien es ihr unpassend, ihm zu helfen.

»Ich werde meine Mutter rufen«, schlug sie deshalb vor, aber er schüttelte den Kopf.

»Der Dienst eines Mannes wäre mir da lieber.«

»Also gut.« Toni stellte die Suppenschale ab und trat zu ihm, um ihm beim Aufknöpfen des Hosenlatzes zur Hand zu gehen. Überrascht nahm sie seine körperliche Reaktion darauf wahr. Und noch überraschter war sie, als er ihr den gesunden Arm um die Schultern legte und sie an sich zog.

»Colonel!« Scharf schnitt Elisabeths Stimme durch das Zelt. »Toni, raus mit dir!«

Erleichtert huschte Toni aus dem Zelt. Ganz wohl war ihr bei der Angelegenheit nicht gewesen. Sie beaufsichtigte wieder den Kessel und teilte weitere Schalen Suppe aus. Es war ruhig an den niedergebrannten Lagerfeuern geworden, und die Umsitzenden starrten schweigend in die Glut. Ein Reiter bahnte sich den Weg durch sie hindurch, und als er abstieg, erkannte Toni den Adjutanten, der sie am Vorabend zu Renardet gebracht hatte.

»Ah, der Trossbub. Du weißt etwas über den Verbleib des Colonels, richtete man mir aus? Wo ist er, wir waren schon in Sorge um ihn.«

»In unserem Zelt, er wurde angeschossen. Rechte Schulter.«

»Was habt ihr mit ihm angestellt?«, wollte der Adjutant barsch wissen und versuchte, sich an ihr vorbei zum Zelt zu drängen. Sie verstellte ihm den Weg.

»Fauchen Sie mich nicht so an! Wir haben ihn besser versorgt als Ihr Feldscher.«

»Wie willst du das beurteilen, Junge?«

»Weil meine Mutter die Kugel entfernt und die Wunde genäht hat.«

Der Mann schien besänftigter. »Kann er reiten?«

»Wahrscheinlich. Aber er braucht Hilfe. Es ist eine sehr schmerzhafte Operation gewesen. Sie werden feststellen, dass er nicht ganz bei Sinnen ist.«

»Oh.«

»Um es klarer auszudrücken, er ist betrunken.«

»Nun, das war auf jeden Fall eine zuvorkommendere Behandlung, als die, die er durch unseren Feldscher erhalten hätte«, erwiderte der Mann jetzt mit einem Grinsen.

Elisabeth war inzwischen auch wieder aus dem Zelt getreten. Toni wies auf den Adjutanten und erklärte: »Er ist gekommen, um sich um den Colonel zu kümmern.«

»Das ist gut so. Er wird einen kurzen Ritt überstehen.«

Kurze Zeit später trat Renardet zusammen mit seinem Adjutanten aus dem Zelt. Er hatte den Uniformrock wieder übergezogen, den rechten Arm aber fest bandagiert in einer Schlinge. Von Elisabeth verabschiedete er sich kühl, aber höflich, Toni hingegen nickte er nur kurz zu. Darum neigte sie nur den Kopf, verfolgte aber verstohlen, wie er mühsam in den Sattel kam und dann, ohne sich noch einmal umzuwenden, in die Nacht hinausritt. Sie strich sich mit dem Handrücken über die Stirn, als würde das den Gedanken an ihn vertreiben.

Schließlich schöpfte sie sich eine Schale Suppe aus dem Kessel und setzte sich, den Rücken an ein Rad des Wagens gelehnt, in die Dunkelheit. Die meisten Männer hatten sich in ihre Decken gerollt und schliefen an den heruntergebrannten Feuern. Es war ein langer, anstrengender Tag gewesen, und der nächste versprach, nicht leichter zu werden. Toni verspürte auch eine große Müdigkeit, aber mehr als das war sie unglücklich. Früher war es leichter gewesen, vor Jahren, als sie noch ein Kind war. Warum das so war, konnte sie nicht so recht ergründen. Äußerlich hatte sich nichts verändert. Sie ging mit ihren kurzen Haaren, ihrer Knabenkleidung, ihrem mageren, sehnigen Körper, ihren burschikosen Bewegungen und ihrer verhältnismäßig tiefen Stimme noch immer als Junge durch. Das Wenige an Busen, das sie entwickelt hatte, verschwand unter einem engen Leibchen, und um ihre sanitären Bedürfnisse kümmerte sie sich ausschließlich in der kleinen Privatsphäre des Marketenderstands. Warum war ihre Unbedarftheit plötzlich verschwunden? Sie hatte schon vorher Verwundete mit ihrer Mutter zusammen versorgt, der männliche Körper und seine Reaktionen waren kein Geheimnis für sie. Automatisch führte sie Löffel um Löffel Suppe zum Mund und schluckte, ohne zu schmecken, was sie aß. Essen war wichtig, es war nicht sicher, ob es am nächsten Tag genug geben würde.

Röcke raschelten, und Elisabeth setzte sich neben Toni. Sie reichte ihr einen Becher mit Wein.

»Du bist mir nicht mehr böse, Mama?«

»Ach, Toni.« Elisabeth tat etwas, was sie in der letzten Zeit nur noch selten gemacht hatte. Sie zog Tonis Kopf an ihre Schulter und streichelte ihr die Haare. »Ich war dir nicht böse. Auch dem Colonel nehme ich sein Verhalten nicht übel, obwohl ich ihm eine Strafpredigt gehalten habe. Weiß der Himmel, was er davon verstanden hat.«

»Ich glaube, er versteht mehr, als wir ahnen.«

»Ich habe sie ihm aber auf Französisch gehalten.«

Toni gluckste plötzlich. Elisabeth war nicht besonders sprachbegabt, und ihr Wortschatz beschränkt und höchst eigenwillig. Er umfasste vor allem Zahlen, Marktwaren und Schimpfworte. Aber sie wurde wieder ernst, als sie einwandte: »Mama, er hatte keine unrechte Absicht. Nicht wie der staubige Hintzen. Er hält mich doch für einen Buben.«

»Ja, das tut er. Darum ist es vielleicht sogar noch schlimmer. Wenn er einer von den Männern ist, die sich nach Jungen sehnen, kann dich das in große Schwierigkeiten bringen.«

»Er hat nicht den Ruf.« Toni kannte auch diese Seite des Soldatenlebens, hatte Geschwätz und Andeutungen zu verstehen gelernt und Warnungen erhalten.

»Hat er nicht, aber seine Reaktion war ziemlich eindeutig.«

»Er war betrunken.«

»Eben. Er mag sich sonst unter Kontrolle haben.«

»Es ist wahrscheinlich meine Schuld gewesen, Mama. Ich habe

ihn, bevor er einschlief, über das Gesicht gestreichelt. Er tat mir so leid.«

»Ja, das mag unüberlegt gewesen sein. Je nun, Toni. Geh ihm einfach aus dem Weg.« Schließlich seufzte sie noch einmal abgrundtief. »Wir hätten nicht mitziehen sollen. Nein, diesmal hätten wir nicht mitziehen dürfen. Du bist zu alt dafür, Toni. Und ich auch.«

»Wir können aber jetzt nicht zurück.«

»Nein, wir müssen den Weg bis zum Ende gehen. Aber ich habe kein gutes Gefühl dabei.«

Später lag Toni unter ihren Decken und konnte trotz aller Müdigkeit nicht einschlafen. Während sie mit den Gesichtern kämpfte, die vor ihrem inneren Auge aufstiegen – das des preußischen Leutnants und das des französischen Colonels – da dämmerte es ihr ganz langsam, dass die Veränderung, die eingetreten war, in ihrer Seele stattgefunden hatte. Äußerlich mochte sie ein Junge sein, aber in ihrem Herzen war sie nun eine Frau.

Das machte alles so schwierig und unberechenbar.

Der Genuss der Freiheit

What shall we do with the drunken sailor,
Early in the morning?
Seemannslied

Sogar als man ihm verkündete, er habe eine Begnadigung erhalten und dürfe das Bagno jetzt, im Oktober 1806, drei Jahre früher, als das Strafmaß besagte, verlassen, zeigte Cornelius keine Regung. Er nahm stumm das versiegelte Schreiben entgegen, das für ihn hinterlegt worden war, und steckte es ungelesen ein.

Er hatte mit nichts mehr gerechnet, erst recht nicht mit seiner Freilassung. Nun stand er am Hafen von Brest und starrte auf das graue Meer hinaus, ein freier Mann. Das Tor des Arbeitslagers war hinter ihm zugefallen, die Kette von seinem Bein gelöst, die Sträflingskleidung gegen einen Seemannskittel und derbe Pantalons ausgetauscht. Trotzdem fühlte Cornelius sich gefangen. Die sieben Jahre konnte er nicht einfach ablegen wie die Nummer sechshundertvierundneunzig auf seiner Mütze. Er war wieder Hermann Cornelius von der Leyen – und er war es doch nicht.

Zwei Mädchen in schwarzer Tracht, bei denen die weißen Spitzen der voluminösen Unterröcke unter den Röcken hervorblitzten, als sie die Hüften verführerisch schwenkten, und die ihre hohen Hauben im Wind festhalten mussten, schlenderten kichernd an ihm vorbei und bedachten ihn mit einem kecken Seitenblick. Er beachtete sie nicht. Er sah die grauen Wolken, die sich über dem Meer weit draußen zusammenballten, sah die gischtgekrönten Wellen gegen die Kaimauer schlagen und das verrottende Gerippe eines gestrandeten Fischerbootes. Möwen hatten sich darauf niedergelassen und flogen, als ein Fischer den Strand entlangging, gemeinsam auf. Ihre Schreie klangen einsam durch die salzige Luft. Cornelius verfolgte ihren Flug und ihr müßiges Schaukeln auf dem bewegten Wasser. Er war nicht in der Lage, einen Entschluss zu fassen. Sieben Jahre lang hatte er kaum einen Entschluss gefasst, hatte sich befehlen lassen und hatte gehorcht. Wann immer er etwas Eigenmächtiges getan hatte, war er bestraft worden, wann immer er sich einem Menschen genähert hatte, war er verlassen worden. Er hatte sich Pierre gegenüber geöffnet, gegen seinen Entschluss, unbeteiligt zu bleiben, und der war gestorben. Er hatte sich mit Mathias angefreundet, und der war hingerichtet worden.

Trotzdem – der Tag war dunkel, der Wind kalt. Bald würde es anfangen zu regnen. Er brauchte eine Unterkunft für die Nacht, etwas zu essen, einen Ort, wo er alleine sein konnte.

O Gott, was für ein Luxus – alleine zu sein.

Das gab ihm den Anstoß, sich endlich aufzuraffen. Der Brief, den sein Cousin, oder wahrscheinlich sogar Halbbruder, David ihm hinterlassen hatte, beinhaltete einige Franc und eine Bankadresse. Mit der kleinen Barschaft konnte er sich ein Zimmer in einem einfachen Gasthaus mieten, die Bank würde er am nächsten Tag aufsuchen.

In dem kleinen, nicht besonders sauberen Raum breitete er später einige Gazetten aus, um sich wenigstens einigermaßen auf den Stand der Zeit zu bringen. Eine Flasche herben Rotweins leistete ihm dabei Gesellschaft. Dass jener erste Konsul, der im Jahr seiner Verhaftung in Frankreich aufgestiegen war, inzwischen als Kaiser regierte, hatte er selbstverständlich mitbekommen. Welche Veränderungen das allerdings in den Ländern bewirkt hatte, darüber fehlte ihm das Wissen. Von der unrühmlichen Seeschlacht bei Trafalgar hatte er sogar im Bagno gehört, und mit Überraschung las er, bei Jena und Auerstedt seien die Preußen vernichtend geschlagen worden und die Franzosen befänden sich auf dem Weg nach Berlin. Wer aber mit wem auf welche Weise verbündet war, das konnte er der aktuellen Berichterstattung nicht eindeutig entnehmen. Dem neu gegründeten Rheinbund gehörten zahllose Kleinfürstentümer an, es gab die linksrheinischen Staaten, die nun endgültig Frankreich zugeschlagen waren, Russland schien sich derzeit neutral zu verhalten, Österreich war im Jahr zuvor bei Austerlitz besiegt worden.

Es verwirrte ihn alles. Die politische Lage und der ungewohnte rote Wein. Er löschte die Kerze aus und zog sich die Decke über den Kopf.

Irgendwann in der bleigrauen Dämmerung des Morgens wurde er durch den Lärm vorbeirollender Wagen, brüllender Kutscher und dem Keifen einer Magd geweckt. Für einen Moment fiel es ihm schwer, sich daran zu erinnern, wo er sich befand. Aber das verhältnismäßig weiche Lager und die Abwesenheit anderer Menschen brachten ihm die Erkenntnis zurück: Er war frei. Er musste nicht aufstehen. Niemand verlangte von ihm, in die Reihe zu treten und mit dem täglichen Trott zu beginnen. Er konnte sich einfach umdrehen und weiterschlafen. Er tat es.

Er schlief bis mittags. Der Hunger trieb ihn in die Gaststube hinunter, wo er sich ein einfaches Mahl bestellte. Anschließend schlenderte er durch die Straßen der Stadt, hob das auf ihn angewiesene Geld ab und kehrte in den Abendstunden ins Gasthaus zurück. Dort setzte er sich mit einem Becher Apfelwein in die Nähe des Kamins und beobachtete schweigend das Kommen und Gehen der Fischer und Seeleute, der Netzflicker und Lastträger, der kleinen Händler und Höker und einiger magerer Hafenhuren, die für ein paar Sous ein schnelles Geschäft machen wollten. Er hörte ihrem Geschwätz zu, überwiegend Klagen über die schmerzlichen Einbußen, die ihnen die Seeblockade der Briten bescherte. Andere diskutierten ganz unverhohlen die Wege, diese Blockade zu umgehen und mit geschmuggelten Waren zu handeln. Eine der Frauen in einem verwaschenen roten Kleid sah ein paar Mal prüfend zu ihm hin und ging dann zielstrebig auf Cornelius' Platz zu.

»So alleine hier, Capitain?«

Er streifte sie mit einem kurzen Blick. Aber das reichte der erfahrenen Hafendirne. Ihre Menschenkenntnis und ihr Wissen um die Kettensträflinge im Bagno verriet ihr viel mehr über ihn, als er sich je vorstellen konnte.

»Der Pot-au-feu ist heute besonders gut, Capitain. Willst du mich nicht zu einem Teller einladen?« Er reagierte nicht auf sie, aber unaufgefordert griff sie nach seinem Weinbecher und trank einen Schluck daraus. Sie schüttelte sich, als sie das billige Getränk auf der Zunge spürte, und meinte: »Wenn ich mit dem Wirt rede, wird er einen guten Roten für uns einschenken. Soll ich das tun, Capitain? Wir trinken gemütlich eine Pinte zu unserem Mahl. Dann schauen wir weiter, ja?«

Er hob die Lider, und sie erkannte den Hunger in seinen Augen. Mit einem wissenden Lächeln langte sie über den Tisch und nahm seine Hand in die ihre, drehte sie um und betrachtete die Innenseite.

»Ein harter Arbeiter, was? Hast ein anständiges Essen verdient.« Sie stand auf und sprach mit dem Wirt einige Worte. Dann kam sie zurück und redete wieder auf ihn ein. Belanglosigkeiten waren es, dazwischen kleine Versprechungen. Sie gab sich nicht verführerisch, sondern sachlich. Cornelius hörte ihr zu und musterte sie. Ganz jung war sie nicht mehr, sie mochte zehn Jahre älter sein als er. Hübsch war sie sicher einmal gewesen, jetzt war sie zu dünn, und kleine Fältchen knitterten die wettergegerbte Haut. Wenn sie lächelte, sah man, dass ihr ein Eckzahn fehlte. Ihre braunen Haare hatte sie mit Henna ungleichmäßig rötlich gefärbt, aber ihre Hände waren erstaunlich weich. Es war mehr die Aufmerksamkeit, zunächst unerwünscht, dann erträglich und schließlich sogar wohltuend, die ihn plötzlich anzog. Vielleicht war es auch das warme Essen und der schwere Rotwein, den er sich mit ihr teilte.

»Wie viel verlangst du?«, war schließlich seine erste Frage.

»Ah, Capitain, für dich nur einen Freundschaftspreis.«

Doch der, den sie nannte, entlockte ihm ein Schulterzucken.

»Das ist weniger, als das Zimmer hier kostet«, verteidigte sie sich.

»Ich zahle schon für das Essen.«

Sie machte ein niedrigeres Angebot, aber klickte ihren Becher an den Weinkrug. »Aber dann noch eine Pinte Wein. Wir nehmen sie mit nach oben.«

»Also gut.«

»Wie heißt du, Capitain?«

»Was interessiert es dich?«

»Menschen haben Namen, keine Nummern oder Titel, nicht

wahr? Ich heiße Bice.« Sie hakte sich bei ihm unter, als er aufstand, und winkte dem Wirt, ihr Wein zu reichen.

Sie war knochig und ernüchternd unsinnlich bei ihrem Geschäft, aber ihre Haut war zart und ihr Schoß warm. Für eine Weile vergaß Cornelius sogar die vergangenen sieben Jahre. Er fühlte sich wieder als ein Mann, wenngleich nicht als Held. Als er sich neben sie rollte, wollte sie wissen: »Wie lange warst du im Bagno?«

Er zeigte gewohnheitsgemäß seine Überraschung nicht, sondern nahm nur einen tiefen Schluck von dem Wein. Aber dann fragte er doch: »Wie kommst du darauf?«

»Die Brandmarke auf deiner Schulter, Capitain. Die wird dich immer verraten.«

Die F-förmige Brandnarbe hatte er tatsächlich vergessen. Im flackernden Schein der Kerze betrachtete er die Frau neben sich. Sie sah ihn unverwandt an, nicht neugierig, nicht kokett, aber ihre dunklen Augen wirkten bezwingend. Auf seltsame Weise hatte er das Gefühl, als ob sie in seinen Gedanken läse. Als könnte sie sogar verstehen, was er selbst nicht verstand. Plötzlich überkam ihn das Bedürfnis, mit ihr zu reden. Wenn er auch nicht recht wusste, wie. Immerhin nannte er ihr jetzt seinen Namen. Nicht den ganzen.

»So heißt du also: Cornelius. Ein Fälscher. Was kannst du noch?«

»Mit Holz arbeiten.«

»Das können die meisten, die von dort kommen. Aber du kannst mehr als nur Balken schleppen.«

»Ich habe in der Tischlerei gearbeitet.«

»Gut geführt und begnadigt.«

Er nickte.

»Du weißt viel darüber.«

»Man lernt hier einige kennen, Cornelius. Aufseher, Gefangene, Entlassene, Entlaufene. Manche tragen ihre Nummer ein Leben lang. Erzähl mir, Cornelius, was du erlebt hast.« Sie reichte ihm den frisch gefüllten Becher.

Er trank und berichtete stockend vom Pranger, von der Kette, von Pierre. Es ging leichter, als der Wein seine Wahrnehmung verwischte. Er konnte die Demütigung in Worte kleiden, wenn auch nicht alle Erniedrigungen, die er erfahren hatte. Er konnte von der Trauer und der Einsamkeit nach Pierres Tod sprechen, und merkte, dass ihm dabei die Tränen über die Wangen liefen. Bice hörte zu, ihre seltsamen Augen noch immer auf ihn gerichtet, doch ohne ein Wort zu sagen. Dann füllte sie abermals seinen Becher aus dem Krug, der neben ihr auf der Truhe am Bett stand.

»Trink, Cornelius!« Ihre Stimme war heiser geworden, ihr Lächeln wirkte auf ihn plötzlich unsagbar schmerzlich. Er strich ihr über die Wange, bevor er den Becher aus ihrer Hand nahm und trank. Sie schwiegen einträchtig, beide in ihre eigene Welt versunken. Keine von ihnen war die beste aller Welten, sie ähnelten viel mehr der alten Vorstellung von Hölle und Verdammnis.

»Wo bist du zu Hause?«

Hatte sie das wirklich gefragt? Cornelius fühlte sich schwach und sehr müde. »In Köln.«

»Das ist weit weg von hier, nicht wahr?«

»Sehr weit. Unendlich weit.« Seine Worte kamen undeutlich, er bemerkte es selbst. Aber Bice, so nah und so warm, streichelte ihm zärtlich über den Rücken. Ihr Gesicht verschwamm, wurde jünger und schöner. Sie zog ihn noch einmal in ihre Umarmung. Leise flüsterte sie: »Komm her zu mir, Cornelius! Auf einen Mann wie dich habe ich lange gewartet.«

Er ließ sich fallen.

Als er aufwachte, hatte er ein Moosbeet in seinem Mund, und die Welt schien um ihn herum zu schwanken. Vorsichtig öffnete er die Augen. Helles Licht blendete ihn, und er atmete den vertrauten Geruch von geteertem Holz ein. Aber er befand sich nicht auf seiner harten Pritsche im Bagno, sondern in einem engen Bett. Doch das Schwanken wollte nicht aufhören. Auch das Geräusch des Wassers nicht, das neben ihm an die Wand klatschte.

Eine Gestalt verdunkelte das einfallende grelle Licht und rief erfreut aus: »Ah, endlich! Unser neuer Schiffszimmermann erblickt das Licht der Welt.«

So erfuhr Cornelius zu seinem Entsetzen, dass er sich an Bord der »Lumière du Monde« befand. Pechschwarze Verzweiflung packte ihn, und er verfluchte sich, der falschen Hafenhure sein Vertrauen geschenkt zu haben.

Doch dann sollte die Reise ihm ein ganz ungewöhnliches Erlebnis bescheren.

Feine Stickereien

Und drinnen waltet
die züchtige Hausfrau …
und füllet mit Schätzen die duftenden Laden
Und dreht um die schnurrende Spindel den Faden …

Die Glocke, Schiller

Seit über zwei Jahren lebte Susanne nun im Haus ihrer Großeltern väterlicherseits und fühlte sich erstmals seit ihrer Kindheit umsorgt und verstanden. Ihre Flucht aus dem Haus der Hirzens war dramatisch gewesen, aber die Gemüter hatten sich schließlich beruhigt, auch wenn die Verwandten ihrer Mutter sich – vermutlich heimlich aufatmend, da eine Esserin weniger zu versorgen war – von ihr mit kalten, zornigen Worten losgesagt hatten.

Jetzt führte sie nicht gerade das bequeme Leben einer verwöhnten jungen Dame aus gutem Hause, denn die Bernsdorfs, seit zwei Generationen in Köln ansässige Protestanten, folgten ihrem Glaubensideal von arbeitsamer, nüchterner Lebensführung. Müßiggang war kein erstrebenswertes Lebensziel. Johann Peter Bernsdorf leitete mit seinen zwei Söhnen, als der Patriarch der Familie, die Fabriken, die seit der Gleichstellung aller Konfessionen einige Erweiterungen erfahren hatten. Dass sein Jüngster, Daniel, der die Tochter der Hirzens geheiratet hatte, seiner Neigung als Bildhauer gefolgt war, war zwar mit Bedauern vermerkt worden, aber niemals hatte man den Kontakt zu ihm abgebrochen. Ja, die alten Bernsdorfs versuchten sogar, mit den Eltern ihrer Schwiegertochter einen gesellschaftlichen Umgang zu pflegen, waren aber kühl abgewiesen worden. Die alteingesessenen Katholiken Kölns waren nicht eben aufgeschlossen Fremden und Andersgläubigen gegenüber.

Inzwischen fand Susanne sich mit den verschiedensten Pflichten im Hause Bernsdorf betraut. Vor allem ihr künstlerisches Talent verschaffte ihr einige Betätigung. Als ihr Großvater ihre Begabung erkannte, erhielt sie einen intensiven Zeichenunterricht. Johann Peter Bernsdorf hatte sie aber auch in die Fabriken mitgenommen, um ihr zu zeigen, wie die zarten Baumwollstoffe gewebt wurden, für die die Firma bekannt war, und wie die aufwändigen Borten und Tressen hergestellt wurden, die den Hauptgeschäftszweig ausmachten. Es hatte sie nicht nur wegen der Gelegenheit, persönlichen Putz zur Verfügung zu haben, interessiert, sondern sie fand auch großes Interesse an den Posamenterien, wenngleich nicht an der eigentlichen Herstellung, sondern an den Mustern und der Farbgebung. Ihr Großvater förderte das, und als sie einmal schüchtern ein neues Bandmuster vorschlug, ließ er es tags darauf fertigen. Manchmal begleitete sie ihre beiden Onkel in den eleganten Laden auf der Hohen Straße, wo neben den eigenen Erzeugnissen allerlei weitere Textilwaren und Accessoires verkauft wurden, wie Fächer, Handschuhe, Knöpfe, Retiküle, Shawls und Spitzenschirmchen. Sie lernte die Preise kennen und das ansprechende Verpacken. Das Eingehen auf die Kundenwünsche brauchte sie nicht zu lernen, es lag ihr im Blut. Die Kundinnen schätzen ihre heitere und geduldige Art, sie zu beraten, ihren sicheren Geschmack und die Fähigkeit, auf die modischen Narreteien einzugehen.

Aber Susanne war auch ein gern gesehener Gast bei Bernsdorfs Freunden, und besonders willkommen war sie im Haus der Waldeggs.

Dort wurde sie an diesem Nachmittag von einem würdigen Diener in den Salon geführt. Er war wohnlich, aber etwas altmodisch eingerichtet, wie immer auf das Peinlichste aufgeräumt, und im Kamin brannte bereits wegen des kühlen Oktobertages ein kleines Feuer. Der ehemalige Domkapitular lebte noch immer in dem bescheidenen Häuschen am Domhof, das ihm als Mitglied des Domkapitels als Privateigentum zugestanden worden war, doch er hatte das Nachbarhaus hinzugekauft. Einige Durchbrüche und Umbauten machten es nun zu einem geräumigen Heim, in dem er und seine Frau Elena sehr zufrieden und zurückgezogen lebten. Den gängigen Gepflogenheiten entsprechend hatten sie beide beschlossen, auf das »von« in ihrem Namen zu verzichten und galten für die Welt als Herr und Frau Waldegg.

Die Dame des Hauses saß stickend am Fenster und sah erfreut auf, als Susanne mit einem fröhlichen Gruß auf sie zutrat.

»Fräulein Bernsdorf, schön, Sie zu sehen. Sind Ihre Großeltern wohlauf?«

Susanne gab die passenden Antworten und wurde auf das kleine Brokatsofa gebeten, um sich am Feuer aufzuwärmen. Dort, auf einer flauschigen Decke, lag eine magere, schwarzweiße Katze, die einmal träge ein Auge öffnete und die Besucherin musterte.

»Milli ist zwar sehr betagt, aber ein freundliches Streicheln weiß sie noch immer zu schätzen.«

Ein rostig klingendes Schnurren belohnte Susannes Kraulen. Sie mochte Katzen, wunderte sich aber, dass in dem so penibel sauberen Haushalt ein Tier geduldet wurde. Auch die Hausherrin wirkte makellos. Elena Waldegg war eine zierliche, fast zerbrechlich wirkende Dame mit klaren Gesichtszügen. Ihr Haar, aschblond, war kurz geschnitten und mit einigen Kämmen zu einer eleganten Löckchenfrisur aufgesteckt. Ihre Züge waren ruhig und ebenmäßig, ihre Haut glatt und gepflegt. Ihr stand die schmale, hochgegürtete Mode im Chemisenstil ausgezeichnet, obwohl sie nicht die dünnen Stoffe wählte, die Jüngere gerne verwendeten, um ihre Reize zu unterstreichen. Sie strahlte stille Vornehmheit und ätherische Eleganz aus.

»Das ist ja eine wundervolle Arbeit, Frau Waldegg«, äußerte sich Susanne mit aufrichtiger Bewunderung zu der Stickerei. Sie wähnte sich zwar geschickt mit Nadel und Faden, aber die feine Hohlsaumstickerei, die unter den feingliedrigen Fingern der Hausherrin entstand, hätte sie sich nicht zugetraut. »Was soll das werden? Ein Tischtuch?«

»So etwas Ähnliches. Es wird ein Altartuch. Es sind ja so viele Dinge aus den Kirchen verschwunden …«

Susanne nickte und nahm vorsichtig ein herabhängendes Ende auf, um das weiße Leintuch zu entfalten.

»Es wird bestimmt wunderschön, liebe Frau Waldegg, aber eigentlich bin ich ja gekommen, um Ihrer Köchin das Marzipanrezept abzuschwatzen.«

»Das Geheimnis wird Ihnen sogleich offenbart. Ich habe Jakoba Ihr Kommen angekündigt. Soll ich Sie in die Küche begleiten?«, fragte sie und strich ein kaum sichtbares Fältchen in der Zierdecke glatt.

»Ich würde zuvor gerne kurz mit Ihrem Gatten sprechen, Frau Waldegg. Mein Onkel hat eine Nachricht für ihn.«

»Nun, dann gehen Sie zunächst nach drüben, in die Bibliothek. Er hat sich mit den Gazetten dorthin zurückgezogen.«

Susanne folgte der anmutigen Handbewegung und klopfte leise an die angelehnte Tür. Ihre Schritte waren auf den Teppichen kaum zu hören, weshalb Hermann Waldegg ihres Eintretens nicht gewahr wurde. Er war völlig in Gedanken versunken und starrte mit regloser Miene auf die Bücherwand. Der Moniteur lag aufgeschlagen auf seinen Knien. Susanne versuchte es mit einem leisen Räuspern, und der Domherr wandte den Kopf und blinzelte.

»Ach, Fräulein Susanne. Treten Sie näher! Ich habe ein wenig gegrübelt, da kommt mir eine solch frische Ablenkung gerade recht. Setzen Sie sich, mein Kind!«

»Ich hoffe, ich habe Sie nicht bei Ihrer Lektüre unterbrochen, Herr Waldegg.«

»Nein, nein, die Zeitungen können warten. Die Nachrichten sind sowieso nicht sonderlich erfreulich.«

»Nicht? Ich denke, wir haben einen großen Sieg errungen?«

»Sie fühlen sich sehr französisch, will mir scheinen, Fräulein Susanne.«

»Nun ja, eine Preußin bin ich nicht. Ich hörte, dieser Staat hängt recht altmodischen Sitten an.«

»Es war kein Vorwurf meinerseits. Auch ich schätze viele der Neuerungen, die uns der eingetretene Wandel gebracht hat. Aber lassen wir die große Politik ruhen. Sie besuchen meine Frau, nehme ich an?«

»Ja, aber ich überbringe auch eine Bitte meines Onkels. Sie wissen, er interessiert sich für alte Schmuckstücke.«

»O ja, ich weiß. Es ist befriedigend zu wissen, dass es Männer von Vermögen gibt, die nicht nur den Materialwert all der Kunstwerke schätzen, sondern sie vor der unwiederbringlichen Vernichtung retten.«

»Das ist sicher sehr achtenswert«, erwiderte sie zurückhaltend und kam dann auf den Anlass des Gespräches zurück: »Mein Onkel hat ein Angebot von ungewöhnlichen Wertgegenständen erhalten, bei denen er Ihr Urteil wünscht. Er vermutet, es könnte sich um Teile aus dem Domschatz handeln.«

Waldegg richtete sich interessiert auf. Er war zwar 1794 mit dem gesamten Kapitel nach Arnsberg gezogen, war aber schon nach zwei Jahren zurückgekehrt, vom Erzbischof selbst beauftragt, sich um die Rettung verbliebener Bestände zu kümmern.

»Ich werde so bald wie möglich bei ihm vorsprechen. Es tauchen ja jetzt immer wieder durch die eigenartigsten Kanäle irgendwelche Kunstwerke auf. Ich danke Ihnen sehr, dass Sie mir diese Nachricht haben zukommen lassen. Darf ich Ihnen vielleicht ein Gläschen Wein oder einen kleinen Schluck Himbeerliqueur anbieten?«

»Danke, nein. Ich habe noch eine Verabredung mit Ihrer Haushälterin, die mich in die Kunst der Marzipanherstellung einweihen will.«

»Eine höchst wichtige Fähigkeit, mein Kind. Sie werden Männer in Scharen zu Ihren Füßen liegen haben, wenn Sie sie beherrschen. Wir, das ach so starke Geschlecht, haben nämlich eine heimliche Neigung zu süßen Naschereien.« Waldegg schien jetzt aufgeräumter Stimmung zu sein und verabschiedete sich herzlich von ihr. Aber als sie aufstand, um die Bibliothek zu verlassen, fiel ihr Blick auf die Überschrift des Artikels, den er zuvor studiert hatte. »Weit über 10000 Mann Verluste auf Seiten der preußischen und sächsischen Truppen.«

Jakoba war eine Frau hoch in den Sechzigern, langsam und umständlich und ein wenig harthörig. Sie begrüßte Susanne leutselig, eine regierende Königin im Reich der Küche. »Marzipan also soll es heute sein, Fräulein Bernsdorf?«

»Ja, bitte sehr. Der Großmutter hat das Konfekt so außerordentlich gut geschmeckt, das Frau Waldegg uns vergangene Woche mitgebracht hat.«

»Nur der Großmutter?«

Susanne kicherte und schlug die Augen theatralisch nieder. »Nein. Dem Großvater auch.«

»Männer!«, knurrte die Köchin, sah aber zufrieden aus. »Nun, dann binden Sie sich die Schürze um, Fräulein, wir werden den Mandeln die Haut abziehen.«

Nach einer lehr- und genussreichen Stunde hatte Susanne ein Spanschächtelchen wohlgeratener Pralinés erzeugt und präsentierte ihre Arbeit der Dame des Hauses.

»Das mundet recht vielversprechend, Fräulein Bernsdorf.« Elena Waldegg hatte ein Häppchen von dem Marzipan genommen und machte einige Vorschläge, wie man die Pralinés weiter mit Schokoladenglasur und kandierten Früchten verfeinern könnte. Sie tranken dazu aus kleinen, hauchdünnen Tässchen schwarzen, süßen Mokka. »Schade, dass mein Gatte schon aufgebrochen ist. Aber Ihre Nachricht hat ihm keine Ruhe gelassen.« Sie rückte Mokkakännchen und Zuckerdose gewissenhaft auf dem Tisch zurecht. Auf dem Boden vor dem Kamin jedoch stand ein silbernes Schälchen, aus dem Milli soeben den letzten Tropfen Sahne leckte.

»Er hat großes Interesse an den Kostbarkeiten, nicht wahr?«

»Es hat ihn tief betroffen gemacht, wie mit den Domschätzen verfahren wurde. Er hatte früher die Aufsicht über das Archiv, und es scheint, dass vieles daraus nun für immer verschollen ist. Wir haben letzthin gehört, ganze Wagenladungen alter Handschriften seien in einen Sumpf gekippt worden, um ihn zu befestigen.«

Zugegebenermaßen hatte Susanne nicht das rechte Interesse an alten Pergamenten. Das Altartuch, das nun säuberlich zusammengelegt in dem Handarbeitskorb ruhte, faszinierte sie mehr. Ihre Gastgeberin folgte ihrem Blick und lächelte sie an. »Ja, ja, ich war in der Zwischenzeit auch fleißig. Ich habe den Saum fertiggestellt und werde jetzt ein Blumenmuster auf den Stoff übertragen. Allerdings habe ich mir gedacht, man sollte in der Mitte ein christliches Symbol einbringen. Sonst sieht es allzu sehr wie ein Tischtuch aus.«

»An was hatten Sie denn gedacht?«

Elena schlug das immer griffbereit liegende Brevier auf und deutete auf eine Abbildung. »Etwa dies hier.«

Das blutende, von Schwertern durchbohrte Herz Jesu fand nicht Susannes Zustimmung, aber sie kommentierte es nicht, sondern nippte an ihrem Mokka.

»Ja, das könnte wahrscheinlich gehen. Aber Frau Waldegg, das Tuch soll doch an Pfingsten den Altar schmücken. Warum wollen Sie da nicht die weiße Taube zwischen die Blumen setzen?«

»Fräulein Bernsdorf, Sie sind ein Genie! Natürlich. Wie passend in jedem Sinne!«

»Wenn Sie möchten, übertrage ich Ihnen das Muster auf den Stoff.«

»Oh, wenn Sie noch so viel Zeit hätten? Dafür wäre ich Ihnen außerordentlich dankbar.« Sorgfältig räumte Elena die Schale mit roten Äpfeln beiseite und faltete ordentlich die Decke zusammen. Susanne breitete mit Schwung das Tuch aus und zeichnete frei auf den weißen Stoff. Dabei bewunderte sie wiederum die vollkommen ebenmäßigen, feinen Stiche der Durchbrucharbeit.

»Wo haben Sie nur gelernt, solch delikate Stickereien zu machen, Frau Waldegg?«

»Im Kloster. Man lernt dort, mit Sorgfalt und Geduld zur höheren Ehre Gottes zu arbeiten.«

»Sie sind im Kloster zur Schule gegangen?«

»Nicht nur das, Fräulein Bernsdorf. Ich gehörte von meinem fünfzehnten bis zu meinem fünfundzwanzigsten Lebensjahr dem Orden der Benediktinerinnen an.«

Das Rezept für Pralinen wurde noch mit einer Portion zu verarbeitender Gedanken gewürzt. Schweigsam arbeitete Susanne aber weiter an der auffliegenden weißen Taube.

Wiedersehen und Abschied

Seele des Menschen,
wie gleichst du dem Wasser!
Schicksal des Menschen,
wie gleichst du dem Wind!

Gesang der Geister über dem Wasser, Goethe

Traurig betrachtete Toni die weiße Taube, die blutüberströmt vom Himmel gefallen war. Hatte es nicht schon genug Tod gegeben, mussten diese Soldaten nun auch noch auf harmlose Vögel schießen?

Zwei Wochen nach dem Gefecht bei Schleiz war Toni wieder einmal auf der Suche nach Nahrungsmitteln. Sie hatten bei Jena eine entsetzliche Schlacht hinter sich, und nun jagte das französische Heer ohne Rücksicht auf eigene Verluste die Preußen wie die Hasen nordwärts. Der Tross folgte notgedrungen, und sie musste jeden Tag aufs Neue lernen, ihre Gefühle im Zaum zu halten. Gefallene und Verwundete traf man überall. Kaum einem konnte man helfen. Pferde mit aufgedunsenen Bäuchen säumten die Wege, Tornister, aufgerissen und ausgeräumt, zerbrochene Gewehre, verbogene Säbel, rostende Bajonette – alle Arten von Bagage lag in den Gräben, die von Preußen, Sachsen und den eigenen Leuten. Auch die Beute aus den Plünderungen. Die seltsamsten Gegenstände fanden sich im Straßenkot. Bilder, Geschirr, Bücher, Hausrat, sogar Puppen, wohl einem kleinen Mädchen entrissen, Strumpfbänder und Rosenkränze. Manchmal bückte sie sich danach, Weniges hob sie auf. Elisabeth ignorierte diese Dinge ebenfalls, Julia, die Marketenderin, die sich in ihrer Nähe befand, hingegen sammelte eifrig.

Jupp und Franz ritten, noch immer bei guter Gesundheit, an der Spitze der Truppen, sie bekamen sie daher nicht zu sehen. Nur einmal, kurz nach der Schlacht bei Jena, waren sie vorbeigekommen, rußig vom Pulverrauch, erschüttert von dem Tod und der Verwüstung, aber bis auf einige kleine Schrammen und Prellungen unverletzt. Sie berichteten, Colonel Renardet würde sich, da er wegen seiner Verwundung bei dem Gewaltritt, den Murat vorhatte, nicht mithalten konnte, den Einheiten des Feldmarschalls Ney anschließen. Sie wollten bei ihm bleiben, da er auf ihre Dienste als Aufklärer nicht verzichten mochte. Vereinzelt waren sie in Rückzugsgefechte verwickelt worden, verfolgten aber zielstrebig die fliehenden Truppen Richtung Norden und waren nun nahe bei Magdeburg.

Diese Hetzjagd war mit dem Marketenderwagen nicht durchzuhalten, und es war dringend notwendig, einige Tage zu verschnaufen, um ihre Vorräte zu ergänzen. Sie hatten gute Geschäfte gemacht, aber ihre Mutter, fand Toni, wirkte unzufrieden. Oder vielleicht immer bedrückter. Sie war mager geworden, aber das waren sie schließlich alle, und ihr Gesicht hatte harte Züge bekommen.

Die herbstlichen Winde fegten über das Land, die Felder waren abgeerntet, die Blätter verfärbten sich. Die Tage waren weiterhin warm und klar, in den Nächten aber rückten Mutter und Tochter eng zusammen, um sich gegenseitig zu wärmen, und Decken waren begehrte Luxusartikel geworden.

An diesem Tag hatten sie Glück gehabt. Von einem Bauern konnten sie Mehl und Erbsen kaufen und sogar einen Vorrat an geräucherten Würsten. Mit den Säcken beluden sie das Pferdchen und führten es, nebeneinander gehend, zu ihrem Lagerplatz zurück.

»Mama, was bedrückt dich?«, fragte Toni plötzlich. Sie hatten selten Zeit für sich gehabt in den zwei vergangenen Wochen. Aber hier, auf dem einsamen Feldweg, fiel Toni die schweigsame, grüblerische Art ihrer Mutter besonders auf.

Elisabeth seufzte leise: »Wir werden heute und morgen zurückbleiben, es ist an der Zeit, Wäsche zu machen.«

Das war zwar keine Antwort auf ihre Frage, aber Toni ahnte, dass sie später eine Erklärung bekommen würde. Wenn sie alleine waren. Erst mussten sie ihre Tauschgeschäfte mit Julia abwickeln, die zwischenzeitlich auf ihren Wagen geachtet hatte. Ein

Schock* Eier, ein paar Würste, eine halbe Speckseite wechselten die Besitzerin, dafür erhielten sie ein Fässchen Branntwein und einen Beutel Knöpfe. Letzteres war begehrte Währung.

»Zieht ihr voran, Julia! Wir bleiben bis morgen zurück. Hier ist es abgeschieden genug, um einen Tag zu rasten.«

»Passt auf euch auf, Elisabeth! Es gibt Marodeure und Deserteure auf allen Seiten.«

»Ich weiß.«

Es waren verzweifelte Männer, auf der Flucht, hungrig und ums Überleben kämpfend. Ein einsamer Marketenderwagen war leichte Beute für sie.

»Hier, Toni! Du kannst damit umgehen.« Julia reichte Toni eine Pistole und den zugehörigen Munitionsbeutel. »Ich habe vier Stück davon gefunden. Wir sehen uns dann in zwei, drei Tagen wieder. Es sieht nicht so aus, als ob hier neue Kampfhandlungen bevorstünden.«

Der Planwagen der anderen Marketenderin ruckelte davon. Der Train mit seinen Bagage- und Munitionswagen, den Geschützen, dem Werkzeug- und Sanitätstross und den Reservepferden war weit vorausgezogen und hatte eine breite Spur auf dem Feldweg hinterlassen. Mehrere Hundert Fahrzeuge begleiteten die Soldaten.

Elisabeth spannte das Pferdchen an, um ihren Wagen in den Schutz eines kleinen Hains zu lenken, durch den erfreulicherweise ein Bächlein floss.

Es war noch früh am Tag, und bald hatten sie den Kessel, der ansonsten zum Suppenkochen diente, mit heißer Aschenlauge gefüllt und weichten darin ihre Kleider ein. Es war bitter nötig. Viel hatten sie nicht mitnehmen können, und seit Wochen hatte es kaum Gelegenheit gegeben, das Nötigste zu waschen. Das galt auch für sie selbst.

Mit ihren kurzen Haaren war Antonia mit ihrem Bad schnell fertig, aber Elisabeth, die es nie über sich gebracht hatte, die langen, rotbraunen Flechten abzuschneiden, brauchte eine ganze Weile, um sie zu waschen. Schließlich war es ihre Tochter, die ihr

* Ein Schock entspricht 60 Stück.

die nassen, verknoteten Haare mit dem Kamm entwirrte. Die Nachmittagssonne war jetzt bis zum Lagerplatz gewandert, und um sie herum herrschte eine ungewohnte Stille. Die Truppe war weitergezogen, kein Singen und Fluchen, kein Trommeln zum Aufbruch, kein Wiehern und Stampfen, keine gebrüllten Befehle und vor allem kein Geschütz- oder Musketenfeuer war zu hören. Nur einige Saatkrähen erhoben sich krächzend von den Feldern, und in der alten Buche keckerte ein rotes Eichhörnchen. Manchmal segelte ein vertrocknetes Blatt aus den Ästen nach unten und fiel auf den moosigen Boden.

»Es sind einige neue graue Strähnen darin, Mama«, stellte Toni fest und versuchte, eine besonders hartnäckige Klette zu entfernen.

»Ich bin ja auch schon einundvierzig Jahre alt. Aber ich habe noch alle Zähne, was stören mich da ein paar graue Haare!«

»Sie stören nicht.«

In der warmen Herbstsonne schloss Elisabeth müde die Augen und überließ sich der Fürsorge ihrer Tochter. Aber als eine Böe durch die Zweige rauschte, seufzte sie noch einmal: »Heute ist Sankt-Ursula-Tag.«

»Ich weiß.« Mit einem leise mahnenden Gewissen dachte Toni an das bemalte Pergament, das zu Hause in ihrer Truhe verborgen lag. Sankt Ursula würde heute einige besonders innige Gebete zu hören bekommen.

»Es ist ein wichtiger Tag für mich, Antonia.«

»Das weiß ich auch, Mama.«

»Ja, aber du weißt nicht, warum.«

»Ich dachte, weil du unsere gute Heilige so sehr verehrst.«

»Das auch, natürlich. Vor allem aber, weil sie mir an diesem Tag vor beinahe sechzehn Jahren meinen größten Wunsch erfüllt hat.«

Toni hielt im Kämmen inne. Vor sechzehn Jahren war sie geboren, doch nicht am Ursulatag, sondern kurz vor Weihnachten. Ihre Mutter wirkte plötzlich wieder sehr bedrückt und sorgenvoll. Es musste da ein Geheimnis geben. Plötzlich fühlte sie eine kalte Beklommenheit aufsteigen.

»Mama, was quält dich?«

»Eine Last, Toni, von vielen Jahren. Und irgendwie eine böse Ahnung.«

»Was für eine Ahnung?«

»Wenn ich es nur besser wüsste. Ich habe oft zur heiligen Ursula gebetet. Ich habe sie um Hilfe angefleht, um Führung.«

Toni wusste es, denn nachts holte ihre Mutter oft ihr kleines Heiligenbild hervor und sprach stumm zu ihm. Sie streichelte tröstend Elisabeths Wange und meinte: »Wir haben viel Leid und sinnlosen Tod gesehen. Und es ist noch nicht zu Ende.«

»Nein, es ist noch nicht zu Ende. Ich weiß nicht, was diese Männer treibt, sich gegenseitig abzuschlachten. Ich verstehe weder etwas von Kriegsführung noch von Politik. Du weißt viel mehr darüber, Antonia. Du bist so viel klüger als ich.«

Seltsam verlegen legte Toni den Kamm zur Seite und begann die fast trockenen Haare zu einem langen Zopf zu flechten.

»Bin ich eigentlich nicht. Ich habe nur manche Sachen aufgeschnappt.«

»Es interessiert dich, und du kannst kluge Schlüsse daraus ziehen. Ich bin mit Wilhelm damals mitgezogen, weil ich bei ihm bleiben wollte. Weil ich Angst hatte, alleine in Köln unter den Franzosen zu bleiben.« Sie lachte freudlos auf. »Wohin hat's mich geführt? – unter die Franzosen.«

»Sie sind genauso gut oder schlecht wie andere auch.«

»Ja, das ist wohl so. Mal siegen die einen, mal die anderen. Im Augenblick sind die Franzosen die Gewinner, und da mag es nicht schlecht sein, auf ihrer Seite zu stehen.«

Toni streckte sich im warmen Moos aus und blinzelte zu ihrer Mutter hoch, die, ihr Kinn in die Hände gestützt, in die Ferne schaute.

»Was ist, Mama? Willst du nicht von der Last sprechen, die du trägst? Meinst du nicht, ich sei inzwischen alt genug, um sie mit dir zu teilen?«

»Du bist es sicher, Antonia. Du bist eigentlich schon immer älter als deine Jahre gewesen. Es liegt nicht nur daran, dass du ein Leben geführt hast, das einem jungen Mädchen nicht angemessen ist. Damals, an jenem Ursulatag, habe ich es mir völlig anders ausgemalt.«

»Was ist denn an diesem Tag geschehen? Du warst schwanger mit mir, nicht wahr?«

»Das ist ja das, was mich so belastete, Antonia. Ich habe mir immer eine Tochter gewünscht. Nach der Geburt von Jupp und Franz habe ich drei Kinder tot zur Welt gebracht. Drei kleine Mädchen. Danach … danach, Antonia, konnte ich keine Kinder mehr bekommen.«

»Mama?«

»Dennoch ist mein innigster Wunsch in Erfüllung gegangen. Meine Gebete wurden erhört, und an jenem einundzwanzigsten Oktober kam eine Frau mit einer großen Bitte zu mir. Ihre Freundin war schwanger geworden und konnte das Kind nicht behalten. Sie wusste, ich wünschte mir noch eines und fragte mich, ob ich ihr helfen könnte.«

»Mama?« Jetzt klang Panik in Tonis Stimme mit. Das Ungeheuerliche fand allmählich den Weg in ihr Bewusstsein.

»Ich bin nicht deine leibliche Mutter, Antonia. Aber ich bin deine Mutter mit ganzer Seele und meinem ganzen Herzen. Ich habe dich vom ersten Augenblick an geliebt wie mein eigenes Kind. Gott verzeih mir, manchmal sogar weit mehr.«

»Mama!« Toni richtete sich auf und schaute Elisabeth ins Gesicht. Sie musste schlucken, und irgendwie schien ihr Hals immer enger zu werden. Elisabeth wollte sie in den Arm nehmen, aber Toni zog sich zurück.

»Ich weiß, es erschreckt dich, Antonia. Aber ich musste es dir sagen. Einmal musste ich es dir ja sagen. Wer weiß, was die Zukunft bringt.«

»Nichts, was das ändert. Du bist meine Mutter. Und du bleibst es auch.«

»Natürlich, Liebchen. So Gott will. Trotzdem solltest du wissen, woher du stammst.«

»Ich will es aber nicht wissen. Diese Frau hat mich weggegeben. Sie wollte mich nicht. Du wolltest mich. Mich interessiert die andere nicht.«

»Antonia, zu der Last, die ich trage, gehört auch, dass ich dir von ihr erzähle. Du wirst mir zuhören müssen.«

»Ich will nicht!« Trotzig hielt Antonia sich die Ohren zu und sprang auf. Elisabeth ließ sie gewähren. Es war ein harter Schlag für sie. Statt weiter in sie zu dringen, nahm sie sich der Wäsche im Kessel an und holte die einzelnen Stücke heraus, um sie im Bach auszuspülen. Wortlos ging ihr kurz darauf Toni zur Hand.

Am fünfundzwanzigsten Oktober erreichten sie mit ihrem Wagen die Truppen wieder und nahmen ihre Geschäfte auf. Die Franzosen hatten mit der Belagerung Magdeburgs begonnen. Es hatte nur vereinzelte Scharmützel gegeben, und in der Nähe des Städtchens Olvenstedt fanden Jupp und Franz endlich wieder Zeit, Elisabeth aufzusuchen.

»Bring den Wagen näher ans Dorf, Mutter! Auf dem freien Feld seid ihr gefährdet, wenn es zu Gefechten kommt. Die Preußen sind verzweifelt, sie werden Ausfälle versuchen.«

Elisabeth schüttelte den Kopf. Sie hatte mitbekommen, dass Colonel Renardet zu dem Offiziersstab gehörte, der sich im Pfarrhaus einquartiert hatte. Der kleine Ort war geplündert worden, die Einwohner waren geflohen. Alles Vieh war zusammengetrieben worden, aus den Getreidegarben in den Scheuern hatten die Soldaten ihre Feldlager errichtet.

Toni und Elisabeth richteten sich am Dorfrand ein, wo sie nun, da die Soldaten sich reichlich mit den Vorräten aus dem Land versorgt hatten, gemeinsam mit den anderen Trossfrauen vornehmlich das Waschen und Instandsetzen der Uniformen übernahmen. Hier bewährte sich der Vorrat an Knöpfen, die sie nur für teures Geld verkauften.

»Machen wir heute Nachmittag eine Pause, Toni!«

Sie legten Hemden zum Bleichen auf die Wiese. Noch immer schien die Sonne warm, und Toni reckte sich, um ihre verspannten Glieder zu entlasten.

»Ich würde gerne einen Hasen jagen, Mama. Die Soldaten sind zu dumm, etwas Essbares im Wald zu finden. Aber ein Hasenpfeffer wird uns schmecken.«

»Ich weiß nicht, Toni. Es ist nicht sicher in der Umgebung.«

»Es ist auch nicht sicher hier auf der Bleiche. Ich nehme die Pistole mit. Außerdem sind die Preußen in der Stadt eingeschlossen, und die Unsrigen faulenzen lieber in ihrem Lager. Es hat schon lange kein Feuer mehr gegeben.«

Richtig war das allerdings, und zögernd gab Elisabeth ihre Zustimmung. Toni steckte die schwere Pistole in ihren Beutel, befestigte die Schleuder an ihrem Gürtel und wanderte durch das Dorf. Sie blieb unbehelligt, die Soldaten kannten sie als den Trossbuben, die wenigen Einwohner, die überhaupt noch dageblieben waren, hielten sich zumeist ängstlich in ihren Häusern auf. Von dem Posten am Dorfrand ließ sie sich das Passwort nennen und begab sich dann zu dem Gehölz, in dem sie ihre Beute vermutete. Nur drei Kinder, auf der Suche nach essbaren Waldfrüchten und Pilzen, kreuzten ihren Weg.

Sie hatte gerade ein Langohr ausgemacht, das über die Stoppelfelder zum Waldrand hoppelte, als sie durch Schüsse aufmerksam wurde. Sie klangen recht nahe. Alarmiert lauschte sie, um herauszufinden, aus welcher Richtung sie kamen, und überlegte, wie sie sich möglichst unsichtbar machen könnte. Denn von vorne waren Hufschläge zu vernehmen, hinter ihr wurde wieder geschossen. Zwischen Verfolger und Verfolgte zu geraten, war das Unangenehmste, was ihr passieren konnte. Sie drückte sich eng an den Stamm einer Eiche. Gerade rechtzeitig, denn französische Grenadiere mit angelegten Gewehren stürmten an ihr vorbei. Irgendwo am Waldsaum hatten sie die Berittenen ausgemacht und versuchten offenbar, ihnen den Weg abzuschneiden. Wieder krachten Schüsse, ein Pferd wieherte, und das Trommeln der Hufe näherte sich jetzt von der anderen Seite. Man schien eine Treibjagd mit den Männern zu machen. Vorsichtig wagte sich Toni durch das Gebüsch vor und erblickte zwei Preußen zu Pferde, die versuchten, dem Kreuzfeuer zu entkommen, das rechts und links auf sie einprasselte. Einer spontanen Regung folgend, zog sie die Pistole unter den Pilzen hervor. Das da waren mindestens sechs Mann gegen zwei, und sie veranstalteten ein reines Hasenschießen. Plötzlich, nach einer Salve, bäumte sich das eine Pferd auf, warf seinen Reiter ab und stürzte ebenfalls nach einigen Schritten nieder. Der andere schrie etwas und feuerte auf den Waldrand. Toni überlegte kühl. Sie hatten ihre Gewehre abgeschossen, das Laden würde mindestens zwanzig Sekunden dauern. Sie hob die schwere Pistole mit beiden Händen. Genau in diesem Augenblick sprangen die Grenadiere vor, um den verbleibenden Reiter zu stellen. Sie drückte zwei Mal ab. Der Rückstoß ließ sie taumeln, der Pulverdampf reizte ihre Nase, aber einer der Grenadiere sah verdutzt seiner hohen Mütze nach, die im Gras vor ihm lag. Schüsse von hinten hatte er nicht erwartet. Der Reiter schaffte es, aus ihrer Schusslinie zu flüchten, und die Franzosen schrien sich eine Warnung zu. Sie ließen den Preußen entkommen und wollten sich des rückwärtigen Feindes annehmen. Geistesgegenwärtig warf Toni die Pistole zu Boden und scharrte trockenes Laub darüber. Dann trat sie mutig aus dem Gebüsch, den harmlosen Beutel in der Hand.

Der erste der Soldaten bemerkte sie, stutzte und herrschte sie an: »Wer hat hier geschossen, Junge?«

»Dahinten, ich sah einen blauen Rock, Monsieur.«

Der Grenadier war zu aufgeregt, um sich darüber zu wundern, dass ein Pilze suchender Bengel der Einheimischen ihm fließend in seiner Sprache antwortete. Er stürzte in die angegebene Richtung, die Kameraden folgten ihm mit langen Schritten. Als sie außer Sicht waren, holte Toni die Pistole unter den Blättern hervor, wischte sie ab und lud sie neu. Dann machte sie sich auf die Suche nach dem gefallenen Preußen.

Sie sah die beiden, bevor sie sie entdeckten.

Der eine saß mit ausgestreckten Beinen an einen bemoosten Baumstumpf gelehnt, der andere bemühte sich verzweifelt, einen Ledergurt um dessen Oberschenkel zu zurren.

Toni nahm die Pistole wieder in beide Hände, hielt sie drohend vor sich und trat aus dem Schatten der Bäume.

»Er wird das Bein verlieren, wenn Sie es so fest abschnüren. Er braucht keine Aderpresse, es ist keine Schlagader getroffen. Das kann ich von hier aus sehen.«

Leutnant Nikolaus Dettering war zwar blass und benommen vom Sturz und den Schmerzen, aber als er Toni sah, klappte ihm buchstäblich der Unterkiefer nach unten.

»Der Apfeldieb!«, stieß er hervor und begann zu lachen. »Aus welchem Dorf stammst du diesmal?«

Mit einem Grinsen beschied ihn Toni: »Na, aus unserm.«

Auch Leutnant David von Hoven hatte mit seiner Verblüffung zu ringen. Aber ihn schien der Sinn für das Lächerliche noch nicht erreicht zu haben.

»Um Gottes willen, Junge, lass die Pistole sinken!«, stieß er hervor.

»Ungern. Das letzte Mal haben Sie mich übertölpelt, diesmal wird Ihnen das nicht passieren.«

»Hör mal, das Ding kann losgehen.«

»Ich weiß. Die Grenadiermütze eben war allerdings eher ein Zufallstreffer. Aber auf diese Entfernung hier werde ich es mit Gewissheit schaffen, Ihnen sogar Ihr hübsches Zöpfchen abzuschießen. Oder etwas anderes.«

»Du hast eben die Schüsse abgegeben?« Der verletzte Nikolaus drehte sich zu ihr um und stöhnte dabei auf.

»Wer sonst? Oder erwarten Sie Hilfe von Ihresgleichen?«

»David, er hat uns das Leben gerettet.«

»Nicht, solange er diese Pistole auf uns gerichtet hält.«

Toni nickte verständnisvoll. »So ist es. Geben Sie mir Ihr Ehrenwort, mich nicht zu behelligen?«

David von Hoven sah ihr aufrecht in die Augen, und ihr wurde weich um die Knie. Er hatte wundervolle blaue Augen, dieser verdammte Preuße. Einige schwarze Haare hatten sich aus dem Zopf gelöst und lockten sich um sein dunkles Gesicht.

»Mein Ehrenwort als Offizier«, versprach er mit einem Nicken. Sein Freund schloss sich an. »Meines auch. Abgesehen davon bin ich auch zu mehr nicht in der Lage.«

»Gut, dann will ich mich mal um Ihre Wunde kümmern.« Toni legte die Pistole neben sich und knüpfte ihr Halstuch auf. »Schneiden Sie das Hosenbein auf!«, befahl sie dem Leutnant und pflückte währenddessen einige Blätter des Knöterichs, der hier überall glücklicherweise wuchs.

»Was willst du denn mit dem Unkraut da anrichten?« Misstrauisch verfolgte David ihr Vorgehen.

»Knöterich stillt die Blutung. Vertrauen Sie mir, Leutnant, es bleibt Ihnen gar nichts anderes übrig.«

»Du bist ganz schön befehlsgewohnt, Toni.«

»Auch da bleibt Ihnen nichts anderes übrig, als das zu ertragen. Hat die Kugel Sie gestreift oder steckt sie noch?«

»Weiß ich nicht.«

Toni fiel auf, dass der junge Mann es vermied, sein blutiges Bein zu betrachten. Er war grau im Gesicht geworden. Als sie mit spitzen Fingern das Leder des Hosenbeins entfernte, gab er ein unartikuliertes Gurgeln von sich.

»Reißen Sie sich zusammen, Leutnant! Es macht die Sache nicht leichter, wenn Ihnen jetzt schlecht wird. Es ist doch nur Blut.«

»Ein hartgesottener Bursche, dieser ... Toni«, bemerkte David und betrachtete Toni mit neuem Interesse. Sie hatte inzwischen das Bein, so gut es ging, abgetastet und kam zu dem vorläufigen Ergebnis, es müsse sich lediglich um eine tiefe Fleischwunde handeln. Sie zerdrückte einige der Knöterichblätter in den Händen und verteilte sie auf dem zerfetzten Fleisch. Dann wickelte sie ihr Halstuch fest darüber.

»Haben Sie noch ein Tuch?«

»In der Satteltasche.«

»Holen Sie es!«

David befolgte ihre Anweisung und brachte eine Feldflasche mit Wasser zurück. Sie netzte ihre blutverschmierten Hände damit und wischte sie dann am Moos ab.

»Geben Sie es ihm lieber zu trinken!«, empfahl sie und setzte sich dann neben Nikolaus. Der nahm einen Schluck und bekam, nun, da er nicht mehr auf die Wunde blicken musste, wieder eine gesündere Gesichtsfarbe.

»Danke, Toni!«, sagte er. »Du scheinst Erfahrung in solchen Dingen zu haben.«

»Habe ich.«

David setzte sich zu ihnen und konstatierte: »Du bist kein Bauernlümmel aus Lobenstein. Ein Franzose bist du auch nicht, und für einen Soldaten bist du zu jung. Also ...?«

»Meine Mutter ist Marketenderin. Meine Brüder sind bei der Kavallerie. Hessen-Darmstadt. Ich muss Sie aber an Ihr Ehrenwort erinnern.«

»Wir nehmen es ernst.«

»Gut, und wieso treiben Sie sich schon wieder zu zweit hier herum? Mit unseren Grenadieren auf den Fersen? Sind Sie aus Magdeburg herausgekommen?«

»Sind wir.«

»Kuriere?«

»Toni!«

»Na gut. Ich frage nicht weiter. Aber ein Pferd ist gestürzt, und ich fürchte, es ist tot. Leutnant Nikolaus' Wunde ist zwar nicht lebensgefährlich, aber weit wird er damit nicht kommen.«

»Eine brillante Zusammenfassung der Lage.«

»Genau. Darum, meine Herren, würde ich vorschlagen, sie begeben sich in eine ehrenvolle Kriegsgefangenschaft. Olvenstedt liegt etwa eine Meile von hier entfernt. In der Kirche haben sie ein Lazarett eingerichtet, und Colonel Renardet hat eine hohe Meinung von Ihren taktischen Überlegungen, Leutnant David.«

»Colonel Renardet?«

»Ich musste ihm damals in Lobenstein von Ihrem Gespräch berichten. Er fand Ihren Vorschlag, die Pässe zu besetzen, beeindruckend.«

»Du hast uns verraten?« Nikolaus fuhr empört auf.

»Sie haben sich selbst verraten.«

»Ja, Nikolaus, das haben wir. Wir waren zu dumm zu erkennen, mit welch gewitztem Bürschchen wir es zu tun hatten.«

»Ich tat es nicht gerne, Leutnant. Darum möchte ich es ja jetzt wiedergutmachen. Ich denke, wir werden Ihrem Freund auf das Pferd helfen, und ich werde es dann führen. Die Soldaten im Dorf kennen mich.«

Erstaunlicherweise begehrte der verletzte Offizier plötzlich auf: »Ich werde mich doch nicht von einem Trossbuben gefangen nehmen lassen! David!«

Der Angesprochene aber schüttelte den Kopf. »Die Idee des Jungen ist nicht schlecht. Du bekommst eine vernünftige Behandlung. Besser als bei uns, will ich meinen.« Toni erklärte er mit Bitterkeit in der Stimme: »Man hat es nämlich verabsäumt, unserer grandiosen Armee Ärzte mitzugeben.«

»Der Chirurg im Lazarett scheint immerhin mehr Menschen

am Leben zu lassen als umzubringen. Und, Leutnant Nikolaus – zurück zu Ihrer Einheit können Sie auch nicht mehr.«

»Aber es ist so entwürdigend. Ein kleiner Junge. Ein schmutziger kleiner Junge …«

»… nimmt Preußens Gloria gefangen! So ist das in diesen Zeiten nun mal, Nikolaus.«

»Verdammt, David, hast du denn keine Ehre mehr?«

»Gerade noch genug, um mein Ehrenwort zu halten.« Dann sah er seinen Freund eindringlich an. »Welchen Rat würde dir jetzt dein Vater geben?«

Nikolaus versank in Schweigen, und David betrachtete Toni, die ihre Blicke zwischen beiden hatte hin und her gehen lassen. Er betrachtete sie mit immer größerem Erstaunen.

»Du bist älter, als du aussiehst, und du bist kein Trossbub, Toni«, stellte er dann ruhig fest.

»Besser, ich bin's doch, Leutnant.«

»Schon gut, dein Geheimnis ist bei mir sicher. Aber – bist du Renardets Geliebte?«

»Um Himmels willen, nein. Ich bin wirklich das Kind einer Marketenderin.« Oder einer anderen Frau, giftete es in ihrem Hinterkopf. Einer anderen, die mich weggegeben hat. Aber diese Gefühle wollte sie nicht wieder aufkommen lassen. Zu oft, seit Elisabeth ihr von ihrer Herkunft erzählt hatte, überwältigte sie die Bitterkeit darüber.

»Nun gut, Toni. Dann wollen wir mal unserem Nikolaus auf mein Pferd helfen.«

Es war ein schwieriges Unterfangen, aber schließlich gelang es. David holte die Satteltaschen und die Deckenrolle von dem anderen Tier und packte sie vor Nikolaus auf die Kruppe des Braunen. Toni hatte ihre Pistole aufgehoben und war zurück in das Gehölz gelaufen, um ihren Beutel zu holen. Als sie zurückkam, hörte sie, wie die beiden in einer ihr nicht bekannten Sprache einige Worte wechselte. Misstrauisch sah sie sie an.

»Ein englischer Kinderreim, Toni, aus alten Tagen. Wir kennen uns seit der Kadettenanstalt«, erklärte David. »Nun zeig uns den Weg.«

»Sie werden mir jetzt erst einmal Ihre Säbel aushändigen«,

beharrte Toni, überhaupt nicht überzeugt von der Erklärung mit dem Kinderreim.

»Du willst dich doch nicht den ganzen Weg mit den schweren Messern abschleppen?«

»Leutnant, Sie sind mein Gefangener!«, fauchte sie ihn an.

»Du bekommst ihn, wenn wir in Sichtweite des Dorfes sind, versprochen«, mischte sich jetzt auch Nikolaus besänftigend ein, der mit schmerzgezeichnetem Gesicht auf dem Pferd saß. »Lasst uns vorangehen!«

Wieder maß Toni die beiden mit einem argwöhnischen Blick, nahm dann aber das Zaumzeug und führte das Reittier am Waldrand entlang. Als der Kirchturm in Sicht kam, noch vor der ersten Postenkette, die das Dorf umgab, stöhnte Nikolaus plötzlich auf, schwankte und sank schlaff aus dem Sattel. Sein Freund sprang hinzu und fing ihn auf.

Toni näherte sich den beiden, und gerade, als sie besorgt fragen wollte, was passiert sei, drehte sich David um, packte sie mit festem Griff, drehte ihr die Arme auf den Rücken und schob sie von dem Pferd fort.

»Tut mir leid, Toni. Ich habe nicht einmal mehr genug Ehre übrig, um mein Wort zu halten. Ich habe eine Aufgabe zu erfüllen, vielleicht meine letzte.«

Verzweifelt versuchte Toni freizukommen, aber der Leutnant war weit größer und kräftiger als sie, sein Griff hart wie Eisen.

»Versuch es gar nicht erst, Mädchen! Ich will dir nicht wehtun müssen.« Er schob sie ein Stück weiter von dem Tier weg, und sie strauchelte über eine Wurzel. David fing sie auf und drehte sie um. Er hielt sie an seine Brust gedrückt, so fest, dass es ihr den Atem nahm. Angst hatte sie nicht, aber sie war wütend. Aber dann sah sie wieder diese blauen Augen, um die jetzt ein kleines Lächeln spielte.

»Du scheinst alt genug dafür zu sein, und ich bin sogar ehrlos genug, auch noch das zu tun!«, stieß David hervor und küsste sie heftig und ungestüm auf die Lippen.

»Oh!«, keuchte Toni und vergaß, sich weiter zu wehren, als er sie ein zweites Mal sehr viel sanfter küsste.

»Leb wohl, Toni. Oder – au revoir? Der Zufall hat uns zweimal zusammengeführt, vielleicht will es ein gütiges Schicksal, dass wir uns ein drittes Mal treffen. Unter glücklicheren Bedingungen.« Er ließ sie abrupt los, und sie taumelte nach hinten. Verblüfft sah sie ihm zu, wie er auf das Pferd zurannte, in den Sattel sprang und dem Tier die Sporen gab.

Erst dann entledigte Toni sich ihrer Wut und Überraschung mit einer Flut französischer und deutscher Flüche, die jedem Unteroffizier Ehre gemacht hätten.

»Beeindruckend, Toni«, kommentierte der am Boden liegende Nikolaus den Ausbruch und reichte ihr seinen Säbel.

»Kinderreim!«, schnaubte sie.

»Verzeih, aber David hat schwer genug zu tragen. Nun hilf mir auf, ich bin deine Geisel! Ein Ast wie der da wäre sehr hilfreich, wenn du mich nicht tragen willst.«

Tonis Zorn war verraucht, eigentlich empfand sie sogar so etwas wie Bewunderung für die beiden. Sie brachte Nikolaus den Knüttel, nahm seine Satteltaschen auf und schulterte seine Deckenrolle. Langsam und stark hinkend setzte sich der Leutnant in Bewegung.

Der Posten hatte sein Gewehr auf sie gerichtet, und selbst als Toni ihm die Parole nannte, blieb er wachsam. Immerhin war ein preußischer Soldat, wenn auch verwundet, an ihrer Seite. Ein Corporal kam hinzu und nahm dem Wachhabenden die Verantwortung ab.

»Du bist doch einer der Jungen von den Marketendern?«

»Ja, Corporal. Das ist mein Gefangener.« Sie wedelte mit dem Säbel. »Begleiten Sie mich zum Hauptquartier! Er ist ein Offizier.« Zu Nikolaus gewandt fragte sie: »Sprechen Sie eigentlich Französisch?«

»Aber natürlich«, antwortete er mit grauenvollem Akzent.

»Man müsste noch dran arbeiten.«

»Dazu werde ich jetzt ja Zeit haben.«

»Stimmt!«

General Vandamme stand vor der Tür des Pfarrhauses und unterhielt sich mit dem Schreiber, als sich das Trüppchen näherte. Der Corporal machte seine Meldung, und einigermaßen erstaunt betrachtete der Kommandeur den kleingewachsenen Jungen mit dem Säbel in der Hand.

»Einen Gefangenen gemacht! Gute Leistung, Junge. Das wirst du mir näher berichten müssen.«

»Mit Verlaub, mon Général, er ist blessiert. Könnte der Chirurg ihn versorgen?«

»Sicher. Corporal, bringen Sie den Mann zu unserer Knochensäge. Ich kümmere mich später um ihn.«

In der guten Stube des Pfarrhauses befanden sich auch Colonel Renardet und ein weiterer Major. Ihnen musste Toni nun das ganze Vorkommnis erzählen, aber es war Renardet, der die Begegnung in Lobenstein ergänzte.

»Erstaunlich, was für einen pfiffigen Burschen wir im Train mitführen«, stellte der General fest. »Wie alt bist du, Toni?«

»Dreizehn«, log sie munter.

»Du könntest später einmal einen guten Offizier abgeben.«

»Vielleicht. Aber ich bin nur ein einfacher Trossbub.«

»Ich werde sehen, was sich machen lässt. Für die Kadettenschule bist du noch nicht zu alt! Wir reden noch mal darüber.«

»Danke, mon Général!« Beinahe hätte Toni sich durch das aufsteigende Gelächter verraten, das sie nur mit Mühe unterdrücken konnte. Das wäre eine Karriere!

Sie war entlassen und schlenderte durch das Dorf Richtung Marketenderwagen.

Sie beschleunigte ihre Schritte, als sie die Schüsse hörte.

Sie rannte, als sie die Schreie hörte – doch sie kam zu spät.

Die verlorenen Kinder

Du bist ein Schatten am Tage
Und in der Nacht ein Licht;
Du lebst in meiner Klage
Und stirbst im Herzen nicht.

Kindertotenlieder, Rückert

»Ich habe mit Carl Anton Farina gesprochen, Elena. Er ist der zuständige Magistrat für die Hospitäler und hat mir eine Zusage gemacht.«

»Dann bekommen wir also das Haus?«

»Ihr bekommt es. Aber es wird einige Arbeit kosten. In einem guten Zustand ist es nicht.« Hermann Waldegg und seine Frau saßen beim Tee zusammen und berieten, wie man ihre neue Idee in die Tat umsetzen könnte. Sie war geboren aus einer nicht unerheblichen Krise, die einige Wochen lang im Haus des Domherrn geschwelt hatte. Als Elena nämlich eines Tages von einem Besuch bei einer Bekannten nach Hause gegangen war, hatte sie eine vollkommen heruntergekommene, hochschwangere Frau auf der Straße um Hilfe angefleht. Statt ihr einige Franc in die Hand zu drücken, nahm sie die Bedauernswerte in einer spontanen Anwandlung mit und brachte sie in einer Dienstbotenkammer unter. Dort entband sie kurz darauf ein schwächliches Geschöpf, das nur wenige Stunden lebte. Auch die Mutter folgte ihm bald. Aber zuvor hatte sie ihre erbarmungswürdige Geschichte erzählt. Sie war eine Soldatenfrau, ihr Mann gefallen, ihre Familie verarmt. Arbeiten konnte sie nicht mehr, sie war zu krank und zu schwach gewesen. Zum Betteln aber war sie zu stolz. Wie sich zeigte, war sie kein Einzelfall. Aber sie war der erste, mit dem Elena in engsten Kontakt gekommen war.

Von diesem Erlebnis war sie zutiefst betroffen. Sie wanderte nachts schlaflos durch das Haus, kniete stundenlang betend vor ihrem kleinen Hausaltar, aß kaum noch einen Bissen und erging sich in Anfällen hektischen Aufräumens. Milli, die alte Katze, strich verstört durch die Räume und verweigerte das Futter. Waldegg versuchte, Elena zu beruhigen, sie abzulenken und sie aufzuheitern, aber nichts davon zeigte eine Wirkung. Seine Frau schien sich selbst aufzuzehren in ihrem Gram um jene Unbekannte.

Es war Jakoba, die ihm eine praktische Lösung anbot, um Elena von ihrem hysterischen Benehmen zu erlösen. Sie bat den Domherrn um ein vertrauliches Gespräch, und er besuchte sie, während seine Gattin sich in ihrem Zimmer zu inbrünstigen Gebeten zurückgezogen hatte, in der Küche.

»Herr Waldegg, verzeihen Sie, wenn ich zu persönlich werde, aber Elena ist doch einige Jahre jünger als Sie«, begann sie, nachdem sie ihm einen starken Kaffee serviert hatte, so wie er ihn bevorzugte.

»Sie ist dreiundzwanzig Jahre jünger als ich, das wissen Sie ganz genau. Es ist uns beiden sehr bewusst, dass ich auf die sechzig zugehe und sie erst Mitte dreißig ist.«

Jakoba nickte. Trotz des großen Altersunterschieds war die Ehe glücklich. Bislang.

»Diese Frau, die ihr Kind verloren hat, mag ihr diese Tatsache aber wieder deutlich vor Augen geführt haben.«

Waldegg schloss die Hände um die Tasse. Er verstand die Botschaft zwischen den Worten. Da Jakoba eine alte Frau war, die er schon lange kannte und schätzte, sprach er geradeheraus aus, was sie damit ausdrücken wollte.

»Sie meinen, sie leidet unter unserer Kinderlosigkeit?«

»Wäre das nicht denkbar?«

»Ich habe in eine ähnliche Richtung gedacht, Jakoba. Aber ich fürchte, daran ist nichts mehr zu ändern.« Mit einem winzigen Zwinkern fügte er hinzu: »Es hat an Versuchen nicht gefehlt.«

»Sie sind ein großes Glück für Elena, Herr Waldegg. Sie haben ihr ein Heim gegeben, Ihren Schutz und Ihre Liebe. Aber sie ist Disziplin und Arbeit gewöhnt. Es fehlt ihr, wenn ich ehrlich sein soll, eine Aufgabe. Merken Sie es nicht? Sie stickt und stickt und räumt und putzt und beschäftigt unablässig ihre Hände.

Aber ich denke, eine Tätigkeit, die ihre Gedanken beschäftigt, würde sie weit mehr befriedigen.«

»Kinder erziehen, beispielsweise«, brummte er mit einiger Resignation.

»Natürlich. Aber – diese arme Frau hat etwas berührt, was tiefer in ihr steckt, Herr Waldegg. Ihr Mitleid mit der hilflosen Mutter. Nutzen Sie es! Es gibt viele solcher elenden Geschöpfe in unserer Stadt, seit die Männer in den Krieg ziehen. Ihr Herren kümmert euch um die Veteranen und Invaliden. Die Damen sollten sich um die weiblichen Opfer des Krieges kümmern. Die Nonnen haben ein kleines Hospiz für solche Fälle gehabt. Sie nahmen die Frauen dort auf, pflegten sie und vermittelten ihnen, wenn möglich, eine Beschäftigung. Das gibt es nun nicht mehr.«

Sehr nachdenklich betrachtete der Domherr seine Haushälterin. Dann nickte er.

»Sie sind eine sehr kluge Person, Jakoba. Ich werde mit Elena darüber sprechen.« Was er dann auch tat. Es zeigte eine außerordentliche Wirkung. Über Nacht verschwand das überspannte Verhalten und machte einer nüchternen Planung Platz. Elena entwarf verschiedene Modelle, die auf ihrer Erfahrung im Ordensleben fußten, machte etliche Besuche und kam nach einer Woche mit einem wohlgefüllten Beutel ernstzunehmender Vorschläge zurück. Nicht bei allen Bekannten war sie mit ihren wohltätigen Ideen auf Gegenliebe gestoßen. Einige waren der Überzeugung, die armen Weiber hätten ihr Schicksal selbst heraufbeschworen und verdienten keine Unterstützung. Aber die Mehrzahl wurde von ihren Schilderungen berührt und bemerkte ebenfalls das Elend, wenn sie durch die Straßen ging.

»Madame Joubertin berichtete mir, es gäbe in Paris schon einige Frauenvereine, die sich solchen Fällen widmen. Wir könnten so etwas Ähnliches auf die Beine stellen.«

Herman Waldegg hatte erstaunt zugehört. Er entdeckte plötzlich eine ganz neue Seite an seiner Frau. Sie erfreute ihn, und er ermunterte sie, ihre Vorstellungen darzulegen.

»Natürlich müssten wir ein Haus haben, Betten, Decken, eine Küche, Personal. Obwohl das nicht schwierig sein dürfte. Diese armen Frauen suchen ja Arbeit. Viele der ehemaligen Nonnen auch. Manche sind sogar kundige Pflegerinnen. Eine Hebamme und einen Arzt brauchen wir natürlich ebenso. Nicht ständig, aber zumindest regelmäßig. Wir müssen uns vor allem um das nötige Geld kümmern. Ich denke, man könnte Spenden sammeln oder die Munizipalverwaltung um Zuschüsse bitten. Das Bürgerhospital unterstützen sie ja schließlich auch.«

»Nun, meine Liebe, die Sache mit dem Haus glaube ich regeln zu können. Ich habe erfahren, dass die Hospizienkommission etliche verkaufen will. Und ich werde deine Idee beim nächsten Logentreffen meinen Brüdern vortragen.«

Er hatte es getan, und deshalb saßen sie an diesem Dezembernachmittag eifrig beratschlagend in ihrem Salon.

»Du solltest dich hinsetzen, und alles das, was du mir unterbreitet hast, zu einer Rede zusammenstellen«, schlug Waldegg seiner Gattin vor. »Am nächsten Freitag werden sich meine Freimaurerbrüder nämlich mit ihren weiblichen Begleitungen versammeln, um dir höchst aufmerksam zu lauschen. Ich wage zu vermuten, dass du, schneller als du denkst, deinen Frauenverein gegründet hast.«

Elena hob mit mildem Entsetzen im Blick eine Hand an die Lippen. »Eine Rede? Ich soll eine Rede halten?«

»Sicher. Und zwar bestimmt nicht nur eine. Die Zeit ist reif für deine Idee. Also musst du sie nun vortragen.«

»Ja, aber öffentlich reden …?«

»Mut, meine Liebe! Mut! Vergiss nicht, gegenüber den üblichen langweiligen Rednern in ihren dunklen Röcken und mit ihren grauen Bärten wirst du auch für das Auge der Zuhörer ein bemerkenswerter Anblick sein.«

Elena hatte den Mut gefunden. Sie setzte ihre Rede auf, wählte ein schlichtes, aber elegantes Kleid aus feinem, violettem Wollstoff, frisierte sich sorgfältig und legte einen Hauch Rouge auf die vor Aufregung blassen Wangen. Zweimal verhaspelte sie sich zu Beginn der Ansprache und zerknüllte ein Batisttüchlein in den feuchten Händen, aber dann spürte sie plötzlich die Aufmerksamkeit des Publikums, und der Funke sprang über. Sie ließ zu guter Letzt sogar Manuskript Manuskript sein und sprach frei und lebhaft über ihre Vorstellungen.

»Du hast einen gewaltigen Eindruck gemacht, Elena. Ich bin unsagbar stolz auf dich.« Hermann Waldegg geleitete sie später zu der Kutsche, die sie durch die kalte Winternacht nach Hause bringen würde.

»Ja, es war gar nicht so schlimm. Ich denke, wir werden, wenn das neue Jahr anbricht, die Société de la charité maternelle ins Leben gerufen haben.«

»Davon bin ich überzeugt.«

Elena lehnte sich mit geschlossenen Augen in den Polstern zurück und schwieg, in ihre Gedanken versunken, bis sie vor ihrem Haus angekommen waren.

»Ein Schlückchen Champagner, meine Liebe, wäre wohl nicht unangebracht«, schlug Waldegg vor, als er sie in seinem Arm in den Salon geleitete.

»Verzeih, aber ich bin erschöpft. Wir werden es morgen nachholen. Ich möchte lieber zu Bett gehen.«

Doch sie schlief, trotz ihrer Müdigkeit, noch nicht, als ihr Gatte um Mitternacht, als die Glocken des Domes gerade verhallt waren, das eheliche Bett aufsuchte.

»Tief in Gedanken, Liebes?«

Sie seufzte leise.

»Ein aufregender Tag. Du hättest zumindest das Glas Rotwein annehmen sollen. Es hilft in solchen Fällen zumeist.«

Sie drehte sich zu ihm um und betrachtete sein gütiges Gesicht im flackernden Schein des Nachtlichts. Er war inzwischen völlig ergraut, doch sein Haar war noch voll und lockig. Seine Augen lagen zwar eingebettet in tiefe Falten, erstrahlten aber wie immer voller Leben. Auf eine warme, zärtliche Weise liebte sie ihn sehr. Sie kannten einander schon lange. In jenen Tagen, als sie dem Orden angehörte, war er es gewesen, der sich um die finanziellen Belange des Klosters gekümmert hatte, um die Verwaltung der Immobilien und Pfründe. Er hatte ein gutes Verhältnis zu Mutter Ottilia, der Äbtissin, gehabt und vor allem die Küche geschätzt, über die bereits damals Jakoba herrschte. Ihr, Elena, war er zunächst mit väterlichem Wohlwollen begegnet, hatte ihr ernsthaft zugehört und ihr manchen kleinen Denkanstoß gegeben, den die frommen Schwestern vielleicht nicht unbedingt gebilligt hätten, hätten sie davon gewusst. Sie empfand schon als junges Mädchen Zuneigung zu ihm, trotzdem gab es Züge an ihm, die ihr immer verschlossen bleiben würden. Sie verstand seine Art von Neckereien nicht, sein hintergründiger Humor irritierte sie, und seine ironischen Äußerungen nahm sie bitter ernst. Er hatte sich angewöhnt, sie damit nicht mehr zu verwirren.

»Ach, Hermann.« Sie legte den Kopf an seine Schulter.

»Was ist, mein süßes Weib? Dich plagt eine Sorge. Willst du sie mir nicht anvertrauen?«

Sie schwieg weiter, und fast meinte er, sie sei eingeschlafen, als sie plötzlich wisperte: »Der achtzehnte Dezember ist angebrochen. Er ist für mich ein besonderer Tag.«

»Ja, das ist er bestimmt. Viele Leute werden etwas zum Nachdenken haben.«

»Nein, nicht wegen der Rede, Hermann. Nicht deswegen, sondern wegen dem, was vor sechzehn Jahren geschah.«

»Und was geschah vor sechzehn Jahren, mein Liebes?«

Sie nahm etwas Abstand von ihm, aber sprach weiter: »Du hast mit großer Geduld meine Launen ertragen, nachdem diese arme Frau hier gestorben ist. Du wirst mich für recht exaltiert gehalten haben.«

»Aber nein, es hat deine Nerven nur sehr beunruhigt.«

»Das hat es, aber du hast mich nie nach dem Grund gefragt, warum das so war.«

Betreten nahm er ihre Hand. »Das habe ich tatsächlich unterlassen. Ich nahm an …«

»Ja, du glaubtest, ich schwächliches Geschöpf nähme mir das Schicksal dieses Weibes so zu Herzen, dass ich mich in eine Nervenkrise steigerte. Aber die hatte einen anderen Grund, und ich schulde dir eine Erklärung, Hermann. Auch wenn ich damit Gefahr laufe, deine Achtung zu verlieren.«

»Nichts kann meine Achtung für dich mindern, Elena. Was macht den achtzehnten Dezember so bedeutsam?«

»Die Tatsache, dass ich heute vor sechzehn Jahren ein Kind

geboren habe.« Der Griff um ihre Hand wurde fester. »Ich habe es nur kurze Zeit in meinen Armen halten dürfen. Dann nahm man es mir fort. Nein, falsch, Hermann, ich gab es fort. Ich konnte es nicht behalten, genau wie diese Wöchnerin. Für mich starb es, wie jenes hinfällige Kind. Dabei war meine Tochter zwar klein, aber kräftig und wohlgeformt. Die Erinnerung daran verlässt mich nie.«

»Elena.« Es klang so viel stilles Mitgefühl in ihrem Namen, dass sie anfing zu weinen. »Liebes, was ist mit dem Kind geschehen? Kann man seine Spur verfolgen? Gibt es eine Hoffnung, es zu uns zu nehmen?«

»O Hermann …« Sie schnupfte und legte wieder ihren Kopf an seine Schulter. »Du bist so gut. Ich hätte mich dir viel früher anvertrauen sollen.«

»Natürlich.« Er zog sie in seine Arme und hielt sie fest.

»Eine Marktfrau hat sie genommen«, flüsterte sie. »Eine mütterliche Frau. Sie hatte zwei kleine Söhne, nach deren Geburt sie keine Kinder mehr bekommen konnte.«

»Lebt sie noch hier?« Er spürte ihr Kopfschütteln.

»Ich habe sie damals hin und wieder besucht, aber vierundneunzig ist sie mit ihrem Mann, einem Corporal der Stadtsoldaten, fortgezogen.«

»Die Stadtsoldaten sind inzwischen zurückgekehrt.«

»Ja. Ich habe meine Erkundigungen eingezogen, Hermann, das kannst du mir glauben. Aber Wilhelm Dahmen fiel achtundneunzig bei Philippsburg. Von seiner Frau hörte man nur, sie sei mit ihren Söhnen weitergezogen. Von einer Tochter war nie die Rede.«

Hermann hielt sie weiterhin still fest, und schließlich murmelte er: »So vermissen wir beide denn drei Kinder.«

Mit einem kleinen Ruck hob Elena ihren Kopf.

»Wieso drei? Ich weiß, dass David dein Sohn ist, aber …«

»Mein liebes Eheweib, ich habe eine schlimme und sündige Jugend hinter mir. Auch Cornelius ist mein Sohn. Nur weil seine Mutter ihn als das Kind ihres Ehemanns ausgab, habe ich mich nie dazu bekannt. Es reut mich beständig.«

»Antonia und David und Cornelius. In den Wirren der Zeit

verschollen. Heilige Mutter Gottes, gib, dass sie uns zurückgegeben werden!«

»Amen«, schloss der Domherr.

Gedenken im Dom

Wer nie sein Brot mit Tränen aß,
wer nie die kummervollen Nächte
auf seinem Bette weinend saß,
der kennt euch nicht, ihr himmlischen Mächte.

Der Harfenspieler, Goethe

Just an ihrem sechzehnten Geburtstag, am achtzehnten Dezember, traf Antonia in Köln ein. Als sie am Frankenufer den Frachtkahn verließ, den sie in Mainz bestiegen hatte, und durch das Stadttor geschritten war, ragte vor ihr die schwarze, düstere Kulisse des unfertigen Doms auf, der sich dräuend gegen den tief verhangenen Winterhimmel abhob. Ein Graupelschauer peitschte auf sie nieder, und ein schneidender Wind fuhr ihr durch die Kleider. Mit klammen Händen hielt sie die Tasche fest, und unter der Last ihres Tornisters gebeugt, suchte sie Schutz an einer Mauer.

Einsamkeit, Trauer und Müdigkeit zwangen sie beinahe in die Knie. Als das Graupeln in einen sanfteren Regen überging, wandte sie ihre Schritte dem hässlichen, dem Verfall preisgegebenen Koloss zu. In seinem Inneren würde sie zumindest Ruhe und Schutz vor der Witterung finden. Vielleicht sogar eine Antwort auf ihre Zweifel und Fragen.

Schön war der Dom auch von innen nicht. Die schlanken gotischen Säulen waren mit billigem, angemaltem Tannenholz verkleidet, die den Eindruck einer Barockkirche vermitteln sollten. Die alten Wandgemälde waren übertüncht worden, viele der Statuen zerstört oder geraubt. Da man für die bleierne Dachbedeckung anderweitige Verwendung gefunden hatte, drang Feuchtigkeit in das Innere. Das Regenwasser rann hinter der modernden Holzverschalung nieder und tropfte auf die Altäre. Dennoch, es duftete nach Weihrauch und Wachskerzen, und die

Heiligen Drei Könige wachten wieder über die Gläubigen ihrer Stadt.

Auf einer Bank in einer Seitenkapelle kniete Antonia nieder und legte die Stirn auf die gefalteten Hände. Zu wem sie aber beten sollte, wusste sie nicht. Das Elend in ihr war so überwältigend.

Grau fiel das Winterlicht durch das bleiverglaste Fenster, das Flämmchen auf dem Altar vor ihr flackerte in der Zugluft. Nach einer Weile hob sie den Kopf und setzte sich auf die Bank. In ihrer Jackentasche knisterte es, und sie zog die verschiedenen Schriftstücke heraus, die sie bis hierher geführt hatten. Das erste, das ihr in die Finger kam, war das Schreiben von Colonel Sebastien Renardet. Toni musste sich auf die Unterlippe beißen, um den Schmerz in ihrem Herzen zu betäuben, als sie an die Umstände dachte, unter denen es geschrieben worden war.

Als sie nach der Gefangennahme des preußischen Leutnants vor Magdeburg zu ihrer Mutter zurückkehren wollte, war ihr schon am Dorfrand mit Entsetzen klar geworden, dass etwas Furchtbares geschehen war. Ihr Wagen lag umgestürzt, die Plane aufgeschlitzt, sein Inhalt verstreut. Als sie darauf zulief, fing Julia sie ab. Die kräftige Marketenderin blutete aus mehreren Kratz- und Schnittwunden, war schmutzig und ihre Kleider zerrissen.

»Nicht, Toni, nicht! Geh nicht hinüber!«

»Julia, was ist passiert?«, hatte sie gekeucht und versucht, sich ihr zu entwinden.

»Deserteure. Bleib, Toni. Du kannst ihr nicht mehr helfen.« Entgeistert hatte sie Julia geschüttelt. »Was haben sie mit ihr gemacht?«

»Sie ist tot, Kind. So, wie die Deserteure jetzt auch.«

Sie waren gekommen, um Lebensmittel zu stehlen. Halb verhungerte Männer, verzweifelt und bereit, jede Gewalt anzuwenden. Elisabeth war ihnen mutig in den Weg getreten, statt zu fliehen. Zumindest hatte sie mit ihren Schreien noch die anderen gewarnt.

Julia konnte Toni nicht länger halten. Sie stand hilflos daneben, wie das Mädchen stumm und mit eckigen Bewegungen die Röcke ihrer Mutter richtete und ihr mit einem der sauberen

Hemden über das Gesicht wischte. Dann wandte sie sich den Trümmern des Wagens zu und klaubte unter den Habseligkeiten Elisabeths kleines Brevier hervor. Mit ihm kniete sie neben der Toten und versuchte, ein Gebet zu sprechen. Es gelang ihr damals schon nicht.

Einer der Männer hatte den Vorfall im Hauptquartier gemeldet, und das Nächste, woran Toni sich überhaupt erinnern konnte, war, dass Renardet sie mit unnachgiebiger Hand zum Lazarett führte. Der Chirurg hatte eine beruhigende Arznei für sie, die sie, ohne zu widersprechen, schluckte. Er wies ihr eine ruhige Ecke zu und ließ sie alleine. Dort versank sie in einen starren Kummer, aus dem sie lange Zeit niemand hervorholen konnte. Erst Nikolaus Dettering gelang es am Abend. Seine Wunde war fachgerecht genäht und verbunden worden, eine zu große Hose beulte sich über dem Verband, und in der Hand hielt er einen Teller mit Essen. Er setzte sich zu ihr und stellte den Teller zwischen ihnen ab.

»Ich weiß, es wird dir nicht schmecken. Iss es trotzdem!«

Toni schüttelte den Kopf.

»Toni, ich habe gehört, was passiert ist. Es ist grauenvoll. Ich würde dir gerne helfen.«

»Danke, Leutnant Dettering.« Es klang heiser und brüchig.

»Nikolaus, Toni. Und ich bin dein Freund.«

Sie hob den Kopf. Wenn er erwartet hatte, dass sie verweint aussehen würde, so täuschte er sich. Aber das abgrundtiefe Leid in ihren Augen machten ihn viel betroffener, als es jede Tränenspur fertiggebracht hätte.

»Sie hat es geahnt. Seit einiger Zeit.«

»Wie alt bist du wirklich, Toni?«

»Bald sechzehn.«

»Du kannst nicht hierbleiben.«

»Doch. Ich werde eine Uniform anziehen und mitkämpfen. Und sehen, was passiert.«

»Ich glaube nicht, dass deine Mutter das gewünscht hätte.«

»Was soll ich denn sonst machen? Wo soll ich denn sonst hin? Die Armee ist meine einzige Heimat.« Es klang trostlos und trotzig, und Nikolaus schüttelte voll Mitleid den Kopf. Dennoch fühlte er sich überfordert mit diesem Wesen an seiner Seite, das sich starr und steif hielt und doch wirkte, als würde es bei dem leichtesten Anstoß wie sprödes Glas zersplittern. Schließlich hatte er einen Einfall.

»Wir wollen mit Colonel Renardet darüber reden. Erstens kann er etwas unternehmen, zweitens ist er ein verständiger Mann, und drittens mag er dich.«

Sie ließ sich mitziehen. Der junge Leutnant führte sie humpelnd zu dem Quartier des Offiziers, der ein Zimmer über der Bäckerei bezogen hatte, und wurde vorgelassen. Es war bereits dunkel, aber in dem Raum brannten einige Lampen, denn Renardet verfasste seine Berichte. Er legte aber sogleich die Feder nieder, als er sah, wer in der Tür stand.

»Kommen Sie herein. Leutnant! Sparen Sie sich die Ehrenbezeugung, sonst fallen Sie noch auf die Nase! Setzen Sie sich in den Sessel dort! Toni, du wirst mit der Bettkante vorliebnehmen müssen.«

»Danke, Colonel«, erwiderte Nikolaus und legte das verletzte Bein auf einen Aktenstapel. »Wir beide haben etwas gemeinsam, wie ich von dem Chirurgen hörte.« Sein Französisch hatte einen strengen preußischen Akzent, aber er konnte sich verständlich machen.

»Ja, tatsächlich. Wir beide sind von Toni verarztet worden. Das meinten Sie doch.«

»Richtig, und daher zu Dank verpflichtet, oder nicht?«

»Auf jeden Fall. Haben Sie einen Vorschlag? Oder du, Toni?«

»Kann ich eine Uniform und ein Gewehr haben?«

»Nein!«

»Ich kann genauso schnell laden wie jeder Ihrer Grenadiere, und besser schießen als die meisten von ihnen.«

»Das kann ich nur bestätigen«, pflichtete Nikolaus ihr bei. »Trotzdem ist das nicht der richtige Weg, Toni.«

Sie sackte wieder in sich zusammen, und Renardet schlug mit besänftigendem Ton vor: »Toni, am besten gehst du nach Darmstadt zurück. Dort hast du sicher Verwandte und Freunde, die sich um dich kümmern.«

»Vielleicht. Aber…«

»Ich habe Noten an den Großherzog, und ich werde einen deiner Brüder als Kurier schicken. Er wird dich begleiten.«

»Danke. Aber…«

»Der General wird dir ein Laissez-passer ausstellen, und wir werden sehen, ob es ein Pferd für dich gibt.«

»Ich habe unser Kutschpferdchen. Aber…«

»Hast du Geld, oder haben die Marodeure auch das geraubt?«

»Ich habe unsere Kasse gerettet. Aber…«

»Colonel Renardet, ich glaube, Toni möchte Ihnen etwas mitteilen«, unterbrach Nikolaus den Franzosen.

»Also, Toni?«

»Mutter stammt aus Köln. Darmstadt war nur ein Quartier.«

Betroffen sah Renardet sie an. »Richtig, das hast du mir ja an jenem heißen Sommertag erzählt. Aber du bist schon sehr früh dort fortgezogen.«

»Ja, vor zwölf Jahren.«

Nikolaus richtete sich von seinem Sitz auf und gab einen leisen Schmerzlaut von sich.

»Nach Köln! Toni, wenn du nach Köln gehen willst, dann weiß ich einen Mann, der dich mit offenen Armen aufnehmen wird.«

»Mich?«

»Ja, dich, Toni. Davids Vater lebt in Köln.«

»Er ist ein vornehmer Mann. Das ist nichts für mich.«

»Er ist ein vornehmer und gütiger Mann, seine Frau eine sehr kultivierte Dame, und er liebt seinen Sohn sehr. Wenn du ihm Botschaft von ihm bringst, wird er überglücklich sein. Allerdings wäre da eine Kleinigkeit zu ändern.«

»Was meinen Sie, Nikolaus?«

Der Leutnant drehte sich zu Renardet um. »Ich weiß nicht, ob Sie es bemerkt haben und nur Schweigen darüber bewahren oder ob Toni seine Rolle so bewundernswert spielt.«

»Welche Rolle, Leutnant?«

»Toni, ich fürchte, zu deinem eigenen Besten muss ich ihm dein Geheimnis verraten.«

Toni zuckte mit den Schultern und meinte: »Es macht jetzt nichts mehr aus.«

»Mon dieu!«, stieß Renardet plötzlich aus. »Ich Narr!« Dann wurde er erstaunlicherweise dunkelrot.

Toni wusste sofort, woran er sich erinnerte, und durch allen Schmerz und Kummer hindurch stahl sich ein geisterhaftes kleines Lächeln auf ihre Lippen.

Da Renardet einige Minuten brauchte, um seine Fassung wiederzugewinnen, nutzte er die Zeit, um ihnen drei Gläser Wein einzuschenken.

»Die Frage der Unterbringung von Toni sollte bald geklärt sein«, schlug Nikolaus vor. »Sie wird schwerlich im Lazarett zwischen den Männern schlafen können.«

»Natürlich nicht.« Der Colonel stand auf, rief seine Adjutanten und befahl ihm, ein Zimmer im Dorf zu requirieren. Dann zog er ein neues Blatt Papier hervor und warf nach kurzem Überlegen einige Zeilen darauf.

»Ich habe wenig gute Bekannte in Köln, Toni. Aber ein junges Mädchen aus der Familie, bei der ich wohnte, hat durch ihre Gutherzigkeit und Freundlichkeit auf mich einen tiefen Eindruck gemacht. Suchen Sie sie auf! Sie werden eine Freundin dort brauchen, die gleichen Alters ist. Auch Sarah Susanne Bernsdorf bedurfte damals einer Freundin. Sie wird sich an mich erinnern.«

Ein Empfehlungsschreiben an eine junge Dame aus gutem Hause war also das erste der Papiere, die Toni im Dom noch einmal las. Sie faltete es sorgsam wieder zusammen. Eine Tochter aus gutem Hause war ganz bestimmt nicht die rechte Hilfe für einen abgerissenen Trossbuben. Und auch das Haus des wohledlen Domherrn von Waldegg nicht, für den sie von Nikolaus ein langes Empfehlungsschreiben erhalten hatte. Das allerdings würde sie abliefern müssen. Irgendwann. Denn es enthielt eine Beschreibung der Taten seines Sohnes David.

Das nächste Stück Papier, ein abgerissener Zettel mit der unbeholfenen Schrift ihrer Mutter, brauchte sie nicht zu lesen. Die Worte waren in ihr Gedächtnis eingebrannt.

»Antonia, deine Mutter war eine Nonne von Sankt Mauritius. Sie hieß Deodata. Sie hat keine Schuld. Such Sie, wenn es notwendig wird! Du bist immer mein Kind. Gottes Liebe mit dir. Elisabeth Dahmen.«

Neben der Trauer wallte wieder das heiße Gift der Verachtung in ihr auf. Eine scheinheilige Nonne hatte sie geboren. Eine barmherzige Schwester hatte sie fortgegeben. Vermutlich musste sie sie suchen, denn es war der letzte Wille ihrer wahren Mutter. Aber jetzt noch nicht.

Das vierte Schreiben war von fremder Hand verfasst und kündete von einem weiteren Verlust. Sie hatte es in Darmstadt in ihrem Häuschen vorgefunden. Zusammen mit einer Kiste Bücher. Der Apotheker aus Arnsberg hatte ihr mitgeteilt, Pater Emanuel sei im Frühjahr des Jahres sanft entschlafen. Seine letzten Gedanken und Gebete hätten ihr gegolten, und es war ihm wichtig, ihr noch eine Botschaft zu übermitteln. Es sei ihm, Pater Emanuel, gelungen, den Pfarrer von Altenkleusheim davon zu überzeugen, die Handschriften in jener verborgenen Köhlerhütte zu suchen. Er hoffe, der gute Mann sei fündig geworden und habe die Kostbarkeiten an sich genommen. Ein liebevoller Segenswunsch bildete den Schluss des Schreibens. Er hatte sich wie ein tröstender Balsam auf ihre Seele gelegt, und wann immer sie an den blinden Mönch dachte, fühlte Toni so etwas wie eine schützende Hand über sich.

Ihr Bruder Jupp war für den letzten Zettel verantwortlich, auf dem eine einzige Adresse stand. Sie hatten auf dem Ritt von Magdeburg nach Darmstadt nur wenig miteinander gesprochen, die Umstände waren nicht geschaffen für belanglose Plauderei. Aber Jupp hatte wohl die ganze Zeit über intensiv nachgedacht. Das Resultat seiner Bemühungen war erstaunlich.

»Erinnerst du dich an Pitter Stammel, Toni?«, hatte er eines Nachmittags gefragt.

»Den Regimentspfeifer? Natürlich.«

»Wir haben neulich ein paar Kameraden aus Köln getroffen. Einer wusste von ihm. Er ist 1801 zurückgekommen und wohnt jetzt bei Sankt Apern. Ist verheiratet und führt ein kleines Tabakgeschäft. Bei ihm kannst du unterkommen, Toni. Er weiß sicher, wo die anderen Kameraden geblieben sind. Sie werden dir helfen. Bei unseren Verwandten bin ich mir nicht sicher.«

Das war Toni auch nicht. Die Großeltern waren bereits verstorben, Onkel und Tanten gab es zwar, aber an die konnte sie sich nicht mehr erinnern. Pitter Stammel und die anderen Soldaten waren ihr vertrauter als jene Familie.

Jupp hatte seine Berichte abgeliefert, einige neue empfangen und wollte so schnell wie möglich wieder zu seiner Einheit. So nahmen sie denn Abschied, und auch der hatte eine weitere Wunde in Tonis Herz gerissen. Ihre Brüder waren ein Teil ihres Lebens. Selbst wenn sie sich mehr gerauft als gekost hatten, so waren sie doch einander zugetan. In einer seltenen Anwandlung von Zärtlichkeit hatte Jupp sie an sich gezogen und seine Stirn auf die ihre gedrückt.

»Ich werde alles daransetzen, dich wiederzufinden, Toni«, hatte er versprochen. »Schreiben ist nicht meine Stärke, aber wenn du ein Quartier hast, schick mir Botschaft!«

Sie hatte genickt und ihm dann einen Kuss auf die Wange gegeben. Sprechen konnte sie nicht.

Nun starrte sie auf den Zettel, den er ihr gegeben hatte. Pitter Stammel – hoffentlich würde er sie aufnehmen.

Pitter, nun ein gesetzter Mann von knapp dreißig Jahren, stand in seinem kleinen Tabakgeschäft und betrachtete mit Staunen den Jungen, der schmächtig und durchgefroren vor ihm stand.

»Toni Dahmen. Gott im Himmel, es ist eine Ewigkeit her! Komm herein, Junge! Komm und wärm dich erst einmal auf! Den Laden kann ich zumachen, bei dem Mistwetter kommt heute keiner mehr. Toni, der Lausebengel. Wie geht es deiner Mutter? Ach, sie hat mir immer ein Stückchen Extrawurst zugesteckt. Auch wenn es knapp wurde.«

»Meine Mutter ist tot.«

»Das tut mir leid. Es tut mir ja so leid. Sie war immer gut zu mir.« Der Regimentspfeifer hatte nicht vergessen, wie sich Elisabeth um die jüngsten der Roten Funken gekümmert hatte, die an der Seite ihres Mannes ausgezogen waren, um ihr Land zu verteidigen. Pitter empfing Toni wirklich mit offenen Armen. Marie, seine Frau, weitaus kühler.

Das Paar hatte sich ein einigermaßen auskömmliches Leben aufgebaut. Sie bewohnten eines der schmalbrüstigen, alten Häuser, die sich an der alten Römermauer entlangzogen. Pitter erhielt von der Stadt eine Pension als ehemaliger Soldat, das Lädchen florierte, denn die Sitte des Zigarrenrauchens griff zunehmend um sich, und die Mode des Tabakschnupfens hatte der französische Kaiser populär gemacht. Marie, die er nach seiner Rückkehr geheiratet hatte, rollte im Hinterstübchen Zigarren, er selbst kümmerte sich um den Verkauf. Sie hatten eine dreijährige Tochter, die ihrer Mutter am Schürzenzipfel hing, aber nicht viel Aufmerksamkeit erhielt. Ein mageres, sehr kleinwüchsiges Dienstmädchen war auch vorhanden. Es wurde Maddy gerufen und machte einen verschüchterten Eindruck. Das war sicher Maries Verdienst, denn obwohl die Frau noch keine fünfundzwanzig war, hatte sie schon scharfe Linien im Gesicht und eine ebenso scharfe Zunge.

Es fand sich für Toni ein dunkles, feuchtes Kämmerchen, im Halbkeller nach hinten in den Hof hinaus. Licht kam nur von einem schmutzigen Fenster oben unter der Decke. Eine schmale Pritsche diente als Bett, ein fadenscheiniges Laken und nicht besonders saubere Wolldecken als Bettwäsche. Aber Toni war es zufrieden. Unterwegs mit den Soldaten hatte sie unter schlechteren Bedingungen geschlafen. Außerdem gefiel ihr der allgegenwärtige Tabakduft.

Aber das Zusammenleben mit den Gastgebern gestaltete sich problematisch, selbst als Toni anbot, ein Kostgeld zu zahlen. Ob es an der zweiten Schwangerschaft lag oder an Maries grundlegenden Charakterzügen – sie war eine säuerliche Frau, die Toni jeden Bissen missgönnte und beständig nörgelte. Das Weihnachtsfest 1806 sollte Toni als eines der trübseligsten ihres Lebens in Erinnerung bleiben. Im Januar schließlich, nach einer heftigen Auseinandersetzung mit der kratzbürstigen Marie, machte sie sich auf, die anderen Adressen aufzusuchen, die sie in Köln kannte.

Ihre erste Wahl fiel auf Renardets vornehmes Fräulein. So

stand sie also in ihrer geflickten Jacke und den ausgetretenen Stiefeln vor dem Palais der Hirzens und rang mit sich, ob sie es wagen sollte, den Türklopfer zu betätigen. Sie machte schließlich einen mutigen Schritt darauf zu, als sich die Tür öffnete und zwei junge Damen auf die Straße traten. Sie waren modisch gekleidet, ihre Hände in flauschigen Pelzmuffs vergraben, zierliche Stiefelchen an den Füßen und auf den glänzenden Locken federbesetzte Hütchen.

»Entschuldigen Sie, Fräuleins, ist eine von Ihnen Sarah Susanne Bernsdorf?«, platzte Toni heraus.

Beiden maßen den schäbigen Jungen mit einem hochmütig-angewiderten Blick, und eine beschied Toni mit spitzem Ton: »Eine Sarah Susanne Bernsdorf kennen wir nicht.«

»Aber sie muss hier einmal gewohnt haben.«

»Geh aus dem Weg, Bengel!«, fauchte sie die andere an und stolzierte an Toni vorbei.

Gedemütigt schlich sie sich zurück zum Tabakladen, und es brauchte eine ganze Woche, bis sie den Mut fasste, sich bei Pitter nach dem Herrn von Waldegg zu erkundigen.

»Der Mann gehörte früher dem Domkapitel an. Das sind die reichen Faulenzer, die von den Einkünften ihrer Pfründe leben. Mehr hat der nicht zu tun gehabt. In den Neunzigern hat's mal einen Skandal gegeben. Irgendwas wegen seiner Geliebten. Vierundneunzig ist er aus der Stadt geflohen, wie all die hohen Kleriker. Hab aber gehört, er ist zwei Jahre später zurückgekommen. Ist jetzt auch verheiratet. Seine Frau hat kürzlich so einen Wohltätigkeitsverein gegründet. Wollen sich der städtischen Schlampen annehmen, heißt es. Ziemlich überflüssig, wenn du mich fragst. Mehr weiß ich nicht über ihn.«

Dieses mit groben Strichen gezeichnete Bild hinderte Toni daran, den ehemaligen Domkapitular aufzusuchen. Von wohltätigen Damen hatte sie seit Arnsberg sowieso keine besonders gute Meinung. Blieb ihr also nur noch übrig, jene Nonne namens Deodata zu suchen. Das allerdings erwies sich als problematisch. Die Klöster existierten nicht mehr, die Schwestern waren in alle Winde verstreut. Pitter erteilte ihr auch in diesem Fall einen nützlichen Rat.

»Musst zum Magistrat gehen. Die haben all die Ordensleute erfasst. Sie zahlen ihnen eine kleine Rente, also müssen sie wissen, wo sie wohnen.«

Daher machte sich Toni auf den langen Weg durch die Instanzen. Sie hatte einige Erfahrung darin, nutzvolle Informationen zu sammeln, und so hatte sie alsbald herausgefunden, dass die erfolgversprechendste Stelle die Wohlfahrtskommission war, deren Leiter der Kommissär Frédéric Kormann war. Also saß sie an einem klammen Februarmorgen im Wartezimmer vor dem Bureau des besagten Kommissärs. Es hielten sich dort eine ganze Reihe weiterer Bittsteller auf. Neben ihr saß ein junges Mädchen, mager und frierend, das sich zwei schäbige Wolltücher um die Schultern gelegt hatte und verstohlen hustete. Nach ihr kamen noch ein junger Mann mit einem hinkenden kleinen Mädchen an der Hand, eine aufgetakelte, aber verlebte Frau, zwei verschüchterte alte Weibchen, die zwar das Habit, nicht aber den Habitus der Nonnen abgelegt hatten, und ein Veteran in verschlissenem Uniformrock in den Raum. Ein schmucker Sekretär ließ sich Namen und Anliegen nennen und rief sie dann nacheinander auf. Toni machte sich auf eine lange Wartezeit gefasst.

Um die Mittagszeit war schließlich nur noch das hustende junge Mädchen vor ihr. Es verschwand durch die Tür, und Toni nahm ihren Platz ein.

Nach wenigen Augenblicken flog die Bureautür wieder auf. Schluchzend schwankte das Mädchen hinaus. Ein Hustenanfall beutelte sie, sie lehnte sich an die Wand und rutschte langsam zu Boden. Keiner der Anwesenden beachtete sie.

Toni schaute sich verständnislos um und stand dann auf, um sich zu der Schluchzenden zu begeben.

»Was ist passiert?«

»Sie sprechen nur Französisch«, schnupfte sie. »Und ich kann mir keinen Dolmetscher leisten. Ich verstehe so wenig. Aber Papa musste den Laden zumachen, und er ist nach dem Bergischen, der Bruder ist gefallen, Mama ist krank, die Kinder …«

Toni hatte dieses Elend schon kennengelernt. Auch Pitter Stammel hatte Probleme, seit die Kontinentalsperre die Einfuhr bestimmter Waren verbot. Tabak, Kaffee, Tee, Baumwolle – alles, was aus den Kolonien bezogen wurde, war mit hohen Zöllen belegt worden, und die Händler erlitten ernsthafte Einbußen. Kleinere Läden waren vom Ruin bedroht, ohne dass ihre Betreiber eine Schuld daran hatten.

»Ich bin als Nächstes an der Reihe. Dann gehen Sie noch einmal mit mir hinein. Ich übersetze für Sie.«

Das Mädchen stammelte seinen Dank und wischte sich mit dem Zipfel ihres Schultertuchs das Gesicht ab.

Gleich darauf wurde Toni aufgerufen und betrat das geräumige, gut geheizte Bureau des Kommissärs. Er stand an einer Durchgangstür und unterhielt sich mit einem korrekt gekleideten Mann mit schwarzen Haaren und scharf geschnittenen Zügen, den er als Sous-Préfet titulierte, und so hatte sie Muße, eine der elegantesten männlichen Erscheinungen zu mustern, die sie je gesehen hatte. Von den glänzenden Stiefelspitzen zu den zart biskuitfarbenen, faltenlosen Hosen, über den maßgerecht gearbeiteten blauen Frack aus feinstem Wollstoff, der seine schmalen Hüften und seine breiten Schultern betonte, von der reinweißen Halsbinde bis hin zu den goldbraunen Locken, die in so gewollter Unordnung um seinen Kopf lagen, dass gewiss nicht ein Windstoß, sondern die meisterliche Hand eines Coiffeurs sie arrangiert haben musste, war er ein Bild eines vollendeten Beaus. Sein Gesicht war markant und sehr männlich, doch als er sich mit geschmeidiger Verbindlichkeit vor dem anderen Herrn verbeugte, ließ darin ein flüchtiges Lächeln eine gewisse Jungenhaftigkeit aufblitzen.

Das Lächeln erlosch, als der Sous-Préfet die Tür hinter sich schloss und Kommissär Kormann seine neuen Klienten begutachtet. Er sprach ein sehr schnelles, leicht verschliffenes Französisch, mit dem er sich erkundigte, was die junge Dame denn nun schon wieder von ihm wolle. Sein Tonfall war äußerst kühl und verächtlich.

»Sie werden Mademoiselle dennoch zuhören, Monsieur Kormann, denn vorhin hat es ja einige Sprachprobleme gegeben. Ich werde für sie dolmetschen«, antwortete Toni in genauso schnellen Worten. Es war ein Hauch von Verblüffung in Kormanns

Augen zu lesen, dem abgerissen Jungen hatte er weder den Schneid noch die Sprachkenntnisse zugetraut.

»So tragen Sie denn das Anliegen dieser Person vor!«, beschied er kurz. Es war bald gemacht, der Sekretär war hereingerufen worden, um eine Notiz und eine Anweisung auf eine Unterstützungszahlung auszufertigen, und Kormann setzte schwungvoll seine Unterschrift darunter.

»Der Nächste jetzt!«

»Der Nächste bin ich, Monsieur le Commissaire«, entgegnete Toni. »Ich habe ein Recht …«

»Sie fungierten als Dolmetscher, nicht als Antragsteller. Nehmen Sie Ihren Platz in der Reihe der Wartenden ein!«

»Dieser Platz war der meine.«

»Sie haben ihn der Mademoiselle abgetreten. Meine Zeit ist begrenzt, verfügen Sie sich nach draußen!«

Toni wollte sich gerade aufs Bitten verlegen, als sich die Durchgangstür wiederum öffnete und ein ebenfalls sehr eleganter Mensch seinen Kopf hereinsteckte und auf Deutsch fragte: »Kay Friedrich, begleitest du Irene und mich nachher zum Caféhaus Müller? Wir wollen uns dort mit Legrand treffen.«

»Ah, gerne. Ich werde mit dem Volk hier bald fertig sein. Sagen wir zwei Uhr?«

»Der spricht ja Deutsch«, wisperte das Mädchen an Tonis Seite fassungslos.

»Und zwar mit Kölner Einschlag«, stellte Toni trocken fest. Sie hieb beide Fäuste auf den Schreibtisch, holte einmal tief Luft und schleuderte dem Kommissär ihr ordinärstes französisches Argot entgegen, das sie von den fluchenden Fuhrknechten des Trains aufgeschnappt hatte, sodass der Mann mit seinem Stuhl langsam rückwärtsrutschte. Als sie mit ihrem Sermon geendet hatte, fragte sie unvermutet höflich und in gewählter Aussprache nach: »Ich nehme an, Sie haben jedes Wort verstanden?«

Kormann hatte sich von seiner Überraschung erholt, stand auf und wies mit dem Arm zur Tür.

»Raus. Oder ich helfe nach!«

»Sie werden mich anhören!«

»Bertrand!«

Ein Sergeant kam in den Raum, auf einen kurzen Wink hin hatte er Toni gepackt und schob sie unsanft zur Tür. Das Mädchen folgte, so schnell es konnte.

Mit einem Krachen landete Toni auf den Holzbohlen zu Füßen der Wartenden, und diesmal war es das Mädchen, das sich mitleidig zu ihr niederbeugte.

»Danke, mein Herr, danke. Aber das hätten Sie nicht tun dürfen. Kommen Sie, ich helfe Ihnen auf.«

»Lassen Sie nur, Fräulein. Ich bin schon schlimmer gefallen.« Aber ein paar Prellungen hatte es gegeben, merkte Toni, als sie sich aufrappelte. Unerwarteterweise sah sie plötzlich den schmucken Sekretär vor sich auftauchen und nahm augenblicklich Abwehrhaltung an. Doch dann bemerkte sie das Grinsen in seinem Gesicht.

»Monsieur, meine Hochachtung.« Er vollführte eine elegante Handbewegung, mit der er Antonia zu einer Fensternische wies. Sie humpelte dort hin, lehnte sich an die Wand und bedachte ihn mit einem fragenden Blick.

»Ich bin zutiefst beeindruckt, Monsieur. Noch nie hat jemand gewagt, das Aussehen des Commissaire Frédéric Kormann mit dem eines ondulierten Affen zu vergleichen. Geschweige denn setzte man sein Benehmen mit dem Auswurf eines knoblauchfressenden Abdeckers gleich.«

»Das wundert mich einigermaßen«, murmelte Toni.

»Besonders betreffen wird ihn jedoch der subtile Hinweis darauf, seine Aussprache habe das zahnfäulige Aroma eines skrofulösen Hurenwirts. Mein Kompliment zu der poetischen Bildhaftigkeit Ihrer Ansprache. Sie haben unsere Zunge offensichtlich im Feld gelernt, Monsieur?«

Toni nickte. Der Sekretär lehnte sich an das Schreibpult am Fenster und sah sie nachdenklich an. »Nun, Monsieur, was war Ihr Anliegen? Vielleicht kann ich Ihnen behilflich sein?«

»Sie werden sicher dort drin benötigt. Ich will Ihnen nicht noch Schwierigkeiten machen.«

»Keine, die ich nicht auf mich nehmen könnte. Also?«

Schulterzuckend gab Toni nach. Wenn der Sekretär, der sich

als François Joubertin vorstellte, ihr behilflich sein wollte, musste sie diese Chance nutzen.

»Ich suche nach einer ehemaligen Nonne namens Deodata. Ich habe eine Nachricht von einer Verwandten für sie.«

»Ah, nichts leichter als das. Folgen Sie mir!« In einem vollgestellten Raum, einer Registratur, zog Joubertin zielgerichtet einen Zettelkasten aus dem Regal und blätterte durch die Karten darin. Doch alle fünf Nonnen, die auf den Namen Deodata hörten, kamen nicht in Frage, waren zu alt oder gestorben.

»Sie…« Toni überlegte krampfhaft. Da gab es noch einen Hinweis. Etwas, das Elisabeth einmal erwähnt hatte. »Können Sie nach einem Sankt Maurice oder so schauen?«

»Sankt Mauritius gab es einmal. Ein Benediktinerinnenkloster. Augenblick!« Ein weiterer Karteikasten wurde herbeigeholt und durchgeblättert. »Es gibt keine Deodata von Sankt Mauritius. Aber, junger Mann, das hat nichts zu sagen. Wir führen hier nur die geistlichen Personen, die eine Rente beziehen. Wenn Ihre Deodata beispielsweise bei Verwandten lebt oder gar, wie einige der frommen Schwestern, geheiratet hat, dann ist sie bei uns nicht aufgeführt.«

Toni sackte in sich zusammen. Augenscheinlich war es nicht ganz leicht, ihre leibliche Mutter aufzufinden.

»Verzagen Sie nicht!«, munterte der Sekretär sie auf und schrieb eine Adresse auf einen Zettel. »Besuchen Sie Mutter Ottilia! Sie war die Äbtissin von Mauritius. Sie wird sicher wissen, was mit ihren Ordensfrauen geschehen ist.«

»Danke, Monsieur Joubertin. Sie sind sehr hilfsbereit.«

»Für das Vergnügen, Monsieur, das Sie mir mit Ihrer meisterlichen kleinen Rede vorhin bereitet haben, ist das nur eine geringe Gegenleistung.«

»Sie mögen den Kommissär nicht?«

»Nein, ich mag den Kommissär nicht.«

Von Mutter Ottilia, die in einer der schäbigsten Gassen Kölns, der Thieboldsgasse, einem hohlwegartigen Sträßchen in der Nähe des ehemaligen Klosters Sankt Mauritius, in ärmlichsten Bedingungen hauste, wurde Antonia an Karl Ludwig Lindenborn, den Cousin von Schwester Deodata, geborene Elena Lindenborn, verwiesen. Durch die feuchtkalte Dämmerung des Februartages ging sie zu der Adresse am Mühlenbach. Ein hochnäsiger Bediensteter öffnete Toni, die wieder ihr Sprüchlein aufsagte, sie suche die ehemalige Nonne Deodata, um ihr eine Nachricht von einer Verwandten zu bringen. Sie wurde in die Eingangshalle gebeten und angewiesen, dort zu warten.

Es dauerte geraume Zeit, bis sich die Dame des Hauses einfand, eine modern gekleidete Mittvierzigerin, die den verfrorenen, schäbig aussehenden Jungen abfällig musterte.

»Elena Lindenborn! Gütiger Himmel! Ja, sie hat für eine kurze Zeit bei uns gewohnt. Wir haben ihr ein anständiges Heim geboten. Aber das war ihr nicht gut genug. Sie zog es vor, als Dompfaffenliebchen der abgehalfterten Geistlichkeit ihr Leben zu fristen. Die treiben ja jetzt alles das in der Öffentlichkeit, was sie vorher heimlich hinter Kloster- und Stiftsmauern versteckt haben. Mit dem Kapitular Waldegg hat sie schon damals ständig zusammen geklüngelt. Jetzt bläst sie sich als der rettende Engel der Trottoirschwalben und Soldatenhuren auf. Na, vielleicht nimmt sie sich ihrer Verwandten auch an! Versuchen Sie es am Domhof! Da lebt sie jetzt wie die Made im Speck.«

Blass geworden, bedankte sich Toni einigermaßen höflich und beeilte sich, durch die unbeleuchteten Straßen zurück zum Tabakladen zu hasten. Dort wehrte sie Maries nörgelnde Fragen nach ihrem Verbleib ab und zog sich in ihr klammes Kämmerchen zurück. Sie wollte sich, was sie erfahren hatte, in Ruhe durch den Kopf gehen lassen. Müde und unglücklich rollte sie sich in ihren Decken zusammen. Ihr Hals schmerzte, und ihre Augen brannten.

»Ach, Mama«, wisperte sie in die fadenscheinigen Laken. »Fromm soll sie gewesen sein, und hat sich doch mit den Pfaffen eingelassen. Um die Straßendirnen kümmert sie sich, aber die eigene Tochter hat sie fortgegeben. Das ist so verlogen, so scheinheilig und so heuchlerisch.« Sie schlug mit der Faust auf das klumpige Polster ihres Kopfkissens. »Ach, Mama, du wirst immer meine einzige Mutter bleiben.«

Erinnerungen an eine Niederlage

Die Jugend lernt mit Fallen gehen.
Sie muss sich halb verbrennen, halb versehnen
Und zwischen Sturm und wilden Klippen stehn.

Hofmann von Hofmannswaldau

David stand am Fenster seiner kleinen Wohnung in Berlin und schaute hinaus in den trüben Märzabend. Auf dem Schreibpult lag ein angefangener Brief, die Tinte jedoch trocknete bereits in der Feder. Es schien ihm schwerer und schwerer, seinem Vater zu schreiben. Zu bedrückend war das, was er zu vermelden hatte.

Noch vor einem halben Jahr war er durchaus optimistisch in den Krieg gezogen. Nicht ganz so enthusiastisch allerdings wie seine Kameraden, über deren hämische Bemerkungen in Bezug auf die Franzosen er nicht so recht lachen konnte. Er hatte auch sein Bajonett nicht zusammen mit ihnen an den Stufen der französischen Gesandtschaft geschliffen und war nicht der Meinung, man benötige lediglich Knüppel und keine Gewehre, um die Franzosen zu vertreiben. Allein die gewaltige Menge der Soldaten, die nach der Mobilmachung im August unter Waffen standen, beeindruckte ihn. Er war ein Teil davon, ein winziger nur, denn er gehörte lediglich zum Stab eines der Infanterieregimenter, genau wie Nikolaus, sein Freund aus Jugendtagen.

Doch als sein Regiment die Garnison in Potsdam verließ und sie auf Thüringen zumarschierten, kamen in ihm die ersten Zweifel auf. Der Feldzug war schlecht geplant. Es waren keine ausreichenden Magazine vorhanden, die Ernährungslage war miserabel. Die Gewehre der Männer befanden sich in einem desolaten Zustand. Die Verständigung der einzelnen Heeresteile untereinander funktionierte nicht vernünftig. Das Verhalten der Offiziere erschien ihm mehr als idiotisch. Sie achteten streng auf Disziplin, das war selbstverständlich wichtig, aber die Männer brutal zu bestrafen, die sich aus den abgeernteten Feldern ein paar Kartoffeln klaubten, um überhaupt etwas in den Magen zu bekommen, empfand er als überzogen. Er jedenfalls drückte beide Augen zu, wenn er die hungrigen Soldaten dabei erwischte. Nicht so sein Stiefvater, Major Cattgard, der zu allem Überfluss nun sein Vorgesetzter war. Zwischen ihnen gab es ständig Reibereien, denn der Major war darauf bedacht, jedes eigenmächtige Denken zu unterdrücken, und bestand auf penibelster Einhaltung der Ordnung auch unter Marschbedingungen. Mehr als einmal hatte David sich wegen eines aufgelösten Zopfes oder in Unordnung geratener Seitenlocken rügen lassen müssen. Weniger wichtig hingegen empfand der Major die Notwendigkeit, die Lager zu sichern, Patrouillendienste zu organisieren oder Felderkundungen zu betreiben. Hier verließ er sich, wie die übrigen Offiziere, auf die gottgegebene Weisheit der greisen Generäle.

David hatte heute Morgen einen Brief erhalten, der auf seltsamen Wegen zu ihm gekommen war. Die Notwendigkeit von Umwegen wurde ihm klar, als er feststellte, dass er in England verfasst worden war. Die seit dem November von Napoleon verhängte Kontinentalsperre machte sie notwendig. Post sowie alle denkbaren Kolonialwaren kamen nur noch über Schmuggelfahrten auf den Kontinent. Immerhin war es Nikolaus gelungen, das Schreiben nach Berlin zu senden. Die Flucht seines Freundes nach England überraschte David nicht besonders. Er hatte Verwandte dort, die sie gemeinsam vor zwei Jahren besucht hatten. Es erstaunte ihn auch nicht, dass er sich der King's German Legion angeschlossen hatte, einer Truppe, die überwiegend aus Hannoveranern bestand. Er hatte schon damals mit diesem Gedanken gespielt, da er das preußische Militärwesen schließlich ebenso kritisch beurteilte wie David. Überrascht war er allerdings von der Nachricht, Nikolaus sei über Brest nach England gereist und habe dort weitere Erkundigungen über Cornelius eingeholt. Er war erleichtert, dass sein Cousin endlich aus dem Bagno entlassen worden war. Nikolaus schrieb, er habe zunächst mit Bedenken auf die Botschaft reagiert, man habe Cornelius auf ein französisches Schiff gebracht, das mit Ziel Kanarische Inseln aufgebrochen sei. Diese Information hatte er von einer ungewöhnlichen Frau erhalten, die er zunächst für eine der üblichen Hafendirnen gehalten hatte. Doch sie zeigte ein unerwartet kultiviertes Benehmen und versicherte ihm, Cornelius sei vollkommen in Sicherheit und würde vermutlich einen sehr lehrreichen Aufenthalt auf der »Lumière du Monde« haben. Wann das Schiff aber wieder in Brest einlaufen würde, konnte sie nicht sagen. Zudem erfuhr David, dass sein Freund jenem Mädchen, Toni, das auf so tragische Weise seine Mutter verloren hatte, die Adresse seines Vaters in Köln genannt hatte.

Seinem Vater zu berichten, dass es Cornelius allem Anschein nach gut ging, war eine einfache Aufgabe. Auch nach dem Mädchen zu fragen, fand er nicht schwer. Diese Punkte waren schnell erledigt. Doch nun ging es darum, seine eigene Situation darzustellen. Das war unverhältnismäßig viel heikler, und Davids Miene wurde finster.

Jena war die Hölle gewesen. Obwohl er sich selbst nicht unter den Kämpfenden befand, sondern seinen Dienst bei den Kommandeuren zu verrichten hatte, kam zu dem Schrecken des Musketenfeuers, vor dem auch sie nicht gefeit waren, noch die Einsicht, mit welcher Dummheit und welchem Starrsinn die Befehlshaber ihre Männer opferten. Es war ein reines Schlachten. Niemand kümmerte sich um die Verwundeten, die schreiend auf dem Feld starben, niemand barg die Toten. Unklare, widersprüchliche Befehle wurden gegeben, Hilfe ignoriert oder, auf der anderen Seite, verweigert. Schließlich war die Armee in Chaos und Auflösung begriffen, eine heillose, zumeist ungeordnete Flucht begann.

David und Nikolaus hatte es mitgerissen, ihre Einheit verloren sie bald. Sie schlossen sich einem einigermaßen geordneten Trupp an, der Richtung Magdeburg zog. Diese Stadt galt als die sicherste Festung in der Umgebung. Sie war das Ziel Tausender. Als sie ankamen, wimmelte es in den Straßen von Soldaten, Pferden, Bagage und Fuhrwerken. Es gab keine Unterkünfte, keine Nahrungsmittel, kaum Wasser. Der Kommandant, General von Kleist, sah sich vollkommen überfordert mit der Situation. Zu allem Überfluss tauchte Major Cattgard auf, der David und Nikolaus sofort unter sein Kommando nahm.

Kaum hatten sie sich einigermaßen eingerichtet, wurde die Stadt von den nachrückenden Franzosen belagert, und die Situation verschlimmerte sich weiter. Dreiundzwanzigtausend Soldaten, sechshundert Offiziere und zwanzig Generäle saßen in der Falle.

Doch David hatte Erkundigungen eingezogen, und unter Einhaltung des korrekten Dienstwegs machte er Major Cattgard den Vorschlag, durch eine der Kasematten den Ausbruch zu wagen und sich durch die feindlichen Reihen nordwärts zu schlagen, wo sich die Truppen Yorcks und Blüchers nach Aussagen einiger Flüchtenden befinden mussten. Von ihnen könnte man Hilfe erhoffen. Major Cattgard behandelte David wie einen unreifen Jungen. Seine Argumente waren vernichtend, sein Tonfall verletzend. Er empfahl David, wenn er Langeweile verspüre, solle er mit den Soldaten exerzieren oder Latrinen ausheben, aber sich nicht in die Kriegsführung einzumischen. Das sei eine Aufgabe weitblickenderer Männer, als er je einer werden würde!

»Ich werde mir die Erlaubnis von General von Kleist selbst holen. Herrgott, wir können doch nicht wie die Mäuse in der Falle hier sitzen bleiben und zusehen, wie die Franzosen uns aushungern. Zwanzig Meilen von hier stehen kampfbereite Truppen! Wenn sie uns eine Ablenkung verschaffen, können wir ausbrechen und einen geordneten Rückzug antreten.«

»Ihr ehrloser Vorschlag ist skandalös, Leutnant!«, blaffte Cattgard ihn an.

»Was ist ehrlos daran, Menschenleben zu retten? Die Männer hungern, viele sind verwundet, es gibt keine Versorgung… Lassen Sie es mich versuchen, Herr Major!«

»Sie bleiben. Der General wird seine eigene Strategie haben.«

»Mit Verlaub, der General hat gar keine Strategie.«

»Leutnant!«, brüllte der Major. »Sie vergessen sich!«

Leider konnte Major Cattgard nicht zwischen seiner Rolle als Stiefvater und Offizier unterscheiden, der Streit spitzte sich zu und endete damit, dass David, kochend vor Wut, die sich in dreizehn Jahren Demütigung zusammengebraut hatte, den Major mit einem gezielten Faustschlag niederstreckte.

Anschließend machten sich Nikolaus und er ohne Erlaubnis im Schutze der Dunkelheit auf den Weg durch die Fluchtwege in der Festungsmauer, die ihnen einer der Einwohner gezeigt hatte. Es war risikoreich, und beide hatten sie Angst. Aber es gelang ihnen, unbemerkt von den Belagerern zu entkommen und sogar zwei Pferde zu stehlen. Am nächsten Tag aber waren sie gezwungen, einige Umwege zu machen und gerieten in die Nähe des kleinen Örtchens Olvenstedt, wo unglücklicherweise eine ganze Kompanie Franzosen lagerte. Dort war David dem Mädchen entkommen, das sie so mutig gefangen genommen hatte. Er erreichte noch an diesem Tag die Stellungen des Yorck'schen Kontingents, wurde sogar angehört, aber dann wandte sich das Schicksal gegen ihn. Am siebten November musste sich auch General Yorck in Ratkau geschlagen geben, und David geriet in Gefangenschaft. Immerhin, die Franzosen verhielten sich anständig. Wie alle übrigen Offiziere wurde er auf Ehrenwort entlassen und schlich sich, gedemütigt gleich den anderen Kameraden, nach Berlin zurück, wo inzwischen die französische Besetzung begonnen hatte. Er legte die Uniform ab und zog wieder in seine alte Wohnung ein.

Hier stand er nun und betrachtete sein Spiegelbild im Fenster, unschlüssig, wie er das Geschehene zu Papier bringen sollte. Denn nicht die Gefangennahme war es, die ihn bedrückte – das war ein Los, mit dem man im Krieg rechnen musste. Er machte es sich zum Vorwurf, dass er in Magdeburg die Beherrschung verloren und Major Cattgard niedergeschlagen hatte. Einen vorgesetzten Offizier zu schlagen, das war wirklich ehrlos. Schlimmer aber war, das man seinen Ausbruch aus der belagerten Stadt als Desertion auslegen konnte.

Was immer vom preußischen Militär übrig geblieben war, funktionierte – wegen der Tätlichkeiten gegenüber seinem Stiefvater sah er der unehrenhaften Entlassung entgegen. Auf Desertion aber stand Festungshaft, und, wenn man es sehr streng auslegte, die Todesstrafe. Selbst wenn es die aberwitzige Aussicht gäbe, Cattgard könnte nachsichtig Schweigen über diesen Vorfall bewahren – sein übelster Widersacher war Zeuge der Vorfälle in Magdeburg gewesen. Und der würde jede Möglichkeit nutzen, ihn bestraft zu sehen. Selbst die leise Hoffnung, Unteroffizier Adam Burk könne gefangen worden oder gefallen sein, hatte sich zerschlagen. Der Mann war ebenso in Berlin eingetroffen wie David selbst.

Diese Zukunftsaussichten seinem Vater zu schildern, an dessen Wohlwollen und Liebe ihm immer mehr als alles andere gelegen hatte, überforderten David beinahe. Er drückte die Stirn an das Fensterkreuz und schloss müde die Augen.

Die Tochter, die ein Junge war

Sieh in dem zarten Kind
Zwei liebliche Blumen vereinigt,
Jungfrau und Jüngling,
sie deckt beide die Knospe noch zu.

Die Geschlechter, Schiller

Toni hatte sich einen dicken Schal um den Hals gewickelt und verfolgte den weißen Hauch ihrer Atemluft, der sich in der Kühle des Aschermittwochs bildete. Sie hatte endgültig ihren Entschluss gefasst.

Das Zusammenleben mit den Stammels war vollends unerträglich geworden, als Marie herausgefunden hatte, dass Antonia nicht der Junge war, für den sie sich ausgab. Es konnte nicht ausbleiben, so eng, wie sie zusammenlebten. Marie wurde von giftigen Eifersuchtsanfällen gepackt und geiferte bei jeder Gelegenheit herum. Mitte Februar gestand Toni sich endlich ein, dass ihr Bleiben in dem Tabakladen nicht länger zu ertragen war. Wohl oder übel – sie musste sich der Aufgabe stellen, ihrer leiblichen Mutter gegenüberzutreten. Der Frau, die ausgerechnet den Mann geheiratet hatte, für den sie ein Schreiben mit sich führte, das sie schon lange hätte abliefern müssen.

Am frühen Nachmittag klopfte sie also an die Tür des Hauses am Domhof. Ein steifer Diener öffnete und fragte höflich nach ihrem Begehr.

»Ich habe eine Nachricht von Leutnant David von Hoven für den Herrn Waldegg.«

»Treten Sie ein, treten Sie ein! Ich sage dem Herren augenblicklich Bescheid.« So eifrig, wie der Mann sich benahm, schien diese Botschaft wirklich ein Entree zu sein. Nur wenige Augenblicke später trat ein hochgewachsener, leicht in den Schultern gebeugter Herr auf sie zu und reichte ihr mit einem Lächeln die Hand.

»Hermann Waldegg. Meinen Gruß, junger Mann. Sie sagen, Sie kommen mit einer Nachricht von meinem Sohn? Folgen Sie mir in die Bibliothek!«

»Ich habe einen Brief…« Toni wurde wieder von einem Hustenkrampf geschüttelt, und Waldegg füllte ein Glas mit Rotwein aus der Karaffe am Kamin.

»Trinken Sie langsam, junger Freund, das wird den schlimmsten Anfall mildern. Johann, lass einen Tee für uns bereiten. Und auch einige Kuchen servieren.«

Die kleinen Schlucke, die Toni von dem Wein nahm, beruhigten das Husten, und sie griff in ihre Jackentasche, um den zerknitterten Umschlag herauszubefördern. Sie reichte ihn dem Domherrn und ergab sich in ihr Schicksal.

»Sie verzeihen, wenn ich ihn sogleich überfliege. Ich warte schon so lange auf ein Lebenszeichen von David.«

Toni nickte nur und nahm noch einen Schluck von dem dunklen Wein, der eine so besänftigende Wärme in ihrem leeren Magen verursachte, während Waldegg das Schreiben las, das Nikolaus Dettering über drei Monate zuvor aufgesetzt hatte. Sie bemerkte seine plötzliche Blässe und sein keuchendes Atmen. Gerade wollte sie aufspringen, da kam Johann, der Diener, in den Raum, erfasste augenblicklich die Verfassung, in der sich sein Herr befand, und zog eine Phiole aus dessen Westentasche.

»Nehmen Sie Ihre Arznei, Herr!«, befahl er und richtete einen strafenden Blick auf Toni. »Sie dürfen den Herrn nicht aufregen. Am besten verlassen Sie jetzt das Haus.«

»Der Junge bleibt. Richte Davids Zimmer für ihn her!« Waldegg saß aufrecht und atmete einige Male tief durch. Als Johann, leise grollend, den Raum verlassen hatte, erklärte er: »Ich habe ein widerspenstiges Herz, das sich bei großen Aufregungen manchmal vergaloppiert. Aber nun, Toni – oder Antonia, werden Sie mir noch einige Fragen beantworten, die dieses Schreiben hier offen lässt.«

»Selbstverständlich. Was möchten Sie wissen?«

»Sie haben lange gebraucht, um mir diesen Brief zu überbringen.«

»Ich musste einige Dinge abwickeln. Meine… Mutter starb.

Ich musste unsere Wohnung auflösen. In Darmstadt. Dann kam ich nach Köln. Es war schwierig. Ich…« Unter dem ruhigen Blick der blauen Augen – genauso blau wie die seines Sohnes – fiel Toni keine Ausrede ein. »Ich hatte Angst, zu Ihnen zu kommen. Sie sind ein vornehmer Herr, ich bin nur ein Trossbub. Oder eben die Tochter einer Marktfrau.«

»Ich verstehe.«

Durch die Tür der Bibliothek trat jetzt eine alte Frau, die einen Teewagen zum Kamin schob, auf dem sich nicht nur Kanne und Tassen, sondern auch ein Teller mit Früchtebrot, Rosinenbrötchen und Marmelade befanden. Toni konnte einen begehrlichen Blick nicht unterdrücken.

»Lass uns alleine, Jakoba! Und wenn Elena heimkehrt, möchte sie bitte warten, bis ich zu ihr komme.« Jakoba verschwand, doch nicht ohne eine lange, intensive Musterung des seltsamen Gastes. »Nehmen Sie erst einmal ein Stück Kuchen, Antonia!«, schlug Waldegg vor, während er den Tee eingoss und in die Tasse seiner Besucherin eine reichliche Menge Zucker gab. Auf seine weiteren Fragen erzählte sie ihm zwischen den hungrigen Bissen von dem Tabakladen und den Stammels.

»Dort also sind Sie untergekommen. Ich verstehe Ihre Schwierigkeiten. Der Freund meines Sohnes berichtet mir, Sie seien auf der Suche nach Ihrer leiblichen Mutter, die hier in Köln in einem Kloster lebte.«

»Ja.« Toni war sich nicht sicher, wie weit sie ihre Erkenntnisse dem Domherrn anvertrauen durfte.

»Haben Sie ihre Spur verfolgen können?«

Ihre Hilflosigkeit spiegelte sich in einer kleinen Geste wider. Sie drehte zögernd die Handflächen nach oben. Waldegg war ein kluger Beobachter, und er spürte ihre Unsicherheit.

»Es muss alles sehr verwirrend für Sie gewesen sein, Antonia. Sie kennen natürlich den Inhalt dieses Schreibens. Ich denke, Ihr Zögern, uns aufzusuchen, hat auch etwas damit zu tun, dass ich mit einer Frau verheiratet bin, die früher dem Orden der Benediktinerinnen angehörte.«

Toni nickte stumm.

»Sie wurde einst Schwester Deodata gerufen. Ich weiß von ihr, dass sie vor sechzehn Jahren einer Tochter das Leben schenkte, Antonia. Und zu ihrem lebenslangen Bedauern gezwungen war, das Kind an eine Marktfrau fortzugeben.«

»Ich hab's herausgefunden.« Tonis Hals war trocken geworden, und um nicht wieder zu husten, trank sie den süßen Tee mit einem lauten Schlürfen aus.

»Dann können wir wohl davon ausgehen, dass Sie, was mir fast wie ein Wunder erscheinen will, tatsächlich Elenas vermisste Tochter sind, mein Kind.«

»Möglich. Aber meine Mutter war immer Elisabeth Dahmen. Daran wird sich nie, nie etwas ändern!« Trotzig sah Antonia den grauhaarigen Mann an.

»Nein, Antonia. Daran wird sich nie, nie etwas ändern.«

Sie sackte in sich zusammen und fuhr sich mit den Händen durch die wirren Haare. Waldegg stand auf und legte ihr die Hand auf die Schulter.

»Ab jetzt wirst du hier dein Zuhause haben, Kind. Es wird anfangs ungewohnt sein, denn wir sind uns noch fremd. Aber ich verspreche dir, du bist von Herzen willkommen.«

»Danke, Herr Waldegg.«

Milli, die alte Katze, war von ihrem weichen Lager aufgestanden und beehrte Antonia mit einem neugierigen Schnuppern an den Stiefeln.

»Sie scheint dich zu akzeptieren. Darf ich bekannt machen – Milli, die eigentliche Herrin des Hauses.«

»Sie sieht aber ziemlich struppig aus.«

»Sie ist ja auch schon älter, als du es bist. Komm, ich will dir jetzt dein Zimmer zeigen, und später werde ich mich um deine Habseligkeiten kümmern.«

»Mit Verlaub, ich würde lieber gehen und sie selber holen.«

»Aber es ist kalt, und du siehst erschöpft aus.«

»Trotzdem. Ich muss mich von Pitter verabschieden. Es gehört sich so, wissen Sie. Viel zu tragen hab ich nicht.«

»Ja, es gehört sich so, da hast du wohl Recht. Ich werde dir aber eine Kutsche rufen lassen.«

»Nein, besser nicht. Hören Sie, ich bin schon viel weiter gelaufen als die paar Straßen. Es macht mir nichts.« Auf Waldeggs

Kopfschütteln hin erklärte sie: »Es ist keine gute Gegend, und Pitter wird sich komische Gedanken machen, wenn ich in einer Kutsche vorfahre.«

»Oh. Nun ja, ich verstehe. Dann aber will ich wenigstens dafür sorgen, dass ein heißes Bad für dich bereit ist, wenn du wiederkommst. Das hat sich als sehr wohltuende Kur bei Erkältungen erwiesen.«

»Ein Bad, richtig mit heißem Wasser?«

»Mit heißem Wasser. Es wärmt ganz wunderbar die ausgekühlten Knochen.« Antonias Augen leuchteten auf, und der Domherr lächelte. »Ist das Verlockung genug?«

»O ja!«

Er begleitete sie zur Tür und sah ihr nach, wie sie in dem grauen Nachmittag verschwand. Dann seufzte er tief auf und stieg die Treppe zu den Schlafzimmern hoch. Das Mädchen hatte Davids Bett frisch bezogen und ein kleines Feuer im Kamin angezündet. Er gab ihr den Auftrag, den Badeofen anzuheizen, denn das Haus verfügte seit einiger Zeit über den höchst modernen Luxus eines fest installierten Badezimmers. Dann begab er sich in das Nebenzimmer, das vor Jahren Cornelius bewohnt hatte, um dort die Schränke zu inspizieren.

Elena kam wenig später von einer Versammlung des Wohltätigkeitsvereins zurück. Ihr Gatte bat sie augenblicklich in die Bibliothek, was sie ein wenig verwunderte. Er versuchte, ihr die Neuigkeit so schonend wie möglich beizubringen, doch selbst die vorsichtigsten Formulierungen brachten sie dazu, mit zitternden Händen, starr und blass wie ein frisch gebleichtes Laken in ihrem Sessel zu sitzen.

»Antonia? Meine Tochter? Meine Gebete wurden erhört?«

»Es sieht so aus, Elena. Aber du solltest gewappnet sein – sie hat ein schweres Leben gehabt und ist in einer gänzlich anderen Umgebung als der unseren aufgewachsen.«

»Ja, Elisabeth Dahmen war eine Marktfrau. Aber sie schien mir sauber und zuverlässig.«

»Das war sie ganz gewiss, und Antonia hängt sehr an ihr. Sie trauert um die einzige Mutter, die sie kannte. Erwarte also nicht, dass sie dir sogleich in die Arme sinkt, Elena.« Waldegg wusste sehr gut um die seelische Verfassung seiner Gemahlin. Sie war ein schwärmerisches Mädchen gewesen, das sich mit ganzen Herzen der Verehrung der Heiligen hingegeben hatte. Sie war, nachdem sie das Kloster verlassen hatte, eine fürsorgliche Haushälterin in seinem Heim gewesen und dann – nach gar nicht allzu langer Zeit – seine hingebungsvolle Gattin geworden. Sie hatte sich mitleidig jener armen Seele angenommen, die sie um Hilfe angefleht hatte, und sich daraufhin der Wohltätigkeit verschrieben. Auch dieses Ideal verfolgte sie mit Inbrunst. Aber er wusste, dass sie all dieses mit einer gewissen Verklärung umgab. Sie konnte zärtlich das Spitzenhäubchen eines Neugeborenen zurechtzupfen und milde Wiegenlieder summen. Sie war gerne bereit, einem Kranken kleine Köstlichkeiten zu servieren und mit sanfter Hand die sauber gewaschenen Laken glatt zu ziehen. Sie war durchaus in der Lage, anderen die bedrängte Situation Notleidender zu schildern. Aber ob sie mit dem verwahrlosten Geschöpf zurechtkommen würde, das sich als ihr eigen Fleisch und Blut entpuppte, da hatte er seine Bedenken. Menschen von Elenas Art neigten dazu, die Welt als heil und wohlgeordnet zu betrachten, und der Kontakt mit der rauen Realität versetzte sie meist in Verwirrung.

»Nein, Hermann, ich erwarte nicht, dass sie mir in die Arme sinkt. Aber ich hoffe, sie wird es mir nicht verwehren, sie in die meinen zu schließen.«

»Auch da bin ich mir nicht sicher. Sei vorsichtig, Elena, und halte zunächst Distanz, bis sie sich eingewöhnt hat! Ich habe Davids Zimmer für sie richten lassen und ihr einige Kleider aus Cornelius' Jungenzeit herauslegen lassen.«

»Jungenkleider? Aber Hermann! Sie ist ein Mädchen! Ich werde sofort meine eigenen Schränke auf passende Gewänder durchsehen.«

»Elena, ich mache dich noch einmal darauf aufmerksam. Sie hat ein hartes Leben geführt. Sie ist als Junge im Tross der Heere aufgewachsen. Gib ihr Zeit, sich umzugewöhnen!«

Doch Elena ließ sich nicht von ihrer langjährigen Vorstellung abbringen, die sie von dem Kind hatte, das sie nur für eine Weile in ihren Armen hatte halten können. Die kurz darauf erfolgende Begegnung mit ihrer Tochter bereinigte das mütterlich verklärte Bild jedoch schnell und gründlich.

Antonia, ihren Tornister auf dem Rücken und eine unförmige Tasche in der Hand, stand gegen sechs Uhr wieder vor der Tür. Johann führte sie auf Elenas Weisung sofort in den Salon. So stand sie also, gebeugt unter der Last auf ihrem Rücken, mit feuchten, nicht sehr sauberen Stiefeln, einen groben Wollschal um Hals und Kopf gewickelt und mit trotzigem Blick, in dem peinlich ordentlichen Raum mit seinen erlesenen Möbeln und dem kostbaren Zierrat.

Elena war aufgesprungen, um sie an ihr Herz zu ziehen, doch der Anblick der ungepflegten, jämmerlichen Gestalt ließ sie mitten in der Bewegung innehalten.

»Du?«, fragte sie entsetzt. »Du behauptest, meine Tochter zu sein?«

»Elena, das ist Antonia Dahmen, die Ziehtochter der Marktfrau Elisabeth Dahmen, die das Mädchen vor sechzehn Jahren an Mutter statt angenommen hat.«

»Das kann nicht wahr sein!« Elena wankte zu ihrem Sessel zurück.

»Ich habe versucht, dich darauf vorzubereiten, Elena.« Hermann Waldegg machte einen Schritt auf Antonia zu, die wieder fluchtbereit aussah. »Antonia, nimm es meiner Frau nicht übel! Sie ist zu überwältigt von der Neuigkeit. Noch einmal herzlich willkommen zu Hause, mein Kind. Nun werden wir als Allererstes mein Versprechen einlösen. Ein dampfend heißes Bad wartet oben auf dich.«

Er führte die widerstrebende Antonia die Treppen empor, zeigte ihr das Zimmer und den Baderaum. Staunend steckte sie ihre Nase dort hinein.

»Ein Zimmer nur zum Baden?«

»Luxuriös, nicht wahr? Wir ließen es vor drei Jahren einbauen. Hier sind Handtücher und Kleider. Sie müssten dir passen. Über alles andere können wir nachher reden. Wir essen in einer Stunde. Wird das für dich reichen?«

»Uh, ja. Ich bin nicht eitel!«

»Noch nicht, meine Liebe, noch nicht.«

Als sie zu Tisch gingen, hatte Elena sich wieder beruhigt und war nun bereit, ihrer Tochter mit größerer Toleranz zu begegnen. Antonia, frisch gebadet, die dunkelblonden Locken gekämmt, in sauberen Baumwollhosen, einem weißen Hemd mit Umlegekragen und einer blauen, kurzen Jacke, sah wie ein adretter Schuljunge aus. Sie lächelte ihr zu und deutete auf den Stuhl neben ihrem Platz.

»Ich scheine einem hübschen Jungen das Leben geschenkt zu haben, Antonia. Setz dich zu mir, wir wollen unser erstes gemeinsames Mahl genießen.«

»Wie Sie wünschen, Madame.« Antonia hockte sich vorsichtig auf den zierlichen, brokatbezogenen Stuhl und bestaunte die Tischdekoration. Silberne Leuchter, frische Blumen, Damastservietten, feines Porzellan, geschliffene Gläser – sie fragte sich, wozu dieser Aufwand getrieben wurde, hielt aber vorsorglich den Mund. Hauptsache, es gab bald etwas zu essen.

Johann servierte. Vor ihr stand eine Schale mit einer blassen Flüssigkeit, in der einige in Blütenform ausgeschnittene Gemüsestückchen schwammen. Hungrig hob Antonia die Suppentasse an die Lippen und trank sie schlürfend aus. Dann begegnete sie Elenas konsterniertem Blick.

»Wir haben das Tischgebet noch nicht gesprochen«, mahnte sie mit ruhiger Stimme und rückte ihre Serviette zurecht.

»Entschuldigung.«

Hermann Waldegg sprach ein schlichtes Gebet und griff zum Löffel, um ihn in seine Suppe zu tauchen.

»Nimm dir etwas Brot und Butter, Antonia!«

Die dünnen Scheiben lagen in einem silbernen Körbchen, die Butter, zu kleinen Röschen geformt, auf einem Glasteller. Antonia bemühte sich, es Elena nachzumachen und sich mit einem der vielen Messer davon etwas auf das Weißbrot zu streichen. Es zerkrümelte unter ihrer Hand. Also stopfte sie es sich ohne viel Federlesens in den Mund. Sie schob die Suppenschale zur Seite und häufte sich drei weitere Scheiben auf den Teller.

»Es gibt gleich einen zweiten Gang, Antonia«, wies Elena ihre mit vollen Backen kauende Tochter hin.

»Es ist aber sehr leckeres Brot.«

»Natürlich. Aber es ist nur eine kleine Beilage.«

Antonia griff nicht noch einmal zu, sondern wartete geduldig auf den angekündigten zweiten Gang.

Johann brachte eine Platte an den Tisch und hob den silbernen Deckel. Drei goldbraune Omelettes lagen darauf. Er legte jedem eines davon auf den Teller.

Antonia hatte das ihre mit drei Bissen verschlungen und sah dann erwartungsvoll zu Johann hin.

»Bitte richte Jakoba aus, sie möchte zwei weitere Omelettes bereiten, Johann!«, ordnete Waldegg an.

»Was ist mit dem zweiten Gang?«, konnte sich Antonia nicht zurückhalten zu fragen.

»Liebes, dieses Omelette ist der zweite Gang.«

»Was? Mehr essen Sie nicht?«

»Es ist doch ein völlig sättigendes Mahl.«

Fassungslos starrte Antonia ihre Mutter an und sah dann zu dem Domherrn hin. »Es schmeckt zwar besser als der Fraß von Marie, aber da bin ich wenigstens nicht hungrig vom Tisch aufgestanden. Ich kann Ihnen Kostgeld zahlen, wenn's daran liegt. Könnte ich dann wenigstens noch eine Wurst oder so was haben?«

»Antonia, wir befinden uns in der Fastenzeit!« Elena wirkte indigniert und schob das Salzfässchen hektisch hin und her.

»Fastenzeit? Heißt das, Sie hungern freiwillig?«

»Nicht hungern, aber wir halten uns zurück. Du wirst dich bestimmt schnell daran gewöhnen, kein Fleisch zu essen. Das dulde ich nämlich nicht in meinem Haus.«

»Kein Fleisch? Keine Wurst? Keinen Speck? Also, wenn Sie glauben, dass ich mich mit dünner Plürre und lauwarmem Rührei zufrieden gebe, dann liegen Sie aber falsch.« Antonia war ungestüm aufgesprungen. Die Gläser wankten und klirrten, und die Kerzenflammen flackerten. »Ich hoffe, es gibt hier in der Gegend ein vernünftiges Wirtshaus. Ihre Gastfreundschaft nehme ich für heute Nacht an. Morgen bin ich weg.«

»Antonia, warte!« Hermann Waldegg war ebenfalls aufgestanden und legte ihr den Arm um die Schultern. »Wir beide gehen jetzt zusammen in die Küche und schauen nach, was die Speisekammer bietet.«

»Hermann!«

»Du bleibst bitte hier und speist weiter, Elena!«

In der Küche saßen Jakoba, Johann und die Zofe Linda um den Holztisch und bedienten sich aus der Suppenschüssel, die einen vertrauten Geruch nach Erbsen und Speck verströmte.

»Die Omelettes sind gleich fertig«, entschuldigte sich Jakoba und sprang auf.

»Kümmern Sie sich nicht um die Omelettes, geben Sie dem Kind eine ordentliche Portion Erbsensuppe. Zukünftig wird Antonia hier unten essen, und ich verlange, dass sie all das in ausreichender Menge bekommt, was sie sich wünscht. Ob Schinken oder Huhn, Fisch oder Fleisch.«

»Aber Herr Waldegg, die gnädige Frau wünscht kein …«

»Sie wird sich dreinschicken. Ich persönlich würde auch gerne wieder einmal einen vernünftigen Braten essen.«

»Wie Sie wünschen.« Jakoba, weit entfernt davon, eingeschnappt zu sein, grinste ihn an und stellte eine Steingutschale vor Antonia. »Lang zu, Mädchen! Du musst noch wachsen.«

Antonia, verblüfft und betroffen, sah den Domherrn an.

»Ihre Frau wird sehr ungehalten sein.«

»Elena wird sich, genau wie ich, an dich gewöhnen. Und du dich an uns. Wir haben Zeit, Kind. Aber es wäre für heute Abend besser, wenn du nach dem Essen in dein Zimmer gingest. Morgen sehen wir weiter. Ich hoffe sehr, du bleibst bei uns.«

»Warum wollen Sie das eigentlich so unbedingt? Sie schulden mir nichts.«

»Doch, Antonia. Das Leben meines Sohnes.« Er ging rasch aus der Küche, und verblüffte Blicke folgten ihm.

Mit Jakoba verstand Antonia sich gut, die alte Köchin fragte sie nach den Mahlzeiten aus, die sie zu essen gewohnt war. Dabei erfuhr sie von Elisabeths und Tonis Aufgabe, die Soldaten zu verpflegen, und da sie viele Jahre lang über die große Küche des

Klosters geherrscht hatte, war ihr die Problematik, für eine erkleckliche Anzahl von Leuten zu kochen, nicht fremd. Sie sprachen über die Zubereitung von Kartoffeln und Erbsen, von Hähnchen am Spieß und von Hasenpfeffer, von Bratwürsten und würzigen Reisgerichten. Schließlich half Antonia ihr beim Abtrocknen des Geschirrs.

Es war ganz gut, dass sie die heftige Auseinandersetzung, die oben im Salon tobte, nicht mitbekam. Erstmalig in ihrer langen, bisher sehr harmonischen Beziehung erlebte Elena ihren Gatten weiß vor Zorn. Sie musste sich tatsächlich einige unangenehme Wahrheiten anhören. Mit tränenüberströmtem Gesicht zog sie sich in ihr Schlafzimmer zurück und kämpfte mit der herannahenden Migräne.

Hermann Waldegg hingegen las noch einmal den zerknitterten Brief Wort für Wort. Dann saß er lange bewegungslos da und beobachtete das allmählich herunterbrennende Feuer im Kamin. Erst gegen Mitternacht erhob er sich und stieg die Treppe hinauf. Anstatt in das eheliche Schlafzimmer zu treten, öffnete er leise die Tür zu Antonias Zimmer. Sie lag auf dem Rücken, die weiche Bettdecke ordentlich bis zum Kinn heraufgezogen, die Hände mit den rissigen Fingernägeln auf der Brust gefaltet. Das Gold in ihren Haaren schimmerte im flackernden Nachtlicht, und ihr Atem ging ruhig. Im Schlaf wirkte ihr Gesicht jünger, doch nicht mehr kindlich. Viel zu deutlich zeichneten sich die feinen Knochen unter der reinen Haut ab. Die Trauer war weggewischt, die Achtsamkeit verflogen. Verletzlich sah sie aus und erschreckend mager.

»Ich bin meinen Söhnen ein schlechter Vater gewesen, Antonia«, flüsterte Hermann Waldegg tonlos. »David habe ich gehen lassen, als er neun war. Nun weiß ich nicht einmal, ob er noch lebt. Ich hätte für ihn da sein müssen, als seine Schwierigkeiten begannen. Und zu Cornelius habe ich mich nicht bekannt, um seiner Familie willen. Auch von ihm hätte ich das Unheil fernhalten können, wäre ich nicht so indolent und verantwortungslos gewesen. Für dich, Antonia, das verspreche ich, werde ich da sein.«

Gerne hätte er ihr über die Haare gestrichen, aber er wollte sie nicht erschrecken, darum zog er sich leise zurück und schloss die Tür hinter sich.

ZWEITER TEIL

Die Tochter des Hauses 1807–1808

Vor jedem steht ein Bild des, was er werden soll.

Rückert

Der Crombach-Plan

Der hohe Dom zu Köln!
Ein Denkmal alter Zeit,
Der deutschen Herrlichkeit,
In Alter längst ergraut
Und noch nicht ausgebaut.
Der hohe Dom zu Köln!

Der Dom zu Köln, Rückert

1645, in einer Druckerei zu Köln: Der Kupferstecher spannte die sorgfältig gravierte Platte in die Presse und legte das angefeuchtete Papier für den Druck zurecht. Neben ihm stand, in seiner nüchternen Priesterkleidung, der Jesuit Hermann Crombach und verfolgte den Vorgang mit Spannung.

»Ihr meint, der Erzbischof wird sich damit überzeugen lassen, den Bau des Domes voranzutreiben?«

»Er hat es mir zugesagt und erlaubt, es in meinem Buch über die Heiligen Drei Könige öffentlich bekannt zu machen.«

Der Kupferstecher, ein Meister seines Faches, betrachtete nun den fertigen Druck. Die Zwillingstürme der Kathedrale waren darauf in haarfeinsten Linien dargestellt, und sein Auftraggeber nickte zufrieden. »Erstaunlich, Meister. Ihr habt das Wunder vollbracht, aus dem unhandlich großen Pergament ein anschauliches Bild abzuleiten, das nicht nur die erhabene Größe, sondern auch die ausgewogenen Proportionen und das zierliche Maßwerk darstellt.«

»Nun, es ist nicht möglich gewesen, alle Details originalgetreu darzustellen. Aber es wird wohl nicht dem Baumeister zur Vorlage dienen. Dafür gibt es ja noch andere Pläne.«

»Ganz richtig. Es soll jenen, die nicht die rechte Vorstellung von dem fertigen Bau haben, seine Majestät und Vollkommenheit vor Augen führen.«

»Und ihnen die Börsen öffnen«, grinste der Kupferstecher.

Der ernste Jesuit sah ihn tadelnd an, aber er wusste, dass die Geldquellen versiegt waren, seit Luther das Fegefeuer abgeschafft hatte und der lukrative Verkauf von Ablässen die Domfabrik nicht mehr finanzierte. Er war ein kluger Mann, der Hermann Crombach, und er, wie seine gesamte Bruderschaft, hatten es sich zur Aufgabe gemacht, die schädlichen Einflüsse der Reformation einzudämmen. In Köln, so schien ihm, könnte die Fertigstellung der Kathedrale dahingehend ein Zeichen setzen. Und mit diesem Argument Börsen öffnen. Kurfürst und Erzbischof Maximilian Heinrich hatte sich dieser Meinung gegenüber aufgeschlossen gezeigt. Deshalb überredete Crombach das Domkapitel, dem Kupferstecher die Originalpläne aus der Dombauhütte zur Verfügung zu stellen. Nun gab es also einen Grundriss des Gebäudes und, was noch viel spektakulärer war, den Fassadenriss der Westseite mit ihren beiden Türmen.

Die Absicht war gut und sicherlich auch richtig. Aber leider verstrickte sich der Erzbischof, der kein sehr umgänglicher Mann war und sich lieber zu seinen Bußübungen ins Kloster von Sankt Pantaleon zurückzog, bald darauf in das Intrigenspiel Ludwig des Vierzehnten gegen die Niederlande. Ohne seine Unterstützung aber blieb das Gebäude weiterhin unvollendet, und der Zahn der Zeit benagte die Fialen, Krabben und Wasserspeier.

Eingewöhnung

Willst du, dass wir mit hinein
In das Haus dich bauen,
lass es dir gefallen, Stein,
dass wir dich behauen.

Vierzeilen, Rückert

Antonia mochte halsstarrig und ungehobelt sein, auch verstört und trotzig – dumm war sie gewiss nicht. Das Leben in Waldeggs Haushalt hatte Vorteile. Noch nie in ihrem Leben hatte sie ein so großes, gemütliches Zimmer alleine bewohnt, noch nie in einem solch weichen Bett geschlafen, einen derartigen Luxus genossen wie ein Badezimmer, geschweige denn hatte sich bisher jemand um ihre Wäsche und Mahlzeiten gekümmert. Daher machte sie ohne Murren Zugeständnisse und tauschte die Jungenkleidung gegen Röcke. Nicht die Art der eleganten Kleider, wie sie die Dame des Hauses bevorzugte, sondern einfache, wie sie sie in Darmstadt getragen hatte. Sie hielt sich ohnehin zumeist in der Küche auf, wo sich Jakoba ihrer annahm. Die alte Köchin war es auch, die sich darum kümmerte, das Mädchen ständig beschäftigt zu halten. Sie ließ sie Gemüse putzen und Fische ausnehmen, Kartoffeln schälen und Sahne schlagen. Nachdem sie einige Male gemeinsam über den Markt gegangen waren, drückte sie ihr immer häufiger den großen Korb in die Hand und schickte sie zum Einkaufen. Das waren vertraute Tätigkeiten, die Antonia mit Geschick erledigte. Feilschen hatte sie schon früh gelernt, auch das Beurteilen der Qualität der Lebensmittel war ihr von Kindesbeinen an vertraut. Aber sie lernte noch dazu. Nicht die schlichte Kost, die ihre Ziehmutter zu kochen gewöhnt war, wurde in Jakobas Küche zubereitet, sondern die feinen Speisen, die die Waldeggs üblicherweise zu sich nahmen, insbesondere die fleischlosen Gerichte, auf denen Elena bestand.

»Warum isst Madame kein Fleisch?«, traute sich Antonia eine Woche nach ihrem Einzug in das Waldeg'gsche Heim endlich zu fragen. Jakoba unterbrach das Teigkneten und antwortete: »Sie hat vor langer Zeit ein Gelübde abgelegt, Fräulein Antonia. Das muss man respektieren.«

»Ich dachte, die Gelübde sind alle aufgehoben? Sie ist doch keine Nonne mehr.«

»Die Ordensgelübde sind aufgehoben, aber jeder Mensch darf natürlich seine Versprechen gegen Gott machen.«

»Und was bekommt sie dafür?«

»Ihren Seelenfrieden, nehme ich mal an.«

Antonias Verständnis von Religion und Glauben war auf sehr ursprünglichem Boden gewachsen und in seiner Art als heidnisch zu betrachten. Die Messe besuchte sie selten, die heilige Ursula, die Elisabeth so innig verehrt hatte, war auch ihre Ansprechpartnerin. Manchmal, sozusagen bei gehobeneren Anliegen, wandte sie sich an die Muttergottes, und wenn es um substanzielle Fragen ging, dann betete sie ehrfurchtsvoll zu jenem fernen Gott, für den die Menschen die Kirchen und Kathedralen errichtet hatten. Ihn bat sie allerdings um nichts, er schien ihr zu weit entfernt, als dass er sich um das Schicksal eines einzelnen Erdenwürmchens wie sie kümmern würde. Das Prinzip des Gelübdes war ihr daher fremd, aber sie akzeptierte es, denn vermutlich wussten Nonnen und Domherren weit mehr über das Wesen Gottes als sie. Darum half sie Jakoba, die delikaten Eierspeisen herzustellen, die Elena bevorzugte, die Gemüsepürees und Reisgerichte, die ihr aufs Zimmer gebracht wurden, und das feine Käsegebäck, das ihren Appetit reizen sollte. Die Dame des Hauses kränkelte nämlich seit dem Tag von Antonias Ankunft und hatte ihre Räume nicht wieder verlassen.

Hermann Waldegg hingegen tauchte oft in der Küche auf und erkundigte sich nach ihrem Wohlergehen. Er war gleichbleibend freundlich zu ihr, fragte wenig, sondern erzählte ihr und Jakoba allerlei Neuigkeiten aus der Stadt. Es hatte ein neuer Kurzwarenladen in der Schildergasse aufgemacht, beispielsweise. Und im Caféhaus Müller hatte sich der Herausgeber der Kölnischen Zeitung mit einem Buchhändler lauthals eine Szene geliefert, im

Comödienhaus sollte ein neues Stück aufgenommen werden, und der Verkauf der Häuser im Besitz des Magistrats war von den Pariser Behörden endlich genehmigt worden, weshalb das neue Heim für bedürftige Mütter nun bald bezugsfertig gemacht werden konnte.

Antonia saugte das alles gierig auf. In ihrem bisherigen Leben war nichts wichtiger gewesen, als sich möglichst schnell einen Überblick über die Lage zu machen. Man musste Veränderungen frühzeitig erspüren, um überleben zu können. Mochte das neue Heim auch ein bequemes sein – ob ihres Bleibens darin war sie sich nicht sicher.

In der Zwischenzeit aber vertraute Jakoba ihr immer neue Tätigkeiten an. Auf diese Weise vermittelte sie ihr mehr und mehr Kenntnisse über das Leben in den Kreisen, die bislang völlig unbekanntes Terrain für sie waren. Beim Putzen des Tafelsilbers erklärte die Köchin ihr die Funktion der einzelnen Besteckteile, beim Polieren der zarten Kristallgläser die Bedeutung der zum Essen gereichten Getränke, beim Abwasch des goldgeränderten Porzellans erfuhr sie mehr über das Servieren und beim Tischdecken etwas über die Menüfolge. Johann und Linda, mit denen sie zusammen die Mahlzeiten in der Küche einnahm, verhielten sich ungewöhnlich distanziert ihr gegenüber, sprachen sie höflich mit »Fräulein Antonia« an, waren aber zu vertraulichen Schwatzereien nicht bereit. Immerhin lernte sie von den beiden durch intensives Beobachten einiges über gepflegte Tischsitten.

Nach zwei Wochen bat Jakoba sie eines Nachmittags, den Getränkewagen in der Bibliothek zu überprüfen. Antonia stieg also in die Gesellschaftsräume empor, die sie nur selten betreten hatte und wenn, dann nur, um Jakoba oder Johann bei irgendeiner Verrichtung zu helfen. In der Bibliothek war außer ihr kein Mensch, und sie sah sich zum ersten Mal gründlich darin um. Ein sehnsüchtiger Seufzer stahl sich über ihre Lippen, als sie die Menge der Bücher betrachtete, die in den raumhohen Regalen aufgereiht standen. Ihre eigenen Bücher befanden sich noch in Darmstadt, bisher hatte sie sich nicht getraut, die damaligen Nachbarn zu bitten, den Transport nach Köln zu veranlassen. Auch Zeitungen und Gazetten lagen auf einem niedrigen Tisch neben einem ledergepolsterten Sessel. Die Neugier siegte. Antonia nahm eines der aktuellen Blätter und stellte sich damit an das mit grünen Samtportieren umgebene Fenster, um im hellen Tageslicht die neuesten Meldungen zu lesen.

Den Artikel über die Parlamente Großbritanniens und Amerikas, die die Gesetze gegen den Sklavenhandel verabschiedet hatten, überflog sie nur. Mit viel mehr Interesse verfolgte sie den Bericht über die Vorkommnisse bei Preußisch-Eylau, wo Napoleon gegen die russische Armee eine verlustreiche Schlacht geschlagen hatte, bei der auf französischer Seite neunzehntausend Mann gefallen waren. Weit genauer verfolgte sie den Text, der sich mit der Belagerung verschiedener preußischer Städte befasste. Danzig verteidigte sich schon seit dem Februar, Schweidnitz und Breslau hatten bereits kapituliert, Kolberg wurde noch blockiert und fünf weitere Festungen trotzten der Belagerung.

»Ist es die Uraufführung von Beethovens Werk im Wiener Palais des Fürsten Lokowitz, die deine Aufmerksamkeit fesselt, meine Liebe? Es soll ein Pianoforte-Konzert von einer ungeheuren Schwierigkeit sein, das der Meister selbst mit großer Brillanz vorführte.«

Erschrocken faltete Antonia die Zeitung zusammen.

»Nein, ich … ich wollte nur wissen, ob es weitere Schlachten gegeben hat.«

»Verständlich. Obwohl Beethovens Leistung sicher zu würdigen ist – ich wende mich ebenfalls den Artikeln über die Kriegsereignisse als Erstes zu. Setz dich, Antonia, ich möchte mich mit dir unterhalten.«

»Aber ich soll die Karaffen …«

»Um die Karaffen wird wer auch immer sich kümmern. Nimm Platz, meine Liebe, dieser Sessel ist sehr bequem.«

Zögernd ließ sich Antonia in dem angewiesenen Sitzmöbel nieder und faltete die Hände im Schoß.

»Du bist nun vierzehn Tage bei uns. Magst du mir erzählen, wie es dir gefällt?«

Antonia hob die Schultern und gab zu: »Es ist … angenehm.«

»Angenehm.«

»Ja. Die Arbeit ist leicht, und Jakoba ist eine nette Person.«

»Das ist sie. Und eine verständnisvolle obendrein. Aber ich denke, allmählich ist es an der Zeit, dass du den dir zustehenden Platz einnimmst. Verstehe richtig, Antonia, du bist nicht hier, um als Dienstmädchen zu arbeiten. Wir – Jakoba und ich – hatten allerdings beschlossen, dir die Möglichkeit zu geben, dich langsam an die Gepflogenheiten des Hauses anzupassen, und dem Milieu, aus dem du stammst, ist die Küche sicher am ähnlichsten.«

»Aber ich habe nichts dagegen, für Sie zu arbeiten.«

»Aber ich, Antonia. Du bist die Tochter des Hauses, und daran wirst du dich als Nächstes gewöhnen müssen. Nichts dagegen, dass du gelegentlich die Küche besuchst, gut kochen zu können ist für eine Frau immer von Vorteil. Aber deine Aufgaben werden mehr gesellschaftlicher Art sein. Natürlich wirst du noch ein wenig mehr lernen müssen.«

»Ich will aber nicht bei Teekränzchen rumsitzen und Taschentücher säumen. Und mir dummes Geschwätz über Löckchen und Röckchen anhören.«

»Nicht? Woher hast du diese tiefe Einsicht in das Salonleben der Damenwelt?« Hermann Waldegg musterte ihre abweisende Miene mit ungespieltem Interesse.

»Hab mal mit diesen Wohltätigkeitsweibern zusammenglucken müssen. Die haben immer von Nächstenliebe gesäuselt und feine Pralinés gegessen, aber einen verlausten Uniformrock auswaschen, dafür waren sie sich zu fein.«

»Du hingegen nicht.«

»Nein. Wir wurden bezahlt, gering genug, um die Drecksarbeit zu machen, an denen sich die noblen Dämchen nicht die zarten Finger schmutzig machen wollten. Ich nehme an, Frau Waldegg gehört zu demselben Kaliber. Ich meine, ich hab gehört, sie ist auch in so einer Charité.«

»Sie hat einen Verein ins Leben gerufen, der sich um werdende Mütter kümmert, die in Armut leben.«

»Hat wohl ein schlechtes Gewissen, was?«

»Du bist ziemlich direkt, Antonia.«

Wieder hob sie nur die Schultern. Waldegg stand auf und ging einige Schritte im Raum auf und ab. Antonia sah ihm nach und verspürte so etwas wie Reue.

»Entschuldigen Sie, Herr Waldegg. Sie sind sehr nett zu mir. Ich wollte Sie nicht beleidigen.«

»Du hast mich nicht beleidigt, Antonia. Aber ich gestehe, ich bin etwas ratlos dir gegenüber. Ich fürchte, mit einem Kind wie dir habe ich keine rechte Erfahrung. Für dein Alter hast du eine erschreckende Menschenkenntnis. Die wird dich wohl das Leben gelehrt haben.«

»Tja, ich habe eben nie einen Schleier getragen.«

Verdutzt sah sie Waldegg an. »Gut gesagt, Kind!«

Ein kleines Zucken huschte über Antonias linken Mundwinkel.

»Wir werden das berücksichtigen, wenn wir darüber nachdenken, wie sich dein weiteres Leben entwickeln soll, nicht wahr? Es wird sich als unschätzbarer Vorteil erweisen, sofern du dich dazu überwinden könntest, ein klein wenig gesellschaftlichen Lack über dein Benehmen zu tünchen.«

»Lack, Herr Waldegg, ist spröde und blättert ab, sowie sich das Holz darunter bewegt. Ich fürchte, man würde schnell das garstige und ungehobelte Wesen erkennen.«

»Dann sollten wir auf den Lack verzichten und schauen, ob nicht durch vorsichtiges Hobeln und Polieren die edle Maserung hervortritt. Dein Witz will mir gefallen, Antonia.«

»Er ist nicht immer von der feinen Sorte.«

»Was dann und wann erfrischend ist. Kind, verrate mir, was hättest du gemacht, wenn ihr unbeschadet aus dem Feld zurückgekehrt wäret?«

Der eben noch ein klein wenig verschmitzte Ausdruck in Antonias Gesicht verschwand schlagartig und machte einer tiefen Trauer Platz.

»Verzeih, ich habe an deinem Schmerz gerührt.«

»Ja. Aber es nützt nichts. Er verschwindet eben nicht, und ich muss dennoch weiterleben. Wir hatten in Darmstadt ein Häuschen. Mutter hat einen Laden geführt, Marktwaren und Spezereien. Ich habe bei einem Antiquar gearbeitet. Eigentlich wäre ich lieber bei einem Buchhändler in die Lehre gegangen, aber die wollten keine Mädchen.«

»Buchhändler? Liest du gerne?« Das Aufleuchten in Antonias

Augen war Antwort genug. Hermann Waldegg lachte entzückt auf. »Du schaffst es beständig, mir neue Überraschungen zu bereiten. Ich dachte, dein Leben sei zu beschwerlich gewesen, um die Liebe zu Büchern zu wecken.«

»Och, nein. Ich hab's früh gelernt. Mama hat mir das Lesen aus ihrem Brevier beigebracht. Und wenn wir etwas Geld übrig hatten, durfte ich mir immer mal ein Buch kaufen. Sogar französische, obwohl mir das anfangs ziemlich schwergefallen ist. Sprechen kann ich es besser. Wissen Sie, und dann habe ich so einen alten, blinden Pater kennengelernt. Dem habe ich vorgelesen. Er hat mir seine Bücher vermacht.« Wieder huschte die Traurigkeit über ihr Gesicht. »Die Kiste ist noch in Darmstadt.«

»Ich werde dafür sorgen, dass dein Besitz hertransportiert wird, Antonia. Gib mir die Adresse!«

»Ich kann selbst …«

»Nichts da. Also, der französischen Sprache bist du auch mächtig?«

»Natürlich.«

»Ja, natürlich. Wie dumm von mir, das nicht geahnt zu haben. Fassen wir also einmal kurz deine erstaunlichen Fähigkeiten zusammen. Du bist, wie Jakoba mir mitteilte, eine ausgefuchste Feilscherin auf dem Markt, kannst nötigenfalls eine Kompanie Soldaten verköstigen, verlauste Uniformjacken waschen, liest Bücher in zwei Sprachen und besitzt eine auffallend schnelle Beobachtungsgabe. Füge hinzu, was ich vergessen habe!«

»Nun, ich kann ein Gewehr schneller laden als viele Soldaten, einen Gefallenen schneller fleddern als manche Marketenderin, bin ziemlich zielsicher mit Pistole und Schleuder, kann Kugeln entfernen und Wunden nähen und seit Anfang des Jahres auch Zigarren rollen. Ich fürchte nur, das alles sind Eigenschaften, die mir als Tochter Ihres Hauses nicht viel nützen werden.«

»Weiß man's? Du glaubst nicht, auf welch gefährlichem Schlachtfeld man sich gelegentlich in der guten Gesellschaft bewegt. Treffsicherheit, schnelles Aufmunitionieren und das Versorgen von Verletzungen bewähren sich da genauso. Was das Leichenfleddern anbelangt – nun, da wirst du Spezialisten auf dem vornehmen

Parkett finden, von denen selbst du noch etwas lernen kannst. Und die Kunst, jemandem eine Zigarre zu verpassen, bewährt sich in diesen Kreisen allemal. Kurz und gut, wir müssen deine Kenntnisse nur etwas transformieren, dann bist du für das Gesellschaftsleben wohl gerüstet.«

»Glauben Sie wirklich?«

»Ich bin mir inzwischen ganz sicher, Antonia. Du hast ein großes Potenzial, das sich nur richtig entfalten muss. Betrachte also von nun an deine Arbeit in der Küche als beendet. Jetzt werden wir uns bemühen, die rauen Kanten abzuschleifen, und am besten fangen wir damit an, gemeinsam eine kleine Auswahllektüre für dich zusammenzustellen.«

»Darf ich auch die Zeitungen lesen?«

»Aber selbstverständlich.«

Es erfüllte sie beide mit größter Genugtuung, einen Stapel Bücher auszusuchen, die Antonia studieren sollte. Dann untersuchten sie die Zeitschriften, und nur einmal zog sie unwillig die Augenbrauen zusammen, als nämlich Waldegg ihr Elenas »Gazette des Luxus und der Moden« dazulegte.

»So ein Firlefanz interessiert mich nicht.«

»Nimm es als Abrundung mit dazu! Du kannst nicht immer nur Konversation über die Bewegung der Himmelskörper, die Feinheiten der menschlichen Anatomie und den Bau von Segelschiffen betreiben.«

»Na gut.«

»Du kannst diese Bücher mit in dein Zimmer nehmen oder hier lesen, Antonia. Aber bitte lass sie nicht im Salon oder im Speisezimmer liegen! Elena sieht es nicht gerne, wenn irgendwo Unordnung herrscht.«

»Ist recht.« In diesem Augenblick besann sich Antonia zum ersten Mal auf ihre neue gesellschaftliche Stellung und fragte höflich: »Wie geht es Ihrer Frau eigentlich? Ich hörte, sie verlässt ihr Zimmer derzeit nicht.«

»Elena geht es inzwischen wieder besser. Sie hat von jeher schwache Nerven, und dein Eintreffen hat eine tiefe Erschütterung ausgelöst. Du hast es vorhin ganz richtig erkannt, sie trägt seit deiner Geburt an einem schlechten Gewissen. Sie hat mir erst vor drei Monaten gestanden, dass sie eine Tochter hat. An deinem sechzehnten Geburtstag. Antonia, sie wird länger brauchen als du, um sich mit alldem abzufinden. Gib ihr eine Chance!«

»Ich kann sie nicht lieben, Herr Waldegg. Wenn sie ein schlechtes Gewissen hat, so habe ich einen Groll gegen sie. Aber ich will versuchen, höflich zu ihr zu sein.«

»Nicht mehr erwarte ich von dir.«

»Na, dann holen Sie mal den Hobel raus! Den fürs Grobe.«

Waldegg lachte. »Wir nennen es das Arbeiten am rauen Stein, und es ist eine äußerst ehrenwerte Aufgabe.«

Fisch an der Angel

Ein Fischer mit der Rute
Wohl an dem Ufer stand
Uns sah's mit kaltem Blute,
wie sich das Fischlein wand.

Die Forelle, Schubart

»Frédéric?« Charlotte räkelte sich auf dem breiten Bett, das seidene Laken war ihr über die Hüften geglitten und entblößte ein weißhäutiges, glattes Bein, an dessen Knien sich kleine Grübchen bildeten. Die Frühlingssonne fiel durch das junge Laub der Birke vor dem Fenster und veranstaltete ein köstliches Licht-und-Schatten-Spiel auf ihrem wohlgeformten, molligen Körper. In dem Glas in ihrer Hand perlte kühler Champagner, und ein Tröpfchen davon rann langsam zwischen ihren vollen Brüsten herab, als sie sich aufrichtete, um an dem Glas zu nippen. Es war ein gut gewählter Zeitpunkt. Ein vollkommener Nachmittag, dem Müßiggang und der Lust gewidmet. Es hatte sie etwas Mühe gekostet, es so einzurichten, und bisher lief alles, wie sie es geplant hatte. Ihr Geliebter hatte sich Zeit genommen, und sie hatte ihn mit aller ihr zur Verfügung stehenden Raffinesse befriedigt. Zwar kamen ihr, als er um die Mittagszeit eintraf, schon milde Zweifel an ihrem Vorhaben, denn seine Miene spiegelte einen kaum unterdrückten Zorn wider. So war er anfangs beinahe brutal zu ihr gekommen, doch sie kannte seine Wünsche und begegnete ihm entsprechend. Nun wirkte er entspannt und gelassen. Es war an der Zeit, auf das gesetzte Ziel zuzusteuern und die Angel auszuwerfen.

»Frédéric, wovon träumst du?«

Kay Friedrich Kormann saß, nur mit der Hose bekleidet, am offenen Fenster und rauchte eine dünne Zigarre.

»Ich träume nicht.«

»Ich schon.« Sie gab einen wollüstigen Seufzer von sich, der ihm andeuten sollte, wovon ihre Träume handelten, und gleichzeitig streichelte sie versonnen ihren Busen. Er war ein ansehnlicher Mann, nicht nur auf modisch gepflegte Kleidung bedacht, sondern auch auf seinen Körper. Schlank, muskulös und beinahe unbehaart saß er im Sonnenlicht, das seine helle Haut schimmern ließ.

»Ich wünschte, solche Tage wie heute gäbe es häufiger. Elisa wird beständig anstrengender. Diesmal musste ich Mutter Ottilia die Lungenseuche andichten, um fortzukommen. Natürlich habe ich vorhin die alten Frauen besucht.« Charlotte schüttelte sich. »Grässlich, diese muffigen, schimmeligen Zimmer und das senile Geschwätz. Aber die halbe Stunde ist weniger enervierend als das Zusammensein mit Elisa. Von der Gesellschafterin, die ich angeblich spiele, ist nicht mehr viel übrig. Ich fange allmählich an, mich als ihre Sklavin zu fühlen.«

»Verlass sie!«

»Und dann, Frédéric?«

Er blies einen Rauchring. Darauf zu antworten unterließ er, seine Bemerkung war unbedacht. Charlotte konnte nirgendwo sonst hingehen.

Sie nippte noch einmal an ihrem Glas und wechselte das Thema. »Karl Ludwig scheint gute Geschäfte zu machen. Seit die Häuser der Hospizienkommission auf dem Markt sind, kommen viele Anfragen wegen Renovierungen oder Abbrüchen. Willst du dir nicht ein eigenes Haus kaufen, Frédéric? Diese Wohnung passt nicht zu einem einflussreichen Mann wie dir! Du müsstest doch wissen, welche Objekte sich lohnen.«

Kormann lachte trocken auf. »Die Häuser, die dort angeboten werden, sind überwiegend in einem ›widrigen Zustand‹, wie der Stadtbaumeister Schmitz es beschönigend beschreibt. Sie werden von den Armen bewohnt, die seit Jahren mit der Miete im Rückstand sind und weiß Gott kein Geld für die Instandhaltung aufbringen können. Solche Häuser kauft man allenfalls der Grundstücke wegen.«

Aber dennoch hatte er über den Erwerb eines eigenen Hauses nachgedacht. Er war ledig, noch keine vierzig, hatte ein hohes Amt im Magistrat, und seine Ersparnisse wuchsen stetig. Er wohnte aber zur Miete in einem alten Patrizierhaus, das ihm zwar eine angemessene Adresse, nicht aber das Führen eines gesellschaftlichen Lebens gewährte. Doch dazu schien es ihm inzwischen an der Zeit zu sein.

Charlotte hatte ihn aufmerksam beobachtet. Der Köder, den sie ausgeworfen hatte, war aufgeschnappt worden. Vorsichtig begann sie, die Leine zu straffen, langsam, damit der Fisch den verborgenen Haken nicht spürte.

»Der alte Hirzen hat auch um einen Kostenvoranschlag für eine Renovierung seines Hauses am Neuen Markt nachgefragt. Karl Ludwig erzählte es gestern beim Mittagessen. Erstaunlich, nicht wahr?«

»Was soll daran erstaunlich sein? Wenn ein reicher Tuchhändler einen Bauunternehmer beauftragt, sein Haus zu renovieren, sehe ich darin nichts, was einen verwundern sollte. Belangloser Klatsch so etwas.« Der verächtliche Tonfall beleidigte Charlotte nicht. Sie zog das Laken höher und ordnete mit flinker Hand ihre langen, rotgoldenen Haare.

»Die Betonung, lieber Frédéric, liegt auf reich. Er hat Elisa einige Längen feinen, indischen Musselin mitgebracht.«

»Wenn er es sich leisten kann. Was willst du damit andeuten, Charlotte? Bist du auf kleine Geschenke aus?«

Sie lachte gurrend und schenkte ihm einen schmachtenden Blick. »Dagegen würde ich mich nicht wehren. Aber eigentlich dachte ich, ein so pflichteifriger Staatsdiener wie du könnte dabei zunächst auf andere Gedanken kommen, als einer schönen und willigen Geliebten Konterbande zum Geschenk zu machen. Aber es schmeichelt mir.«

»Dann fühle dich geschmeichelt.« Er blies einen weiteren Rauchring und sah ihm hinterher. Nach einer Weile fasste er das Resultat seiner Gedanken in eine schlichte Aussage. »Der Neue Markt ist eine ausgezeichnete Adresse.«

»Ja, und das Haus ist, obschon nicht auf dem modernsten Stand, mit Sicherheit nicht in einem widrigen Zustand.«

»Du kennst es?«

»Elisa verkehrt mit den Hirzens. Ich begleitete sie einige Male. Es gibt einen schönen alten Garten hinten heraus.«

»Der indische Musselin könnte auch aus alten Lagerbeständen stammen.«

»Glaubst du das? Bis noch vor einem halben Jahr trugen die Töchter aufgebesserte Kleider ihrer Mutter, jetzt plötzlich ist das Geld zum Renovieren des Hauses da.«

Über Kormanns klares, männliches Gesicht huschte ein zufriedenes Lächeln. »Ich werde mich darum kümmern. Wenn wir Schmuggelware finden …«

»… könnte er zum Verkauf gezwungen werden.« Charlotte stand auf, ohne sich ihrer Nacktheit zu schämen, und hüllte sich in ein dünnes, seidenes Negligé. Dann ging sie mit einem weichen Wiegen ihrer Hüften zum Fenster hin und legte Kay Friedrich die Hände von hinten auf die Schultern, um sie leicht zu massieren. »Du warst verstimmt, als du vorhin nach Hause kamst. Gab es Ärger?«

»Den üblichen. Nichts, was dich betrifft, Chérie.« Sie schwieg darauf und verstärkte lediglich ihre Massage. Er ließ es sich eine Zeit lang unbeweglich gefallen und sagte dann plötzlich: »Diese alten Granitköpfe vom Domkapitel haben die Eingabe mal wieder blockiert. Dein Karl Ludwig wird nicht glücklich sein darüber.«

»Er ist nicht *mein* Karl Ludwig, Liebster, das weißt du.«

»Herzchen, ich kenne dich. Aber lassen wir das. Der Dom wird nicht abgerissen. Die Bauunternehmer der Stadt werden sich ihre Steine anderweitig besorgen müssen. Bedauerlich, es wird einige Bauvorhaben teurer werden lassen.«

»Sollte er abgerissen werden?«

»Sicher. Diese morsche Ruine nimmt nur Platz weg. Sie ist so baufällig, dass man sich ihr ohne Gefahr zu laufen, von einer herabstürzenden Fiale getroffen zu werden, nicht auf fünfzig Schritt nähern kann. Geld für die Instandhaltung gibt es nicht, an einen Weiterbau ist nicht zu denken, aber als Steinbruch wäre der Bau einiges wert. Doch wie gesagt – es gibt eine Clique von idealistischen Tagträumern und verknöcherten Traditionalisten, die dagegen sind.«

»Mit denen sollte man fertig werden.«

»Dachte ich. Aber Waldegg und Konsorten haben Einfluss auf

den Bischof und auf den Bürgermeister und einige andere. Dennoch, ich werde schon einen Weg finden.«

»Sicher, Frédéric. Ich bewundere deine Art, Probleme zu lösen.« Sinnend streichelte Charlotte jetzt seine Brust und bemerkte, wie sich eine Gänsehaut dort bildete, wo ihre Fingernägel ihre leichten Spuren hinterließen. »Waldegg, sagst du? Dessen Frau diesen Wohltätigkeitsverein gegründet hat?«

»Mhm. Kennst du sie auch?«

»Sicher. Sie kam sogar zu uns mit ihrer wirren Idee. Karl Ludwig ist ja ihr Vetter. Sie wollte Elisa und mich beschwatzen, bei dem Kränzchen mitzumachen. Aber sie hat sich nur eine kühle Abfuhr geholt. Himmel, sich um die kleinen Schlampen zu kümmern, sieht ihr ähnlich«, entfuhr es Charlotte, die es mit großem Geschick geschafft hatte, jegliche störende Erinnerung an ihre Herkunft zu vergessen. Indes, sie kannte Elena wirklich recht gut, und so träufelte sie denn eine kleine giftige Bemerkung in das geneigte Ohr ihres Geliebten. »Sie haben sogar so ein hergelaufenes Gossenmädchen in ihr Haus aufgenommen und versuchen, es auf junge Dame zu dressieren. Ein delikates Experiment, will mir scheinen.«

»Das heißt, die Wohltätigkeit zu weit zu führen. Oder gibt es Anzeichen dafür, dass dieses Kind familiäre Verbindungen zu einem von ihnen hat?«

»Ich könnte mich umhören. Würde es dir etwas nützen?«

»Alles nützt mir, was ich gegen Waldegg und seine starrköpfigen Gefolgsleute einsetzen kann.« Er zog sie zu sich auf den Schoß und streifte ihr die dünne Seide von den Schultern. Genießerisch hob er ihre Brüste in seinen Händen an und spielte mit ihren Brustwarzen. »Du bist sehr nützlich für einen Mann.«

Sie stöhnte leise und bewegte ihre Hüften aufreizend.

»In welcher Hinsicht, Frédéric?«

»In vielerlei, Chérie.«

Sie gab sich der Freunde an seinen Liebkosungen hin, die nun erheblich zärtlicher und raffinierte ausfielen als zuvor. Doch selbst im höchsten Sinnentaumel verlor sie ihr Ziel nicht aus den Augen. Die Zeit drängte, und es wäre gut, wenn ihr Vorhaben an diesem Nachmittag zu einem Abschluss käme. Seit zweieinhalb

Monaten war sie schwanger. Was sie nicht wusste, war, wer diesen Zustand zu verantworten hatte. Denn nicht nur Kay Friedrich, sondern auch Elisas Gemahl, Karl Ludwig Lindenborn, erfreute sich der wollüstigen Hingabe ihres Leibes. Eine Abtreibung hatte sie hinter sich, und diese Erfahrung wünschte sie nicht zu wiederholen. Sich an Karl Ludwig zu wenden, war unnötiger Aufwand, schlimmer, er würde sie wahrscheinlich sogar des Hauses verweisen. Und wenn nicht er, so dann Elisa, die, von Eifersucht geplagt, einen erstaunlich scharfen Blick entwickelte. Blieb Kay Friedrich, der Mann mit Zukunft und Ehrgeiz. Ihr Verhältnis bestand jetzt seit einem knappen Jahr, und sie glaubte, ihn richtig einschätzen zu können. Wenn sie auch sicher war, dass er sie ergötzlich fand, seine Ungebundenheit bedeutete ihm vermutlich mehr als seine Zuneigung zu ihr. Weit größer, nahm sie an, war sein Wunsch, zur gesellschaftlichen Elite zu gehören. Er stammte – ihre diskreten Erkundigungen waren dahingehend erschöpfend – aus einer unbedeutenden Handwerkerfamilie. Ein mittelloser Tuchweber war sein Vater. Kay Friedrich verachtete ihn. Weder sprach er über ihn noch mit ihm. Die Familienbande waren zerschnitten, seit er mit den französischen Besatzern 1794 von einem langen Auslandsaufenthalt zurückgekehrt war. Seit jenen Tagen hatte er als Berater der neuen Herren fungiert und sich über Pöstchen und Posten allmählich hochgearbeitet. Bis zum Kommissär für Wohlfahrtsangelegenheiten. Doch das würde nicht das Ende seiner Karriere sein, vermutete Charlotte. Nicht umsonst spielte er mit dem Gedanken an ein eigenes Haus, ein Stadtpalais sogar. Das Geld dafür hatte er. Auf dem Kopfkissen hatte Karl Ludwig einiges über dessen Herkunft ausgeplaudert. Es stammte aus Immobilienspekulationen mit den zuvor erwähnten baufälligen Häusern aus Stadtbesitz. Den Mitgliedern des Magistrats war es zwar verboten, bei den Versteigerungen mitzubieten, aber er hatte über den Bauunternehmer als Strohmann einige gut gelegene Grundstücke erworben und mit hohem Gewinn weiterveräußert. Auf einigen anderen hatte er den Bau von Mietshäusern geplant, was den Ärger über den nicht genehmigten Domabriss verständlich machte. Es schmälerte seinen Gewinn.

»Nützlich? Mhm?«, schnurrte sie neben ihm und langte über ihn zum Tisch, um an das Champagnerglas zu kommen. Er fing ihre Hand ab und sah ihr kühl in die Augen.

»Was ist dein Preis, Charlotte?«

»Ich bin doch nicht käuflich, Liebster. Alles, was ich dir gebe, gebe ich aus freien Stücken.«

»Deine großen braunen Augen sind so sanft, Chérie. Und so trügerisch wie dunkle Brunnen. Sei versichert, ich falle nicht hinein.«

»Warum sprichst du so hart mit mir?«, schmollte sie.

»Weil ich den Eindruck nicht loswerde, das unser Gesprächsthema vorhin einen besonderen Grund hatte.«

So viel zu in schmackhaften Ködern verborgenen Haken, dachte Charlotte ernüchtert.

»Ich wollte dir nur zu einem schönen und repräsentativen Haus verhelfen. Diese Wohnung – nun, sie ist für einen Junggesellen ausreichend.«

»Spielst du etwa mit dem Gedanken, meinem Heim als Hausherrin vorzustehen, meine liebe Charlotte?«

»Es wird eine Dame notwendig sein, wenn du Gäste empfangen willst, nicht wahr?«

»Du sagst es, eine Dame.« Er ließ ihre Hand los, und sie verzichtete auf den Champagner. Statt dessen richtete sie sich auf, damit sie ihm direkt in die Augen sehen konnte. Die Zeit des Versteckspielens war vorbei. Entweder bekam sie den Fisch mit einem Ruck fest an den Haken, oder er würde ihr entkommen.

»Die aber vielleicht lange nicht so nützlich ist wie ich.«

»Nein«, sagte er. »Aber um weiter in den Genuss deiner Nützlichkeit zu kommen, kann man ja Regelungen finden.«

»Bestimmt, Frédéric. Du verfügst über einige hübsche Grundstücke unten am Rhein. Auf einem davon könnte man ein Häuschen bauen. Aber ich glaube, dein Erbe sollte doch besser in einem Palais aufwachsen.«

Sie sah, dass der Haken saß. Seine Miene versteinerte sich, als ihm bewusst wurde, mit welchem Wissen er soeben erpresst wurde. Den Erwerb der Gebäude dachte er, habe er sorgsam geheim gehalten. Dann aber, höchst unerwartet, begann er laut zu lachen.

»Also gut, Charlotte. Warum nicht? Aber versuche nie, mir Fesseln anzulegen!«

»Nie, Frédéric. Genauso wenig wie du mir«, versicherte sie mit Inbrunst.

Eine schicksalsschwere Teestunde

Kaum entfalt' ich deinen Brief mit Beben,
so durchbohrt das Herz mir wie ein Schwert...

Abelard und Heloise, Bürger

»Diese Stiche werden beschi... äh – schrecklich unregelmäßig«, stellte Antonia fest, als sie das Mustertuch vor sich ausbreitete. Elena hatte ihr auf ein Stück Leinen das Alphabet in ebenmäßigen Buchstaben vorgezeichnet und ihr aufgetragen, es mit buntem Garn auszusticken. Es war eine Schulmädchenarbeit, aber eingedenk ihres Versprechens, höflich zu sein, hatte Antonia sich bereit erklärt, sich an dieser Handarbeit zu versuchen. Das Ergebnis war weit davon entfernt, elegant zu wirken. In Elenas Stickrahmen hingegen blühten Rosen in allen Rot- und Rosaschattierungen, und ihre Stiche waren einer so exakt wie der andere.

»Nein, es sieht nicht sehr ordentlich aus. Aber Geduld und Übung werden dich schon die Kunst des feinen Stickens lehren, meine Liebe.«

»Wozu eigentlich? Ich meine, Madame, warum muss ich das lernen?«

»Um die Hände beschäftigt zu halten. Es stärkt den Charakter, fördert die Disziplin und lenkt von nichtigen Gedanken ab. Zudem entwickelt es die manuelle Geschicklichkeit.«

Antonia stichelte weiter an ihrem krumpeligen Leinentuch und ließ sich schweigend belehren. Es war einer der vielen Nachmittage, die sie mit der Dame des Hauses zusammen verbrachte und sich dabei rechtschaffen langweilte. Ihr Leben hatte seit dem Gespräch in der Bibliothek einen neuen Rhythmus erhalten. Nach dem Frühstück gingen sie und Waldegg die schriftlichen Arbeiten vom Vortag durch. Er hatte sie gebeten, über das, was sie gelesen hatte, ein kleines, kommentiertes Exzerpt zu verfassen, was ihr ein erstaunliches Vergnügen bereitete. Danach suchte sie Jakoba in der Küche auf, um ihr entweder bei der Zubereitung der Mahlzeiten zu helfen oder den Einkauf auf dem Markt zu übernehmen. Nach dem Mittagessen, das sie gemeinsam mit den Waldeggs einnahm, unternahmen der Domherr und sie, wann immer das Wetter es zuließ, einen ausgedehnten Spaziergang. Die späteren Nachmittagsstunden jedoch waren der Einübung gesellschaftlicher Feinheiten gewidmet. Elena, die sich von ihrer Nervenkrise einigermaßen erholt hatte, versuchte mit Sanftheit und Nachsicht ihr die Kunst des Tee-Servierens, der gepflegten Konversation und der zarten Handarbeiten beizubringen. Antonia wehrte sich nicht dagegen, aber sie konnte es nicht lassen, Fragen zu stellen, die Elena immer wieder irritierten.

»Verzeihen Sie, Madame«, sagte sie jetzt, nachdem sie den Ausführungen mit unterdrücktem Gähnen gefolgt war. »Nützlich bedeutet für mich etwas anderes. Ich kann ganz passabel flicken, einen geraden Saum nähen und Strümpfe stricken. Damit kann man wenigstens etwas anfangen.«

»Du kannst Strümpfe stricken?«

»Sicher, Madame. Hab's von meinem Vater gelernt. Als er verletzt war und das Bett hüten musste. Da hat er mir das beigebracht.«

»Dein Vater?« Elenas Gesicht zeigte maßlose Verblüffung, und ihr Gatte, der soeben den Salon betrat, ließ ein leises Lachen hören.

»Elena, meine Liebe, ich habe dir geraten, Antonia nicht zu unterschätzen. Ich nehme an, Soldaten sind oft gezwungen, auf weibliche Dienste zu verzichten und müssen sich einige unorthodoxe Fähigkeiten aneignen. Ich hörte übrigens auch, dass Schäfer ihre Zeit mit Stricken verbringen, wenn sie auf ihre Herde achten.«

»So ist es«, bestätigte Antonia. »Und mir hat's Spaß gemacht. Ich habe mir einmal sogar feine, weiße Strümpfe mit Muster gestrickt.«

»Höre ich da einen ersten Anflug von Eitelkeit?«

Antonia zuckte mit den Schultern, aber ein Mundwinkel verzog sich nach oben.

»Elena, was spricht eigentlich dagegen, wenn sie für deine jungen Mütter und ihre Kinder Strümpfe stricken würde, statt auf diesen hilflosen Lumpen einzupieksen?«

»Das ist ein Mustertuch, Hermann!«

»Verzeih, ja. Aber dennoch …?«

»Nun, wir könnten es probieren.«

»Nun, dann tut es morgen! Jetzt aber hätte ich gerne eine Tasse Tee, meine Lieben.«

Antonia, einem Wink Elenas folgend, übernahm es, die zarte Tasse zu füllen und sie einigermaßen anmutig dem Domherrn zu überreichen. Sie klapperte dabei nur ganz wenig auf dem Unterteller.

»Das machst du schon sehr hübsch«, lobte Elena sie und ergänzte: »Ich würde am Donnerstag zur Teestunde gerne Charlotte einladen. Ich denke, das können wir jetzt wagen.«

»Bitte nicht, Madame. Ich fühle mich noch sehr unbeholfen. Man wird über mich lachen.«

»Aber nein, Liebes. Charlotte ist eine sehr wohlerzogene junge Frau. Sie wird dir gefallen. Sie ist meine allerbeste Freundin.«

»Ich weiß nicht, mein liebes Weib«, mischte sich Waldegg ein. »Willst du nicht noch ein paar Wochen warten? Es strömt so viel auf Antonia ein, was sie verarbeiten muss. Sie muss sich sicher fühlen, in dem, was du ihr so einfühlsam beibringst, bevor sie ihre neuen Fähigkeiten an Fremden ausprobiert.«

»Aber Charlotte ist ganz gewiss nachsichtig mit ihr.«

»Mag sein, aber selbst die allerbesten Freundinnen, Liebste, neigen zum Klatsch. Es wäre betrüblich, wenn Antonia aus Nervosität ein Schnitzerchen passiert, und Charlotte anschließend ihren allerbesten Freundinnen davon berichtet. Oder gar deiner Base Elisa …«

Elena nahm Abstand davon, diese Idee zu verfolgen. Elisa Lindenborn hatte sie nicht in günstiger Erinnerung.

Johann trat in den Raum und überreichte dem Domherrn auf einem kleinen Tablett einige Briefe. Waldegg blätterte sie kurz durch, reichte seiner Frau zwei Billets, schob den Rest für später zusammen und öffnete mit ungeduldiger Hand einen dicken Umschlag.

»Von David, aus Berlin! Endlich!«, stieß er erleichtert aus und entfaltete die Seiten.

Antonia konnte ihm den Inhalt des Schreibens fast am Gesicht ablesen. Ein freudiges Lächeln umspielte seine Lippen, ein leises »Dem Herrn sei Dank« entfleuchte ihm kurz darauf, dann aber verdüsterte sich seine Miene. Schließlich fingen seine Hände an zu zittern, und sein Gesicht wurde fahl. Stoßweise ging sein Atem, und dann presste er plötzlich wie vom Schmerz übermannt, die Faust gegen sein Herz.

»Herr Waldegg!« Antonia sprang auf. Der Domherr keuchte mit blauen Lippen. Elena sah auf und gab einen halb unterdrückten Schrei von sich. Dann griff sie zur Tischglocke und läutete sie schrill.

Antonia hatte schon in die Westentasche des nach Luft Ringenden gefasst und die Phiole hervorgezogen. Sie nahm den Stöpsel zwischen die Zähne, zog ihn heraus und schüttete den Inhalt in den Rest lauwarmen Tees in seiner Tasse. Diese hob sie an seine Lippen und bat: »Trinken Sie! Bitte!«

Mühsam, denn die Schmerzen wollten ihn schier überwältigen, trank Waldegg die wenigen Schlucke und lehnte sich dann in seinem Sessel zurück.

Johann trat mit raschem Schritt in den Salon und beugte sich über den Domherrn.

»Sie haben ihm seine Medizin gegeben, Fräulein Antonia?«

»Ja, in einem Schluck Tee. Ich hoffe, das war richtig.«

»Sehr richtig. Wir müssen ihn hier auf das Kanapee betten. Sie sind sehr kräftig, gnädiges Fräulein, helfen Sie mir!«

Gemeinsam brachten sie Waldegg vorsichtig zu dem Liegemöbel und stopften ihm ein weiteres Polster in den Rücken, damit sein Oberkörper aufrecht blieb. Elena räumte währenddessen fahrig den Teetisch auf.

»Sie müssen Doktor Schmitz holen, Johann. Eilen Sie sich!«, wandte sie sich dann an den Diener.

»Ich werde mich zuerst einmal um den Herrn kümmern. Wir kennen diese Attacken doch, der Arzt kann im Augenblick auch nicht mehr machen.«

»Aber …«

»Beruhigen Sie sich, gnädige Frau, es ist kein gravierender Anfall. Die junge Dame hat sehr umsichtig gehandelt.«

»Hat sie, Johann«, sagte der Domherr leise. »Es wird schon besser.«

Elena flatterte immer noch aufgeregt umher, nahm dies auf und jenes, rückte da etwas zurecht und schob hier etwas herum. Antonia nahm ihr eine der Porzellanfiguren ab, die sie auf dem Kaminsims stellen wollte. Milli, die alte Katze, wachte mit verwirrtem Blick auf und schlich sich von ihrem Lieblingsplatz am Kamin weg, um sich hinter dem Sofa zu verkriechen.

»Madame, Sie sind zu aufgeregt. Ich glaube, dem Domherrn wird es besser gehen, wenn es im Zimmer ruhiger wird.« Auch Jakoba war herbeigeeilt und trat auf die Dame des Hauses zu, die fahrig umherging und zitternd ausstieß: »Aber man muss ihm doch helfen!«

»Es ist alles Notwendige getan, er braucht nun Ruhe«, erklärte Johann, und Jakoba legte ihr besänftigend den Arm um die Taille.

»Es wird ihm geholfen. Nur Ruhe, Liebes, ganz ruhig.« Sie lotste sie mit sanfter Gewalt zum Ausgang und hielt ihr die Tür auf. »Und Sie brauchen ebenfalls Ruhe, Sie sind gerade erst genesen.«

Folgsam verließ Elena den Raum, und Antonia sammelte die heruntergefallenen Blätter auf. Sie wollte sich anschließen, aber Waldegg bat sie leise zu bleiben.

»Wenn es Sie nicht stört?«

»Nein, das tut es nicht. Kind, lies diesen Brief! Ich muss mit jemandem darüber sprechen.«

»Nun, wenn Sie es wünschen.« Sie las die eng beschriebenen Seiten, die mit einer kraftvollen, aber sehr klaren Handschrift bedeckt waren. Und sie verstand, was das heftige Herzflattern ausgelöst hatte.

»Das ist eine üble Sache, Herr Waldegg. Ich glaube zwar nicht, dass man den Leutnant wegen Desertion im Felde erschießt, denn er hat sich ja bei einer anderen Einheit gemeldet, aber kassieren werden sie bestimmt.«

»Bist du sicher, Kind? Sie werden ihn nicht zum Tode verurteilen?«

»Sicher? Ich habe die Preußen nicht kennengelernt. Aber auch da gelten bestimmt andere Regeln für die Offiziere als für die Soldaten. Abgesehen davon, Herr Waldegg – wenn man die Lage der Preußen so betrachtet – glauben Sie wirklich, die werden jeden einzelnen Verstoß gegen die Disziplin seit dem Desaster bei Jena und Auerstedt ahnden?«

»Vielleicht hast du Recht, Antonia. Hoffen wir es. Ich muss ein paar Briefe schreiben.« Er wollte sich aufsetzen, aber sie hielt ihn zurück.

»Die Post geht erst morgen. Jetzt ruhen Sie sich aus!«

Er lehnte sich zurück, aber seine Miene war besorgt. Milli kam auf leisen Sohlen aus ihrem Versteck hervor. Da es jetzt weniger hektisch im Raum zuging, war ihre Neugier erwacht. Sie saß maunzend neben der Lehne und sah zu dem Mann hoch, der da unter einer Decke lag. Da Antonia wusste, wie gerne er die Katze streichelte, hob sie sie hoch und setzte sie auf seinem Schoß ab. Sofort begann die Alte zu schnurren und rollte sich gemütlich zu einem Ring zusammen. Der Domherr legte seine Hand auf ihr Fell und kraulte sie sanft. Zufrieden sah Antonia ihm zu, und nach einer Weile fragte sie: »Möchten Sie mir etwas von Ihrem Sohn erzählen, Herr Waldegg? Ich habe ihn ja nur zweimal kurz getroffen. Er schien mir klug und sehr verlässlich seinem Freund gegenüber.« Mit einem winzigen Lächeln fügte sie hinzu: »Und ein bisschen übermütig und ziemlich listig.«

»So? Worauf gründet deine Einschätzung?«

»Das erzähle ich Ihnen, wenn Sie mir zuvor von ihm berichten. Irgendetwas, woran Sie sich gerne erinnern.«

»Du bist auch ein wenig listig, was?«

»Nur in ganz dringenden Fällen.«

»Also gut.« Er schloss für einen Moment die Augen und begann dann: »Er war ein bildschöner Knabe. Die schwarzen Locken und den dunklen Teint hat er von seiner Mutter geerbt. Isabetta war mütterlicherseits eine Paolucci.«

»Italienerin?«

»Richtig.«

»Die blauen Augen aber sind die Ihren.«

»Ich denke, ja. Eine aufregende Zusammenstellung, nicht

wahr? Sie hat ihm als Kind einige Aufmerksamkeit beschert. Isabetta entzückte das mehr als ihn, und sie ließ sich gerne von ihm begleiten. Vor allem, wenn sie die Salons der Modistinnen und Putzmacherinnen besuchte. So seltsam es klingen mag, er hatte seinen Spaß daran. Er hat schon früh ein gutes Auge für Farben, ihre Zusammenstellung und Proportionen gezeigt, und die Frauen in den Läden zogen ihn gerne zu Rate. Aber lieber noch zeichnete er selbst. Ich entdeckte diese Neigung, als ich eines Nachmittags etwas zu früh bei ihnen eintraf. Da saß Jung-David doch tatsächlich über seinem Geometriebuch und löste nur so zum Spaß Aufgaben, die seinem schulischen Kenntnisstand weit voraus waren. Nicht nur das, er hatte diese Anforderungen an die Perspektive sogar in einigen Skizzen umgesetzt. Als ich ihn darauf ansprach, erzählte er mir, er habe diesen Nachmittag ziemlich gelangweilt aus dem Fenster der Schneiderin geschaut und die Lust verspürt, das Strebewerk des Doms nachzuzeichnen.«

»Strebewerk?«

»Das sind die Stützpfeiler und Bogen, die die Außenwände der Kathedrale halten. Diese Wände sind zu hoch, um alleine stabil stehen zu können.«

»Ah ja, ich verstehe. Sie sehen sehr kompliziert aus.«

»Wenn man weiß, nach welchem Prinzip sie errichtet sind, ist es sehr einfach. David hatte dieses Prinzip klar erkannt und aus verschiedenen Gesichtswinkeln dargestellt.«

»Also stimmt es, er ist sehr klug.«

»Ja, das ist er, Antonia. Ich hätte seine Begabung gerne weiter gefördert. Ich habe mich lange mit ihm darüber unterhalten, an jenem Nachmittag. Damals vertraute er mir an, er wolle später einmal Baumeister werden.«

»Aber nun ist er Offizier.«

»Ja, nun ist er Offizier und in Schwierigkeiten. Ich habe ihn vor Jahren im Stich gelassen, Antonia. Ich habe nicht sehr viel anders gehandelt als deine Mutter.«

»Ich finde nicht, nein. Sie haben sich doch für seine Fähigkeiten interessiert.«

»Ich habe ihn mit Isabetta gehen lassen. Wahrscheinlich hätte ich um ihn kämpfen müssen. Aber Isabetta war nicht glücklich mit mir. Sie wollte, als sie den ungestümen Jahren entwachsen war, eine ehrbare Ehefrau sein. Das konnte ich ihr, weil zur Ehelosigkeit verpflichtet, nicht bieten. Ich bemerkte, dass sie ihr Auge auf verschiedene mögliche Ehekandidaten warf und schwieg darüber. Unsere Beziehung war schon eine geraume Weile abgekühlt, und als sie davon sprach, Major Cattgard heiraten zu wollen, war ich nicht überrascht. Wir trennten uns in Freundschaft, und es schmerzte mich wenig. Was mich hingegen sehr schmerzte, war der Verlust von David. Sie nahmen ihn mit nach Berlin, und der Tradition der Familie Cattgard folgend, besuchte David dort die Kadettenschule.«

»War er auch unglücklich?«

»Die Trennung war nicht leicht für ihn, aber er blieb sehr tapfer. In seinen Briefen hat er sich nie beklagt. Aber wenn man zwischen den Zeilen liest …«

»Er will jetzt nicht mehr versuchen, Baumeister zu werden?«

»Es hat ihm nach einer Weile ziemlich gut gefallen, Kadett und später Offizier zu sein.«

»Jetzt wird er sein Patent vermutlich los, Herr Waldegg. Seine Fähigkeiten aber hat er noch. Wenn er so tapfer ist, wie Sie sagen und wie ich auch den Eindruck hatte, dann wird er sich sicher darauf besinnen.« Grinsend fügte sie hinzu: »Das Leben der preußischen Offiziere wird ohnehin kein Zuckerschlecken mehr sein. Unsere Leute haben ihnen die Nase ziemlich in den Dreck gedrückt.«

Nachtgedanken

Ich blickte hinauf in der Nacht, in der Nacht,
ich blickte hinunter aufs Neue:
o wehe, wie hast du die Tage verbracht,
nun stille du sacht
in der Nacht, in der Nacht
im pochenden Herzen die Reue!

Wie rafft' ich mich auf, August von Platen

Sie mochten zwar die Nase im Dreck haben, aber die Maschinerie der preußischen Verwaltung lief noch. Das Militärgericht sollte schon im Mai über den Fall des Leutnants David von Hoven entscheiden.

Am Vorabend der Verhandlung suchten zwei Offiziere den Angeklagten in seiner Wohnung auf. Major Cattgard und Oberst von Pannewitz hatten eine lange Unterredung mit dem jungen Mann, und als sie ihn verließen, war es bereits dunkel geworden. Sie erwiderten den Gruß der zwei Soldaten, die unten vor dem Haus Aufstellung genommen hatten, um ein Auge auf das Geschehen zu haben.

David war alleine, und als die Herren gegangen waren, schenkte er sich ein Glas Cognac ein, um seine flatternden Nerven zu beruhigen. Die Erwartung dessen, was ihm am nächsten Tag bevorstand, hatte ihn wahrhaft verstört.

Die Anklage lautete auf Desertion. Der Vorwurf, er habe aus Feigheit vor dem Feind die Truppe verlassen, verschärfte sie noch. Darauf stand die Todesstrafe. Dagegen waren die Befehlsverweigerung und die Tätlichkeiten gegenüber einem vorgesetzten Offizier beinahe geringfügig und wurden als »nicht standesgemäßes Verhalten« erklärt, das ihn Rang und Offizierspatent kostete. Und seine Ehre.

Um diese zu erhalten, hatte die beiden Offiziere ihn gefragt, ob er über eine Pistole verfüge. Also setzte er sich an sein Schreibpult und spielte mit der Feder. Neben ihm lag die schöne, sorgfältig polierte Pistole, die ihn auf dem letzten Feldzug begleitet hatte. Ihr Messing glitzerte im Schein der Lampe. Sie war geladen.

Seit seiner Rückkehr nach Berlin war es ihm klar geworden, dass sein Vergehen sich in seinem Bekanntenkreis herumgesprochen hatte. Die Folgen daraus waren direkt und einschneidend. Nach wenigen Tagen hatte David ein höfliches Schreiben von Dorothea Dettering erhalten, die ihm in sehr ernüchternden Worten die Auflösung ihres Verlöbnisses mitteilte. Die Verlobung war zwar nicht öffentlich bekannt gemacht worden, denn sie hatten sie erst, kurz bevor er ins Feld zog, geschlossen. Aber in der Familie und bei engen Freunden hatte es sich verbreitet. Es war weniger das Liebesleid, das David daraus erwuchs – zu einer anderen Zeit wäre er vermutlich sogar ganz froh über die Wiederherstellung seiner Ungebundenheit gewesen –, sondern ihn schmerzte die Erkenntnis, mit welch leichter Hand ihn diese Freundin fallen ließ.

Seine Vermieterin, die zuvor immer ein freundliches Wort für ihn übrig hatte, war an ihn herangetreten und hatte die Miete für die nächsten zwei Monate im Voraus verlangt. Er verstand ihr Misstrauen, aber es versetzte ihm einen bösen Stich.

Er merkte auch sehr schnell, dass er bei seinen Kameraden keine Achtung mehr genoss. Begegnete ihm einer von ihnen auf der Straße, wurde sein Gruß nicht erwidert, als er sein Bier im Gasthaus trank, mied man seinen Tisch, und Einladungen zu Umtrünken oder Ausflügen kamen nicht mehr in seine Wohnung geflattert. Selbst für die jungen Damen, die immer im Umfeld der Offiziere zu finden waren und sich früher bereitwillig um ihn drängten, um mit ihm zu flirten, war er nun Luft.

Als er Lavinias Salon aufsuchte, in dem man sich donnerstags zum Jour fixe traf, verstummten alle Gespräche. Immerhin hatte die Dame des Hauses ein Einsehen und geleitete ihn in ein Nebenzimmer. Sie hatte tröstende Worte, und ihr Rat war, er solle die Stadt bis auf Weiteres verlassen und Gras über die Angelegenheit wachsen lassen.

Sein letzter Besuch galt Isabetta. Hier fand er in ihrem Boudoir einen feschen Rittmeister vor, der ihn mit einem kalten Blick maß und dann übersah. Er verließ das Haus, ohne ein Wort mit seiner Mutter gesprochen zu haben.

Lange dachte er darüber nach, was er mit seinem Leben beginnen sollte. Er hoffte, die Anklage wegen Desertion möge fallen gelassen werden. Ein hoher Offizier aus Blüchers Corps hielt sich in der Stadt auf, und ihm hatte er eine Note geschickt, die dieser wohlwollend beantwortete. Aber die unehrenhafte Entlassung war nicht zu vermeiden. Er würde wieder Zivilist werden. Und das war hart. Seit seinem elften Lebensjahr spielte das Militär die wichtigste Rolle in seinem Leben. Nach seinen Regeln und Werten war er aufgewachsen, in diesen Kreisen hatte er seine Freunde gefunden, hatte seine Fähigkeiten entwickelt und ansehnliche Erfolge erzielt, obwohl seine Ausgangsbedingungen nicht glänzend waren. Und er hatte einen Freund gefunden – Nikolaus.

David nahm die Pistole in die Hand und strich über den schimmernden Lauf. Nikolaus aber war in England, und die Verbindung zu ihm nur schwierig herzustellen. Wenn er erführe, das er seinem Leben ein Ende gemacht hatte – würde er ihn der Feigheit bezichtigen? Oder es für das einzig ehrenvolle Verhalten ansehen? Er hatte es immer strenger mit den Vorschriften gehalten und die Traditionen geachtet. Das Argument der Ehre würde er gelten lassen.

Sein Vater dagegen nicht. Nein, Pastor Dettering sah diese Dinge anders. Ihm war das Leben heilig, und vermutlich würde er ihm auf seine pragmatische Art vorschlagen, er solle sich eine vernünftige Beschäftigung suchen, um diese dummen Gedanken loszuwerden.

Ein guter Rat, aber welcher Beschäftigung konnte er schon nachgehen? Er hatte sich in der Kadettenschule mit seinen Leistungen ausgezeichnet, weshalb man ihn mit sechzehn an der École militaire aufgenommen hatte, wo er weitere fünf Jahre studierte. Dann war er als Fähnrich in das fünfunddreißigste Infanterieregiment übernommen und zwei Jahre später zum Leutnant befördert worden. Es war zwar eine beachtliche Karriere für einen jungen Außenseiter, aber leider befähigte ihn diese Ausbildung zu keiner anderen Tätigkeit als dem Kriegshandwerk. Die adligen Kameraden, denen Ähnliches wie ihm widerfahren war und die den Dienst verlassen mussten, konnten sich wenigstens auf ihre Güter zurückziehen. Er hatte eine solche Möglichkeit nicht.

Wieder betrachtete er die Pistole. Es gab nur deprimierende Aussichten. Eine Zeitlang von Berlin fortgehen – ja, das könnte er natürlich tun. Geld hatte er zur Verfügung, dank der Zuwendungen, die ihm sein leiblicher Vater quartalsweise schickte. Aber wohin? Zurück nach Köln? An die Tür klopfen und darum bitten, durchgefüttert zu werden? Waldegg würde es sicher tun, aber das war keine Lösung für einen Mann. Die Scham über sein Versagen war einfach zu groß. Es hatte ihm fast das Herz gebrochen, Waldegg von seiner Verfehlung zu berichten. Bislang hatte er diesen letzten Brief nicht beantwortet. Sonst war die Antwort immer postwendend eingetroffen, nun waren schon vier Wochen ohne Nachrichten aus Köln verstrichen. Wahrscheinlich würden auch keine mehr kommen.

Es würde seinen Vater tief bekümmern, wenn er diesen letzten Schritt ginge. Aber sicher nicht tiefer, als das, was er jetzt bereits an Bekümmernis verspürte. Er war immer so stolz auf seine Erfolge gewesen. Wegen eines unbedachten Moments, einer heftigen Gefühlsregung, hatte er alles zunichtegemacht.

»Verdammt!«, fluchte er leise vor sich hin. »Er hat es besser verdient.« David stand auf und ging durch das Zimmer. Auf einem Beistelltisch stand das Schachspiel aufgestellt, das er aus Köln mitgenommen hatte. Mit müßiger Hand warf er den schwarzen König um. Aber als er es betrachtete, fiel ihm Cornelius wieder ein, und seine Miene wurde noch düsterer. Cornelius war der große Held seiner Jungenzeit. Obwohl er sechs Jahre älter war, hatte er ihn nie als kleinen Bengel behandelt. Er hatte ihn schon früh das Schachspiel gelehrt und ihn nie absichtlich gewinnen lassen. Das hatte er ihm hoch angerechnet. Er nahm ihn auch zu Unternehmungen mit, die die Erwachsenen mit Sicherheit nicht gebilligt hätten. Ein Hunderennen im Park, Schwimmen im Rhein, das Erforschen der alten Römermauer und halbzerfallener Häuser und was dergleichen Belustigungen abenteuersuchender Jungen mehr waren. Sogar die Gedanken der Revolution brachte er ihm näher, und manches davon hatte sich früh bei ihm eingeprägt. Vielleicht war es Cornelius' rebellische Art, die Welt zu sehen, die ihm, David, es so schwer machte, Adelsprivilegien zu akzeptieren, wenn sie nicht auf Leistung gründeten.

Cornelius' Verhaftung und Bestrafung hatten ihn damals, er war gerade siebzehn und an der École militaire aufgenommen worden, tief getroffen. Weniger erschüttert hatte ihn Waldeggs Geständnis seiner Vaterschaft im selben Brief. Dass er der natürliche Sohn des Domherrn war, hatte er selbst herausgefunden, und obwohl Cornelius als sein Patensohn galt, hatte er sich auch dazu Gedanken gemacht. Isabetta hatte immer genörgelt, der Domherr würde sich um Cornelius mehr kümmern als um ihren Sohn. Das stimmte zwar nicht, zumindest hatte David nie den Eindruck gehabt. Er war glücklich, als er erfuhr, Cornelius seinen Halbbruder nennen zu dürfen, und darum hatte er sich intensiv darum bemüht, in Brest etwas für ihn zu erreichen. Nun war Cornelius frei, aber zu einem fernen Ziel aufgebrochen und nicht erreichbar. Hingegen konnte David sich vorstellen, wie er, zumindest früher, auf seine jetzige Lage reagiert hätte. Die Pistole würde in seinen Vorschlägen keine Rolle spielen. Eine dramatische Szene vor dem Gericht hingegen schon. Strafmindernd würde sie sich nicht auswirken.

Mit einem grimmigen Lächeln sah David die Waffe an. Cornelius hatte eine aufrührerische Ader und auch etwas von einem Märtyrer. Ehre erkannte er an, aber es war eine, die in seiner Person und seinem Charakter begründet war, nicht in dem, was eine Gesellschaft als solche deklariert hatte. Es gehörte Mut dazu, gegen die Regeln aufzubegehren, sich dabei selbst treu zu bleiben und bei einem Scheitern der Konsequenz ins Auge zu sehen.

Würde er den Mut haben, mit der Schande weiterzuleben?, fragte sich David zum wiederholten Male.

Die Straßen waren dunkel geworden, die Lichter erloschen. Mitternacht war lange vorüber, und er fühlte, wie die Müdigkeit ihre klammen Finger um seinen Kopf presste. Vollständig angezogen legte er sich auf das Bett und starrte auf die Schatten, die

die Lampe in den Zimmerecken umherhuschen ließ. Die Gedanken an den Tod huschten mit ihnen. David war ihm begegnet, in seiner entsetzlichsten Form. Er hatte Kameraden sterben sehen, sein eigener Bursche hatte in seinen Armen das Leben ausgehaucht, blutend und keuchend vor Schmerzen, die ihm ein Bauchschuss bescherte. Er hatte Leichen auf den Schlachtfeldern gesehen, geschändete Kinder und Frauen in den geplünderten Dörfern. Sinnlos abgeschlachtete Tiere, verendete Pferde. Er hatte Soldaten unter den Prügeln eines Unteroffiziers sterben sehen, und dieses Bild würgte noch immer in seiner Kehle.

Eine Kugel, richtig platziert, bedeutete ein schnelles Ende. Ein Ende der Erinnerungen, ein Ende der Zukunftsangst, ein Ende der quälenden Erkenntnis seines Versagens.

In der einsamsten Stunde der Nacht, als es drei Uhr schlug, stand David auf und setzte sich an sein Schreibpult, um seinen letzten Brief zu schreiben. Viele Seiten wurde er lang, und die graue Morgendämmerung erhellte schon das Rechteck des Fensters, als er ihn mit den Worten schloss: »Und grüßen Sie mir, geliebter Vater, auch das Mädchen, das jetzt in Ihrem Haus lebt. Antonia ist mir als leuchtendes Beispiel von Tapferkeit und Lauterkeit erschienen.«

Eine Amsel hob mit ihrem jubilierenden Gesang an, den Tag des Gerichts zu verkünden.

Ein Domkapitel

Die Stärke legt das Fundament,
die Weisheit schuf die Pläne,
hoch hebt sich bis zum Firmament
des Tempels hehre Schöne.

Freimaurerlied

»Sie fühlen sich wirklich stark genug, Herr Waldegg?«

»Ja, meine Liebe, körperlich ganz bestimmt. Der Spaziergang tut mir gut.« Hermann Waldegg, in steingrauem Frack und hellen Hosen, die ebenfalls grauen Locken auf seinem hutlosen Haupt vom Frühlingswind zerzaust, schritt kräftig neben Antonia aus. Auch ihre Haare waren unbedeckt, und einzelne Strähnchen leuchteten in der Sonne golden auf. Sie trug einen blauen Rock, der bei ihren energischen Schritten weit ausschwang, und hatte ein weißes Fichu um das Oberteil drapiert.

»Es ist ein Maitag wie aus einem Bilderbuch, nicht wahr?«, fuhr der Domherr fort. »Er lenkt mich tatsächlich von meinen Sorgen ab.«

»Sie müssen sich nicht so viel grämen, Herr Waldegg. Sie haben alles getan, was Sie tun konnten. Sie ändern nichts an dem, was in Berlin geschieht, wenn Sie Ihr Herz wieder in Aufregung versetzen.«

»Ich weiß, Kind. Hoffen wir, dass die Briefe pünktlich dort eintreffen.« Sie waren am Rheinufer entlanggewandert und traten jetzt durch das Stadttor, um auf dem Weg entlang der grünen Felder und dem im Sonnenlicht glitzernden Strom spazieren zu können. Frachtkähne zogen träge vorbei, an einem Steg wuschen drei Frauen ihre Wäsche, Enten schaukelten am seichten Ufer, und ein paar Kinder in kurzen Hosen ließen flache Steine über das Wasser hüpfen. Amseln schmetterten ihre vielfältigen Strophen in die blaue Luft, und gelbe Schmetterlinge tanzten dazu über dem jungen Getreide. Ein kleiner weißer Hund jagte kläffend hinter irgendeiner nur für ihn sichtbaren Beute her, ein Landmann, eine Kiepe geschultert, entbot ihnen einen zahnlückigen, aber freundlichen Gruß.

Antonia und der Domherr hatten es sich zur Gewohnheit gemacht, außerhalb der Stadtmauern ihre gemeinsamen Wanderungen zu genießen, und Waldegg erzählte dabei immer kleine Geschichten aus jenen Jahren, die Antonia fern von Köln verbracht hatte. Er wechselte häufig mühelos ins Französische, das er genauso fließend sprach wie Antonia, jedoch in einem deutlich eleganteren Stil. Diesmal aber schritt er nachdenklich neben ihr her und schien über ein unbequemes Thema zu brüten.

»Habe ich etwas Falsches getan, Herr Waldegg?«

»Was? Nein, ach, nein, Antonia. Ich überlegte nur, wie ich eine – ähm – schwierige Frage stellen kann, ohne dir zu nahe zu treten.«

»Am besten einfach gerade heraus. Wissen Sie, ich bin nicht so ein rohes Ei wie die feinen Damen. Wenn Sie mir damit auf den Zeh treten, jaule ich schon.«

»Ich weiß, Liebes. Aber auch du hast Stellen, wo die Haut noch sehr dünn über dem Narbengewebe ist. Ich möchte dir nicht wehtun.«

»Keine Angst, ich heule schon nicht.«

»Ich weiß, du weinst nie. Also gut, vielleicht bin ich einfach übervorsichtig. Die Frage, die mich bewegt, ist, ob wir dich überreden können, uns am Sonntag in die Pfingstmesse zu begleiten.«

Antonia sah ihn überrascht an.

»Ja, meinetwegen. Ist es wichtig?«

»Nun, ich habe dich bisher nie in die Kirche gehen sehen. Ich kann es sehr wohl verstehen Antonia, es ist kein Vorwurf. Du bist in einer Zeit groß geworden, in der der Religion keine Bedeutung beigemessen wurde oder man sie gar verdammt hat. Was immer du glaubst, ist natürlich deine Angelegenheit.«

»Ja, das ist es.« Antonia fühlte sich nicht behaglich auf diesem Gebiet. Es war ihr fremder als ein Essen an einem Tisch, der für sechs Gänge gedeckt war.

»Elena wünscht es sich sehr, dass du mitkommst.«

»Und warum, Herr Waldegg?«

»Nun, sie sorgt sich um dein Seelenheil.«

»Ihre Frau glaubt an vieles, das die Seele heilt – Gelübde, Gebete, Messen … Glauben Sie auch, meine Seele heilt, wenn ich in der Kirche sitze?«

Der Domherr unterdrückte mannhaft ein Schmunzeln. Elena hatte sich bitterlich bei ihm beklagt, Antonia hinge einem bedrohlichen Aberglauben an und nutzte ihre Gebete wie Zaubersprüche. Ihr war dabei nicht zu Bewusstsein gekommen, dass sie es im Grunde genauso hielt.

»Es könnte eine Erfahrung für dich sein, Antonia. Die Liturgie der Messe ist alt, die Traditionen reichen weit zurück und haben über alle Zeiten hinweg etwas Verbindendes. Manche Menschen verspüren in dieser universellen Vertrautheit eine Art Heilung.«

»Ich kann's ja mal versuchen.«

»Es würde mich freuen, Antonia.«

Sie blieb stehen und hob die Augen zu ihm. »Finden Sie denn Heilung darin?« Ihr Gesicht spiegelte eine so offene Wissbegier, dass er lächeln musste.

»Ich schätze die Traditionen, Kind. Sie sind mir mein Leben lang vertraut. Aber Heilung findet meine Seele nur in der Gewissheit, dass es meinen Kindern wohl ergeht. Im Augenblick, Antonia, bist du das einzige Kind, das bei mir ist. Dein Anblick erfreut meine Seele.«

»Oh!« Verlegen starrte Antonia auf ihren staubigen Rocksaum. Dann platzte sie, plötzlich neugierig geworden, mit der Frage heraus: »Wie viele Kinder haben Sie eigentlich?« und wurde rot.

Der Domherr lachte auf und erwiderte freimütig: »Zweieinhalb Söhne und eine halbe Tochter.«

»Oh …«

»David kennst du, Cornelius ist sechs Jahre älter, er fährt gerade zur See. Na ja, und du trägst nun zwar Röcke, aber von einer jungen Dame bist du noch recht weit entfernt. Aber dazu kommen wir später. Nun, meine Liebe, bin ich den Staub der Felder leid und schlage vor, wir halten in diesem Gasthaus Einkehr und trinken einen Apfelmost.«

Um die alte Treidelstation hatten sich einige Häuschen angesiedelt, darunter ein strohgedecktes Fachwerkhaus, in dem ein findiger Wirt einen Ausschank betrieb. Sie nahmen auf der Terrasse Platz und blickten auf den Rhein hinaus. Antonia hatte sich bei dem kühlen Getränk von ihrer Verlegenheit wieder erholt und fragte: »Sie besuchen die Messe immer in diesem hässlichen Dom, nicht wahr? Warum gehen Sie nicht in eine der anderen Kirchen?«

»Das ist eine lange Geschichte, Antonia. Natürlich könnten wir eine andere Pfarrkirche besuchen, aber ich hänge an dem hässlichen Dom. Ich war bis zur Säkularisierung für ihn verantwortlich, und selbst jetzt, obgleich das Domkapitel nicht mehr existiert, fühle ich mich ihm weiterhin verbunden. Genau wie einige meiner Freunde. Wir kämpfen darum, was möglich ist, zu retten, versuchen, Gelder aufzutreiben, um den schlimmsten Verfall aufzuhalten, und wehren uns beständig gegen jene, die ihn als Steinbruch für neue Bauwerke betrachten und ihn am liebsten abtragen würden. Letztlich hegen wir die Hoffnung, irgendwann einmal genügend Mittel und Mäzene zu finden, um seine Fertigstellung voranzutreiben.«

»Aber, entschuldigen Sie, wäre es nicht wirklich sinnvoller, ihn abzureißen? Wenn Sie schon kaum Geld für Reparaturen bekommen, für eine Fertigstellung bekommen Sie sie noch weniger. Warum also die Ruine stehen lassen?«

»Nun, die Substanz ist solide, das Fundament verankert ihn fest im Boden. Nur Schmuckwerk, Fialen und Geländer, Krabben und Maßwerk, sind verwittert. Dieser Dom, Antonia, ist ein Mahnmal für ein großes gemeinsames Werk. Und nicht nur ich, sondern auch einige andere erkennen hinter der verfallenen Hässlichkeit die Schönheit aus reiner Geometrie und kosmischer Harmonie.«

Sinnend malte Antonia mit dem Finger feuchte Kreise auf das raue Holz des Tisches. Sie hatte eine tiefe Zuneigung zu dem Domherrn gefasst und war mit seinen Gedankengängen vertraut geworden. Sie wusste, er konnte ein liebenswürdiger Plauderer sein, aber hinter diesem Auftreten verbarg sich nicht nur ein wunderlicher Sinn für Humor, sondern auch ein durchdringender

Blick in die Tiefen. Wenn er dem verrotteten Dom diese Wichtigkeit zumaß, dann sollte sie besser zuhören.

»Erzählen Sie mir mehr davon!«, bat sie ihn also.

»Gerne, meine Liebe. Aber dazu musst du mich etwa fünfhundertfünfzig Jahre zurückbegleiten.«

»1250?«

»Im Jahre des Herren 1248 legte Erzbischof Konrad von Hochstaden den Grundstein zu dem Bau. Es war sein Wunsch, den Heiligen Drei Königen ein angemessenes Heim zu errichten.«

»So lange ist das her?«

»So lange, ja. Es ist ein gewaltiges Vorhaben gewesen, und jene Baumeister und Maurer, Zimmerleute und Steinmetze, Werkzeugmacher und Glaser, Gipser und Mörtelmacher, die daran gewirkt haben, wussten alle, sie würden in ihrem Leben nie die fertige Kathedrale sehen. Dennoch arbeiteten sie mit Feuereifer daran. Zur Ehre Gottes und zum Ruhme ihrer Stadt! Bereits fünfzig Jahre später war der Chor fertig, und es konnten die ersten Gottesdienste darin gehalten werden. Danach arbeitete man stetig weiter, dreihundert Jahre lang. Dann, 1560, wurde der Bau eingestellt, und der Dom blieb so unfertig, wie du ihn heute siehst.«

»Den Chor, den Turmstumpf und den halbfertigen Turm mit dem Kran. Warum hat man denn nicht weitergebaut?«

»Du interessierst dich doch für Geschichte. Du hast einiges gelesen und es gut verstanden. Denk nach, was in jener Zeit, im sechzehnten Jahrhundert, geschehen ist!«

»Der Dreißigjährige Krieg?«

»Ebenso eine Folge. Natürlich. Aber ich denke, man kann nicht immer alles auf Kriege reduzieren, wenn man die Geschichte der Menschen und ihrer Werke betrachtet. Antonia, du bist ein Kind deiner Zeit, und du hast einen gewaltigen, ja historischen Wandel miterlebt, der sich innerhalb weniger Jahre vollzog. Aber er ist nicht der erste Wandel grundlegender Art, nur sind die früheren langsamer verlaufen, wenn auch vergleichsweise einschneidender. Bedenke – mit der Wende zum sechzehnten Jahrhundert entdeckte man Amerika, und wenige Jahre später legte

Martin Luther seine interessanten Thesen nieder, in denen die Missstände in der Kirche dargestellt wurden.«

Antonia überlegte angestrengt, aber ihr Wissen war noch nicht fundiert genug, diesen Ausführungen zu folgen.

»Sie müssen es mir erklären. Ich bin zu dumm, den richtigen Schluss zu ziehen.«

»Nein, bestimmt nicht. Ich helfe dir. Sieh mal, als Kolumbus nach Amerika segelte, wurde endgültig bewiesen, dass die Erde keine Scheibe ist. Neues, unbekanntes Land tat sich auf…«

»Der Horizont wurde weiter, nicht wahr?«

»Richtig, der sichtbare Horizont war nicht mehr das Ende der Welt. Die Sonne kreiste nicht mehr um die Erde, sondern die Erde um die Sonne. Mit dieser Erkenntnis weitete sich der geistige Horizont und gab Blick auf neue Möglichkeiten frei.«

»Jetzt versehe ich. Wenn man von einem Hügel schaut, so wie es die Feldherren tun, dann kann man aus dem Abstand viel mehr erkennen als ein Soldat, der sich auf der Ebene, mitten in der Schlacht befindet.«

»Genau das passierte. Diejenigen, die gründlich nachdachten, und deren wurden immer mehr, sahen nun das Leben der Menschen mit neuer Distanz.«

Antonia nickte und folgerte: »Nicht mehr Rom war der Mittelpunkt der Welt, sondern die Welt war größer geworden. Auch der Himmel bekam eine andere Bedeutung, nicht wahr? Unser Herrgott rückte in weitere Ferne. Kein Wunder, dass sein Vertreter auf Erden diesen Menschen unwichtig wurde.«

»Die Abkehr von den greifbaren Symbolen des Glaubens, die Hinwendung zum abstrakten Wesen Gottes, war die Folge.«

»Kein Papst, keine Heiligen – keine Kathedrale.«

»Kurz und prägnant formuliert. Und kein Geld, um das noch hinzuzufügen. Denn der Bau wurde mit Ablasszahlungen finanziert, jenen Geldern, die die Sünder zahlten, um sich vom Fegefeuer freizukaufen. Diese Praxis hat Luther besonders angeprangert.«

»Kein Papst, keine Heiligen, kein Fegefeuer – und schließlich keinen Gott mehr. Nur noch die reine Vernunft. So wie es vor einigen Jahren verkündet wurde.«

»Eine langfristige Abfolge, du hast sie klar erkannt.«

»Dennoch möchten Sie diese riesige Kirche erhalten. Das Symbol einer überholten Denkweise?«

»Nicht alle Denkweisen, die überholt scheinen, sind deshalb unbedingt schlecht.« Der Domherr zog seine Taschenuhr aus der Weste und ließ sie an ihrer Kette hin und her pendeln. »Dies ist die Bewegung, wie sie die Geschichte macht, Antonia. Es gibt Ereignisse, die das Pendel weit ausschlagen lassen. Aber nachdem es seinen weitesten Punkt erreicht hat – siehst du hier –, kehrt sich die Tendenz um, und irgendwann kommt es wieder in der Mitte zur Ruhe. Ich spüre es, wir haben nun den größten Ausschlag erreicht, und es tritt eine Wende ein. Selbst die radikalsten Erneuerer dulden wieder Gottesdienste und akzeptieren die kirchlichen Feiertage. Wir sind zum alten Kalender zurückgekehrt, der Papst selbst war bei der Krönung Napoleons anwesend, geschändete Kirchen werden neu geweiht.«

Antonia tippte mit einem Finger die Uhr an, wodurch sie sich wieder in Bewegung setzte.

»Das Beispiel hinkt, Herr Waldegg. Oder ich bin zu einfältig, es zu verstehen? Sehen Sie, ich habe lesen gelernt. Diese Fähigkeit bescherte mir viel Wissen und Erkenntnis. Ich kann weder das Lesen noch das Wissen vergessen. Es hat mich verändert. Kann man etwas, was man einmal gelernt hat, wieder vergessen? Kann ich das Lesen verlernen?«

»Nein, das kannst du nicht. Höhere Einsicht oder tieferes Verständnis verändern tatsächlich den Menschen.«

»Dann, Herr Waldegg, wird das Pendel nicht zu seiner Ausgangsposition zurückkehren, sondern es muss an einem neuen Ort zur Ruhe kommen.«

»Kind, deine Einfalt ist die eines Weisen. Du hast vollkommen Recht.« Der Domherr verstaute seine Uhr wieder und lächelte Antonia glücklich an. »Wie du mein Herz erfreust!«

Antonia trank den letzten Schluck aus ihrem Glas und legte dann den Kopf ein wenig schief.

»Wenn dem so ist, dann werden Sie mir auch die Frage verzeihen – Sie sind ein Domherr?«

»Richtig.«

»Aber Sie sind kein frommer Katholik.«

»Sag es nicht so laut!«

Antonia lachte leise. »Aber wenn Sie als Domherr kein Katholik sind, was sind sie dann?«

»Ein schlichter Maurer, Kind, der nur versucht, seine Arbeit gewissenhaft an diesem Weltgebäude zu verrichten, das ein großer Baumeister sinnreich geplant hat.«

»Sie mögen solche Bilder, nicht wahr?«

»Ja, ich finde sie sehr anschaulich und angemessen. Aber wir wollen nun das tiefsinnige Philosophieren ruhen lassen, denn ich möchte mit dir einen weiteren Punkt klären, bis wir nach Hause kommen.« Sie hatten die Schenke verlassen und wanderten den Treidelpfad zurück zur Stadt. »Verrate mir, Antonia, welche der drei Damen würdest du als deine Erzieherin willkommen heißen?« Vollkommen verdutzt blieb Antonia mitten auf dem Weg stehen. Sie bekam ein hochrotes Gesicht. »Meine Liebe, jetzt habe ich dich in Verlegenheit gebracht?«

»Ja – ähm …«, stammelte sie. »Woher wussten Sie, dass ich gelauscht habe?«

»Ich kann durch geschlossene Türen sehen und erkenne Ohren, so groß wie Suppentassen, die sich davor spitzen.«

»Oh!«

»Außerdem habe ich die Tür extra nur angelehnt, damit du dir eine Meinung zu den würdigen Damen bilden konntest. Und, wie sieht sie aus?«

»Ich will keine der drei. Ich brauche keine Erzieherin.«

»Darüber erlaube ich mir anderer Meinung zu sein. Du braucht eine weibliche Vertraute, die dich in die Feinheiten des Lebens einer jungen Dame einführt.«

»Aber das macht doch Madame.«

»Elena bringt dir die gesellschaftlichen Regeln bei, aber manche Gebiete sind ihr auf Grund ihrer Erziehung und ihres Charakters verschlossen.«

»Die lerne ich durch Bücher und durch Sie, Herr Waldegg.«

»O nein, mir ist das Arkanum des weiblichen Weges verborgen. Wir brauchen eine Dame, die jene Feinheiten beherrscht und dich sanft darin einführt. Welche vermag es wohl?«

Antonia schüttelte noch einmal den Kopf.

»Gewiss nicht diese Frau in dem schwarzen Kleid, die von der Unerlässlichkeit straffer Disziplin blökte und den Nutzen von Rezitieren und Auswendiglernen gängiger Literatur pries. Von alten Feldwebeln habe ich genug, und mit Rezitationen lernt man nicht, die Sache selbst zu verstehen.«

»Gut, dem kann ich zustimmen. Mir hat ihr pädagogisches Prinzip auch nicht gefallen.«

»Die zweite habe ich kaum verstehen können, obwohl ich meine Ohren sogar auf Suppenterrinengröße ausdehnen musste. Aber soweit ich ihr folgen konnte, wünscht sie, mit zarter Hand meine Empfindsamkeit zu wecken. Ehrlich, Herr Waldegg, die sollten Sie um ihres eigenen Seelenfriedens nicht einstellen! Derart empfindsamen Damen verursache ich nämlich quälende Albträume.«

»Dieses Argument überzeugt mich, wenngleich ich der Meinung bin, dass eine gewisse Sensibilität bei einer jungen Dame von Nutzen ist.«

»Ich werde daran arbeiten, möglichst gefällig in Ohnmacht zu sinken.«

»Achte dabei darauf, dass sich immer ein starker, hilfsbereiter Mann in unmittelbarer Nähe befindet.«

»Lieben Männer hilflose Frauen?«

»Ja, Antonia. Es gibt Ihnen das Gefühl der eigenen Überlegenheit.«

»Merde perdu!«

»Siehst du, aus diesem Grund brauchst du eine weibliche Führerin, die deinen Wortschatz glättet und sich mit den kleinen Schauspielkünsten auskennt, die wir Männer besser gar nicht erst ergründen sollten. Du bist innig vertraut mit Zündhütchen und Ballistik. Es ist aber nun an der Zeit, dich mit modischen Hütchen und Ballsälen zu befassen. Die dritte – dein Urteil?«

»Die französische Dame in schillerndem Blau? Deren gelb gefärbte Haare dem Stroh glichen, das in ihrem Kopf steckte? Pardon, Herr Waldegg, noch nie haben Sie mich derart beleidigt! Ihr französischer Akzent roch nach den Fischabfällen des Marseiller Hafens, und die weiblichen Geheimnisse, mit denen sie mich vertraut machen könnte, werden in den dort ansässigen Freudenhäusern praktiziert.«

»Mhm, ja. So ganz konnte ich ihrer hochherrschaftlichen Vergangenheit auch nicht trauen. Woher kennst du das Hafen-Odeur?«

»Ich bin einigen Männern aus dieser Stadt begegnet. Ihr Argot ist eindeutig, und die Schilderungen bestimmter Lokalitäten waren anschaulich.« Antonia kicherte plötzlich. »Trotzdem, sie wäre, wenn es denn sein muss, sicher die interessanteste Erzieherin. Zumindest würde sie meinen Wortschatz bereichern – die weibliche Vulgärsprache ist mir längst nicht so vertraut wie der Soldatenjargon.«

»Sie hatte eine Empfehlung von Charlotte, Elenas Freundin. Ich hätte vorsichtiger sein sollen«, murmelte der Domherr. »Also gut, keine der drei. Aber eine letzte Chance gib mir noch, Antonia. Mir ist gerade eine junge Dame eingefallen, die sich als deine Gefährtin eignen könnte.«

»Wann soll ich lauschen?«

»Gar nicht, wir werden sie gemeinsam begutachten.«

»Wenn Ihnen daran so viel gelegen ist …«

»Ist mir. Und auch daran, dir für die Pfingstmesse ein hübsches Kleid anmessen zu lassen, Antonia. Ich hätte nämlich gerne mindestens eine Dreivierteltochter.«

»Sie haben eine fiese Art, einen um den Finger zu wickeln, Herr Domjraf!«

Gute Geschäfte

Den Arm um sie geschlungen zag,
fragt er mit sanftem Zungenschlag:
»Was war das für ein Schlangenzug,
der mich in deine Zangen schlug?«

Schüttelreim

Beschwingt wirbelte Kay Friedrich Kormann sein Stöckchen, als er durch die laue Mainacht nach Hause ging. Die Straßen waren still, und die Beleuchtung ließ weiterhin zu wünschen übrig, aber wenigstens häufte sich hier, in den besseren Gegenden, kein Unrat mehr auf den Wegen.

Er war zufrieden mit dem Verlauf des Abends. In seiner Börse klimperten die Goldstücke, die er beim Pharo gewonnen hatte. Die diskrete Villa, zu der nur besonders ausgewiesene Personen Zutritt hatten, wirkte nach außen wie ein vornehmes Privathaus, barg aber in seinen erlesen ausgestatteten Räumen Unterhaltung der besonderen Art. Es war ein Spielclub, in dem man nicht nur den Hasardspielen nachgehen konnte, sondern auch ansprechende weibliche Unterhaltung geboten bekam. Er hatte sie gelegentlich in Anspruch genommen, aber in den vergangenen Wochen war er zurückhaltender geworden. Darum war er verhältnismäßig früh aufgebrochen, um nach Hause zu gehen. Seine Verlobung mit Charlotte Pfeifer war offiziell bekannt gemacht worden, und er wollte keinen Anlass zu Gerede geben. Nur zu deutlich war ihm bewusst, wie gut seine Versprochene darin war, Informationen zu sammeln.

Der Hinweis auf die Schmuggelware bei Hirzens hatte sich als nützlich erwiesen. Es gab einen deftigen Skandal, als man sein Lager durchsuchte und die Konterbande fand. Ballen um Ballen feinster Gewebe hatten die Schergen herausgezerrt und auf dem Neuen Markt aufgeschichtet, um sie dort, mit Öl übergossen, als

Warnung an alle anderen Geschäftsleute öffentlich zu verbrennen. Ein prächtiger Scheiterhaufen loderte da auf. Der feine Stoff brannte schnell. Niemand bemerkte das grobe Segeltuch, das sich unter den äußeren Schichten verbarg. Das war ebenfalls Charlottes geniale Idee gewesen. Es hatte einige kleine Zuwendungen gekostete, bei der Aktion die Tuchrollen auszutauschen, aber es lohnte den Aufwand und die Hektik. Die kostbaren Indiennes, die farbenfrohen Cretonnes, die zarten Batiste und die Stapel weichster indischer Kaschmirtücher lagen inzwischen sorgfältig verpackt in einem entfernteren Lagerhaus, das Kormann unter einem Decknamen angemietet hatte. Ein Vermögen, das bei geschickter Vermarktung bald in seine Taschen fließen würde.

Bedauerlich und nicht geplant war das Ableben des Tuchhändlers. Der hatte leichtsinnigerweise mit einer Schusswaffe hantiert und sich dabei eine Kugel in den Kopf geschossen. Die Witwe mit ihren beiden Töchtern war untröstlich, sie war aber dennoch geschmeichelt, als sie der Kommissär des Wohlfahrtsbureaus als Vertreter des Magistrats selbst aufsuchte, um ihnen sein Beileid auszusprechen. Madame Hirzen nahm gerne seine hilfreichen Vorschläge an, um das restliche Vermögen zu retten, das sich nun nur noch in Form des großen Stadtpalais darstellte. Ein hübsches Häuschen auf dem Lande, hatte er ihr versichert, wäre jetzt die richtige Zuflucht, bis sich die Wogen der Erregung und ihre persönliche Trauer gelegt hätten. Er konnte ihr sogar eine passende Immobilie anbieten, und sie hatte dankbar die Abwicklung dieser Geschäfte in seine fähigen Hände gelegt.

Alles das war in der ersten Maiwoche geschehen, inzwischen gehörte ihm das Palais am Neuen Markt, auch wenn er der Witwe gestattete, bis Ende des Monats darin zu wohnen. Dann aber musste sie ausziehen, denn Baumeister Lindenborn würde mit den Renovierungen beginnen.

Kay Friedrich hatte seine Wohnung erreicht und stieg die Treppe nach oben. Der Duft von Ambra und Lilien begrüßte ihn, und mit einem Laut des Unmuts legte er Stock und Hut ab. Lieber wäre er in dieser Nacht alleine geblieben, aber er hatte Charlotte nun mal in einer Anwandlung von Großmut einen Schlüssel zu seinem Appartement gegeben, und sie nutzte es aus, wann immer sie eine Ausrede fand, um den Lindenborns zu entfliehen. Zum Glück war das nicht allzu häufig. Was ihn aber weit mehr indignierte, war ihr girrendes Lachen und die fremde Männerstimme. Er riss die Tür zum kleinen Salon auf.

Charlotte, in einem tief ausgeschnittenen, hauchdünnen Chemisen-Kleid hielt ein Glas Champagner in der Hand und sah ihn überrascht an. Auf dem Stuhl vor ihr saß ein Mann, dessen breiter Rücken mit einer grünen, mit Silberlitzen besetzten Uniform bedeckt war. Er drehte sich langsam um. Ein junger Offizier, kaum über zwanzig, mit glatten, dunklen Haaren, aristokratischen Zügen und einem feinen Oberlippenbart erhob sich auf geschmeidige Weise. Auch Charlotte erhob sich und schlängelte sich an Kormann heran, der steif und missbilligend im Türrahmen stehen geblieben war.

»Frédéric, wie schön, dass du schon zurück bist. Mein Lieber, du hast Besuch bekommen.«

»Ich gestehe, ich bin überrascht«, entgegnete er kühl. »Monsieur?«

Der junge Mann machte einen Schritt auf ihn zu und verbeugte sich mit fließender Eleganz. »Monsieur, Sie werden sich meiner nicht mehr erinnern können. Als wir uns begegneten, war ich eben sieben Jahre alt. Aber ich werde Sie nie vergessen, Monsieur Kormann. Sie haben mir und meiner Familie das Leben gerettet. Als ich erfuhr, dass Sie hier in Köln leben, musste ich Sie einfach aufsuchen, um Ihnen meinen Dank abzustatten. Belgien, Monsieur Kormann, einundneunzig. Mein Name ist Etienne de Nemours.«

Kormanns ablehnende Haltung schwand, ein Lächeln erhellte sein Gesicht, und er hielt dem Besucher die Hand hin. »Nemours? Ihr Vater ist der Comte?«

»Bedauerlicherweise ist der Titel inzwischen auf mich übergegangen, Vater starb vor zwei Jahren, noch im Exil. Aber er hat Sie nie vergessen. Ich habe es bereits Ihrer reizenden Verlobten erzählt, wie Sie uns damals vor den Häschern Robespierres versteckten und ein Schiff fanden, das uns nach England brachte.

Eine Heldentat, Monsieur, bei der Sie ihr eigenes Leben in Gefahr brachten.«

»Nun, ich habe es überlebt. Genau wie Sie. Ich erinnere mich – auch ein kleines Mädchen war dabei. Ihre Schwester, nicht wahr?« Kormann wies mit einer Hand auf die Sitzplätze und ließ sich in einem Fauteuil nieder. Charlotte füllte ein Glas mit Champagner und reichte es ihm.

»Therese-Marianne, ja, meine Schwester. Ah, sie ist der Grund, warum ich nach Köln gekommen bin. Sie hält sich gegenwärtig mit ihrem Gatten hier auf.«

»Sie ist schon verheiratet? Sie schien mir jünger als Sie.«

»Die Umstände, Monsieur, die Umstände. Uns hat dieser unsägliche Aufstand ein Vermögen gekostet. Unser Familiensitz wurde geplündert und befindet sich in einem desolaten Zustand, unser Hôtel in Paris wurde besetzt, andere Liegenschaften verwahrlosten. Therese aber erregte die Aufmerksamkeit eines Lyoner Seidenhändlers. Bürgerlich, nun ja, aber bestrebt, seiner Familie durch eine Nemours Glanz zu verleihen. Dafür ist er bereit, sein nicht unbeträchtliches Vermögen in die Restaurierung unseres Familiensitzes zu investieren.«

»Ein Seidenhändler, der die feinsten Stoffe aus Lyon liefert, Frédéric. Die Qualität, die man neuerdings bei Hofe trägt. Ob wir ihn nicht einmal aufsuchen sollten? Mein Hochzeitskleid sollte nicht aus einfachem Baumwollbatist gefertigt werden.« Verschwörerisch zwinkerte Charlotte Kormann zu, der ihren Gedanken nur mit Bewunderung folgen konnte.

»Es wäre mir ein ausgesuchtes Vergnügen, Mademoiselle, Sie und Monsieur, wann immer sie wünschen, mit meinem Schwager bekannt zu machen. Ich bin sicher, er wird Ihre Wünsche erfüllen können.«

»Das ist sehr liebenswürdig von Ihnen, Comte. Wir werden bestimmt auf dieses Angebot zurückkommen. Sie selbst sind der Grande Armée beigetreten, wie ich sehe?«, fragte Kay Friedrich.

»Der Korse wünschte ein Elitecorps, und so trat ich den Gendarmes d'Ordonnance bei.« Das klang, bezogen auf den französischen Kaiser, den der junge Aristokrat »den Korsen« nannte, recht abfällig. Kormann registrierte es zufrieden. Eine nicht allzu kaisertreue Gesinnung würde es leichter machen, seine wertvolle Konterbande an den Mann zu bringen. Man tauschte weitere Höflichkeiten aus, dann erhob sich der Comte, um sich zu verabschieden.

Als er gegangen war, lachte Kormann leise auf und zog Charlotte an sich.

»Nützlich, Weib, sehr nützlich.«

Sie schnurrte: »Lyoner Seide …«

»Gegen indischen Musselin. Du wirst ein prächtiges Hochzeitskleid bekommen. Und eine hübsche Ausstattung für die Zeit danach.«

Sie machte sich los und lehnte sich gegen das hohe Kopfende der Chaiselongue.

»Was hast du denn damals für Heldentaten vollbracht, Frédéric? Der Junge hat mich richtig neugierig gemacht.«

»Es passierte eher zufällig, Chérie. Ich entdeckte eines Tages in dem Stall, in dem ich mein Pferd untergestellt hatte, drei abgerissene Personen. Aristokraten auf der Flucht. Es war wenig Heldenhaftes dabei, ihnen ein Schiff zu besorgen und sie an einen heimlichen Landungsplatz zu bringen.« Was er Charlotte nicht erzählte, war, dass er derartige Dienstleistungen nur gegen ein entsprechendes Entgelt durchgeführt hatte.

»Du hast damals in Belgien gelebt? Das wusste ich gar nicht.«

»Du kannst nicht alles wissen.« Er lächelte und nahm sich den Rest Champagner. Auf keinen Fall war er gewillt, ihr mehr als nötig von sich preiszugeben. Und möglichst gar nichts aus den vier Jahren, die er fern von seiner Heimat verbringen musste. Sie kannte ihn als das aufstrebende Magistratsmitglied; weder die Art, wie er zu diesem Posten gekommen war, noch die Herkunft seines Vermögens brauchten sie zu interessieren. Sie hatte ihn einmal erpresst. Das reichte.

»Wie kommt es, dass du heute Abend hier bist? Hat Elisa dir frei gegeben?«

»Ich habe mir frei genommen. Sie ist zu ihrer Tante nach Brühl gefahren. Karl Ludwig kümmert es nicht, ob ich da bin oder nicht.«

Oder besser, es kümmerte ihn nur allzu sehr, und um seinen Avancen auszuweichen, hatte sie das Haus verlassen. Aber das brauchte ihr Verlobter nicht zu wissen. Dafür hatte sie noch eine kleine Zusatzinformation für ihn bereit.

»Ich habe übrigens eine gute Freundin gebeten, sich bei Waldegg vorzustellen. Er sucht nämlich eine Erzieherin für dieses zugelaufene Etwas, das sie da beherbergen.«

»Ah!«

»Géraldine ist Französin, früh emigriert. Lebt von einer kleinen Rente.« Und einigen Nebeneinkünften anderer Art, die zu erwähnen sie nicht für opportun hielt. »Sie hat das Kind zwar nicht selbst gesehen, aber einiges über sie in Erfahrung gebracht. Angeblich ist sie sechzehn Jahre alt und hat bisher bei einer Marktfrau gelebt. Ein ungeschliffener Diamant, wie Waldegg betonte. Wissbegierig, aufrichtig und von natürlichem Benehmen. Was man in anderer Lesart als neugierig, dreist und frei von jeglichen Manieren bezeichnen könnte. Keine Erklärung, warum man das Gör ins Haus genommen hat. Aber eine Küchenmagd aus der Nachbarschaft behauptet, sie sei irgendwie mit Waldeggs verwandt.«

»Waldegg hat mindestens einen Bastardsohn. Der ist allerdings in Berlin. Sechzehn ist das Kind? Mhm … 1790 – da lebte der Domherr mit seiner Konkubine zusammen, der Junge war etwa damals so um die sieben oder acht.«

»Dessen Fehltrittchen kann's also nicht sein«, stellte Charlotte mit einem kleinen Grinsen fest. »Du sprachst von mindestens einem Bastardsohn. Gab es noch andere?«

»Einen Patensohn, der bei ihm gewohnt hat. Ein Neffe, wie er behauptete. Cornelius war vierzehn. Und mit allen Wassern gewaschen.« Kay Friedrich grinste. »Könnte möglich sein. Der junge Schlawiner war immer für einen kleinen Skandal gut. Aber wir sollten die Dame des Hauses nicht vergessen. Du bist doch mit ihr bekannt. Könnte es da ein Malheurchen geben?«

»Elena? Vor sechzehn Jahren? Keine Ahnung.« Auch Charlotte hatte wenig Lust, ihre Vergangenheit allzu freimütig offenzulegen. Sie fand eine elegante Umgehung dieses Problems, indem sie darauf hinwies: »Aber sie hat bis jetzt keine Kinder bekommen, obwohl sie schon fast zehn Jahre verheiratet ist.«

»Das ist zwar ein Argument, aber es schließt es nicht völlig aus. Dennoch, die erste Vermutung gefällt mir besser. Wie ist es – wird deine Freundin den Posten annehmen?«

»Nein, Waldegg hat sich nicht für sie erwärmen können. Eigentlich schade. Es wäre ein interessantes Experiment gewesen.«

»Nun, dann werde ich selbst mal ein wenig in der Vergangenheit von Freund Cornelius herumstochern. Wie der Zufall es will, weiß ich das eine oder andere über ihn.«

Diese unterhaltsamen Geschichten konnte er ihr mit gutem Gewissen erzählen.

Unerwartete Freundschaft

Der Redliche, mit dem das Glück
stiefmütterlich es meint,
der seinem Schiffbruch kaum entschwimmt,
und nackend ans Gestade klimmt,
der finde einen Freund!

Samuel Gottlieb Bürde

Als Antonia den Salon betrat, fiel ihr als Erstes der Duft auf. Er entströmte einem Bouquet aus weißem Flieder, das auf der Anrichte stand. Dann fiel ihr Blick auf die junge Dame, die mit züchtig im Schoß gefalteten Händen neben Elena saß. Prompt kam sie sich linkisch und hölzern vor. Die Besucherin war in ein blassgraues Gewand modernsten Schnitts gekleidet, das unter dem wohlgerundeten Busen mit einem schwarzen Band gerafft wurde. Ihre goldblonden Haare waren säuberlich aufgesteckt, und nur eine lange Korkenzieherlocke ringelte sich über ihre Schulter, ihr Teint war lilienweiß und blütenzart, ihre Augen braun wie Stiefmütterchen, ihr Mund glich einer Rosenknospe. Kurzum, sie war das exquisite Bildnis einer vornehmen, wohlerzogenen Tochter aus gutem Hause, die ganz dem puppenhaften Schönheitsideal der Modegazetten entsprach.

Antonia erfasste eine herbe Abneigung dem erlesenen Geschöpf gegenüber. Sie war sich ihres schlichten Rocks und ihrer ungebärdigen, kurzen Haare überaus bewusst. Sie schaute auf ihre Hände und wusste nicht, was sie mit ihnen anfangen sollte.

»Antonia, tritt näher!«, forderte Elena sie freundlich auf. Auch Waldegg, der neben dem Kamin stand, nickte ihr ermutigend zu. »Fräulein Bernsdorf war so liebenswürdig, unserer Einladung zu folgen. Ich möchte euch beide miteinander bekannt machen«, erklärte er.

Antonia machte einen Schritt auf die Damen zu, und das Mädchen erhob sich.

»Unsere neue Hausgenossin, Antonia. Susanne Bernsdorf, die Enkelin eines meiner besten Freunde.«

»Ich freue mich, Sie zu treffen, Fräulein Antonia.«

Antonia wurde sich ihrer rauen, viel zu tiefen Stimme bewusst, als sie die weiche Tonlage hörte, in der sie begrüßt wurde. Patzig sagte sie: »Wirklich? Sie kennen mich doch gar nicht.«

»Antonia!«, mahnte Elena und schüttelte missbilligend den Kopf.

»Ach ja. Es heißt ja … Ich muss sagen …« Sie sah der jungen Dame geradeaus ins Gesicht und flötete höflich: »Wie geht es Ihnen, Fräulein Bernsdorf?«

Plötzlich waren da zwei Grübchen in dem puppenhaften Gesicht, und sie erhielt als Antwort: »Das interessiert Sie doch gar nicht.«

»Da haben Sie völlig Recht.«

»Mesdemoiselles, Contenance, bitte!«

»Ja, Madame.« Antonia nahm auf einem Stuhl Platz, und Susanne setzte sich wieder neben die Dame des Hauses.

»Wie geht es Ihren Großeltern, Fräulein Susanne?«, begann der Domherr eine unverfängliche Konversation.

»Sie sind gesund und guter Dinge. Obwohl Großvater häufig wegen ausbleibender Lieferungen murrt.«

»Dann ist ja gut. Darüber zu murren ist sein normaler Zustand. Ich fürchtete schon, die Familie habe einen traurigen Fall zu beklagen.«

Susanne sah auf ihr Kleid und spielte dann mit den schwarzen Bändern. »Meine andere Familie. Hörten Sie es nicht? Onkel Hirzen ist gestorben.«

Elena schlug sich die Hand vor den Mund. »O mein Gott, Liebes! Natürlich hörten wir … Das tut mir ja so leid.«

»Lassen Sie nur. Ich habe sie seit Jahren nicht mehr gesehen. Wir standen uns nicht sehr nahe. Trotzdem dauern mich meine Cousinen. Der Skandal …«

Waldegg setzte sich jetzt ebenfalls nieder.

»Es wird bald Gras darüber wachsen. Wie über jeden Skandal.

Das Beste ist, nicht darüber zu reden. Widmen wir uns den gegenwärtigen Angelegenheiten. Antonia, Fräulein Susanne wäre bereit, dir an drei Nachmittagen in der Woche ihre Zeit zu widmen. Sie ist übrigens eine ganz ausgezeichnete Malerin und beherrscht die Harfe und das Klavier. Und viele weitere Künste, mit denen du dich vertraut machen könntest.«

»Beispielsweise die Herstellung von Marzipan«, fügte Susanne hinzu und reichte Antonia ein aus buntem Stroh geflochtenes Körbchen, in denen sich einige schokoladeummantelte Pralinés befanden.

»Für mich? Danke! Sie haben die selbst gemacht?«

»Mit meinen eigenen Händen. Jakoba, die Köchin Ihres Hauses, hat es mir beigebracht.«

Das erstaunte Antonia. Sie begann, ihren ersten Eindruck zu revidieren. Jakobas Küche war vertrautes Revier. Mal sehen, was dieses Zuckerpüppchen noch davon verstand.

»Jakoba ist eine hervorragende Lehrerin. Ich habe auch einiges in der Küche gelernt. Zum Beispiel Einpökeln von Eisbein und das Abziehen von Aalen.«

Susanne bekam runde Augen. »So etwas können Sie?«

»Ich kann auch Hasen häuten und Gänse rupfen.«

»Fantastisch!«

»Das kann ich Ihnen ja im Ausgleich zum Harferupfen beibringen.«

»Ja – ähm – das sind bestimmt nützliche Fähigkeiten.«

»Viel nützlicher als auf den Saiten herumzuklimpern.«

»Antonia«, mischte sich Waldegg jetzt wieder ein, »wir waren uns einig darüber, dass du dir jetzt die Überlebensfähigkeiten aneignen wirst, die man in der gesellschaftlichen Wildnis benötigt, nicht wahr?«

»Auf dem gesellschaftlichen Parkett«, verbesserte Elena.

Susanne sah amüsiert von einem zum anderen, aber Antonia versank plötzlich tief in Gedanken. Eine Erinnerung nagte an ihr, und als sie sich manifestiert hatte, fragte sie nach: »Sarah Susanne Bernsdorf? Sie haben eine Zeitlang bei Hirzens am Neuen Markt gewohnt?«

»Ja, aber das ist schon einige Jahre her. Warum?«

»Entschuldigen Sie mich einen Augenblick! Ich muss etwas aus meinem Zimmer holen.« Sie hatte das Schreiben von Colonel Renardet aufbewahrt. Aus einer kleinen Holzschachtel fischte sie den abgegriffenen, eselsohrigen Umschlag, der seine lange Reise von Magdeburg nach Köln in ihrer Jackentasche gemacht hatte. Die Wehmut überkam sie wieder, als sie ihn glättete. Sie wünschte dem Colonel sehr, er möge bei guter Gesundheit sein. Dann zog sich ihr Mundwinkel lächelnd ein Stückchen nach oben. Ein seltsamer Zufall war es, der sie mit Susanne zusammengeführt hatte. Wenn sie vor Zeiten bei den Hirzens gewohnt hatte, aber behauptete, ihnen nicht sonderlich nahe zu stehen, dann mochte sie weniger hochnäsig sein als die jungen Damen, die sie im Januar so schnöde abgefertigt hatten, als sie nach ihr gefragt hatte. Außerdem – Renardet hatte sie als großherzig und freundlich bezeichnet.

Weiterhin ein Lächeln auf den Lippen, kehrte Antonia in den Salon zurück und baute sich in militärischer Haltung vor dem Domherrn auf.

»Gehorsamst, Herr Domjraf. Ich nehme diese da!« Sie zeigte mit dem Schreiben auf Susanne. Diese fuhr empört auf und fauchte: »Na also, ich bin doch kein Stück Torte!«

»Aber fast so appetitlich, Fräulein Bernsdorf. Außerdem haben Sie die beste Empfehlung der Welt für Ihren neuen Posten.« Mit einem Knicks reichte Antonia ihr den Brief. Susanne zögerte, den schmuddeligen Umschlag anzunehmen.

»Feige?«

»Pah!« Sie riss das Papier aus Antonias Hand, die sich daraufhin mit einem zufriedenen Schnauben hinsetzte.

Gebannt beobachteten die Waldeggs ihre Besucherin, die atemlos die Zeilen überflog. Einmal und noch einmal. Beim dritten Mal rannen ihr dicke Tränen über die Wangen und tropften auf ihre Hände. Rasch legte sie das beschriebene Blatt beiseite, damit sie nicht die Tinte verwischten, dann stand sie auf und ging auf Antonia zu.

»Ich nehme deine Wahl an, Antonia.« Sie ergriff ihre Hände. »Er hat völlig Recht, ich brauche eine Freundin. Aber bitte, erzähl mir – geht es ihm gut?«

»Als ich ihn verließ, war er bei guter Gesundheit. Aber das ist ein halbes Jahr her.«

»Woher kennst du ihn?«

»Das ist eine lange Geschichte.«

»Bitte, bitte erzähl sie mir!«

Elena, die zunächst konsterniert, jetzt aber erwartungsvoll dem unverständlichen Gefühlsausbruch gefolgt war, bat ebenfalls: »Antonia, was hat es mit diesem Schreiben auf sich? Es scheint Fräulein Bernsdorf tief zu rühren.«

»Vielleicht betrifft es Dinge, die in die private Sphäre der jungen Damen fallen, Elena.« Waldegg sah zu Antonia hin. »Aber eine kleine, wohlzensierte Erläuterung würde unsere brennende Neugier sicher mildern.«

»Ich erzähle es, aber bitte machen Sie mir keine Vorwürfe!« Das war an Elena gerichtet, die zustimmend nickte. Also berichtete Antonia, wie sie Sebastien Renardet auf einem Feldweg bei Pfungstadt begegnet war und ihn zwei Jahre später bei der Besetzung Darmstadts wiedergetroffen hatte. Sie erwähnte, wie er sich um ihre Brüder gekümmert und Elisabeth die Lizenz für die Marketenderei besorgt hatte.

Elenas Gesicht spiegelte ihre Gefühle wider. Es war das erste Mal, dass sie ein solch lebendiges Bild vom Leben ihrer Tochter erhielt. Überraschung wechselte zu Staunen, ein entsetztes Aufstöhnen entfloh ihr bei der Erwähnung der Kämpfe von Schleiz, Schock und Entrüstung zeigte sie, als Antonia von Renardets Verwundung und anschließender Verwirrung sprach, und stumme Tränen entströmten ihren Augen, als sie von der Rolle hörte, die der Colonel nach dem Tod der Marketenderin gespielt hatte, seine Besorgnis um ihr Kind, dem er half, sich auf den Heimweg zu machen und ihr dazu sogar ein Empfehlungsschreiben an Susanne mitgab. Aber sie brachte kein einziges Wort hervor.

Auch der Domherr schwieg, aber er war hinter Antonias Stuhl getreten und legte ihr die Hand auf die Schulter. Susanne aber lehnte, auf dem Boden sitzend, ihren Kopf an Antonias Knie. Als sie mit ihrer Erzählung fertig war, sprach sie leise von dem jungen Major, der, weil er sich von einer Beinverletzung erholen musste, einen Posten in der Militärverwaltung Kölns erhalten hatte und bei den Hirzens einquartiert worden war.

»Ich habe mich damals ein wenig in ihn verliebt. Ich weiß, es war ungehörig, und es ist nun vorbei. Aber er hat seinen Platz in meinem Herzen behalten. Er war ein sehr liebenswürdiger Mann und ein echter Herr«, schloss sie.

»Diesen Eindruck habe ich auch, Fräulein Susanne«, pflichtete ihr Waldegg bei. »Ich will Erkundigungen einziehen, ob man etwas über seinen Verbleib erfahren kann.«

»Tu das, Hermann!«, bat Elena und hob die Tischglocke. »Aber jetzt sollten die beiden jungen Damen über den Modekupfern konferieren, denn um fünf wird die Schneiderin eintreffen!«

Als Johann den Teewagen in den Salon gerollt hatte, stand Susanne auf und ging zu der Decke, auf der Milli die ganze Zeit geschlafen hatte. Sie kniete nieder und streichelte die alte Katze, die nur müde ein Augenlid anhob.

»Lass sie nur schlafen. Sie ist so schwach in den letzten Tagen«, bat Elena.

»Wir könnten ihr ein Schälchen Sahne reichen.«

»Sie will nichts naschen. Ich habe es schon versucht.«

Susanne nahm die Modezeitschrift und zwinkerte Antonia auffordernd zu. »Ziehst du weiterhin den Stil à la paysanne vor, oder darf's auch mal à la parisienne sein, Antonia?«

Die letzten Vögel hatten ihre Abendlieder gesungen, die Geräusche der geschäftigen Stadt waren verstummt, und im Haus herrschte Ruhe. Antonia stand am geöffneten Fenster und blickte in die Gärten hinaus, die hinter den Häusern lagen. Die laue Nachtbrise durchwehte ein Hauch von Flieder, und vor einer feinen Mondsichel glitten einige Wölkchen vorbei. Tief atmete sie die süße Luft ein. Sie fühlte sich erschöpfter als nach einem langen Tagesmarsch und harter körperlicher Arbeit, und das verwunderte sie einigermaßen. Es musste an den Erinnerungen liegen, an den heftigen Gefühlen, die sie ausgelöst hatten. Seit sie in diesem Haus lebte, hatte sie sorgsam alles in sich verschlossen, was an vergangene Zeiten erinnerte. Zum einen, um ihre Gastgeber nicht unnötig zu schockieren, zum anderen aber auch, um nicht ständig dem Verlorenen nachzutrauern. Sie war klug genug zu erkennen, dass ihr eine neue Chance geboten wurde. Sie genoss den Luxus und die Bequemlichkeit nach der harten Zeit der Wanderungen, und sie liebte die Möglichkeit, sich bilden zu können. Dankbar nahm sie Hermann Waldeggs Freundlichkeit und Güte an, und wider Erwarten war sie von Susanne angetan, die zwar so ganz anders aufgewachsen war als sie selbst, aber in der sie schon nach den wenigen gemeinsamen Stunden einen ihr verwandten rebellischen Zug entdeckte, der unter der vornehmen Kultiviertheit wie eine unter Samt gefangene Schlange zuckte.

Mit Madame – sie weigerte sich immer noch, Elena als ihre Mutter zu bezeichnen – hatte sie einen höflichen Waffenstillstand geschlossen, den einzuhalten ihr manchmal schwer fiel. Diese Frau, die kein Stäubchen auf den Möbeln duldete, alles immer in peinlichster Ordnung gerichtet haben wollte, bei jedem Anschein von Unordnung hektisch zu räumen begann und bei jeder milden geistigen Aufregung in Nervenkrämpfe verfiel, war und blieb ihr unverständlich.

Manchmal hatte sie Heimweh nach dem ungebundenen Leben auf den Märkten, nach der Gemeinschaft von Fuhrknechten und Soldaten, der unkomplizierten Kameradschaft ihrer Brüder, den Lagerfeuern und dem warmen Geruch der Pferde. Ordnung und Disziplin waren ihr nicht unbekannt, aber der Sinn militärischer Ordnung erschloss sich ihr mehr als der jener Regeln, die einzuhalten Elena von ihr erwartete. Warum eine Tasse mit spitzen Fingern zum Mund führen und zierliche Schlückchen nehmen, wenn man doch durstig war? Oder es auch dann zu tun, wenn einem die laue Brühe sowieso nicht schmeckte? Warum süße Worte säuseln zu Menschen, denen man lieber den Hintern zudrehte? Warum Kleider tragen, die weder wärmten noch einen herzhaften Marsch aushielten?

Nun ja, Opfer musste man wohl bringen. Antonia seufzte leise. Wenigstens zu hungern brauchte sie nicht mehr. Da sie beim Abendessen wenig Appetit gehabt hatte, machte sich jetzt, zur mitternächtlichen Stunde, ihr Magen mit einem Knurren bemerkbar. In der Küche würde sie Brot und Käse und ein Glas Milch finden.

Lautlos schlich sie durch den Gang die Treppe hinunter. An der halbgeöffneten Salontür blieb sie stehen. Drinnen brannte ein Licht. Sollte Johann vergessen haben, es zu löschen? Sie schob die Tür auf und bemerkte überrascht, dass Elena, in ein wollenes Negligé gehüllt, auf dem Teppich neben dem Kamin lag und Milli im Arm hielt.

»Madame!«, flüsterte Antonia.

»Meine Milli... Es geht zu Ende mit ihr...«

»Oh!« Betroffen trat Antonia näher und kniete sich nieder. Die alte Katze hatte die Augen geschlossen und ihre Flanken unter dem struppigen Fell hoben und senkten sich in heftigen Atemzügen. Aber sie bewegte sich nicht und öffnete auch die Augen nicht.

»Sie sieht nichts mehr«, wisperte Elena. »Aber sie wollte sich verstecken. Immer wieder wollte sie sich unter dem Sofa verkriechen und einmal sogar in dem Kamin. Darum halte ich sie jetzt fest.«

Antonia sah den Kummer in dem durchscheinend blassen Gesicht ihrer Mutter, und sie hoffte, sie würde nicht wieder einen ihrer hektischen Anfälle bekommen. Aber bisher war sie eigenartig gefasst.

»Kannst du mir bitte ein Kissen reichen? Ich möchte Milli nicht loslassen.«

»Natürlich.« Antonia holte eines der Polster und half Elena, sich in eine bequemere Position zu begeben. »Kann ich noch etwas für Sie tun, Madame? Oder für die Katze?«

»Es gibt nicht viel mehr zu tun, als zu warten, Antonia.«

Also ging sie in die Küche, um ein Häppchen zu essen, und nahm auf dem Rückweg ein weiteres Glas Milch mit Honig für Elena mit. Ihre Mutter schüttelte ablehnend den Kopf, also setzte sie sich neben sie auf den Teppich. Schweigend, bewegungslos und geduldig wartete sie neben ihr und der sterbenden Katze, während in der kleinen Pendule neben dem duftenden Fliederstrauß Viertelstunde um Viertelstunde verklang. Um zwei Uhr bewegte sich Milli noch einmal. Aus ihrem Mäulchen kam ein ersticktes Keuchen, dann durchzitterte ein letzter Krampf ihren dünnen Körper, und ihre kleine Katzenseele verließ diese Welt.

Elena ließ die alte Katze sachte auf ihre Decke gleiten, streichelte sie und bewegte ihre Lippen in einem unhörbaren Abschiedsgruß.

»Heilige Sankt Ursula, nimm dich ihrer an!«, flüsterte Antonia und streichelte ebenfalls über ihren Kopf.

Elenas Augen lagen in dunklen Höhlen, aber sie blieben trocken. »Milli war alt, Toni. Sie war zwei Jahre älter als du. Wir haben einen langen, gemeinsamen Weg hinter uns.« Ihre Stimme war vor Traurigkeit rau, und sie machte eine Pause, während der sie sich aufrechter gegen das Polster gelehnt hinsetzte. Dann sah sie Antonia an und fuhr leise fort: »Sie kam zu mir, bald nachdem du geboren warst. Jakoba fand sie hinter der Küche. Sie war verletzt, ein Marder hatte sie in die rechte Vorderpfote gebissen, die Wunde war entzündet und sie dem Tode nahe. Ich habe sie gepflegt, als hinge mein Leben davon ab. Es hing wirklich davon ab, Toni, denn ich war seit der Geburt nicht mehr gesund geworden. Dass ich dich fortgeben musste, hat mich fast zerstört. Meine Welt war dunkel geworden, hoffnungslos und von niederdrückender Schwere. Nur das Bewusstsein, dass ein Selbstmord eine noch größere Sünde war als die, die ich bereits begangen hatte, hielt mich davon ab, ins Wasser zu gehen. Erst diese Katze gab mir wieder ein Ziel.« Sie machte eine Bewegung zu Antonia hin. »Ich weiß, es hört sich überspannt an. Und du hast vollkommen Recht, wenn du mir mein Verhalten vorwirfst. Es muss dir erbärmlich vorkommen. Ein Tier zu pflegen statt des eigenen Kindes …«

»Ich mache es Ihnen nicht zum Vorwurf, Madame. Nicht mehr. Wahrscheinlich haben Sie keinen anderen Ausweg gesehen.«

»Nein, ich sah keinen, als ich feststellte, dass ich schwanger war. Ich hatte es, so gut es ging, verheimlicht, aber Jakoba bemerkte es dennoch. Sie war im Kloster schon unsere Köchin, aber sie hat nie die Gelübde abgelegt. Sie wohnte nicht bei uns, sondern kam immer nur zur Tagesarbeit. Ich hatte Küchendienst – wir mussten abwechselnd immer irgendwelche Arbeiten für die Gemeinschaft verrichten – und sie fragte mich eines Tages danach. Ich war im fünften Monat und sah mit Schrecken in die

Zukunft. Aber ich mochte sie, vertraute auf ihre Verschwiegenheit und erhoffte mir Hilfe von ihr. Sie versprach sie mir und fand sie auch, Toni. Sie kam ein paar Wochen später und brachte mich zu Elisabeth Dahmen.«

»Am Sankt-Ursula-Tag.«

»Ja, am Sankt-Ursula-Tag.«

»Mama gestand mir, es seien ihre Gebete an diesem Tag erhört worden.«

»So war es denn wohl. Toni, ich mag vieles falsch gemacht haben, aber ich glaube, ich habe eine gute Mutter für dich gefunden. Ich hätte dir vermutlich nicht eine solche sein können. Elisabeth war mir sympathisch, und sie war sehr hilfsbereit. Die letzten Wochen meiner Schwangerschaft wohnte ich bei ihr. Du bist in ihrem Haus, in ihrem Bett zur Welt gekommen. Es musste alles in großer Heimlichkeit geschehen, und drei Tage später war ich wieder im Kloster. Dort wurde ich sehr krank, ein Nervenfieber, glaubte man, und aus dieser schrecklichen Zeit half mir erst Milli wieder heraus.« Die Hand, die über das Fell der schwarzweißen Katze strich, zitterte leicht, und Antonia bemerkte, wie sehr Elena um Fassung rang.

»Milli hat ein gutes Leben bei Ihnen gehabt, Madame.«

»Sie hatte es, obwohl sie anfangs nicht so sehr meine Katze war. Im Kloster nahm sie ihre Aufgabe als Küchenkatze sehr ernst. Jakoba überzeugte Mutter Ottilia davon, sie würde die Mäuse von den Vorräten fernhalten. Dann, als die Franzosen kamen, verließen die meisten Nonnen voller Panik die Stadt. Wir hatten furchtbare Gerüchte von Plünderungen und Schändungen gehört. Ich blieb, zusammen mit drei alten Schwestern, die zu gebrechlich für eine lange Reise waren. Jakoba sorgte für uns. Die Franzosen verhielten sich übrigens sehr korrekt. Mich erschütterte weit mehr die Meldung, die Stadtsoldaten hätten Köln verlassen, und Elisabeth sei als Marketenderin mit ihnen gezogen. Sie ließ mir noch durch Jakoba Abschiedsgrüße ausrichten. Damit verlor ich dich vollends.«

Antonia war es bisher nicht gelungen, den Bezug zwischen dem Kind, das Elena verloren hatte, und sich selbst herzustellen. Aber sie verstand Verlust und Trauer, und in einer spontanen

Geste legte sie ihrer Mutter einen Arm um die Schulter. »Es ist lange her.«

»Ja, es ist lange her. Milli ist tot, und du bist hier. Ich fühle mich wie ausgehöhlt.«

»Wir wollen Milli in ein schönes Tuch wickeln und morgen im Garten begraben. Sie hat doch bestimmt einen Platz gehabt, an dem sie gerne war?«

»Ja, ja, den hatte sie. Danke, Toni.« Elena drückte leicht Antonias Hand und stand dann auf. »Ich hole ein Tuch.«

Sie wickelten die alte Katze in einen Seidenschal und legten sie in ihren Korb. Dann löschten sie die Lichter aus und gingen gemeinsam die Treppen hoch. Vor der Schlafzimmertür blieb Elena noch einmal stehen und hob die Hand, um Antonia zögernd über die Wange zu streichen.

»Gute Nacht, Toni.«

»Gute Nacht, Frau Mutter«, wünschte Antonia ihr leise. Dann floh sie in ihr Zimmer.

Lange verfolgte sie das Erlebte der letzten Stunden, und kurz bevor sie einschlief, zuckte wie ein plötzliches Wetterleuchten die Frage durch das schwere Gewölk ihrer Gedanken: »Wer mag wohl mein leiblicher Vater sein?«

Böhmischer Bilderbogen

Wenn es beginnt zu tagen,
die Erde dampft und blinkt,
die Vögel lustig schlagen,
dass dir dein Herz erklingt:
Da mag vergehn, verwehen
das trübe Erdenleid,
da sollst du auferstehen
in junger Herrlichkeit.

Abschied, Eichendorff

Seit einem Monat war David unterwegs. Er reiste mit leichtem Gepäck. Derbe Stiefel an den Füßen, ein weites Leinenhemd mit Umschlagkragen, Lederhosen und ein schlichter, knielanger Rock waren seine Kleidung, im Tornister hatte er Wäsche zum Wechseln, ein leeres Tagebuch und Stifte, sowie den neuen Reiseführer durch die sächsische Schweiz von Pfarrer Nikolai und einen schmalen Gedichtband. Sein Geld trug er in einem dünnen Ledergürtel um den Leib. Gleich nach der Urteilsverkündung war er aufgebrochen, war von Berlin aus nach Süden gewandert, zunächst ohne jedes Ziel. Seine Wohnung hatte er gekündigt, seine Habseligkeiten bei Detterings untergestellt und sich sonst von niemandem verabschiedet.

Der lange Brief, den er in der beklemmendsten Nacht seines Lebens geschrieben hatte, war zu kleinen Fetzen zerrissen worden und im Kamin zu Asche verbrannt.

Man hatte die Anklage wegen Desertion und Feigheit vor dem Feind fallen lassen. Zwei Offiziere aus Blüchers Stab hatten für ihn gesprochen, und auch der General a.D. von Ebra, Nikolaus' Großvater, hatte seinen Einfluss geltend gemacht. Doch seines Offizierspatents war er verlustig gegangen. Unehrenhafte Entlassung aus dem Militärdienst lautete das Urteil. Mit stoischer Miene hatte er es entgegengenommen, seinen Säbel abgelegt und anschließend die Uniform fortgepackt. Wegwerfen konnte er sie nicht. Genauso wenig aber konnte er in Berlin bleiben. Lavinias Rat zu befolgen, schien ihm die sinnvollste Möglichkeit, erst einmal wieder zu sich selbst zu finden.

Die ersten Tage war er unablässig marschiert, alleine, seinen trüben Gedanken nachhängend. Er hatte wenig von der Landschaft mitbekommen, die er durchquerte. Weder Nieselregen noch Graupelschauer, weder Sonnenschein noch kühler Wind machten Eindruck auf ihn. Abends war er todmüde von der Anstrengung in irgendein Bett gesunken, ein paar Mal übernachtete er sogar in Heuschobern. Größere Städte mied er, und erst hinter Dresden war er an die Elbe gelangt. Weggefährten hatte er nicht gesucht, und wenn sich ihm jemand anschließen wollte, vertrieb er ihn bald mit seiner Schroffheit und Wortkargheit.

An diesem Junimorgen aber trat eine Änderung ein. Er war vor Sonnenaufgang aufgebrochen, das Bett in der Herberge war einem erholsamen Schlaf nicht dienlich gewesen. Die klumpige Matratze hatte ihn gedrückt, und ein paar unappetitliche Tierchen waren durch die muffigen Decken gekrochen. Er genoss nun draußen umso mehr die klare, saubere Atmosphäre. Es lag Frühnebel über dem Elbetal, und hier und da ragten phantastische Gebilde aus Sandstein heraus. Auf einer Anhöhe blieb David stehen und sog die kühlfeuchte Luft ein. Der Himmel wölbte sich in milchigem Blau über das Land, einige Wolken am Horizont färbten sich bereits rosig. Der Tag versprach sonnig zu werden. Noch netzten feinste Tröpfchen die bemoosten Steine und die zarten Spinnweben in den Büschen. Vögel schmetterten ihre Lieder, und ein Langohr hoppelte mit blinkendem weißem Schwanz geschäftig beinahe über seine Stiefelspitze. Wie Speerspitzen brachen die Sonnenstrahlen durch den dünnen Nebel, und der Osten erglühte in brennendem Orange.

Atemlos verfolgte David, wie die Natur sich wandelte, wie das dämmerige Grau zu Pastellen wurde und dann die Farben an Leuchtkraft gewannen. Üppig grün schimmerte das feuchte Gras zu seinen Füßen, der Tau auf den Halmen flimmerte wie Brillanten, die Blüten des wilden Steinkrauts jubelten in strahlendem Gelb, und tiefschwarz erhoben sich die bizarren Steinpfeiler des Gebirges vor dem Azur des Himmels. Die Morgenbrise ließ die weißen Nebel im Tal wabern, unter ihnen erahnte man das glitzernde Band des Flusses.

Der Künstler in David erwachte zaghaft, und voll Staunen entdeckte er den Drang, das Geschaute festzuhalten. Es war lange her, dass er diesen Wunsch gehegt hatte. Zwar hatte er ein Heft mitgenommen, um seine Gedanken festzuhalten, aber bisher hatte er kein einziges Mal den Stift zur Hand genommen. Jetzt aber fühlte er sich versucht, einige Skizzen zu machen. Er trat auf die Felsen zu und streifte mit der Hand über den kalten Stein, die glänzenden Efeublätter und die kleinen, zähen Blümchen, die sich in den Ritzen anklammerten. Im nächsten größeren Ort würde er einen Skizzenblock erstehen. Zufrieden mit diesem Gedanken machte er sich auf den Weg durch den Sommermorgen. Es schlüpfte, während er zügig ausschritt, sogar ein kleines, unmelodiöses Liedchen über seine Lippen.

Um die Mittagszeit machte er an einem Bachlauf Rast, um seine Wegzehrung zu verspeisen und seine Reiseflasche mit dem klaren Wasser aufzufüllen. Ein Blick in den Reiseführer zeigte ihm, dass Königstein nicht mehr weit war, und er beschloss, sich die Festung und die als beeindruckend bezeichneten Felsformationen anzusehen. Außerdem gab es dort sicher einen annehmbaren Gasthof.

Am späten Nachmittag erreicht er sein Ziel und fand nicht nur eine passable Unterkunft, sondern sogar einen Laden, der ihn mit Zeichenmaterial versorgte. Die Krämerin war nicht erstaunt über seinen Wunsch, sondern vertraute ihm an, viele Künstler suchten Inspiration in ihrer schönen Gegend. Sie schien stolz darauf zu sein, und David wechselte einige freundliche Worte mit ihr, um herauszufinden, welche Route sich denn am meisten lohnte.

Auch im Gasthaus verspürte er das Bedürfnis nach Geselligkeit, und als sich ein junger Mann, ähnlich wie er für die Wanderschaft gekleidet, an seinen Tisch setzte, blieb er diesmal nicht abweisend, sondern grüßte freundlich. Paul David Lettow stellte sich als Student der Rechtswissenschaft vor, und David machte die

Probe aufs Exempel. Er bezeichnete sich als »ehemaligen Offizier«, was dem jungen Mann nur die schulterzuckende Bemerkung entlockte: »Das dürften heute fast alle Angehörigen unserer glorreichen Streitkräfte sein. Ehemalig, meine ich.«

»Oder gefangen oder tot.«

»Dann ist ehemalig ja noch eine erfreuliche Alternative. Waren Sie in Jena dabei?«

»Wir können den Abend gemütlich bei einem Schoppen Wein verbringen oder getrennte Wege gehen.«

»Verzeihung. Wissen Sie, ich hatte mir nach einem anstrengenden Semester vorgenommen, mir bei einer tüchtigen Wanderung den Wind durch das Gehirn pusten zu lassen. Offenbar hat er es mir, als ich nicht aufpasste, aus den Ohren herausgeblasen. In welche Richtung sind Sie unterwegs?«

»Gen Süden. Die Kramladenbesitzerin hat mir empfohlen, weiter an der Elbe entlangzuziehen.«

»Nicht die schlechteste Idee.«

Sie tauschten weitere Erfahrungen aus, und schließlich verabredeten sie sich, die nächsten Etappen gemeinsam zu bestreiten.

David stellte fest, dass sein Begleiter ein angenehmer Weggefährte war, schweigsam, ausdauernd, aber ehrlich fasziniert von den immer wieder auftauchenden Ausblicken. Er war auch überaus interessiert, als David, während sie unter einem schattigen Baum Rast machten, seine Stifte aus dem Tornister holte und eine schnelle Zeichnung von einem verfallenen Bauernhaus machte.

»Ich wünschte, ich hätte ein solches Talent. Aber meine Grenzen liegen bei einfachen Strichmännchen.«

»Sie pfeifen recht melodiös, mein Lieber. Sollte ich das wagen, würden die Zugvögel schon heute auf Wanderschaft gehen.«

Sie verstanden sich gut, und den folgenden Tag trotteten sie nebeneinander her, machten sich gegenseitig auf die Naturschönheiten aufmerksam. Später, als sie bei einem kalten Apfelwein im schattigen Garten saßen, meinte Paul zufrieden: »Sehr therapeutisch, eine solche Wanderung, nicht wahr? Ich muss Paragraphen aus meinem Hirn kriegen und einen Familienärger, und du hast auch etwas, was am besten in der Sonne verdampfen sollte. Ist dieser Reiseführer griffbereit?«

»Ah, natürlich. Hast du ein besonderes Ziel?«

»Ja, es gibt da eine Gegend, die überaus malerisch ist. Ich will sehen, wie weit sie von hier entfernt liegt. Vor drei Jahren habe ich eine ähnliche Wanderung gemacht, und die Stelle hat mich tief beeindruckt.«

Sie beugten sich also über die Karte und beschlossen, am kommenden Morgen zu der Klamm aufzubrechen, die Paul so sehenswert fand.

David hatte, nach einigen erholsamen Nächten, wieder unruhig geschlafen. Der Juli war ungewöhnlich warm, es kühlte kaum ab, und sirrende Mückenschwärme hatten über seinem Bett getanzt. Schon als sie in der Frühe aufbrachen, war es drückend. Ihre Röcke trugen sie zusammengefaltet auf ihre Tornister geschnallt, die Ärmel ihrer Hemden aufgerollt. Schweigsam folgten sie einem ausgetretenen Pfad, und um die Mittagszeit begann der Abstieg in die schmale, enge Klamm. Schweiß lief David von der Stirn und in den Nacken. Die Mückenstiche juckten und brannten, an der linken Ferse hatte er sich eine Blase gelaufen. Auch Pauls blonde Haare ringelten sich feucht um seinen Kopf, aber ihm schien die feuchte Hitze nichts auszumachen. Er pfiff, wie üblich, eine komplizierte Melodie vor sich hin, während er vor David Schritt um Schritt auf dem moosigen Weg voranging.

»Himmel, das erdrückt einen ja«, stöhnte David und blieb stehen. »Hier kommen wir nicht weiter.«

Eine gewaltige Fichte war von der Felswand quer über den Weg gefallen, und ihr nadelloses Geäst zeichnete sich wie totes Filigran in der Sonnenglast ab. Wurzelwerk zog sich gleich erstarrten Schlangen über den Pfad, rankendes Dornengestrüpp schien den Durchgang verwehren zu wollen, und hoch vor ihnen erhoben sich mahnend steinerne Riesenfinger vor dem dunstigen Himmel. Ein seltsam mit Flechten bewachsener Baumstumpf gemahnte an eine trauernde Frau, ein grauer, verwitterter Stein erinnerte David an einen ausgebleichten Pferdeschädel. Paul war ebenfalls stehen geblieben und wischte sich mit einem Tuch über die Stirn.

»Doch, es geht weiter. Keine Sorge. Ich bin diese Strecke schon einmal gegangen, von der anderen Seite aus. Aber wir könnten eine Rast machen, ich habe Durst.«

»Hier?« Unbehaglich sah sich David um. Er konnte nicht sagen, was ihm so bedrohlich schien. Aber er fühlte sich nicht wohl in dieser engen Klamm. Andererseits war er durstig, und so ließen sie sich auf herumliegenden Geröllbrocken nieder.

»Wenn es dir unheimlich ist, rezitiere den dreiundzwanzigsten Psalm, David. Er ist sehr passend hier«, schlug Paul mit einem feinen Lächeln vor und setzte die Wasserflasche ab.

»Da hast du mir etwas Bildung voraus. Ich kenne die Psalmen nicht.«

»›Und ob ich schon wanderte in finsterem Tal, fürchte ich kein Unglück; denn du bist bei mir, dein Stecken und Stab trösten mich‹«, zitierte er. »Eine beruhigende Vorstellung.«

»Wenn du meinst.«

»Hast du kein Gottvertrauen, David?«

»Nein. Mein Vertrauen in einen Gott, mein Glaube und meine Hoffnung sind irgendwo auf den Schlachtfeldern verloren gegangen.« Bitter klang es, doch es war das erste Mal, dass David eine Andeutung zu dem machte, was er erlebt hatte, und Paul, ein geduldiger und feinfühliger Begleiter, begann vorsichtig nach der Öffnung zu tasten, die er jetzt spürte.

»Mag dein Glauben an Gott dort geblieben sein, David, der an die Dämonen ist noch lebendig, scheint's. Hier, in diesem tiefen, stickigen Tal verdichten sie sich, nicht wahr?«

David stöhnte unwillkürlich. »Wenn du wüsstest…«

»Ich wüsste es, wenn du es mir anvertrautest, mein Freund.«

Stumm schüttelte David seinen Kopf. Aber dann erzählte er, mit sehr leiser Stimme.

»Meine Dämonen ähneln nicht jenen steinernen Abbildern an den Kirchenmauern oder denen auf den Höllenbildern des Bosch. Sie tragen keine tierischen Fratzen – es sind die Gesichter von Kameraden, Freunden, Fremden und Feinden, von Entsetzen und Grauen verzerrt, von unmenschlichen Schmerzen gemartert, in schreiender Todesangst entstellt. Sie sind umgeben von dem Gestank nach Blut und Verwesung, von Exkrementen und Erbrochenem, von verzweifelten Hilferufen, Stöhnen und gepeinigtem Keuchen. Wie viele haben jenen Gott gerufen in ihrer Verzweiflung! Sie verfolgen mich, Paul. Ich habe Wunden gesehen, Verstümmelungen, Leichen – Elend. Das alles, weil ein paar verkalkte Idioten nicht einsehen wollten, dass Krieg kein Manöver ist. Unsere Generäle haben die Leute ins feindliche Feuer gejagt. Und dann auf den Schlachtfeldern jämmerlich verbluten lassen.«

»Jena?«

»Ja, und einige davor und danach. In Magdeburg waren wir eingeschlossen. Herrgott, ich habe meinen Vorgesetzten geschlagen, um wenigstens eine Chance zu bekommen, damit wir den Rückzug antreten konnten.«

»Es ist dir nicht gelungen?«

»Sie haben kapituliert. Zwanzigtausend sind in Gefangenschaft geraten, mussten nach Frankreich marschieren, halb verhungert, viele verletzt ...«

»Und dich hat man kassiert.«

»Ja.«

Paul stand auf und strich mit den Händen durch ein paar Blätter, die auf der sonnenbeschienenen Südseite der Klamm wuchsen, und kam mit einigen roten Beeren zurück.

»Wilde Erdbeeren. ›Du bereitest mir einen Tisch im Angesicht meiner Feinde.‹ Oder auch der Dämonen.« Er reichte sie David, der sie verwundert kostete.

»Sie sind sauer, aber ich will mich nicht beklagen.«

»Sie löschen den Durst.«

»Wirst du auch dafür sorgen, dass mein Haupt gesalbt wird?«, fragte David leichthin, und Paul lachte auf.

»Du erinnerst dich also doch.«

»Ja, es ist nicht alles verloren, scheint's. Mein Vater – mein leiblicher Vater, hat manchmal diesen Psalm als Nachtgebet für mich gesprochen, als ich ein kleiner Junge war. Mein Vater gehörte dem Kölner Domkapitel an«, fügte er erklärend hinzu. »Meine Mutter hat einen Major Cattgard geheiratet. Der, den ich niedergeschlagen habe.«

»Dann bist du katholisch?«

»Trennen uns jetzt Welten, Protestant?«

»Nur ein paar kleine Dämonen. Hat dir dein Vater den Glauben daran mitgegeben?«

»Nein, darauf bin ich ganz alleine gekommen. Mein Vater – nun, er hat seine eigenen Ansichten, denke ich. Er hat mir lediglich die Idee eines großen Weltenerbauers mitgegeben.« David zögerte einen Augenblick, dann schloss er: »Der gute Hirte ist auf den blutgetränkten Feldern geblieben. Der Baumeister – er ist noch nicht ganz verloren.«

Seltsam eindringlich musterte Paul seinen Freund und nickte dann. »Schön, durchqueren wir nun dieses Tal.«

»Ja, brechen wir auf. Es scheint mir jetzt nicht mehr ganz so erdrückend zu sein.«

Während er zügig dahinwanderte, erlaubte er sich erstmals, einen distanzierten Blick auf seine Lage zu werfen. Bisher hatte Bitternis in ihm gewütet, Schuld, aber auch das Gefühl, von einem ungerechten Schicksal geschlagen worden zu sein. Aber war es denn wirklich so niederschmetternd, was ihm selbst widerfahren war?

Am darauffolgenden Tag nahmen sie einen Weg über die Hochebene in der Hoffnung, hier den einen oder anderen Windhauch zu erhaschen. Doch die Luft blieb meist unbewegt, und einmal meinte David, es fühle sich an, als bewegten sie sich in kochendem Sirup. Sie fanden, als die Sonne im Zenit stand, einen Lagerplatz im Schatten einer Ruine. Ein Maurer aus alter Zeit hatte einen perfekten Spitzbogen gestaltet, dauerhaft und das einzige überlebende Fragment eines größeren Gebäudes.

»Was mag das gewesen sein? War es eine Kapelle, ein Haus, gar eine Burg?«, überlegte Paul laut. »Es gibt hier viele derartige Überreste, verlassene Ansiedlungen, geschleifte Befestigungen, einsame Kirchen.«

»Auf jeden Fall stammt es aus der Zeit der Gotik.«

David hatte seinen Skizzenblock hervorgeholt und zeichnete geschwind den Bogen. Die Reste des geschwungenen Maßwerks, ein Dreiblatt über Doppelbogen, vervollständigte er und fügte die Mauern an, wie sie sich aus den wenigen noch vorhandenen Resten ergaben.

»Eine Kapelle, würde ich annehmen.«

»Wenn man es so rekonstruiert – ja, eine Kapelle. Donnerwetter!«

»Wie du sagst – Donnerwetter. Schau mal, Paul!«

Über die grüne, hügelige Ebene, die sie von ihrem Platz aus überblicken konnten, sahen sie in der Ferne eine dunkle Wolkenwand aufziehen.

»Das wird uns eine Abkühlung bringen.«

»Na, hoffentlich. Machen wir uns auf den Weg, es müsste hier bald eine Herberge am Weg liegen, wenn man deinem Pfarrer Nikolai glauben darf. Wenn wir Glück haben, erreichen wir sie vor dem Unwetter.«

Sie beschleunigten ihre Schritte, denn schon bald wirbelten die ersten Böen den Staub auf, und Wolkenfetzen fegten über den verschleierten Himmel.

»Da, schau mal? Ist der Mensch verrückt?« David wies auf einen Mann, der an einem Felsvorsprung an einer Staffelei stand und eifrig pinselte.

»Alle Künstler sind verrückt. Er merkt vermutlich das Gewitter erst, wenn der Blitz neben ihm niederfährt. He, holla, Freund!« Paul rief und eilte auf den Maler zu, dessen Skizzenblock von einem Windstoß erfasst wurde. David lief hinter ihm her und fing den Hut auf, der neben der Staffelei auf dem Boden lag und nun loskollerte.

»Kommen Sie, Mann! Gleich wischt Ihnen der Regen die Farbe vom Blatt.«

»O Mist!«, murmelte der Maler und packte eilig die Farbtuben in die Kiste. »Ich hab's nicht bemerkt.«

»Das haben wir uns so gedacht. Schnell, kommen Sie, ich nehme das Bild, David, du die Staffelei und Sie den Kasten. Da entlang, ich habe das Schild gesehen. Es geht da vorne rechts zu dem Gasthaus, das wir suchten.«

»Ja. Ja, da wohne ich.«

Sie rannten, von Sturmböen gepeitscht, den holprigen Weg entlang, und etwa hundert Schritt vor dem Haus ergoss sich der erste Schauer über sie. Lachend und sich wie nasse junge Hunde schüttelnd, stürzten sie in den Hausflur.

»Herr Friedrich, Herr Friedrich! Ich habe Ihnen doch gesagt, es gibt ein Wetter!« Behäbig kam die Wirtin angewatschelt und schalt den tropfenden Maler.

»Ja, Sie hatten natürlich Recht. Aber das Licht …«

»Immer das Licht, immer das Licht. Und wer seid Ihr?«

»Meine Retter, sie halfen, dieses Meisterwerk zu bergen«, antwortete der Maler mit einer kleinen, ironischen Verbeugung. David verbeugte sich ebenfalls und stellte sie vor.

»David von Hoven, Paul David Lettow, auf einer Wanderschaft und auf der Suche nach einer trockenen Herberge.«

Der Maler begann zu lachen.

»Na, da möchte man gerade Schillern zitieren: ›Ich sei, gewährt mir die Bitte, in eurem Bunde der Dritte!‹ Caspar David Friedrich, mein Name.«

»Zitieren Sie mir diesen Rebellen nicht in meinem Haus!«, begehrte die Wirtin auf, war aber schon dabei, Schlüssel vom Hakenbrett zu pflücken. »Sonst bekommen Sie dieses hübsche luftige Zimmer nicht, meine Herren Davids.«

Ein Donnerkrachen ertönte, und der Regen wurde zu Hagel. Sie folgten allesamt der Wirtsfrau die Stiege empor. Paul und David erhielten ein geräumiges Zimmer, der Maler hatte seines schon nebenan bezogen. Man verabredete sich auf einen Schoppen im Gastraum.

David empfand sofort Sympathie für den Mann mit dem buschigen Backenbart. Er mochte nur wenige Jahre älter sein als er selbst, etwa Anfang der dreißig. Er erzählte launig von seinen ersten Versuchen, in Öl zu malen, eine Technik, die er sich erst vor Kurzem angeeignet hatte.

»Sepia, Bleistift, manchmal Aquarell, ja, aber Öl ist eine Herausforderung.«

»Die Sie offensichtlich gemeistert haben, wenn ich mir dieses Bild betrachte. Landschaften liegen Ihnen?«

Er bestätigte es und erzählte ihnen, auch er sei auf einer Wanderung, auf der Suche nach Motiven. Ein Wort gab das andere, und schon lagen Skizzenmappen auf dem Tisch ausgebreitet.

»Unbeschreiblich, Herr Friedrich. Ich habe diese und ähnliche

Felsen, derartige Ruinen und solche Bäume hier gesehen. Dennoch enthüllen Ihre Bilder mehr, als ich mit meinen Augen wahrnehmen konnte.«

»Der Maler soll nicht nur malen, was er vor sich sieht, sondern auch, was er in sich sieht. Sieht er aber nichts in sich, sollte er es auch unterlassen zu malen, was er vor sich sieht.«

»Das, lieber Freund, unterscheidet uns beide – Sie sind der Künstler, ich der Konstrukteur.«

»Dafür, Herr Friedrich, beherrscht David jedoch die Perspektive und hat einen untrüglichen Blick dafür, in dem Unvollendeten das Ganze zu sehen.«

Caspar David Friedrich betrachtete Davids Zeichnungen und nickte zustimmend. Draußen tobte noch immer das Gewitter, und die Wirtin zündete einige Lampen an. Zufrieden musterte sie die drei Herren, die fachsimpelnd um den Tisch voller Blätter saßen. Sie war froh darum, denn sie mochte den Maler, doch er war ihr in der Woche, die er in ihrem Haus weilte, recht melancholisch vorgekommen. Es war gut, ihn in dieser Gesellschaft fröhlich lachen zu hören. Sie wandte sich der Küche zu und beschloss, dass den jungen Männern ein kräftiges Abendessen aus Schinken, Eiern, Bratkartoffeln und den von ihr selbst eingelegten sauren Gurken schmecken würde.

Drei Tage blieben sie in dem Gasthaus, denn das Wetter war umgeschlagen, und ein solider Dauerregen durchnässte die Natur. Andere Wanderer waren hinzugekommen, einer hatte eine Gitarre dabei, sodass Lieder und Gesänge durch das Haus schallten. David beteiligte sich an allen Gesprächen, aber besonders gerne unterhielt er sich mit Caspar David Friedrich. Sie stritten freundschaftlich über die Bedeutung der Italienreisen und Antikenstudien, die Friedrich für vernachlässigbare Modetrends hielt, suchten nach Inhalt und Bedeutung in Natur und Kunstformen, diskutierten über die Wirkungen von Farben und Bildaufteilungen, und am dritten Abend berichtete der Maler von der Akademie der schönen Künste in Dresden und ihren Studiengängen.

In dieser Nacht ließ der Regen nach, und David, schlaflos und sehr nachdenklich, wanderte unter den Bäumen im Garten auf und ab. Paul beobachtete ihn von seinem Fenster aus, überlegte, ob er sich zu ihm gesellen sollte, entschied sich dann aber anders. Er setzte sich stattdessen am Tisch nieder und schärfte eine Feder.

»Du wirst uns verlassen, David.« Es war eine Feststellung, keine Frage, mit der sein Freund ihn am Morgen nach dem Aufstehen begrüßte.

»Ja, Paul. Ich bin jetzt über sechs Wochen unterwegs. Es ist an der Zeit zurückzukehren.«

»Irgendwann ist es daran. Ich werde auch bald heimkehren, der Ernst des Lebens – die Abschlussprüfungen – warten auf mich. Die Wanderung hat mir gutgetan.«

»Mir ebenso. Und, Paul, auch deine Gesellschaft. Ich weiß noch nicht, wo ich demnächst wohnen werde, aber gib du mir auf alle Fälle deine Adresse.«

»Das tue ich. Noch etwas, David. Hier ist ein Brief. Übergib ihn diesem Mann in Dresden. Er wird dir weiterhelfen. Aber …«, er hob mahnend den Finger, »das Siegel muss unberührt bleiben. Glaub mir, er wird jede Art von Manipulation daran erkennen.«

»Ein Geheimnis?«

»Nein, eine Bitte um Vertrauen.«

»Warum tust du das für mich?«

»Du weißt noch nicht mal, ob es dir nützt oder schadet.«

Sie trennten sich nach dem Frühstück mit einer freundschaftlichen Umarmung. Dann machte sich David auf den Weg zu einem Mann, von dem er nur wusste, dass sein Name Leopold Stark lautete.

Teebesuch

Er sieht ihr alle Tage
Mit neuer Liebe zu
Und scheut nicht Fleiß und Plage,
Sie lässt ihm keine Ruh

Der Herr der Erde, Novalis

»Mademoiselle haben ein bezauberndes Gesichtchen. Nur ein winziges bisschen Rouge …«

»Kein Rouge, kein Puder, keine Lippenpomade!« Antonia saß vor dem Spiegel und funkelte den Coiffeur an. Aber trotz ihrer barschen Ablehnung aller Kosmetika musste sie insgeheim zugeben, dass der Mann ein kleines Wunder vollbracht hatte. Früher hatte Elisabeth ihre Haare kurz geschnitten, später hatte Antonia selbst mit einer Schere daran herumgesäbelt, wenn sie mehr als fingerlang gewachsen waren. Diesmal hatte der Meister der Frisuren mit einem scharfen Messerchen fast eine Stunde lang Strähnchen für Strähnchen bearbeitet, die lockige Fülle mit seinen geheimnisvollen Mitteln gesalbt und gebürstet, und nun glänzten die dunkelblonden Haare mit ihren goldenen Lichtern wie ein Heiligenschein um ihren Kopf.

»Die Frisur ist ihnen hervorragend gelungen«, lobte Elena den Haarkünstler. »Sie hat eine frische Haut und bedarf der künstlichen Verschönerung nicht. Ach, wenn ich bedenke, dass meine Locken nur bestehen können, wenn ich sie auf Papilloten wickele – ich könnte neidisch werden, Antonia.«

Beide Damen hatten es strikt abgelehnt, ihre Haare wachsen zu lassen. Elena, die bei ihrem Eintritt in den Orden ihre langen Flechten hatte abschneiden lassen, empfand die kurzen Haare auch nach ihrer Rückkehr in das weltliche Leben als praktisch, abgesehen davon war die Coiffure »à la Titus« derzeit für Damen en vogue. Antonia hatte sich überhaupt nicht vorstellen können, sie mehr als eben kinnlang zu tragen. Aber sie hatte sich bereit erklärt, die Locken mit Kämmen hochzustecken, was ihr schmales, fein geschnittenes Gesicht anmutig betonte.

»Madame sehen höchst vornehm aus. Ist Mademoiselle eine Verwandte von ihnen?« Der Coiffeur packte sein Handwerkszeug zusammen.

»Wie meinen Sie das?«

»Oh, pardon, ich wollte Ihnen nicht zu nahe treten. Ich dachte nur – sie wissen, diese Partie um die Augen.«

Antonia brachte ein grauenerregendes Schielen zustande, und der arme Mann ließ fahrig seine Bürste fallen. Elena gab ein entrüstetes: »Antonia!«, von sich.

»Verzeihung. Ich werde mich wohl in eines der neuen Kleider werfen müssen, nehme ich an?«

»Das cremefarbene, Liebes. Und vielleicht den grünen Shawl?«

»Na gut. Danke, Monsieur.« Antonia brachte eine angemessen herablassend grazile Verbeugung zustande und verließ Elenas Boudoir.

Sie besaß, dank Susannes Überredungskünsten und Elenas ausgezeichnetem Geschmack, inzwischen eine umfangreiche Garderobe, wie sie einer jungen Dame aus gutem Hause gebührte. Für den nachmittäglichen Besuch, der an diesem Tag anstand, war ein leichtes Leinenkleid angemessen. Es bestand aus einem gerade geschnittenen, fußlangen Hemd, über dem eine kniekurze Tunika unter der Brust mit einem grünen Band gerafft war. Feine Blattstickereien in grünen Tönen umrankten Ausschnitt und Säume. Vor dem Spiegel hatte sie das Drapieren des Shawls lange und meist unwillig üben müssen, jetzt aber gelang es ihr, dem feinen Tuch mit wenigen Handgriffen einen gefälligen Faltenwurf zu verleihen.

Nach Millis Tod war sie Elena nähergekommen, und ihre strikte Höflichkeit enthielt einen wärmeren Unterton. So hatte sie denn zugestimmt, die beste Freundin ihrer Mutter kennenzulernen, die sie an diesem Nachmittag besuchen sollte. Hier, vor dem Spiegel, gestand sie sich ein, dass sie ein klein wenig aufgeregt war. Der gemeinsame Tee mit Charlotte war ihr erster gesellschaftlicher Auftritt. Immerhin waren sie und die Waldeggs übereingekommen, noch nichts von ihrer verwandtschaftlichen Beziehung verlauten zu lassen. Diese Überraschung würden sie erst dann enthüllen, wenn Antonia sich dazu bereit fühlte.

Charlotte traf etwas verspätet ein, Elena legte ihre Stickerei nieder und stand auf, um sie mit einer leichten Umarmung zu begrüßen.

»Meine liebe Charlotte. Du siehst blühend aus.«

»Ah, und du, Elena, kühl wie eine Forelle im Teich. Wie machst du das nur, bei dieser Hitze?«

Antonia ließ ihre Stricknadeln ebenfalls sinken, stand auf und betrachtete die Besucherin. Üppig, war ihr erster Eindruck. Alles an ihr war üppig, die rotgoldene Haarpracht, ihre schwellenden, roten Lippen, der wogende Busen, das wallende Seidenkleid, der umfangreiche Shawl und der Duft von Ambra und Lilien, der sich in der drückenden Wärme im ganzen Raum entfaltete. Ihr goldgelbes seidenes Gewand rauschte, als sie sich in einen der Fauteuils fallen ließ und den bunten Kashmir-Shawl flink um sich drapierte. Ihre Augen streiften Antonia mit einem kurzen, aber sehr intensiven Blick.

»Charlotte, darf ich dir Antonia, unsere liebe Hausgenossin, vorstellen?«

Antonia machte, wie sie es gelernt hatte, ihren Begrüßungsknicks und murmelte die passenden Floskeln.

»Was für ein reizendes Kind, Elena. Wie schön für dich, etwas junge Gesellschaft zu haben. Wo du doch keine eigenen Kinder hast.«

»Ja, es ist schön, Jugend im Haus zu haben. Wie geht es meinem Cousin und seiner Familie, Liebe?«

»Karl Ludwig rafft und schafft wie üblich. Elisa hatte einen vereiterten Backenzahn, und – ah – wie sie gelitten hat!«

Sie plauderte über dies und das, aber immer wieder huschten Charlottes Augen zu dem Mädchen hin, das schweigend mit den Stricknadeln klapperte.

»Woran arbeitest du denn da, Antonia«, wollte die Besucherin schließlich wissen.

»Ich stricke Strümpfe, Mademoiselle Pfeifer.«

Perlend lachte Charlotte auf. »Stümpfe? Strümpfe strickst du? Erwarten wir einen kalten Winter?«

»Sie strickt Kinderstrümpfchen, Charlotte. Für unsere bedürftigen Mütter.«

»Mein Gott, Elena! Täten die nicht gut daran, selbst für ihre Blagen zu stricken?«

»Ich stricke gerne, Mademoiselle«, erwiderte Antonia mit einem gezierten Lächeln in kühlem Ton, der sie selbst überraschte. Erstaunt über ihren Erfolg bemerkte sie, dass Charlotte sie von jetzt an mit weniger Aufmerksamkeit bedachte. Genau das hatte sie beabsichtigt. Ihre Anspannung ließ nach, und als der Tee gebracht wurde, erledigte sie die Pflicht des Einschenkens und Servierens mit gelassenem Anstand.

»Fruchttörtchen! Jakobas Hand spüre ich da.« Charlotte langte kräftig zu. »Sie ist noch immer eine phantastische Köchin. Wie die Zeit vergeht. Sie ist nach der Auflösung des Klosters zu Waldegg gegangen, nicht wahr? Bald danach bist du ihr gefolgt. Ich erinnere mich, Elisa war mächtig verstimmt, als du sie so Hals über Kopf verlassen hast.«

»Die alte Haushälterin Irmtraut war krank geworden. Ich habe es Elisa erklärt.«

»Nun, sie ist nachtragend, deine Base. Ich habe auch so meine Probleme mit ihr, wie du weißt. Aber das hat jetzt ein Ende.« Charlotte machte eine dramatische Pause und nippte an ihrem Tee.

»In welcher Form, meine Liebe?«

»In der Form, beste Elena, dass ich meinem eigenen Haushalt vorstehen werde. In zwei Wochen heirate ich!«

»Charlotte! Du hast nie etwas davon erwähnt!«

»Wir wollten es nicht an die große Glocke hängen. Du weißt ja, mein Status als Gesellschafterin ... Man könnte es mir übel nehmen. Elisa tut es tatsächlich auch.«

»Wer ist es, Liebste? Jemand den ich kenne?«

»Vielleicht. Ich denke, dein Waldegg kennt ihn bestimmt. Frédéric Kormann, Mitglied des Magistrats und Kommissär des Wohlfahrtsbureaus.«

Es kostete Antonia all ihre Willenskraft, den verblüfften Aufschrei zu unterdrücken und mit gelangweilter Miene weiter Masche für Masche abzuheben.

Elena wirkte erfreut. »Hermann erwähnte ihn ein, zwei Mal, aber ich kenne ihn nicht persönlich. Wie wunderbar für dich. Ein einflussreicher Mann, nehme ich an.«

»Man wird noch von ihm hören, denke ich. Er hat für uns übrigens ein wundervolles Haus am Neuen Markt gekauft. Ein wenig heruntergekommen ist es ja, aber Karl Ludwig hat die Renovierungsarbeiten übernommen. Ich schwelge derzeit in Tapetenmustern und Portieren, Polsterbezügen und Kristalllüstern. Frédéric überlässt die Einrichtung ganz mir. Er hält meinen Geschmack für exquisit.«

Die nächste halbe Stunde verging mit detaillierten Beschreibungen von Möbeln und Teppichen, Tisch- und Bettwäsche, Porzellan und Silber. Dabei verschwand fast die gesamte Platte Törtchen in Charlottes lebhaft plapperndem Mund.

»Ich denke, zu Beginn des nächsten Jahres werden wir einziehen können. Nach der Hochzeit werden wir erst einmal eine kleine Reise machen und den Winter im Süden verbringen. Frédéric ist ja ein so verständnisvoller Mann.«

»Ich freue mich aufrichtig für dich, Charlotte. Du hattest es nicht immer leicht.«

»Ach, je nun, Vergangenheit ist vergangen. Ich werde mich umgewöhnen müssen, als Hausherrin. Es wäre schön, wenn du mir mit deinem Rat helfen könntest.«

»Aber selbstverständlich. Was möchtest du denn wissen?«

»Ich werde Personal benötigen. Es ist ja so wichtig, eine gute Köchin zu haben. Wenn du von einer hörst, denk an mich! Wäre diese Irmtraut, Jakobas Vorgängerin, zufällig geeignet?«

Elena erlaubte sich ein leises Lachen. »Ich fürchte nein, meine Liebe. Sie ist achtzig und lebt in einem von Waldeggs Zinshäusern. Aber ich werde Jakoba fragen, ob sie von einer Kandidatin weiß. Sie hört viel in ihren Kreisen.«

»Ja, tu das, Elena. Auf dich kann ich mich doch immer verlassen.« Sie erhob sich. »Und du, mein hübsches Kind?«, wandte sie sich an Antonia. »Hättest du Lust, im nächsten Jahr meine Sekretärin zu werden?«

Süß lächelte Antonia sie an und erwiderte: »Ein interessantes Angebot! Sie sind sehr gütig, Mademoiselle. Ich will es mir gut überlegen.«

»Tu das! Sicher wirst du nicht auf immer als Gast in Elenas Haus leben wollen. Eine bezahlte Stelle birgt weniger persönliche Verpflichtungen, findest du nicht?«

»Gewiss, Mademoiselle Pfeifer. Ganz wie Sie sagen.«

Charlotte beugte sich vor und tätschelte Antonias Schulter. Dann wandte sie sich wieder an Elena. »Ich werde dich jetzt verlassen, liebste Freundin. Die Hochzeit findet zwar im kleinsten Kreise statt, aber wenn wir von unserer Reise zurück sind, werden wir einen Einweihungsball geben. Dann hoffe ich, euch alle dabeizuhaben.«

Antonia und Elena gingen mit ihr in die Eingangshalle, Charlotte ließ ihre Zofe rufen, die sie herbegleitet hatte, und entfaltete ihren Sonnenschirm, als sie vor die Türe trat.

»Puh!«, stieß Antonia aus, als sie wieder in den Salon zurückgekehrt waren, und öffnete weit die Fenster. »Quelle odeur!« Sie fügte mit einem Grinsen hinzu: »Odieuse!«

»Nun ja, ihr Parfum ist eine Idee zu aufdringlich. Aber doch nicht wirklich abscheulich.«

»Sagen wir mal, das Ihre, Madame, riecht sauberer. Lavendel, nicht wahr?«

»Ja, Lavendelwasser. Für dich werden wir morgen auch ein Duftwasser aussuchen. Was hältst du davon?«

»Wenn's sein muss.« Sie hörten die Haustür ins Schloss fallen, und gleich darauf trat Waldegg in das Zimmer.

»Puh!«, schnaufte er und sog missbilligend die Luft ein.

Antonia gluckste: »Nicht wir, nein, nein!«

»Ihr hattet Besuch, meine Lieben?«

»Oh, stell dir vor, Hermann, Charlotte heiratet. Einen Frédéric Kormann.«

»Tatsächlich.«

»In zwei Wochen«, ergänzte Antonia. »Und wir hoffen alle, sie möge nicht schon vorher niederkommen.«

»Aber Antonia, wie kannst du nur so unhöflich sein?«

»Aber Madame, wie können Sie so arglos sein. Man sah es allzu deutlich. Mademoiselle ist prächtig trächtig.«

Der Domherr drückte sich verzweifelt sein Taschentuch an die Lippen und schien mit einem Hustenkrampf zu ringen, Elena hingegen wollte etwas Missbilligendes äußern, aber plötzlich huschte sogar über ihr Gesicht ein Hauch des Verstehens. »Na ja, sie hat sich sehr bemüht, ihren Shawl möglichst geschickt um sich zu legen. Trotz der Hitze. Ich gestehe, es verwunderte mich. Wie entsetzlich!«

»Wieso? Er heiratet sie doch. Hoffen wir nur, er ist auch der Vater des Kindes.«

»Antonia!«

Waldegg hatte sich zum Fenster gedreht, und seine Schultern zuckten verdächtig.

»Tut mir leid, Madame. Ich weiß, sie ist Ihre Freundin. Sie werden Gründe haben, sie zu mögen. Aber solche wie sie habe ich zur Genüge kennengelernt. Ich kann's ja nicht ändern, dass sich derart odiöse ...«

»Antonia, mein Kind, stille!«, bat der Domherr erstickt.

»Ja, ist gut, Herr Waldegg.«

»Sei so nett und bring das Teetablett in die Küche!«

»Ja, natürlich, Madame.« Erleichtert verließ Antonia den Salon, und mit schepperndem Teegeschirr stellte sie das Tablett auf den Küchentisch. Jakoba war dabei, eine Beerencreme zu rühren und lächelte sie an.

»Na, alles gut gelaufen, Fräulein Antonia?«

»Diese Charlotte hat die ganzen Törtchen weggeputzt. Aber sie muss ja auch für zwei essen.«

»Muss sie?«

»Tut sie.« Antonia stippte ihren Finger in die kühle Creme und leckte ihn ab. »Köstlich!«

Jakoba klapste ihr spielerisch auf die naschhafte Hand und meinte: »Ihre Zofe behauptet, sie heiratet.«

»Mhm. Den Wohlfahrtskommissär.«

»Ganz schöner Erfolg für das gnädige Fräulein.«

»Sie kennen sie schon lange, Jakoba. Gehört sie auch zu Madames Gelübden?«

Die Köchin gab ein verächtliches Prusten von sich. »Wenn man so will.«

»Madame hält sie für eine anständige Dame.«

»Sie offenbar nicht, Fräulein Antonia?«

»Nein, ich halte sie für ein parfümiertes Bettschätzchen.«

Jakoba stellte die Rührschüssel hin und setzte sich zu Antonia an den Tisch.

»Achten Sie ein bisschen auf Ihre Mutter, Fräulein Antonia! Charlotte kann sie viel zu leicht um den Finger wickeln.«

»Erzählen Sie mir von ihr!«

»Das sollte ich wohl tun. Sie sind viel zu scharfsinnig, als dass man Ihnen etwas verheimlichen kann, Fräuleinchen. Also es war im Januar 1796. Ihre Mutter lebte noch in Sankt Mauritius, kümmerte sich um die drei alten Schwestern dort. Sie hatte Besorgungen in der Stadt gemacht und tauchte an diesem eisigen Morgen mit einem fremden Mädchen in meiner Küche auf. Sie hatte das Geschöpf in einem Schmutzhaufen am Straßenrand in der Nähe vom Dom gefunden. Angeblich hatten französische Soldaten ihre Eltern umgebracht und sie geschändet. Wir kümmerten uns um sie – sie mochte so vierzehn, fünfzehn Jahre alt gewesen sein, aber ich hatte nicht den Eindruck, dass sie völlig heruntergekommen war. Sie, Fräulein Antonia, waren in einem weitaus schlechteren Zustand, als Sie zu uns kamen.«

»Mhm.«

»Die Franzosen haben sich hier in Köln durchaus anständig benommen. Sie haben nicht gewütet, schon gar keine Bürger umgebracht. Ja, einen Soldaten, der beim Plündern erwischt wurde, haben sie sogar öffentlich erschossen.«

»Ich dachte …«

»Sie haben uns Dinge fortgenommen, das ist richtig. Zwar könnte man die Kontributionen auch als Diebstahl bezeichnen. Aber alles das lief immer ganz amtlich. Nein, Ausschreitungen gab es keine, und darum glaubte ich dem Mädchen nicht. Ich hörte mich also um. Damals hatte man im Dom die Pferde untergestellt und Futter gelagert. Die Soldaten, die dort ihren Dienst taten, vergnügten sich gerne mit willigen Mädchen.«

»Da erzählen Sie mir nichts Neues.«

»Ich weiß. Mit Charlotte haben sie sich auch vergnügt. Ein so auffällig rothaariges Mädchen hinterlässt Eindruck. In ihrem Fall sogar einen schlechten, denn sie verstand es, ihren Freiern heimlich die Taschen zu leeren. Darum hatte man sie an diesem Morgen mit einer Tracht Prügel aus dem Dom gejagt.«

»Das ergibt viel mehr Sinn, Jakoba. Aber Sie haben sie trotzdem im Kloster behalten?«

»Ich habe versucht, der gnädigen Frau die Augen zu öffnen, aber sie wollte nicht sehen und nicht hören. Charlotte ist anpassungsfähig und kann ungemein einnehmend sein, wenn sie etwas erreichen will. Und, Fräulein Antonia, die gnädige Frau hatte wohl auch das Bedürfnis, sich um ein junges Mädchen zu kümmern. Sie wissen ja, wie sie ist. Als wir Ende des Jahres endgültig das Kloster verlassen mussten, nahm sie Charlotte zu ihrem Cousin Lindenborn mit, und dort schlüpfte die kleine Schlange sehr schnell in die Rolle einer unverzichtbaren Gesellschafterin der Dame des Hauses. Ich schätze mal, deren Haushalt war die behaglichste Unterkunft, die das Mädchen je gekannt hatte. Ihre Frau Mutter hingegen wurde von den Lindenborns als arme Verwandte behandelt und ziemlich schikaniert. Ich war damals schon Köchin beim Domherrn, und als die alte Irmtraut der Sache nicht mehr gewachsen war, habe ich ihn gefragt, ob er Ihrer Mutter die Stelle als Haushälterin geben könnte. Der Herr Waldegg hatte die gnädige Frau immer gerne leiden mögen. Na ja, lange hat's auch nicht gedauert, und sie haben geheiratet. Charlotte ist bei Lindenborns geblieben. Und jetzt hat sie sich einen Magistrat geangelt. Man muss ihr Geschick bewundern.«

»Sie hat furchtbar flinke Augen. Sie gefielen mir nicht.«

»Charlotte wird immer versuchen, etwas über andere Leute herauszufinden, um es dann irgendwann für sich zu nutzen. Sie sehen Ihrer Frau Mutter inzwischen ein wenig ähnlich, Fräulein Antonia. Mag sein, dass ihr das aufgefallen ist.«

»Der Coiffeur hat es ebenfalls bemerkt.«

»Er ist ein Mann, der Gesichter genau studiert. Aber bedenken Sie, es ist kein schändliches Geheimnis, das Sie da hüten. Es wäre ein Leichtes, sich zu Ihrer Verbindung zu bekennen.«

»Ich werd darüber nachdenken.«

Beim gemeinsamen Abendessen plauderte Elena lebhaft über den Besuch, danach aber zog sie sich früh zurück. Antonia mochte an dem hellen Abend jedoch noch nicht in ihr Zimmer gehen. Hermann Waldegg hatte sich in die Bibliothek zurückgezogen, um dort eine der Zeitschriften zu lesen, die er abonniert hatte, und sie setzte sich auf einen gepolsterten Hocker neben ihm. Er ließ die Blätter sinken.

»Du bist ein bezaubernder Anblick, mein Kind. Viel hübscher als dieser Artikel über den beschämenden Frieden von Tilsit.«

»Äußerlich fast schon ein Dreiviertelweib.«

»Ein vollkommenes junges Mädchen, Antonia.«

»Ah, pah! Innerlich bin ich weiterhin rau und ungehobelt. Aber ich habe heute mit Erfolg das erste Mal in meinem Leben auf dem gesellschaftlichen Schlachtfeld gekämpft. Mit Stricknadeln, nicht mir Säbeln.«

»Tropfte Blut?«

»Wenig nur, und nicht das meine. Die Höflichkeit ficht mit scharfen Klingen, stellte ich fest. Und Mademoiselle Charlotte birgt den einen oder anderen Dolch im Gewande.«

»Du schätzt sie nicht?«

»Sie doch auch nicht, Herr Waldegg.«

»Nein, ich auch nicht. Aber Elena betrachtete sie als ihre Freundin, also sage ich nichts dazu. Ich nehme an, du hast bei Jakoba deine Erkundigungen eingezogen.«

»Natürlich. Ich muss gestehen, damit erhält die Nachricht ihrer Verehelichung einen besonders pikanten Reiz.«

»Woraus ich schließen sollte, dir ist der zukünftige Gemahl kein Unbekannter?«

»Nein, Herr Waldegg, das ist er nicht.«

»Magst du mir berichten, wie du zu seiner Bekanntschaft kamst?«

»Möglicherweise wird es das Bild des vollkommenen jungen Mädchens wieder vernichten.«

»Dann richten wir es anschließend wieder her. Erzähle!«

Antonia schilderte ihren Besuch im Wohlfahrtsbureau und Kormanns Verhalten. Sie verschwieg auch nicht ihre empörte Reaktion, und als sie geendet hatte, fürchtete sie, der Domherr könne wieder einen Herzanfall erleiden. Doch dann sah sie, dass er lediglich vor Lachen nach Luft ringen musste.

»Ondulierter Affe!«, keuchte er und wischte sich die Tränen aus den Augen. »Oh, Antonia, du beständige Quelle meiner Erquickung!«

»Sie hegen keine freundlichen Gefühle für den Kommissär?«

Waldegg lachte noch immer und schüttelte nur wortlos den Kopf. Dann beruhigte er sich allmählich und ging zu dem Tablett mit den Getränken.

»Wir werden einen Portwein miteinander trinken, Mademoiselle! Ein kleines Schlückchen wird dir nicht schaden.«

Sie nahm das Glas entgegen und nippte vorsichtig daran. Der Port war süß und klebrig, aber nicht unangenehm. Zufrieden schwenkte sie die braune Flüssigkeit hin und her.

»Woher kennen sie den Mann, Herr Waldegg?«

»Er gehörte einst derselben Bruderschaft an wie ich, Kind. Vor Jahren allerdings. Jetzt würde er nicht mehr zugelassen werden, das hat er sich gründlich verscherzt.«

»Bruderschaft? Einem Orden? Kormann?«

»Ich muss ein wenig ausholen, Antonia. Es ist kein Orden, dem ich angehöre, sondern man nennt es Loge. Im Mittelalter, als die großen Kathedralen gebaut wurden, hatte jede Baustelle ihre Bauhütte, die so genannte Loge. Das war zum einen die Unterkunft der Handwerker, zum andern aber auch ihre geistige Heimat. Gute Handwerker waren oft unterwegs, ihre Kenntnisse wurden im ganzen Land gebraucht. Vor allem jene, die die Kunst beherrschten, aus dem freien Stein, also den aus dem Fels gehauenen, unbearbeiteten Stücken, die passgenauen Mauersteine, die Säulen und Kapitelle, das Maßwerk und die Figuren zu schlagen. Steinmetze und Bildhauer sind Künstler und Techniker zugleich. Sie bildeten aufgrund ihrer Ausbildung und Fähigkeiten eine Gemeinschaft mit eigenen Regeln und einer ganz eigenen Ethik, die mit ihrer Arbeit an den mächtigen Gebäuden zusammenhing.«

»Hat das was mit dem Baumeister zu tun, den Sie so gerne zitieren?«

»Ja, Antonia, genau damit hat es zu tun. Die, die den freien Stein bearbeiteten, nahmen im Laufe der Zeit auch andere Männer in ihre Logen auf und führten sie in ihre Lehre ein. Nicht in die handwerkliche, sondern in die geistige. Seither nennen sich diese Bruderschaften Freimaurer. Wir stammen aus allen Schichten und allen Konfessionen. Es gibt Freimaurer in allen Ländern, und unserer höchsten Ziele sind Menschlichkeit und Toleranz.«

»Na, wie ist denn in eine solche Gemeinschaft dieser Kormann geraten?«

»Oh, so weit lagen wir gesinnungsmäßig nicht auseinander. Kormann war einer der ersten Jakobiner in Köln, und die hatten in ihrer Anfangszeit einige verwandte Ideen. Freiheit, Gleichheit, Brüderlichkeit – du verstehst?«

»Ja, aber sie setzten sie weder mit Menschlichkeit noch mit Toleranz um.«

»Damals, vor 1789, war das noch nicht erkennbar. Kormann kam durch Susannes Vater, Daniel Bernsdorf, zu uns. Bernsdorf war übrigens ein sehr begabter Bildhauer, von ihm hat deine Freundin ihr zeichnerisches Talent geerbt. Doch zurück zu Kormann. Er und der junge Bernsdorf waren zwar Freunde, debattierten aber beständig auf das Leidenschaftlichste miteinander. Vor allem über den Dom. Schon damals gab es diese Kontroverse – abreißen oder fertig bauen? Aber im Jahr neunzig verschwand Kormann plötzlich. Niemand wusste, wohin er gegangen war. Weder seine Familie noch seine Freunde und Bekannten hatten etwas von ihm gehört. 1794 tauchte er dann als Berater der Franzosen wieder in der Stadt auf, sichtlich vermögend und überaus geschätzt von der neuen Verwaltung. Er bekleidete einige interessante Posten. Unter anderem war er für die Requirierung der Kunstschätze in den Kirchen und Klöstern zuständig. Ich kam erst zwei Jahre nach dem französischen Einmarsch nach Köln zurück, und just da war er bei Mutter Ottilia in Sankt Mauritius vorstellig geworden. Sie sandte mir einen händeringenden Hilferuf. Er hatte, auf die dir bekannte charmante Art, Inventarlisten von ihr verlangt. Es gab im Kloster etliches an Gold, Silber, Ornaten, Weißzeug, Möbeln, Büchern und Gemälden. Er sprach mit den verstörten Nonnen nur Französisch, stellte sich dumm, wenn sie ihn nicht verstanden, und kehrte ganz allgemein den amtlichen Kommissär heraus.«

»Wiesen Sie ihn in seine Schranken?«

»Ja, mein Kind. Und ich bedauere heute zutiefst, zu jenem Zeitpunkt weder über deine Courage noch über deinen exquisiten Wortschatz verfügt zu haben.« Der Domherr grinste. »Er gab bereits in diesen Tagen das geschmackvolle Bild eines ondulierten Affen ab.«

»Ich vermute, seither kreuzten sich Ihre Wege nicht mehr.«

»Einmal noch, als Cornelius vor dem Kriminalgericht stand. Kormann gehörte zu den Geschworenen, und ich appellierte vergebens an ihn, um alter Zeiten willen Gnade walten zu lassen. Man verurteilte Cornelius zur Kettenstrafe.«

»Es war vermutlich sogar ein Fehler. Ihr Sohn … Ich dachte, er befindet sich auf See?«

»Eine andere Geschichte, Liebes.«

»Verzeihen Sie, ich lenke Sie mit meinen dummen Fragen ab. Jener Kormann, den Mademoiselle Charlotte zärtlich Frédéric nennt …«

»… und der als schlichter Kay Friedrich, Sohn eines engstirnigen Tuchhändlers zur Welt kam …«

»… wechselt gerne die Farbe wie ein Kamel.«

Waldegg zwinkerte ihr zu.

»Kamele, meine junge Dame, sind höckertragende Wüstentiere, die gewöhnlich staubgrau sind und bleiben. Ein Chamäleon hingegen gehört zu den Echsen und passt seine Hautfarbe aus Gründen, die es nur selbst kennt, gerne dem Untergrund an, auf dem es sitzt.«

»Meine Bildung weist bedauerliche Löcher auf.«

»Die sich aber in geradezu erstaunlicher Geschwindigkeit zu schließen beginnen. Die Vorstellung eines farbwechselnden Kormanns gefällt mir außerordentlich.«

»Er wird sich nun dem vornehmen Hintergrund eines Stadtpalais anpassen, denn er hat ein Haus am Neuen Markt gekauft. Die Magistrate aber führen ihre Tätigkeit unbezahlt aus, nicht wahr?«

»Es sind Ehrenämter.«

»Man könnte überlegen, woher cher Frédéric das Geld dafür hat.«

»Könnte man. Sollte man aber nicht.«

Antonia schwieg nachdenklich und trank dann ihren Portwein aus. Es mochte vernünftig sein, manchen Schlamm nicht aufzurühren, überlegte sie. Aber ein Auge würde sie auf das aparte Pärchen halten, das sich in Kürze zu vereinigen gedachte. Ein weiterer Gedanke, der sich aus den Gesprächen des Nachmittags ergeben hatte, beschäftigte sie.

»Herr Waldegg, Madame behauptete, Sie kümmern sich um alte Bedienstete, zum Beispiel jene Irmtraut.«

»Sie hat viele Jahre meinen Haushalt geführt. Ich habe ihr eine Pension ausgesetzt. So ist es allgemein üblich.«

»In welcher Beziehung standen Sie denn zu den Nonnen von Sankt Mauritius? Jakoba erwähnte einmal, sie seien dort häufig zu Gast gewesen.«

»Natürlich. Zum einen hatte ich als Domkapitular die Aufgabe, mich mit der Verwaltung ihrer Pfründe zu befassen, und zum andern mochte ich Mutter Ottilia. Sie ist eine sehr kultivierte Frau. Sie lud mich jedes Mal zum Essen ein, und Jakobas Küche war schon damals bewundernswert.«

»Dann frage ich mich, warum Sie es zulassen, dass die alten Damen in einer derartigen Armut leben müssen.«

»Aber das tun sie doch nicht, Kind. Ich habe, als das Kloster aufgelöst wurde, dafür gesorgt, dass sie auf einem der Güter ihrer Pfründe vor der Stadt ein dauerhaftes Wohnrecht erhalten. Es ist ein schönes Häuschen, und sie freuten sich darauf, im Garten arbeiten zu können.«

»Sie leben in der Thieboldsgasse, in einem völlig heruntergekommenen, feuchten Verschlag und haben kaum mehr drei angeschlagene Tassen, aus denen sie ihren dünnen Muckefuck trinken.«

»Antonia, woher weißt du das?«

»Ich fand sie, als ich Schwester Deodata suchte.«

»Gott der Gerechte! Ich werde mich gleich morgen darum kümmern. Da muss etwas falschgelaufen sein.«

»Das wäre sehr gütig von Ihnen. Sie dauerten mich.« Antonia stand auf, um einige Lampen anzuzünden, denn die Dämmerung ging in die Dunkelheit über. Als sie sich setzte, fiel ihr Blick auf den *Moniteur*, den der Domherr gelesen hatte. Dem Frieden von Tilsit, der Preußens Niederlage besiegelte, galt die Schlagzeile. »Haben Sie inzwischen von Leutnant David gehört, Herr Waldegg?«

»Nur ein kurzes Schreiben von Pastor Dettering. Es traf erst vorgestern ein. Ich bin ihm dankbar dafür. Mein Brief an David hat lange, viel zu lange gebraucht, um Berlin zu erreichen. Er hat ihn nicht mehr erhalten, aber man hat ihn an die Detterings weitergeleitet. Der Pastor schrieb, der Junge sei aus dem Militärdienst entlassen worden, wie du es erwartet hattest, und zu einer Wanderung aufgebrochen.«

»Er sollte sich bei Ihnen melden.«

»Er wird es tun, Antonia. Wahrscheinlich braucht er eine Weile, um seinen verletzten Stolz zu kurieren.«

»Aber Sie hätten ihm geholfen.«

»Wenn mein Brief ihn nicht mehr erreicht hat, wird er glauben, ich hätte ihn fallen lassen.«

»Das würden Sie aber nie tun, Herr Waldegg.«

Sie schwieg, aber Waldegg sah es in ihrem Gesicht arbeiten. »Was bewegt dich, meine Liebe?«

»Ich … ich frage mich … Sind Sie auch mein Vater?«

»Ich wäre es nur zu gerne, und in meinem Herzen bist du meine Tochter. Aber – nein, dein leiblicher Vater bin ich nicht.«

»Aber wer ist es?«

»Ich habe nie den Mut gehabt, Elena zu fragen.«

Charlottes Nachforschungen

Ehret die Frauen! Sie flechten und weben
Himmlische Rosen ins irdische Leben,
Flechten der Liebe beglückendes Band

Lob der Frauen, Schiller

Charlotte war zufrieden mit sich. Es hatte ihr zwar einige Mühe bereitet herauszufinden, welche Zinshäuser Waldegg gehörten, aber Karl Ludwig verfügte über Mittel, es zu ergründen. Die alte Irmtraut verlangte wenig Mühe, nur Geduld. Sie war eine geschwätzige Frau, die mit Kuchen und Wein zu locken war, und die Erwähnung, sie sei eine gute Freundin des Hauses Waldegg, tat ihr Übriges. Daher wusste Charlotte nun eine Menge über Waldeggs Beziehung zu Isabetta, einiges über ihrer beider Sohn David, hörte von dem Skandal, den Cornelius in seinen jungen Jahren angezettelt hatte, als er eine Spottschrift über die Konkubinen der Kleriker herausgegeben hatte. Sie selbst plauderte daraufhin von ihrer bevorstehenden Vermählung und spitzte noch mehr die Ohren, als die Alte von Kormann zu schwärmen begann, der in jenen Tagen oftmals zu Gast in des Domherrn Haus gewesen war. Anscheinend hatte Frédéric sich bei der Haushälterin beliebt gemacht, denn es hatte sie betrübt, als er damals die Stadt verlassen hatte. Wirklich überrascht war Charlotte, als sie erfuhr, dass er dem Jakobinerclub angehört hatte, und nahm sich vor, dazu weitere Erkundigungen einzuziehen. Denn allzu auskunftsfreudig war ihr Verlobter nicht, was seine Vergangenheit anbelangte. Immerhin konnte sie nun den Zeitraum eingrenzen, den er außerhalb von Köln verbracht hatte, nämlich etwa von Mitte 1790 bis Oktober 1794. Das Warum allerdings blieb ihr verborgen. Wenn er jedoch zu den Jakobinern gehörte – war es dann nicht überaus ungewöhnlich, dass er flüchtenden Aristokraten zur Überfahrt nach England verholfen hatte? Eher würde man meinen, er hätte gerade in den Jahren des terreurs mitgeholfen, sie an die Laternen zu knüpfen. Charlotte nahm sich vor, an dieser ergiebigen Stelle später weiterzugraben.

Der nächste Pfad, den sie verfolgte, betraf Elena. Denn wenngleich sie Kormann gegenüber behauptet hatte, ihre Freundin könne wohl keine Kinder bekommen, so war auch ihr eine gewisse Ähnlichkeit zwischen Antonia und Elena aufgefallen. Antonia, so schätzte sie, war etwa fünfzehn oder sechzehn, musste also 1791 oder 1792 geboren worden sein. Registriert wurde die Geburt im zuständigen Pfarrbezirk, sofern das Kind nicht außerhalb von Köln zur Welt gekommen war. Es würde sich lohnen, die entsprechenden Kirchenbücher dieser Jahre durchzublättern. Frédéric konnte sie ihr sicher besorgen.

Er tat es, und Charlotte war froh, die letzten Tage vor der Hochzeit im stillen Kämmerlein verbringen zu können, denn ihr delikater Zustand ließ sich nur noch mit Schwierigkeiten verstecken. Ja, die halbblinde Irmtraut hatte sogar zum Abschied gekichert, sie solle darauf sehen, bald ins Brautbett zu kommen, damit bei dem Vater keine Zweifel entstünden.

Die Aufzeichnungen der Heiraten und Geburten in der Umgebung des Domes brachten ihr wenig Erkenntnisse, ein paar kleine Überraschungen erlebte sie in denen vom Bezirk Sankt Mauritius. Mitte 1792 stolperte sie erstmals über einen bekannten Namen. Jakoba war als Taufpatin eines Knaben registriert. Ob die Leute Verwandte von ihr waren? Charlotte notierte sich die Namen. Verdutzt war sie, als sie Jakoba noch einmal acht Monate früher als Patin eingetragen fand, bei einem Mädchen, das kurz danach verstorben war. Auch diese Namen hielt sie fest. Eine Spur von Antonia aber fand sie nicht. Sie hatte sich bis zum Januar 1791 durchgearbeitet und wollte allmählich aufgeben. Die letzten Monate des davorliegenden Jahres blätterte sie nur flüchtig durch und hätte den Eintrag fast übersehen. Einen Tag vor Weihnachten war eine Antonia Helena getauft worden, ihre Eltern waren Elisabeth und Wilhelm Dahmen, Stadtsoldat. Und die Patin hieß – Jakoba!

Das konnte kein Zufall sein! Charlotte rechnete. Das Geburtsdatum war mit dem 18. Dezember angegeben. Die Geburt passte zu dem Zeitraum, in dem Elena laut Elisa im Kloster erkrankt war. Also war das Kind Ende März oder Anfang April 1790 gezeugt worden. Interessanter wäre es jetzt zu wissen, mit wem sich die keusche Nonne Deodata zu dieser Zeit getroffen hatte. Sie musste eine heimliche Liebschaft gepflegt haben. Die Nonnen führten lange kein so enthaltsames Leben, wie sie vorgaben.

Plötzlich bedauerte Charlotte beinahe, in wenigen Tagen nach Süden aufbrechen zu müssen. Zu gerne hätte sie weiter nachgeforscht. Aber es war ja nur ihre Neugier, die sie drängte, es bestand derzeit keine Notwenigkeit, Elena mit ihrem Wissen zu konfrontieren. Nützlich genug war es allemal. Auch wenn sie noch nicht herausgefunden hatte, wer Antonias Vater war.

Ihr zukünftiger Gatte nahm ihre Erkenntnisse mit einigem Interesse auf und lobte ihre Findigkeit. Was Kay Friedrich Kormann seiner Charlotte verschwieg, war, dass er, angeregt durch ihren Forschungseifer, ebenfalls die Kirchenbücher durchgesehen hatte und dabei auf einige bemerkenswerte Details zu Herkunft und Vergangenheit seiner Liebsten gestoßen war. Kurzzeitig war er versucht, die Verlobung zu lösen, aber dann entschied er sich anders. Einerseits waren Ehescheidungen nach dem neuen Gesetz einfach zu bewerkstelligen, und zum anderen wollte er den erwarteten Sohn und Erben nicht aus seiner Obhut lassen. Immerhin befand er es nützlich, gegenüber einer Frau von ihrem Charakter einige Unterpfande in der Hand zu haben.

Kästchen voll Erinnerungen

Ach mich reißt die Erinnerung fort, ich kann nicht widerstehn!
Muss hinschauen nach Grabstätten, muss bluten lassen
Die tiefe Wund', aussprechen der Wehmuth Wort:
Tote Freunde, seid gegrüßt!

Die Erinnerung, Klopstock

»Mesdemoiselles, sind Sie für die Expedition gerüstet?«, fragte Hermann Waldegg, der zu den beiden Mädchen getreten war, die in einer schattigen Laube im Garten saßen.

»Herr Waldegg, ich mache gewaltige Rückschritte. Sehen Sie sich das nur an!« Antonia wies auf das bekleckste Bild.

»Je nun, man könnte es zu einer neuen modischen Richtung erklären«, schlug er vor. »Aber nun solltet ihr beiden eure Tätigkeit unterbrechen. Ich würde gerne mein Versprechen einlösen und mit euch den Dom erklimmen.«

Susanne faltete die Hände so fest im Schoß, dass ihre Knöchel weiß hervortraten.

»Sie möchte nicht mitkommen, Herr Waldegg«, erklärte Antonia.

»Nein, Fräulein Susanne?«

»Nein. Doch. Ich komme mit. Ich bin nicht feige, Antonia!«

»Ich weiß«, gab Antonia friedfertig zu. »Du bist sogar sehr mutig.«

An diesem sonnigen Septembertag bestiegen sie den halbfertigen Südturm des viel geschmähten Doms. Die enge Wendeltreppe, die, wie Waldegg erklärte, früher von den Maurern benutzt wurde, konnten sie nur nacheinander erklimmen. Antonia stob vorweg, Susanne folgte zögerlich nach, und Waldegg musste sie immer wieder aufmuntern weiterzusteigen. Hoch oben, da, wo der mächtige alte Kran stand, der vor weit über zweihundert Jahren die behauenen Steine auf die obere Plattform befördert hatte, ließ sich Antonia schon den Wind durch die Haare wehen und betrachtete durch das verwitterte Maßwerk die Stadt weit unter ihr.

»Wie hoch sind wir hier eigentlich?«, wollte sie wissen, als die beiden anderen eintrafen.

»Gut hundertfünfzig Fuß über dem Boden. Und wenn es nach dem alten Baumeister ginge, würde dieser Turm noch weitere dreihundert Fuß in die Höhe wachsen.«

Susanne hielt sich nahe an dem hölzernen Tretrad des Krans auf und wagte sich nicht an den Rand, während der Domherr ihnen die Mächtigkeit der Pfeiler erläuterte, über Blendbahnen und Gesimse, Laubfriese und die Kreuzblume sprach, die dereinst den Turmhelm krönen sollte. Er erklärte ihnen, wie der Kran funktionierte, wie die Steine mit dem Spreizwolf gefasst wurden, dann an ihrem Platz mit Eisenstiften verankert und die Fugen mit Blei ausgegossen wurden.

»Hier seht ihr die Steinmetzzeichen«, wies er sie hin. »Mit diesen Kennzeichnungen versah man die großen, bearbeiteten Blöcke, damit sie an der richtigen Stelle eingesetzt werden konnten. Das hier ist kein schlichtes Mauerwerk, sondern hohe Baukunst. Jeder Stein hat seine im Plan vorgegebenen Form und seinen ganz bestimmten Platz.«

»Woher weiß man denn, wie hier weitergebaut werden soll, Herr Waldegg? Sie scheinen ja eine ganz deutliche Vorstellung davon zu haben.«

»Oh, es gab Zeichnungen, Antonia. Die Baumeister früherer Zeiten waren sehr ordentlich und haben nicht nur die ganze Konstruktion in Grund- und Aufrissen gezeichnet, sondern die Fassade mit jeder Einzelheit, jeder Zierranke, jeder Figurenlaube und jedem Wasserspeier.«

»Haben Sie diese Pläne noch?«

»Bedauerlicherweise nicht – sie sind in den Wirren der Besatzungszeit abhanden gekommen. Aber es gibt einige Kupferstiche aus dem siebzehnten Jahrhundert, die uns noch ganz gut vermitteln können, wie die Kathedrale einst geplant war. Ich werde sie euch nachher zeigen. Wollen wir uns jetzt den Chor ansehen?«

Als sie auf das Dach des rheinseitigen Teilgebäudes gestiegen waren und dort die schmale Galerie entlanggingen, packte Susanne plötzlich Antonias Arm und hielt sich zitternd fest. »Hier … hier war es!«

»Was, Susanne?«

»Hier ist er heruntergefallen.« Mit Grauen im Blick starrte sie auf die Strebpfeiler, die von unten an den Mauern emporwuchsen.

»Fräulein Susanne, kommen Sie! Wir verlassen diese Stelle sofort und gehen wieder nach unten.« Waldegg hielt fürsorglich ihren Ellenbogen und wollte sie zur Treppe lotsen.

»Nein. Nein, ich muss es sehen. Ich kann nicht immer davonlaufen. Aber halten Sie mich fest, bitte!«

»Natürlich.«

Antonia und der Domherr nahmen Susanne in ihre Mitte und warteten, bis sie sich wieder gefangen hatte.

»Ich habe es vergessen, ich wollte es vergessen. Ich war ja noch ein Kind. Wir sind hinaufgestiegen, weil Papa Zeichnungen von den Dämonen machen wollte. Ich bin auf die andere Seite des Dachs gegangen. Und dann … dann …« Sie schüttelte verzweifelt den Kopf. »Da ist ein schwarzes Loch in meiner Erinnerung. Ich weiß erst wieder, dass ich unten neben einem Offizier stand, der mir erklärte, es habe ein Unglück gegeben. Wie kann Papa denn hier nur heruntergefallen sein? Die Balustrade ist doch hoch genug!«

»Vielleicht hat er sich zu weit hinausgelehnt, um ein Motiv zu erkunden, Fräulein Susanne. Oder er hat unten auf dem Domplatz etwas gesehen, das seine Aufmerksamkeit fesselte. Oder es hat ihn hier etwas erschreckt, ein großer Vogel möglicherweise.«

»Oder er ist gesprungen?«

»Nie und nimmer, Fräulein Susanne. Niemals. Er war ein ganz und gar lebensbejahender Mann. Es war ein Unfall. Schrecklich bestimmt, aber ganz sicher keine Absicht.«

Noch einmal warf Susanne einen Blick in die Tiefe und erschauderte. Dann bat sie: »Gehen wir!«

Sie blieb auf dem Rückweg schweigsam, aber gefasst. Antonia hatte ihre Hand genommen, aber als sie wieder ins Haus traten, machte sie sich los, legte jedoch kurz ihre Wange an die ihrer Freundin.

»Ist wieder gut. Danke. Es war vermutlich an der Zeit.«

»Du bist wirklich mutig, Susanne. Es war bestimmt schwer.«

»Es ist mir jetzt leichter ums Herz.«

»Dann ist es gut. Wollen wir uns jetzt die Pläne ansehen?«

Die drei traten in den Salon, wo Elena am Fenster saß und einen Brief schrieb. Sie sah auf und begrüßte Susanne freundlich.

»Nun, von der schwindelerregenden Exkursion wohlbehalten zurück?«

»In einigermaßen gutem Zustand, Madame, aber etwas windzerzaust.«

»Ja, ich erinnere mich, dort oben weht es immer. Aber man hat einen überwältigenden Rundblick.«

»Sie waren schon einmal auf dem Turm?«, wollte Antonia wissen.

»Vor vielen, vielen Jahren. Der Domherr war damals so freundlich, einigen jüngeren Schwestern den Bau zu erläutern. Bei dieser Führung begeleitete uns Ihr Herr Vater, Fräulein Susanne.«

»Sie kannten Papa?«

»Ich traf ihn dieses eine Mal. Ein liebenswürdiger Mann, sehr zuvorkommend und höflich. Sie haben nicht nur sein Talent, sondern auch das gute Aussehen von ihm geerbt, Fräulein Susanne.«

Erstaunt registrierte Antonia, dass ihre Mutter zart gerötete Wangen bekam. Daniel Bernsdorf musste sie tiefer beeindruckt haben, als sie zugeben wollte. Bemerkenswert.

Waldegg erklärte: »Wir waren bereits damals bemüht, der Öffentlichkeit die Bedeutung des Doms nahezubringen, und führten gerne Besucher herum. Daniel machte es ausgezeichnet, er hatte einen hohen Kunstverstand und konnte vor allem die kleinen Kuriositäten des Baus gut erläutern. Seine Vorliebe galt den Wasserspeiern.«

»Ja, von ihnen hat er häufig Skizzen gemacht«, ergänzte Susanne. »Ich werde morgen die Zeichnungen mitbringen. Ich habe sie alle aufgehoben, aber nie mehr angesehen.«

»Mich würden sie auch interessieren, Fräulein Susanne. Er

hatte ein großes Talent.« Und zu Elena gewandt fragte der Domherr: »Meine Liebe, möchtest du dich uns anschließen und alte, staubige Bücher wälzen?«

»Nein, das macht ihr besser ohne mich. Ich habe noch einige Post zu erledigen.«

Hermann Waldegg geleitete die beiden Mädchen in die Bibliothek, zog ein altes, allerdings überhaupt nicht staubiges, Buch aus einem der Regale und legte es auf den Tisch.

»Ein Jesuit hat vor hundertfünfzig Jahren diese Kupferstiche anfertigen lassen«, erläuterte er und schlug eine Seite auf. »Seht, das ist der Grundriss. Allerdings entspricht er nicht ganz der wahren Situation. Es fehlen Gebäudeteile, etwa die Sakristei, und einige Säulen hat er ebenfalls anders dargestellt, als sie gebaut wurden. Aber es liefert zumindest ein anschauliches Bild des Gesamtwerkes.«

»Wozu hat er das zeichnen lassen?«

»Auch er verfolgte die Idee, den Bau fertigstellen zu lassen, und warb damit um Unterstützung. Die Zeit aber war gegen ihn. Hier, das ist der Fassadenriss der Zwillingstürme. So hat man sich die Kathedrale im dreizehnten Jahrhundert vorgestellt.«

Susanne war beeindruckter als Antonia, für die das Bild nur eine Kirche darstellte. Ihre Freundin aber, mit geschulterem Auge als sie, vertiefte sich in die Zeichnung.

»Danach wird man nicht bauen können«, bemerkte sie schließlich. »Das ist viel zu klein, obwohl es sehr exakt ausgeführt ist.«

»Nein, bauen wird man nicht danach. Dazu braucht es Vermaßungen und weitere Quer- und Längsschnitte. Aber die beiden jungen Männer Melchior und Sulpiz Boisserée haben es sich derzeit zur Aufgabe gemacht, bessere Pläne zu erstellen. Sie haben sich vorgenommen, die bestehenden Teile zu vermessen und die fehlenden zu ergänzen. Aber das ist langwierig und wird sicher auch nicht exakt den ursprünglichen Vorstellungen entsprechen.«

»Die beiden Kunstsammler? Ich habe sie auf einem Ball getroffen. Werden sie die nötige Unterstützung finden?«

»Sie sind sehr ehrgeizig und beredt. Und sie haben gute Beziehungen. Aber ihnen – und dem Vorhaben als Ganzem – wäre es dienlich, wenn es die Pläne der alten Baumeister noch gäbe. Immerhin haben wir bisher verhindern können, dass der Dom als Steinbruch benutzt wird, und die Zukunft wird zeigen, ob nicht ihre Anstrengungen von Erfolg gekrönt sind. Was sind ein paar Jahre im Verhältnis zu der Zeit, die der Dom schon in Köln steht, nicht wahr?«

Waldegg zeigte ihnen weitere Stiche von gotischen Kathedralen und erklärte ihnen voller Begeisterung deren Konstruktionsweise, bis er bemerkte, dass seine Zuhörerinnen glasige Augen bekamen.

»Oh, es ist genug, scheint mir. Ich vergaß mich ganz in meiner Leidenschaft. Es ist wohl an der Zeit, eine kleine Erfrischung kommen zu lassen.«

Antonia und Susanne hatten sich in den Wochen, die sie sich nun kannten, angefreundet. Es war für Antonia eine neue Erfahrung, mit einer fast Gleichaltrigen Vertraulichkeiten auszutauschen. Auch Susanne war immer wieder aufs Neue fasziniert davon zu hören, welch ungewöhnliches Leben ihre Freundin geführt hatte. Es gab unerschöpflich viele Themen, die sie miteinander zu bereden fanden, und als sie sich, nach Waldeggs Ausführungen zum Dom, mit einem Krug Limonade wieder in die Gartenlaube zurückgezogen hatten, um die letzten warmen Stunden zu genießen, kam Susanne erstmals auf einen höchst faszinierenden Gegenstand zu sprechen.

»Sag mal, Antonia, warst du schon mal verliebt?«

Antonia blinzelte verdutzt. »Ich? Wahrhaftig nicht. Müsste ich das?«

»Nun, es erweitert den Horizont. Und es ist aufregend.«

»Ich bin da nicht sicher. Ich habe Frauen erlebt, die hinter den Männern her waren, aber den meisten ging es um Geld oder um Unterstützung.«

»Das meine ich nicht. Es ist dieses Gefühl, weißt du? Dieses Prickeln. Und ein Heißwerden der Wangen, ein Herzklopfen und so.«

»Nein, kenne ich nicht. Es gab Männer, die ich ganz gern hatte.

Renardet beispielsweise. Oder Nikolaus.« Sie verstummte plötzlich, denn es fiel ihr da noch jemand anders ein. Ja, ein seltsames Prickeln hatte es gegeben. »Der Leutnant David … Er hat mich geküsst. Das war ganz nett.«

»Er hat dich geküsst? Erzähle! Wann? Wie war es?«

»Nichts Besonders. Nur eben ein Abschiedskuss. Aber er hatte schöne blaue Augen. So wie der Domherr.«

»Ich habe ihn nie kennengelernt. Wie schade! Aber Cornelius, du weißt schon, der andere …«

»… Sohn von ihm. Was ist mit dem?«

Susanne seufzte: »Der war meine allererste Liebe.«

»Das muss aber lange her sein. Da hast du doch noch in den Windeln gesteckt.«

»Ich war vierzehn. Da kann man sich schon verlieben.« Sie erzählte von ihrer Begegnung mit dem Mann am Pranger. »Ich wusste damals nicht, dass er mit Waldegg verwandt ist«, schloss sie. »Es hätte ja sowieso nichts genützt. Danach kam Sebastien in unser Haus, und meine Neigung wandelte sich. Ach, ich habe nie Glück mit den Männern! Er war eben nicht für mich bestimmt.«

»Nein, er ist verheiratet.«

»Und jetzt ist Philipp hinter mir her. Aber ich kann mich einfach nicht in ihn verlieben, obgleich meine Großmutter ihn für eine passende Partie hält.«

»Vermutlich kann man das nicht auf Wunsch.«

»Nein, es muss einem passieren. Ach … Man sieht jemanden, und dann ist dieser Funke plötzlich da.« Schwärmerisch schlug Susanne die Augen auf, dann aber wurde sie wieder ganz pragmatisch. »Antonia, du musst mehr in Gesellschaft gehen. Du hockst immer nur hier im Haus herum …«

»Hocke ich gar nicht. Ich gehe fast jeden Tag auf den Markt und mit dem Domherrn spazieren, ich komme zu dir und suche die Schneiderin auf.«

»Aber Männer triffst du dabei nicht. Nein, ich weiß, was notwendig ist. Pass auf, im nächsten Monat geben meine Großeltern einen Hausball. Das ist die Gelegenheit für dich, andere Leute kennenzulernen. Aber vorher musst du tanzen lernen. Das wird ein Spaß! Ich will gleich Herrn Waldegg fragen, ob er es erlaubt.« Sie war aufgesprungen, bevor Antonia sie hindern konnte.

»Glaubst du, es ist richtig, Antonia jetzt schon der Gesellschaft vorzustellen?«, fragte Elena, als sie bei der abendlichen Mahlzeit zusammensaßen.

»Natürlich. Hast du Zweifel an ihrem Benehmen?«

Elena erlaubte sich ein zartes Lächeln in Richtung ihrer Tochter und schüttelte den Kopf. »Sie wird wohl immer unkonventionell bleiben, aber das muss nicht von Nachteil sein. Ich dachte nur – wie sollen wir sie vorstellen?«

»Darüber, meine Lieben, wollte ich heute mit euch reden«, erklärte Waldegg. »Ich habe mich kundig gemacht, wie die Gesetzeslage ist. Ich würde nämlich gerne David und Cornelius als meine Söhne anerkennen.«

Elena sog schockiert den Atem ein und ließ die Gabel sinken. »Hermann, hältst du das für ein passendes Thema in Antonias Gegenwart?«

»Unbedingt, Elena. Antonia sind die Sünden der Väter kein Geheimnis. Davon abgesehen gehört sie zu unserer Familie, also wird sie in diese Dinge mit einbezogen.«

»Wenn du es für richtig erachtest …«

»Erachte ich. Oder ist dir das Thema unbehaglich, Antonia?«

»Nein, Herr Waldegg.«

»Nun gut. Also, mit David dürfte es kein besonderes Problem geben. Ich habe ihn immer als meinen natürlichen Sohn bezeichnet, habe aber damals Abstand davon genommen, ihn offiziell anzuerkennen, da Isabetta wünschte, Cattgard möge sein Vater werden. Ihr Gatte allerdings hat keinerlei Schritte unternommen, ihn anzuerkennen, und nun ist diese Ehe geschieden. Wenn du nicht dagegen bist, Elena, würde ich den rechtlichen Vorgang jetzt einleiten.«

»Ich weiß, es ist dir ein Bedürfnis, Hermann. Tu es also!«

»Danke, meine Liebe. Kommen wir zu dem zweiten, weitaus diffizileren Punkt. Cornelius! Er ist mein leiblicher Sohn, ist aber in der ehelichen Gemeinschaft seiner Eltern geboren und damit bedauerlicherweise ein Resultat eines Ehebruchs. Was noch schlimmer ist, seine Mutter ist meine Cousine, und damit gerät sein Fall, wenn man es sehr streng betrachtet, sogar in die Nähe der Blutschande.«

»Mein Gott, Hermann!«

»Ja, liebes Weib, ich weiß. Ich war ein verantwortungsloser Sünder. Und die Folgen sind nur schwer auszumerzen. Denn Kinder aus Ehebruch und Blutschande können nicht anerkannt werden, bestimmt das Gesetz. Also gibt es nur einen Ausweg, und auch der ist nicht ohne Delikatesse. Ich könnte Cornelius adoptieren.«

»Ist das denn möglich?«

»Durchaus. Unsere neue Rechtsordnung, der vortreffliche Code Civil, sagt zwar aus, dass nur Volljährige an Kindes statt angenommen werden können und auch nur von Personen, die das fünfzigste Lebensjahr überschritten haben. Diese beiden Kriterien sind jedoch erfüllt.«

»Aber seine Eltern? Er hat doch noch Eltern, nicht wahr?«, wollte Antonia wissen.

»Sie leben noch, aber sein Vater hat sich von ihm losgesagt und ihn enterbt.«

»Wo liegt denn dann die Delikatesse in diesem Fall?«

»In der Tatsache, dass der Adoptierende keine ehelichen Kinder haben darf. Würde ich also David anerkennen, könnte ich Cornelius nicht adoptieren.«

»Es sei denn, Herr Waldegg, sie adoptierten Cornelius erst und erkennen dann David an.«

»Genau so ist es. Zur Adoption aber müsste Cornelius hier sein, denn beide Parteien haben vor dem Friedensrichter ihre Absicht zu bekunden, und dann folgt ein längerer gerichtlicher Vorgang, bei dem letztlich der Präfekt der Adoption zustimmen muss.«

»Dann sollte diese Abwicklung tunlichst vollzogen sein, bevor cher Frédéric von seiner Reise zurückkommt«, stellte Antonia nüchtern fest. »Er hat Ihnen und Cornelius schon einmal Steine in den Weg gelegt.«

Waldegg nickte, aber Elena sah sie erstaunt an.

»Wen meinst du damit, Antonia?«

»Kormann.«

»Ja, aber …!«

»Sie hat leider Recht, Elena. Ich habe lange darüber nachgegrübelt. Es gibt größere Diskrepanzen zwischen ihm und mir, als mir bislang bewusst war. Lassen wir das aber ruhen. Ich bereite beide Fälle, soweit es geht, vor, und sowie Cornelius wieder hier ist, überlegen wir uns das geschickteste Vorgehen. Ich muss euch beide aber zu striktestem Schweigen anhalten. Elena, auch Charlotte gegenüber!«

Antonia fügte hinzu: »Besonders Mademoiselle, pardon, jetzt Madame Kormann, gegenüber.«

»Natürlich, Hermann. Ich bin keine Schwätzerin.«

»Kommen wir nun zu dem dritten Fall. Hier haben wir es wieder mit einer Anerkennung eines natürlichen Kindes zu tun, diesmal durch die Mutter. Nicht wahr, Antonia?«

»Ja … Ich weiß nicht.«

»Elena?«

»Selbstverständlich werde ich alles tun, um Antonia als meine legitime Tochter anzuerkennen.«

»Schön. Dann müssen wir ja nur noch ein paar geringfügige Probleme aus dem Weg räumen. Antonia, hast du eine Geburtsurkunde?«

»Ich – nein.«

»Dann werden wir auf die Einträge in den Kirchenbüchern zurückgreifen müssen. Ich dachte mir schon, es könne erforderlich werden, und bat, in die Unterlagen einsehen zu dürfen. Es stellte sich heraus, dass just diese betreffenden Taufregister gerade ausgeliehen waren. An den Kommissär Kormann. Gleichzeitig übrigens erfuhr ich, dass deine Freundin Charlotte überraschenderweise der alten Irmtraut einen Besuch abgestattet hatte und sie eingehend nach unseren Familienangelegenheiten befragt hat.«

»Aber warum sollte sie so etwas tun, Hermann?« Elena wirkte leicht aus der Fassung gebracht.

»Weil sie gerne im Schlamm wühlt, Madame. Bereits der Coiffeur hat eine Ähnlichkeit zwischen uns festgestellt, jetzt, da ich ein Mädchen bin«, erklärte Antonia ihr.

»Aber warum hat sie denn nicht mich gefragt?«

»Weil sie ein Geheimnis vermutete. Und Geheimnisse anderer Leute, glaube ich, hält sie für wertvoll. Abgesehen davon: Hätten Sie ihr denn aufrichtig geantwortet?«

Verlegen ordnete Elena Bestecke und Teller auf dem Tisch neu. Waldegg legte ihr beruhigend eine Hand auf den Arm und meinte: »Wir werden das im Auge behalten. Inzwischen sind die Bücher zurück, und ich fand die Eintragung, dass Antonia Helena Dahmen am achtzehnten Dezember 1790 geboren und drei Tage später getauft wurde. Rechtlich gesehen, Elena, hast du also keinen Anspruch auf Antonia, denn sie ist als der eheliche Spross von Elisabeth und Wilhelm Dahmen registriert.«

»Aber du behauptetest doch, es gäbe nur geringfügige Probleme?«

»Ich habe gescherzt, Elena. Obwohl man mit einer einfachen Umkehrung das Problem verkleinern kann. Es sagt das Gesetz nämlich auch, ein Kind könne darum ersuchen, jemanden als seine Mutter in Anspruch zu nehmen.«

»Oh?«

»Das setzt voraus, Antonia, dass du Elena als deine leibliche Mutter anerkennst.« Antonia schluckte. Diese Arabeske hatte sie nicht erwartet. »Denk in Ruhe darüber nach, Kind. Wir haben in deinem Fall Zeit.«

»Bis zum Ball bei Bernsdorfs.«

»Auch darüber hinaus. Wir müssen ja nur Beweise erbringen, dass du Elenas Tochter bist. So verlangen es die Vorschriften. Ich denke, hier könnte uns Jakoba helfen.«

Elena hatte wieder begonnen, fahrig Gegenstände auf dem Tisch hin und her zu schieben. Das waren Anzeichen, die Antonia als höchste Erregung bei ihr zu deuten gelernt hatte.

»Wenn Sie es nicht möchten, Madame, dass es bekannt wird – ich bin's zufrieden, Antonia Dahmen zu sein.«

»Nein, Kind. So ist das nicht. Aber es wühlt so viel auf.«

»Dann raten Sie mir jetzt am besten, welchen Parfumduft ich für mich wählen soll. Sie sprachen letzthin davon, sie wollten einen für mich aussuchen.« Antonia registrierte Waldeggs beifälliges, kleines Nicken, und lächelte ihre Mutter freundlich an. Die faltete entschlossen die Hände und ging darauf ein.

»Morgen suchen wir einen Parfümeur auf. Ich habe da so einige Vorstellungen, Antonia. Weißt du, im Kloster haben wir Duftwasser selbst hergestellt. Das hat mir immer sehr viel Freude bereitet. Wir haben es natürlich nicht für uns verwendet, sondern für Duftbeutel in der Wäsche. Na ja… nicht ganz ausschließlich.«

»Nur zur höheren Ehre Gottes, ich verstehe. Hat es Herrn Bernsdorf gefallen, Madame?«

»Kind!«

»Er hat Ihnen aber gefallen, nicht wahr? Sie haben so hübsche, rosige Wangen bekommen, als wir von ihm sprachen.«

Die erblühten soeben wieder sehr rosig, aber entschlossen schüttelte Elena den Kopf. »Ich war noch sehr jung, Antonia, kaum älter als du jetzt. Natürlich gefiel mir ein gut aussehender Mann. Aber ich hatte Keuschheit gelobt und mich an dieses Gelübde gehalten.«

»Natürlich.« Antonias trockener Ton entging zwar Elena, jedoch nicht Waldegg, der ihr mit einem nachdrücklichen Tritt gegen ihr Schienbein signalisierte, dieses Thema nicht zu vertiefen. Sie gehorchte.

Später, als sie in ihr Zimmer gegangen war, öffnete Antonia das einfache Holzkästchen, in dem sie ihre Erinnerungsstücke aufbewahrte: das perlenbesetzte Kreuz von Pater Emanuel, das Pergament mit dem Bild der heiligen Ursula, das alte Brevier und einen Rosenkranz, Renardets Brief und das Papier mit Elisabeths krakeliger Schrift.

Ein Dreivierteljahr lebte sie nun schon im Haus der Waldeggs, und äußerlich war von Toni, dem Trossbuben, nichts mehr zu erkennen. Aber in der Stille des Abends wurde die Vergangenheit wieder lebendig, und die Trauer um den Verlust ihrer Mutter überwältigte Antonia.

»Mama, du wirst immer meine einzige Mutter sein«, flüsterte sie. »Wie kann ich eine andere Frau als Mutter anerkennen? Du hast mich beschützt und genährt, mich so vieles gelehrt. Du warst immer so fröhlich, Mama. Du hast mich verstanden und mir meine Freiheit gelassen. Du hast mich getröstet, wenn ich krank war oder Kummer hatte. Du hast mich so geliebt, Mama.« Antonia streichelte das abgegriffene Brevier. »Den Domherrn als meinen Vater anerkennen, das könnte ich jederzeit. Aber Madame Elena? Sie ist so … so blutleer, so wenig herzlich, so schrecklich vornehm. Und so unaufrichtig! Meine Güte – Keuschheit gelobt und sich immer daran gehalten. Das sagt sie mir, ihrer Tochter, mitten ins Gesicht.«

In der Nacht aber grübelte Antonia darüber nach, ob nicht Susanne und sie vielleicht Halbschwestern waren. Unangenehm war ihr diese Vorstellung nicht.

Geselle und Meister

Was da an schroffen Ecken saß,
das wird gelind geschlichtet;
mit Zirkel und mit Winkelmaß,
so wird der Bau gerichtet.

Freimaurerlied

David schämte sich ein wenig seines heruntergekommenen Aussehens, als er vor der Tür von Leopold Stark stand. Einen ganzen Monat hatte er gebraucht, um bis nach Dresden zu gelangen, und seine Stiefel waren zerschrammt und ausgetreten, obwohl er sie gründlich gewichst hatte. Seine Hose war an vielen Stellen speckig, der Rock, aus dem er den Staub gebürstet hatte, wies deutliche Spuren der Abnutzung auf, Brombeerranken und Disteln hatten kleine Löcher gerissen, sein Hut hatte durch Sonne und Regen jegliche Form eingebüßt. Nur das Hemd war frisch gewaschen, und sein leuchtendes Weiß ließ sein tiefbraun gebranntes Gesicht besonders dunkel erscheinen. Er wusste nicht, was ihn erwartete, doch wie Paul ihm geraten hatte, klopfte er dreimal an die Eingangstür.

Nicht lange, und ihm wurde geöffnet. Ein Riese füllte den Türrahmen, ein Riese mit einem kugelrunden Gesicht, einem grauen Haarkranz und einem gewinnenden Lächeln.

»Einen guten Abend wünsche ich Ihnen. Sie sind Leopold Stark?«

»Der bin ich.«

»Mein Name ist David von Hoven. Ihre Adresse wurde mir von Paul David Lettow genannt.«

»Gruß oder Brief?«, war die kurze Frage. Sie verwirrte David.

»Sicher sendet er Ihnen seine Grüße, Herr Stark. Aber er gab mir auch einen Brief für Sie mit.«

Das Lächeln vertiefte sich, und der Riese winkte ihn ins Haus. »Kommen Sie herein, Bursche! Geben Sie mir den Brief.«

David zog das gesiegelte Schreiben aus seiner Tasche, und sein Gastgeber betrachtete es sorgfältig.

»Paul hat mir unter Androhung schlimmster Folgen verboten, das Siegel zu lösen, und ich habe mich daran gehalten«, versicherte er.

Der andere brummte etwas und brach das Siegelwachs. Rasch überflog er die Zeilen und betrachtete David dann wieder eingehend.

»Hungrig?«

»Danke, aber …«

»Hungrig! Kommen Sie, Emma hat eine Hasenpastete gemacht, und die kriegt sie immer besonders gut hin. Ein kühles Bier können Sie auch vertragen.« Ohne Umstände schob er David in eine geräumige Küche, wo eine junge Frau geschäftig am Herd werkelte.

»Ein Gast zum Füttern, Tochter.«

Emma, mit einem ebenso runden Gesicht wie dem ihres Vaters, aber von weitaus zierlicherer Gestalt, nickte David freundlich zu und nahm noch einen Teller und einen Becher vom Bord.

»Sie haben eine Wanderung gemacht?«, wollte Leopold Stark wissen, als sie sich an den Tisch setzten.

»Ja, die Elbe hinunter und wieder zurück. Es war oft atemberaubend. Aber Sie müssen mir meinen Aufzug nachsehen, ich reiste mit wenig Gepäck.«

»Die beste Form zu reisen. Erzählen Sie uns davon!«

David war zwar immer noch verunsichert, aber der Mann hatte eine unkomplizierte Art, und bei der ausgezeichneten Fleischpastete berichtete er über seine Eindrücke aus dem Elbsandsteingebirge. Sowohl Emma als auch sein Gastgeber kannten die Gegend, und das Tischgespräch verlief anregend und entspannt.

»So, und jetzt kommen Sie mal mit, junger Mann!«, forderte Stark ihn auf, als die letzten Krümel vertilgt waren. Er führte David in ein Kontor, das vollgestopft mit Aktendeckeln, Ziegelstücken, Granit und Marmorbrocken, Zeichnungen, Tabellen und Berechnungen war.

»Sie sind ein Baumeister«, erkannte David und blieb vor dem Grundriss eines Hauses stehen.

»Richtig gefolgert, junger Freund. Paul schrieb, er schicke mir mit Ihnen einen rohen Stein, der eine fachkundige Hand benötigt. Angeblich sind die gröbsten Ecken und Kanten aber schon begradigt worden. Wenngleich mit untauglichem Handwerkszeug.«

»Wenn Sie meinen.«

»Wir werden sehen. Sie erzählten, Sie haben unterwegs Zeichnungen gemacht. Haben Sie die dabei?«

David hatte auf dem Rückweg noch einmal in Königstein Station gemacht und sich bei der Krämerin mit weiterem Material eingedeckt. Die Lust zum Zeichnen war in ihm nach den langen Gesprächen mit dem Maler beinah übermächtig geworden. Natürlich hatte er die Mappe mit den Skizzen in seinem Tornister. Er holte sie hervor und legte sie auf den unordentlichen Schreibtisch. Der Baumeister schlug sie auf und betrachtete stumm Blatt um Blatt. Dabei brummte er und stellte dann fest: »Sie haben eine Vorliebe für die Gotik. Wie kommt's?«

David lachte leise auf. »Seit ich einen Stift in der Hand halten kann, habe ich gotische Spitzbogen und Maßwerke gekritzelt. Ich hatte den Kölner Dom ständig vor Augen, wissen Sie! Und mein Vater hat mich dazu ermutigt.«

»Ihr Vater ist ein Maurer?«

»Mein Vater ist ein Domkapitular.«

»Das eine schließt das andere nicht aus.«

David verstand. »Nein, in der Tat nicht.«

»Und du, mein Junge?«

»Ich? Ich möchte Architekt werden.« So, jetzt war es raus! Das, womit David die letzten Wochen gerungen hatte, die Zweifel, die ihn geplagt hatten, die Suche nach dem neuen Ziel in seinem Leben waren beendet. Er überraschte sich selbst mit der Endgültigkeit seiner Aussage. Aber er fühlte sich plötzlich unendlich erleichtert.

»Bist du bereit, harte Arbeit zu leisten?«

»Ja, Herr Stark, das bin ich.«

»Nenn mich Meister Leopold! So wie alle meine Leute. Du

wirst auf meinen Baustellen arbeiten. Als Lehrling. Du wirst Mörtel mischen und Gips anrühren und lernen, eine Mauer hochzuziehen. Du wirst Planken schleppen und Rohre verlegen und später sogar in der Lage sein, einen ordentlichen Bogen zu mauern. Sprich mit dem Polier die Zeiten ab, an denen du an der Kunstakademie diesen Firlefanz über ionische und dorische Säulen und die harmonischen Gesetze der Fassadenaufteilung hörst. Ich gebe dir einen Brief an einen Professor mit, der dir mit den Formalitäten hilft. Abends aber, mein Junge, wirst du dich den wirklich wichtigen Themen widmen. Da bringe ich dir nämlich die Grundzüge der Statik bei. Wenn du dann noch genug Energie hast, kannst du Emma zum Tanz ausführen.«

Überwältigt konnte David nur antworten: »Jawohl, Meister Leopold!«

»Bist du sehr verwöhnt, was die Unterkunft anbelangt?«

»Ich habe die letzten drei Monate oft genug auf Heuböden geschlafen. Und davor … davor war ich im Feld. Nein, sehr verwöhnt bin ich nicht.«

»Dann wird dir die Mansardenkammer bei uns reichen. Fürs Essen sorgt Emma. Brauchst du Geld, um dir vernünftige Kleidung zu kaufen?«

»Ich habe genug, danke. In Berlin habe ich bei Freunden einige Habseligkeiten untergestellt.«

»Lass sie herschicken!« Meister Leopold erhob sich und brüllte mit Donnerstimme aus der Tür: »Emma, mach das Zimmer oben für David fertig!« An David gewandt, erklärte er: »Sie ist meine Jüngste. Führt mir den Haushalt, seit ihre Mutter gestorben ist. Die beiden Jungen sind unterwegs. Hab ihnen ans Herz gelegt, ihr Handwerk in der Fremde zu lernen. Einer ist in Kopenhagen, der andere in Paris. Machen ihre Sache gut.«

Es war, wie angekündigt, harte Arbeit. Härter, als David es sich vorgestellt hatte. Seine Hände waren oft so zerschrammt und voller Blasen, dass er kaum seinen Stift halten konnte, es schmerzten ihn Muskeln, von denen er nicht gewusst hatte, dass sie sich überhaupt in seinem Körper befanden, Staub und Schweiß verklebten seine Haare, Gips brannte in seinen Augen, und seine

Fingernägel wollten gar nicht mehr sauber werden. Trotzdem eilte er zu den Vorlesungen, wühlte sich durch Starks Bücherbestand und widmete sich abends zwei Stunden den Berechnungen, die ihm sein Lehrherr aufgab. Das machte ihm Freude, denn der Geometrie hatte immer schon seine Leidenschaft gegolten. Das Einzige, wozu er wirklich keinerlei Kraft mehr aufbringen konnte, war, mit Emma tanzen zu gehen. Er fiel todmüde in sein Bett, und keinerlei beklemmende Träume störten seinen erschöpften Schlaf.

Das Zimmer mochte nicht elegant sein, aber es war groß und luftig und mit einfachen, zweckmäßigen Möbeln eingerichtet. Eine Zugehfrau kümmerte sich um die Wäsche und das Putzen, Emma kochte gehaltvolle Suppen und buk würzige Pasteten, sie packte ihm jeden Morgen eine Schachtel mit dick belegten Broten ein. Meister Leopold war gleichbleibend freundlich zu ihm und schien sich an seiner mathematischen Begabung zu erfreuen. Mit seinen Kommilitonen hingegen schloss David wenig Bekanntschaft. Einerseits blieb ihm kaum Zeit dafür, andererseits waren die Studenten etliche Jahre jünger als er, und ihre Juxereien kamen ihm unreif und albern vor.

Nach einem Monat hatten seine Hände auch an den richtigen Stellen Schwielen gebildet und sein Körper die notwendigen Muskeln bekommen. Es wurde leichter.

Dann kam der Fuhrkarren mit den drei Kisten, dem Schrankkoffer und einer Tasche voller Briefe aus Berlin. Er begrüßte seine Bücher wie Freunde, ließ die Kiste mit den Uniformstücken geschlossen und verteilte die wenigen Kleinigkeiten, die er in den Jahren angesammelt hatte, auf den Borden an der Wand. Dann nahm er sich die Mappe mit den Briefen vor. Den seiner Mutter überflog er widerwillig, er war mit Klatsch und Gejammer gespickt, der eines Kameraden hatte einen leicht verächtlichen Unterton, der seiner Vermieterin einen nurmehr geschäftlichen. Mehr Zeit widmete er dem Schreiben von Pastor Dettering, der einige Neuigkeiten beinhaltete. Nikolaus' Vater war ihm immer gewogen gewesen, seine nüchterne Art, die Fakten zu betrachten, hatte ihn oft beeindruckt und ihm geholfen, seine aufgewühlten Gefühle mit einer gewissen Distanz zu betrachten. Aber manches, was er auf den fünf eng beschriebenen Seiten fand, weckte dennoch Davids Groll. Berlin, so schrieb der Pastor, litt beträchtlich unter den französischen Kontributionen und den Einquartierungen. Er suchte die Hauptstadt derzeit nur selten auf. Doch bei seinem letzten Besuch hatte er erfahren, Isabetta habe sich eng an einen französischen Offizier angeschlossen. Major Cattgard hingegen sei, vom Dienst beurlaubt, auf sein Gut zurückgekehrt. Bedauerlicherweise hatte es, als er noch in der Hauptstadt weilte, eine öffentliche Szene zwischen ihm und seiner ehemaligen Gattin gegeben. David konnte sich den Skandal lebhaft vorstellen. Vermutlich ging es um Geld.

Dagegen freute er sich über die zweite Nachricht, die da hieß, sein Freund Nikolaus habe eine junge Engländerin geheiratet, die weitläufig mit seiner Familie verwandt war. Die Nachricht einer weiteren Eheschließung jedoch war wieder dazu angetan, seinen Ärger zu schüren. Adam Burk war, ebenfalls beurlaubt, in sein Heimatdorf zurückgekehrt, um im Eisenwarenhandel seines Vaters mitzuarbeiten. Das war nicht weiter erstaunlich; was David aber einen echten Stich versetzte, war die Mitteilung, er sei mit Dorothea, Davids ehemaliger Verlobter, durchgebrannt. Das hatte Pastor Dettering entsetzt, denn sie war zu diesem Zeitpunkt zu Gast in seinem Haus. Er fühlte sich verantwortlich und beklagte, seiner Aufsichtspflicht nicht genügend nachgekommen zu sein. »Zudem enttäuschte es mich tief, welch betrübliche Manieren meine Nichte damit bewiesen hat. Erst drängt sie dich zur Verlobung, dann lässt sie dich bei der kleinsten Schwierigkeit fallen, und nun hat sie sich an einen – wenn auch gut aussehenden – aber nicht immer einwandfrei handelnden Mann weggeworfen. Es hat eine herbe Auseinandersetzung zwischen ihren Eltern und den Burks gegeben, aber schließlich habe ich die beiden getraut. Dorothea lebt jetzt bei Burks, angeblich ist sie bereits guter Hoffnung.«

David knirschte mit den Zähnen. Frauen waren hinterhältige, charakterlose Schlangen. Ausgerechnet Adam Burk! Der musste sich ja die Hände reiben. Es war der gelungenste Akt der Demütigung, den er ihm hatte zufügen können, nachdem er in Magdeburg Zeuge geworden war, wie David seinem Vorgesetzten und

Stiefvater eine geharnischte Ohrfeige versetzt hatte. Sein hämisches Grinsen sah er jetzt noch vor sich.

Mit geballten Fäusten marschierte David in seiner Kammer auf und ab, um die Dämonen der Vergangenheit zu bändigen. Immer wieder redete er sich zu, das, was gesehen war, könne ihm nichts mehr anhaben.

Er war Zivilist, Student, Lehrling eines hervorragenden Meisters. Seine Zukunft lag in der Architektur, in den klaren Formen der Gebäude, der reinen Logik der Statik und der kühlen Sachlichkeit von Ziegel und Marmor.

Es klopfte an seiner Zimmertür, und Meister Leopold trat fast im selben Augenblick ein.

»Junge, das Abendessen wartet!«

»Entschuldigt mich heute. Ich habe keinen Appetit.«

Der Blick des Baumeisters fiel auf die beschriebenen Blätter, die auf dem Boden lagen.

»Schlechte Nachrichten, David?«

»Schlecht? Ich weiß nicht. Ärgerlich. Unnötig ärgerlich.«

»Also verletzend.«

»Ja.«

»Willst du es mir erzählen, Junge?«

Die freundliche Anteilnahme in Meister Leopolds rundem Gesicht tat David gut. Er öffnete seine Fäuste, sein Nacken entspannte sich, und es gelang ihm ein schiefes Lächeln.

»Meine ehemalige Verlobte ist mit meinem besten Feind durchgebrannt! Eigentlich sollte ich den beiden Glück wünschen. Wie es aussieht, haben sie einander verdient.«

»Schick ihnen einen versilberten Salzstreuer, damit sie sich gegenseitig das Salz in die Wunden reiben können, die sie einander vermutlich bald zufügen werden. Und jetzt komm nach unten! Emma hat Hühner gebraten.«

David folgte ihm und aß, wenn auch schweigend, sein Mahl auf. Der Baumeister erließ ihm anschließend die abendliche Lektion, und er kehrte zurück in seine Kammer.

Ein Brief lag noch ungeöffnet auf seinem Schreibtisch. Ihn zu lesen hatte er wirklich Angst. Er stammte von seinem Vater und schien sehr umfänglich zu sein. Zögernd drehte er ihn in den

Händen und fragte sich, ob er es ertragen könnte, wenn Waldegg sich von ihm losgesagt hätte.

Die Nacht senkte sich schon über die Dächer, als er sich endlich aufraffte und das Siegel erbrach. Beim Schein der Lampe las er ihn langsam, und als er geendet hatte, legte er die Arme auf den Tisch, vergrub seinen Kopf darin und weinte.

Tanzstunde

Komm mit, o Schöne, komm mit mir zum Tanze;
Tanzen gehöret zum festlichen Tag.
Bist du mein Schatz nicht, so kannst du es werden,
Wirst du es nimmer, so tanzen wir doch.

Wechsellied zum Tanze, Goethe

»Chaîne de dames«, säuselte der Tanzlehrer. Antonia und Susanne wechseln die Plätze, indem sie mit zwei Schritten aufeinander zugingen. Beim dritten Schritt reichten sie einander die rechten Hände. Phillip Wittgenstein und François Joubertin gingen jeweils ihrer Tänzerin entgegen, diese reichten ihnen die linke Hand. Dazu klimperte eine gelangweilte Gouvernante auf dem Klavier in Bernsdorfs Salon eine Quadrille. Zwei unsichere Jünglinge und ein blässliches Mädchen, Verwandte der Bernsdorfs, saßen steif in der Ecke und warteten darauf, die nächsten Touren tanzen zu dürfen.

»Promenade!«

Antonia hängte sich bei François ein, und er führte sie, dem anderen Paar ausweichend, auf den gegenüberliegenden Platz.

»Kleinere Schritte, Mademoiselle, das ist eine Quadrille und kein Pferderennen«, nörgelte der Tanzlehrer und stach mit seinem dünnen Malakkastöckchen nach ihren Waden.

»Sie machen es sehr anmutig, Mademoiselle Antonia«, flüsterte François, der den störrischen Blick seiner Tanzpartnerin wohl zu deuten wusste. Monsieur Chèvrefeuille war ein penibler älterer Herr mit manieriertem Auftreten. Er trug einen silbern bestickten, himmelblauen Frack und hatte seine zu Seitenlocken aufgerollten Haare gepudert. Er duftete wie ein Körbchen Mimosen, was Antonias Haltung nicht zuträglich war.

Endlich hatten sie die Figur, die sich Pantalon nannte, zu Ende geführt und durften sich setzen.

»Mademoiselle, Sie nicht! Ihren Schritten fehlt es noch an Eleganz. Nehmen Sie Ihren Platz ein!« Monsieur sprach ausschließlich französisch mit einem, wie er glaubte, Pariser Einschlag.

Wieder musste Antonia, diesmal mit einem der verschüchterten Jünglinge als Partner, die vorgeschriebenen Figuren der Quadrille durchtanzen und wurde dabei immer wieder von Monsieurs Stöckchen gepiekst. Dieses Stöckchen war ihr nachgerade verhasst.

In der nachfolgenden Pause wurden Erfrischungen hereingebracht und François Joubertin reichte Antonia mit einer anmutigen Verbeugung einen Teller mit Gebäck. Sie vollführte einen ebenso graziösen Knicks, als sie es annahm.

»Ich weiß nicht, ich weiß nicht, Mademoiselle, ich habe das Gefühl, dass ich Ihnen schon einmal begegnet bin. Verzeihen Sie, das ist eine ziemlich plumpe Phrase, aber Ihr Gesicht kommt mir wirklich bekannt vor. Ich kann es allerdings nicht recht einsortieren. Helfen Sie einem vergesslichen Dummkopf wie mir?«

Das war das Letzte, was Antonia wollte. Sie erinnerte sich an den schmucken Sekretär im Wohlfahrtsbureau nämlich ebenfalls. Als sie ihn in der vergangenen Woche zum ersten Mal bei der Tanzstunde begegnet war, hatte sie sich dennoch gefreut, denn seine Hilfsbereitschaft dem jungen Mann gegenüber, der Toni einst war, hatte sie sehr für ihn eingenommen. Seine Eltern gehörten zu Bernsdorfs engem Bekanntenkreis, und er war auch im Salon ein angenehmer und charmanter Partner.

»Ich fürchte, ich kann Ihnen nicht dienen, Monsieur Joubertin. Aber vielleicht habe ich eine Doppelgängerin?«

»Oder Sie schleichen nachts umher und besuchen mich in meinen Träumen?«

»O la la!«

Er lachte. »Sie geben sich unergründlich, das macht Sie interessant. Aber ich will nicht weiter nachforschen, schönes Geheimnis. Werde ich Sie auf Bernsdorfs Ball treffen?«

»Um mich dort nicht allzu sehr zu blamieren, versuche ich ja gerade, die Mysterien der Quadrille zu erkunden. Doch ich fürchte, so unbegabt, wie ich mich aufführe, werde ich mir eine Krücke zulegen und mühsam in den Saal hinken.«

»Ich weiß nicht, was unseren Maestro der Trippelschritte so sehr an Ihnen stört. Ich finde Sie überhaupt nicht unbegabt. Aber es könnte sein, dass er Ihrem freimütigen Blick nicht gewachsen ist. Er scheint mir sehr stolz auf seinen silberbetressten Aufputz zu sein. Verstecken Sie Ihre Augen gelegentlich hinter Ihrem Fächer, Mademoiselle!«

Sie schüttelte den Kopf. »Es ist weniger der Frack als der Duft nach Mimosen.«

»Ein Hauch zu betäubend, ich gebe es zu, und einem kernigen Mannsbild wie ihm nicht recht angemessen.« François freute sich an den lachenden Augen seiner Gesprächspartnerin, die ihm über dem Limonadenglas zuzwinkerten. »Sie hingegen bevorzugen Verbenen und Zitronellen, Mademoiselle, und wenn ich Sie bei der Tour de main umrunde, dann fühle ich mich regelrecht erfrischt wie nach einem Glas sprudelndem, kühlem Champagner.«

Antonia ließ ihren Fächer aufschnappen und schenkte ihm über den Rand ein kokettes, leicht übertriebenes Wimpernflattern. Er drückte sich die Hand aufs Herz und stöhnte: »Sie sind mein Untergang, schönes Geheimnis.«

Resolut klappte sie den Fächer wieder zu und meinte: »Es ist ja unverantwortlich, wie diese weiblichen Mittelchen auf Männer wirken. Reißen Sie sich zusammen, Joubertin! Seien Sie ein Mann, und helfen Sie mir durch die nächste Tour! Monsieur le Mimosa bläst zum Appell.«

François stutzte, lachte auf und stellte dann fest: »Den harschen Befehlston beherrschen Sie also auch. Sie sind sehr wandlungsfähig, meine Liebe.«

Sie nahmen ihre Plätze ein, und die Gouvernante begann, auf dem Klavier zu klimpern. Pantalon, Été, Poule und Pastorelle absolvierten sie fehlerlos, begleitet von den tadelnden Bemerkungen des Tanzlehrers und seinem korrigierenden Stöckchen. Beim Finale patzte Antonia leider zwei Mal hintereinander. Das Stöckchen fuhr schmerzhaft auf ihre Schulter, verfing sich in der Rüsche des Ausschnitts und entblößte den Ansatz ihres Busens.

Mit einem schnellen Griff hatte die den Stock gepackt, zerbrach ihn mit einem Knacken und schleuderte ihn dem Tanzlehrer vor die Füße.

»Stecken Sie sich das Ding in ihren himmelblauen Arsch, Sie altjüngferliche Primadonna der Schmiergass. Ich bin es leid, mich von Ihnen kujonieren zu lassen. Sie sind selbst auch nicht anmutiger als ein pickeliger Internatszögling, und Sie benehmen sich wie der parfümierte Furz eines gepuderten Ziegenbocks!«, herrschte sie ihn in ihrem ordinärsten Landser-Französisch an.

Mit offenem Mund starrte Monsieur Chèvrefeuille sie an, wurde rot und wieder blass, drehte sich auf dem Absatz um und verließ den Salon. Die Tänzer hingegen verfolgten seinen Abgang irritiert, und Susanne fragte: »Was hast du gerade gesagt?«

François Joubertin allerdings war schlicht auf die Knie gesunken und fragte, mit vor Ehrfurcht bebender Stimme: »Mademoiselle, ich lege Ihnen mein Herz und meine Hand zu Füßen. Wollen Sie meine Frau werden?«

»Stehen Sie auf, François, und hören Sie mit diesem lächerlichen Gehabe auf!«

»Das ist nicht lächerlich. Ich habe allergrößte Ehrfurcht vor denen, die mit meiner Sprache derart schöne Bilder malen können. Ich erinnere mich an das eines ondulierten Affen.«

»Daran erinnern Sie sich bitte nicht.«

François stand auf und zwinkerte Antonia zu. »Nein, natürlich nicht, schönes Geheimnis. Und wenn Sie meine magere Hand und das trotz der Zurückweisung weiterhin tapfer schlagende Herz nicht haben wollen, dann nehmen Sie wenigstens meine Bewunderung und meine Freundschaft an. Bitte!«

Antonia gefiel die Aufrichtigkeit in seinen Augen, und sie reichte ihm, während sie sein Lächeln erwiderte, die Hand.

»Das tue ich gerne. Und ich vertraue Ihnen. Bei Gelegenheit sollen Sie die ganze Geschichte hören.«

Galant hauchte er ihr einen Kuss auf die Hand. Als er sich wieder aufrichtete, funkelte der Schalk in seinen Augen.

»Darf ich bezüglich ihrer letzten schönen Formulierung die Neugier unserer Tanzpartner befriedigen?«

»Es wird wohl notwendig sein. Sie sehen aus, als ob sie es uns gleich mit der Zange entreißen wollten.«

Später, als die kleine Gruppe sich aufgelöst hatte, begleitete Antonia ihre Freundin in ihr Zimmer, wo sie über Putz und Frisur, Schmuck und Accessoires plauschen wollten. Doch nach kurzer Zeit erlahmte das Gespräch, und Susanne lehnte sich gähnend auf ihrem Bett zurück. Antonia waren bei ihrem Eintreffen die dunklen Ringe unter ihren Augen aufgefallen. Die Tanzerei hatte ihre müde Stimmung eine Weile verscheucht, aber jetzt sah sie wieder ungewöhnlich erschöpft aus.

»Was hast du, Susanne? Geht es dir nicht gut?«

»Ich hab nicht viel geschlafen. Liegt am Vollmond.«

»Es ist halber, zunehmender Mond. Machst du dir wegen irgendetwas Sorgen?«

Susanne zuckte mit den Schultern. »Es sind nur so dumme Träume.«

»Was träumst du?«

»Vom Dom. Ach, es ist wahrscheinlich nicht wichtig …«

»Ich hätte dich neulich nicht überreden dürfen. Das war anmaßend von mir.«

»Du kannst nichts dafür, Antonia. Ich habe sie früher schon gehabt. Nicht so oft wie derzeit und auch anders. Aber der Tod meines Vaters ist mir sehr nahe gegangen, und jetzt stehe ich wieder auf dem Dach, ich sehe ihn, wie er zeichnet und ihm der Wind die Haare ins Gesicht bläst. Er lacht mit mir und erzählt mir ulkige Geschichten von den Dämonen, die deswegen Wasser trinken, weil sie es den Leuten von oben auf den Kopf spucken wollen. Dann wird plötzlich alles dunkel, und er ist fort. Nur die Rolle mit seinen Skizzen liegt noch dort. Bestimmt träume ich deswegen so viel von ihm, weil ich mir die Bilder wieder angesehen habe. Gestern und heute Nacht veränderte sich der Traum, und es waren Stimmen in der Dunkelheit. Wütende Stimmen, die sich beschimpften. Ich kann sie nicht verstehen. Ich weiß nur, dass sie böse sind. Ich frage mich, ob vielleicht noch ein anderer auf dem Dach war. Jemand, der meinen Vater gehasst und ihn hinuntergestoßen hat. Aber immer, wenn ich versuche, mich zu erinnern, ist da wieder die Dunkelheit. Und Angst, das Gefühl, verloren zu sein.«

»Es könnten sich zwei Dienstmädchen vor deiner Zimmertür gestritten haben. So was kann Träume beeinflussen, Susanne. Ich habe das schon erlebt, wenn Leute vor unserem Wagen gerufen oder sich gezankt haben.«

»Nicht nachts um zwei, und nicht zwei Nächte hintereinander. Es muss etwas mit dem zu tun haben, was damals passiert ist. Aber je mehr ich darüber nachdenke, desto weniger Sinn ergibt es. Ich weiß ja nicht einmal mehr, wie ich von dem Dach nach unten gekommen bin. Oder …« Susanne sah versonnen drein. Antonia setzte sich neben sie und hielt ihre Hand fest. »Jemand kam, ein Mann. Ein freundlicher Mann. In Uniform. Er brachte mich zu dem Offizier. Ja, so war das.«

»Das wäre denkbar. Damals hat man den Dom als Pferdestall benutzt. Es wird ein Franzose gewesen sein, der dich oben gefunden hat. Wer wusste denn, dass ihr dort oben wart?«

»Vermutlich der betreffende Kommandant. Man durfte ohne seine Erlaubnis nicht im Dom herumklettern. Und sicher auch die Soldaten, die uns haben hinaufsteigen sehen.«

»Die sind vermutlich schon lange nicht mehr in Köln.«

»Nein, es ist dreizehn Jahre her.« Susanne rieb sich die Augen und nahm ein gerüschtes Kissen in die Arme. Antonia hakte nach: »Gab es denn jemanden, mit dem dein Vater verfeindet war?«

»Keine Ahnung. Er war der freundlichste Mensch der Welt. Aber da mögen andere Leute anders gedacht haben.«

»Wenn jemand ihn gestoßen hat, dann kann das Vorsatz oder Unfall gewesen sein. Wenn es vorsätzlich geschah, war es Mord. Man mordet, wenn der andere etwas hat oder weiß, das für den Mörder wichtig oder gefährlich ist. Obwohl es Menschen gibt, die aus Spaß morden.«

»O Gott.«

»Doch, Susanne. Ich habe Soldaten Dörfer plündern sehen … Aber lassen wir das. Ich glaube, in diesem Fall trifft das nicht zu. Wir werden nicht mehr herausfinden, ob dein Vater für jemanden eine Gefahr darstellte oder etwas sehr Wertvolles besaß.«

»Wertvolles besaß er nicht. Meine Mutter war von ihren Eltern verstoßen worden, und mein Vater war zu stolz, von seinen etwas anzunehmen. Wir lebten bescheiden von seinem Verdienst als Bildhauer.«

»Ich glaube, es ist müßig, sich darüber zu viele Gedanken zu machen, Susanne. So, wie es aussieht, kann man nichts unternehmen. Wenn sich das Dunkel deiner Erinnerung irgendwann lichtet, dann weißt du mehr. Dann kann man noch immer fragen, ob sein Tod ein Unfall war. Selbst wenn er sich dort oben mit jemandem getroffen hat, kann eine ungeschickte Bewegung, ein Hinauslehnen oder so etwas dazu geführt haben, dass er den Halt verlor, abrutschte und fiel. Vielleicht war es ja genau der Soldat, der dich nach unten geleitete, der ihn wegen irgendetwas zur Rede gestellt hat.«

Susanne nickte und schien beruhigt. »Lassen wir meinen armen Vater in Frieden ruhen. Ich wollte dir noch etwas anderes zeigen.« Sie krabbelte von ihrem Bett und zog eine Lade auf. Dann schlug sie die Mappe mit ihren Zeichnungen auf und legte Antonia ein Bild vor. »Ich hatte noch nicht viel Übung damals. Aber so ungefähr sieht Cornelius aus.«

Interessiert betrachtete Antonia die Bleistiftzeichnung. »Ein ungewöhnliches Gesicht – die rechte Seite wirkt ganz anders als die linke. Die rechte Braue wölbt sich höher, der Mundwinkel zieht sich mehr nach unten, sogar die Nase neigt sich weiter nach rechts.«

»Ja, er bot einen eigenwilligen Anblick. Von links ein etwas gelangweilter, von rechts ein ziemlich sardonischer Zeitgenosse. Ein Januskopf, nicht wahr? Ob er auch einen solchen zwiespältigen Charakter hat, weiß ich nicht. Allerdings hat er damals, als ich ihn traf, mehr der rechten Gesichtshälfte entsprochen.«

»Acht Jahre ist das her – wer weiß, wie er jetzt aussieht. Es ist bestimmt ein hartes Leben im Bagno. Die Franzosen sind nicht zimperlich mit ihren Gefangenen.«

»Diese zweigeteilte Eigenart wird sein Gesicht weiterhin haben.« Susanne seufzte leise. »Ach, was habe ich mich damals in ihn verliebt. Er dauerte mich so, und er nahm sein Schicksal so tapfer.«

»Was würde passieren, wenn er heute vor dir stünde?«

»Weiß ich nicht. Es käme darauf an, nicht wahr?«

»Worauf?«

»Auf mein Herz!«

»Du bist viel zu romantisch. Er muss einige unangenehme Züge haben, dieser Cornelius. Ein Spieler, ein Lügner, ein Mann, der seinen Gönner durch den Dreck gezogen hat. Waldegg ist ihm zwar weiter zugetan, aber ich finde, er hat sich schrecklich benommen.«

»Du musst ihn ja nicht mögen, du hast ja David. Der scheint ein richtiger Herr zu sein, nicht wahr?«

»Ich habe überhaupt nichts mit David! Wie kommst du denn auf die Idee?«

»Aber er hat dich geküsst!«

»O Susanne!« Antonia verdrehte die Augen.

Susanne aber hatte einen Stift genommen und ihren Block aufgeschlagen und warf mit schnellen, sicheren Strichen ein weiteres Porträt auf das Blatt. Doch sie verhielt mit einem Mal mitten in der Bewegung und musterte Antonia mit leicht zusammengekniffenen Augen. Dann zeichnete sie weiter, langsamer allerdings.

»Antonia?«

»Was ist? Hast du mir eine Warze auf die Nase gemalt? Dann kitzele ich dich mit deiner Puderquaste zu Tode.«

»Nein, keine Warze. Es ist nur so – ich habe dich noch nie gefragt, aber – bist du Waldeggs Tochter?«

»Wie kommst du darauf?«

»Die Augen. Die Augenpartie ist Frau Waldeggs sehr ähnlich. Und auch der Schnitt deiner Wangenknochen.«

Antonia seufzte. Man konnte es nicht mehr lange geheim halten. »Sag's nicht weiter, Susanne! Sie ist meine Mutter. Es ist eine lange Geschichte.«

»Die du mir irgendwann einmal erzählen wirst?«

»Versprochen. Aber jetzt noch nicht. Ich bin nicht glücklich darüber, weißt du.«

»Das kann ich mir vorstellen. Dann fiele eine Ehe zwischen dir und David schließlich unter die Blutschande.«

»Schlag dir endlich diese Idee aus dem Kopf! Ich habe David

zweimal ganz kurz getroffen. Das erste Mal hielt er mich für einen schmutzigen Bauernjungen, das zweite Mal für ein vorlautes Gör. Ich verzehre mich auch nicht nach ihm. Aber du kannst mir gerne erklären, was Blutschande ist. Den Begriff habe ich neulich schon einmal gehört.«

»Das ist – oh, mhm…«, Susanne wirkte verlegen. Schließlich handelte es sich um ein gesellschaftliches Tabuthema, wie alles, was sich um geschlechtliche Beziehungen rankte. Aber sie überwand sich und erklärte mutig, dass Ehen unter Blutsverwandten ersten und zweiten Grades verboten seien.

»Also zwischen Geschwistern, Eltern und Kindern?«

»Auch zwischen Onkel und Nichte oder Tante und Neffe und zwischen Cousins. Aber da gibt es, glaube ich, die Möglichkeit des Dispens.«

»Da David Waldeggs, aber nicht Elenas Sohn ist und ich Madames, aber nicht Waldeggs Tochter, könnte ich ihn theoretisch heiraten«, spekulierte Antonia und bemerkte dabei nicht Susannes schockiertes Gesicht.

»Nicht Waldeggs Tochter?«

»Nein.«

»Aber… ich dachte…«

»Falsch gedacht. Und frag mich nicht, wer mein Vater ist!«

Diesmal war es an Antonia, rot zu werden. Ihre nächtlichen Mutmaßungen über Daniel Bernsdorfs Rolle in Elenas Leben wollte sie gewiss nicht ihrer Freundin anvertrauen.

Schmuggelei

Auf die Unschuld schielt der Verrat
mit verschlingendem Blicke,
Mit vergiftendem Biss tötet des Lästerers Zahn.

Der Spaziergang, Schiller

Pitter Stammel hatte Pech gehabt, eine ganze Pechsträhne war es. Erst war Marie nach der Geburt ihres zweiten Kindes krank geworden. Drei Monate lang hatte sie nicht im Geschäft mithelfen können, und dann waren der Arzt und die Medikamente zu bezahlen. Daneben machte sich immer stärker diese verfluchte Kontinentalsperre bemerkbar, wegen der es kaum noch den beliebten Tabak aus Amerika gab. Der aus den französischen Kolonien war entsprechend rar und teuer, und seine Kunden reagierten ungehalten darauf, als er sich genötigt fühlte, die Preise zu erhöhen.

Nach einer Weile blieben viele aus, und als er sich umhörte, fand er heraus, dass sich die Herren nicht etwa dem Genuss des Rauchens enthielten, sondern andere Bezugsquellen aufgetan hatten. Einige seiner Konkurrenten verfügten demnach weiterhin über günstigen und qualitativ guten Tabak.

Es war Maddy, das Dienstmädchen, das ihn auf deren Beschaffungsmethoden aufmerksam machte. Maddy, die täglich die Besorgungen für den Haushalt machte, besuchte die Märkte am Rhein und hatte dort an der »Fliegenden Brücke«, den Fährbooten zum anderen Rheinufer, das nicht französisches Gebiet war, die Mädchen beobachtet, die unter ihren Röcken und Schürzen verbotene Waren einschmuggelten und die jungen Männer, die unter harmlosen Gütern ebenfalls Konterbande versteckt hielten. Sie verkauften Päckchen mit Tee oder Kaffee, Zucker oder eben auch Tabak anschließend heimlich in Ecken und Gässchen der Hafengegend. Vorsichtige Erkundigungen ergaben, dass sich mit dem abenteuerlustigen Jungvolk ein auskömmliches Geschäft machen ließ.

Bald hatte Pitter einen Teil seiner Kundschaft zurückgewonnen, aber Marie war unzufrieden. Sie rechnete ihm beständig vor, wie viel mehr Umsatz er machen könnte, wenn er selbst nach Deutz übersetzte und dort den angebotenen Tabak – und möglichst noch einige andere, schmerzlich entbehrte Spezereien einkaufen würde. Ihr Gemurre ging ihm jeden Tag mehr auf die Nerven, und in gewisser Weise musste er ihr Recht geben. Die Lieferungen, die sie bisher erhalten hatten, waren von unterschiedlicher Qualität, nicht immer war der Tabak richtig behandelt worden, hatte Feuchtigkeit abbekommen oder war vertrocknet, manchmal sogar verschimmelt. Es gab Beanstandungen seitens der Kunden.

Also stieg Pitter, wenn auch widerwillig, in den Schmuggelhandel ein. Er war nicht besonders geschickt darin. Beim ersten Mal entkam er nur knapp den Zöllnern und musste seine Ware bei der Flucht wegwerfen. Beim zweiten Mal, als er eine Nachtfahrt unternahm, kenterte sein Nachen bereits auf der Hinfahrt, und er verbrachte eine sehr feuchte Nacht, denn die Strömung hatte ihn weit nach Norden getragen, bis er endlich das Ufer erreicht hatte. Den Nachen musste er anschließend auch noch ersetzen.

Danach hatte Marie, wütend und voller Verachtung für die Memme, als die sich ihr Gatte erwiesen hatte, die Sache selbst in die Hand genommen. In der Hoffnung, eine Mutter mit Kind wirke harmlos genug, war sie mit der Dreijährigen an der Hand übergesetzt und hatte eine gute Ausbeute erstklassigen Tabaks unter ihren voluminösen Röcken mitgebracht. Zwei Wochen lang ging es gut, dann erkrankte der Säugling, und sie fand keine Zeit mehr, ihre Fahrten fortzusetzen.

Pitter wagte einen neuen Versuch, war erstmals erfolgreich und wurde, wie es so seine Art war, übermütig.

Man fasste ihn Ende Juli.

Er wurde zu einer sechsmonatigen Haftstrafe verurteilt.

Marie kochte vor Zorn. Aber Wut macht erfinderisch, und so suchte sie nach einer weiteren Methode, die Familie über Wasser zu halten, bis ihr unzuverlässiger Ernährer seine Strafe abgebüßt hatte. Sie fand schnell heraus, dass man nicht nur mit Rauch, sondern auch mit Gerüchten Geschäfte machen konnte. Ihre Kundschaft bestand vorwiegend aus den Bediensteten der vornehmen Häuser, die für ihre Herrschaften die Zigarren und den Schnupftabak einkauften und für die Dienerschaft schon mal den Kautabak erstanden. Noch hatte sie einige Vorräte. Da sie jetzt auch das Verkaufsgeschäft betrieb, lernte sie schnell, was der Trottel von ihrem Mann nie genutzt hatte. Die Kunden schwatzten, und Marie hatte ein scharfes Gehör. Sie erfuhr, wer eine Gesellschaft geben wollte, und konnte einen Lieferanten für ausgezeichneten Bohnenkaffee nennen – gegen eine gewisse Provision, versteht sich. Sie wusste sehr schnell, wer eine Vorliebe für feine Süßwaren hatte, und vermittelte eine für alle Beteiligten lohnende Beziehung. Sie hörte von Köchinnen, die sich über schwer zu beschaffende Lebensmittel beklagten, und sorgte für Abhilfe. Sie kannte bald die Passion der Damen für gewisse Textilien, die im freien Handel nicht ohne Weiteres zu erhalten waren, und nannte Bezugsquellen. Nebenbei sickerte immer mehr Klatsch und Tratsch in ihre geneigten Ohren, und so nahm sie auch das Gerede über das rätselhafte Mädchen wahr, das sich bei Waldeggs eingenistet hatte.

Antonia war ihr zuwider gewesen. Sie gehörte zu einer Vergangenheit von Pitter, an der sie, Marie, nicht teilhaben konnte. Auf seine ruhmreiche Zeit als Soldat war sie eifersüchtig. Er hatte einst eine Freiheit genossen, die sie ihm heute nicht mehr zubilligte, zumal er dann und wann darauf pochte, diese Freiheit weiterhin zu besitzen und sich mit den alten Kameraden traf. In solchen Fällen entzog er sich ihrer Aufsicht, um wer weiß was zu unternehmen. Man wusste ja, wie Soldaten zu Frauen standen! Und hast du nicht gesehen war da einer mit einem Flittchen über alle Berge! Antonia war auch so ein Flittchen, zu den Männern aufdringlich und vorwitzig, ihr gegenüber anmaßend und hochnäsig. Erst hatte sie den Jungen gespielt, aber das hatten sie ja schließlich schnell durchschaut. Gleich darauf hatte Pitter angefangen, ihr nachzusteigen. Gut, dass sie kurz danach ausgezogen war. Womit mochte sie die Waldeggs in der Hand haben, dass sie sie dazu gebracht hatte, sie aufzunehmen, fragte Marie sich, während sie geschwind eine Zigarre nach der anderen rollte. Man würde sich gezielter umhören müssen. Denn das Mädchen lebte jetzt wie die Made im Speck.

Marie brauchte nicht lange. Das Geheimnis um die Hausgenossin des Domherrn beschäftigte auch andere im Kreise der Bediensteten. Der ehemalige Domkapitular trug keine ganz blütenreine Weste – Konkubinat, unehelicher Sohn – könnte es sein, dass er Antonias Vater war? War es das, womit sie ihn gezwungen hatte, sie aufzunehmen? Marie forschte weiter und fand heraus, dass der Domherr und diese Antonia einen innigen Umgang miteinander pflegten. So hatte man sie oft gemeinsam aus der Stadt wandern sehen. Sie waren stundenlang fortgeblieben, hieß es. Die Frau Gemahlin indessen saß verlassen zu Hause. Angeblich sollte sie dem Mädchen mit rechtem Misstrauen gegenüberstehen. Kein Wunder, dachte Marie. Und eine Idee keimte in ihr.

Um sie umzusetzen, brauchte sie Maddys Hilfe. Gerne weihte sie die kleine Kröte nicht in ihre Vorhaben ein, aber sie konnte nun mal nicht gleichzeitig auf zwei Kinder aufpassen, im Laden bedienen, die Zigarren herstellen und dazu stundenlang durch die Stadt streifen. Sie gab dem Dienstmädchen den Auftrag, herauszufinden, wo man Antonia mal so unter vier Augen treffen könnte.

Das erwies sich als verhältnismäßig einfach, denn noch immer hatte Antonia die Gewohnheit, vormittags die Einkäufe auf dem Alten Markt zu erledigen. Manchmal begleitete sie Jakoba oder das Küchenmädchen, ebenso oft aber ging sie auch alleine zu den Obst- und Gemüseständen.

Es war also nur eine Frage der Zeit und der passenden Gelegenheit, um dem wohledlen Fräulein eine kleine, berechtigte Bitte vorzutragen.

Nach dem Ball

Des Sonntags in der Morgenstund',
Wie wandert's sich so schön
Am Rhein, wenn rings in weiter Rund'
Die Morgenglocken gehn.

Sonntags am Rhein, Reinick

Obwohl der Ball bis weit nach Mitternacht gedauert hatte, war Antonia schon früh am Morgen auf den Beinen. Sie hatte ihre übliche Alltagskleidung angelegt, den schwingenden Rock und das Caraco, darüber hatte sie ein warmes Dreiecktuch gelegt, denn der Oktober war zwar sonnig, aber der Morgen noch empfindlich kühl.

Waldegg war ebenfalls früh aufgestanden, und sie traf ihn mit seinem Kaffee und einer Zeitung in der Bibliothek sitzend.

»Guten Morgen!«, grüßte sie heiter, und er lächelte sie an.

»Auch dir einen guten Morgen. Die Strapazen einer durchtanzten Nacht sieht man dir aber nicht an.«

»Dazu bedarf es mehr als ein paar Runden Walzer und einiger Kontertänze. Ich wollte einen Spaziergang machen. Begleiten Sie mich, Herr Waldegg? Auch Sie sehen nicht sonderlich strapaziert aus.«

Er lachte und erhob sich. »Nein, aber ich habe ja meine Zeit auch sitzend am Kartentisch verbracht. Ein wundervoller Herbsttag. Wir wollen in den Parks von Deutz flanieren.«

Der gähnende Fährmann grüßte seine frühen Gäste und wies auf ein gewaltiges Floß von fast tausend Fuß Länge, das stromabwärts trieb – Stämme aus dem Schwarzwald, zusammengebunden, darauf eine kleine Ansiedlung von bald dreihundert Flößern und Ruderknechten, die samt Ziegen, Hühnern und einigen Pferden in Holzhütten hausten. Sie mussten eine Weile warten, bis es vorübergeschwommen war. In der Zwischenzeit versammelte sich ein lustiges Grüppchen junger Frauen und Männer, die, mit Körben beladen, ein Picknick am Rheinufer planten. Es waren der Kleidung nach Dienstmädchen oder Näherinnen, Handwerksburschen oder Handelsgehilfen. Sie kicherten und tuschelten miteinander, während der Fährmann sie über den breit dahinströmenden Rhein übersetzte. Kleine Wellen glitzerten in der langsam aufsteigenden Sonne. Auch andere kleine Boote kreuzten schon das Gewässer, doch ansonsten wirkte die Stadt sonntäglich verschlafen. Sie gingen in Deutz an Land, wo Sankt Heribert, die Klosterkirche der Benediktiner, hinter hohen Bäumen aufragte, und fanden dort die öffentlichen Gärten in ihrer herbstlichen Pracht vor. Brennend rotes Weinlaub kletterte an Wänden empor, kupferfarbene und gelbe Chrysanthemen wechselten mit blauen Herbstastern, dunkle Eibenhecken, sorgfältig geschnitten, säumten die Wege. Noch standen die Laubbäume im vollen Blätterschmuck und manch späte, taubedeckte Rose verbreitete ihren süßen Duft. Doch es roch bereits nach Vergänglichkeit, während die Sonne versuchte, das feuchte Gras zu trocknen.

»Hat dir denn dein erster Ball Freude bereitet, Antonia?«, nahm der Domherr das Gespräch auf.

»Oh, es war recht amüsant, aber so ganz behagt mir das schlüpfrige Parkett des gesellschaftlichen Lebens noch nicht. Ich muss ständig auf meine Schritte achten, und meine Zunge hat schließlich Knoten bekommen, damit sie keine unpassenden Kommentare äußerte.«

»Ähnlich denen, mit denen du deinen Tanzlehrer in die Flucht gejagt hast?«

»Oje, hat man Ihnen das Missgeschick schon zugetragen?«

»Der junge Joubertin vertraute sie mir unter dem Siegel der Verschwiegenheit an. Ein gefälliger Junge, nicht wahr?«

»Sicher der netteste von allen.«

»Er scheint eine ernsthafte Neigung zu dir zu entwickeln. Erwiderst du sie?«

»Wollen Sie mich verheiraten, Herr Waldegg?«

»Ganz gewiss nicht gegen deinen Willen. Und eigentlich bist du noch zu jung. Aber …«

»Er ist mein Freund, Herr Waldegg, mehr nicht.«

»Gut, lassen wir das auf sich beruhen. Wie steht es mit den anderen jungen Männern, die dich so eifrig umschwärmen?«

»Schwärmen sie?«

»Natürlich. Wenn du erst einmal mehr Erfahrung in der gesellschaftlichen ›Ballistik‹ gesammelt hast, wird es dir auch auffallen. Du hast eine erfrischende Natürlichkeit, die manche Leute sehr zu schätzen wissen.«

»Nicht alle, fürchte ich.«

»Nein, und es wäre ein Zeichen großer Oberflächlichkeit, von jedem geschätzt zu werden. Du wirst immer Neider finden.«

»Oder solche, die mein Benehmen falsch deuten.«

»Gab es die auch?«

»Philipp Wittgenstein hatte eine zudringliche Art, mich beim Walzer zu führen.«

»Opfere deinen Fächer!« Verdutzt sah Antonia den Domherrn an. Er grinste spitzbübisch und erklärte: »Der Degen der jungen Damen! Ich habe schon Männer mit ernsthaften Blessuren im Gesicht gesehen, die von dieser Waffe getroffen wurden. Du brauchst dir nichts gefallen zu lassen.«

»Das Parkett als Schlachtfeld. Ich werde es beherzigen.«

Antonia bückte sich, um eine Aster abzupflücken, drehte sich zu Waldegg um, steckte sie ihm sorgsam ins Knopfloch seines grauen Gehrocks, stellte sich auf die Zehenspitzen und hauchte ihm einen leichten Kuss auf die Wange. »Sie sind so gut zu mir. Danke für all Ihr Verständnis.«

»Antonia!« Gerührt nahm er ihre Hand und führte sie an seine Lippen. »Du bist wahrhaft ein Geschenk. Und du machst mich beinahe verlegen.« Er zog ihren Arm unter den seinen, und so eingehakt gingen sie unter hohen Bäumen weiter, von denen dann und wann ein Blatt hinunterwehte. Dann aber setzte Waldegg die Unterhaltung fort.

»Das Glück scheint mir in den letzten Tagen hold zu sein, Antonia. Gestern erhielt ich einen langen Brief von David.«

»Was schreibt er? Warum haben Sie mir das nicht gestern bereits gesagt? Geht es ihm gut?«

»Kind, du und deine Freundin, ihr wart gestern so mit eurem

Putz beschäftigt, da wollte ich nicht stören. Aber – ja, es geht ihm gut. Mein Brief damals hat ihn zu spät erreicht, er hat ihn erst jetzt erhalten. Er lebt inzwischen in Dresden bei einem Baumeister und studiert Architektur.«

»Das ist gut, nicht wahr?«

»Das ist ganz ausgezeichnet. Er hat ein Talent dafür.« Er erzählte ihr alles, was in dem Brief gestanden hatte, während sie sich allmählich wieder auf den Weg zum Ufer machten.

Die Sonne war hochgewandert, und silbrig schimmerte der Rhein, der sich in einer breiten Biegung vor der Stadt durch sein Bett wälzte. Sie warteten auf die »Fliegende Brücke«. Diese eigenartige, viereckige Holzplattform ruhte auf zwei Kielen und beförderte Fuhrwerke und Pferde, wie auch Fußgänger von einer Rheinseite zur anderen. Es war eine geniale Konstruktion. Die eigentliche Fähre hing an einer langen Eisenkette, die mitten im Fluss verankert war und durch sieben Nachen über Wasser gehalten wurde. Die Strömung sorgte dafür, dass so die Plattform majestätisch im Halbkreis von Ufer zu Ufer schwang. Als Antonia und Waldegg kurz darauf an ihrer Reling standen, lag vor ihnen Kölns gesamte Kulisse. Spitzgiebel an Spitzgiebel drängten sich die Häuser hinter der Ufermauer, dazwischen erhoben sich die vielfältigen Türme der Klöster und Kirchen und der Stadttore. Gewaltig, und alles überragend aber thronte darüber wie ein seltsam ebenmäßig hochgewachsenes Gebirge der Dom.

»Es ist schön hier in Köln«, bemerkte Antonia leise. »Es ist schön hier mit Ihnen, Herr Waldegg. Sogar der alte Dom sieht heute Morgen schön aus.«

»Kannst du dir vorstellen, Antonia, wie es wirken würde, wenn die beiden Türme der Kathedrale fertiggebaut worden wären?«

Antonia, den Kupferstichplan vor Augen, gab sich Mühe, dieses Bild zu sehen. »Wahrscheinlich beeindruckend, Herr Waldegg. Aber richtig vorstellen kann ich es mir nicht.«

Der Fährmann legte an, und sie machten sich auf den Heimweg.

Zu Hause angekommen, fanden sie Vormittagsbesucher vor. Philipp Wittgenstein und François Joubertin saßen mit Elena im

Salon und erhoben sich höflich, als Waldegg und Antonia eintraten.

»Mademoiselle Antonia, wie munter Sie aussehen! Der morgendliche Tau scheint die letzten Spuren einer durchtanzten Nacht getilgt zu haben. Wie Rosenblätter wirken Ihre Wangen.«

»O François, Sie haben wieder Gedichte gelesen.«

»Ich bemühe mich lediglich, mit Ihnen Schritt zu halten.«

Antonia nickte ihm zu und erwiderte auch Wittgensteins Gruß, allerdings weniger herzlich.

»So rustikal heute Morgen, Fräulein Antonia? Sie wirken wie ein frisch gewaschenes Landmädchen.«

»Wir haben auch schon eine Landpartie hinter uns, Phillipp. Eine wohltuende Wanderung durch die Gärten von Deutz.«

»Großer Gott, Sie wollen mir doch nicht weismachen, sie hätten bereits einen solch weiten Ausflug unternommen? Dazu müssten Sie ja zu höchst unmondäner Stunde aus den Federn gekrochen sein.«

»Krochen wir, sowohl der Domherr als auch ich.«

»Ich hege größte Achtung vor jungen Damen, die sportlich genug sind, nach einer Ballnacht Erquickung an der frischen Luft zu suchen und einen solch bezaubernden Morgen nicht im abgedunkelten Zimmer zu verdösen«, erklärte ihm Joubertin. »Und praktische Kleidung für solche Zwecke zu tragen, scheint mir ebenfalls sehr sinnvoll. Allerdings frage ich mich …«

»Was, lieber Freund, fragen Sie sich?« Antonia bemerkte zwar, dass sich bei Wittgenstein eine verbitterte Falte bei dieser vertraulichen Anrede seines Konkurrenten zwischen den Augen bildete, ignorierte ihn aber.

»Nun, ich hatte gehofft, Sie für heute Nachmittag zu einer Promenade einladen zu können.«

»Warum, glauben Sie, müssten Sie diese Hoffnung begraben?«

»Es wäre vielleicht eine zu große Anstrengung?«

Antonia lachte. »Wenn Madame einverstanden ist, will ich Sie gerne begleiten.«

Elena nickte zustimmend, und man verabredete sich für eine passende Uhrzeit.

So schlenderte sie am späteren Tag neben François Joubertin durch die Hohe Straße, entlang an den Taxushecken, in denen Dutzende von Spatzen tschilpten.

»Den Auslagen der Boutiquen und Modistinnen können Sie nicht viel Reiz abgewinnen, Mademoiselle?«

Antonia hob die Schultern. »Ich habe lange genug ohne diesen Firlefanz auskommen können. Aufrichtig gesagt, das Leben war früher unkomplizierter.«

»Als Junge.«

»Als Junge, ja. Ich schulde Ihnen die Geschichte, und Sie sollen Sie jetzt hören.«

Selbst in der gedrängten, stark zusammengefassten Form erschütterte Antonias Schicksal den jungen Mann zutiefst. Aber er blieb vorbildlich gefasst und ersparte ihr mitleidige Ausrufe oder gar peinliche Fragen.

»Ein Trossbub. Das erklärt gewisse Formen der Ausdrucksweise. Es ist erstaunlich, Mademoiselle, und vermutlich überaus bewundernswert, wie Sie diese schreckliche Zeit überlebt haben.«

»Nein, François. Ich hatte meine Eltern. Sie sorgten für mich und liebten mich. Und ich war ein Bub unter Buben. Ist Ihnen Ihr Leben als Junge schrecklich vorgekommen?«

»Nein, aber ich zog auch nicht hinter den Heeren her und lebte am Rande der Schlachtfelder. Aber Sie haben sicher Recht, es war Ihre Welt, eine andere kannten Sie nicht. Sie treten in die meine erst jetzt ein. Ich sollte also eher Ihr Überleben darin bei Weitem mehr bewundern.« Als er aber bemerkte, dass ihr diese Äußerungen unangenehm waren, wies er auf das Caféhaus Müller an der Kreuzung zur Brückenstraße hin und schlug vor: »Wir wollen uns unter das mondäne Leben mischen, Mademoiselle, und eine Schokolade trinken, einverstanden?«

»Das wäre sehr nett.«

Es herrschte sonntäglicher Betrieb, man führte elegante Garderobe aus, plauderte und genoss schwelgerisch das verlockende Angebot von Getränken und Naschereien. Muckefuck, den Ersatzkaffee mocca faux, gab es nicht, im Caféhaus wurde Bohnenkaffee serviert. Joubertin unterhielt Antonia mit launigem Geplauder über die Anwesenden, die er zumindest vom Sehen kannte. Irgendwann fiel der Name Kormann, und Antonia bemerkte: »Oh, Sie müssen derzeit schmerzlich unter seiner Abwesenheit leiden, lieber François.«

»Es ist kaum zu ertragen, Mademoiselle. Aber ich hoffe, die glückliche Familie genießt ihren Aufenthalt im Süden Frankreichs. Möglichst lange.«

Nachdenklich spielte Antonia mit dem Löffelchen und meinte dann: »Charlotte nennt sich eine enge Freundin Elena Waldeggs. Aber sie hat neulich heimlich Nachforschungen über sie angestellt. Das will mir nicht gefallen.«

»Nein, das will mir auch nicht gefallen. Die Dame hat sich bei mir nicht beliebt gemacht, muss ich gestehen. Sie neigt dazu, niederen Angestellten in überheblicher Manier zu begegnen.« Er überlegte einen Moment und verriet ihr dann leise: »Kormann hat Kirchenbücher ausgeliehen, die der Jahre 1790 bis 1792.«

»Neunzig ist mein Geburtsjahr.«

»Welches Interesse haben die beiden an Ihnen, Mademoiselle?«

»Vermutlich weniger an mir als an den Waldeggs. Der Domherr und Kormann können sich nicht besonders gut leiden. Es gab – und gibt – noch einige Differenzen. Sie betreffen, soweit ich es weiß, die Frage des Dombaus.«

»Ah, ich verstehe. Kormann ist ein eifriger Vertreter des Abbruchs. Das kann Waldegg natürlich nicht sein. Wissen Sie was – derzeit ist die Lage ja nicht bedrohlich, aber wenn er etwas sucht, um Ihnen und Ihrer Familie Schwierigkeiten zu bereiten, dann müssen wir wachsam sein.«

Antonia dachte an Waldeggs Pläne, seine Söhne rechtlich anzuerkennen, und meinte: »Mir wäre lieber, ebenfalls etwas über sie zu wissen, womit man nötigenfalls handeln kann. Madame Waldegg ist von Charlottes Harmlosigkeit überzeugt. Sie ist gelegentlich recht naiv. Ich bin das nicht. Diese Charlotte hat ihr einst eine rührselige Geschichte aufgetischt, die nicht wahr sein kann. Ich wüsste gerne, aus welchen Verhältnissen Madame Kormann stammt. Sie haben doch sicher Zugang zu den Kirchenbüchern.«

Joubertin zwinkerte ihr verschwörerisch zu. »Welcher Jahrgang schwebt Ihnen vor?«

»So um 1782, ein Jahr mehr oder weniger. Allerdings habe ich keine Ahnung, in welchem Pfarrbezirk man suchen sollte.«

»Probieren wir es im ersten Griff mal mit den ärmeren Gegenden, was meinen Sie?«

»Ja, das könnte das Feld eingrenzen.«

In traulichem Einvernehmen beendeten sie ihren nachmittäglichen Ausflug.

Am nächsten Vormittag aber lenkte sie zunächst eine andere Angelegenheit von Charlottes Umtrieben ab.

»Birnen, Fräulein Antonia, und ein halbes Schock Eier. Wenn Sie bekommen, auch indischen Tee«, bat die Köchin.

»Ich werde sehen, was sich beschaffen lässt, Jakoba.«

»Hier ist das Geld. Es müsste reichen. Auch für den Tee.«

Antonia nahm die Körbe auf, mit denen sie morgens über den Markt ging. Jakoba nickte ihr zum Abschied aufmunternd zu. Die Beschaffung der Lebensmittel, die nicht an die Tür geliefert wurden, hatte sie ihr inzwischen zur Gänze anvertraut. Antonias Erfahrung im Auffinden exotischer Waren war unübertroffen; es schien, als wittere das Mädchen geradezu, wo es etwas zu besonders günstigen Konditionen gab oder wer einen Restposten ausgefallener Delikatessen hortete. Das Handeln lag ihr im Blut. Immer brachte sie noch etwas Geld von ihrer Einkaufsrunde zurück. Über die nicht ganz legalen Geschäfte, die sie abwickelte, um an bestimmte Kolonialwaren zu kommen, schwiegen sie beide wohlweislich.

Frohgemut schwenkte Antonia ihre Körbe und freute sich an dem kühlen, sonnigen Morgen. Die Stände auf dem Alten Markt waren reich gefüllt, die Kundschaft, Bürgersfrauen und Köchinnen, Dienstmädchen und Hausknechte, schwatzten munter mit den Marktleuten, hier wurde gefeilscht, dort über die Qualität räsoniert, Hühner gackerten in ihren Weidenkörben, ein Bauer pries lauthals seinen Kappes an, und ein Obsthändler schrie empört einem schmutzigen Bengel hinterher, der einen Apfel stibitzt hatte. Es war eine vertraute Atmosphäre, die Antonia hier vorfand. Sie kaufte die Dinge ein, die Jakoba ihr aufgetragen hatte, und blieb an einem Stand mit Honigwaben stehen.

»Ach schau da, das wohledle Fräulein Antonia«, sprach sie eine bekannte Stimme an, und als sie sich umdrehte, erkannte sie die magere, scharfgesichtige Frau.

»Marie Stammel! Einen guten Morgen wünsche ich dir. Gehst du einkaufen?«

»Schön wär's. Reicht nicht mehr für dicke Eier und fette Butter. Aber dir geht's jetzt ja prächtig, was, Antonia?«

»Ich habe ein gutes Zuhause gefunden, ja. Wie geht es Pitter? Du hast doch ein Kind geboren. Ein Junge oder ein Mädchen?« Obwohl Antonia mit Marie nicht besonders gut ausgekommen war, wollte sie nicht unhöflich sein. Und an Pitter Stammels Wohlergehen hatte sie ein aufrichtiges Interesse.

»Ist ein Junge. Willem. Ein kränklicher Wurm. Das macht es nicht besser. Pitter haben sie verhaftet.«

»Mein Gott, Marie! Was ist passiert?«

»Der Dummkopf hat sich erwischen lassen, als er Tabak beschafft hat.«

»Herrje …«

»Tja, wohledles Fräulein, so geht das nun mal. Du musst auch vorsichtig sein, das will ich dir nur raten.«

»Ich? Marie, ich fahr doch nicht über den Rhein, um den Zöllnern ein Schnippchen zu schlagen.«

»Nein, du fährst aus anderen Gründen rüber, was?«

Verständnislos sah Antonia die Tabakhändlerin an. Sie wusste nicht, dass Marie am Abend zuvor einen Leckerbissen an Information erhalten hatte.

»Ja, zum Spazierengehen.«

»Ja, ja, das Promenieren und Flanieren! Gib nur Acht, Liebschen, dass man dich nicht erwischt! Die vornehmen Herrschaften lassen in solchen Fällen nicht mit sich spaßen. Und – hopp – fällst du aus dem weichen Nestchen, in dem du jetzt hockst.«

Noch immer ratlos fragte Antonia: »Sag mal, wovon sprichst du überhaupt?«

»Ach sieh mal, das Rauchen kommt ja groß in Mode. Bei uns kauft die vornehme Dienerschaft ein. Da gibt es viel Geschwätz. Nicht, dass ich etwas darauf gebe, aber diese Zöfchen und

Kammerdiener, die flüstern einiges davon in die Ohren ihrer Herrschaften.«

»Ich weiß wirklich nicht, was du meinst, Marie.«

»Nein? Weißt du nicht? Schätzegen, mir kannst du doch nichts vormachen. Ich verstehe es ja. Ein Mädchen deiner Herkunft muss sehen, wo es bleibt, nicht? Ein reicher, älterer Liebhaber ist nicht die schlechteste Lösung, wenn man jung ist. Aber du spielst ein gefährliches Spiel!«

Antonia schüttelte eher verblüfft als erzürnt den Kopf. Sie dachte an François, mit dem sie am Nachmittag zuvor im Caféhaus gesessen hatte. Sollten die Klatschmäuler ihn etwa für ihren Geliebten halten? Was für ein Blödsinn! Zudem war er gerade fünf Jahre älter als sie.

»Ich spiele überhaupt kein Spiel, Marie. Verrat mir endlich, was für ein dummes Gerede an deine Ohren gekommen ist!«

Listig sah Marie sie an. »Es hat schon lange keine Eierkuchen mehr bei uns gegeben«, seufzte sie dann und warf einen traurigen Blick auf die Eier in Antonias Korb.

»Das betrübt mich, Marie. Dann nimm die Hälfte der Eier! Aber sag mir dafür, was du gehört hast. Ich will nicht, dass irgendjemand mir etwas anhängt, was auf den Domherrn zurückfallen könnte.«

Fünfzehn Eier verschwanden in Maries geräumiger Schürzentasche.

»Sei ein bisschen vorsichtig, wenn du in der Öffentlichkeit mit ihm herumpoussierst. Man hat viele Vermutungen angestellt, weshalb du in dem vornehmen Haus aufgenommen worden bist.«

»Herumpoussieren? Ich?«

»Ja, ja, Liebelein. Scheinst ihm mächtig um den Bart zu gehen, dem alten Herren. Ist ja auch besser, als sich so einen unzuverlässigen Jungspund zu nehmen. Es ist bloß …«

Antonia dämmerte allmählich, was Marie vermutete, und eine kalte Wut stieg ihr in die Kehle. »Willst du damit andeuten, ich hätte mit dem Domherrn ein Verhältnis?«

»Na, ist doch offensichtlich! Warum solltest du sonst morgens in den Gärten mit ihm herumschmusen?«

»Marie, wer erzählt dir so etwas?« Aber Antonia wusste es in diesem Moment schon. Die fröhliche Picknickgesellschaft, die ebenfalls nach Deutz gefahren war, hatte sie einige Zeit beobachtet.

Marie las in ihrem Gesicht Erkenntnis und Verstehen und fuhr, da sie ihre Beute in den Fängen glaubte, genüsslich fort: »Siehst du, wohledles Fräulein! Darüber wird bei den Dienstboten geredet. Kann nicht mehr lange dauern, bis dich die Damen mit abfälligen Blicken mustern, wenn du so weitermachst. Zumal die Frau Waldegg einsam zu Hause sitzt und für die gefallenen Weiber Strümpfe strickt.«

»Was für eine absurde Behauptung!«

»Ja? Aber die Leute glauben nun mal, was sie sehen. Und was sie hören, Antonia. Die Gerüchte könnten ja noch viel, viel peinlicher werden. Denn man munkelt ja sogar, der Waldegg sei dein leiblicher Vater. Vielleicht stimmt es, vielleicht auch nicht. Blutschande ist ja sogar ein Verbrechen, nicht wahr?«

»Marie Stammel, möchtest du damit andeuten, dass du derartige Gerüchte zu verbreiten gedenkst?«

»Aber bestimmt nicht. Ich werde sie ganz gewiss immer widerlegen. Aber ich sagte ja, es geht uns im Augenblick nicht so sehr gut.« Marie gewahrte mit plötzlichem Erschrecken, wie Antonias Augen kalt wurden. Ihre Stimme klang leise, und der Ton wurde eisig.

»Du hältst das für einen passenden Weg, mich um Hilfe anzugehen, Marie Stammel? Wahrhaftig? Ich will dir mal was sagen, Marie. Der Pitter war einst mein Kamerad, meine Mutter und mein Vater haben sich um ihn gekümmert, als er in den Krieg zog. Ich hätte, wenn ich von seiner traurigen Lage gewusst hätte, eine Möglichkeit gefunden, ihm zu helfen. Aber, Marie Stammel – erpressen lasse ich mich nicht.«

»Nein, Liebschen? Aber denk doch mal an den Ruf, den dein Domjraf hat.«

»An diesem Ruf, der so ehrenwert wie nur einer ist, wirst du nicht kratzen! Auch nicht mit dem schmutzigen Gewäsch, das du verbreitest. Wer ihn kennt, weiß, dass daran kein Fünkchen Wahres ist. Also geh mir aus den Augen!«

Antonia wollte sich abwenden und gehen, aber Marie zeterte

los: »Aber deinen Ruf wird man kennenlernen. Ein Gör, das in den Marketenderzelten aufgewachsen ist, bei Trosshuren und Zuhältern.« Man blieb stehen und hörte begeistert zu. Marie, die ihr Publikum erkannte, fuhr in ihrer Tirade fort: »Du hast dein Handwerk gründlich gelernt, Fräulein. Verführst einen alten Herrn, der dein Vater sein könnte. Oder sogar ist. Auf offener Straße, am heiligen Sonntag …«

Die Ohrfeige klatschte vernehmlich, und Marie taumelte zurück.

»Es reicht, Marie Stammel!«

»Sie hat's schon als Kind mit den Männern getrieben. Mit den Soldaten, wie ihre Mutter!«, krakeelte Marie weiter und hob abwehrend die Arme, als sich Antonia näherte. Sie rechnete nicht mit der Art des Raufens, die Toni gelernt hatte. Plötzlich wurden ihr die Beine unter dem Leib weggefegt, sie landete auf den Knien, die Eier in ihrer Schürzentasche zerbrachen und ihre Haube flog ihr vom Kopf. Ein schmerzhafter Griff in ihre Haare riss sie hoch, sodass sie in die vor Wut lodernden Augen Antonias blicken musste.

»Es ist einzig mein Mitleid mit Pitter und seinen unschuldigen Kindern, Marie, weshalb ich dich nicht den Behörden übergebe!« Sie stieß Marie zurück, die wimmernd am Boden sitzen blieb, nahm ihre Körbe auf und ging erhobenen Hauptes durch die versammelte Menge.

Noch als sie die Küchentür öffnete, schäumte sie vor Wut. Sie stellte die Körbe wortlos auf die Anrichte und stürmte, ohne Jakoba den üblichen Tratsch zu melden, in ihr Zimmer. Sorgsam schloss sie die Tür hinter sich und versuchte, zur Ruhe zu kommen. Es war weniger Maries hinterhältiger Versuch, ihr Geld abzuluchsen, sondern die Erkenntnis, in der derzeit ungeklärten Lage wirklich ein gefundenes Fressen für alle Klatschmäuler zu sein. Anfangs war sie zu sehr damit beschäftigt gewesen, sich an die neue Art des Lebens zu gewöhnen, als dass sie sich Gedanken darum gemacht hätte, was die Leute dazu sagten. Sie hatten vermutlich angenommen, die Waldeggs hätten sie, ähnlich wie Elena einst die armselige Schwangere, aus Hilfsbereitschaft und Nächstenliebe in ihr Haus gelassen.

Sie hatten sie der Gesellschaft vorgestellt – als Hausgenossin. Nie verwendeten sie mehr als ihren Vornamen. Alle ihre Bekannten und Freunde kannten sie als Fräulein Antonia. Natürlich führte das zu Spekulationen, das wurde ihr jetzt nachdrücklich klar. Dem Coiffeur war die Ähnlichkeit mit Elena aufgefallen, Susanne ebenfalls. Über eine mögliche Vaterschaft Waldeggs hatte man bestimmt auch gemunkelt. Charlotte hatte ihre Nachforschungen angestellte, und wer weiß, wer sonst noch.

Auf und ab schritt Antonia in ihrem Zimmer. Immer wieder auf und ab. Es konnte nicht so weitergehen. Sie konnte nicht Bälle besuchen und Teegesellschaften, ohne sich zu dem zu bekennen, wer sie war.

Sie war nicht mehr Toni Dahmen.

Sie war auch nicht Antonia Dahmen.

Sie war leider nicht Antonia Waldegg.

Aber sie war Elena Waldeggs Tochter. Wenn auch wider Willen. Die Einsicht, dass sie sich endlich dazu bekennen musste, kam ihr langsam, stetig und schmerzhaft. Aber um Waldeggs willen, der, langmütig genug, nie ihre Entscheidung erbeten oder gar erzwungen hatte, obwohl er selbst unter den kursierenden Gerüchten zu leiden hatte, musste sie die Konsequenzen ziehen. Es würde sicher einen kleinen Aufruhr geben, neugieriges Gerede über die Nonne, die ihr Kind weggegeben hatte. Aber das war lange her, und Elenas Stand in der Gesellschaft war heute ein angesehener, ihr Ruf untadelig. Mochten einige Leute sich das Maul darüber zerreißen – schon bald würde es saftigere Skandale geben, die ihre Tat in den Hintergrund treten lassen würden.

Antonia blieb am Fenster stehen und legte den Kopf an das kühle Glas. Sie war die Tochter des Hauses. Je eher das offiziell bekannt wurde, desto schneller würden die bösen Zungen schweigen.

Einmal den Entschluss gefasst, hatte sie nur noch den Wunsch, ihn in die Tat umzusetzen. Wie ihr der Domherr erläutert hatte, benötigte sie einen Beweis, dass Elena ihre leibliche Mutter war. Nun, da konnte wohl Elisabeths Notiz helfen, die sie kurz vor ihrem Tode niedergelegt hatte. Ansonsten würde Jakobas Zeugnis notwendig sein, und wahrscheinlich gab es auch eine Hebamme.

Die allerdings mochte bestochen worden sein, denn in der Geburtsurkunde hatte diese ja angegeben, sie sei Elisabeths Kind. Blieben Franz und Jupp. Aber ob denen klar war, dass ihre Mutter gar nicht schwanger war? Sie waren erst vier Jahre alt, als diese Transaktion vorgenommen wurde.

Antonia strebte zur Küche.

»Na, Mamsell Antonia?« Jakoba, beide Hände tief im Hefeteig versunken, den sie mit Hingabe knetete, strahlte sie an. »Besser gelaunt? Der Schinken ist übrigens ganz hervorragend, den Sie da erwischt haben.«

»Freut mich. Jakoba, ich habe ein Problem.«

»Das dachte ich mir. Ist etwas auf dem Markt passiert?«

»So ungefähr. Mir ist übles Geschwätz zu Ohren gekommen. Wegen meiner Anwesenheit im Haus der Waldeggs.«

»So, so.«

»Sie wissen davon?«

»Ich habe das übliche Geklatsche gehört. Man würde zu gerne wissen, in welchem Verhältnis Sie zu den Herrschaften stehen. Manche munkeln, Sie seien eins von Cornelius' frühen Fehltrittchen.«

»Heilige Muttergottes! Na, das ist mal besonders charmant. Er kann zum Zeitpunkt meiner Geburt doch gerade erst dreizehn gewesen sein.«

»Vierzehn. Na und? Er hatte den Ruf, ein verwegener Bursche zu sein. Wundern Sie sich deswegen nur nicht!«

Antonia gab ein verächtliches Schnauben von sich. »Können sie gerne glauben. Ich werde dem ein Ende setzen, Jakoba. Ich werde meine Mutter anerkennen.«

»So kann man das auch ausdrücken.«

Jakoba grinste, aber Antonia erklärte ihr ernst: »Sie kann mich nicht anerkennen, da in der Geburtsurkunde Elisabeth als meine Mutter verzeichnet ist.«

»Oh – nun, das stimmt.«

»Also kann nur ich das Recht in Anspruch nehmen, sie meine Mutter zu nennen. Aber dazu brauche ich einen Zeugen. Jakoba?«

Die Köchin schwieg und knetete verbissen den Teig weiter.

»Jakoba, Sie haben die Sache damals vermittelt.« Antonia erhielt nur ein Brummen als Antwort. »Möchten Sie nicht, dass Elena als meine Mutter gilt?«

»Wird Staub aufwirbeln. Unnötig!«

»Ja, das wird es. Aber das wird auch die liebe Charlotte, wenn sie wieder hier ist. Sie hat herumgeschnüffelt.« Der Teig klatschte auf den Tisch, dass das Mehl nur so staubte. »Und einige traurige Gestalten verbreiten schon das Gerücht, ich sei Herrn Waldeggs neue Gespielin.«

»So einen Unfug habe ich ja noch nie gehört.«

»Schlimmeres werden Sie bald zu hören bekommen.«

»Das war's, was Sie so geärgert hat, Fräulein Antonia?«

»Ja, das war es. Verstehen Sie mich jetzt? Ich will nicht, dass man ihn mit Dreck bewirft.«

»Ich mache die Aussage.«

»Danke, Jakoba. Erinnern Sie sich, wer die Hebamme war? Möglicherweise brauchen wir sie.«

»Ich kümmere mich darum.«

Es ging, nachdem Antonia mit Waldeggs gesprochen hatte, alles verhältnismäßig schnell. Sie suchten zu viert den Friedensrichter auf und schilderten ihm die Geschehnisse der Vergangenheit. Jakoba bezeugte Antonias Geburt durch Elena in Elisabeth Dahmens Haus. Elena selbst erklärte unter Eid, während ihrer Zugehörigkeit zum Orden der Benediktinerinnen ein Kind zur Welt gebracht und es einer Ziehmutter übergeben zu haben. Es sei auf den Namen Antonia Helena getauft worden.

Da Waldegg dafür gesorgt hatte, dass alle erforderlichen Papiere, Heiratsurkunden, Elisabeths und Wilhelm Dahmens Sterbeurkunden, Taufbuchauszüge und so weiter vollständig und notariell beglaubigt vorlagen, dauerte es nur eine Woche, bis sie den Bescheid erhielten, dass dem Antrag stattgegeben wurde.

Elena überstand die gesamte Prozedur äußert gefasst, und selbst ihre Hände waren ruhig, als sie die Urkunde unterschrieb, die Antonia zu ihrer legitimen Tochter machte.

An diesem Tag unterschrieb Antonia erstmals mit ihrem vollen Namen: Antonia Helena Lindenborn-Waldegg.

Frühlingswind im Winter

Alles prüfe der Mensch,
sagen die Himmlischen,
dass er, kräftig genährt,
danken für alles lern'
und verstehe die Freiheit,
aufzubrechen wohin er will.

Hölderlin

Die Berge lagen kahl und trocken vor ihm, goldgelb, rotgold, ocker und rostrot leuchtete das Gestein in der Sonne, und verstreute Felsbrocken warfen violette Schatten. Ein trockener, kühlender Wind trieb einige hohe Wolken über den blauen Himmel. Türkisblau aber lag das Meer zu ihren Füßen. Obwohl der Kalender bereits Dezember schrieb, war es noch immer frühlingshaft mild. Doch einige Regenschauer der letzten Tage hatten auf der Westflanke der Berge das Grün sprießen lassen. Nicht hingegen hier oben auf der steinigen Anhöhe.

»So muss es auf dem Mond aussehen, wenn man den Astronomen Glauben schenken darf«, bemerkte Cornelius zu seinem Begleiter. »Keinerlei Vegetation, kein Getier, nur staubiges Geröll.«

»Kein Wind, kein Meer, keine Wolken, Cornelius. Ich fürchte, dort ist es wesentlich ungemütlicher. Hier gibt es wenigstens Vegetation. Sonst würden diese anspruchslosen Geschöpfe sich dort nicht herumtreiben.« Er wies auf einige magere, staubige Ziegen, die von irgendwoher aufgetaucht waren und an etwas zwischen den Steinen knabberten.

»Dann wollen wir nachsehen, was ihnen da so mundet.«

Die beiden Männer machten sich an die Arbeit und sammelten niedrige Flechten und harte Gräser ein. Cornelius legte die Exponate sorgsam zwischen die Löschblätter der Pflanzenpresse, während sein Begleiter sich Notizen zum Fundort machte. Sie wanderten weiter, ohne viele Worte zu wechseln, in schweigendem Einverständnis und in lang geübter Zusammenarbeit. Beide waren sie braun gebrannt, mager und zäh, doch Cornelius wirkte nicht mehr ausgemergelt, sondern muskulös und ausdauernd.

»Sieh mal, Jean-Luc, von hier kann man die Lumière sehen.«

Unten dümpelte auf den Wellen vor dem Hafen Puerto de Cabras das weiße Schiff, das sie an die letzte Insel ihrer Expedition gebracht hatte. Ein Jahr schon bereisten sie die kanarische Inselwelt, von Lanzarote über Teneriffa nach La Palma, Gomera, Hierro, dann nach Gran Canaria, und nun lagen sie vor Fuerteventura.

»Ein herrlicher Blick, Cornelius. Machen wir hier eine Pause, ich bin hungrig und verdammt durstig.«

Sie fanden einen schattigen Platz unter einem aufragenden Felsen, von wo aus sie die Insel überschauen konnten. An der felsigen Küste weit unten brachen sich mit weißer Gischt die Wellen des Atlantiks, und zwei große Vögel, vermutlich Fischadler, schwebten durch die klare Luft. Eine kleine Purpurechse huschte unter einen Stein, als Cornelius den Rucksack abstellte. Jean-Luc hob den Weinschlauch vom Rücken und goss sich mit geübter Manier einen dünnen Strahl Rotwein in den Mund. Dann reichte er ihn Cornelius, der es ihm gleichtat.

»Essen wir etwas, sonst gibt's einen Brummschädel«, schlug er dann vor und packte Brot, Käse und Oliven aus.

Es war ein friedliches Mahl, und als sie die letzten Krümel von den Hosenbeinen gewischt hatten, fragte Jean-Luc unerwartet: »Hast du schon darüber nachgedacht, was du zukünftig tun willst, Cornelius? Unsere Reise geht dem Ende entgegen, in zwei Monaten treten wir den Heimweg an.«

Cornelius reckte sich und lehnte sich mit dem Rücken an den warmen Stein.

»Ich kehre nach Hause zurück. Ich würde mich gerne mit meiner Familie aussöhnen, aber große Hoffnung habe ich da nicht. Auf jeden Fall gehe ich nach Köln, um mit meinem Paten meinen Frieden zu machen. Vielleicht suche ich auch nach dem Mädchen, das mir, als ich am Pranger stand, einige nette Worte gesagt hat.

Ja, Jean-Luc, das werde ich tun. Aber vorher habe ich noch etwas anderes zu erledigen.«

Seit Cornelius aus seiner tiefen Bewusstlosigkeit auf der Lumière du Monde erwacht war, war ziemlich genau ein Jahr vergangen. Es war für ihn eine Zeit, in der er auf unerwartete Weise die Krusten losgeworden war, die sich während des Aufenthalts im Bagno um ihn gebildet hatten. Zwar war er nach der ersten Verzweiflung, sich an Bord eines Schiffes zu befinden, wieder in eine dumpfe Zurückgezogenheit gefallen, hatte sich in seiner schmalen Koje umgedreht und an die Wand gestarrt, ohne irgendjemandem eine Antwort zu geben. Aber als er sich nach einer Weile aufsetzte, sah er einen Korb mit Brot, eine Schale Butter, kaltes Fleisch und Käse sowie einen Krug mit Wein auf einem Tisch stehen. Da er hungrig war und gelernt hatte zu essen, wann immer er die Gelegenheit dazu fand, machte er sich über den Imbiss her. Dann sah er sich um. Er befand sich in einer engen Kajüte, in der es nach Holz roch. Etliche Werkzeuge hingen in Halterungen an der Wand, eine Drehbank und ein langer Tisch waren auch vorhanden. Eine Werkstatt, die des Schiffszimmermanns, musste es sein. Das Schiff selbst war, soweit er es aufgrund seiner kleinen Behausung beurteilen konnte, solide verarbeitet, der Raum aufgeräumt und sauber. Aus Teakholz waren die Wände und der Boden, eine gischtbespritzte Glasscheibe schloss die Luke, durch die graues Licht fiel. Das Rauschen und Klatschen der Wellen drang zwar bis zu ihm vor, aber er registrierte zufrieden, dass ihn das Schwanken nicht seekrank machte.

Dennoch war Cornelius verwirrt. Er kannte natürlich die unlauteren Methoden, wie manche Kapitäne ihre Mannschaften zusammenstellten. Kräftige Männer liefen in Hafenkneipen Gefahr, bewusstlos gemacht zu werden, entweder, indem man sie brutal zusammenschlug oder mit irgendwelchen Drogen betäubte, um sie dann auf ein Schiff zu verbringen, wo sie ihren Dienst abzuleisten hatten. Ein Schicksal, gewöhnlich nicht viel besser als die Kettenstrafe in den Bagnos. Eine eigene Koje, weißes Brot, Fleisch und Wein gehörten üblicherweise aber nicht dazu. Er machte die Probe und rüttelte an der Tür.

Sie öffnete sich ohne jeglichen Widerstand.

Andererseits – warum abschließen? Ein Schiff auf hoher See bot nicht viele Möglichkeiten des Entkommens. Außer man sprang über Bord.

Er erklomm den Niedergang und befand sich an Deck eines zweimastigen Schoners. Eisige, salzgetränkte Böen pfiffen ihm um die Ohren. Über den Himmel zogen dicke, graue Wolken, und die Sonne schien niedrig zu stehen. Doch er hatte keine Ahnung, ob es Morgen oder Abend war. Auf dem Deck lagen sauber aufgerollt Taue, zwei Matrosen machten sich an der Takelage zu schaffen, beachteten ihn aber nicht. Er trat an die Reling und schaute in das bleifarbene, schäumende Wasser. Reiner Selbstmord, dort hineinzuspringen, denn Land war nicht mehr in Sicht. Dennoch blieb er stehen und ließ den Wind seine Haare zerzausen. Es wurde ihm kalt, seine Finger nahmen eine bläuliche Farbe an, seine Kleider tränkte die Gischt, und sein Gesicht fühlte sich feucht und starr an. Er ignorierte es und grollte mit sich selbst. Hätte er sich dieser Hafendirne gegenüber nicht so vertrauensselig verhalten, hätte er die Kraft gehabt, sich zur Heimreise aufzuraffen, wäre ihm das hier nicht passiert. Aber es half nichts. Er war auf einem Schiff, das einem unbekannten Ziel entgegensegelte. Mit verbitterter Miene verbot er sich, über seine Zukunft nachzudenken, während das Licht allmählich schwand.

Eine schwere Hand legte sich auf seine Schulter. Er zuckte zurück, und sie löste sich. In der Luft lag ein leichter Hauch von Tabak.

»Geh unter Deck, Zimmermann! Es wird Nacht. Morgen bekommen wir besseres Wetter.« Die Stimme und das Gebaren des Mannes waren nicht befehlend, dennoch folgte Cornelius, ohne zu fragen, der Aufforderung und zog sich in seine Kajüte zurück. Ein Junge brachte ihm eine warme Suppe und heißen Tee, der mit einem kräftigen Schuss Rum versetzt war.

Nach der Mahlzeit legte Cornelius sich wieder in die Koje, ganz froh darüber, dass die Seitenteile hoch genug waren, damit er bei dem heftigen Seegang nicht hinausfiel.

Man wollte ihm wohl Zeit geben, sich einzugewöhnen. Sollte

er wahrhaftig das Glück haben, als freier Mann an Bord genommen worden zu sein? Zwei Mal hatte man ihn schon Zimmermann tituliert, Charpentier. Das war insoweit die korrekte Bezeichnung – wenn er etwas in den vergangenen Jahren im Bagno gelernt hatte, dann waren es alle Fertigkeiten, die ein Schiffszimmermann benötigte. Und ein Schiff benötigte zwingend einen Zimmermann. Zumal, wenn es eine lange Fahrt antrat.

Dennoch – er traute der rücksichtsvollen Behandlung nicht. Aber er hatte keine Lust, sie durch irgendeine Art von Rebellion auf die Probe zu stellen. Er schlief, immer noch ein willkommener Luxus und eine Art Flucht vor dem Ungewissen.

Der nächste Tag war tatsächlich heller, einige Sonnenstrahlen fielen durch das Bullauge, und wieder brachte der Moses ihm Kaffee und Essen. Cornelius stieg erneut an Deck und setzte sich auf eine Taurolle, um den Wolken nachzuschauen. Er hätte gerne gewusst, wohin die Reise ging, wie lange sie dauern sollte und was man von ihm erwartete.

»Nun, Charpentier, fühlst du dich in der Lage, eine kleine Arbeit für mich zu verrichten?« Ein Mann von etwa fünfunddreißig gesellte sich zu ihm und stellte sich als Jean-Luc vor. Cornelius nickte, schwieg aber, wie es seine Art war. Den Besucher störte das anscheinend nicht. Er begleitete ihn in die Werkstatt und erzählte ihm dabei, er sei Botaniker. Zusammen mit zwei Kollegen anderer Fakultäten hätten sie eine wissenschaftliche Forschungsreise angetreten, die sie auf die Kanarischen Inseln führen würde. Er bat Cornelius, ihm eine kleine, handliche Pflanzenpresse herzustellen, für die er ihm genaue Angaben machte. Während Cornelius sägte und hobelte, berichtete Jean-Luc über die Reiseroute, das Klima auf den Inseln, die dort anzutreffende Vegetation und sein besonderes Interesse an den Pflanzen, die auf dem Salzboden und in den wüstenähnlichen Trockengebieten gediehen. Eine Antwort schien er nicht zu erwarten.

Er kam am nächsten Tag wieder und lobte die sauber gearbeitete Presse, bat um eine zweite, größere und sprach weiter über frühere Expeditionen. Dass Cornelius stumm seiner Arbeit nachging, schien ihn überhaupt nicht zu stören.

»Ich lege dir den Vertrag hierhin. Steht alles drin, Dauer,

Einsatz, Heuer und so weiter. Unterzeichne ihn bei Gelegenheit!«, meinte er, schon im Gehen begriffen. »Du leistest gute Arbeit, Charpentier. Wir sind froh, dich hier an Bord zu haben. Ohne Zimmermann hätten wir nicht auslaufen können.«

Später las Cornelius das Papier durch. Es war ein richtiger Arbeitsvertrag, um Zwangsarbeit handelte es sich, zumindest nach diesem Schreiben, nicht. Aber er zögerte mit dem Unterzeichnen.

Ein schmächtiger Mann mit sehnigen Armen und früh sich lichtendem Haar tauchte am kommenden Morgen in der Werkstatt auf und zeigte Cornelius eine Schatulle, die lauter kleine Fächer und Schübe beinhaltete. Er brauche einen weiteren Kasten dieser Art für seine Gesteinsproben, erklärte er und stellte sich dabei als Bartholomé vor. Cornelius maß die Kiste aus und legte einige Kiefernbretter zurecht. Währenddessen erzählte der Mann von seiner Aufgabe als Vulkanologe. Er erläuterte in ruhigem Gelehrtenton, welche Theorien es zu der Entstehung der Vulkane und der Erdkruste gab, welche Gesteine vulkanischen Ursprungs waren, wie man sich die Ausbrüche der Feuerberge vorzustellen hatte und welche Untersuchungen er auf den Inseln vorzunehmen gedachte. Er kam am nächsten Tag wieder und betrachtete die Fortschritte an dem Werk zufrieden, während er einige nützliche Informationen über die Geschichte der Kanaren äußerte. Auch er ignorierte Cornelius' wortkarges Verhalten.

Am fünften Tag, sie hatten wieder mit schwerem Seegang zu kämpfen, erschien ein älterer Mann, er mochte Mitte vierzig sein, der eine zerbrochene Pfeife in der Hand hielt.

»Charpentier, bist du in der Lage, so etwas zu schnitzen?«

Cornelius betrachtete den Pfeifenkopf, der in der Mitte gerissen war, eingehend. Dann nickte er und wählte ein passendes Stück Wurzelholz aus dem kleinen Vorrat Edelhölzer, den er an Bord gefunden hatte. Während er drechselte und schnitzte, sprach Hervé, wie der Mann genannt werden wollte, von der Fauna, die sie am Reiseziel erwartete. Er forschte als Zoologe und versprach sich Aufschlüsse über Artenentwicklung bestimmter Tiere, die auf abgelegenen Inseln lebten. Sein Vortrag war gewürzt mit unterhaltsamen Anekdoten, die er bei seinen bisherigen Forschungen erlebt hatte, und dann und wann musste sogar Cornelius lächeln.

Die Pfeife war handlich geworden, die Maserung schön herausgekommen, die Oberfläche glatt poliert. Hervé passte das Mundstück aus Bernstein ein, stopfte sie sorgfältig und sog genüsslich den Rauch ein.

»Mach mir noch eine zweite, Charpentier! Morgen. Dann erzähle ich dir etwas über die Meeresfauna, die wir antreffen werden. Ein faszinierendes Gebiet.«

Einige Tage später legte sich der Wind, sie waren in ruhigere Gewässer gekommen, und die winterliche Kälte wich frühlingshaften Temperaturen. Cornelius hatte sich an die Routine an Bord gewöhnt. Er ging seiner Arbeit nach, aß, was man ihm in die Kajüte brachte, saß abends stumm und nachdenklich an Deck und ließ seine Gedanken in die Vergangenheit wandern. Niemand störte ihn, niemand stellte ihm Fragen, niemand drängte ihn zu irgendetwas. Sein Misstrauen wurde dennoch nicht geringer. Die drei Gelehrten wussten von seiner Zeit als Kettensträfling, denn jemand hatte ihnen von seinen Fertigkeiten als Zimmermann berichtete. Er fragte sich, warum sie sich so freundlich gaben. Er galt als Verbrecher, von der Gesellschaft ausgestoßen. Wollten sie ihm denn wirklich eine Chance geben?

Jean-Luc erschien am siebenten Tag der Reise wieder in der Zimmermannswerkstatt und bat Cornelius, mit ihm auf die Brücke zu kommen, der Kapitän habe ein Problem mit einer klemmenden Tür seines Kartenschranks.

Erstmals sprach Cornelius. Mit einem schiefen Grinsen stellte er fest: »Dabei erhalte ich eine Lektion in Nautik und Navigation?«

»Durchaus denkbar.« Jean-Luc grinste ebenfalls. »Hast du einen Namen, oder möchtest du weiterhin Charpentier genannt werden?«

»Cornelius.«

Er wurde dem Kapitän vorgestellt, einem hochgewachsenen, wettergegerbten Mann von ruhigem Temperament, der ihn einige kleinere Reparaturen auf der Brücke vornehmen ließ, und bei seiner Arbeit erfuhr er in der Tat etwas über Peilung, Strömung, Wind und Wetter. Er lernte den Rest der Besatzung kennen, einige Matrosen, die sich aber zurückhaltend verhielten. Am Abend bat Jean-Luc ihn, das Essen mit ihnen zusammen einzunehmen. Cornelius brachte den unterschriebenen Vertrag mit in die Messe.

Auch die restlichen Tage der gut zwei Wochen dauernden Reise verbrachte er in der Gesellschaft der drei Wissenschaftler und des Kapitäns. Sie unterhielten sich, bezogen Cornelius in ihre Gespräche mit ein, stellten ihm aber nie Fragen zu seiner Person. Er hatte zunächst zwar nur zugehört, aber er merkte, wie die Themen anfingen, ihn in ihren Bann zu ziehen. Als er seine ersten Fragen stellte, wurden sie bereitwillig beantwortet, und als sie den Hafen von Lanzarote anliefen, hatte er sich mit Hilfe von Hervé schon einen Grundwortschatz Spanisch angeeignet. Sein Misstrauen war zwar noch nicht ganz verflogen, zu lange hatte er sich von der Gesellschaft ausgestoßen gefühlt, und das eigenartige Verhalten seiner Reisegenossen wusste er nicht einzuschätzen. Doch als sie die Insel erreichten, bekam er, wie die anderen auch, ein Zimmer in einer Herberge, und ganz selbstverständlich gingen die drei Forscher davon aus, dass er sie auf ihren Wanderungen begleitete. Nachdem sie festgestellt hatten, dass er ganz annehmbar mit dem Zeichenstift umgehen konnte, war es seine Aufgabe, die Objekte zu skizzieren, die man nicht mitnehmen konnte.

Noch lebte Cornelius nur von einem Tag auf den nächsten, aber ganz allmählich wuchs sein Zutrauen in die leicht exzentrische Gruppe von Forschern. Es entwickelte sich zwischen ihnen eine unproblematische Arbeitskameradschaft. Sie kamen gut miteinander aus, respektierten gutmütig die kleinen Marotten, die ein jeder so hatte, und pflegten einen lebhaften Austausch wissenschaftlicher Theorien. Da Cornelius über einen gesunden Menschenverstand verfügte und von seiner Intelligenz, wenn auch nicht von seiner naturwissenschaftlichen Bildung her, mit den anderen mithalten konnte, bezogen sie ihn immer mit ein. Dazu kam das milde, sonnige Klima, das so ganz anders als die dunklen, kalten Winter der Vergangenheit seinem Körper wohltat. Auch das gesunde Essen, die saftigen Früchte, frische Fische, manches ungewohnte, aber schmackhafte Gemüse bewirkten, dass er das Leben wieder zu genießen begann.

Im Februar verließen sie die Vulkaninsel Lanzarote und besuchten die kleineren, waldigeren Inseln.

Nicht alle Tage indes verliefen problemlos. Das Leben, das sie führten, war nicht frei von Gefahren. Einmal war Bartholomé bei einer Klettertour auf einen Vulkan abgestürzt und blieb benommen auf einem schmalen Felssims liegen. Ohne große Worte ließ Cornelius sich von den beiden anderen abseilen, um den Vulkanologen aus seiner bedrohlichen Lage zu retten. Ein anderes Mal hatte es in einer Kneipe eine Schlägerei gegeben, die zu einer Messerstecherei ausartete. Die drei Forscher waren anstandslos Cornelius' Anweisungen gefolgt und hatten sich so aus dem Getümmel, ohne mehr als nur ein paar blaue Flecken zu erhalten, entfernen können. Cornelius aber hatte zwei der wütenden Trunkenbolde niedergeschlagen und dabei eine üble Stichwunde im Arm erhalten. Sie verarzteten ihn an Bord und segelten am nächsten Tag nach Gran Canaria weiter. Hier war es Hervé, der bei einem nachmittäglichen Schwimmausflug eine Woche später Cornelius kameradschaftlich den Arm um die Schulter legte. Noch immer zuckte er bei derartigen Berührungen zurück, aber diesmal ließ der Ältere ihn nicht los.

»Bewunderst du nicht auch diese hinreißende Tätowierung, die sich Jean-Luc auf den Hintern hat sticken lassen?«

Anker, Herz und Kreuz prangten blau auf milchweißer Haut.

»Ich frage mich, wen er damit beeindrucken will. Vertrauen die Mädchen auf Glaube, Liebe und Hoffnung mehr, wenn sie auf einer männlichen Kehrseite zur Schau getragen werden?«

Jean-Luc war der Liebling der Insulanerinnen und ließ selten eine Gelegenheit ungenutzt, sich ein Schäferstündchen zu verschaffen.

»Sie scheinen es pikant zu finden.«

Hervé ließ Cornelius los und schlug ihm leicht auf die Schulter. »Es kostet eine halbe Stunde Schmerz. Das dürfte weit leichter zu ertragen sein als die andere Operation. Und der Künstler, der diese Tätowierungen durchführt, hat auch wunderschöne Meerjungfrauen im Angebot.«

Es schmerzte zwar etwas länger, aber das verräterische F war unter einer wollüstig sich windenden fischschwänzigen Maid verschwunden.

Der Sommer ging in den Herbst über, und auf der Fahrt nach Teneriffa gerieten sie in einen unerwarteten Sturm, der die Takelage zerstörte und auch sonst einigen Schaden an dem Schoner verursachte. Cornelius' Kenntnisse des Schiffsbaus kamen ihnen hier zugute. Gemeinsam hämmerten und sägten sie unter seiner Anleitung, um die zerbrochenen Planken zu ersetzen und den Mast zu reparieren. Der Kapitän sprach Cornelius seine Hochachtung für die geleistete Arbeit aus.

Im Frachtraum des Schiffes türmten sich nun die Kästen mit den gesammelten Exponaten, voll beschriebene Hefte stapelten sich auf den Borden, Skizzenmappen waren prall gefüllt. Die letzten drei Monate, den Winter über also, wollten sie auf Fuerteventura verbringen, im März würden sie zurückreisen.

Ein paar zutrauliche Vögel pickten die Krumen ihres Mahls auf, während Cornelius und Jean-Luc auf das weite Meer hinausschauten.

»Was hast du so unbedingt zu erledigen, bevor du nach Köln reist?«

»Ich muss noch einmal in die Bretagne. Dort gibt es zwei Frauen, die ich aufsuchen möchte.« Cornelius hatte zwar inzwischen wieder gelernt, Konversation zu machen, aber weder über seine Vergangenheit noch über das, was er von seiner Zukunft erwartete, hatte er mit seinen Freunden gesprochen. Jetzt aber schien es ihm an der Zeit zu sein.

»Du hast eine Liebste in Brest?«

Cornelius lachte leise. »Nein, keine Liebste. Aber ich traf dort in einer Hafenschenke eine Frau, der ich vermutlich den Aufenthalt auf eurem Schiff verdanke. Ob sie allerdings ahnte, was daraus geworden ist, weiß ich nicht. Ich habe bei euch, Jean-Luc, eine Zukunft gefunden. Bei ihr aber habe ich den Mann in mir wiederentdeckt. Ihr habt mir eine Heuer als Schiffszimmermann gezahlt, aber ich habe wenig davon verbraucht. Ich möchte ihr das Geld geben, denn ihre Verhältnisse schienen mir recht ärmlich. Vielleicht hilft es ihr, ein anständiges Leben zu führen.«

Jean-Luc sah ihn mit einiger Verwunderung an. »Lieber Freund, das ist eine großmütige Tat.«

»Weniger, als du denkst. Ich komme schon zurecht, wenn ich nur eine Summe für die Rückreise behalte.«

Versonnen lächelnd sah Jean-Luc in das ferne Blau, dort wo der Horizont mit dem Meer verschmolz.

»Und die andere Frau?«

»Beatrice de Keroual. Ich habe es meinem Kettenpartner versprochen, sie aufzusuchen. Ich hoffe, ich finde sie. Ich habe ihm viel zu verdanken.«

»Du wirst sie finden, und Bice wird dir für dein großes Herz an jedem Sonntag eine Kerze anzünden, Cornelius.«

»Bice? Du kennst die Frau im Hafen?«

»Ja, ich kenne sie.«

»Offensichtlich recht gut?«

»Ja. Sei versichert, deine Absicht, ihr deine Heuer zu geben, ehrt dich über alle Maßen. Aber Bice braucht dein Geld nicht.«

»Aber als ich sie traf…«

»Als du sie trafst, spielte sie die heruntergekommene Hafenhure. Sie schlüpft gerne in verschiedene Rollen, vor allem, wenn sie damit etwas erreichen will. Aber, Cornelius, du magst zwei Frauen suchen, finden wirst du nur eine.«

Cornelius starrte ihn verblüfft an.

»Wer ist Bice, Jean-Luc?«

»Meine Schwester. Beatrice Antoinette de Keroual.«

Cornelius war jetzt völlig verwirrt. »Deine Schwester?«

»Sie hat es sich zur Aufgabe gemacht, denjenigen, die aus dem Bagno entlassen werden, eine Chance zu vermitteln, in ein geregeltes Leben zurückzukehren. Da sie weiß, wie orientierungslos manche Männer sind, nachdem sie die strenge Zucht der Strafanstalt verlassen haben, tritt sie ihnen als arme Schlampe entgegen, um sie nicht abzuschrecken.« Jean-Luc grinste ihn an. »Wie hättest du denn auf eine vornehme Dame aus dem Wohlfahrtskränzchen reagiert, die dir eine Reise zu den Kanarischen Inseln angeboten hätte?«

»Ihr wortlos den Rücken zugedreht. Aber, mein Gott, ihr Vorgehen ist doch unsagbar gefährlich. Sie kann vergewaltigt und verletzt werden.«

»Keine Sorge, es sind immer Männer um sie, die sie beschützen. Dafür sorge ich schon. Und die ihre – ähm – Opfer anschließend abtransportieren. Gewöhnlich allerdings, Cornelius, macht sie sie lediglich betrunken und geht nicht mit ihnen ins Bett.«

»Ihr packt die so genannten Opfer dann auf ein Schiff?«

»Nein, wir bringen sie auf ihr Gut, wo sie bei den Handwerkern Arbeit finden. Auf dich aber hat sie besonders gewartet. Wir wussten, dass du freikommen würdest – gute Beziehungen zur Admiralität hat Beatrice nämlich auch. Daher warteten wir mit dem Auslaufen, bis sie dich so weit hatte.«

»Großer Gott, aber warum?«

»Sie kannte deine Rolle als Pierres Kettenpartner.« Cornelius vergrub das Gesicht in seinen Hände, und Jean-Luc fuhr fort: »Ja, Cornelius. Wenn es denn eine höhere Ordnung gibt und wir eine unsterbliche Seele haben, dann wird die des Prinzen sich darüber freuen, dass Beatrice Erfolg mit ihrem Eingreifen hatte. Ihn hat sie nicht mehr retten können, obwohl sie dafür gesorgt hat, dass er aus der Hölle von Vannes nach Brest verlegt wurde. Sie hat seine Rehabilitierung vorangetrieben, aber wenige Tage bevor er freikam, das weißt du ja, starb er in deinen Armen. Sie wusste, was du für ihn getan hast.«

Heiser flüsterte Cornelius: »Er war der gütigste Mann unter der Sonne. Ohne ihn hätte ich die ersten Jahre nicht überlebt.«

»Nicht immer gütig, Cornelius, aber sicher in seinen letzten Jahren. Sie haben einander sehr geliebt, Beatrice und der Prinz. Wegen ihr ist er aus England zurückgekommen. Hätte er nur zwei, drei Jahre gewartet!«

»Das Schicksal ist unberechenbar.«

»Im Guten wie im Schlechten. Fahr du auf direktem Wege nach Hause, Cornelius! Lass diejenigen nicht länger auf dich warten, denen du etwas bedeutest! Ich werde Bice getreulich alles berichten, was wir gemeinsam erlebt haben.«

Cornelius stand auf, reckte sich in der Sonne und trank noch einen langen Schluck aus dem Weinschlauch. Es war gut, die

Kraft in seinen Muskeln zu spüren, den Wind in den Haaren, die Sonne auf der Haut, den süßen Wein auf der Zunge. Es war gut, eine Vergangenheit und eine Zukunft zu haben.

Er war dankbar. Er würde Beatrice Antoinette de Keroual zumindest einen langen Brief schreiben.

Geburtstagsfeier

Ach, sie vergaß der Nonnenpflicht,
Des Himmels, und der Hölle.
Die, von den Engeln angeschaut,
Sich ihrem Jesu weyhte,
Die reine, schöne Gottesbraut,
Ward eines Frevlers Beute.

Die Nonne, Hölty

»Gnädiges Fräulein, so werden Sie nie eine vornehme junge Dame«, ermahnte Jakoba Antonia, als sie am achtzehnten Dezember morgens in die Küche kam, bereit für den üblichen Marktgang.

»Warum nicht?«

»Weil vornehme junge Damen an ihrem Geburtstag bis mittags im Bett bleiben, ihre Schokolade schlürfen und sich mit Geschenken überhäufen lassen.«

»Blödsinn, auch an Geburtstagen geht das Leben weiter! Allerdings behagt mir die Vorstellung, eine heiße Schokolade vor meinem Aufbruch zu trinken.« Antonia nahm die Tasse entgegen, nippte daran und seufzte: »Unübertroffen, Jakoba. Irgendwas tun Sie da hinein, was sie besonders würzig macht.«

»Kardamom, ganz frisch gerieben. Sowie eine winzige Prise weißen Pfeffer. Vielleicht, Fräulein Antonia, möchten Sie dieses Rezept ja mal nachlesen.« Die Köchin reichte ihr ein hübsch verpacktes Geschenk. »Meinen herzlichen Glückwunsch zum Geburtstag!«

»Oh, Jakoba, wie lieb von Ihnen.« Neugierig wickelte Antonia die Gabe aus und strahlte, als sie das in Leinen eingebundene Büchlein in der Hand hielt. Darinnen waren in Jakobas ordentlicher Schrift all ihre besonderen Rezepte verzeichnet. Überwältigt sprang Antonia auf und umarmte die Köchin.

»Das tut eine vornehme junge Dame auch nicht, Mamsell«, mahnte diese, erwiderte die Umarmung aber dennoch.

Als die Schokolade ausgetrunken war, ließ sich Antonia die Einkaufsliste geben, die diesmal allerlei Zutaten für das Weihnachtsgebäck enthielt. Das stellte eine Herausforderung dar, und wohlgemut machte sie sich auf den Weg zum Spezereienhändler.

Sie hatte die wichtigsten Waren bereits in ihren Körben verstaut, als sich ihr ein kleines Geschöpf mit einem riesigen, karierten Bündel über dem Rücken in den Weg stellte.

»Fräulein Antonia, bitte. Ich muss mit Ihnen sprechen.«

»Maddy?«

Misstrauisch betrachtete Antonia das klein gewachsen Mädchen. Die Dienstmagd der Stammels war ihr vor einem Jahr als zierlich erschienen, inzwischen schien sie selbst jedoch noch gewachsen zu sein, sie überragte sie um eine Haupteslänge. Maddy maß höchstens vier Fuß von den abgestoßenen Spitzen ihrer Schuhe bis zu dem fadenscheinigen Tuch, das ihre braunen Haare versteckte – eine Zwergin fast.

»Ja, ich bin's. Maddy. Sie erinnern sich an mich, gnädiges Fräulein?«

»Ja, natürlich.«

»Sie haben der Marie neulich die Meinung gesagt. Es tut mir leid, dass ich Schuld an dieser Szene hatte. Ich habe für sie spioniert. Ich wusste nicht, dass sie Sie erpressen wollte. Es war in Ordnung, dass Sie ihr eine gescheuert haben.«

»Mhm.«

»Bitte, Fräulein Antonia, ich bin in Not. Sie hat mich rausgeworfen. Ohne Referenzen und alles. Gezahlt hat sie mir schon lange keinen Lohn mehr. Und nun habe ich nicht einmal mehr ein Dach über dem Kopf.«

»Was stellst du dir vor, dass ich tun könnte?«

»Vielleicht kennen Sie jemanden, der ein Dienstmädchen braucht? Ich übernehme jede Arbeit, Fräulein Antonia. Ich bin nicht wählerisch. Aber die Tage werden kälter.«

Antonia rang mit sich. Maddy war ihr unscheinbar vorgekommen, als sie bei Stammels wohnte, aber ein paar Mal hatte sie ihr geholfen – ihr ein paar Bissen zusätzlich zugeschoben, ihre

Wäsche unaufgefordert gewaschen und über ihre Verkleidung geschwiegen, die sie dabei entdeckt hatte, und ihr, als sie krank war, heißen Tee gebracht. Andererseits – hatte möglicherweise Marie sie losgeschickt, um sie weiter auszuforschen?

Antonia betrachtete das Mädchen eindringlich. Ihre Jacke war ihr zu groß und ungeschickt geändert, der Rock zipfelig und am Saum schmutzig. Sie fror. Mitleid kroch in ihr Herz. Sie wusste, wie man sich fühlte, wenn man plötzlich ganz auf sich gestellt war.

»Wie alt bist du, Maddy?«

»Zwanzig. Aber ich weiß, das glaubt mir keiner.«

»Nein, das glaubt dir keiner. Für zwölf gehst du gerade so durch. Wie lange warst du bei Marie?«

»Drei Jahre.«

»Und vorher?« Als Maddy seufzte, erklärte Antonia: »Ich kann dir nur helfen, wenn du ehrlich bist.«

»Ja, darauf haben Sie wohl ein Recht. Aber es ist eine lange Geschichte.«

»Gut, dann begleite mich jetzt nach Hause! Dort erzählst du Jakoba und mir diese lange Geschichte.«

Die Köchin mit ihrer Menschenkenntnis würde das Mädchen richtig einschätzen. Außerdem war es in der Küche wärmer, als hier auf dem zugigen Markt.

Jakoba betrachtete Maddy mit einem durchdringenden Blick, reichte ihr aber eine Tasse süßen Tee und ein Stück Honigkuchen.

»Also, wo warst du vor den Stammels?«

»Meine Mutter war die Haushälterin einer Dame – na ja, nicht wirklich einer Dame, sondern einer, die von verschiedenen Herren ausgehalten wurde. Sie war am Theater, verstehen Sie? Bei ihr wuchs ich auf und übernahm die ersten kleinen Aufgaben. Ich lernte eine Menge über Kleider und Frisuren und auch über das Schminken. Aber als ich dreizehn war, starb meine Mutter, und die neue Haushälterin wollte mich nicht. Aber die Dame hatte Freundinnen. Ich trat bei einer in Dienst. In einem großen Haus.«

»Einem Hurenhaus«, stellte Jakoba trocken fest.

»Ja. Als Zimmermädchen, Zofe, Coiffeuse …«

»Als Hure?«

»Manche Männer mögen kleine Mädchen …« Antonia murmelte einige französische Derbheiten, die Maddy plötzlich ein Grinsen entlockten. »Ja, Fräulein Antonia. So sehe ich das auch.«

»Du hast das verstanden?«

»Man schnappt das eine oder andere auf. Ich kann aber auch vornehm parlieren, Mademoiselle.«

Jakoba mischte sich ein. »Was wollen Sie mit dem Mädchen anfangen, Fräulein Antonia?«

Maddys schonungslose Ehrlichkeit hatte sie betroffen gemacht. Mochten die Leute schlecht von ihr denken, wenn sie von ihrer Herkunft erfuhren, die Kleine war nicht selbst verschuldet in diesen Kreislauf geraten. Sie fragte: »Wie bist du an Marie gekommen?«

»Pitter. Er kam manchmal in das Haus. Nicht wegen mir. Ich habe ihm eher leidgetan. Er wollte für Marie eine Hilfe, als sie schwanger wurde. Und ich wollte da weg. Aber Sie wissen schon, ohne Referenzen … Jetzt sitze ich wieder ohne Empfehlungsschreiben da.«

»Wie wollen Sie es der gnädigen Frau verkaufen, Fräulein Antonia?«, fragte Jakoba. Da die Köchin keine Einwände gegen Maddy hatte, entspannte Antonia sich etwas.

»Als Geburtstagsgeschenk. Ihr liegt mir alle ständig damit in den Ohren, ich solle eine vornehme junge Dame werden. Also brauche ich eine Zofe. Verstehst du dich auf diese Dienste?«

»Ja, natürlich, gnädiges Fräulein!«

»Gut. Wenn ich dich nur ein einziges Mal erwische, dass du Marie irgendetwas zuträgst, Maddy, dann ziehe ich dir mit dem stumpfen Kartoffelmesser eigenhändig die Haut ab. Verstanden?«

»Ja, gnädiges Fräulein.«

»Deine Vergangenheit wirst du tunlichst nicht wieder erwähnen.«

»Nein, gnädiges Fräulein.«

»Ich werde jetzt mit meiner Mutter darüber reden. Sie hat das letzte Wort in dieser Angelegenheit.«

»Ihre Mutter?«

»Die gnädige Frau, Maddy«, erklärte Jakoba trocken.

»Das … Oh …«

Antonia konnte sich ein spöttisches Grinsen nicht verkneifen. »Es ist etwas anders, als Marie dachte, nicht wahr?«

»Ja, und, bitte verzeihen Sie mir! Bitte!«

»Natürlich.«

Es kostete Antonia einige Überredungskunst, Maddy einzustellen. Nicht, dass Elena grundlegend etwas gegen eine Zofe gehabt hätte, aber sie hätte lieber selbst die Auswahl getroffen. Waldegg hingegen hörte sich Antonias Argumente schweigend an und machte sich seine eigenen Gedanken.

»Zur Probe, Elena. Drei Monate zur Probe, würde ich vorschlagen. Wenn es Unregelmäßigkeiten gibt, werden wir sie bis dahin herausfinden.«

»Wenn du meinst, Hermann.«

»Ich meine. Antonia braucht jemanden, der sich um ihre Sachen kümmert, jetzt, da sie eitel wird.«

»Eitel? Ich?«

»Du hast vorgestern eine halbe Stunde gebraucht, um ein Kleid für den Besuch bei Schaaffhausens auszuwählen. Das ist ein untrügliches Zeichen für beginnende Eitelkeit.«

»Mir war eine Rüsche abgerissen, die ich annähen musste.«

»Sage ich doch. Vor einem Jahr wäre dir eine solche Nebensächlichkeiten völlig gleichgültig gewesen.«

Antonia schnaufte erheitert. »Ich fürchte, da haben Sie Recht. Da hätte ich auch meine Schuhe nicht abgebürstet und mir die Locken hochgesteckt. Da sehen Sie mal, wie verderblich der Einfluss der guten Erziehung ist.«

»Äußerst verderblich. Darum wirst du deine Zofe bekommen. Elena, bitte Linda, sie soll sich um das junge Mädchen kümmern und es einweisen.«

Elenas Kammerfrau nahm sich also Maddys an.

»Und nun, liebes Kind,«, sagte Elena und streckte beide Hände aus, »will ich dir endlich alles Gute zum neuen Lebensjahr wünschen.«

Antonia ließ sich die hauchzarte Umarmung ihrer Mutter gefallen und erwiderte sie sogar mit einem leichten Gegendruck. Waldegg umarmte sie herzlicher, und dann musste sie ihre Geschenke entgegennehmen. Manches begehrte Buch fand sie darunter, zierlich bestickte Bänder, einen luxuriösen Kaschmir-Shawl, parfümierte Seifen und einen Flakon ihres Lieblingsduftes sowie ein Necessaire.

Sie zeigte gebührende Freude über alles, insgeheim aber waren ihr die Bücher das Wichtigste. Sie versenkte ihre Nase den ganzen Nachmittag in einen Weltatlas, bis Elena sie darauf aufmerksam machen musste, dass es Zeit war, sich für die Abendgesellschaft umzukleiden.

»Was soll ich denn tragen, Frau Mutter?«

»Oh, du wirst in deinem Zimmer etwas Passendes finden«, antwortete Elena mit einem geheimnisvollen Lächeln. »Deine neue Zofe wird dir dabei zur Hand gehen.«

Tatsächlich fand Antonia in ihrem Zimmer nicht nur Maddy vor, die in ein adrettes dunkelblaues Kleid gesteckt worden war, sondern auch eine prächtige Robe aus cremeweißer Wolle, bestickt mit gelben und ockerfarbenen Ranken.

»Es gibt auch feine Seidenwäsche dazu, gnädiges Fräulein. Und Elfenbeinkämmchen für die Haare.«

»Ich werde wirklich eitel. Wie schrecklich!«

»Machen Sie sich nichts daraus! Ich habe nämlich Ihre Hosen und Stiefel gerettet. Diese Kammerfrau, die mich in Ihre Schränke eingewiesen hat, fand sie und wollte sie verbrennen. Aber man weiß ja nie, nicht wahr?«

»Nein, man weiß nie, Maddy.«

Die beiden tauschten einen wissenden Blick. Niemals würden sie Dame und Zofe sein. Beide hatten eine Zeit hinter sich gelassen, die ihnen Erkenntnisse über das Leben gewährt hatte, die der vornehmen Welt verborgen blieben. So begann mit diesem Blick eine ungewöhnliche Freundschaft.

Doch nach außen hin verwandelte sich Antonia jetzt in die hinreißend schöne Tochter aus bester Familie, und selbst Elena konnte sich der Beifallsrufe nicht enthalten, als sie mit erhobenem Haupt in den Salon trat.

»Wohl gelungen ist sie dir, Elena, überaus wohl gelungen«, pflichtete der Domherr seiner Gemahlin bei. »Allerdings muss ich dir den leisen Vorwurf machen, dass du eine nachlässige Mutter bist.«

»Ich habe alles getan, was ich konnte, Hermann. Warum behauptest du so etwas?«

»Weil deine arme Tochter sich ganz gewiss Halsschmerzen zuziehen wird, so nackig, wie sie um das Dekolleté wirkt.«

Antonia fasste sich an den Ausschnitt. Ja, er war sehr tief, viel tiefer, als sie es gewöhnt war. »Ich werde ein Fichu holen.«

»Nein, Liebes. Ich habe hier ... wo hab ich es denn?« Waldegg forschte in seinen Rocktaschen nach. »Ich habe doch ein wärmendes Zubehör erworben. Ah, da ist es schon!« Langsam zog er eine Doppelreihe cremefarbener Perlen aus der Brusttasche und hielt sie in der Hand, so dass sie im Lampenschein schimmerten.

»Man hat mir versichert, sie schützen ganz besonders gut gegen Halsschmerzen.«

»Herr Vater ... Sie sind so schön. Aber sagen Sie, werden die auch verhindern, dass sich unpassende Bemerkungen in meiner Kehle bilden?«

»Man hat einen Zauber hineingewirkt, mein Kind. Er wird dafür sorgen, dass nur lyrischer Nektar und gesellschaftlich reinstes Ambrosia deine Lippen verlässt.« Er legte sie Antonia um und schloss die Kette mit einer goldenen Rosette. »Jetzt ist deine Erscheinung vollkommen!«

Sie hatte sich gerade bedankt, als schon die ersten Gäste eintrafen. Susanne stürmte auf sie zu, umarmte sie und begrub sie förmlich unter einem Korb voll Seidenblumen. François Joubertin hingegen brachte echte Rosen und überreichte sie mit einem gewagten zweisprachigen Gedichtchen, das ihr einen Teint wie eine Plüsch-Prume* bescheinigte, und in dem sich une chante melodieuse auf des Mieders Haken und Ösen reimte. Auch Doktor Joubertin und seine Gemahlin waren gekommen. Er war ein angesehener Notar und hatte viele Geschäfte mit dem Domherrn abgewickelt, sie war eine eifrige Unterstützerin der Société de la

* Plüsch-Prume (Plüsch-Pflaume) ist die kölsche Bezeichnung für Pfirsich

charité maternelle. Die beiden älteren Bernsdorfs trafen ein, begleitet von Sohn und Schwiegertochter sowie Susannes Cousinen Augusta und Paula. Die Bankiersfamilie Schaaffhausen, die in der Nachbarschaft wohnte, begleitet von Sohn und Tochter, Wittgensteins mit ihrem Sohn Philipp und ein weiterer älterer Herr, der wie Waldegg einst zum Domkapitel gehört hatte.

Man ging zu Tisch, eine ungezwungene Runde, die sich lebhaft unterhielt – bis sich Hermann Waldegg kurz vor dem Dessert erhob, um seine Rede zu halten.

Lediglich Susanne und Doktor Joubertin waren nicht überrascht von der Ankündigung, Antonia Helena Lindenborn-Waldegg sei die Tochter der Hausherrin.

Elena hatte ihre Hände so fest gefaltet, dass sie weiß an den Knöcheln wurden. Antonia bemerkte es und ging zu ihr hin, um ihr die Hand auf die Schulter zu legen. In die Stille, die nach den Worten des Domherrn herrschte, sagte sie leise, doch so, dass es jeder verstehen konnte: »Es ist siebzehn Jahre her, meine Damen und Herren. Wer unter Ihnen in dieser Zeit keine Sünde begangen hat, der hebe jetzt den ersten Stein!« Dann reichte sie Elena ihr Tüchlein, damit sie sich die Tränen abtupfen konnte.

»Es ist mehr die Überraschung, Fräulein Antonia, keine Verurteilung oder Anschuldigung. Ich bin sicher, es verbirgt sich eine lange, traurige Geschichte dahinter, die heute ihr glückliches Ende gefunden hat«, verkündete Madame Joubertin. Sie nickte Elena zu und brachte den Toast aus: »Ich trinke auf Mutter und Tochter. Ein schönes Paar haben Sie da in Ihrem Haus, Herr Waldegg.«

Die Spannung löste sich, und man erhob die Gläser.

Ja, es würde Getuschel geben, aber das freimütige Bekenntnis hatte viel Wind aus den Segeln genommen, und bald darauf war die Stimmung wieder fröhlich und die Unterhaltung angeregt. Nach Tisch setzte Augusta sich ans Klavier, um ihre Fähigkeit als Pianistin zu zeigen. François gelang es, Antonia ein wenig zur Seite zu ziehen.

»Hübsche Überraschung, Mademoiselle.«

»Ein bisschen gewagt, ich weiß, aber Ihre Maman war wundervoll.«

»Sie ist wundervoll, und ich liebe sie sehr. Darf ich ihr von Toni erzählen?«

»Tun Sie das! Ich denke, sie ist auf unserer Seite.«

»Sie hat einen ausgeprägten Sinn für das Lächerliche, und Sie können ganz sicher sein, wenn irgendjemand in ihrer Gesellschaft es wagen sollte, auch nur einen Hauch von Verachtung zu äußern, wird sie ihn zurechtzuweisen wissen. Fast so gut wie Sie, Mademoiselle.«

Antonia lächelte ihm dankbar zu.

»Übrigens habe ich noch einen kleinen Leckerbissen für Sie. Mein Studium der Taufregister war verhältnismäßig schnell erfolgreich. Madame Kormann, ehemals Pfeifer, wurde auf dem Hungsrücken geboren, der Vater ist unbekannt, die Mutter stadtbekannt. Ich habe mir auch die Polizeiakten durchgesehen. Dort finden wir Madame Kormann, ehemals Pfeifer, bereits mit zehn Jahren verzeichnet – eine erfolgreiche kleine Diebin. Drei Jahre später gibt es einen Hinweis auf öffentliche Prostitution im Zusammenhang mit einem Raubdelikt. Danach allerdings scheint Besserung eingetreten zu sein. Sie wird nicht mehr erwähnt.«

»Nicht mehr erwischt«, korrigierte sie ihn.

»Pardon, Sie haben selbstverständlich Recht.«

»Was flüstert ihr zwei hier so in den Ecken herum? Habt ihr Geheimnisse? Ich will sie wissen!« Susanne war hinzugetreten, Philipp im Schlepptau. François und Antonia wechselten augenblicklich das Thema und ersetzten es durch eine belanglose Flirterei.

Der Abend verlief im Großen und Ganzen harmonisch, und gegen Mitternacht löste sich die Gesellschaft auf.

»Hermann, schenk uns noch ein Glas Champagner ein!«, bat Elena, die sich erschöpft auf das Kanapee setzte und die Beine hochlegte. Antonia löschte den Großteil der Lampen und ließ sich in einen Fauteuil fallen. Dankbar nahm sie das Glas mit dem perlenden Getränk entgegen.

»Gut überstanden haben wir das«, erklärte Waldegg und hob sein Glas. »Auf euch, meine tapferen Damen!«

Antonia fühlte eine schwebende Leichtigkeit, die Wirkung von Champagner, schmeichelhafter Aufmerksamkeit und leichter

Müdigkeit versetzten sie in eine ungewohnte Stimmung. Sie fühlte sich wohl bei ihren neuen Eltern, allen Vorbehalten zum Trotz. Darum wagte sie, im schummrigen, traulichen Licht des endlich einmal etwas unordentlichen Salons die Frage zu stellen, die es sie schon lange drängte auszusprechen:

»Frau Mutter, bitte, es ist heute mein Geburtstag. Können Sie mir nicht endlich sagen, wie es eigentlich dazu kam, dass ich Ihre Tochter wurde?« Und wenn auch sonst der Domherr immer seine Frau in Schutz nahm und ihr ebenfalls diese Frage nie zu stellen gewagt hatte, diesmal nickte er dazu und meinte: »Ja, Elena. Antonia hat ein Recht darauf.«

Elena erhob sich und räumte mit hastigen Bewegungen leere Gläser auf ein Tablett. Dann fing sie sich und setzte sich, ein rosenbesticktes Kissen in den Händen knetend, wieder hin. »Ja, sie hat ein Recht darauf. Aber es ist schwer für mich. Ich habe so lange darüber geschwiegen.« Sie seufzte. »Ich habe große Schuld auf mich geladen. Es nimmt mich noch immer wunder, dass man es mir zu verzeihen scheint.«

»Es gibt auch auf dieser Welt Gnade und Barmherzigkeit, Elena. Und ich bin mir sicher, die Größe deiner Schuld überschätzt du bei Weitem.«

»Ich weiß nicht, es ist kompliziert.« Sie legte auf einmal resolut das Kissen zur Seite, trank noch einen Schluck Champagner und begann: »Ich war achtzehn, ein Jahr zuvor hatte ich meine Gelübde abgelegt. Es hat mich niemand gezwungen, ins Kloster einzutreten, obwohl wir drei Töchter waren. Ich wollte es so. Ich wollte mein Leben dem Glauben widmen. Er offenbarte mir so viele Wunder.« Sie sammelte sich wieder und fuhr dann mit ihrer Erklärung fort.

Im März 1790 hatte sie sich selbst zur Zucht eine Nachtwache in der Klosterkirche auferlegt und verbrachte die dunklen Stunden betend vor dem Altar der heiligen Ursula. Zu dieser Heiligen verspürte sie ein besonders inniges Verhältnis, ihre Gebete erschienen ihr tröstlich wie Zwiesprache mit einer guten Freundin. Ausgerechnet in dieser Nacht hatte sie ihren Zweifeln Ausdruck verliehen. Sie war jung, und in der letzten Zeit kam ihr die Bürde der Keuschheit schwer vor. Sie schreckte davor zurück, ein ganzes Leben ohne die Liebe eines Mannes verbringen zu müssen. Aber sie war auch eine konsequente junge Frau, die den einmal gewählten Weg nicht einer Laune wegen verlassen wollte. Also vertraute sie sich der standhaften Jungfrau Ursula an und bat um ein Zeichen, wie sie mit ihren Zweifeln weiterleben sollte.

»Ich hätte es wissen sollen, Antonia. Meine Wünsche werden leider oft buchstäblich erfüllt«, erklärte Elena und drückte das Sofakissen wie zum Schutz an ihre Brust. Dann berichtete sie weiter.

Die Kirche war dunkel gewesen, nur das Licht auf dem Altar spendete eine kleine, aber stetige Helligkeit. Sie war sehr vertieft in ihr Gebet, und so bemerkte sie erst, als das Flämmchen zu flackern begann, dass jemand durch die Kirche lief. Zu Tode erschrocken schrie sie auf und wurde so entdeckt. Ein Mann drehte sich zu ihr um. Er starrte sie überrascht an, fasste sich aber und bat: »Helfen Sie mir, ehrwürdige Schwester! Ein Mörder verfolgt mich. Asyl erbitte ich!«

Sie sah, dass er seinen linken Oberarm umklammert hielt und Blut zwischen seinen Fingern hervorquoll.

»Es schien mir wie das erbetene Zeichen. Ein Mann war zu mir gekommen, ein junger, gut aussehender Mann in Not. Ich führte ihn in die Sakristei, weil es dort Wasser gab, half ihm aus dem Rock und verband seine Wunde mit dem Leinen aus meinem Untergewand. Er erzählte mir, er sei bei einem Disput in einer Versammlung für Gleichheit und Freiheit eingetreten. Es habe sich die Stimmung erhitzt, Tätlichkeiten folgten, und er wurde nun für seine Überzeugung verfolgt. Es kam mir entsetzlich romantisch vor. Er bat mich, für ihn zu beten und … Ja, er kniete vor mir und barg seinen Kopf in meinem Schoß. Aber dann … dann …«

»Er hat dich vergewaltigt«, stellte Antonia trocken fest.

Sehr leise und mit gesenktem Kopf antwortete ihre Mutter: »Ja.« Sie schlug die Hände vor das Gesicht und schluchzte leise auf. »Ich habe mich nicht gewehrt! Ich wusste gar nicht, wie mir geschah.«

Waldegg setzte sich neben sie und legte seinen Arm um ihre Schulter. »Es hätte nichts geändert.«

Antonia aber dachte anders darüber. Sie hatte miterlebt, wie Elisabeth, ihre wirkliche Mutter, von Soldaten roh missbraucht worden war. Sie hatte sich auch nicht gewehrt – weil sie nicht über Gebühr verletzt werden wollte. Was Elena erlebt hatte, war vermutlich mehr Verführung, wenngleich wider Willen und Wissen. Dennoch, zumindest war es eine Erklärung, wie es zu ihrer Zeugung gekommen war.

Elena hatte sich wieder gefasst und sprach weiter: »Es waren plötzlich weitere Schritte zu hören. Jemand kam. Sein Verfolger. Der Mann verschwand durch das Fenster, und ich blieb völlig verstört am Boden liegen. Der andere stürzte in die Sakristei und stolperte über mich. Er fluchte schlimm, als er das offene Fenster sah, und beschimpfte mich, ich hätte einem gemeinen Verbrecher zur Flucht verholfen. Dann erkannte er mich. Und ich ihn. Es war Daniel Bernsdorf. Darum, Antonia, bin ich neulich so verlegen gewesen. Ich … Ja, ich war damals wirklich ein bisschen in ihn verliebt. Aber nach diesem Zwischenfall hatte ich jegliche Hoffnung aufgegeben. Er war ritterlich genug, den Vorfall niemandem gegenüber zu erwähnen.« Sie wischte sich müde über das Gesicht. »Auf jeden Fall hat mir auf diese Weise die heilige Ursula ein überdeutliches Zeichen gesandt.«

Also war Bernsdorf nicht ihr Vater, stellte Antonia mit leichtem Bedauern fest. Die Frage blieb offen, und sie wollte sie jetzt geklärt haben.

»Wer aber, Frau Mutter, war um Himmels willen der Mann, der geflohen ist? Wer ist mein Vater?«

»Liebes, ich weiß es nicht. Ich habe ihn vorher nie getroffen, und ich habe ihn danach nie wieder gesehen.«

Des Seemanns Heimkehr

Munter fördert seine Schritte
Fern im wilden Forst der Wandrer
Nach der lieben Heimathütte.
Blökend ziehen heim die Schafe…

Die Glocke, Schiller

Cornelius betrat Ende März des Jahres 1808 nach einer stürmischen Seereise wieder das europäische Festland. Die Lumière war in Le Havre eingelaufen. Von dort aus reiste Jean-Luc nach Brest weiter, die beiden anderen Forscher wollten sich nach Paris begeben. Der Abschied von Jean-Luc fiel Cornelius schwer, sie waren in dem gemeinsamen Jahr gute Freunde geworden.

»Ihr habt viel für mich getan«, sagte er und umarmte den gleichaltrigen Franzosen. »Wenn je Freiheit, Gleichheit und Brüderlichkeit wahr geworden sind, dann für mich in eurer Gesellschaft. Danke, Jean-Luc.«

»Du hast unter viel schwierigeren Umständen diese Werte hochgehalten, mein Freund, der Dank liegt auf unserer Seite. Kehr wohlbehalten heim! Wir werden in Verbindung bleiben.« Bewegt hielten sie sich eine Weile fest, dann trennten sie sich.

Sie hatten sich ausdauernde Pferde besorgt, und mit Hervé und Bartholomé ritt Cornelius zunächst bis zur französischen Hauptstadt. Von dort machte er sich alleine auf den Weg in die Heimat. Es war eine angenehme Reise, denn das warme Frühlingswetter hatte bereits eingesetzt. Es hielt die zwei Wochen an, die er für die Strecke benötigte, dann schlug der April unbarmherzig zu. Er erreichte den Stammsitz seiner Familie, die Burg Adendorf, in einem eisigen Graupelschauer. Genauso eisig wie das Wetter war auch der Empfang, der ihm geboten wurde. Trutzig lag die Burg vor ihm, der breite Graben umgab die ganze Anlage, und triefend hingen die Weidenzweige in das Wasser. Dahinter erhoben sich die Mauern abwehrend, und es kostete ihn Überwindung, über die Brücke zu reiten und an das Tor zu klopfen.

Man öffnete ihm, aber weiter als bis in den Innenhof gelangte er nicht. Als er vor dem geschwungenen Treppenaufgang stand, trat ihm ein Bediensteter des Freiherren von der Leyen zu Adendorf entgegen und erklärte ihm kühl, für ihn sei niemand zu sprechen.

Cornelius zuckte mit den Schultern. Er hatte es ja schon geahnt – hier würde es keine Versöhnung geben. Er wollte wieder in den Sattel steigen, als er an einem Fenster eine Bewegung sah. Eine Hand winkte ihm zu, Richtung Remise. Also überquerte er mit seinem Reittier am Zügel den Hof und band es an einem Ring fest. Dann öffnete er das Tor einen Spalt und lehnte sich gegen eine der Kutschen, um zu warten, wer denn doch mit ihm zu sprechen wünschte.

Es war seine Mutter, in ein dunkles Tuch gehüllt, die verstohlen zu ihm hineinhuschte.

»Cornelius, bist du es wirklich?«

»Ja, Mutter.« Sie sah ihn mit feuchten Augen an und strich über seine Wange. »Du siehst gut aus, mein Junge. Ich hatte befürchtet…« Sie drehte sich um und weinte hemmungslos. Tröstend legte er ihr den Arm um die Schulter.

»Ich bin seit über einem Jahr frei und habe eine lange Reise unternommen. Ich bin gesund, Mutter, und ich habe eine Menge dazugelernt. Ich weiß, dass ich euch Schande bereitet habe. Es tut mir leid.«

Die Freiin von der Leyen wischte sich über die Augen und sah ihren Sohn an. »Er hat dich enterbt und aus der Familienbibel gestrichen. Er hat mir verboten, dich zu sehen.«

»Ich hatte sowieso nicht viel zu erwarten, Mutter. Der Erbe ist doch Michael.«

»Michael ist gefallen, bei Austerlitz.«

»O Gott, das tut mir so leid.« Es tat Cornelius jedoch mehr leid um seiner Mutter willen, zu dem älteren Bruder hatte er nie ein glückliches Verhältnis gehabt. »So ist Hans Christian nun der Titelanwärter. Er wird das gut machen. Ist er immer noch so ein widersetzlicher kleiner Rabauke?«

»Er ist dir in manchen Zügen recht ähnlich, aber klein ist er nicht mehr. Ich habe, trotz des Verbotes deines Vaters, je wieder deinen Namen auszusprechen, versucht, bei ihm die Erinnerung an dich aufrechtzuerhalten. Verrate mir, wo du jetzt hingehst. Ich … Mein Gott, du bist doch mein Kind!«

»Deines ja, Mutter, seines nicht. Ich gehe zu meinem Paten. Ich hoffe, ich finde ihn noch in Köln.«

»Ja, Waldegg lebt noch dort. Geh zu ihm, Cornelius! Er ist dir wohlgesinnt. Mehr, als du denkst.«

»Mehr als ich verdient habe, wolltest du andeuten.«

»Nein, Cornelius …«

Die Tür wurde aufgerissen, mit der Peitsche in der Hand trat der Freiherr ein und zischte: »Raus hier! Ich dulde kein verbrecherisches Gesindel auf meinem Hof!« Mit einem rauen Griff riss er seine Frau von Cornelius weg und stieß sie in die Ecke.

»Das Gesindel wird sich Ihrem Blick sofort entziehen, wohledler Herr. Aber wenn Sie noch einmal meine Mutter derart ungehörig behandeln, Freiherr, dann werde ich das erfahren und Sie zur Rechenschaft ziehen!«

»Halt's Maul und verschwinde, bevor ich mich vergesse!«

Cornelius beugte sich jedoch über seine Mutter und half ihr aufzustehen. Sie flüsterte: »Geh, mein Junge, schnell!«

»Leb wohl, Mutter.« Mit einem sanften Kuss wollte Cornelius sich von ihr verabschieden, als er die Peitsche durch die Luft pfeifen hörte.

Er hatte das Überleben unter härteren Bedingungen gelernt. Mit seinem Körper schützte er die erschrockene Frau, drehte sich aber so, dass ihn der Hieb nur an der Schulter streifte. Dann riss er dem Freiherrn die Peitsche aus der Hand.

»Seien Sie froh, dass ich meine Gefühle beherrsche! Sonst würden Sie die letzten Tage Ihres Lebens Brei mümmeln, alter Mann«, schnurrte er leise und ging an dem Gatten seiner Mutter vorbei. Die Peitsche warf er in den Brunnen, machte die Zügel los und ritt durch das Tor, ohne sich noch einmal umzusehen. Doch die ruhige Haltung hielt nur wenige Schritte vor. Lodernde Wut überkam ihn, als er die Felder erreichte. Mit einem Aufschrei trieb er sein Pferd zu einem wilden Galopp an. Ein Wassergraben wurde ihm zum Verhängnis. Das Tier, zwar kräftig und mit seinem Reiter vertraut, sprang darüber, landete aber zu kurz. Er flog aus dem Sattel, prallte hart auf dem steinigen Boden auf und rollte in die Senke. Bewusstlos blieb er in dem kalten, schlammigen Wasser liegen, während das Pferd geduldig an den ersten grünen Halmen zu grasen begann.

Es dämmerte schon, als Cornelius aus seiner Benommenheit erwachte. Er kroch frierend und steif aus dem Matsch und schüttelte sich. Hinkend schleppte er sich zu seinem Pferd und suchte in den Satteltaschen nach seiner zweiten Jacke. Das trockene Kleidungsstück half nicht viel gegen die Unterkühlung, aber er biss die Zähne zusammen und stieg wieder auf. Er wünschte sich nichts mehr als ein warmes Lager und etwas Heißes zu essen. Obwohl sein ehemaliges Heim die nächste Behausung in der Gegend war, wollte er dorthin auf gar keinen Fall zurückkehren. Zwei Meilen weiter fand er eine Schafhürde, in der er sich erschöpft zusammenrollte.

Am Morgen erwachte er mit Schüttelfrost und Fieber, dennoch machte er sich auf den Weg nach Köln. Seine Kleider waren verschmutzt, seine Stiefel von Schlamm verkrustet, Stroh hing in seinen zerzausten Haaren, seine Wangen bedeckte ein stoppeliger, dunkler Bart. Ihn umgab der strenge Geruch nach Schafen und feuchter Wolle. Aber in seiner fiebrig verschwommenen Welt verfolgte er zielstrebig seinen Weg und ließ sich weder durch die Fragen der Wachen am Tor noch durch den beißenden Spott der Gassenjungen beeindrucken. Als er die Straßen Kölns betrat, wurde der Himmel wieder heller, und wenn auch mit schmerzenden Gliedern und halb benommen, so atmete er doch tief durch, als er den vertrauten Umriss des Doms vor sich sah. Nur noch wenige Schritte, und er hatte den Platz erreicht, wo er seine glücklichsten Jugendjahre verbracht hatte. Hier würde er freundlich aufgenommen werden.

Er fand sich mit schlafwandlerischer Sicherheit in den Straßen zurecht, schließlich stand er vor der Haustür. Schwankend vor Erschöpfung stieg er ab und klopfte an.

Die Tür öffnete sich wie von Geisterhand, wie ihm schien. Dann erst erkannte er ein kleines Mädchen in einem Zofenkleid, das ihn anherrschte: »Machen Sie, dass Sie hier wegkommen, wir geben nichts an Bettler!«

»Verzeihen Sie, ich wollte …«

»Verschwinden Sie! Für Sie ist niemand zu Hause!«

Die Tür wurde ihm vor der Nase zugeknallt.

Handel und Wandel

Und gleichwohl war die Frau kein Engel,
Und der Gemahl kein Heiliger;
Es hatte jedes seine Mängel.
Denn niemand ist von allen leer.

Lessing

Kay Friedrich Kormann schlenderte durch den geräumigen Salon und erfreute sich an dem Ausblick in den frühlingsgrünen Garten. Karl Ludwig hatte gute Arbeit geleistet. Die altersgeschwärzte Eichenverkleidung war lichten Seidentapeten gewichen, statt des verstaubten Stucks gab es an der Decke schlichte Zierleisten, obwohl der Baumeister gemurrt hatte, der ursprüngliche Zierrat sei eine kunstreiche italienische Arbeit, die es wert sei, restauriert zu werden. Die protzige Kaminumrandung mit ihren Reliefmotiven aus der Bibel war verschwunden und durch weißen Marmor mit Goldeinlagen ersetzt, ein glitzernder Kristalllüster hing von der Decke, und ähnliche Wandleuchten flankierten Türen und Fenster. Weniger gut gefielen ihm die verspielten Möbel, die geblümten Chintzbezüge und die wallenden Portieren in Pastellfarben, die seine Frau gewählt hatte. Er hätte einen schlichteren Stil bevorzugt. Aber über diese Kleinigkeit konnte er hinwegsehen, hatte sie ihm doch einen gesunden Erben geboren.

Überhaupt war er jetzt, mit gerade vierzig Jahren, etabliert und konnte auf eine aussichtsreiche Zukunft hoffen. Die lange Reise, die er mit Charlotte unternommen hatte, hatte sich unerwartet günstig entwickelt. Sie waren noch im August des vergangenen Jahres, direkt nach der Hochzeit, nach Paris aufgebrochen, wo er aus früheren Zeiten Bekannte besaß. Sie bezogen ein idyllisches Häuschen in einem ländlichen Vorort, wo seine Gattin im November einem kräftigen Jungen das Leben schenkte. In diesen Monaten nahm sie am gesellschaftlichen Leben natürlich nicht teil, er hingegen verbrachte die meiste Zeit in der Hauptstadt, denn Charlotte war wenig unterhaltsam und recht launisch geworden.

Die hübsche Tänzerin Claudine war bei Weitem die angenehmere Begleitung.

Er knüpfte interessante Beziehungen, die sich in Zukunft bewähren würden. Seine Zeit als Kommissär des Wohlfahrtsbureaus betrachtete er als weitgehend abgelaufen. Seine Karriere als Geschäftsmann stand bevor. Die große Armee Napoleons brauchte Ausrüstung und Uniformen – er wusste, wer sie fertigte und lieferte. Man würde beidseitig profitieren. Denn die Gefahr eines dauerhaften Friedens bestand nun wirklich nicht. Das französische Reich hatte sich unter der Regierung des Kaisers so weit ausgedehnt, dass es immer wieder an den Grenzen brüchig wurde. In Spanien kriselte es unentwegt, die Österreicher waren unzufrieden, Russland traute niemand so recht, mit den Engländern war kein Frieden gefunden worden, und die Kontinentalsperre wirkte bei Weitem nicht so erfolgreich, wie Napoleon es sich erhoffte. Kormann nahm die verschiedensten Meinungen und Gerüchte, Spekulationen und Stimmungen auf und hatte sich ein erschöpfendes Bild von der Lage gemacht.

Man würde Uniformen benötigen. Viele. Bald.

Bereits von Paris aus begann er einen regen Briefwechsel mit verschiedenen Produzenten. Er hatte auch mit Lindenborn korrespondiert und ihm gezielte Anweisungen gegeben. Sein Vorteil war jetzt, dass er Immobilien besaß, die als Produktions- und Lagerstätten dienen konnten. Und genügend arme Schneiderlein, Tuchweber und -händler kannte, die seit der Aufhebung der Zünfte ein kärgliches Leben fristeten. Kurioserweise ebnete ihm eine fast vergessene Verbindung den Weg. Vor vielen Jahren, als er noch jung und idealistisch war, hatte er sich überreden lassen, der Kölner Freimaurerloge beizutreten. Zwar hatte er dabei ein absurdes Ritual über sich ergehen lassen müssen – in einer dunklen Kammer musste er mit verbundenen Augen irgendwelche Totenschädel betasten – aber er hatte die niederen Losungsworte erhalten, die ihm wieder einfielen, als einer der Herren in dem Salon einer prominenten Gastgeberin ihn mit dem eigenartigen Handzeichen begrüßte.

Kay Friedrich goss sich einen Cognac ein und schwenkte die goldbraune Flüssigkeit bedächtig im Glas, während er sich in die Bibliothek begab. Im Zusammenhang mit den Freimaurern war ihm noch etwas anderes eingefallen. Der Domherr Hermann Waldegg hatte in jenen Tagen bei einer der Logensitzungen diese alten Pläne des Kölner Doms den Brüdern gezeigt und damals schon für den Erhalt und Weiterbau der Kathedrale geworben. Er selbst verstand das Engagement für den verfallenen Bau nicht, doch die schrullige Saat war aufgegangen, wie er inzwischen gehört hatte. Der Enkel des alten de Tongre war ernsthaft dabei, diese Angelegenheit voranzutreiben, und stieß auf mehr und mehr Interesse. Man würde das beachten müssen. Vor allem, weil just diese Pläne, die der Domherr einst vorgeführt hatte, verschwunden waren. Den Boisserées würden sie höchst willkommen sein, vermutete Kormann. Wer sie fand, könnte nicht nur finanziell belohnt werden, sondern auch mit größter Aufmerksamkeit und Anerkennung rechnen.

Immer gewärtig, die aktuellen Strömungen zu nutzen, rechnete er sich seine Chancen aus, aus dieser Angelegenheit Profit zu schlagen. Dass er in den vergangenen Jahren als vehementer Befürworter des Abrisses der Ruine aufgetreten war, machte ihm die geringsten Sorgen. Viel interessanter war die Tatsache, dass er wusste, wo sich die eine Hälfte des großen Fassadenplans befand. Oder sich zumindest im Jahre 1794 befunden hatte. Der Riss des Nordturms war ihm nämlich in die Hände gefallen, als er im Auftrag der französischen Kunstexperten Hausmann und Jaubert die Archive und Bibliotheken der kirchlichen Einrichtungen nach wertvollen Stücken untersuchte. Er bedauerte nur, dass er vor seiner Abreise aus Paris von dieser Entwicklung keine Kenntnis hatte, sonst hätte er diesbezüglich seine Beziehungen spielen lassen können. So musste er nun einige Briefe schreiben, um den Verbleib des Pergamentes herauszufinden. Das war keine schwierige Angelegenheit, und wenn er im Besitz des Plans war, würde sich eine passende Gelegenheit ergeben, zu der man mit einigem Pomp die mittelalterliche Originalzeichnung präsentieren könnte.

Zufrieden nahm er einen Schluck von dem Cognac, der weich und wärmend durch seine Kehle floss.

Überhaupt Waldegg! Charlotte war vor einiger Zeit mit buchstäblich gesträubtem Gefieder von einem Besuch in der Nachbarschaft zurückgekommen und hatte mit glühenden Augen den mondänen Kopfputz aus Spitzen und Federn auf den Tisch geworfen.

»Stell dir vor, Frédéric, dieses Waldegg-Mädchen ist Elenas Tochter. Sie hat sie offiziell anerkannt! Ich bin sprachlos!«, hatte sie ausgerufen, dieses Versprechen aber nicht eingelöst. Empört darüber, dass ihre Freundin sie nicht ins Vertrauen gezogen hatte, räsonierte sie weiter: »Sie hatte damals gerade die Gelübde abgelegt. Was für eine heuchlerische kleine Schlampe. Die Nonne Deodata wälzt sich mit ihrem Freier im keuschen Klosterbettchen. Und mir gegenüber hat sie immer die Unschuldige gespielt. Noch schlimmer, ich musste mir die schiefen Blicke ihrer Köchin, dieser Jakoba, gefallen lassen.«

»Hatte sie Grund, dich schief anzusehen?«, wollte ihr Gatte mit sanfter Stimme wissen, inzwischen wohlinformiert über den gesellschaftlichen Hintergrund seiner Gemahlin.

»Selbstverständlich nicht. Nur weil sie auf dem Markt dummes Gerede aufgeschnappt hatte, glaubte sie, sich als Sittenrichterin aufspielen zu können. Aber von Elenas Malheurchen wusste sie ganz genau. Sie war damals sogar Taufpatin. Hah! Da verbirgt sich weit mehr dahinter. Ich werde es herausfinden.«

Kay Friedrich konnte sich zwar nicht in gleicher Weise echauffieren wie Charlotte, aber die Neuigkeit hatte einen gewissen Reiz. Man würde sehen, was sich daraus machen ließ. Mit seiner milden Nachfrage ob der schiefen Blicke hatte er seinem Weib eine kleine, aber wirkungsvolle Retourkutsche erteilt für die Nadelspitzen, die sie ihm in Paris ständig versetzt hatte. Er schätze ihre Fähigkeiten, verschwiegene Indiskretionen aufzuspüren, nicht jedoch, wenn es sich um sein eigenes, sehr taktvoll gehandhabtes Privatleben handelte. Leider hatte sie von Claudine Kenntnis erhalten und ihn, nachdem sie sich von der Geburt erholt hatte, darauf angesprochen. Er sah sich genötigt, einen aufwändigen Einkaufsbummel mit ihr zu unternehmen, um diesen kleinen Fehltritt wiedergutzumachen.

Charlotte galt nun als eine der bestangezogenen Frauen Kölns und wurde um ihren Schmuck, mit dem sie ihr liebender Ehemann überhäufte, mehr als beneidet.

Ein heißes Bad

Froh kehrt der Schiffer heim an den stillen Strom
Von fernen Inseln, wo er geerntet hat
Die Heimat, Hölderlin

Seit Jahresbeginn arbeitete Antonia an zwei Tagen in der Woche mit Susanne in dem vornehmen Ladengeschäft in der Schildergasse, wo neben den von Bernsdorf produzierten Baumwoll- und Leinenstoffen auch Accessoires aller Art verkauft wurden – Bänder, Borten, Tressen und bezogene Knöpfe aus eigener Fabrikation, zudem Fächer, Handschuhe, Täschchen, Seidenblumen, Ziertücher, Shawls und Schirme, die als unerlässlich zur Ergänzung der Garderobe galten. Die protestantischen Bernsdorfs hatten, als die Franzosen die Gewerbefreiheit einführten, zum Missfallen der alten Tuchhändler mit der Spinnerei und Weberei von Baumwolle und Leinen begonnen und waren jetzt unabhängig von den Einfuhrverbotenen für englische Waren. Ihre Musseline und Batiste waren begehrt, kam man an diese Stoffe doch sonst nur über die Schmuggler heran, was nicht ungefährlich war. Das Geschäft blühte, und man war für jede helfende Hand dankbar.

Susanne, die seit drei Jahren regelmäßig die Waren des Familienbetriebs verkaufte, hatte Antonia überredet, sich ebenfalls dieser Beschäftigung zu widmen. Sie war begeistert von der Idee, aber wie üblich musste sie Elena gegenüber Überzeugungsarbeit leisten. Erst der schlagende Hinweis darauf, dass das Verkaufen feiner Stoffe und modischer Artikel erheblich damenhafter als die Arbeit im Hospiz der bedürftigen Mütter sei, hatte den Ausschlag gegeben.

»Und bei Weitem damenhafter, als das Herumstrolchen zwischen angefaultem Kohl und wurmstichigen Äpfeln auf dem Markt«, fügte Waldegg hinzu, der am Morgen Antonia auf ihrem Beschaffungsgang begleitet hatte und deshalb bei seiner Bemerkung ein leichtes Schaudern zur Schau stellte. »Außerdem verdient sie dabei ihr eigenes Geld und muss uns nicht auf der Tasche liegen.«

»Aber Hermann, das kannst du doch nicht ernst meinen«, hatte sich Elena milde empört.

Der Domherr hatte Antonia ernsthaft betrachtet und darauf hingewiesen: »Wenn ich die Rechnungen für Putz und Kleidung sehe …«

»Pah!«, hatte Antonia nur geantwortet.

Die Wanduhr schlug sechs. Der Geschäftsführer nickte Antonia und Susanne lächelnd zu.

»Feierabend, meine Damen. Lassen Sie nur, aufräumen kann der Stift. Der hat schon den halben Nachmittag gefaulenzt. Gehen Sie nach Hause, bevor es dunkel wird!«

Die beiden Mädchen hüllten sich in ihre warmen Umhänge und traten auf die belebte Straße. Es war kühl und windig, aber die garstigen Graupelschauer des Vortags hatten sich verzogen. Vergnügt tauschten sie den Klatsch aus, den sie in den vergangenen Stunden aufgeschnappt hatten.

»Die Wisskirchen ist eine unsägliche Tratschtante«, sprudelte Susanne hervor. »Aber trää informativ!«

»Ich sah es, dir fielen förmlich die Ohren aus den Locken.«

»Sie hat neue Nachbarn – ins Haus der Hirzens ist dein besonderer Freund, der Kommissär Kormann eingezogen.«

»Oh, cher Frédéric ist zurück! Mit der lieben Charlotte. Ein Sohn und Erbe ist auch dabei?«

»Natürlich. Ich wusste, es würde dich entzücken, das zu hören.«

»Wie Schmierseife auf Graubrot. François wird ähnlich bewegt sein.«

»Sie werden einen Maiball geben. Tuut Lemonde wird kommen.«

»Ich fürchte, das trifft dann auch mich. Na, warten wir's ab. Zumindest Charlotte wird enttäuscht sein, wenn sie von den neuesten Entwicklungen erfährt. Hoffentlich besucht sie meine Mutter an einem Tag, an dem ich anwesend sein kann. Aber ich habe ebenfalls eine Neuigkeit, Susanne. Die wird dich beglücken.«

»Wittgenstein hat sich Augusta erklärt?«

»Würde dich das erfreuen?«

»Überaus. Beide suchen und finden nicht.«

»Nun, das ist es leider nicht. Aber ich habe mich mit dem Colonel Bertrand unterhalten. Ich habe ihn neulich gebeten, etwas für mich ausfindig zu machen.«

»Und was war das?«

»Ich wollte wissen, wie es Colonel Renardet geht.«

»Oh!« Susanne blieb stehen und fasste Antonia am Arm. »Wusste er etwas von ihm?«

»Ja. Er hat Preußisch-Eylau unversehrt überstanden. Er hat sich sogar einige Verdienste erworben, und der Kaiser hat ihn mit einem Gut in der Provence und einem Adelstitel beschenkt. Nun hat er Urlaub von der Truppe genommen, um sich um seinen Besitz und seine Familie zu kümmern.« Susanne war weitergegangen, nun aber mit gesenktem Kopf. »Du weißt doch, dass er verheiratet ist.«

»Natürlich. Aber wichtiger ist, dass er gesund ist, nicht wahr?«

»Viel wichtiger.«

»Es heißt, seine Beförderung zum General steht bevor.«

»Ein erfolgreicher Mann. Ich gönne es ihm.«

»Ja, ich auch. Genau wie du wünsche ich mir, ich würde ihn noch einmal wiedersehen. Obwohl er sich sicher ziemlich über mich wundern würde.«

»Wahrscheinlich würde er Weib und Gut vergessen und vor dir auf die Knie sinken.«

Antonia gab nur ein kleines, schnaubendes Geräusch von sich. »Ich verschwende keine Träume darauf. Das ist deine Aufgabe. Wir sehen uns übermorgen wieder, Susanne. Komm gut nach Hause.«

Ihre Wege trennte sich vor dem Dom, und Antonia ging mit schnellen Schritten auf ihr Heim zu.

Als sie das gesattelte Pferd neben der Tür stehen sah, stutzte sie. Noch mehr verblüffte sie die an der Hauswand sitzende

Gestalt, über deren ausgestreckte Beine sie fast gestolpert wäre. Dem Aussehen nach handelte es sich um einen Landstreicher, aber das Pferd wollte dazu nicht passen.

»Was machen Sie hier?«, fragte sie den Mann barsch.

Er hob den Kopf und wischte sich die Haare aus der Stirn. Eine Alarmglocke schrillte in Antonias Kopf.

»Ich habe versucht, Einlass zu finden. Aber man hat mir die Tür vor der Nase zugeschlagen.« Mühsam kam er auf die Füße und schwankte dabei bedenklich.

»Welch Wunder! Ein Trunkenbold kann kaum damit rechnen, in ein achtbares Haus eingeladen zu werden.«

»Ich bin nicht betrunken«, erklärte er, musste sich aber am Türrahmen festhalten, um nicht wieder zusammenzusacken. Er mochte zerzaust, unrasiert und schmutzig aussehen, aber die eine hochgezogene Braue, dieses eigenartig zweigeteilte Gesicht, verrieten Antonia, um wen es sich handelte. Trotzdem fragte sie noch einmal nach.

»Wen wollen Sie denn sprechen?«

»Meinen Paten, Hermann von Waldegg. So der denn hier wohnt.«

»Cornelius von der Leyen?«

»Nur noch Cornelius, scheint's.«

»Mhm!« Antonia ging an ihm vorbei, schloss die Tür auf und machte eine einladende Geste. »Gehen Sie rein, setzen Sie sich hier hin, und rühren Sie sich nicht, bevor ich nicht wieder zurück bin! Verstanden?«

»Jawohl!« Cornelius fragte sich flüchtig, welche Funktion dieses resolute Geschöpf im Haushalt des Domherrn haben mochte, war aber viel zu froh, einfach im Warmen sitzen zu können, als dass er seinen schmerzenden Kopf damit weiter belasten wollte. Er hörte ihre Stimme laut Anweisungen geben.

»Maddy, den Badeofen anheizen, dann das Zimmer neben dem meinen richten! Wir haben Besuch! Jakoba, mach deinen Fiebertrank zurecht und eine heiße Suppe. Ich muss eben zum Probsthof. Und lasst mir den Mann in der Diele in Frieden!« Sie rauschte an Cornelius vorbei und beschied ihn kurz: »Ihr Pferd bringe ich in die Stallungen nebenan. Da wird man sich darum kümmern.«

»Das kann ich …«

»Sie bleiben hier sitzen und rühren sich nicht.«

»Aber die Satteltaschen …«

»Kriegen Sie gleich.«

Er erhob sich dennoch, aber es war ihm zu schwindelig, um mehr zu tun, als durch die geöffnete Tür zu beobachten, wie sie fachgerecht den Sattel abnahm und ihn in den Eingang wuchtete. Dann führte sie das Pferd am Halfter fort. Wenig später war sie zurück.

»Sie werden den Stallburschen bezahlen müssen. Bei Gelegenheit. Jetzt ziehen wir erst einmal diese Stiefel aus.«

»Warum rufen Sie nicht Johann?«

»Der ist nicht da, aber ich bin durchaus in der Lage, Ihnen behilflich zu sein. Kommen Sie, das kriegen wir schon hin.« Sie drehte ihm den Rücken zu, raffte die Röcke, klemmte sich den gestiefelten Fuß zwischen die Knie und packte mutig die verschmutzte Ferse an, um daran zu ziehen. Der erste Stiefel polterte zu Boden. »Das andere Bein!«

Sie musterte ihn dann von oben bis unten und befahl: »Den Rock ziehen Sie am besten auch hier gleich aus. Meine Güte, haben sie sich mit den Schweinen im Koben gewälzt?«

»Nicht Schweine, Schafe.«

»Ah, auch ein feines Odeur. Nun ziehen Sie schon den Rock aus! Madame würde junge Hunde kriegen, wenn Sie so den Salon beträten.«

Er fummelte gehorsam an den Knöpfen, aber als er aufstand, um sich aus dem Kleidungsstück zu schälen, packte ihn wieder der Schwindel.

»Sie glühen vor Fieber«, stellte Antonia fest, als sie ihn stützte und ihm half, aus den Ärmeln zu kommen.

»Hab einen kleinen Unfall gehabt.«

»Sieht so aus. Oder ist es die Cholera?«

Etwas in Antonias besorgtem Ton ließ ihn aufhorchen.

»Ich bin abgeworfen worden, in einen Wassergraben. Lag wohl eine Weile drin. Und dann war da nur diese Schafhürde.«

»Unterkühlung. Nun, das heilt von alleine. Ein heißes Bad als Erstes, und dann zu Bett. Auf geht's, wir müssen jetzt die Treppe erklimmen. Stützen Sie sich auf mich!«

»Ich bin zu schwer.«

»Können Sie auch mal etwas ohne Widerrede machen?«

»Das kann ich, wenn ich muss, sehr gut.«

»Also, jetzt müssen Sie. Legen Sie Ihren Arm um meine Schulter! Himmel, ich bin doch nicht aus Plüsch.«

Er lachte leise auf. »Nein, unter diesem hübschen Kleidchen scheint sich eine eiserne Konstruktion zu verbergen.«

Dennoch war es mühsam, ihn die Treppe hinaufzutransportieren. Antonia schnaufte ein wenig, als sie den Treppenabsatz erreicht hatten.

»Hier sieht es anders aus als früher.«

»Möglich. Wir haben hier ein modernes Badezimmer.«

Das kleine Mädchen im Zofenkleid schoss auf sie zu und zeterte: »Gnädiges Fräulein, das dürfen Sie nicht! Nächstenliebe hin, Nächstenliebe her! Er ist ein fremder Mann, ein Bettler, ein Dieb. Wer weiß, was er vorhat! Er wird uns in unseren Betten ermorden.«

»Ein Fälscher und Betrüger, wie ich hörte, aber kein Mörder. Außerdem heißt er Cornelius und ist der Patensohn des Domherrn.«

»Woher wollen Sie das wissen? Der ist ein Landstreicher, wie ich nur je einen gesehen hab. Und betrunken.«

»Er ist es, und er ist krank. Tu bitte, was ich dir aufgetragen habe, Maddy!« Es klang sanfter als all die Befehle, die sie zuvor gegeben hatte, und Cornelius sah, wie die Kleine nickte und mit einem Stapel Leintücher verschwand.

Antonia schob ihn in das Zimmer, das er einst bewohnt hatte. Maddy hatte das Bett bereits bezogen, darum ließ er sich in den Sessel fallen und sah sich mit müden Augen um.

»Zu Hause«, murmelte er und lehnte sich mit geschlossenen Lidern zurück. Antonia ließ sich Zeit mit ihrer Antwort und sagte schließlich: »Tja, das sind Sie jetzt.«

Er erwachte aus seiner Versunkenheit und sah, wie sie Laden und Schübe öffnete und schließlich ein Nachthemd hervorholte.

»Sie scheinen sich hier auch zu Hause zu fühlen. Wer sind Sie?«

»Ich heiße Antonia Helena Lindenborn-Waldegg, und man könnte behaupten, ich sei deine Schwester.«

Cornelius starrte sie fassungslos an. »Heiliger Sankt Elmo!«

»Hilft der?«

»Den Seefahrern, ja. Bist du Hermanns Tochter?«

»Madames.«

»O ja, er hat geheiratet. Gott, es ist alles so lange her.«

»Acht Jahre, nicht wahr?«

»Er hat dir von mir erzählt?«

»Natürlich. Du bist sein Sohn. Eine ziemlich missratene Rolle, die du dabei gespielt hast.«

»Behauptet er das?«

»Nein, aber ich.« Sie ging zur Tür und rief: »Maddy, ist das Wasser heiß?«

»Warm genug. Oder wollen Sie ihn kochen?«

»Wär wohl das Beste«, murmelte Antonia und machte einen Schritt auf Cornelius zu. »Deine Kleider werden wir am besten verbrennen. Es liegt noch genug Zeug von dir hier herum. Zieh dich aus!«

»Geh raus!«

»Nein. Ich helfe dir. Du siehst aus, als ob du sofort umfällst, wenn du aufstehst.« Sie griff nach seinem Hemd und begann, es aus der Hose zu ziehen.

»Lass das!«

Sie rupfte weiter an dem Leinen, und er wehrte sich. Aber seine Hände zitterten, und Fieberschauer flogen über seine heiße Haut. Sanfter bat sie ihn: »Cornelius, sei nicht so zimperlich! Arme hoch, dann ziehe ich es dir über den Kopf.«

»Ich bin nicht zimperlich. Aber es gehört sich nicht für ein Mädchen, einen Mann die Kleider vom Leib zu reißen.«

»Ich bin deine Schwester, und du bist nicht der erste Mann, dem ich dabei helfe, sich zu entkleiden.«

Wiederum wollte er sie wegschieben, aber sie grinste ihn an. »Wir können dich mitsamt den Kleidern in die Wanne stecken.«

Mit einem Stöhnen ließ er sich endlich das Hemd ausziehen,

gegen das Entfernen der Socken hatte er auch nichts einzuwenden, aber als Antonia ihm an den Hosenbund griff, murrte er noch einmal unwillig: »Das geht zu weit!«

»Steh auf und stütz dich auf mich! Und wenn du kannst, zieh sie selbst aus!«

»Lass mich alleine!«

»Pest und Pocken! Du bist schlimmer als eine geweihte Jungfrau, die entdeckt, dass der Leibhaftige ihr am Unterrock zupft. Bruder, ich weiß, wie der Herrgott die Männer zusammengesetzt hat, mich wird auch deine Geschamigkeit nicht in Ohnmacht sinken lassen.«

Trotz pochender Kopfschmerzen, Schwindel und Pein in allen Knochen musste Cornelius lachen. »Wie die ehrwürdige Schwester wünschen.« Er versuchte, sich mit einer Hand am Bettpfosten festzuhalten und mit der anderen die Hose auszuziehen. Es erwies sich nicht als die beste Lösung. Als er aus dem ersten Hosenbein fuhr, kippte er um und saß, noch immer lachend, auf dem Boden.

»Hilf mir, ehrwürdige Schwester!«

»Idiot!« Aber Antonia musste auch lachen und half ihm, die restlichen Kleidungsstücke abzulegen. Dann reichte sie ihm ein großes Leinentuch und führte ihn in das Badezimmer.

Antonia hatte selbst die angenehmen Auswirkungen heißer Bäder kennengelernt, die sich vor allem bei Unterkühlung und beginnender Erkältung als sehr hilfreich erwiesen. Zwar musste das Wasser kannenweise nach oben getragen werden und in den Kessel gegossen werden, aber ein Ofen erwärmte es darin, so dass es heiß in eine große geflieste Wanne floss.

In dieser Wanne streckte sich Cornelius nun aus und seufzte. Die Hitze linderte den Schmerz in seinen Gliedern, obwohl ihm die Schweißperlen auf der Stirn standen. Er verwehrte es Antonia nicht einmal, ihm mit kräftigen Fingern den Kopf zu waschen. Erst als sie ihm die Seife mit kaltem Wasser aus den Haaren spülte und ihm der Schaum in den Augen brannte, knurrte er: »Besser bagnard als baigneur.«

»Lieber Bagno als Baignoir? Ich staune. Es gibt bestimmt Mittel und Wege, dich aus der Badewanne wieder ins Straflager zu versetzen. Wie ich hörte, ist Kommissär Frédéric Kormann seit wenigen Tagen zurück. Soll ich ihm eine Nachricht zukommen lassen?«

Cornelius wischte sich mit einem Lappen über die Augen und starrte sie an.

»Kommissär?«

»Wohlfahrtsbureau. Wenn du dich nicht anständig benimmst, wirst du über kurz oder lang zu seiner Klientel gehören, Bruder!«

»Ich hatte mich auf die Heimkehr gefreut! Wo ist, verdammt noch mal, mein Pate?«

»In Bad Ems. Macht mit seiner Gemahlin eine Badekur.«

Resigniert rutsche Cornelius tiefer in die Wanne. Antonia reichte ihm ungerührt einen Schwamm und eine Bürste.

»Mach es alleine, aber sauf mir nicht ab dabei!«

»Sag mal, bist du überhaupt ein Mädchen?«

»Nur zu einem geringen Teil. Jetzt wasch dich gründlich! Unser Herr Vater kommt nächste Woche wieder nach Hause, bis dahin solltest du dich in einem repräsentablen Zustand befinden.« Sie drehte ihm den Rücken zu, hantierte mit den Tüchern und einigen Kleidungsstücken herum, verließ aber den dampfenden Raum nicht. Als das Plätschern verstummte, trat sie wieder an die Wanne.

»Den Rücken schrubbe ich dir!«

»Wenn ich mich wehren könnte, täte ich es.«

»Weiß ich.« Sie seifte ihm die Schultern ein und bearbeitete seinen braungebrannten Rücken mit der Bürste. Dann betrachtete sie die Tätowierung. »Hübsches Geschöpf, da auf deinem Arm. Eine Freundin von dir?«

Cornelius grunzte nur, als sie mit den Fingern die unter der Meerjungfrau liegende Narbe nachfuhr.

»Muss unangenehm gewesen sein«, bemerkte sie leise. Cornelius' Charakter mochte nicht blütenrein sein, aber sie erinnerte sich an Susannes Schilderung, wie sie ihn am Pranger getroffen hatte. Ein Hauch von Mitgefühl flog sie an.

»Es ist vorbei«, antwortete er und sah zu ihr hin. Sie nickte.

Das seifige Wasser floss mit einem Gurgeln ab. Antonia füllte eine Kanne mit lauwarmem Wasser, das sie über den Sitzenden goss. Dann legte sie ihm das Tuch über die Schultern, und er ließ sich ohne Widerworte aus der Wanne helfen. Das heiße Bad hatte seinen Gelenken und Muskeln gutgetan, es hatte ihm jedoch die letzte Kraft in den Beinen geraubt, und als sie ihn zum Bett führte, war er nur noch dankbar, dass sie ihm half, das weite, wunderbar saubere Nachthemd anzuziehen.

»Danke«, murmelte er schläfrig, als sie die Decke über ihn zog. »Warum machst du das eigentlich, kleine Schwester?«

»Weil ich, als ich vor anderthalb Jahren in dieses Haus kam, ziemlich genau in dem gleichen mistigen Zustand war wie du jetzt. Ich weiß, wie man sich da fühlt. Jetzt schlaf, Cornelius! Und – willkommen zu Hause!«

DRITTER TEIL

Die Söhne des Domherrn

1808–1810

Nicht Fleisch und Blut,
das Herz macht uns zu Vätern und zu Söhnen.

Schiller

Maximilian zeichnet

Der hohe Dom zu Köln!
Die deutsche Herrlichkeit
Ging unter mit der Zeit;
Wer dacht', in solchem Grau'n,
Daran, ihn auszubaun,
Den hohen Dom zu Köln!

Der Dom zu Köln, Rückert

1808, im Dom zu Köln: Es war eine mühselige Arbeit, die er übernommen hatte. Maximilian Fuchs stand im Chor des Domes und trug die Maße einer Säule in die Skizze ein, die ihm als Grundlage für die maßstabgerechte Zeichnung dienen würde.

Sulpiz Boisserée, dieser junge, reiche Kunstfreund, hatte ihn mit der Aufgabe betraut, Pläne der bestehenden Teile der Kathedrale zu zeichnen, ja, er hatte sich sogar selbst daran beteiligt, doch seine labile Gesundheit machte ihm wieder zu schaffen, darum arbeitete Fuchs alleine an dem Werk, das ihm wahrhaft ehrgeizig erschien. Er fragte sich, was den gerade erst sechsundzwanzigjährigen Mann aus der reichen Kaufmannsfamilie de Tongre antrieb. Er hatte sich zum Ziel gesetzt, Schnitte und Aufrisse des Doms in einem Buch zu veröffentlichen, um damit für die Unterstützung der Fertigstellung des monumentalen Bauwerks zu werben. Mochte der Kuckuck wissen, bei wem.

Andererseits – es gab keine mittelalterlichen Bauhüttenzeichnungen mehr. Die Pläne der alten Meister waren verschollen, und damit ein Architekt auch nur den ersten neuen Bogen einzeichnen konnte, musste eine Bestandsaufnahme des halbfertigen Gebäudes gemacht werden. Fachmännisch, nicht wie der alte Crombach-Stich, der nur das Prinzip des Gebäudes zeigt. Es handelte sich eben nicht um ein schlichtes Haus, das jeder Maurer hochziehen konnte, sondern um ein Kunstwerk der Steinmetzarbeit. Jede Säule hatte ein bestimmtes Profil, jeder Pfeiler seine besondere Rundung. Als besonders diffizil würde sich das Erstellen der Gewölbe erweisen. Je länger Maximilian Fuchs an den Aufmaßen zeichnete, desto größer wurde seine Achtung vor den Männern, die Jahrhunderte vor ihm derart präzise das gewaltige Gebäude geplant hatten. Und vor den Fachleuten, die diese Planung umgesetzt hatten.

Die Zeichnungen des bestehenden Gebäudes waren jedoch erst der Anfang. Bei Weitem das gewagteste Unterfangen würde es werden, daraus die fehlenden Teile zu rekonstruieren. Boisserée musste wahrhaft Visionen haben, wenn er Quer- und Langhaus daraus ableiten wollte. Noch größere Anforderung stellten die beiden Türme. Zum Glück waren die Fundamente gelegt, eine ungeheure Arbeit hatten die Menschen im Mittelalter da bereits geleistet.

Maximilian Fuchs machte seine letzten Eintragungen und beschloss, es müsse jetzt ausreichen, um mit dem Querschnitt des Chors zu beginnen. Wenn seine Vorzeichnung fertig war, würde ein Kupferstecher sich ihrer annehmen und sie für den Druck aufbereiten.

Der erste Schritt war getan.

Wiedererkennen

Leise sinkend faltet sich die Wange;
Jede meiner Blüten welkt und fällt.
Herz, ich muss dich fragen: Was erhält
Dich in Kraft und Fülle noch so lange?

An das Herz, Bürger

»Bleib mir mit dem Messer vom Leib!«, fuhr Cornelius Antonia an, die mit einer Schüssel heißen Wassers und dem Rasierzeug des Domherrn in sein Zimmer gekommen war.

»Du kannst mir vertrauen, ich kann sehr wohl damit umgehen.«

»Gerade das befürchte ich ja.«

Mit schräg gelegtem Kopf betrachte sie ihn und nickte. »Die Versuchung ist groß, dir einfach die Kehle durchzuschneiden. Die Welt wäre um eine Plage ärmer.«

Nach drei Tagen Bettruhe und gutem Essen ging es Cornelius erheblich besser. Er wollte aufstehen, irgendetwas unternehmen, sich in der Stadt umschauen, möglicherweise alte Bekannte aufsuchen, neue Kleider kaufen und vieles mehr. Aber diese verflixte kleine Kratzbürste verlangte, er solle im Zimmer bleiben, hatte ihm einen Stapel Bücher auf den Tisch geknallt und ihn aufgefordert, seinen verdorbenen Charakter durch die Lektüre gehobener Literatur zu läutern.

Na gut, es waren liebe alte Freunde, die er da in die Hand nahm. Zerlesene Bücher mit seinem eigenen Exlibris auf dem Vorblatt, die er als Junge verschlungen hatte. Die Zeit verflog schnell mit ihnen, und erstaunlicherweise fand sich dieses Mädchen, das zwar vom Familienstand, aber nicht vom Blut her seine Schwester war, zu den Mahlzeiten bei ihm ein und erzählte ihm Geschichten aus ihrem Leben, die weit abenteuerlicher klangen als die Erfindungen der Romanciers und Dichter. Er neigte dazu, sie ihr zu glauben.

Aber das zeigte er ihr nicht. Dafür hatte er begonnen, sie mit Toni anzureden, was ihr offensichtlich gefiel.

Ihr verdankte Cornelius auch vielfältige Informationen über das Leben in der Familie und dem Bekanntenkreis. Er freute sich, dass David endlich seiner Neigung nachgegeben hatte und Architektur studierte, doch Tonis Haltung zu ihrer Mutter billigte er nicht. Anscheinend war die Frau seines Vaters eine empfindsame Dame von großer Kultiviertheit, was ihre Tochter mit ihrem ungeschliffenen Wesen und der mangelhaften Erziehung nicht zu würdigen wusste. Andererseits war sie Waldegg aufrichtig zugetan, und er schien diese Zuneigung zu erwidern, denn sonst hätte er ihr sicher nicht die Freiräume gelassen, die ihr zur Verfügung standen. Auch von Kormann und seiner Gattin Charlotte hörte er, und er schilderte ihr Kormanns Rolle bei seiner Verurteilung als Falschspieler in zensierter Form. Unerwarteterweise fand er Verständnis.

»Ja, Cornelius, ich schätze ihn auch so ein. Er ist ein Mensch, der diejenigen quält, die sich nicht wehren können. Ich frage mich, ob er es aus Freude daran tut, seine Macht auszuüben, oder ob er einen begründeten Groll gegen unsere Familie hegt.«

»Was meint Hermann dazu?«

»Er hat ihn falsch eingeschätzt damals. Er hat ihn ja sogar um Milde gebeten. Es war ein Fehler, das weiß er jetzt. Aber soweit ich ihn verstanden habe, gab es keine grundlegenden Auseinandersetzungen zwischen ihnen.«

»Er ist ein unangenehmer Zeitgenosse, und doch hat er einigen Aristokraten geholfen, nach England zu fliehen.«

»Hat er das?«

»So hat es mir mein Kettenpartner berichtet.«

Antonia grinste böse. »Die aristokratischen Flüchtlinge, Cornelius, die ich kennengelernt habe, verfügten alle über Geld oder kostbaren Schmuck! Eine gute Grundlage, wenn man mit hohen Einsätzen spielt, oder?«

»Ihnen zu helfen, war nicht ungefährlich.«

»Einmal Hasardeur, immer Hasardeur.«

»Du bist eine kleine Zynikerin. Aber vermutlich kommst du der Wahrheit damit sehr nahe.«

Antonia berichtete ihm auch von Susanne, und hier hörte Cornelius äußerst schweigsam zu. Es gab also wirklich dieses Mädchen, das ihm einst versprochen hatte, für ihn zu beten. Sie war nicht verheiratet, und – Wunder über Wunder – eine enge Vertraute seiner Familie geworden. Lange lag er am Abend wach und dachte nach. In den ersten Monaten im Bagno hatte ihr Bild ihn verfolgt, und er hatte sich mit schmerzlichem Verlangen nach ihr gesehnt, bis ihm, durch Pierres Hilfe, klar geworden war, wie sehr er einem Wunschbild nachjagte, das sich auf Grund der harten Haftbedingungen ins Unerträgliche verklärte. Ein paar Jahre lang verblasste dann ihr Bild. Erst als er sich auf den Inseln aufhielt und dann und wann bei einer der willigen Frauen lag, tauchte die Erinnerung an sie wieder auf. Mit ihr im Gefolge auch die wilden Phantasien, die sich in seinen einsamen Nächten um sie gerankt hatten. Nun war sie in greifbare Nähe gerückt. Er mahnte sich selbst zur Vorsicht.

»Es mag zu deinen vielfältigen Fähigkeiten gehören, einen hilflosen Mann zu massakrieren, möglicherweise auch zu rasieren, aber ich bin nicht mehr so schwach, um mich willenlos in deine Hände zu begeben, Toni«, erklärte Cornelius entschieden, als Antonia sich mit dem Rasierpinsel näherte.

»Gut, dann schneid dir selbst die Gurgel durch. Danach darfst du nach unten gehen und dich in den Salon setzen. Du bekommst Besuch. Also benimm dich wie ein wohlerzogener Herr!«

»Wer will mich besuchen? Hast du etwa über meine Rückkehr herumgetratscht?«

»Selbstverständlich. Auf dem Markt, im Laden und mit allen Lieferanten und Dienstboten. Du weißt ja, wie feinfühlig ich in solchen Dingen bin.«

Cornelius knurrte leise und machte sich an die Arbeit, seinen drei Tage alten Bart zu entfernen. Viele der Kleidungsstücke in den Schränken, die er vor acht Jahren getragen hatte, waren ihm zu eng geworden. Die schwere körperliche Arbeit, die er hatte leisten müssen, hatte seinen Körper verändert. Doch einigermaßen passabel gekleidet verließ er kurz darauf sein Zimmer.

Im Salon fand er Antonia neben einer jungen Dame sitzen, die erwartungsvoll aufschaute, als er durch die Tür trat.

»Da ist unser Heimkehrer«, stellte Antonia vor. »Cornelius, mach deine Verbeugung vor Sarah Susanne Bernsdorf.«

Er hatte Mühe, die Besucherin nicht unhöflich anzustarren. Sie war reifer geworden, nicht mehr das eben den Kinderschuhen entwachsene Mädchen, sondern eine äußerst wohlproportionierte junge Dame mit langen, goldblonden Ringellocken und warmen braunen Augen in einem süßen Gesicht. Diese Augen betrachteten ihn eingehend und mit intensiver Neugier.

»Ihre Gebete, Fräulein Bernsdorf, scheinen Wirkung gezeigt zu haben. Ich stehe in tiefer Dankesschuld bei Ihnen.«

»Vielleicht halfen sie, aber Sie selbst werden das Ihre dazu getan haben, nicht unterzugehen. Nehmen Sie doch Platz!«

Er setzte sich etwas entfernt von Susanne nieder und fühlte sich unbehaglich. Es war lange her, dass er sich in vornehmer weiblicher Gesellschaft befunden hatte. Abgesehen davon wusste er nicht, worüber er sich mit ihr unterhalten sollte. Sie enthob ihn allerdings dieser Schwierigkeit und plauderte munter über das wechselhafte Aprilwetter, das Theaterstück, das sie unlängst gesehen hatte, und ihre Hoffnung, bald frische Erdbeeren naschen zu können.

Antonia schwieg. Sie hatte dieses Treffen auf Susannes Wunsch hin ermöglicht, die, sowie sie von Cornelius' Eintreffen gehört hatte, überschwänglich darum gebeten hatte, ihn sehen zu dürfen. Sie hoffte, ihre Freundin würde nicht einem Anfall heftigster Verliebtheit unterliegen, denn instinktiv fühlte sie, dass ihr Bruder zu viel durchgemacht hatte, um einer solchen Schwärmerei ausgesetzt zu werden. Sie wollte aber auch nicht, dass Susanne enttäuscht wurde.

Sie selbst hatte sich, seit sie den erschöpften, fiebernden Mann auf der Straße aufgelesen hatte, eine Menge Gedanken über ihn gemacht, und ihre Gefühle ihm gegenüber waren weiterhin zwiespältiger Natur. Er war rücksichtslos dem Domherrn gegenüber gewesen und hatte dessen Güte schändlich missbraucht. Das verzieh sie ihm nicht. Falschspielen war in ihren Augen eher ein Vergehen als ein schweres Verbrechen, das zwar auf einen raffgierigen und verlogenen Charakterzug hindeutete, in diesem Fall aber unangemessen streng bestraft worden war. Er hatte im Bagno überlebt, das deutete mit Sicherheit auf eine gewisse Brutalität hin. Wie Männer unter harten Bedingungen miteinander umgingen, hatte sie selbst miterlebt. Sie fragte sich, wie weit er manchen menschlichen Regungen gegenüber abgestumpft sein mochte. Er verlor kaum ein Wort über diese Zeit, was sie respektierte. Sie konnte sich jedoch das eine oder andere zusammenreimen, denn sie hatte die Narben an seinem Körper gesehen – nicht nur das Brandmal und die Spuren der schweren Ketten, auch andere Verletzungen, die auf körperliche Auseinandersetzungen schließen ließen. Andererseits war er mit drei Forschern von einigem Ansehen über ein Jahr umhergereist und hatte sich ein fundiertes Wissen angeeignet, soweit sie es beurteilen konnte. Wenn er von seinen Erlebnissen aus dieser Zeit erzählte, tat er es in leichtem Ton und mit amüsanten Anekdoten geschmückt.

Daneben war da die Art und Weise, wie er mit ihr umging. Antonia gestand sich ein, dass sie die Kabbeleien mit ihm genoss. Es erinnerte sie an ihr Zusammenleben mit den Zwillingen, die sie in Gedanken noch immer ihre Brüder nannte, Jupp und Franz. In ihrer jetzigen Stellung gab es nichts Vergleichbares. Die jungen Männer der Gesellschaft würden es nie wagen, mit einer Dame über Männerthemen zu sprechen, noch erlaubten sie sich, raue Späße zu machen. Und Bildung setzten sie erst recht nicht voraus. Gut, François Joubertin war eine Ausnahme, er unterschätzte ihre Intelligenz nicht. Aber nie würde er seine guten Umgangsformen vergessen.

Es war nicht so, dass Cornelius die seinen in ihrer Gegenwart vergaß, zumindest was ihrer Vorstellung von Anstand entsprach. Wenn er sie auch aufzog, beschimpfte oder anknurrte, er verletzte sie nie, und er trat ihr nie zu nahe. Sie hielt sich ebenfalls daran, und im Grunde fand sie es sehr leicht, mit ihm auszukommen. Zwar war er vierzehn Jahre älter als sie, aber im Gegensatz zu den anderen Herren in seinem Alter legte er weder die geistige noch die körperliche Behäbigkeit eines Dreißigjährigen an den Tag. Sein Auftreten war ungezwungen, seine Bewegungen ließen eine verhaltene Energie vermuten, die ihn weit jünger, manchmal sogar gefährlich erscheinen ließen. Hin wie her, Cornelius füllte eine Lücke in Antonias Leben.

Die Lücke, die die Trennung von ihren Brüdern hinterlassen hatte.

Zufrieden hörte sie der Konversation zu, die vornehmlich von Susanne bestritten wurde, und schickte der heiligen Ursula einen stillen Dank dafür, dass sie fast wieder eine vollständige Familie um sich hatte. Am Wochenende kamen der Domherr und ihre Mutter zurück, und sie stellte sich vor, welche Freude Waldegg darüber empfinden würde, seinen Sohn wieder bei sich zu haben.

»Cornelius, es ist besser, wenn ich unseren Vater auf deine Anwesenheit vorbereite. Wenn er sich zu sehr erregt, stolpert sein Herz manchmal.«

»Deine zartfühlende Art, glaubst du, wird das verhindern?«

»Ich kann selbstverständlich behutsam mit meinen Mitmenschen umgehen.«

Cornelius zuckte mit den Schultern. »Die Neuigkeit wird ihn so oder so in Aufregung versetzen, ob du es ihm nun ankündigst oder ob er mich gleich sieht. Ob er daraufhin losstürzt, um ein gemästetes Kalb zu schlachten, sei mal dahingestellt.«

»Er wird sich freuen. Und er wird sich aufregen. Also bleibst du in deinem Zimmer, bis ich dich rufe.«

»Hat man dir schon mal gesagt, dass du eine Nervensäge bist?«

»Ja, du. Andauernd.«

Als die Kutsche vorrollte, hielt sich Cornelius in seinem Zimmer auf, und Antonia war es, die den Eintreffenden die Tür öffnete.

»Herr Vater, Sie sehen blendend aus«, begrüßte sie den Domherrn, und auch ihre Mutter erhielt einen vielleicht etwas zu burschikosen Kuss auf die zarte Wange gedrückt. »Die Kur hat Ihnen gutgetan.«

»Ja, mein Liebes, das hat sie. Ist hier alles in Ordnung?«

»Ja, Frau Mutter. Alles sehr in Ordnung. Kommen Sie dennoch bitte für einen kleinen Augenblick in den Salon. Ich muss Ihnen eine wichtige Neuigkeit mitteilen.«

»Kind, das kann doch so lange warten, bis wir die Reisekleider abgelegt haben«, wandte Waldegg ein.

»Bitte, Herr Vater.«

»Wir sind durchgeschüttelt und staubig. Hab Erbarmen mit uns, Antonia!«

»Es dauert nur …«

In diesem Moment ging oben die Tür auf, und Cornelius trat auf die obersten Stufen. Der Domherr sah hoch, ließ Antonias Arm los und lief auf die Treppe zu.

»Cornelius!«, rief er aus. Er hatte kaum drei Stufen erklommen, da griff er nach dem Geländer, fand aber keinen Halt, sondern stürzte mit einem röchelnden Aufschrei nieder. Antonia sprang hinzu, versuchte ihn zu stützen, doch sein Gewicht war zu groß. Sie beide landeten polternd auf dem Boden.

Elena schrie auf und presste ihre Hände an ihr eigenes Herz.

»Idiot!«, brüllte Antonia Cornelius mit flammenden Augen an. Dann befreite sie sich mühsam von der Last über ihr und versuchte, Waldegg aufzurichten. Er hatte blaue Lippen und schien nicht mehr zu atmen. Mit ihrer freien Hand durchwühlte sie seine Brusttasche und fand die Phiole, die er immer bei sich trug. Cornelius kniete neben ihr und half ihr, den Domherrn an den Treppenpfosten zu lehnen. Mit fliegenden Fingern öffnete sie den Verschluss und hielt das Fläschchen an die Lippen.

»Er kann nicht mehr schlucken«, stöhnte sie.

»Doch, er kann!« Beherzt hielt Cornelius ihm die Nase zu und drückte ihm den Unterkiefer nach unten. »Seine Medizin?«

»Ja.«

»Gieß ihm das Zeug in den Mund!«

Es gelang ihnen, ihm einen Teil der Flüssigkeit einzugeben.

»Johann, hol Doktor Schmitz!«, befahl Antonia mit einem Blick auf den Kammerdiener, der wie erstarrt die drei Gestalten am Boden betrachtete.

»Ja, gnädiges Fräulein. Sofort.«

»Maddy, richte sein Bett!«

»Ja, gnädiges Fräulein.«

»Jakoba, kümmere dich um meine Frau Mutter!«

»Natürlich, Fräulein Antonia.«

Sie hatte bereits begonnen, die Halsbinde des Domherrn zu lösen, und Cornelius knöpfte ihm Rock und Weste auf.

»Wir müssen ihn hochtragen.«

»Ich nehme seine Schultern. Schaffst du es mit den Beinen?«

»Muss gehen!«

Es ging, und als sie Waldegg auf das Bett gelegt hatten, begann Antonia, Kissen in seinen Rücken zu stopfen.

»Er muss aufrecht bleiben, dann atmet er leichter.«

Cornelius zog ihm die Schuhe aus und hielt dann einen Moment inne. »Du hattest Recht, Toni. Ich bin ein Idiot.«

»Mir scheint, er atmet etwas leichter. Er hat hier im Schränkchen noch mehr von der Arznei, aber ich traue mich nicht, ihm mehr davon zu geben. Doktor Schmitz warnte, in einer zu großen Dosis wirke sie wie ein Gift.«

»Dann belassen wir es dabei, bis er eintrifft. Ich fürchte, er hat sich beim Sturz den Fuß verrenkt. Er schwillt an.«

»Kalte Wickel. Ich kümmere mich darum.«

Als sie mit feuchten Tüchern zurückkam, hatte Cornelius seinen Vater weiter entkleidet und eine Decke über ihn gelegt. Er saß neben ihm auf der Bettkante, und in seinen Augen spiegelte sich dunkle Verzweiflung. Als Antonia seinen trostlosen Gesichtsausdruck sah, legte sie ihm die Hand auf die Schulter.

»Es ist nicht das erste Mal. Er wird es überleben.«

»Pierre starb auf diese Weise.«

»Dein Freund?«

»Mein Kettenpartner.«

»Trotzdem dein Freund?«

»Der beste.«

»Unser Vater wird nicht sterben. Seine Lippen sind nicht mehr so sehr blau, und er atmet, wenn auch nicht kräftig genug.«

Der Arzt war glücklicherweise zu Hause und kam innerhalb der nächsten paar Minuten.

»Gut gemacht, Fräulein Antonia«, lobte er, als sie den Vorfall geschildert hatte. »Gehen Sie nun zu Ihrer Mutter, und geben Sie ihr ein paar Tropfen hiervon! Sie hat zarte Nerven. Und Sie, junger Mann, werden mir zur Hand gehen. Sie sind sein Patensohn, nicht wahr?«

Antonia verließ widerwillig das Schlafzimmer. Es fiel ihr schwerer als alles andere, denn trotz ihrer eigenen Versicherungen, der Domherr würde sich wieder erholen, hegte sie große Zweifel daran. Noch nie vorher hatte er einen so schweren Anfall gehabt.

Antonia hatte Angst.

Briefe aus Köln

Zur Ordnung ruft des Meisters Schlag,
ihr Brüder auf und seid bereit!
Im Osten steigt herauf der Tag!
Schöpft aus und nützet eure Zeit!

Freimaurerlied

David saß in der Küche und sah zu, wie Emma schwungvoll Kuchenteig in einer Schüssel rührte. Baumeister Starks Tochter war eine begeisterte Bäckerin, und er kam häufig in den Genuss ihrer Produkte. Zugegeben, sie waren köstlich – ob Brot, Kekse oder Pasteten, Brezeln oder Torten, sie gelangen ihr immer. Er hatte es sich angewöhnt, die Samstagnachmittage bei ihr am Küchentisch zu verbringen und sich den Duft des Backwerks um die Nase wehen zu lassen, während er den Stoff der vergangenen Woche rekapitulierte. Emma, hatte er festgestellt, verfügte über ein fundiertes Wissen, was die Baukunst anbelangte, und sie machte sich auch diesmal den Spaß, ihn abzuhören. Als sie sich durch den Stoff gearbeitet hatten, fragte Emma schließlich: »Kommst du heute Abend mit zum Maitanz?« Obwohl sie von seinen steten Weigerungen, sich den Geselligkeiten anzuschließen, entmutigt sein sollte, versuchte sie immer wieder, ihn zu überreden. Sie war ein ausnehmend gutmütiges Mädchen, oder vielleicht nur ein außerordentlich geduldiges. Sie zuckte nicht einmal mit der Wimper, als David wiederum freundlich ablehnte.

Über ein halbes Jahr lebte und arbeitete er jetzt bei Meister Leopold. Auf den Baustellen machte er Fortschritte. Vom Wasserschleppen über das Sandschaufeln war er zum Mörtelmischen gekommen. Vom Steineschleppen arbeitete er sich zum Mauern vor, und in der vergangenen Woche hatte der Polier ihm erstmals Hammer und Meißel in die Hand gedrückt, damit er einen Stein zuhaue. Es war ein niederschmetterndes Erlebnis, sein Handgelenk schmerzte noch immer. Mit größter Bewunderung beobachtete er die Arbeit der Steinmetzen, die mit trügerischer Leichtigkeit dem harten Material ebenmäßige Formen abtrotzten. David hatte die tiefe Erkenntnis gewonnen, dass zwischen Wissen und Können ein meilenweiter Unterschied bestand. Er, wie auch seine Kommilitonen, wusste viel über die antiken, mittelalterlichen und neueren Stilformen, keiner der anderen aber hatte sich je mit ihrer Herstellung auseinandergesetzt. David war, trotz aller Schmerzen und Blasen, Schrunden und Muskelkrämpfe Meister Leopold dankbar, dass er seine Ausbildung auf der praktischen Seite unterstützte.

Er war auch Emma dankbar für ihre ruhige Kameradschaft. Obwohl er den leisen Verdacht hegte, ihr Vater würde gerne eine Verbindung zwischen ihnen stiften. Andererseits mangelte es der jungen Frau nicht an Verehrern, und alleine musste sie nie zum Tanz gehen.

David war ganz froh, sich am Abend mit dem Packen Briefe, den er an diesem Tag bekommen hatte, in sein Zimmer zurückziehen zu können. Paul Lettow hatte ihm geschrieben, und auch Pastor Dettering, aber die beiden Nachrichten konnten warten. Viel mehr reizten die Briefe aus Köln seine Neugier. Er öffnete das Mansardenfenster weit und ließ die kühle Abendluft eindringen. Es war noch hell genug, sodass er keine Kerze benötigte, um sie zu lesen.

Der erste Brief war in einer ihm unbekannten Handschrift adressiert, und er öffnete ihn mit Neugier.

»*Lieber Bruder!*«, begann er, und verblüfft blätterte David zur letzten Seite. »*… grüßt Dich Dein wohlgeneigter Bruder Cornelius*«, endete das Scheiben.

»Cornelius!« Ein Ausruf der Freude entschlüpfte ihm, und rasch flog sein Blick über die Zeilen.

»*Lieber David, Du wirst überrascht sein, nach so langer Zeit von mir zu hören. Ich hoffe, nicht unangenehm. Deine Nachricht und die hilfreichen Gelder habe ich in Brest ausgehändigt bekommen, aber bevor ich in die Heimat zurückkehren konnte, musste ich noch eine längere Reise unternehmen. Es würde Seiten füllen, darüber zu berichten. Es gibt Wichtigeres, das ich Dir mitteilen muss.*

Ich traf im April im Hause unseres Vaters ein und fiel in die Hände eines weiblichen Feldwebels namens Antonia, die Du, soweit ich informiert bin, unter dem weitaus passenderen Namen Toni kennengelernt hast.«

David schmunzelte, als er an seine Begegnung mit dem herrischen Jungen dachte, der sich so unerwartet als Mädchen entpuppte. Sie schien ihre Persönlichkeit nicht verändert zu haben. Cornelius war ihm auch nicht gerade als das sanfteste Gemüt in Erinnerung, und so verrieten ihm diese Worte mehr, als die Buchstaben aussagten. Gespannt las er weiter.

»Sie nahm sich meiner zugegebenermaßen desolaten Verfassung recht handgreiflich an, wofür ich ihr dankbar sein sollte. Sie beförderte mich eigenhändig in ein heißes Bad und befahl mich dann zu Bett. Ich darf Dir versichern, ich bin auf Grund dieser ruppigen Behandlung schnellstmöglich genesen. Dennoch befremdete mich ihr Verhalten, zumal ich erfahren musste, dass sie alleine in dem Haus lebte, während Hermann (er ist für mich irgendwie immer noch Cousin Hermann, auch wenn ich nun um unsere wirklichen verwandtschaftlichen Beziehungen weiß), mit seiner Gemahlin in Kur weilte.«

»Ach du liebes bisschen«, lachte David leise und stellte sich die Szene wirklichkeitsgetreu vor.

»Leider muss ich gestehen, ich habe die Warnung unserer jungen Schwester vor den Herzbeschwerden unseres Vaters nicht ernst genommen, und nun trage ich schwer an der Schuld, durch mein unbesonnenes Auftreten bei seiner Rückkehr aus Bad Ems einen heftigen Anfall ausgelöst zu haben. Ich versichere Dir aber, er befindet sich inzwischen auf dem Weg der Besserung. Dennoch fühle ich mich wie der Idiot, den mich Toni zu Recht geschimpft hat. Zwei Tage verbrachten wir mit bangender Angst um sein Leben. Immerhin war ein vortrefflicher Arzt schnell zur Hand, der ihn mit Umsicht behandelte, so dass er nun schon wieder täglich einige Stunden bei seinen geliebten Büchern in der Bibliothek sitzen darf. Doch wir sind alle bemüht, jegliche Aufregung von ihm fernzuhalten. Ein ziemlich schwieriges

Unterfangen, wie ich Dir versichern darf. Denn dieser Anfall hat ihn gar zu deutlich an seine Sterblichkeit erinnert, und er ist bestrebt, sein Haus auf das Genaueste zu richten. Wir hatten einige lange Unterredungen miteinander, und ein Resultat daraus ist dieser Brief, den er mich bat, Dir zu schreiben.«

David war sehr ernst geworden. Seinen Vater dem Tode nahe zu wissen, machte ihn betroffen. Fast wäre er aufgesprungen und hätte wahllos seine Sachen zusammengepackt, um nach Köln zu reisen. Doch er sah die Unsinnigkeit eines überstürzten Aufbruchs im selben Moment ein und widmete sich weiter der Lektüre.

»Unser Vater möchte Klarheit schaffen, so schnell es geht. Dass Elena ihre Tochter Antonia anerkannt hat und er sie damit in die Familie aufgenommen hat, war ihm ein Herzensanliegen. Darum will ich das Mädchen freimütig als meine Schwester akzeptieren. Dass er auch Dich als seinen natürlichen Sohn anerkennt, freut mich aufrichtig, Bruder. Und dass er mich an Sohnes statt annehmen möchte, treibt mir fast die Tränen in die Augen. Ich weiß, Du bist über diese Absicht informiert, und ich hoffe sehr, Du hast keine Einwände.«

»Aber natürlich nicht, Bruder Cornelius«, flüsterte David.

»Einige Formalitäten müssen noch erfüllt werden, und der vortreffliche Justiziar Doktor Joubertin leitete alles so schnell wie möglich in die Wege. Worüber ich Dir aber hier im Besonderen berichten möchte, sind die Bedingungen, die unser Vater in Bezug auf das Erbe beschlossen hat. Ich bin zum ersten Mal mit den Familien- und Vermögensverhältnissen der Waldeggs konfrontiert worden und weiß, sie waren auch Dir bisher nicht im Detail bekannt.

Hermann ist der jüngste von drei Brüdern. Der mittlere schlug die militärische Laufbahn ein und starb betrüblicherweise vor mehr als zwanzig Jahren. Er hinterließ eine Tochter. Der erste erbte, wie üblich, Familiensitz und Titel und hat zwei gesunde, legitime Söhne. Damit ist also ein Anspruch auf die Besitztümer und Titel derer von Waldeggs für uns nur ein theoretischer. Sehr viel handfester ist das Vermögen, das Hermann angesammelt hat. Die Pfründe, die er als Domkapitular vor der Säkularisierung besaß, waren ergiebig, es gelang ihm, seine Gelder in den Wirren der Revolutionsjahre zu retten. Er besitzt dieses Haus am Dom und zwei Zinshäuser in der Stadt, die jedoch von Bedürftigen bewohnt werden und somit außer dem Immobilienwert keine Einkünfte abwerfen. Daneben gibt es eine Reihe solider Geldanlagen. Über diese möchte er wie folgt verfügen: Er teilt die Summe in vier gleiche Teile.

Du erhältst weiterhin Deine monatliche Unterstützung, bis Du Dein Studium abgeschlossen hast, und danach den Rest als ein kleines Anfangskapital für Deine berufliche Zukunft.

Antonia erhält ihr Viertel als Mitgift, über die sie jedoch mit Ablauf ihres einundzwanzigsten Lebensjahres frei verfügen kann. Das mag sich leichtsinnig anhören, doch Hermann versicherte mir, das Mädchen habe einen grundsoliden Geldverstand. Wer sie einmal auf dem Markt hat feilschen sehen, glaubt ihm das unbesehen.

Für seine Gattin hat Herman den Anteil so angelegt, dass sie im Falle seines Ablebens für dreißig Jahre eine auskömmliche Rente erhält. Zudem erbt sie das Haus.

Mir stellt er den Erbanteil, wie auch Dir, schon jetzt zur Verfügung, damit ich mir eine berufliche Existenz aufbauen kann. Es scheint mir nurmehr richtig, Dir dazu einige Ausführungen zu machen.

Du weißt, ich habe das Gewerbe des Druckers gelernt, und obwohl ich dabei Schande über mich gebracht habe, gilt meine Neigung noch immer der Herstellung von Büchern. Es haben sich zwei Dinge ergeben, die erstaunlich gut zusammenpassen. Zum einen traf ich einen alten Freund aus jenen Lehrlingstagen wieder. Er hat heute eine kleine Druckerei, die sich auf wissenschaftliche Publikationen spezialisiert hat. Vor allem solche, die auch von Laien gelesen werden können. Bisher sind es überwiegend Aufsätze, aber es gibt, wie wir feststellten, einen wachsenden Markt für Bücher dieser Thematiken. Meine Reise hat mir den Zugriff auf drei hochinteressante Manuskripte beschert, die, von der französischen Sprache in die deutsche übersetzt, sicher erfolgreich würden. Von den drei Forschern, die ich begleitete, habe ich bereits die Zustimmung zu diesem Projekt erhalten.

Thomas Lindlar ist angetan von der Idee, seine Druckerei zu einem wissenschaftlichen Verlag auszubauen, und mein Kapital könnte uns helfen, diesen Schritt zu verwirklichen.

Selbstverständlich betrachte ich das Geld, das Hermann mir so großzügig zur Verfügung stellte, nur als Darlehen, und werde, sowie das Unternehmen Gewinn abwirft, diese Schulden zurückzahlen.«

David nickte zustimmend. So ähnlich wollte er es auch halten. Er hatte angefangen, Buch über die Zuwendungen zu führen, die er von seinem Vater erhalten hatte. Wenn er seine Ausbildung abgeschlossen hatte, würde es nicht schwer sein, eine gut bezahlte Stelle zu finden. Meister Leopold besaß ausreichend Beziehungen, um ihm einen Einstieg zu verschaffen. Cornelius' Idee, einen Verlag zu gründen, billigte er. Er hatte als Junge schon gedacht, dass er eine gute Art hatte, Dinge zu erklären. Interessiert las er weiter.

»Lieber David, ich möchte Dich zwar nicht wegen des Gesundheitszustands unseres Vaters übermäßig beunruhigen, aber wenn Du es zeitlich einrichten könntest, in den Semesterferien für einige Wochen nach Köln zu kommen, könnten wir die Dinge, die ihm am Herzen liegen, zügig abwickeln. Wenn Du Reisegeld benötigst, melde Dich bei mir.

Abgesehen davon würde ich mich sehr freuen, Dich wiederzusehen, und vielleicht solltest Du Dir auch ein eigenes Bild von Toni machen, so wie sie jetzt, mit dünner gesellschaftlicher Tünche überzogen, auftritt. Sie spricht bemerkenswert freundlich von Dir.«

In der Tat, das Verhältnis zwischen Toni und Cornelius schien einige erstaunliche Aspekte zu haben, stellte David fest, als er den Brief zusammenfaltete. Das Semester würde in vier Wochen zu Ende sein. Er hatte zwar vor, in der vorlesungsfreien Zeit auf den Baustellen von Meister Leopold zu arbeiten, aber der würde sicher Verständnis dafür haben, wenn er stattdessen seinen kranken Vater besuchte.

David öffnete das nächste Schreiben.

»Lieber David!

Ich darf Dich doch so nennen, Herr Leutnant? Jetzt, da wir alle eine Familie sind? Das Schicksal schlägt seltsame Purzel-

bäume. Aber ich bin Deinem Freund Nikolaus dankbar, dass er mir den Weg zu den Waldeggs geebnet hat.

Ich weiß, Cornelius hat Dir einen langen Brief geschrieben. Er und unser Herr Vater haben viele Stunden hinter verschlossenen Türen miteinander konferiert, was mich schrecklich eifersüchtig gemacht hat. Ich nehme an, Cornelius hat Dir ein vernichtendes Bild von meinem Charakter gemalt, aber wenn ich den seinen schildern sollte, würden auch die dunklen Farben überwiegen.

Lassen wir das.

Komm zu uns nach Köln, sobald Du die Gelegenheit dazu hast. Obwohl er es nicht laut sagt, so bin ich mir sicher, unser Vater wünscht sich, »seine Kinder« um sich versammelt zu haben. Ich habe einige Tage um sein Leben gebangt, und ich fürchte, einen weiteren Herzanfall wird er nicht überleben. Wir sorgen selbstverständlich dafür, dass er sich schont, aber das widerspricht seinem Gemüt.«

Antonia hatte deutlichere Worte gewählt als Cornelius, aber David brauchte nicht weiter überzeugt zu werden. Auch die wenigen, etwas zittrigen Zeilen, die der Domherr ihm sandte, und in denen er ihm versicherte, es stünde mit seiner Gesundheit zum Besten und dass er sich keine Sorgen machen müsse, beruhigten ihn nicht sonderlich.

Er stand auf und reckte sich. Die sommerliche Dämmerung hatte eingesetzt, und die Vögel sangen ihre verschlafenen Nachtlieder in der Buche vor dem Haus. Unten auf der Straße hörte er Schritte und Stimmen, und aus den Lauten schloss er, dass Meister Leopold von seinem abendlichen Ausflug zurückgekommen war. Er machte sich auf den Weg nach unten.

In der Küche traf er den Baumeister, der ihn mit einem verschwörerischen Zwinkern begrüßte. »Es geht nichts über ein spätes Nachtmahl«, grunzte er mit Behagen, als er den ersten Bissen der würzigen Pastete verschlungen hatte, die seine Tochter für ihn bereitgestellt hatte. »Aber du hast eine Sorgenfalte auf der Stirn? Studienprobleme?«

»Nein, da läuft alles hervorragend, und Emma erweist sich als kundige Tutorin. Aber ich habe Post bekommen. Meister Leopold, mein Vater ist schwer krank. Sein Herz, wissen Sie. Mein

Bruder und meine… Schwester«, er zögerte etwas, denn an Antonia hatte er noch nie als seine Schwester gedacht, »bitten mich, ihn aufzusuchen.«

»Aber selbstverständlich, David. Wann willst du reisen?«

»Sowie das Semester zu Ende ist. Ich wollte eigentlich…«

»Deine Professoren werden dich sofort beurlauben, Junge. Und mir gegenüber hast du keine Verpflichtungen, die dich von dem Besuch deiner Familie abhalten.«

»Ich reise im Juni. Es ist im Augenblick besser für ihn, wenn nicht zu viele Leute um ihn herumhampeln und sich um ihn sorgen.« Er erzählte dem Baumeister, was in den Briefen stand und fand in ihm, wie immer, einen verständnisvollen Zuhörer.

»Eine erstaunliche Entwicklung, David. Kehr nach Hause zurück und hilf, die Angelegenheiten zu regeln! Steh auch deinem Bruder bei, denn es ist, wie du selbst gemerkt hast, schwierig, sich in einem neuen Leben zurechtzufinden. Man braucht verlässliche Freunde.«

»So, wie Sie mir einer sind, Meister Leopold.«

»Danke, mein Junge. Übrigens – hast du schon einmal mit den Gedanken gespielt, unserer Bruderschaft beizutreten?«

»Den Freimaurern?«

Der Baumeister nickte.

»Ich weiß es nicht. Ich bin immer noch nicht mit mir selbst im Reinen.«

»Wenn du es bist, und du möchtest es, werde ich für dich bürgen.«

»Wir wollen darüber sprechen, wenn ich zurück bin.«

»Ein guter Vorsatz. Aber ich fürchte, der Herr Pastor wird morgen einen trockenen Kanten Brot vorgesetzt bekommen. Wir haben alle Pasteten aufgegessen.«

David lachte und leckte sich die letzten Krümel von den Fingern.

»Das wird Emma nicht auf sich sitzen lassen, und ich werde mich als Wiedergutmachung selbst zum Teigkneten melden.«

Das nächtliche Gespräch half David, den Druck auf seinem Herzen loszuwerden. Er war zwar weiterhin um die Gesundheit seines Vaters besorgt, aber er war auch seltsam glücklich darüber, dass Cornelius und dieses struppige Kind, Toni, bei ihm waren.

In der Nacht träumte er von dem Mädchen, dem er so leichtherzig vor Magdeburg einen Kuss geraubt hatte.

Eklat auf dem Ball

Ein Freund, der mir den Spiegel zeigt,
den kleinsten Flecken nicht verschweigt,
mich freundlich warnt, mich herzlich schilt,
wenn ich nicht meine Pflicht erfüllt:
Der ist mein Freund, so wenig er's scheint.

Gellert

»Wieder die blauen Strümpfe an, Fräulein Gelehrsamkeit?«

Antonia wandte die Augen nicht von der Zeichnung eines menschlichen Herzens ab, sondern lüpfte den Rock, damit die weißen Strümpfe zu erkennen waren.

»Frauen, die ständig ihre Nase in Bücher stecken, werden wirr im Kopf.«

»Warum warnst du mich dann, Cornelius? Du hältst mich doch längst für einen Wirrkopf.« Antonia sah unwillig von dem Anatomiebuch auf, das sie emsig studiert hatte, als ihr Cornelius über die Schulter blickte.

»Stimmt. Aus dieser Art Lektüre ziehst du also deine einschlägigen Kenntnisse vom Körperbau der Männer?«

»O nein, lieber Bruder. Diese Kenntnisse habe ich am natürlichen Corpus erworben.«

»Was nicht für deine weibliche Keuschheit spricht.«

»Wieso? Ich ging zu Zeiten im Lazarett der Leichenwäscherin zur Hand.«

»Du bist wahrhaft degoutant, Toni!«

»Ich gestehe, Cornelius, dass mir der Anblick eines kräftigen, lebendigen und sonnengebräunten Männerkörpers auch mehr behagt als die grünlich blassen Leiber Verstorbener.« Antonia bemerkte mit einer gewissen Genugtuung, wie Cornelius der Unterkiefer niedersank, er nur den Kopf schüttelte und dann das Thema wechselte.

»Ich habe etwas mit dir zu bereden, Toni. Aber nicht hier. Unser Vater hat mich gebeten, dich spazieren zu führen – eine Pflicht, die er in der Vergangenheit übernommen hat.«

»Ja, wir sind oft am frühen Nachmittag ein Stück gegangen. Warte, ich will mir eben passende Kleider anziehen.«

»Putz dich nicht zu lange heraus!«

Sie schenkte ihm nur einen verächtlichen Blick und rauschte aus dem Zimmer. Wenige Minuten später erstaunte sie Cornelius mit ihrer Rückkehr und ihrer Aufmachung. Wie üblich hatte sie den weiten Rock und das kurze Jäckchen angezogen und trug derbe Schuhe an den Füßen.

»So willst du promenieren?«

»Ich promeniere nicht, ich marschiere. Ich hoffe, du kannst mit mir Schritt halten.«

Er konnte zwar mit ihr mithalten, kam sich aber albern vor, als er im Frack und Sturmschritt neben ihr hereilte. Aber sie zu einem langsameren Tempo zu überreden, dazu hätte er sich ein Stück der Zunge abbeißen müssen. Diese kleine Kröte forderte ihn schon wieder heraus!

»Was hast du mit mir zu bereden?«, fragte sie, als sie das Stadttor hinter sich hatten und sich den Feldern näherten.

»Ich habe mich mit Thomas Lindlar beraten. Du weißt ja, wir wollen seine Druckerei erweitern.«

»Ja, du sprichst von nichts anderem mehr. Man kommt nicht umhin, davon Kenntnis zu nehmen.«

»Schön, dann brauche ich dir meine Ideen ja nicht weiter zu erläutern.«

»Ihr sucht ein Haus. Du hast dich mit Versteigerungslisten und dem Stadtplan herumgeschlagen.«

Widerwillig musste Cornelius zugeben, dass Antonia wirklich wusste, was er plante. Gerade daher wuchs sein Misstrauen. »Was verstehst du davon?«

Sie zuckte mit den Schultern. »Nicht viel. Die Hospizienkommission hat nicht genug Geld, um die Hospitäler aufrechtzuerhalten, darum bieten sie immer mal wieder die Liegenschaften an, die im Zuge der Säkularisierung an die Stadt gefallen sind. Das Mütterhaus, das der Société de la charité maternelle gehört, stammt aus einem solchen Verkauf. Unser Vater hat es damals erworben.«

»Nicht deine Mutter?«

»Nein, wie könnte sie? Sie ist ja noch nicht einmal in der Lage, ein Huhn auf dem Markt zu kaufen.«

»Das hat eine Dame auch nicht nötig.«

»Womit du mir mal wieder schlagend bewiesen hast, dass ich keine Dame bin. Was stimmt, denn ich kann dem Huhn sogar den Hals umdrehen, ihm die Federn ausrupfen, es ausnehmen und am Spieß braten. Du pflegst es dennoch mit Genuss zu verspeisen.«

Sie schlug ihn jedes Mal. Immer wieder. Es war entnervend! Zähneknirschend fuhr er fort: »Es steht nicht zur Debatte, was du in der Küche leistest. Es interessiert mich, wer im Namen Lindenborn Häuser aufkauft.«

»Ich besitze zweitausend Francs. Glaubst du, damit kann ein unmündiges Mädchen größere Immobilienkäufe tätigen?«

»Nein, vermutlich nicht.«

»Dann hör auf zu grollen, Cornelius! Ich habe dir dein Lieblingsobjekt nicht vor der Nase weggeschnappt. Erzähl mir lieber, wie du auf den Familiennamen meiner Mutter in diesem Zusammenhang gestoßen bist.«

Sie hatte natürlich Recht, er ließ sich viel zu leicht von ihr reizen. Er atmete einmal tief durch, um sich zu beruhigen, und erklärte es ihr dann.

Thomas Lindlar und er hatten sich ausgerechnet, wie viel Platz sie für ihr gemeinsames Unternehmen benötigten, und waren in der Stadt umhergestreift, um einen passenden Standort zu finden. Es gab etliche Häuser, die in Frage kamen und die in den Listen der Hospizienkommission standen. Da sie nur einen begrenzten Etat zur Verfügung hatten, wollten sie eines dieser billigen Objekte erwerben. Die letzte Versteigerung hatten sie gerade verpasst, und so schaute Thomas nach, ob einer der Aufkäufer weiterveräußern wollte. Es gab Immobilienmakler, die auf gut Glück Liegenschaften ersteigerten, um sie dann mit mäßigem Gewinn zu vermitteln. An diesem Vormittag hatte Thomas ihm das Ergebnis geschildert. Die Häuser, die ihnen zusagten, waren aber in die Hand besagten Lindenborns gelangt und standen nicht zum Weiterverkauf an.

»In dem Augenblick ging mir ein Licht auf, Toni, und mir fiel ein, dass du dich ja Lindenborn-Waldegg nennst.«

»Und prompt unterstelltest du mir üble Machenschaften?« Jetzt grinste sie ihn an, und er konnte nicht anders, als zurückgrinsen. »Genau wie du mir immer die übelsten Motive unterstellst.«

»Gut, dann sind wir wieder quitt. Aber ich kann dir tatsächlich helfen, Cornelius. Lindenborn heißt auch der Vetter meiner Mutter. Karl Ludwig Lindenborn. Er ist ein Bauunternehmer. Sie hat, nachdem das Kloster aufgelöst war, eine Weile bei ihm gewohnt, aber er behandelte sie ziemlich schäbig. Jakoba war damals Haushälterin bei dem Domherrn, und über sie ist sie in seinen Haushalt geraten. Ich habe den Eindruck, zwischen Elena und Karl Ludwig, und vor allem zwischen ihr und seiner Frau Elisa, ist das Verhältnis ein wenig frostig.«

»Das wirft natürlich ein erhellendes Licht auf diese Angelegenheit. Ein Baumeister mag alte, baufällige Häuser aufkaufen, sanieren und weiterverwerten. Andererseits hat er in den letzten vier Monaten unzählige Käufe getätigt, und keines der Objekte ist wieder auf dem freien Markt erschienen. Wir haben uns diesbezüglich intensiv umgehört.«

»Das bindet viel Kapital …«

»Das dachte ich mir auch. Ich frage mich, ob ich bei ihm persönlich vorsprechen sollte.«

»Das würde ich an deiner Stelle unterlassen. Ich weiß nicht, ich weiß nicht, Cornelius, ich wittere Unrat.«

»Toni?«

»Was ist, wenn Lindenborn als Strohmann für jemanden Immobilien aufkauft?«

»Man müsste in die Grundbücher Einsicht nehmen. Bisher haben wir uns nur die Käuferlisten der Versteigerungen angesehen. Aber was soll's. Ich will keine Schiebergeschäfte aufdecken, sondern eine Druckwerkstatt kaufen.«

»Dann warte die nächste Versteigerung ab und biete mit. Ich werde nicht dabei sein und die Preise hochtreiben.«

»Es verzögert die Sache um einige Wochen.«

»Habt ihr es so eilig?«

»Wir müssen damit rechnen, einige Umbauten vorzunehmen. Einmal für die Druckerei und zum anderen für die Wohnräume. Ich würde gerne in eine eigene Wohnung ziehen, Toni. Ich kann nicht beständig bei euch als Gast leben. Zumal nächsten Monat auch David eintreffen wird.«

»So schnell wird das sowieso nicht gehen. Du hast nur Angst, du müsstest wieder baden!«

»Ich halte Baden für eine angenehme Angelegenheit, solange ich dazu nicht von einem garstigen Weib gezwungen werde. Aber das Thema wollen wir nicht vertiefen. Wahrscheinlich hast du Recht, wir sollten uns die Zeit nehmen und auf die nächste Versteigerung warten. Ich bin mit den Übersetzungen sowieso noch nicht sehr weit.«

»Mein Französisch ist nicht schlecht. Soll ich dir helfen?«

Überrascht sah Cornelius zu Antonia hinunter. Das Angebot schien ernst zu sein. »Es käme auf einen Versuch an. Du bist zumindest gewandt im Formulieren.«

»Es ist aber nicht umsonst.«

»Ah, da ist der Pferdefuß.«

»Was hast du von dem garstigen Weib erwartet? Aber da du den Pferdefuß erwähnst – du hast den Klepper noch, auf dem du hier angekommen bist, nicht wahr?«

»Ja, und?«

»Wenn ich mit übersetze, hast du mehr freie Zeit.«

»Nur vielleicht.«

»Du könntest mit mir ausreiten.«

Cornelius wirkte verdutzt. »Könnte ich. Aber du hast weder Pferd noch Reitkleider.«

»Das eine kann man mieten, das andere habe ich doch.«

»Ich denke darüber nach.«

»O Gott, o Gott, dann wird das ja wieder dauern.«

»Also gut, Toni, du bist ein Frechdachs, aber ich reite mit dir aus, wenn du dich auf dem Ball am Samstag anständig benimmst.«

Für den Rest des Spaziergangs legten sie ihre Kabbeleien bei, und Cornelius erzählte von den Forschungen, die Bartholomé auf den Inselvulkanen vorgenommen hatte.

Als sie wieder ins Haus traten, war Besuch eingetroffen. Maddy verschwand sogleich mit Antonia in deren Zimmer und half ihr, ein präsentableres Kleid anzuziehen und die zerzausten Locken zu entwirren. Als sie nach unten ging, fand sie die Gesellschaft bei echtem Kaffee und feinem Gebäck im Salon sitzen. Der Herr mit dem langen, gelockten schwarzen Bart stand auf und lächelte sie freundlich an. Mit tonloser, heiserer Stimme sagte er: »Sie sind eine blühende Erscheinung, wie der junge Sommertag, meine Liebe. Setzen Sie sich zu uns! Wie ich hörte, fachsimpeln Sie ebenso gerne wie Ihr Vater und Ihr Bruder.«

»Ich wurde bereits Blaustrumpf geschimpft, und man unterstellt mir Wirrnis im Kopf, Herr Raabe.« Antonia hatte Valerian Raabe, den Geschäftsmann, Kunstsammler und Altertumsforscher schon zwei Mal bei Waldegg getroffen und mochte ihn sehr. Er bewies eine tolerante Auffassung, was die Bildung von Frauen anbelangte. Diesmal hatte er etwas zur Begutachtung mitgebracht, und sie bestaunte den prachtvollen Einband des Buches auf dem Teetisch.

»Eine Neuerwerbung?«, fragte sie.

»Ja, ein Kleinod, das mir in Paris in die Hände gefallen ist.«

Edelsteine funkelten in den zierlich gearbeiteten Beschlägen des alten Folianten. Mit vorsichtigen Fingerspitzen fuhr Antonia darüber. Sie bemerkte, dass Cornelius sie überrascht beobachtete.

»Sie dürfen es gerne öffnen, Fräulein Antonia.«

Sehr sorgsam löste sie die Schnalle, mit der der Einband geschlossen war, und schlug wahllos eine Seite auf.

»Oh … oh, ist das schön!«

Vergnügen funkelte in Raabes Augen, als er sie fragte: »Nun, für was halten Sie es?«

»Die Schrift kann ich nicht entziffern, aber die Miniaturen scheinen aus der niederländischen Schule zu stammen. Spätes Mittelalter. Ein Evangeliar? Diese Blütenranken! Man könnte die Blumen fast mit den Fingern abheben.«

»Sie sind exquisit, und Sie haben völlig Recht, es ist ein Evangeliar aus Gent, vermutlich von Meister Jakob.«

»Woher weißt du so etwas, Toni?« Cornelius schien noch immer erstaunt.

»Ich habe eine Zeitlang in einem Antiquariat gearbeitet. In Darmstadt. Der Buchhändler hat mir manchmal etwas erklärt. Wenn ich ihm allzu sehr mit meinen Fragen auf die Nerven gegangen bin. Damals kamen viele alte Handschriften auf den Markt. Diese hier stammt sicher aus einem Kirchenarchiv, nicht wahr, Herr Raabe?«

»Sie stammt aus der Dombibliothek«, erklärte Waldegg mit Bestimmtheit. »Ich habe sie schon früher einmal gesehen, und ich werde umgehend in den Katalogen nachschlagen. Hoffentlich ist sie inventarisiert worden.«

»Sie wollen sie mir abschwatzen, Waldegg?«

»Kaum, für mich als Privatmann wäre sie unerschwinglich.«

»Ich habe sie recht günstig erworben.«

»Entschuldigen Sie, Herr Vater, dass ich so dumm frage. Aber sind die kostbarsten Teile des Domschatzes nicht nach Arnsberg gebracht worden? Wieso taucht diese Handschrift denn in Paris auf?«

»Kind, Kind! Der Domschatz ist viele wunderliche Wege gegangen. Zum einen waren wir gezwungen, einen Teil davon zu verkaufen, zum anderen ist es uns damals in der Eile nicht gelungen, alles fortzuschaffen. Dieses Buch mag sogar eines sein, das hier in Köln geblieben ist.«

Valerian Raabe ergänzte: »Als 1794 die Franzosen kamen, hatten sie einige Kunstsachverständige dabei, die gezielt nach wertvollen Kunstwerken suchten. Ich selbst habe mich mit den Volksrepräsentanten Jaubert und Hausmann angelegt. Sie mochten es ja damit begründen, die Kunst gehöre dem Volke und nicht der Kirche, aber für mich sah es bedenklich nach Kunstraub aus, was diese Repräsentanten des Volkes taten.«

»Die besten Stücke schickten sie nach Paris, ganze Wagenladungen voll mit Gemälden, Pergamenten, Preziosen. Ich erinnere mich daran«, fügte Cornelius hinzu.

»Nicht alles landete im Museum, vieles kam in Paris in private Hände. Darüber bin ich an diese Handschrift geraten.«

Waldegg sah versonnen drein, dann fragte er: »Könnten auch

die Dompläne nach Paris gelangt sein? Sie wissen doch, dieser große Fassadenriss, den ich einst bei einer Logensitzung zeigte. Ihn wiederzubekommen würde dem Vorhaben, den Dom fertigzustellen, sehr förderlich sein.«

»Sie lassen nicht locker, Domherr, was? Schon damals haben Sie mit Feuereifer ihr Anliegen vertreten.«

Waldegg hob die Schultern. »Sehen Sie, ich habe wenig genug aus meinem Leben gemacht. Wenigstens darein will ich meine Energie setzen, solange ich sie noch habe.«

Valerian Raabe sah den Domherrn mit großem Verständnis an. »Man braucht ein Ziel im Leben. Das wird einem oftmals klar, wenn man an einer Grenze steht. Das Ihre ist nicht das schlechteste. Was ist mit diesen Plänen passiert?«

»Es ging damals, als wir die Sachen verpackten, drunter und drüber, und dabei sind sie verschollen. Ein paar kleinere Zeichnungen hat Walraff hier aufgefunden, inzwischen vermute ich, die beiden großen Pläne könnten den Franzosen in die Hände gefallen sein. Ob sie aber etwas damit anfangen können, bezweifle ich.«

»Nicht auszuschließen, dass sie damals mitgingen. Man könnte versuchen, mit Jaubert oder Hausmann Kontakt aufzunehmen. Unser Sous-Préfet ist ein kunstsinniger Mann, er wird uns behilflich sein, ihre Adressen zu finden.«

»Ich habe vor, im Herbst nach Paris zu reisen, um dort mit einigen Wissenschaftlern über den Druck ihrer Werke zu verhandeln. Ich könnte persönlich bei ihnen vorsprechen«, schlug Cornelius vor.

»Sicher der aussichtsreichste Weg. Bereiten Sie ihn schriftlich vor, Waldegg!« Raabe wandte sich wieder an Cornelius. »Sie wollen einen kleinen wissenschaftlichen Verlag ins Leben rufen, habe ich das richtig verstanden?«

»Ja, Lindlar, der Drucker, und ich arbeiten darauf hin.«

»Hätten Sie Interesse, ein Werk über Antikenfunde in Köln und Wesseling zu verbreiten, oder werden Sie sich auf das naturwissenschaftliche Gebiet konzentrieren?«

»Auf keinen Fall. In den Sachgebieten wollen wir uns nicht festlegen. Nur Romane und Lyrik werden wir nicht drucken. Haben Sie ein Manuskript anzubieten?«

»Nun ja, ich dilettiere etwas in der Altertumskunde herum.«

Der Domherr gab ein leises Lachen von sich. »Er dilettiert dergestalt, dass er mit den Koryphäen des Landes über seine Sammlungen von Terra Sigillata korrespondiert und eine Abhandlung über römische Siegelringe verfasst hat.«

»Es wird noch ein paar Monate dauern, bis wir in Produktion gehen. Derzeit suchen wir ein passendes Gebäude. Aber sprechen Sie mich unbedingt im Herbst darauf an!«

Antonia hätte sich gerne weiter mit den Herren unterhalten, aber Elena erbat ihre Aufmerksamkeit.

Am nächsten Tag schlang sich Antonia einen kostbaren Shawl gekonnt um die Arme. Hauchfeiner Seidenflor, mit Staubperlen nach einem Entwurf von Susanne bestickt, bildete den krönenden Abschluss ihrer weißen Balltoilette.

Cornelius konnte sich diesmal nicht über Rüpelhaftigkeit oder burschikose Kleidung beklagen, sie zeigte sich am Tag des Mittsommerballs bei Kormanns nicht nur von ihrer hübschesten, sondern auch von ihrer besten Seite. Der Domherr, der behauptete, er fühle sich kräftig genug, ein, zwei Kartenspielchen durchzustehen, wurde überstimmt, Cornelius übernahm die Aufgabe, die beiden Damen Elena und Antonia zu dem Fest zu begleiten. Alle drei hatten gewisse Erwartungen in Bezug auf diese Veranstaltung.

Elena, die Charlottes Fassungslosigkeit erlebt hatte, als sie ihr Antonia als ihre Tochter präsentierte, hoffte, ihre Freundin möge kein Aufhebens um diese Tatsache machen. Das Gerede war, wie sie vermutet hatten, bereits nach wenigen Wochen verstummt, und allenthalben wurden sie und Antonia freundlich aufgenommen. Doch insgeheim befürchtete sie, Charlotte könne ihre Empörung darüber, dass sie sich ihr nicht früher anvertraut hatte, zum Anlass nehmen, ihre Freundschaft abkühlen zu lassen oder es auf dem Ball gar zu einem Eklat kommen zu lassen.

Antonia war ebenfalls gespannt darauf, wie sich die Gastgeberin in Gesellschaft präsentieren würde, und war bereit, ihre Mutter mit gezielten Boshaftigkeiten zu verteidigen, sollte Charlotte ihr in irgendeiner Form zu nahe treten. Sie war gerüstet und aufmunitioniert, dank François' dezenter Nachforschungen. Wenn nötig, würde *sie* es zu einem Eklat kommen lassen. Außerdem wollte sie Kormann näher unter die Lupe nehmen. Von Susanne hatte sie die Schilderung erhalten, wie er sie im vergangenen Jahr auf dem Wohltätigkeitsball mit seiner Aufdringlichkeit belästigt hatte. Es rundete das Bild von ihm ab.

Auch Cornelius' Augenmerk lag auf Kormann. Wie würde er auf sein Erscheinen reagieren? Er war von Charlotte mit eingeladen worden. Ob das im Sinne des Hausherrn war, bezweifelte er und fragte sich, ob er es auf einen Eklat ankommen lassen würde.

Das Haus der Kormanns, ehemals Hirzens Palais, war hell erleuchtet. Ein Teppich war vor dem Portal ausgerollt, livrierte Diener geleiteten die Besucher in die blumengeschmückte Eingangshalle, ein Zeremonienmeister kündete die Ankommenden mit Pomp an, als sie in den Ballsaal traten. Auch dort war verschwenderisch mit Blumengirlanden gearbeitet worden, und die bodentiefen Fenster öffneten sich zum Garten, der durch bunte chinesische Lampions und beleuchtete Wasserspiele wie ein märchenhaftes Feenland wirkte. Ohne Zweifel, man war zu Gast bei wohlhabenden Leuten. Charlotte zeigte sich in einem überwältigenden Seidenkleid mit langer Schleppe, ihre rotgoldenen Haare funkelten von Diamanten, und um den Hals schmiegte sich ein köstliches Collier. Neben ihr stand ihr Gemahl, in dezentem Schwarz, mit formeller seidener Kniehose und einer goldbestickten Weste, die schimmernden Locken zu einer perfekten Windstoßfrisur coiffiert. Sie waren ein hinreißendes Paar, fand Antonia. Nach außen hin.

Das Defilee ließ sie näher an sie herankommen, und dann sorgte weder Charlottes Andeutungen noch Cornelius' Auftreten oder Antonias Bemerkungen, sondern völlig unerwartet Elena für einen Eklat.

Als sie vor Kormann stand und er mit einem charmanten Lächeln ihre Finger an seine Lippen hob, stieß sie einen leisen Schrei aus und sank ohnmächtig zusammen.

Cornelius fing sie auf, Antonia kniete sofort neben ihr nieder und suchte in ihrem Retikül nach dem Riechfläschchen. Stimmengemurmel umgab sie, jemand bot ein Glas Wasser an, ein Diener machte den Weg frei für Cornelius, der die Bewusstlose auf seinen Armen trug. Doch bevor sie den Ruheraum für die Damen erreicht hatten, schlug Elena wieder die Augen auf.

»Nach Hause«, flüsterte sie. »Bitte!«

Antonia wies den Diener an, sofort eine Sänfte zu rufen, und Cornelius trug sie zum Ausgang. Noch einmal drehte sich Antonia um und kehrte zu Charlotte zurück.

»Verzeihen Sie uns, Madame Kormann. Die Gesundheit meiner Mutter ist noch immer angegriffen. Die Leiden des Domherrn haben sie sehr mitgenommen.«

»Sie hat viel Aufregung erlebt, meine Liebe. Ich verstehe. Ihre Nerven waren ja nie besonders stabil. Bringen Sie sie wohlbehalten heim! Ich melde mich in den nächsten Tagen bei Ihnen.«

Besser nicht, dachte Antonia, gab aber die passenden höflichen Laute von sich und verabschiedete sich dann eilends, um neben der Sänfte nach Hause zu gehen.

Elena bestand darauf, auf eigenen Füßen das Haus zu betreten, um ja ihren Gatten nicht zu beunruhigen. Sie begleiteten sie also zum Salon, wo ihnen Waldegg mit leichtem Erstaunen entgegensah.

»Es ist so bedauerlich, Hermann, aber ich bin nicht in der Lage, eine solch mühsame Prozedur wie einen Ball durchzustehen«, seufzte Elena und ließ sich neben ihm nieder.

»Es ist ihr schwindelig geworden, darum sind wir zurückgekommen. Frau Mutter, gestatten Sie mir, Sie nach oben zu geleiten und Ihnen zu helfen, den Putz abzulegen.« Resolut brachte Antonia sie dazu, wieder aufzustehen und in ihr Zimmer zu gehen. Elena war noch immer geisterhaft blass und ihre Schritte unsicher. Erst als die Tür hinter ihnen ins Schloss gefallen war, fragte Antonia sie: »Und was war nun wirklich der Grund für Ihren Schwächeanfall?«

»Ich weiß es nicht. Mir war plötzlich so komisch …«

»Ihnen war den ganzen Nachmittag nicht komisch, sondern Sie waren guter Stimmung. Hat es etwas mit Charlotte zu tun? Hat sie Ihnen irgendwas angedroht? Irgendeine Beleidigung zuteil werden lassen, die ich nicht bemerkt habe?«

»Nein, nein, Kind. Charlotte trägt keine Schuld daran.«

»War etwas im Raum, das Sie erschreckte?« Starr schaute Elena in den Spiegel, ihre Augen weilten auf einem Punkt in weiter Ferne. Dann begann sie plötzlich zu weinen. »Frau Mutter, beruhigen Sie sich! Wenn man Sie beleidigte, sagen Sie es mir! Oder hat Ihnen jemand Angst eingejagt?«

»Nein, nein. Nichts. Es tut mir so leid, ich habe euch den Abend verdorben. Und nun diese Kopfschmerzen. Oh, diese Kopfschmerzen!«

Mit flinken Fingern löste Antonia die Kämme aus den Locken und massierte Elena sanft die Schläfen.

»Ich lasse Jakoba gleich Ihren Kräutersud machen. Legen Sie sich nieder! Linda wird sich um Ihr Kleid kümmern.«

»Danke, mein Liebes. Ach, Antonia!« Sie nahm ihre Hand und drückte sie an ihre tränenfeuchte Wange. »Du bist ein liebes Kind.«

»Es gibt da auch andere Ansichten. Aber wenn Sie meinen.«

Es klopfte leise, und die Kammerfrau trat ein. Antonia gab ihr flüsternd Anweisungen und ging dann zu Jakoba nach unten. Die alte Köchin hatte sich schon in ihr Zimmer zurückgezogen, wickelte sich aber sofort in ihren wollenen Schlafrock, um den Kopfschmerztrank zuzubereiten.

»Ich bin mir sicher, es hat etwas mit dieser Charlotte zu tun. Nur zu schade, dass ich nicht dabei war, als sie sie hier besucht hat«, murrte Antonia. »Sie ist eine Natter.«

»Wer ist eine Natter?« Maddy war ebenfalls in der Küche erschienen. »Da habe ich mir so viel Mühe gemacht, Sie herzurichten, und dann kommen Sie gleich wieder zurück. Ich könnte beleidigt sein, gnädiges Fräulein!«

»Es ist nicht deine Schuld. Es hat irgendjemand meine Mutter verschreckt, und sie ist in Ohnmacht gefallen.«

»Wer verschreckte sie? Die Natter?«

»Ja, ich vermute Charlotte Kormann. Gehen wir nach oben, dann kann ich mich bequemer anziehen.«

Willig, weil sie mehr Tratsch erwartete, folgte die winzige Zofe Antonia und wurde nicht enttäuscht. Als sie alles gehört hatte, schlug sie vor: »Ich könnte mal die Ohren spitzen, gnädiges

Fräulein. Eine ehemalige Nachbarin ist Küchenmädchen bei Kormanns.«

»Mhm.« Antonia überlegte. »Das eine ist, was sie jetzt so unternimmt. Das andere ist, was sie in der Vergangenheit war. Sie und ihre Mutter. Hör zu!«

Damit erhielt Maddy einen höchst pikanten Auftrag.

Amtshandlungen

Nichts gibt ein größeres Vergnügen
Als den Betrüger zu betrügen.

Der Wolf und das Pferd, K. W. Rammler

David stieg aus der Kutsche und ließ sich seinen Mantelsack reichen. Er war heilfroh, dem rumpelnden Gefängnis zu entkommen, das ihn vierzehn Tage durchgeschüttelt hatte. Zwar war es eine Extrapost, und damit schneller als alle normalen Postkutschenverbindungen, aber zurück nach Dresden, das schwor er sich, würde er reiten. Nun stand er auf Heimatboden, nur wenige Schritte von der verwitterten Kathedrale entfernt, die ihn die ersten acht Lebensjahre so beeindruckt hatte. Er legte den Kopf in den Nacken und schaute zum Turm auf. Natürlich, der Kran stand weiterhin dort in luftiger Höhe, ein Wahrzeichen Kölns und das Symbol der Aufgabe und des Niedergangs zugleich.

Er wandte sich ab, um an die Tür des Hauses zu klopfen, in dem er seinen Vater wohlbehalten und bei Gesundheit anzutreffen hoffte. Hufgeklapper aber ließ seine Hand in der Bewegung innehalten.

Es erregte Elenas Missfallen und brachte ihr einige bissige Kommentare von Cornelius ein, aber der Domherr hatte nur gelacht und sie seine Dreivierteltochter genannt. Mit Maddys zuverlässiger Hilfe verwandelte sich Antonia für ihre Ausritte wieder in einen Jungen. Allerdings in einen recht feschen. Eine feine Wildlederhose, glänzende Stiefel, ein weißes Hemd und einen langen blauen Reitrock, der ihr im Gehen bis an die Waden reichte, stellten ihr Kostüm dar. Sie hatte sich strikt geweigert, einen Damensattel zu benutzen. Nach dem ersten Ausritt zollte Cornelius ihr Anerkennung, und es bereitete ihm genauso viel Vergnügen wie ihr, zu Pferd die Umgebung zu erkunden. Manchmal begleitete sie Thomas Lindlar, vor allem, wenn sie ihre Ausflüge mit der Suche nach Häusern verbanden. Der Drucker war ein umgänglicher Mann aus angesehener Familie, die während der ersten Jahre der französischen Herrschaft einen Großteil ihres Vermögens eingebüßt hatten. Doch Thomas war fleißig und einfallsreich, sein Unternehmen blühte, wenn auch in bescheidenem Maße. Antonia gegenüber verhielt er sich anfangs zurückhaltend, ihre unbekümmerte Art, mit Cornelius umzugehen, hatte ihn schockiert. Aber allmählich gewöhnte er sich an ihren lockeren Ton und scherzte manchmal sogar mit ihr.

Sie waren an diesem Spätnachmittag eines heißen Julitages am Rheinufer entlanggeritten, am Bayenturm verabschiedeten sich Cornelius und Antonia von Thomas und trabten langsam nach Hause zurück.

Antonia sah den Fremden mit dem Mantelsack über der Schulter als Erste. Sie rief: »Cornelius, schau!«

»Wer ist …?«

»David!«

Cornelius sprang vom trabenden Pferd und überließ es ihr, nach dessen Zügeln zu greifen. Er lief auf den hoch gewachsenen, schwarzhaarigen Mann zu, der ihm plötzlich erwartungsvoll entgegensah. Dann standen sie sich gegenüber. Beide gleich groß, beide von der Sonne gebräunt, mit lockigen Haaren, die der Wind zauste. Leuchtend blaue Augen trafen auf schillernd grüne.

»Mein Gott, Junge, bist du groß geworden!« Cornelius' Stimme klang rau, und er wusste, er gab das dümmste Zeug von sich.

»Ich war acht, als ich ging. Da wächst man noch.« Auch David war sich seiner Stimme nicht ganz sicher.

Cornelius machte den ersten Schritt und zog ihn in seine Umarmung. Er erwiderte den Druck herzlich, und beide zwinkerten mühsam, um ja irgendwelche unmännlichen Tränen zu vermeiden.

»Bruder«, murmelte Cornelius heiser. »Bruder, willkommen zu Hause.«

»Ja, zu Hause.« David rückte etwas von Cornelius ab, damit er in sein Gesicht sehen konnte. »Du bist auch wieder hier. Deine

Augen sind weise geworden, mein Bruder. Du hast viel durchgemacht.«

»Wir haben jeder unsere Hölle hinter uns.«

»Aber wir haben sie überlebt.«

»Wie dieses Kind auch«, stimmte Cornelius leise zu, als er Antonia von den Ställen kommen sah.

»O ja, wie dieses Kind auch.«

Antonia sah die beiden Arm in Arm stehen und beschleunigte ihre Schritte.

»Das da, David, ist unsere Dreiviertelschwester«, stellte Cornelius sie vor.

»Und was ist das andere Viertel?«

»Euer Bruder.« Sie grinste ihn übermütig an.

»Ja, so sieht es aus. Also, Toni, aus welchem Dorf kommst du diesmal?«

»Aus dem großen namens Köln.« Sie betrachtete ihn eindringlich. Er nahm ihre beiden Hände und lächelte sie mit inniger Zuneigung an.

»Es gibt ein gütiges Schicksal. Damals, bei Magdeburg, und lange danach habe ich nicht mehr daran geglaubt. Ich bin so glücklich, dich wiederzusehen, Toni! Kleine Schwester.« Er zog auch sie in die Arme und gab ihr einen herzhaften Schmatz auf die Wange. »Viel verändert hast du dich nicht, oder?«

»Ach, wart ab, bis ich in meine Mädchenkleider geschlüpft bin. Dir werden die Augen übergehen! Aber jetzt kommt endlich rein! Cornelius, geh vor und sag unserem Vater Bescheid! Ich muss mich um die Pferde kümmern.«

Cornelius bedachte sie mit einem schiefen Lächeln, gehorchte aber ohne Widerworte. Er wusste, was sie mit ihrer Weisung bezweckte.

»Ihr seid so guter Dinge, also geht es Vater besser?«

»Erstaunlich gut, David. Dennoch sind wir vorsichtig.«

Maddy empfing Antonia in ihrem Zimmer und hatte bereits warmes Wasser in die Schüssel gegossen.

»Das ist mal ein Mannsbild«, schnurrte sie. »Ich habe Sie vom Fenster aus beobachtet. Das ist der berühmte David?«

Antonia ließ ihre Reitkleidung auf den Boden fallen und nahm den gereichten Schwamm, um sich zu waschen.

»Ja, das ist er.«

»Für den lohnt es sich aber, ein bisschen Mühe auf den Putz zu verwenden.«

Es erstaunte Antonia selbst, dass sie ebenfalls dieses Bedürfnis verspürte. Daher dauerte es eine geraume Weile, bis sie, adrett frisiert, in einem leichten, fließenden Kleid und zart nach Verbenen duftend, in den Salon trat. Die Belohnung erhielt sie in Form eines verblüfften Gesichts.

»Bei allen Göttern, Toni!« David sprang auf und ging ihr entgegen. In diesem Moment fiel Antonia sogar wieder ein, wozu sie einen Fächer in der Hand hielt. Sie schlug ihn auf und schenkte David über seinen Spitzenrand ein keckes Wimpernflattern.

»Heiliger Sankt Elmo!«, hörte sie Cornelius stöhnen.

Waldegg lachte laut, und sogar Elena lächelte ihre Tochter an. Sie hatte großes Verständnis für diese Reaktion. David, den sie vor vier Jahren als sehr jungen Fähnrich kennengelernt hatte, gefiel ihr in seiner gereifteren Art noch besser.

Es wurde ein fröhlicher Abend bei einem ausgedehnten Diner. Später saßen sie im Salon und tranken Champagner auf Davids glückliche Heimkehr. Manchmal sah Antonia besorgt zum Domherrn hin, um sich zu vergewissern, dass es ihm nicht zu viel wurde. Aber er schien sich rundum glücklich zu fühlen.

»Du bist an einem entscheidenden Tag gekommen, David«, erzählte Cornelius. »Morgen nehme ich an einer Häuserversteigerung teil. Wir haben genau das richtige Haus für die Druckerei gefunden. Gar nicht weit von hier – ›Unter Fettenhennen‹«.

»Dann bliebest du ja in der Nachbarschaft. Das freut mich, mein Junge«, stellte Waldegg fest.

»Nun, wir müssen noch den Zuschlag bekommen. Anschließend gibt es viel umzubauen und zu renovieren. Aber die oberen Räume sind einigermaßen bewohnbar, und ich kann hier etwas Platz schaffen.«

»Dann wollen wir dir die Daumen drücken, dass du das Haus bekommst. Ich werde mich allerdings jetzt zurückziehen. Die alten Knochen verlangen ihre Nachtruhe.«

Waldegg erhob sich, und mit ihm auch Antonia und Elena, um zu Bett zu gehen. Die beiden Brüder aber verbrachten die langen Nachtstunden noch gemeinsam, um einander näherzukommen.

Antonia arbeitete am nächsten Tag mit Susanne im Laden, und beide zogen das Missfallen des Geschäftsführers auf sich, da Susanne jede freie Minute nutzte, um ihre Freundin nach David auszufragen. Ihre Schwärmerei für Cornelius hatte in den ersten Wochen beinahe lästige Ausmaße angenommen, war aber inzwischen um einige Grade abgekühlt, da er sich ihr nur mit strikter, ja fast kühler Höflichkeit näherte und jede Annäherung unmöglich machte. Antonia wunderte sich darüber und sprach ihn darauf an, aber auch da richtete er plötzlich eine Mauer auf. Vage ahnte sie, was ihn zu dieser Haltung trieb. Susanne war ganz die typische Tochter aus gutem Hause, sie war überaus weiblich und sittsam, wenngleich einer spielerischen Tändelei nicht abgeneigt. Er hingegen hatte viele Jahre mit dem Abschaum gelebt, und anscheinend glaubte er, selbst noch so viele heiße Bäder könnten diesen Makel nicht von ihm abwaschen. Sie war von der Wahrheit damit gar nicht weit entfernt.

Der Tag wollte und wollte nicht herumgehen. Zum einen war es drückend heiß, weshalb nur wenige Kunden erschienen, zum anderen war Antonia begierig zu hören, ob Cornelius Erfolg bei der Versteigerung hatte. Sie war heilfroh, als es sechs Uhr schlug und sie die stickigen Räume verlassen konnte.

Als sie nach Hause kam, sah sie auf den ersten Blick, dass es schiefgelaufen war. Thomas und Cornelius saßen mit langen Gesichtern am Esstisch, David redete auf sie ein.

»Na, was ist passiert? Seid ihr überboten worden?«

Die drei Herren machten Anstalten, sich zu erheben, aber sie wedelte nur mit der Hand, setzte sich zu ihnen und griff nach Cornelius' Glas, das mit Jakobas kalter Zitronenlimonade gefüllt war. »Himmel, war das ein Tag! Na, erzählt schon, was ist vorgefallen?«

»Sie haben den Zuschlag bekommen, aber dann hat man Cornelius die Urkunde verweigert«, erklärte David, wissend, dass die anderen die Schilderung der Niederlage nicht wiederholen wollten.

»Warum nicht?«

»Man hat den fadenscheinigen Grund angeführt, Cornelius habe als vorbestrafter Verbrecher, als Fälscher und Betrüger, nicht das Recht, Grund zu erwerben, und erst recht nicht, um darauf eine Druckerei zu führen.«

»Pest und Skrofulose!«, zischte Antonia wütend. »Wer ist dieser Meinung?«

»Der Notar«, antwortete Thomas kurz. »Vielleicht hat er Recht.«

»Sie hätten bieten sollen, Thomas.«

»Hinterher ist man schlauer.«

»Wer hat das Haus jetzt bekommen?«

»Rate mal«, antwortete Cornelius bitter.

»Lindenborn?«

»Getroffen.«

»Da stinkt was. Ich habe dir das schon mal gesagt. Irgendwas stinkt da.«

»Nicht auszuschließen, aber machen kann man da nichts, fürchte ich.«

In Antonias Augen blitzte Kampfeslust. »Gebt ihr so schnell auf? Verd… pardon, liegt euch denn nun etwas an dem Haus oder nicht?«

»Es wäre ideal gewesen«, murmelte Thomas verdrossen.

»Cornelius?«

»Ja, sicher. Es war das beste, das wir uns angesehen haben.«

»Ihr wollt es also noch immer, ja? Dann überlegt doch mal! Wenn da geschoben wird, dann hat jemand Schmutz an der Backe. Findet den raus, und erzählt ihm, ihr macht es publik! Thomas, Sie drucken diesen kleinen Gesellschaftskalender. Der Herausgeber wird nichts gegen einen Enthüllungsartikel haben, Skandale locken die Leser an.«

»Da hat sie nicht Unrecht«, pflichtete ihr David bei. »Aber es wird nicht einfach sein, jemandem derartige Schiebereien nachzuweisen.«

»Einen Versuch wär's wert. Ein Besuch im Amt – welches,

wisst ihr besser als ich –, wo die Eigentümer der Häuser verzeichnet sind. Ihr habt die Aufstellung der Käufe von Lindenborn seit einigen Monaten. Schaut mal nach, wem sie jetzt gehören. Auch wenn sie nicht auf dem Markt gehandelt wurden, heißt das ja nicht, dass sie nicht verkauft wurden. Ihr hättet es ja genauso machen können. Thomas ersteigert und verkauft tags darauf an Cornelius.«

»Mhm!« Cornelius nahm ihr das Glas wieder weg, füllte es neu und trank daraus.

»Findig, das Mädchen«, urteilte Thomas. »Die Grundbücher kann man einsehen.«

»Und damit keine Verbindung zu euch entstehen kann, werde ich morgen in diese Bücher schauen. Gebt mir die Liste«, bot David an.

»Wie gut ist dein Französisch, David?«

»Ausreichend, aber etwas eingerostet. Warum, Toni?«

»Weil die geschätzten Amtsinhaber gelegentlich jedes Wort ihrer Muttersprache vergessen und ausschließlich französisch parlieren. Ich komme mit. David von Hoven und seine Schwester dürften ein genügend unauffälliges Paar sein. Zudem schlängelt sich meine Zunge behände durch die welsche Sprache.« Sie zog das Glas wieder zu sich und nahm einen langen Schluck der süßsauren Limonade. »Habt ihr mal darüber nachgedacht, wer dem Notar das mit dem Fälscher gesteckt hat? Cornelius ist vor über acht Jahren verurteilt worden. Er trägt das F ja nicht auf seiner Stirn. Jemand hat ein unangenehm gutes Gedächtnis, wage ich in den Raum zu stellen.«

Die beiden zukünftigen Verleger waren so mit ihrer Niederlage beschäftigt gewesen, dass sie auf diesen naheliegenden Gedanken bisher überhaupt noch nicht gekommen waren. Cornelius bekam einen finsteren Blick, und seine sardonische Gesichtshälfte sprach von Gewalt.

»Wenn sich in den Grundbuchakten bestätigt, was ich mir denke, dann wird es Ärger geben«, knurrte er. »Geht ihr ins Amt, David, ich habe morgen einen wichtigen Termin am Appellationshof. Dann sehen wir weiter.«

Am nächsten Vormittag gab sich Maddy ganz besondere Mühe mit Antonias Aussehen. Sie hatte dazu Schminkutensilien beschafft und arbeitete kunstfertig an dem Gesicht ihrer Herrin. Dabei träufelte sie ihr einige hochbrisante Neuigkeiten in die willig lauschenden Öhrchen. Mit Genugtuung sah sie Antonia plötzlich feixen.

»Das kommt genau zum rechten Augenblick, Maddy. Ganz genau zum richtigen Moment. Das hast du fein gemacht.«

»Es war mir ein Vergnügen, gnädiges Fräulein. Nun setzen wir diesen netten Hut auf, und Sie ziehen den Schleier halb über die Augen.«

»Woher hast du denn den?«

»Ihre Frau Mutter war so freundlich, ihn auszuleihen.«

»Mit oder ohne ihr Wissen?«

»Selbstverständlich mit. Sie würde es überhaupt begrüßen, wenn Sie in der Öffentlichkeit eine Kopfbedeckung tragen wollten.«

»Lästiges Zeug. Aber das hier wird nützlich sein. Himmel, ich erkenne mich ja selbst kaum wieder«, stellte sie bei einem Blick in den Spiegel fest.

Auch David nickte anerkennend, dann machten sie sich auf den Weg, staubige Akten zu wälzen. Sie brauchten nicht lange, der Beamte war hilfsbereit und suchte sogar noch einige ältere Unterlagen heraus, als Antonia sich an eine Transaktion erinnerte, die die armen Nonnen von Sankt Mauritius betrafen. Sie wurde nicht enttäuscht. Die meisten Objekte auf Cornelius' Liste waren in der Hand eines einzigen Mannes gelandet. Auch jenes alte Klostergut.

»Schön, David, damit wäre das geklärt.«

»Entspricht es deiner Vermutung?«

»O ja.«

Sie blätterten gerade in den Unterlagen, als plötzlich François Joubertin mit einem Aktenbündel in die Amtsstube trat Er stutzte kurz, erkannte sie und wollte sie mit einem freudigen Ausruf begrüßen. Schnell zog Antonia den Schleier tiefer und drehte sich demonstrativ zu David um.

»Ah, Bruder, wir könnten diesen jungen Mann sicher um Hilfe

bitten«, schlug sie vor, worauf er überrascht die Stirn runzelte. Hilfe brauchten sie wahrhaftig nicht. Trotzdem hatte Antonia offenbar einen Grund, und darum folgte er ihrer Anweisung.

»Monsieur, dürfen wir Ihre Zeit einen Augenblick in Anspruch nehmen?«

François hatte sich schnell gefangen, er blieb höflich, zeigte aber kein Erkennen, sondern lediglich einen Hauch Verwirrung, als Antonia leise bat: »Sie sind genau der Mann, den wir brauchen! Kommen Sie heute Nachmittag zu uns, François, wenn es Ihnen möglich ist.«

»Gerne, Mademoiselle.«

Sie taten, als ob sie Fragen zu den Eintragungen im Register hätten, und machten Joubertin damit auf den gesuchten Namen aufmerksam. Als sie sich verabschiedeten, hatte sich ein grimmiger Zug um François' Lippen eingenistet.

»Das war unsere erste Station. Jetzt wollen wir eine Confiserie aufsuchen, David.«

»Bist du plötzlich naschhaft geworden, Toni?«

»Wir brauchen ein Geschenk.«

»Na gut, dann kaufen wir eines. Was soll es sein?«

Ein Schächtelchen mit Liqueur gefüllter Pralinés wurde es, und als sie aus dem Geschäft traten, lenkte Antonia ihre Schritte Richtung Römerturm. Es war nicht die beste Gegend Kölns, und hier hatten die Bemühungen der Stadtväter, für Beleuchtung und Straßenreinigung zu sorgen, noch weniger Erfolg gezeitigt, als an anderen Stellen.

»Wohin führst du mich, Toni?«

»In die Schwalbengasse. Dort wirst du, als Vertreter der Baukommission, einen Hausbesuch machen, um dich über den Zustand des Gebäudes kundig zu machen, das in Kürze verkauft werden soll. Die Dame, die du befragen wirst, ist vermutlich gewillt, dir Einblick zu gestatten, wenn du ihr den Besuch mit dem Päckchen Leckereien versüßt. Mach ihr ruhig ein wenig Angst und frage sie, ob sie noch Verwandte hat, zu denen sie ziehen kann! Lass dabei die Namen der Herren, die wir entdeckt haben, fallen, aber ohne Hinweis auf deren Funktion!«

»Toni, das kann ich doch nicht machen! Das ist Betrug!

»Eine Schwindelei.«

»Es gehört sich auch nicht zu schwindeln.«

»Willst du deinem Bruder helfen oder nicht?«

»Natürlich, aber nicht auf diese Weise. Außerdem kann ich so etwas nicht. Sie wird mich durchschauen und die Gendarmen rufen!«

»Angst, Leutnant?«

»Unbehagen!«

»Und das war einmal der Mann, der aus einer belagerten Festung durch dunkle Kanäle entkommen ist, die feindlichen Reihen durchquerte und der Gefangennahme durch einen gewitzten Trossbuben entkam, um Verstärkung für seine Kameraden zu holen.«

»Das war etwas anderes.«

»Geschwindelt hast du da auch.«

David musste lachen. »Ja, Toni, da hast du mich. Na gut, ich will es versuchen. Wer ist die Dame?«

»Sie hört auf den schönen Namen ›Fussije Ida‹ und ist von Beruf Trottoirschwalbe im Ruhestand. Ich würde sie ja selbst gerne ausfragen, David, aber als Mann hast du deutlich bessere Karten bei ihr, vermute ich.«

»Ach du großer Gott!«

»Lass dich nicht vernaschen!«

David hatte den Auftrag zu Antonias Zufriedenheit erledigt, aber er war noch immer von dem Erlebnis erschüttert, als sie um die Mittagszeit wieder zu Hause eintrafen. Im Laufe des Nachmittags kamen dann Waldegg und Cornelius zurück, und beide sahen diesmal sehr zufrieden aus.

»Was habt ihr unternommen, Herr Vater? Sie sehen glücklich aus!«

Er zog eine Urkunde aus dem Portefeuille, das er bei sich trug, und legte sie auf den Tisch.

»Der erste Akt ist vollbracht. Cornelius ist nun mein rechtlich adoptierter Sohn.«

Antonia betrachtete die Urkunde. »Ich denke, ich weiß, wie du dich gefühlt hast, als du das unterschrieben hast, Hermann Cornelius Waldegg.«

»Wie neugeboren!«

»Richtig!«

»Meinen Glückwunsch, Bruder!« Sie ging auf ihn zu und umarmte ihn schnell und kameradschaftlich.

»Ich hatte nicht erwartet, dass es dich freut, auf Gedeih und Verderb mit mir in einer Familie gebunden zu sein.« Aber das Lachen in seinen Augen strafte seine Worte Lügen, und er hob sie ein Stückchen zu sich hoch. »Garstiges Schwesterlein!«

»Man könnte glauben, ihr seid Geschwister von Geblüt«, stellte der Domherr fest und lächelte ebenfalls. »Nächste Woche nehmen wir uns deiner an, David. Doktor Joubertin ist dabei, die Formalitäten vorzubereiten.«

Antonia zappelte und befreite sich von Cornelius. »Ah, Joubertin! Sein Sohn müsste gleich hier eintreffen. Meine Herren, wir müssen Kriegsrat halten.«

»Was heckst du aus, Kind?«

»Intrigen, Herr Vater.«

»Dann will ich mich besser zurückziehen, eure dunklen Machenschaften gehen mich nichts an.«

»Weise, Herr Vater, sehr weise. Gehen Sie, und halten Sie Ihr Nickerchen!«

Sie setzten sich in die Bibliothek, und kurz darauf kam auch François dazu. Sie konferierten lange, oft kontrovers, laut und leidenschaftlich. Aber nach drei Stunden lehnten sie sich zufrieden zurück, und Cornelius fasste das Ergebnis kurz mit den Worten zusammen: »Ich glaube, so wird es gehen«, und mit einem wahrlich sardonischen Grinsen ergänzte er: »Ein Erfolg wird mich tief befriedigen.«

»Mich auch«, stimmte François Joubertin zu. »Morgen Mittag also, um zwei Uhr.«

Antonia bedauerte es ungemein, nicht mitgehen zu können, als Cornelius und Thomas am kommenden Tag zu ihrem Termin bei dem Notar aufbrachen. David und sie machten einen langen Spaziergang entlang der Stadtmauer, und als sie zurückkehrten, hatte sich auch Joubertin eingefunden, genauso neugierig, etwas über den Ausgang der Verhandlungen zu hören.

Sie brauchten nicht lange zu warten. Die beiden Männer kamen ins Haus gestürmt, beide in übermütigster Stimmung. Thomas hielt einen riesigen Blumenstrauß in der Hand, den er Antonia mit einem Kratzfuß und funkelnden Augen überreichte, Cornelius hatte zwei Champagnerflaschen dabei, von denen er eine gleich öffnete.

»Gewonnen!«, triumphierte er und lachte laut. »Oh, und was für ein Sieg!«

»Nun erzählt doch, erzählt!«, drängten Antonia und François.

»Es war göttlich!« Selbst der zurückhaltende Thomas kicherte noch immer. »Unbeschreiblich!«

»Er war da, genau, wie du es erwartet hast, Toni. Er und Lindenborn. Sie hatten gerade das Geschäft besiegelt. Sein Gesicht war ein Vermögen wert, als er uns erkannte.«

»Wir gingen es sehr zurückhaltend an und warteten sogar, bis Lindenborn gegangen war. Erst dann fing Cornelius an, Kormann zu überreden.«

»Er war ganz kalt und abweisend, fühlte sich so vollkommen im Recht. Niemals würde er zulassen, dass mir, einem Verbrecher, ein Grundstück verkauft würde.«

»Er wurde nachdenklicher, als wir einflochten, er habe doch bereits eine ganze Reihe Häuser erworben.«

»Ja, aber dann tat er es als ziemlich beiläufig ab. Er sei eben an Investitionen interessiert.«

»Wir mussten ihn tatsächlich daran erinnern, wie eigenartig es uns vorkam, dass der Wohlfahrtskommissär immer die interessantesten Objekte durch den Bauunternehmer Lindenborn ersteigern ließ.«

»Das hat indes nur kurzfristig zu seiner Irritation beigetragen, weshalb Thomas unsere Vermutung laut werden lassen musste, möglicherweise habe jemand aus besagter Kommission vorab, unter Wahrung von Eigeninteressen, über die Auswahl der zu versteigernden Häuser entschieden. Was einen unerfreulichen Fall von Korruption darstellen würde.«

»Worauf er an Kühle verlor und uns gerne mit derben Worten

des Raumes verwiesen hätte, wäre Cornelius nicht eine passende Bemerkung über unsere guten Beziehungen zu einem Redakteur der Kölnischen Zeitung entschlüpft.«

»Da hat er tatsächlich das Wort Erpressung in den Mund genommen.«

»Worauf wir von Bürgerpflicht sprachen und vom Interesse der Öffentlichkeit an der Lauterkeit der Staatsdiener. Cornelius tat es mit salbungsvollen Worten und gab auch einen kleinen Hinweis auf den integeren Charakter, den die Mitglieder des Conseil de Commerce vorweisen sollten, damit sie vom Minister benannt werden konnten.«

»Thomas murmelte hierbei Valerian Raabes Namen, was unseren Gesprächspartner zu einem milden Erbleichen brachte.«

»Doch seine Contenance ist bewundernswert, er fing sich wieder und zeigte Verhandlungsbereitschaft. Er bot uns ein anderes Objekt, in einer unglücklichen Lage, in einem widrigen Zustand. Wir verglichen es passenderweise mit dem Haus, in dem die Äbtissin Ottilia und die armen Schwestern von Sankt Mauritius untergebracht waren, nachdem ihnen ihr Heim im Klostergut genommen wurde.«

»Dabei erinnerten wir ihn auch gleich noch daran, dass diese bedauernswerten Damen nicht einmal die Unterstützung durch das Wohlfahrtsbureau erhielten und sie jämmerlich Hunger leiden mussten. Thomas betonte dabei die wohltätige Rolle des Domherrn, der sich um die Bejammernswerten in aufopferungsvoller Weise kümmerte.«

»Er bot uns ein weiteres, nicht diskutables Objekt an.«

»Wir lehnten es ab. Er hingegen lehnte es ab, uns das gewünschte Haus zu verkaufen.«

»Also holte Cornelius zum vernichtenden Schlag aus.«

Thomas konnte nicht an sich halten und prustete vor Lachen los. Cornelius fuhr, mühsam gefasst, mit ernster Miene fort: »Nun, cher Frédéric brauchte eine gewisse Zeit, bis er die wahren Zusammenhänge erkannte. Doch dann wurde ihm die Aussicht allmählich bewusst, die Dame, die auf den schönen Namen ›Fussije Ida‹ hört, könne ihr Recht anmelden, Wohnung bei ihm zu nehmen.«

»Zumal wir ihm Hilfestellung gaben und ihn baten, sich die Identität der werten Matrone von seiner Frau Gemahlin bestätigen zu lassen.«

»Ah ja, Thomas, seine Haltung hätte man geradezu als gebrochen bezeichnen können, als du von seinen Kindespflichten sprachst. Und von der Notwendigkeit, einen reichen Vorrat an Gin anzulegen, damit sich seine Schwiegermama in seinem neuen Heim wohlfühle.«

»Als du dann, lieber Cornelius, auch noch von der Bereitschaft der Fussijen Ida sprachst, ihre noble Verwandtschaft in einschlägigen Kreisen löblich zu erwähnen, war er sogar bereit, Lindenborn dazu zu bewegen, uns das Haus für den Preis zu verkaufen, für den der es ersteigert hat – und der lag deutlich niedriger, als wir dafür geboten hatten.«

»Saubere Arbeit«, lobte Antonia die beiden und grinste. »Ei, da habt ihr dem ondulierten Affen aber eine schöne neue Locke in den Pelz gebrannt!«

»Meine liebe, garstige Schwester, das meiste davon war dein Verdienst. Auf dich!« Cornelius hob sein Glas zu einem Salut, die anderen folgten ihm.

»Auf die Fussije Ida!«, erklärte Antonia trocken und trank. »Ich verdanke sie François.«

Der hatte dem Bericht mit einem immer breiter werdenden Grinsen zugehört und sich schließlich vor Lachen geschüttelt. Jetzt war er aber wieder ernst geworden.

»Kormann muss den Notar bestochen haben, denn es gibt keine Verordnung, die es untersagt, ehemaligen Strafgefangenen Grundeigentum zu verkaufen. Ich habe diese Sache mit meinem Vater geklärt. Ihr könnt sicher sein, er wird dem Notar die Frackschöße zum Schwelen bringen. Er hat ein satanisches Temperament, wenn er Amtsmissbrauch und Rechtsbeugung in seinem Bereich entdeckt.«

David hatte ebenfalls mit steigendem Vergnügen der geschilderten Posse zugehört, aber auch er war wieder ernst geworden. »Gut, ihr habt euer Ziel erreicht. Aber ihr habt euch einen Feind gemacht. Männer wie dieser Kormann können es gar nicht leiden, der Lächerlichkeit preisgegeben zu werden.«

»Ich weiß. Aber er ist schon seit über acht Jahren mein Feind, und ich kann nicht immer Rücksicht darauf nehmen, was er sich als Nächstes einfallen lässt. Für die kommende Zeit hängt erst einmal das Schwert mit dem Namen Fussije Ida drohend über ihm, und er wird bei jedem Klopfen an der Tür erwarten, eine rot gefärbte, ginselige alte Vettel davor zu finden, die ihre Tochter besuchen möchte.«

Die Tränen des Laurentius

Rosen auf den Weg gestreut
Und des Harms vergessen!
Eine kleine Spanne Zeit
Ward uns zugemessen.

Lebenspflichten, Hölty

Für Antonia begann die glücklichste Zeit in ihrem Leben. Alles war lauter Heiterkeit, die Tage vergoldet, die Nächte warm, voller Sterngefunkel. Sogar das Wetter spielte mit. Sonnig war es, doch nicht zu heiß, milde wehte ein stetiges Lüftchen den Rhein hinunter. Dann und wann brach ein kühlendes Gewitter über die Stadt herein und tränkte das Grün, aber für lange verdunkelte es nicht den Himmel.

Es ging geschäftig zu im Hause Waldegg. Cornelius richtete mit Thomas das Haus in der Nachbarschaft her. Sie hatten Arbeiter angeheuert, aber Cornelius' Erfahrung als Zimmermann kam ihnen zugute, als es darum ging, Böden zu verlegen, Türzargen einzupassen oder das Dach und das Fachwerk zu reparieren. David half bei allen Maurerarbeiten mit, und Antonia durfte Fensterrahmen und Wände streichen. Dennoch ging sie weiterhin zwei Tage in der Woche mit Susanne in den Laden, schon um ihren Brüdern die Möglichkeit zu geben, ohne sie ihren männlichen Vergnügungen nachzugehen. Sie konnte sich wahrhaftig nicht darüber beklagen, von ihnen vernachlässigt zu werden. Wann immer sie Zeit fanden, ritten sie gemeinsam aus und erkundeten die Umgebung. Dabei trug Antonia weiter ihre Jungenkleidung und wurde von David und Cornelius wie ein jüngerer Bruder behandelt. An anderen Tagen aber zog sie eines ihrer modischen Sommerkleider an, und sie besuchten Konzerte, Galerien, gesellige Tanzereien oder mondäne Vergnügungsstätten. Meist schlossen sich auch Susanne und ihre Cousinen an, gelegentlich begleiteten sie Thomas Lindlar, seine junge Frau und ihr zweijähriger Sohn. François Joubertin und Philipp Wittgenstein waren auch oft mit von der Partie. Sonntags ging die Familie gemeinsam zur Messe, den Nachmittag aber mieteten sie eine offene Kutsche, um damit aufs Land zu fahren und unter den schattigen Bäumen der Rheinaue ein Picknick zu veranstalten. Mit Erstaunen stellte Antonia fest, dass ihre Mutter viel von ihrer inneren Anspannung verlor. Ja, sie räumte noch nicht einmal mehr die nachlässig im Salon hingeworfenen Zeitschriften weg, und ihre Gobelinstickerei blieb tagelang unberührt in ihrem Handarbeitskorb. Viel häufiger als früher hörte man ihr fröhliches Lachen, und sie ging sogar so weit, eigenhändig wilde Himbeeren von einem Busch zu pflücken und sie sich direkt mit saftverschmierten Fingern in den Mund zu stecken. Der Domherr blühte auf. Er hatte die Folgen des Herzanfalls vollkommen überwunden. Einmal, als es besonders turbulent in seinem Haus zuging, machte er lächelnd die Bemerkung: »Ich habe fast den Eindruck, drei richtige Kindsköpfe aufgenommen zu haben.«

Unrecht hatte er damit nicht, keiner der drei hatte eine sorglose Kindheit und Jugend erlebt, und es war tatsächlich so, als ob sie sich in diesen Tagen einen Teil davon zurückholen wollten. Er erfreute sich daran, und in den Abendstunden machte er täglich mit einem seiner Kinder einen Spaziergang am Rheinufer entlang, wobei er sich ganz ihren persönlichen Fragen, Hoffnungen oder gelegentlich auch Befürchtungen widmete.

Besonders glücklich war er über die neue Freundschaft zwischen David und Maximilian Fuchs. Die jungen Männer verbrachten Stunden zusammen im Dom und fachsimpelten. David hatte den jungen Architekten getroffen, als er in der Kathedrale umherstreifte, um seinen Erinnerungen an früher nachzuhängen. Sie waren miteinander ins Gespräch gekommen, und Fuchs hatte von Boisserées großen Plänen gesprochen, das Gebäude zu vermessen, um eine Grundlage für einen Weiterbau zu schaffen. In kürzester Zeit waren sie in Grundrisse und Perspektiven, Stützlasten und Pfeilerquerschnitte, Gewölbebau und Verschalungen versunken und fanden höchstes Vergnügen aneinander.

Als Folge daraus beteiligte sich David an den Zeichnungen und Berechnungen, die Fuchs anstellte.

Anfang August feierten sie Cornelius' zweiunddreißigsten Geburtstag mit einem italienischen Abend auf der Deutzer Festwiese. Es war ein ausgelassenes Fest, bei dem sich viele Freunde des Domherrn eingefunden hatten, aber auch etliche, die inzwischen mit Cornelius bekannt waren. Tische und Bänke standen unter hohen Pappeln und Weiden, in denen bunte Lampions leuchteten, kühle Getränke und reichlich Essen wurde serviert, und drei Musiker spielten heitere Melodien. Ländliche Tänze und ein Boule-Spiel wurden organisiert, Nachen standen für jene bereit, die sich auf dem Wasser vergnügen, Decken und Kissen für die, die der Ruhe oder dem besinnlichen Plausch frönen wollten. Man promenierte, kokettierte, disputierte, fabulierte und soupierte nach Lust und Leidenschaft.

Als es dämmrig wurde, schlenderte François Joubertin mit Antonia einen von Rosenbüschen gesäumten Weg entlang. Sie wollte eigentlich zum Ufer gehen, aber er lenkte sie mit der ihm eigenen höflichen Beharrlichkeit in die entgegengesetzte Richtung. Jetzt waren sie außer Hörweite der Gesellschaft, und er führte sie zu einer schmalen Bank.

»Bitte, Mademoiselle, lassen Sie uns hier Halt machen!«

»Ei, François, schon erschöpft von den wenigen Schritten?«

»Ja, meine Liebe, ich bin ein schwächlicher Zeitgenosse. Ich möchte den Nachtigallen lauschen, den Duft der Rosen genießen und zu den Sternen aufschauen.«

»Nun, dann rasten wir hier eine Weile. Ich gebe zu, es ist ein idyllisches Plätzchen.«

Sie setzten sich, und Antonia betrachtete den jungen Mann neben sich, der nicht so entspannt wirkte, wie es die lauschige Stimmung bewirken sollte. Er war ansehnlich, nicht ganz so groß wie ihre Brüder, aber aufrecht und schlank, ein gewandter Tänzer, ein begabter Diplomat, ein interessanter Plauderer, ein gebildeter Mann und ein loyaler Freund. Sie ahnte plötzlich, warum er sie an diese abgelegene Stelle geführt hatte, und es machte sie traurig zu wissen, was sie darauf erwidern würde.

»Mademoiselle Antonia, es ist ein so schöner Abend, dass ich endlich den Mut finde, zu Ihnen zu sprechen.«

»François«, bat sie sanft.

»Doch, Antonia. Lassen Sie mich wenigstens meine Bitte vortragen! Ich will heute noch gar keine Antwort von Ihnen hören.«

Sie schüttelte lächelnd den Kopf.

»Doch, meine liebe Freundin. Ich möchte Ihnen mein Herz zu Füßen legen. Wie oft habe ich diese Worte im Scherz gesprochen, aber es ist mir ernst damit. Antonia, ich liebe Sie. Ich träume davon, sie meine Frau nennen zu können. Ich weiß, Sie sind noch jung, Sie haben gerade erst Ihre Familie gefunden, Sie brauchen Zeit. Dennoch, Sie sollen wissen, wie es um meine Gefühle bestellt ist. Sie sind aufrichtig, Antonia, voller Respekt und Achtung, auch für das, was Sie einst durchgemacht haben.«

»Danke, François. Ihr Antrag ehrt mich. Ich weiß, wie ehrlich Sie sind, und dafür schätze ich Sie. Sie sind vom ersten Augenblick an gut zu mir gewesen. Trotzdem möchte ich, dass Sie etwas bedenken.« Sie schloss die Augen und nahm seine Hand in die ihre. »Ein alter, blinder Pater hat mir einmal die Zukunft vorhergesagt, und genau wie er kann ich jetzt sehen, was sein wird.« Sie glitt mühelos in die weichere französische Sprache. »François, Sie werden sehr bald ein erfolgreicher Jurist sein und mit jungen Jahren bereits das höchste Richteramt erlangen. Sie werden an Ihrer Seite eine schöne, liebenswerte Frau haben, die Ihr Werk mit ihrer Würde und Güte unterstützen wird. Sie wird Ihnen hilfreich zur Seite stehen, wenn Ihre Aufgaben Sie mit Ministern und Fürsten zusammenführen, und Ihnen eine Stütze in turbulenten Zeiten sein.« Langsam öffnete sie wieder ihre Augen und sah François an, der mit einem seltsam hungrigen Blick an ihren Lippen hing. »Das alles kann ich für Sie nicht sein, mein liebster Freund. Mir gebricht es an diplomatischem Geschick und an jeglicher Form von Würde. Ich spreche aus, was ich denke, ich habe keine Geduld mit Heuchelei und Speichelleckern. Sie haben einige Kostproben von mir erhalten. Mag sein, ich erheiterte Sie, aber es ist kein glücklicher Zug von mir. Ich würde Ihnen auf Ihrem Weg nur schaden.«

»Antonia, Sie sind so schön und so lieb. Mit Ihnen an meiner Seite kann ich alles erreichen. Aber ich weiß, was Sie mir zu verstehen geben wollen. Wenn meine Gefühle ein wenig abgekühlt sind, werde ich es vielleicht sogar zu schätzen wissen, was Sie mir eben erklärten. Aber noch bricht es mir das Herz.«

»Glauben Sie mir, es tut mir genauso weh wie Ihnen. Erwiderte ich auf gleiche Weise Ihre Liebe, könnte es eine Chance geben. Ich empfinde große Zuneigung zu Ihnen, François. Tiefe Freundschaft und bedingungsloses Vertrauen. Ich möchte Ihre Freundin sein, was immer geschieht.«

Langsam hob er ihre Hand an seine Lippen und küsste ihre Fingerspitzen. »Sogar die Bitterkeit der Ablehnung verstehen Sie zu versüßen, meine Liebe. Wir wollen nicht mehr darüber sprechen. Doch sollte sich irgendwann Ihre Meinung ändern, Antonia, geben Sie mir ein kleines Zeichen.«

Sie erhoben sich und wandelten schweigend den von Rosenduft gesäumten Weg zurück. Kurz bevor sie die Gesellschaft erreicht hatten, blieb Antonia noch einmal stehen.

»Ich weiß nicht, warum, aber irgendwie habe ich das Gefühl, sie wird Marianne heißen.«

François lachte. »Hexe!«

Einträchtig schweigend betrachteten sie die ersten Tränen des Laurentius, die kleinen, flinken Meteoriten, die vom Himmel tropften.

David und Cornelius waren mit dem Nachen ein gutes Stück gegen den Strom gerudert. Als im Westen die Sonne über den Türmen der Stadt unterging und sich der Himmel von blassem Blau über Violett zum grünlichen Schimmer der Dämmerung verfärbte, zogen sie die Ruder ein und ließen sich mit der Strömung treiben.

»Noch drei Wochen«, bedauerte David leise. »Dann muss ich zurück. Es wird lange dauern, ehe wir uns wiedersehen, Cornelius. Ich kann nicht jeden Sommer eine solche Reise machen.«

»Ich weiß. Auch ich werde hart zu arbeiten haben. Aber wir haben diese Monate für unsere Erinnerung, mein Bruder. Und wir werden Briefe schreiben.«

»O ja, das werden wir. Mein Gott, ist das schön hier! Ich wusste nicht, wie sehr ich diese hässliche Stadt vermisst habe. Und meine Familie.«

»Du sprichst mir aus dem Herzen. Aber du hast es jetzt gut getroffen, nicht wahr?«

»Ich habe großes Glück, dass mich Meister Leopold aufgenommen hat.« David lächelte. »Er ersetzt mir fast eine Familie. Er würde es gerne sehen, wenn ich als Schwiegersohn dazugehörte.«

»Das Mädchen gefällt dir nicht?«

»Ach, Emma ist schon in Ordnung. Aber mir steht der Sinn nicht nach einer Bindung.«

»Du bist verwöhnt, Junge. Mit deinem Aussehen verdrehst du jedem weiblichen Wesen den Kopf. Ich sehe doch die schmachtenden Blicke, die dir auf Schritt und Tritt folgen.«

»Ich mag sie nicht, Cornelius. Diese schmachtenden Blicke. Es steckt zu viel Berechnung dahinter.«

»Wann bist du so ein Zyniker geworden?«

»Seit ich ein Geheimnis der Frauen nach dem anderen enthüllt bekam. Als Knabe faszinierten sie mich, als Junge zogen sie mich magisch an, als Jüngling lernte ich, dass der Schein oft trog, und als Mann erkannte ich die Forderung, die hinter jedem schmachtenden Blick steht. Hinter jeder gehauchten Liebeserklärung lauert pure Eigenliebe, hinter jedem kapriziösen Flirt wartet habgierige Selbstsucht und unter jedem Kuss ein kaltes Kalkül.«

»Pfui über dich, David. Das ist nicht fein. Nicht alle Frauen kannst du so über einen Kamm scheren. Ich habe dir von Bice erzählt. Was du sagst, kann ich nicht bestätigen.«

»Gut, ich will es einschränken – es sind die so genannten anständigen Frauen, die mich Vorsicht gelehrt haben.«

»Elena ist eine anständige Frau.«

»Elena hat jahrelang verheimlicht, dass sie eine Tochter hat. Sogar jetzt verbirgt sie etwas vor uns und unserem Vater.«

»Das ist ihre Sache, David. Und, ja, solche wie die Fussije Ida verstecken ihre Interessen natürlich nicht hinter geheuchelter Sittsamkeit, da magst du Recht haben. Die unanständigen Mädchen sind leichtherziger und amüsanter im Umgang. Aber wenn du nicht ein einsamer Hagestolz werden willst, dann wirst du dich irgendwann nach einer Partnerin umsehen müssen. Ich habe den Verdacht, unser Vater würde sich über eine reiche Enkelschar höllisch freuen.«

»Sicher. Du bist der Ältere, beginn du doch damit!«

»Fände ich eine, die mir ein schmiegsames Liebchen sein wollte, nähme ich sie. Aber ich fürchte, noch ist meine kriminelle Vergangenheit ein Hindernis für die anständigen jungen Damen. Noch mehr aber für ihre Mütter und Väter. Ich werde warten müssen, bis das Gras dichter über diese Sache gewachsen ist. In der Zwischenzeit gibt es auch für mich erst einmal nur die unanständigen Mädchen.«

»Du siehst Susanne gelegentlich versonnen an.«

»Natürlich. Sie war lange Teil meiner wildesten Träume. Es verblüfft mich immer wieder, dass sie wirklich existiert, und ihre Unschuld beschämt mich.«

»Ich verstehe. Trotzdem glaube ich, sie stört sich an deiner Vergangenheit nicht. Sie ist ein ziemlich realistisches Mädchen, wenn sie nur aufhört, mit den Wimpern zu klimpern und albern zu kichern.«

»Das unterlässt sie nur bei dir, junger Freund, und schon deswegen werde ich mich bei ihr zurückhalten.«

»Mist!«, entfuhr es David. »Das wollte ich nicht. Sie ist ungeheuer talentiert, und mir hat es Spaß gemacht, mich mit ihr über Kunst und Malerei zu unterhalten. Das Letzte, was ich beabsichtigte, war, dass sie sich in mich verliebt.«

»Das wird vermutlich heilen, wenn du wieder in Dresden bist. Es umschwärmen sie genügend aussichtsreiche junge Männer, sie wird etwas Passendes finden.«

»Hoffentlich. Übrigens umschwärmt der junge Joubertin unsere Schwester.«

»Sie ist noch viel zu jung. Aber François ist in Ordnung. Er wird wissen, dass er zu warten hat.«

»Pass auf sie auf, Cornelius! Sie ist ein mutiges, selbstständiges Mädchen, aber sie ist schon oft verletzt worden.«

»Keine Sorge, David. Ich wache über sie. Mag sie noch so ein unerträglicher Wechselbalg sein und mit ihren Sticheleien meine

Nerven immer wieder blank legen, es ist etwas an ihr, das ich nur bewundern kann.«

Sie nahmen die Ruder wieder auf, und David betrachtete Cornelius, dessen Profil sich gegen den sich verdunkelnden Himmel abhob. Mit einer intuitiven Eingebung wusste er, es war mehr als bloße Bewunderung, die sein Bruder für Antonia fühlte. Es machte ihn plötzlich unsagbar traurig.

Als sich der Nachen der Anlegestelle näherte, tropften über ihnen vom Himmel die Tränen des Laurentius.

Susanne hatte sich, ganz gegen ihre sonstige Art, von den fröhlich Feiernden entfernt und am seichten Ufer des Rheins einen schmalen Bootssteg gefunden. Sie streifte, weil sie sich gänzlich unbeobachtet fühlte, die Schuhe und Strümpfe von den heißen Füßen und ließ diese nun in das kühle Wasser baumeln. Ihre Gefühle waren in Aufruhr. Aus den verschiedensten Gründen. Der vornehmste war der drängende Heiratsantrag, den Philipp Wittgenstein ihr gemacht hatte. Wie bereits drei Mal zuvor hatte sie abgelehnt. Natürlich mochte sie Philipp. Er war ihr nicht unangenehm. Aber sie verspürte nicht den leisesten Hauch von Prickeln, wenn sie mit ihm zusammen war. Augusta hingegen schien dieses Gefühl beständig zu haben. Sie beobachtete mitleidig deren verletzten Gesichtsausdruck, wenn er so ganz seine Aufmerksamkeit auf sie richtete und ihrer Cousine nur mit freundlicher Höflichkeit begegnete. Das Prickeln, das sie selbst mit dieser ernsthaften, ganz anderen Form des Verliebtseins in Verbindung bringen konnte, stellte sich automatisch ein, wenn sie Davids auch nur ansichtig wurde. Es war so ganz neu, und es war so überwältigend, dass sie noch nicht einmal mit Antonia darüber sprechen konnte. Es machte sie in Davids Gegenwart unsäglich beklommen und ließ jegliche Leichtigkeit im Umgang mit ihm verfliegen. So mied sie ihn lieber, um sich nicht zu verraten. Nur wenn sie sich mit ihren Zeichnungen beschäftigte, konnte sie unbefangen mit ihm reden. Es war so wundervoll von ihm, ihre Versuche, eigene Bilder zu schaffen, ernst zu nehmen.

Antonia ermutigte sie ebenfalls, und sie dankte es ihrer

Freundin herzlich. Deshalb sah sie darüber hinweg, dass sie, seit ihre beiden Brüder in Köln waren, kaum noch Zeit für sie hatte.

Leise seufzte sie in die blaue Dämmerung hinaus. David reiste bald nach Dresden ab, dann hatte zwar Antonia bestimmt wieder mehr Zeit für sie, aber der Gedanke an die Trennung verursachte ihr ein schmerzliches Ziehen, das kaum zu ertragen war. Briefe ersetzten nicht die Gegenwart eines geliebten Menschen. Eine stille Traurigkeit verdunkelte Susannes sonniges Gemüt.

Über das Wasser hin hörte sie leise Stimmen, und als sie sich nach deren Quelle umsah, erkannte sie den Nachen, in dem David und Cornelius saßen. Hastig zog sie die Füße aus dem kalten Nass, nahm Schuhe und Strümpfe in die Hand und lief barfuß in Richtung der Gesellschaft.

Sie sah nicht die Tränen des Laurentius vom Himmel tropfen.

Hermann und Elena hatten es sich in zwei nebeneinanderstehenden Liegestühlen gemütlich gemacht und lauschten einträchtig dem schläfrigen Gesang der letzten Vögel. Der Domherr hielt die Hand seiner Frau in der seinen und hatte ein stilles Lächeln auf den Lippen.

»Du bist glücklich, Hermann«, flüsterte Elena.

»Ja, Liebes, ich bin glücklich. Ganz unbeschreiblich glücklich. Sie werden alle ihren Weg machen. Ich sehe es vor mir. Alle drei, Elena, haben sie Prüfungen bestanden, die andere Menschen vernichtet hätten. Alle drei sind sie jedoch stärker und selbstbewusster daraus hervorgekommen. Es wird sie nichts so leicht mehr erschüttern.«

Doch Elena konnte dem nicht so enthusiastisch zustimmen. Zum einen sorgte sie sich ständig um die Gesundheit ihres Mannes. Er sah gut erholt aus, hatte eine erstaunliche Energie an den Tag gelegt, um Cornelius und David gesetzlich als seine Söhne anzuerkennen. Aber sie hatte auch mit dem Arzt gesprochen, und der konnte nicht ausschließen, dass sein krankes Herz nicht doch wieder Mucken machen würde. Zum anderen trug sie schwer an einem Wissen, das, soweit es sie betraf, nie an das

Licht der Öffentlichkeit gelangen durfte. Obwohl sie in den vergangenen Wochen eine wohlgelaunte Fröhlichkeit verspürte und sich auch nicht scheute, sie zu zeigen, hatte das alte Schuldbewusstsein wieder von ihr Besitz ergriffen. Nur wenige Monate hatte sie sich frei davon gefühlt. Doch sie hatte gute Übung darin, sich nichts von ihren inneren Befürchtungen und Qualen anmerken zu lassen. Selbst ihr Gatte wäre nicht im Traum darauf gekommen, sie könne ein dunkles Geheimnis mit sich herumtragen. Dass Cornelius und David dennoch gespürt hatten, dass eine Last auf ihrer Seele lag, ahnte Elena nicht. »Schau, da kommen François und Antonia zurück«, machte sie den Domherrn aufmerksam.

»Er sieht enttäuscht aus, soweit ich das erkennen kann. Hätte seine Bewerbung Erfolg gehabt, wären seine Schultern jetzt straffer.«

»Er wäre ein passender Gatte für sie.«

»Vielleicht. Ich bin mir seiner Vorzüge bewusst, Elena. Aber ich fürchte, ich kenne auch seinen Nachteil.«

»Ich kann keinen Mangel an ihm entdecken.«

»Doch, Elena. Den Mangel an Leidenschaft. Er ist ein besonnener Mann, ein willensstarker und redlicher Mensch. Er würde ihr die Welt zu Füßen legen. Aber Antonia gehört zu denen, die die Welt lieber mit eigenen Händen erobern möchten. Der Mann, mit dem sie sich einst verbindet, wird ihr darin ebenbürtig sein müssen. Sie ist noch sehr jung. Ich hoffe, ich erlebe es noch, wenn sie ihn erkennt.«

»Sie ist an Jahren sehr jung, Hermann, aber manchmal erscheint sie mir älter, als ich es bin.«

»Meine Liebe, sie erscheint mir oft älter als ich. Ein interessantes Kind hast du da geboren. Ich glaube, sie wird die Welt nicht nur erobern, sie wird sie, im Gegensatz zu gewissen Eroberern, auch in ihren Händen zu halten wissen.«

Elena waren solche Gefühle fremd, sie wollte nichts erobern und nichts halten, sie wollte Frieden für sich, ihren Mann und ihr Kind. Sie hoffte inständig, ihnen möge das auf lange Zeit vergönnt sein. Aber der Schatten in ihrer Seele mahnte sie, dass dieser Frieden nur von kurzer Dauer sein würde. Sie wandte sich ab, um ihren geliebten Ehemann nicht mit den Tränen zu beunruhigen, die ihr in den Augen brannten.

Und vom Himmel tropften die Tränen des Laurentius.

Schicksalhafte Erinnerung

Nur einen Sommer gönnt, ihr Gewaltigen,
Und einen Herbst zu reifem Gesange mir,
dass williger mein Herz, von süßem
Spiele gesättigt, dann mir sterbe!

An die Parzen, Hölderlin

In der ersten Septemberwoche weihten sie die Druckerei ein. Susanne, Antonia und Amalie, Thomas Lindlars junge Frau, hatten eine Girlande geflochten und um die Eingangstür drapiert, über der das glänzend neue Schild mit dem Aufdruck »Druckerei und Verlagshaus L&W« prangte. Neben der Druckerpresse standen Kühler mit Champagnerflaschen und Jakobas unvergleichliche Marzipantorte, die sie in Form eines Buches gebacken hatte. Der Domherr und Elena kamen mit einem weiteren Korb voller Köstlichkeiten, und die beiden Stifte leckten sich begehrlich die Lippen. Insgesamt waren in der Druckerei sechs Personen beschäftigt. Ein Setzer mit seinem Lehrling, ein Druckerlehrling, Thomas als Drucker, Cornelius, der sich vornehmlich um die Beschaffung von Manuskripten und die Vermarktung der Druckerzeugnisse kümmern sollte, daneben aber auch die notwendigen Holzstiche anfertigte, und ein Faktotum, das alle anfallenden Zuarbeiten zu übernehmen hatte.

Noch roch es nur nach frischem Holz, Farbe und jungfräulichem Papier in den Werkstatträumen, aber bald würde der Geruch von Druckerschwärze hier Einzug halten. Die Kästen mit den Bleilettern standen ordentlich neben dem Tisch, an dem der Setzer sie in Winkelhaken zu Texten zusammenfügen wurde. Das große Schiff, der Rahmen, in dem dann die Seiten zugerichtet wurden, befand sich neben dem Fenster, wo helles Licht einfiel. Es türmten sich Stapel von Bogen unterschiedlicher Papierqualitäten, aufgereiht standen Tiegel mit Druckfarbe, Ballen, mit denen die Farbe auf die gesetzten Lettern gestrichen wurde, Schneid- und Falzmesser, und unter der Decke waren die Leinen gespannt, über die später die frisch gedruckten Bögen zum Trocknen gehängt werden sollten.

Waldegg sah sich bewundernd um und fragte dann: »Nun verratet uns, womit werdet ihr diese schöne Druckerei einweihen? Habt ihr schon Aufträge?«

»Aber natürlich«, antwortete Cornelius. »Thomas wird den monatlichen Gesellschaftskalender weiterdrucken, und ich habe über Raabes Vermittlung ein Traktat über römische Grabkunst erhalten. Außerdem hat Antonia die Hälfte der Vulkanologie übersetzt, die ich mitgebracht habe. Die Stiche dazu werde ich als Erstes anfertigen.«

Weitere Besucher kamen, tranken mit dem Champagner auf eine erfolgreiche Zukunft des neuen Unternehmens und ließen sich von Thomas die Funktion der Tiegelpresse erklären. Antonia führte Elena in das obere Stockwerk, wo Cornelius seine Wohnung bezogen hatte. Es waren zwei luftige Räume, doch karg eingerichtet. In dem kleineren standen ein Bett, ein Schrank, ein Tisch mit zwei Stühlen und ein Paravent, hinter dem sich die Waschgelegenheit verbarg. Antonia und Susanne hatten allerdings aus blauem Stoff Gardinen angefertigt und vor das Fenster gehängt. In dem größeren Zimmer dominierte ein mächtiger Schreibtisch, ein Lesepult stand in der Ecke, und die Wände waren bis zur Decke mit Regalen versehen, die zur Hälfte mit Büchern, Akten und Manuskripten gefüllt waren. Zierrat fand sich keiner, weder Bilder noch Büsten, weder Deckchen noch Vasen.

»Sehr – mhm – männlich«, urteilte Elena mit leisem Missfallen diesen Umstand.

»Sehr leicht zu pflegen.«

»Vermutlich. Ich kann es ja verstehen, aber gemütlich ist es nicht. Wenn er wenigstens einen Teppich auf den Boden legen würde.«

»Schenken Sie ihm einen, Frau Mutter!«

»Das werde ich auch tun.«

Von unten klang Stimmengewirr nach oben, und sie mischten sich wieder unter die Anwesenden.

Gegen Abend hatten sich schließlich alle Besucher entfernt, und Antonia half noch mit, die Werkstatt aufzuräumen. Danach versammelte sich die Familie Waldegg zu einem leichten Abendessen im Haus des Domherrn.

»Es ist erstaunlich aufwändig, ein Buch zu drucken«, sinnierte Elena bei einem Häppchen von Jakobas Fruchtcreme. »Ich habe mir nie Gedanken darüber gemacht. Jeder einzelne Buchstabe und sogar jede freie Stelle muss mit der Hand in diese Kästen gesetzt werden.«

»Ja, wenn man das weiß, schätzt man Gedrucktes um so mehr«, bestätigte der Domherr.

»Weit mehr aber die von Hand abgeschriebenen Bücher. Das hat mich einst Pater Emanuel gelehrt.« Antonia dachte mit Wehmut an den erblindeten Prämonstratenser, der ihr den Grundstock zu ihrer eigenen kleinen Bibliothek vermacht hatte. David, der noch am wenigsten von ihrer Vergangenheit wusste, fragte: »Wer war Pater Emanuel, Toni?«

»Ein Mönch, den ich in Arnsberg traf. Im Jahr 1802, als der Landgraf von Hessen-Darmstadt dort einzog, um seine Hand auf diesen Zipfel Land zu legen, das ihm erst im nächsten Jahr zugesprochen werden sollte.«

»Eine kriegerische Besetzung?«

»Nein, eher eine Landpartie. Herr Vater, Sie müssten dem Pater doch auch begegnet sein. Er lebte in dem Kloster, in dem der Dreikönigsschrein verborgen war.«

Waldegg schien zu überlegen. »In der Zeit zwischen 1794 und 1796, die ich dort verbrachte, lebten da noch einige Mönche. Es ist nun schon zwölf Jahre her, dass ich dort weilte, und ich kann mich nicht mehr an alle Namen und Gesichter erinnern.«

»Er hat die Bibliothek von Kloster Wedinghausen betreut, bevor er erblindete, erzählte er mir.«

»Der Bibliothecarius, natürlich! An den erinnere ich mich. Ein überaus beschlagener Mann. Es machte mir immer größte Freude, mich mit ihm zu unterhalten.«

»O ja, mir auch, Herr Vater.«

»Wie hast du ihn kennengelernt?«

»Ich verhinderte, dass er auf dem zugefrorenen Teich in ein Fischloch fiel.«

David lachte. »Das ist mal wieder typisch für dich! Du hast wahrscheinlich keinen Gedanken daran verschwendet, dass du ebenfalls hättest hineinrutschen können.«

»Jetzt, wo du es erwähnst, kommt es mir vor, als hätte diese Möglichkeit bestanden. Aber ich brach nicht ein, und so wurde alles gut.«

»Wie ist es dem Pater ergangen? Stehst du noch in Kontakt mit ihm?«

»In meinen Gebeten, ja. Er starb im selben Jahr wie meine Mutter. Der Apotheker, bei dem er zuletzt wohnte, schrieb mir davon und schickte mir seine Bücher. Er hat sich übrigens noch in seinen letzten Lebensmonaten um die Handschriften des Domarchivs bemüht.«

»Die waren zu der Zeit doch schon wieder nach Köln gebracht worden.«

»Nicht alle. Es gab da eine Begebenheit, auf die ich zufällig gestoßen bin.« Antonia erzählte, wie sie in der Köhlerhütte im Wald von Altenkleusheim die illuminierten Handschriften gefunden hatte. »Er hat den Pfarrer von Altenkleusheim gebeten, die Hütte aufzusuchen, und wenn möglich, die Bücher zu retten. Ich weiß nicht, ob es ihm gelungen ist, aber in Darmstadt, als ich im Antiquariat arbeitete, erhielten wir eine Kiste mit verschiedenen Schriftsachen, unter denen auch eines der Bücher war.«

»Das ist ja abenteuerlich!«, rief der Domherr. »Bist du sicher, das es das nämliche Buch war? Ich meine, deine Sachkenntnis in Ehren, aber es hätte ein ähnliches, etwa aus gleicher Schule sein können.«

»Nein, Herr Vater. Ich bin ganz sicher, dass es das Buch aus Altenkleusheim war. Denn … nun ja, als ich es in der Köhlerhütte fand, fiel mir eine Seite in die Hand. Mit dem Bild der heiligen Ursula. Mutter Elisabeth glaubte fest an ihre Wunderwirkung. Und ich hatte mich doch verirrt.«

»Was willst du damit andeuten?«

»Ich … na ja, ich nahm die Seite an mich. Ich habe sie noch. Damals fand ich sie nur schön, jetzt weiß ich allerdings, wie wertvoll sie ist, und … Ich hole sie.« Antonia sprang auf und lief in ihr Zimmer, um das Kistchen mit ihren größten Schätzen nach unten zu tragen.

Die Gesellschaft hatte es sich im Salon gemütlich gemacht, und als sie die Kiste auf den Tisch stellte, beugten sich alle neugierig darüber. Antonia holte das lose zusammengerollte Blatt heraus und strich es glatt. Wie Edelsteine glühten die satten Farben der Miniatur, und golden rankten sich die Ornamente auf dunkelblauem Grund um das Bild.

»Himmlische Mutter – oder besser: gütige Ursula! Ja, das gehört zu einer unserer wertvollsten Handschriften.«

»Das Buch ist gerettet, und wenn mich nicht alles täuscht, befindet es sich jetzt in Händen Ludewigs von Hessen-Darmstadt. Der Antiquar hat ihm nämlich immer seine besten Funde zuerst angeboten.«

Kopfschüttelnd streichelte Waldegg das Pergament: »Wirre Zeiten haben wir erlebt. Kostbare Dinge sind in alle Winde verstreut worden, und an seltsamen Stellen tauchen sie wieder auf. Das macht mir eigentlich Hoffnung, dass du in Paris die Fassadenpläne des Doms auch wiederfindest, Cornelius. Ich habe an die entsprechenden Herren einen erklärenden Brief geschrieben.«

Antonia hatte das perlenbesetzte Kreuz aus dem Kästchen genommen und hielt es fest. Ihre Gedanken waren weit fort in der Vergangenheit. Sie dachte an Pater Emanuel und an ihre Mutter, den langen Marsch durch den heißen Sommer, die Freiheit, die sie damals als Trossbub genossen hatte, als sie durch Wald und Felder streifen durfte. Ohne Zweifel war es gefährlich gewesen, das war ihr in ihrer Unschuld jedoch nicht bewusst gewesen. Es war ein glücklicher Umstand, dass sich in der Köhlerhütte keiner der Räuber aufgehalten hatte. Sie sah sich selbst wieder in der Truhe kramen und die wunderbaren Bilder der Handschriften betrachten. Und ihre Enttäuschung, als sich das Pergament in der Lederrolle nur als einfache Zeichnung eines Kirchturms entpuppte.

»Hölle und Krötenlaich!«, fuhr sie plötzlich auf.

»Was ist, Kind? Noch ein Frevel, der dir in den Sinn kommt?«

»Nicht der meine. Aber – heilige Ursula, steh mir bei! Herr Vater, Sie sprechen so oft von den Plänen, die verschollen sind. Könnten Sie mir die, die Sie mit so großem Eifer suchen, beschreiben?«

»Antonia?«

»Ich habe eine Idee.«

Waldegg wirkte aufgeregt, aber er nahm einen Schluck Wein und atmete tief durch.

»Sie bestehen aus mehreren aneinandergehefteten Pergamenten und sind gut zwölf Fuß lang. Einst war es ein zusammenhängender Plan der gesamten Fassade, aber irgendwann wurde er in der Mitte geteilt, sodass jeder Turm eine eigene, knapp drei Fuß breite Bahn darstellt. Der Meister, der den Plan zeichnete, hat akribisch jede Einzelheit darauf festgehalten, was ungewöhnlich für diese Art von Plänen ist. Für die Handwerker in der Bauhütte hätten Einzelskizzen gereicht. Aber auf dem Plan ist jede Fiale, jede Krabbe, jeder Blattfries, ja sogar jeder Wasserspeier an seinem richtigen Platz gezeichnet.«

Antonia schüttelte den Kopf und fragte erstaunt: »So groß ist er? Den kann man ja noch nicht einmal in diesem Raum hier aufhängen.«

»Aufgehängt wurde er nur selten. Wohl nur dann, wenn es darum ging, irgendwelche Gönner und Förderer zu beeindrucken. Ansonsten wurden die Pläne in zwei Lederrollen aufbewahrt.«

»Dunkelbraun, mit zwei Schnallen verschlossen.« Sie nickte bedächtig. »Herr Vater, ich glaube, ich habe zumindest einen dieser Pläne in der Hand gehabt.«

»Was erzählst du da, Kind?« Waldegg war aufgefahren und schnappte nach Luft.

»In Altenkleusheim. In der Köhlerhütte. Diese Rolle befand sich in derselben Truhe wie die Handschriften. Ich war enttäuscht, weil es nur eine Zeichnung in bräunlicher Tinte war. Von einem Kirchturm.«

»Das war der … Maria, hilf!« Mit einem dumpfen Poltern brach der Domherr über dem Tisch zusammen. David, der neben ihm saß, fing ihn auf, Cornelius war sofort bei ihm und suchte in seiner Rocktasche nach der Phiole. Antonia war weiß wie ein Leintuch geworden und fühlte sich wie gelähmt. Elena aber begann, hoch und schrill zu schreien.

»Auf das Kanapee!«, befahl Cornelius, der das Glasfläschchen öffnete. David gelang es mit einer gewaltigen Anstrengung, den leblosen Mann auf das Polstermöbel zu legen. Endlich konnte sich Antonia auch wieder bewegen und eilte herbei, um ihm Kissen in den Rücken zu stopfen. Doch als sie seine Schultern anhob, wurde ihr klar, dass keine Maßnahme mehr helfen konnte. Sie kniete nieder und legte ihren Kopf an seine Brust.

Sein Herz hatte aufgehört zu schlagen.

»Vater«, flüsterte sie. »Mein Vater!«

Auch David kniete sich neben sie, stumm und mit blassem Gesicht. Er nahm die Hand seines Vaters und beugte den Kopf. Cornelius legte das Medikamentenfläschchen beiseite und senkte ebenfalls still den Kopf.

Nur Elena schrie unvermindert weiter.

Jakoba, Maddy, Linda und Johann waren in den Salon gekommen, und Linda versuchte, ihre Herrin zu beruhigen. Aber ihre sanften Worte zeigten keine Wirkung. Im Gegenteil, Elena riss sich von ihr los und stürzte sich auf Antonia.

»Du hast ihn umgebracht! Du hast ihn getötet! Du hast ihn aufgeregt. Du mit den verfluchten Plänen!«

Wie von weither drangen diese Worte in Antonias Denken. Sie schüttelte die zerrenden Hände ab und starrte ihre Mutter verständnislos an.

»Mörderin. Deine Schuld! Deine Schuld!«, schrie Elena, vollkommen hysterisch jetzt, weiter. Wie in Zeitlupe schien es, hob Antonia ihre Hand und versetzte der aufgelösten Frau eine schallende Ohrfeige. Elena taumelte zurück, verstummte aber endlich.

»Ja, ich bin schuld«, stellte Antonia ruhig fest und kniete wieder neben dem Domherrn nieder. »Verzeih, Vater!«

Eine Hand legte sich auf ihre Schulter, und Cornelius sagte mit sanfter Stimme: »Nein, es ist nicht deine Schuld. Sein Herz war krank, und seine Zeit abgelaufen. Eher, Toni, hast du sein Leben noch um einige schöne Monate verlängert.«

Sie trugen ihn zwei Tage später zu Grabe. Der Domherr fand unter den alten Bäumen zwischen den bemoosten Gedenksteinen im Schatten der Kathedrale seine letzte Ruhe.

Es waren unzählige Trauergäste gekommen, Hermann Waldegg hatte zwar kein aufregendes Gesellschaftsleben geführt, aber er war mit vielen gebildeten Männern bekannt, war von ihnen geschätzt und geachtet worden. Sie versammelten sich zur Totenmesse im Dom und gaben ihm das letzte Geleit hin zu dem stillen Friedhof. Stumm, einen schwarzen Schleier über dem Kopf, folgte Antonia zwischen David und Cornelius dem Sarg. Elena war zu krank, um der Bestattung beiwohnen zu können. Der Geistlich fand bewegende Worte, doch die waren, wie fast alles in den beiden vergangenen Tagen, an Antonia vorübergeglitten. Erst als Cornelius ihre Hand nahm und sie zu dem Grab führte, wachte sie aus ihrer Lethargie auf und hörte seinen Schwur.

»Mein Vater, hier und zu dieser Stunde schwöre ich, dein Werk fortzusetzen. Dein größter Wunsch war, dass der Bau dieser Kathedrale, zu deren Füßen du nun schläfst, vollendet wird. Was in meiner Macht steht, werde ich tun. Du hast dein Vertrauen in einen großen Baumeister gesetzt, der die Welt ordnend geschaffen hat, von einem festen Fundament aufstrebend, gestützt von starken Pfeilern und von der Kreuzblume gekrönt. In deinem Sinne will ich wirken.«

David nahm ihre andere Hand, und auch er sprach: »Mein Vater, an deinem Grab schwöre ich, dass ich dein Werk fortsetzen werde. Die großen Baumeister der Vergangenheit, mein Vater, werden dich in ihre Reihen aufnehmen und ehren. Denn du hast ihre Arbeit gewürdigt, als alle Welt ihre Leistung zu vergessen drohte. Was in meiner Macht steht, werde ich tun, damit dein geliebter Dom vollendet wird.«

Antonia löste ihre Hände aus denen ihrer Brüder, trat einen Schritt vor und schwor: »Und ich, mein geliebter Vater, der Sie mir ein zweites Mal das Leben geschenkt haben, schwöre, dass ich nicht ruhen werde, meine Schuld wiedergutzumachen. Ich hielt das Werk der alten Baumeister in der Hand und verlor es wieder. Ich werde es wiederfinden. Ich schwöre, Vater!«

Antonias Gelöbnis verhallte unter den Bäumen, und das

Schweigen der Trauernden schien grenzenlos zu sein. Zeit vertropfte, Zeit verging, nur das Wispern einiger Ästchen, die eine kleine Brise an den alten Mauern rieb, war zu hören.

Das Haus war still, die Spiegel verhängt, die Bilder umgedreht, die Vorhänge zugezogen. David und Cornelius saßen in der Bibliothek und unterhielten sich, als Antonia zu ihnen trat.

»Toni, du solltest doch ruhen.«

»Ich kann nicht ruhen, genauso wenig wie ihr. Gebt mir etwas zu trinken! Aus diesen Karaffen.«

»Aber nur ein Glas, Toni, es ist Cognac, und den bist du nicht gewöhnt.«

»Schon gut, ich weiß, wie Alkohol wirkt.«

Sie hatte den Schleier abgelegt, nicht aber das schwarze Kleid. Ihre Augen hatten tiefe Ringe, verweint waren sie nicht. Dankbar nippte sie an dem Glas, das David ihr reichte.

»Was werden wir tun?«, fragte sie.

»Weiterleben. Das ist unsere Aufgabe.«

»Ja, aber wie?« Es klang so trostlos, dass David ihr sacht die Schultern streichelte.

»Das ist die Frage, Liebes. Es wird irgendwie gehen müssen. Ich muss nach Dresden zurück. Es ist das Beste, was ich für ihn tun kann – Architekt und Baumeister werden und mit meinem Wissen zu seiner Vision beitragen.«

»Das ist ein gutes Ziel, David. Obwohl ich dich vermissen werde.«

»Ich dich auch, kleine Schwester!«

»Ich werde mich auf die Suche nach den Plänen machen«, erklärte Cornelius. »Ich werde in Paris beginnen. Denn was du von der Köhlerhütte erzählt hast, macht es unwahrscheinlich, dass wir diese Hälfte wiederfinden. Es müsste ein von den Göttern gesandter Zufall uns diesen Plan wieder in die Hände spielen. Dafür werde ich versuchen, mit all denen in Kontakt zu treten, die sich um den Weiterbau bemühen. Ich denke, wenn ich die Beileidsnoten durchgehe, dürfte ich eine erkleckliche Anzahl finden. Zudem – nun ja, ich bin Verleger. Mal sehen, was die Macht des Wortes bewirken kann.«

»Ich weiß nicht, was ich tun soll.« Antonia flüsterte es mit trostloser Stimme und ließ den Kopf hängen.

»Du solltest dich um deine Mutter kümmern.«

»Du verlangst Unmögliches von mir.«

»Du bist ihr noch immer gram, weil sie dich beschuldigt hat?«, fragte Cornelius.

»Ja, und ich weiß, es geschah nur, weil sie außer sich war. Aber ich habe kein sehr herzliches Verhältnis zu ihr, und jetzt wird es wohl noch schlimmer. Ohne ihn.«

David, obwohl von Elena der bevorzugtere der beiden Brüder, verstand Antonia besser.

»Such dir eine Aufgabe, die dich ablenkt! Dann wird sich alles finden. Um Elena können sich derzeit Jakoba und Linda besser kümmern als du. Ich bleibe noch zwei Wochen länger hier, Cornelius. Glaubst du, bis dahin sind die Erbschaftsangelegenheiten einigermaßen abgewickelt?«

»Er hat ein sehr einfaches Testament gemacht. Aber ich fürchte, einen Punkt darin wird Toni nicht schätzen.«

»Nichts, was er geregelt hat, werde ich in Frage stellen.«

»Hoffentlich. Er hat mich nämlich zu deinem Vormund bestellt, bis du volljährig bist.«

Antonia entfuhr etwas sehr Ungehöriges.

Der schöne Sommer war in einen milden, ruhigen Herbst übergegangen, aber die Sonnenstrahlen erreichten Antonias Seele nicht. Sie lebte, doch in ihrer eigenen Dunkelheit. Die Trauer umhüllte sie wie ein undurchdringlicher Nebel. Sie zog sich in sich selbst zurück und sprach wenig. David war Mitte September abgereist, und das Zusammenleben mit ihrer Mutter gestaltete sich hochkompliziert. Nach und nach war Elena von ihrem Nervenfieber zwar genesen und erschien stundenweise im Salon, um sich wieder ihren Stickereien zu widmen. Doch sie trug beständig eine leidende Miene zur Schau und sprach mit versagender Stimme. Sie war zu ihrer strikten Diät zurückgekehrt und duldete im Haus keinerlei Fleisch. Zum Glück betrat sie nur selten die Wirtschaftsräume, und so gelang es Antonia, etwas Wurst oder mal ein Hühnchen einzuschmuggeln. Aber bei Tisch wurden Gemüsesuppen und Eierspeisen, fleischlose Pasteten und Eintöpfe gereicht. Dazu trat Elenas Ordnungsdrang wieder exzessiv zu Tage. Nicht das kleinste Blatt, nicht ein Fädchen oder ein aufgeschlagenes Buch durfte herumliegen. Hatte sie früher die Bibliothek als das Reich ihres Gatten geachtet, so erstreckte sich jetzt ihre Ordnungswut auch auf diesen Raum, und da Antonia darin arbeitete, führte das beständig zu störenden Auseinandersetzungen. Charlottes häufige Besuche, die im Winter wieder begannen, gingen Antonia ebenfalls auf die Nerven. Oft brachte sie ihren Sohn mit, ein ungebärdiges Kind von gut einem Jahr, das zu unbeherrschten Wutausbrüchen neigte und dabei ein erstaunliches Stimmvolumen entwickelte. An diesen Tagen verließ Antonia meistens das Haus.

Maddy sorgte sich um sie und vertraute sich Jakoba an.

»So war sie anfangs auch, Maddy, als sie herkam. Da hatte sie gerade ihre Mutter verloren. Es ist ihre Art von Trauer. Sie weint nicht, sie hat keine Nervenkrisen, aber sie richtete Mauern um sich herum auf.«

»Nein, Jakoba. Sie war anders, als sie bei Pitter Stammel lebte. Da war sie wenigstens reizbar und hat mit Marie gezankt. Jetzt ist sie sanft wie ein Lamm. Das ist so ungewöhnlich. Sie sitzt in der Bibliothek und übersetzt verbissen diese Texte, und dann wieder verschwindet sie stundenlang in ihren Jungenkleidern. Ich weiß nicht, wo sie hingeht, und sie gibt auch dem Herrn Cornelius nicht Bescheid. Ich glaube, es wäre ihm nicht recht, wenn er wüsste, dass sie draußen alleine herumstreift.«

»Nein, das wäre ihm gewiss nicht recht. Wir werden es ihm sagen müssen.«

Cornelius akzeptierte Antonias Wortkargheit, war es früher auch seine Methode gewesen, mit den Schicksalsschlägen fertig zu werden. Er wusste, nur Geduld und die Zeit konnten die Trauer heilen. Doch als Jakoba ihn auf ihre Alleingänge aufmerksam machte, suchte er das Gespräch mit seiner Schwester.

»Toni, ich weiß, du brauchst Bewegung und frische Luft, aber es ist nicht schicklich, alleine durch die Stadt zu ziehen.«

Zumindest zeitigte dieser milde Vorwurf eine Reaktion. Eine wütende.

»Schicklich! Was schert mich Schicklichkeit! Ich bin zur Untätigkeit verdammt – ist das schicklich? Ich darf nicht mit Susanne im Laden arbeiten, weil wir in Trauer sind. Das wäre unschicklich, hat der Geschäftsführer behauptet. Ich darf keine Besuche machen, weil wir in Trauer sind, hat Madame befohlen. Das sei unschicklich. Ich darf nicht bei euch in der Druckerei mithelfen, das ist unschicklich, hat Thomas erklärt. Jetzt darf ich nicht einmal den Fuß vor die Tür setzen, weil das unschicklich ist. Mein Vater ist tot, und alle beharren darauf, das Leben ginge weiter. Mein Vater ist tot, begraben, unter einem schweren Grabstein verborgen, da wird ihn die Schicklichkeit nicht kümmern. Und wenn er eine Seele hat, die über uns wacht, dann wird sie sich nicht über Schicklichkeit aufregen.«

»Gut, dann nenne ich es eben nicht unschicklich, sondern schlichtweg gefährlich, Toni. Du bist eine junge Frau, und in den Gassen lauern Gefahren.«

»Auf den Schlachtfeldern und in den Heerlagern lauerten größere. Spiel dich nicht so auf, Cornelius! Ich gehe am Rheinufer entlang, nicht durch die Schmiergass oder den Entenpfuhl. Du kennst die Wege so gut wie ich.«

»Du bleibst stundenlang fort, klärte man mich auf.«

»Ach? Wer spioniert mir denn da nach? Jakoba? Johann?«

»Das ist doch gleichgültig. Toni, die Tage werden kürzer, du bist sogar in den Abendstunden unterwegs. Ich möchte nicht, dass du dich in Gefahr begibst. Ich habe schließlich die Verantwortung für dich.« Cornelius hatte es ganz ruhig ausgesprochen, aber mit diesem Hinweis auf seine Vormundschaft brachte er einen Vulkan zum Ausbruch. In präzisen Worten klärte Antonia ihn auf, was sie davon hielt und endete fauchend: »Du bist so aufgeblasen wie ein frömmelnder Dorfpfaffe, der sich daran delektiert, eine Gemeinde halbtauber alter Jungfern mit seinem heiligen Salbader das Schaudern zu lehren. Deine Verantwortung kannst du dir in den Hintern schieben!«

Sie schob den Stuhl zurück, ließ das Essen stehen und rauschte in ihr Zimmer.

Am nächsten Tag besuchte sie den Dom und strich zwischen den Pfeilern des Chores umher. Sie ließ ihre Gedanken wandern und richtete ihren Blick auf den goldenen Schrein, in dem die Gebeine der Stadtheiligen ruhten. Ihn nahm sie indessen nicht wahr, sondern folgte den Bildern, die aus ihrem Inneren aufstiegen. Sie kamen ihr wie einzelne kleine Bruchstücke eines Ganzen vor, ungeordnet, aber sinnhaft. Langsam schlenderte sie aus der kühlen Kathedrale nach draußen. Dort, auf dem Friedhof, ließ der aufkommende Wind die ersten braunen Blätter von den Bäumen tanzen, und der Wein, der an einer Mauer emporrankte, schien in den schrägen Herbstsonnenstrahlen wie rotes Blut über die alten Steine zu rinnen. Sie wanderte zu Waldeggs Grab und blieb auch hier eine Weile in stummer Zwiesprache stehen.

Als die Glocken zu Abend läuteten, hatte sich das Bild geformt, und das Ziel lag vor ihr. Der Weg dahin war schwierig, aber das konnte nur eine Herausforderung sein.

»Ja, Vater, ich werde meinen Schwur halten. Ruhen Sie in Frieden, mein geliebter Vater!«, flüsterte sie, dann ging sie nach Hause.

Reise in die Vergangenheit

Die linden Lüfte sind erwacht,
sie säuseln und weben Tag und Nacht,
sie schaffen an allen Enden.
O frischer Duft, o neuer Klang!
Nun, armes Herze, sei nicht bang!
Nun muss sich alles, alles wenden.

Frühlingsglaube, Uhland

Das Pferdchen trottete munter die Straße entlang, und Antonia atmete zufrieden die kühle Luft ein. Freiheit atmete sie ebenfalls mit ein. Leichtigkeit. Ihr war es, als hätte sie schwere Ketten abgelegt. Bequeme Stiefel, eine wildlederne Hose, Hemd, Wams, Rock und ein kecker, kleiner Dreispitz machten sie zu einem frischen Jüngling, obwohl einem kundigen Auge aus der Nähe ihr wahres Geschlecht auffallen würde. Neben ihr saß Maddy auf dem Kutschersitz und sang ein Liedchen höchst unsittlichen Inhalts. Auch sie machte einen beschwingten Eindruck. Sie hatte es abgelehnt, Hosen zu tragen, aber die derbe Kleidung akzeptiert, auf der Antonia bestanden hatte. Sie stellten sich, wenn es nötig war, als Geschwister vor und hielten sich weitgehend für sich.

Ihr erstes Ziel war Arnsberg. Anschließend wollten sie weiter nach Darmstadt ziehen. Danach würde man sehen …

Es war nicht schwer, die Reise zu organisieren. Antonia verfügte über eigenes Geld, teils ihre Ersparnisse aus früherer Zeit, teils gespartes Nadelgeld. Der Domherr hatte ihr reichliche monatliche Zuwendungen gegeben, die er, weil er von ihrem Geldverstand beeindruckt war, auf ein Bankkonto eingezahlt hatte, über das sie die Verfügungsgewalt hatte. Cornelius hielt es ebenso, und der Betrag, der darauf aufgelaufen war, summierte sich zu einem beachtlichen Wert. Er reichte, um einen kleinen

Marketenderwagen und ein struppiges, gutmütiges Pferdchen zu kaufen. Der Wagen war nicht so groß wie der, den Elisabeth benutzt hatte, aber für ihre Zwecke ausreichend geräumig. Vier Fuß breit und fast acht Fuß lang war der Kasten mit den hohen Seitenteilen, davon bedeckte den hinteren Teil eine Plane über gewölbten Holzrippen. Auch der Kutschsitz besaß ein aufklappbares Verdeck, das sie gegen Regen und Sonne einigermaßen schützen würde. Notfalls konnten sie im Wagen schlafen. In zwei ledernen Reisetaschen führten sie ihre Habe mit, und daneben hatte Antonia für ausreichend Kochgeschirr, Vorräte und Handwerkszeug gesorgt.

»Wie die Zigeuner«, hatte Maddy gekichert.

»Richtig. Wir gehen unter die Fahrenden!«

Der Zeitpunkt der Abreise war ebenfalls günstig. Cornelius war kurz vor Ostern nach Paris aufgebrochen, er wäre der Einzige gewesen, der sie an ihrem Vorhaben hätte hindern können. Aber er wollte mindestens zwei, vermutlich sogar drei Monate fortbleiben. Danach würde es ihm schwerfallen, sie zu finden. Doch es tat Antonia leid, ihn auf diese Weise hintergangen zu haben. Er war ihr ein guter Freund gewesen in den trübseligen Tagen ihrer Trauer und hatte ihr geholfen, sich wieder dem Leben zu stellen. Wenn sie den Plan fand, würde sie zurückkehren.

Wenn sie nur eine Spur fand – vielleicht würde sie ihn um Hilfe bitten.

Wenn sie nichts fand – nun, dann musste sie eben weitersuchen.

Antonia ließ den Blick über die bergige Landschaft schweifen. Der April war noch kühl, aber es war seit Tagen trocken, so dass die Wege nicht zu beschwerlich zu befahren waren. Erste kleine Blüten, gelber Huflattich und weiße Buschwindröschen, zeigten sich an den Rainen, die junge Saat war aufgegangen, und an geschützten Stellen trugen die Büsche schwellende Knospen oder gar schon kleine Blättchen. Der Wagen rumpelte durch die ausgefahrenen Rillen der Landstraße. Nicht überall gab es gepflasterte Chausseen, und abends waren sie rechtschaffen durchgeschüttelt. Aber dennoch beklagte sich Maddy, für die diese Form des Reisens noch ungewohnt war, nicht.

Antonia war ihr dankbar. In der kleinen Zofe hatte sie die notwendige Unterstützung gefunden, ihr Vorhaben durchzuführen. An einem Februarabend, als sich Elena besonders hektisch benommen hatte, hatte sie sie in ihr Zimmer gebeten und die Tür verschlossen.

»Es ist unerträglich, Maddy. Ich muss weg von hier.«

»Ich verstehe, gnädiges Fräulein. Aber wo wollen Sie hingehen?«

»Ich habe zwei Brüder – andere Brüder, die Söhne meiner Mutter Elisabeth, die in Darmstadt stationiert sind. Zu ihnen werde ich gehen. Das ist deshalb sinnvoll, weil ich dort eine Spur zu verfolgen habe.«

»Wann wollen Sie aufbrechen?«

»Sobald Cornelius abgereist ist.«

Ihre Zofe sah unglücklich auf ihre Hände. »Bekomme ich ein Empfehlungsschreiben von Ihnen, gnädiges Fräulein?«

»Wenn du es wünschst. Aber es gibt noch eine andere Möglichkeit, Maddy!«

Erwartungsvoll leuchteten Maddys Augen auf. »Sie meinen, ich soll mitkommen?«

»Würdest du das?«

»Auf jeden Fall lieber, als in diesem trübseligen Haus zu bleiben oder wieder zu solchen wie den Stammels zurückzugehen. Ich wollte schon immer reisen.«

Antonia hatte gehofft, das Mädchen würde sich dazu bereit erklären. Sie war lebensklug und gewitzt genug, sich ungewöhnlichen Situationen anzupassen. Da Antonia vorhatte, bei offiziellen Stellen vorzusprechen, waren die Dienste einer geübten Zofe von Nutzen, wenn es darum ging, sie von einem jungen Burschen in eine vornehme junge Dame zu verwandeln.

Auch bei Susanne stieß sie auf Verständnis. Ihre Freundin hatte ihr während der ganzen Zeit mit stiller Freundlichkeit zur Seite gestanden und sie nicht bedrängt. Sie wusste zu gut selbst, wie schmerzhaft der Verlust für Antonia war. Sie bemerkte die wachsende Spannung zwischen Mutter und Tochter und schlug vor, sie solle für eine Weile zu Bernsdorfs ziehen.

»Danke, Susanne. Du hast völlig Recht, ich muss aus dem Haus. Aber ich habe anderes vor.«

Ein paar Bedenken äußerte Susanne natürlich, aber vor vier Jahren hatte sie genauso eine Flucht angetreten, sicher nicht ganz so abenteuerlich, aber genauso konsequent. Sie steuerte die Idee mit dem Handelsgut bei.

Mit Hilfe des Schlüssels, den Susanne, ohne zu fragen, an sich genommen hatte, besuchten sie nach Geschäftsschluss den Laden der Bernsdorfs und erstanden ein passendes Sortiment an Kurzwaren, damit Antonia in den kleinen Dörfern oder bei einsamen Gehöften als Bandkrämer auftreten konnte. Damit ließ sich, wie sie wusste, gutes Geld verdienen. Knöpfe, Garne, Nadeln, bunte Bänder, Borten und Tressen brauchte man immer. Mit dem Handel aber wollte sie erst beginnen, wenn sie einige Strecke zurückgelegt hatten. Gewissenhaft rechnete Antonia auf, was sie entnahm, und legte die entsprechende Summe in die Kasse. An Susanne blieb damit die Erklärung der Entnahme hängen, aber damit würde sie fertig werden, behauptete sie.

Nach einem Monat war alles gerichtet, und nun waren sie bereits drei Tage unterwegs. Ihrer Mutter hatte Antonia einen Brief hinterlassen, in dem sie ihr nüchtern mitteilte, sie begebe sich in die Obhut ihrer Brüder Jupp und Franz in Darmstadt. Sie solle sich keine Sorgen um sie machen.

Fünf Tage, rechneten sie, würden sie bis Arnsberg benötigen. Das war zwar langsam, aber sie wollten das Pferdchen nicht überanstrengen, das ihre gesamte Habe zog. Wie geplant rollten sie nach ereignisloser Fahrt in das Städtchen ein, das sich seit Antonias Besuch vor sechs Jahren nicht besonders verändert hatte. Der Fischteich schimmerte noch an seiner Stelle, die Brücke führte über die Ruhr, das Kloster Wedinghausen stand, wo es immer gestanden hatte – nur Pater Emanuel tauchte leider an diesen Stellen, die Antonias Erinnerung mit ihm verband, nicht mehr auf.

Auf dem Marktplatz im Schatten des Glockenturms hielten sie an und sahen sich um.

»Nehmen wir uns ein Zimmer in dem Gasthaus! Es sieht ordentlich aus und hatte früher einen guten Ruf. Ich werde mich dazu wieder in eine junge Dame verwandeln.«

»Wird gemacht, gnädiges Fräulein.«

»Ach, schon bin ich wieder das gnädige Fräulein?« Antonia grinste. Seit sie aufgebrochen waren, hatten sie wie selbstverständlich eine kameradschaftliche Form des Umgangs gefunden. Maddy duzte sie wieder und sprach sie mit Toni an, und sie selbst bat um keine Leistung, die nicht dem gemeinsamen Nutzen diente.

Die Verwandlung vollzogen sie in einem Mietstall, und mit zwei Reisetaschen ließen sie sich vor dem besten Gasthof der Stadt absetzen – eine verschleierte junge Dame und ihre Zofe, auf der Durchreise zu lieben Verwandten.

Sie machte einen sehr respektablen Eindruck mit ihrem Auftritt als Antonia Helene Lindenborn-Waldegg und bekam ein freundliches Zimmer zugewiesen sowie das Angebot, die Mahlzeiten in einem separaten Salon einnehmen zu können, um sich nicht dem gewöhnlichen Volk in der Gaststube aussetzen zu müssen.

Am Tag darauf kündigte Antonia in der Apotheke ihren Besuch an. Man empfing sie am selben Nachmittag mit gebührendem Erstaunen. Natürlich erinnerte sich die Apothekerin an Elisabeth und ihre Tochter, die die Stadt wie ein Gassenjunge durchstreift hatte, aber sich erstaunlich liebevoll um den blinden Prämonstratenser gekümmert hatte. Pater Emanuel hatte seinen Gastgebern von ihrer wahren Identität und den Gründen ihrer Verkleidung berichtet, nachdem sie fortgezogen war. Viele Ohs und Ahs wurden laut, als Antonia in einer gestrafften Version von ihrer Aufnahme in der angesehenen Familie Waldegg berichtete, und schließlich kam sie auf die Korrespondenz des Paters mit dem Pfarrer von Altenkleusheim zu sprechen. Sie erfuhr, dass Pfarrer Lambert nach den gestohlenen Schriften suchen wollte. Ob er etwas gefunden habe, wusste der Apotheker nicht, denn Pater Emanuel erkrankte im Sommer 1803 und konnte sich nicht weiter um diese Angelegenheit kümmern. Schließlich war er im Herbst 1805 schwächer und schwächer geworden und um die Osterzeit friedlich eingeschlafen.

Antonia rieb sich die Schläfen. »Wo liegt sein Grab?«, fragte sie mit vor Trauer rauer Stimme.

»Auf dem Klosterfriedhof. Wenn Sie möchten, führe ich Sie dorthin.«

»Das wäre sehr freundlich.«

Sonnenschein lag über dem Städtchen, als sie später an der Seite des Apothekers zum Kloster ging. In dessen Kirchhof hielten sie an einem schlichten, von Efeu bewachsenen Grab an. Ein einfacher Stein wies auf Pater Emanuel hin. Antonia wurde von Schmerz überwältigt. Nicht nur um den alten Mönch trauerte sie, es brach auch die kaum verheilte Wunde auf, die der Tod des Domherrn hinterlassen hatte. So stumm und bleich stand sie vor dem Grab, dass ihr Begleiter Angst hatte, sie könne zusammenbrechen. Aber sie hielt der Woge von Trauer stand und murmelte nur einmal leise: »Danke!«

»Geht es Ihnen gut?«

»Nein. Aber daran kann ich nichts ändern. Bringen Sie mich bitte zum Gasthaus zurück! Ich möchte mich ein wenig niederlegen.«

Maddy hatte Kleider ausgebürstet, kleine Wäsche gewaschen und war eben dabei, Antonias Stiefel zu putzen, als sie in das Zimmer trat. Sie erschrak über ihr Aussehen.

»Gnädiges Fräulein, was ist passiert?«

»Nur ein paar alte Erinnerungen.«

Sie zog die Kämme aus den Haaren, ließ sich auf das Bett fallen und schloss die Augen. Maddy beendete ihre Arbeiten leise, brachte die Schüssel mit dem Seifenwasser hinaus und kam mit einem Krug Wein und einem Korb Pasteten zurück. Sie zündete zwei Lampen an und zog Antonia vorsichtig die Schuhe von den Füßen.

Diese blinzelte und setzte sich dann auf.

»Schon gut, Maddy. Es ist wieder in Ordnung.«

»Keinen Erfolg gehabt?«

»Nur einen halben. Ich weiß jetzt zumindest, wie der Pfarrer in Altenkleusheim heißt, den Pater Emanuel gebeten hat, die Bücher zu suchen. Das Dorf liegt auf unserem Weg nach Darmstadt, etwa zwei Tagesreisen von hier.«

»Wann brechen wir auf?«

»Ich würde gerne eine Woche hier bleiben. Es gibt ein paar Dinge, die ich regeln will, und ein paar Leute, mit denen ich noch sprechen möchte.«

»Ist mir recht. Ich höre mich auf meine Weise mal um. Der Gasthof ist ganz nett, und die Leute sind gesprächig, wenn man es richtig anfängt.«

Als sie eine Woche später abfuhren, wuchs auf Pater Emanuels Grab ein Rosenbusch.

Sie erreichten Altenkleusheim unbehelligt und fuhren vor der großen Umspannstation vor. Wie zu jener Zeit, als Antonia zum ersten Mal in dem Dorf war, herrschte reger Betrieb. Die Altenkleusheimer verdienten sich überwiegend ihren Lebensunterhalt im Fuhrgewerbe, vor allem mit dem Vorspann, also den Zusatzpferden oder Zugochsen, die notwendig waren, um das bergige Gebiet Richtung Norden zu überqueren. Viele Reisende und Transporteure warteten hier auf die Weiterfahrt, und der Wirt bedauerte, ihnen kein Zimmer anbieten zu können.

»Junge Frau, Sie können nicht mit den Kutschern und Fuhrleuten in der Stube übernachten. Das dulde ich nicht!«

»Ich will es auch gar nicht. Aber ich möchte unseren Wagen in Ihrem Hof abstellen, wir können dort übernachten, wenn wir den Brunnen und die Tränke nutzen dürften. Und Essen aus der Küche erhalten.«

Es gab einiges Hin- und Hergerede, aber schließlich erklärte der Wirt sich mit dem Arrangement einverstanden und wollte nur die Miete für das Pferd haben.

Sie richteten sich in einer abgelegenen Ecke ein, und Antonia suchte das Pfarrhaus auf, um nach dem Seelsorger der Gemeinde zu fragen. Es war eine Enttäuschung – Pfarrer Lambert war inzwischen verstorben. Zuständig war nun der Neuenkleusheimer Geistliche, der nur gelegentlich vorbeikam, um die Messe für die knapp zweihundert Einwohner des Dorfes zu lesen. Man erwartete ihn am kommenden Sonntag. Das war also noch vier Tage hin, weshalb Antonia beschloss, ihn am nächsten Tag aufzusuchen.

Sie erinnerte sich an den Weg nach Neuenkleusheim, während

sie unterwegs war. Auf ihren Streunergängen vor nun fast sieben Jahren hatte sie auch diese Gegend erkundet. Weit war es nicht, kaum eine Stunde, und am späten Vormittag stand sie vor der Kirche mit dem runden Barockturm. Daneben befand sich das Pfarrhaus, das als Dorfschule genutzt wurde; aus den Fenstern schallten Kinderstimmen, die das Alphabet gemeinsam aufsagten. Sie klopfte an der Tür. Eine dralle Frau in feuchter Schürze und widerspenstigen grauen Locken, die unter einer gestärkten Haube hervorquollen, öffnete ihr.

»Der Herr Pfarrer ist zu einem Sterbenden gerufen worden. Der Bert ist's, vierundneunzig dies Jahr, aber der Winter hat seine Lunge angegriffen. Es ging schon gestern mit ihm zu Ende.«

»Dann werde ich besser morgen wiederkommen.«

»Ach was, das wird nicht lange dauern. Mittags hat der Herr Pfarrer nämlich immer Hunger. Kommen Sie herein, Fräulein, wenn Sie's nicht stört, dass ich dabei bin, die Wäsche einzuweichen.«

Antonia nickte und wurde in eine geräumige Küche geführt, wo es nach frischem Brot roch. Auf dem Herd köchelte ein Fleischtopf. Unaufgefordert setzte die Haushälterin ihr einen Becher Most und ein Stück Mohnkuchen vor.

Antonia brauchte nicht lange zu warten, denn pünktlich, als die Kirchenglocke das Mittagsgeläut anstimmte und die Schulkinder mit Gelärm und Geschrei aus dem Unterricht stürmten, trat der Pfarrer in die Küche.

»Ah, ein Gast«, begrüßte er Antonia freundlich. »Emilie kündigte Sie mir bereits an. Willkommen in meinem Heim!«

Joseph Krauskopf machte nicht nur seinem Namen alle Ehre, er war auch sehr viel jünger und sah erheblich besser aus, als sie es erwartet hatte. Braune Locken ringelten sich um ein wahres Adonisgesicht, er war groß und schlank und hielt sich aufrecht. Seine Soutane hatte er über den Arm gelegt, unter dem geistlichen Gewand trug er einen erstaunlich modischen Rock.

»Ja, Ihre Haushälterin war so nett, mich hier warten zu lassen. Ich habe nämlich einige Fragen an Sie, die Ihren Vorgänger in Altenkleusheim betreffen.«

»Nun, zuerst werden wir uns stärken. Ah, Hasenragout. Wundervoll. Aber wir werden uns selbst bedienen müssen, Emilie ist schon fort.«

»Das macht nichts. Kommen Sie, ich helfe Ihnen, den Tisch zu decken.« Mit sichtlichem Genuss ließ sich der junge Pfarrer bedienen. Antonia füllte ihm den Teller und goss ihm den Wein ein, den er aus dem Keller geholt hatte. Während des Essens machten sie belanglos Konversation, und nach einem weiteren Stück Mohnkuchen, der als Dessert bereitstand, nahmen sie in einem ziemlich vollgestellten Wohnzimmer Platz. Sie berichtete ihm, woher sie kam und wonach sie suchte und die Hintergründe, warum sie gerade auf ihn gestoßen war. Er war ein faszinierter Zuhörer und ermunterte sie, mehr und mehr Einzelheiten zu berichten. Es wurde Nachmittag darüber, bis sie endlich ihre eigentliche Frage stellen konnte.

»Ja, ich übernahm diese Stelle und damit auch die von dem alten Lambert im Winter 1803. Zuvor hatte ich eine als Hilfspfarrer in Olpe. Es war nicht die beste Position, aber als junger Mann ohne Beziehungen ist es schwierig, Karriere zu machen. Vor allem in den heutigen Zeiten. Als man mir diese Pfarre anbot, griff ich zu. Nicht ohne Bedauern, denn das Landleben ist – wie soll ich es beschreiben – recht beschaulich.«

»Es ist ein hübsches Dörfchen, die Probleme der Menschen dürften einfacher sein als die in der Stadt, und Sie haben eine ausgezeichnete Haushälterin, nicht wahr?«

»Das stimmt zwar, Fräulein Waldegg. Aber ein wenig Kultur, anspruchsvolle Gespräche, Nachrichten aus der Welt, ah, das vermisse ich hier. Umso mehr genieße ich jeden Besuch, meine Liebe. Aber nun will ich Ihnen erzählen, was ich über diese Handschriften und den Plan weiß.«

Antonia rückte auf dem Sessel ein Stück nach vorne, begierig auf jedes Wort, das er zu berichten hatte.

»In der Hinterlassenschaft des alten Pfarrers befanden sich tatsächlich zwei ungebundene mittelalterliche Handschriften und die von Ihnen beschriebene Lederrolle. Ich war damals erstaunt darüber, aber der Küster verriet mir, Lambert habe sie von zwei Dorfbuben erhalten. Das verblüffte mich weit mehr, aber die Buben ließen sich ausfindig machen und erzählten, der Pfarrer habe sie beauftragt, in der alten Köhlerhütte danach Ausschau zu halten, und habe ihnen einen Finderlohn versprochen. Das erhellte die Angelegenheit, noch mehr Licht brachte aber die Durchsicht seiner Korrespondenz, in der sich das Schreiben Ihres Paters Emanuel befand. Bevor Lambert sich jedoch weiter darum kümmern konnte, erkrankte er, und sein Bruder holte ihn nach Olpe.«

»Was, Herr Krauskopf, haben Sie mit den Büchern und dem Plan gemacht?«

»Da in dem Schreiben von dem Kölner Domschatz die Rede war, betrachtete ich sie mit einigem Unbehagen, Fräulein Waldegg. Ich war neu in meiner Stelle und wollte alles richtig machen. Der leiseste Vorwurf, ich hätte mir derart kostbare Unterlagen angeeignet, konnte mich meine Reputation kosten. Aber der Zufall bescherte uns kurz nach meiner Amtseinführung den Besuch des Landgrafen, jetzt Großherzog von Hessen-Darmstadt. Er schenkte unserem Kirchlein die Orgel aus dem aufgelösten Zisterzienserinnenkloster Drolshagen. Wir sollten sie uns nachher einmal zusammen ansehen, es ist ein wahres Schmuckstück, gebaut 1663 und eine Bereicherung jeden Gottesdienstes.« Da der Pfarrer ins Schwärmen geriet, musste Antonia ihn wieder auf ihr eigentliches Thema zurückführen.

»Ah ja, die Bücher. Ich hatte damals den Kommissär des Großherzogs zu Gast. Ein gebildeter Mann, und so belesen. Ich zeigte ihm die Handschriften und bat um Rat. Er hatte bereits ähnliche Stücke gesehen und bestätigte mir den Wert der Pergamente. Es schien mir sinnvoll, sie in seine Obhut zu geben. Er wollte sie mit nach Darmstadt nehmen, wo sie in das landesherrschaftliche Archiv aufgenommen würden, bis über die Aufteilung der Kirchenschätze beraten würde.«

»Er nahm auch den Plan mit?«

»Er nahm auch den Plan mit, obwohl wir beide, er wie ich, dem wenig Bedeutung beimaßen.«

»Erinnern Sie sich an den Namen des Kommissärs?«

»Dupuis hieß er, und er war Archivar, soweit ich ihn verstanden habe. Hilft Ihnen das weiter, Fräulein Waldegg?«

»Sehr. Dupuis müsste in Darmstadt ausfindig zu machen sein.

Ich hoffe nur, die Unterlagen haben die Stadt unversehrt erreicht.«

Krauskopf lächelte sie nachsichtig an und meinte: »Die Herren des Großherzogs reisten mit bewaffnetem Gefolge, ich glaube nicht, dass unsere berüchtigten Räuberbanden sich an ihnen vergriffen haben.«

»Von denen ich zu Zeiten auch einiges gehört habe. Treiben sich hier noch derartige Gesellen herum?«

»Wir haben seit zwei Jahren von keinem Überfall in der Gegend mehr gehört.«

»Gut, dennoch würde ich gerne vor Einbruch der Dämmerung in unserem Gasthof sein, und deshalb sollte ich jetzt aufbrechen«, bemerkte Antonia, als die Standuhr in der Ecke vier hallende Schläge von sich gab. Sie stand auf und wollte sich verabschieden.

»Ich könnte Ihnen eine andere Möglichkeit anbieten, Fräulein Waldegg. Bleiben Sie zum Abendessen und übernachten sie hier! Ich habe selten die Gelegenheit, solch anregende Unterhaltungen zu führen wie mit Ihnen. Sie haben ein erstaunliches Leben geführt, wenn ich das so sagen darf.«

Antonia hatte den Nachmittag ebenfalls genossen und fand den jungen Pfarrer charmant. Darum wollte sie ihm diese Bitte nicht abschlagen. Ihre Meinung über ihn änderte sich schlagartig, als er auf ihre Zusage hin aufstand und nahe zu ihr trat.

»Wie schön, Liebste. Keine Angst, hier sind wir ganz ungestört.«

»Was soll das?« Antonia nahm eine abwehrende Haltung an und machte einen Schritt rückwärts.

»Nun, ich denke, du weißt, was ich mir die ganze Zeit wünsche.« Er streckte die Arme aus und zog sie an sich. Zu verblüfft über diese Geste erlaubte Antonia es ihm, und schon hatte er seine Lippen auf die ihren gedrückt, um sie gierig zu küssen. Für einen Bruchteil eines Augenblicks wollte sie nachgeben, aber dann wurde ihr das Ungeheuerliche bewusst. Sie machte sich starr in seinen Armen, hob den rechten Fuß und trat dem Pfarrer mit dem Absatz so fest auf den Spann, dass er sie mit einem Schmerzensschrei losließ.

»Sind Sie verrückt geworden?«, fauchte sie ihn an. »Was hat Ihnen denn eingegeben, ich wäre an dererlei Spielchen interessiert?«

»Aber du bist doch … Als Marketenderin weißt du doch …!«

»Ich weiß, aber das heißt noch lange nicht, dass ich jedermann zur Verfügung stehe. Ich bin Ihnen dankbar für Ihre Hilfe, Herr Pfarrer, und ich werde meinen Dank dem Opferstock von Altenkleusheim erstatten. Aber mehr, Herr Pfarrer, habe ich nicht zu geben. Leben Sie wohl, Herr Pfarrer!«, spuckte sie wütend und knallte die Tür hinter sich zu. Sie stapfte mit weit ausholenden Schritten davon.

Sie kochte noch immer vor Wut, als sie im Hof des Gasthauses ankam. Maddy, die wieder einige Stopfarbeiten ausführte, legte das Hemd, an dem sie arbeitete, nieder und fragte: »Ärger?«

»Ja.«

»Leichen?«

»Fast.«

»Mhm.« Sie nahm die Stopferei wieder auf, denn anscheinend brauchte Antonia noch etwas Zeit, bis sie bereit war, über ihren Zorn zu sprechen.

Sie tat es erst, als sie nach Einbruch der Dunkelheit in dem Wagen lagen. Das schöne Frühlingswetter war umgeschlagen, der Himmel hatte sich bezogen, und ein leichter Nieselregen ging nieder. Aber unter der Plane war es warm genug und trocken. Antonia berichtete Maddy, was sie erfahren hatte und auch, worüber sie sich geärgert hatte.

»Er war mir ja eigentlich gar nicht so unsympathisch, Maddy. Ich bin am meisten wütend über mich selbst. Ich dachte immer, mir könnte so etwas nicht passieren.«

»Ach nein, Toni? Glaubst du, eine Hose und ein Männerrock schützen dich vor derartigen Übergriffen?«

»Nein, so dumm bin ich nicht. Aber ich war der Meinung, mein Verhalten mache deutlich klar, dass ich nicht auf eine Verführung aus bin.«

»Aber manche Menschen denken da leider anders. Du hast ihm von deinem Leben in der Marketenderzeit erzählt, und damit bist du in seinen Augen eine Sündige. Denk an die dummen Unterstellungen von Marie Stammel.«

»Stimmt, da liegt wohl das Problem. Ich habe nicht daran gedacht, wie ›anständige‹ Männer das sehen. Und viel schlimmer, Maddy, einen kurzen Moment lang hat es mir sogar gefallen.«

Ihre Zofe lachte leise. »Dich hat noch niemand geküsst?«

»Nicht so, nein. Wer auch? Die Männer, mit denen ich es bisher zu tun hatte, haben in der Weise kein Interesse an mir gehabt. Ich bin nicht hübsch, ich lächele nicht höflich bei ihren dämlichen Schmeicheleien, ich sinke nicht anmutig in Ohnmacht und gebe ihnen das Gefühl, stark und überlegen zu sein.«

»Das brauchst du gar nicht. Begierde kann aus ganz anderen Gründen erwachen.«

»Ja, ja. Ich weiß ganz gut, Maddy, was sich zwischen Mann und Frau abspielen kann. Ich habe sie in den Zelten und hinter Büschen schnaufen und stöhnen hören, und meistens hat es ihnen wohl Spaß gemacht. Zumindest meiner Mutter Elisabeth. Sie nahm sich nach dem Tod ihres Mannes schon mal einen Liebhaber, und wenn es in der Nacht ein bisschen wild zuging, dann sah sie am nächsten Morgen immer ganz fröhlich aus.«

»Ja, angeblich ist das bei manchen so. Ich weiß nichts davon. Ich fand es schrecklich. Aber einige der Mädchen beteuern, wenn ein Mann ein guter Liebhaber ist, sei es ganz angenehm. Aber du hast Unrecht, wenn du meinst, die Männer hätten kein Interesse an dir. Was ist denn mit dem jungen Franzosen?«

»François? Er hat mir einen Heiratsantrag gemacht. Und mir die Fingerspitzen geküsst.«

»Was glaubst du denn, warum er dich heiraten will? Deiner Fingerspitzen wegen?«

»Nein, aber er würde mich nie lüstern anschauen.«

Maddy lachte noch einmal. »Philipp Wittgenstein schaut dich lüstern an.«

»Der kann nicht anders, der schaut jede Frau so an, als müsste er unbedingt wissen, was sie unter dem Hemd trägt.«

»Und der Sohn des Bankiers, der französische Leutnant, der junge Levy, der …«

Unbehaglich wand sich Antonia unter ihren Decken. Dummerweise musste sie ihrer Freundin zustimmen. Es gab Dinge, die sie bisher nicht hatte bemerken wollen. Aber heute war sie dem das erste Mal in ihrem Leben ganz handgreiflich ausgesetzt gewesen.

Wieder hatte sie ein kleines Stück Unschuld unwiederbringlich verloren.

»Vielleicht hast du Recht, Maddy. Ich werde es zukünftig bedenken. Irgendwie habe ich die Männer immer als Kameraden oder Brüder betrachtet.«

»Ich werde dich, wenn nötig, darauf hinweisen, wenn sich einer anders verhält.«

»Tu das!«

Aber Maddy verriet Antonia nicht, dass sie einen kannte, der sie manchmal mit ganz anderen als brüderlichen Blicken betrachtete. Das sollte sie lieber selbst herausfinden.

Irgendwann. Vielleicht.

Bettler und Midinetten

Auprès de ma blonde,
Qu'il fait bon, fait bon, fait bon,
Auprès de ma blonde,
Qu'il fait bon dormir.

Volkslied

Die Dämmerung in Paris war tatsächlich blau, hier zwischen den hohen Häuserwänden. Der Himmel war noch hell, aber die langen Schatten verdunkelten die Ecken und Winkel und nahmen der Umgebung ihre Hässlichkeit.

Cornelius liebte diese Stunde zwischen Abend und Nacht, und er verbrachte sie an dem seltsamsten Ort, den man sich für einen jungen, aufstrebenden Verleger denken konnte. Er rauchte seine Pfeife nämlich an diesem warmen Maiabend auf einer zerschrammten Holzbank im Hinterhof eines Mietshauses im Quartier Latin und beobachtete vier Katzen, die sich um einige Fischschwänze balgten. Diese Schwänze waren sein Beitrag zum Gesellschaftsleben der gemischten Gruppe. Eigentlich gehörten zum Hof nur drei Katzen. Eine zierliche schwarze mit weißen Pfoten und einem pikanten weißen Strich über der Nase, eine junge, aber große schildpattfarbene und ein Grautiger mit hellem Schnäuzchen. Heute war ein Eindringling gekommen, ein gestromter Geselle mit eingerissenem Ohr, der versuchte, der jüngsten Kätzin ihre Beute abspenstig zu machen. Er hatte sie schon einmal über die Aschenkästen gehetzt, und als er sie erneut anspringen wollte, warf sich die Schwarze todesmutig dazwischen und verpasste ihm einen Krallenhieb. Kreischend stellte er sich auf die Hinterpfoten und machte Drohgebärden, aber die zierliche musste ihm eine derart tödliche Beleidigung an den Kopf geworfen haben, dass er aufgab und knurrend von dannen zog. Cornelius grinste und dachte an Antonia. Es war ganz ihr Stil.

Nicht zum ersten Mal bedauerte er, sie nicht mitgenommen zu haben. Es hätte sie aus ihrer Trauer reißen können. Aber der Gedanke war ihm zu spät gekommen.

Jetzt saßen die drei Katzen friedlich zusammen und verzehrten die Fische.

Es tat ihm gut, nach einem anstrengenden Tag etwas Zeit allein zu verbringen, keine gezwungene Geselligkeit zu pflegen, keine höflichen Gespräche zu führen, noch nicht einmal mit guten Freunden plaudern zu müssen. Es tat gut, zu schweigen und den Hofkatzen zuzusehen. In der blauen Dämmerung war es leicht, die Gedanken zu ordnen und die Ereignisse des Tages mit Abstand zu betrachten.

In den Fenstern über ihm wurde das eine oder andere Licht angezündet, und aus dem oberen Stockwerk erklang die raue, aber erstaunlich musikalische Stimme einer Frau, die eines der gängigen Chansons sang. Ein Mansardenfenster ging auf, und der Bewohner des dahinterliegenden Zimmers goss die Blumentöpfe, in denen er seine Kräuter zog. Daneben hängte jemand mit gewagten Verrenkungen kleine Wäschestücke auf die Leine, die sich zwischen den Fenstern spannte. Im Untergeschoss neben der Hofeinfahrt zeterte die Concierge wie üblich mit einem der Mieter.

Cornelius war vor einer Woche in ein winziges möbliertes Appartement eingezogen. Es gehörte einem Angehörigen der Sorbonne, der derzeit eine Exkursion in die Alpen unternahm. Die ersten Tage hatte ihn Hervé aufgenommen, liebevoll wie den sprichwörtlichen verlorenen Sohn, aber er wollte die Gastfreundschaft der Familie, die mit drei Kindern in einer engen Wohnung lebte, nicht über Gebühr strapazieren. Dass ein Freund Hervés froh war, seine Zimmer während seiner Abwesenheit unterzuvermieten, hatte sich als die beste Lösung erwiesen.

Es war ein ungewöhnliches Leben, das Cornelius hier kennenlernte, und er genoss es in vollen Zügen. Tagsüber arbeitete er mit Hervé und Bartholomé an den Manuskripten, legte fest, welche Zeichnungen an welche Stelle gehörten und in welcher Aufmachung der Druck erfolgen sollte. Auf Anraten seiner Freunde nahm er Kontakt zu Wissenschaftlern, Forschern und Professoren auf, um weitere interessante Themen zu suchen, die in deutscher

Sprache einen Absatzmarkt finden konnten. Das war schwieriger als gedacht, denn wissenschaftliche Publikationen wurden für Fachleute geschrieben und waren auf Grund des verwendeten Jargons dem interessierten Laien unzugänglich. Oder es gab gemeinverständlich geschriebene Traktate, aber sie strotzten häufig von kruden Theorien und Hypothesen, die man besser nicht verbreiten sollte. Bedauerlicherweise hatten seriöse Autoren Bedenken, ihre Ausführungen könnten mit dererlei Schund in einen Topf geworfen werden. Aber zwei junge Akademiker, ein Geologe und ein Botaniker, die etwas Entsprechendes veröffentlichen wollten, waren nun gefunden. Daneben besuchte Cornelius Buchhandlungen, andere Verleger, Druckereien und Hersteller von Druckerpressen, um sich einen Überblick über die Beschaffungs- und Absatzwege und die neueste Technik zu verschaffen.

Viele Stunden verbrachte er auch in der Bibliotheque nationale, wo er versuchte, den Weg der Unterlagen nachzuvollziehen, die aus dem Archiv und dem Domschatz nach Paris gebracht worden waren. Er suchte die ehemaligen Volksrepräsentanten Jaubert und Hausmann auf. Sie waren hilfsbereit, doch an Details erinnerten sie sich nicht mehr. Schon gar nicht an eine unbedeutende Lederrolle mit einer Architekturzeichnung.

Dennoch war das Gespräch mit ihnen fruchtbar, denn mit einem süffisanten Lächeln bemerkte Jaubert: »Ein sehr plötzliches Interesse ist an diesen Plänen entstanden, Monsieur. Vor einem knappen Jahr haben wir eine Anfrage erhalten, die wir negativ bescheiden mussten. Ein Monsieur Kormann, ebenfalls aus Köln, wollte etwas über ihren Verbleib wissen. Sind Sie mit dem Herrn bekannt?«

»Flüchtig. Es verblüfft mich tatsächlich, wieso ausgerechnet er sein Augenmerk auf diese Pläne richtet. Er ist nicht gerade als Freund der Kathedrale bekannt.«

»Er … nun, wir arbeiteten damals mit ihm zusammen. In gewisser Weise. Zu Zeiten war er recht nützlich. Aber er erschien mir immer ein Mann zu sein, der sich nach der günstigsten Position richtete.«

»Ein Opportunist, ich weiß. Welche Aufgabe hatte er zu Ihrer Zeit in Köln?«

»Oh, er war mit einem der Direktoren bekannt und hatte sich angeboten, unsere Truppen zu begleiten, als wir Köln in Besitz nahmen. Als Berater der Militärregierung sozusagen. Man war dafür ganz dankbar, denn er beherrschte beide Sprachen und kannte sich in den Interna der Stadt aus.«

»Vor allem wusste er, wo Kunstschätze zu finden waren.«

»Ah, Monsieur, hadern Sie nicht! Die wertvollsten und schönsten Stücke sind wohlverwahrt in Museen und Archiven und stehen somit der Allgemeinheit zur Verfügung. Ganz anders als in den dunklen Kellern und Krypten der Kirchen und Klöster, wo vieles das Tageslicht nie gesehen hat, verborgen vor den entzückten Augen der Betrachter.«

»Nein, ich hadere nicht. Es hatte auch sein Gutes, die Umwälzungen, und manche Verkrustung ist aufgebrochen.«

»So ist das wohl. Ich bedauere, Ihnen nicht helfen zu können, aber einen Rat will ich Ihnen geben. Sie suchen eine Gebäudezeichnung. Fragen Sie bei unseren Architekten nach. Wailly hat damals in der Kunstkommission mitgearbeitet. Wenn jemand einen Blick für derartige Pläne hatte, dann er.«

Es kostete Cornelius, Hervé und Bartholomé einige spitzfindige Nachforschungen, den genannten Architekten aufzufinden, und als sie schließlich eine viel versprechende Spur fanden, endete sie an einem Grabstein. Angehörige wollten nicht auftauchen, aber angeblich gab es eine Witwe, die vor einigen Jahren hin und wieder an seinem Grab erschienen war. Aber die war wie vom Erdboden verschwunden, möglicherweise hatte sie Paris verlassen.

Die zierliche schwarze Katze trottete jetzt über den gepflasterten Hof und rieb ihren Kopf an Cornelius' Knie. Er beugte sich zu ihr und kraulte sie zwischen den Ohren. Heute war sie gutmütig, die Kleine, aber er hatte sich auch schon die eine oder andere Schramme eingefangen, wenn sie ungnädiger Laune war.

»Ah, Sie schmusen mit Mirabelle«, raunte eine leise Stimme neben ihm, und die Schwarze legte die Ohren an. »MouMou, Belami, vite, vite, vite!«, lockte die junge Frau im grauen Kleid die beiden anderen und stellte eine flache Schale neben dem

Brunnen auf den Boden. Während sie ihren Eimer mit Wasser füllte, schlappten drei Zungen genussvoll die Milch auf.

»Sie hatten bereits Fisch heute Abend.«

»Hoffentlich hat die Concierge Sie nicht erwischt. Mit mir hat sie heute wieder gezankt, die alte Vettel. Sie will, dass die Katzen Mäuse jagen, und sie meint, das machen sie besser, wenn sie hungrig sind. Aber ich finde, die Schönen brauchen hin und wieder etwas zum Naschen.« Sie strich sich eine blonde Locke aus der Stirn, die ihrem aufgesteckten Zopf entwischt war.

»Das wird sie daran hindern, sich einen anderen Hof zu suchen. Erklären Sie das der Concierge!«

Die junge Frau setzte sich unaufgefordert neben Cornelius. Er legte seine erkaltete Pfeife beiseite und nahm den süßen Duft von Maiglöckchen wahr. Ein Seitenblick verriet ihm dessen Herkunft. An ihrem Ausschnitt, der mit einem weißen Fichu bedeckt war, steckte ein Sträußchen dieser Frühlingsblumen.

»Die Marktfrau an der Ecke verkauft sie. Sie sind fast verwelkt, deshalb gab sie sie mir billig.«

Cornelius lachte. »War mein Blick so aufdringlich?«

»Nein, Ihr Schnüffeln. Sie sind neu hier, wohnen in Georges Zimmern, nicht wahr?«

»Ich muss es zugeben.«

»Und Sie sitzen jeden Abend hier, bis es dunkel wird.«

»Man beobachtet mich also?«

»Das ist so üblich. Man weiß voneinander, selbst wenn man nicht miteinander bekannt ist. Ich lebe seit drei Jahren hier. Dort, im ersten Stock. Neben mir wohnen Rose, Violette und Blanche.« Sie kicherte. »Die drei Couleurs nennt man sie. Sie arbeiten in einer Munitionsfabrik. Die da singt, ist Gabrielle, sie ist Straßensängerin mit Nebenverdienst. Die Socken auf der Wäscheleine bedecken üblicherweise Bertrams Füße, der in den Markthallen Gemüse verkauft. Wir erhalten billig Kohl von ihm. Die Kräuter gehören dem verrückten Märzhasen, einem Engländer, der Kunst studiert und versucht, hinter die Geheimnisse unserer Küche zu kommen. Er hat die halbe Mansarde gemietet und als Atelier eingerichtet. Die Couleurs und ich sitzen ihm Modell, wenn wir knapp bei Kasse sind.«

»Vermutlich in delikaten Posen.«

»Paradiesisch zumeist. Aber er liebt die jungen Männer, also ist es harmlos. Daneben haust ein Medizinstudent, dem alle Hausbewohner zu Versuchen zur Verfügung stehen. Er klaut für uns Verbände, Salben und Jod im Hospital, und wir bringen ihm dafür hin und wieder Brot und Käse mit. Wir sind eine friedliche Kommune.«

Ein lautstarker Streit zwischen einem Mann und einer Frau drang aus einem der Parterrefenster, und Cornelius ergänzte trocken: »Was nicht bei jedem funktioniert.«

»O doch. Das sind Melitta und Jean Baptiste, die ihre Rollen einüben. Odéon, wissen Sie?«

»Stimmt, wenn man genauer hinhört, erschließt sich das.«

»Sie sind zu Besuch in Paris, ein gebildeter Mann mit guten Beziehungen zur Universität, aber kein Wissenschaftler. Sie stammen aus dem Norden und haben Heimweh.«

»Ich danke Ihnen für das Kompliment. Ich spreche Ihre Sprache ganz gut, wenn auch mit einem Akzent, den meine Freunde hier geflissentlich überhören. Ich stamme aus deutschen Landen, genauer gesagt, aus Köln.«

»Dann, Monsieur, müssen Sie eine sehr gute Freundin haben, die Sie unsere Sprache lehrte.«

Cornelius lachte und schüttelte den Kopf.

»Nicht ganz so, aber es kommt der Sache nahe. Ich lebte einige Jahre in der Bretagne. Jetzt bin ich Verleger und auf der Suche nach lehrreichen Manuskripten.«

»Daher die Unterkunft bei unserem Professeur, wir nennen ihn so, obwohl er nur als Pauker arbeitet und arme Studenten piesackt.«

»Er würde sich selbst wohl als Tutor bezeichnen, aber ich kenne ihn kaum. Sie kenne ich auch nicht, aber ich erlaube mir, eine ähnliche Beschreibung zu wagen, wie Sie es eben taten. Sie sind eine berufstätige Frau, vermutlich im Textilgewerbe, Ihre Familie stammt aus einem kleinen Ort in der Nähe von Paris, und Sie vermissen manchmal die ländliche Umgebung.«

»Nicht schlecht, Monsieur, nicht schlecht. Die Maiglöckchen verrieten mich?«

»Und ihre Zuneigung zu den Katzen.«

»Ich heiße Monica, aber meine Freunde nennen mich Mona.«

»Ich heiße Cornelius Waldegg, und ich erspare Ihnen den Spitznamen.«

»Welches ist Ihr wahres Gesicht, das linke oder das rechte?«

»Ich habe gelernt, mit beiden zu leben.«

»Bemerkenswert. Aber ich will Sie nun alleine lassen, Cornelius, mein Tag beginnt sehr früh. Schlafen Sie gut!«

»Sie auch, Mona!« Er blieb sitzen, bis oben ein weiteres Fenster hell wurde. Die Katzen waren inzwischen verschwunden und gingen ihren nächtlichen Aufgaben nach.

Den nächsten Tag verbrachte Cornelius mit dem Durchstöbern der zahlreichen Buchhandlungen des Viertels, und um die Mittagszeit kaufte er sich ein Brot und etwas Käse. Er schlenderte am Ufer der Seine entlang und betrachtet mit einem leichten Stich Heimweh – Mona hatte völlig richtig getippt – die Kathedrale auf der Insel. Notre Dame erinnerte ihn an den Dom und an den Verlust seines Vaters. Es tat weiterhin weh, er hatte so wenig Zeit mit ihm verbringen dürfen, so viel hatte er noch erzählen, ihm seine Zuneigung zeigen wollen.

Mit ausdruckslosem Gesicht wanderte er weiter und wäre beinahe über den Bettler gestolpert, der, bittend seine Hände erhoben, auf dem Boden kniete.

Bettler, das war Cornelius' Eindruck, beherrschten das Stadtbild in erschreckendem Maße. Die gesellschaftlichen Umwandlungen des letzten Jahrzehnts hatten ihre Spuren hinterlassen, und Menschen waren verarmt, die zuvor in Wohlstand gelebt hatten. Auch die vielen Kriege hatten dazu beigetragen. Es gab Veteranen und Invaliden, die keiner Beschäftigung nachgehen konnten, Bedienstete von Adligen, die geflohen, aufs Land gezogen oder hingerichtet worden waren, Ordensleute, die ihre Klöster verlassen mussten und zu weltfremd waren, sich in der Welt zurechtzufinden. Und natürlich die, die schon immer vom Betteln gelebt hatten: alternde Prostituierte, ehemalige Sträflinge, glücklose Spieler und auch die ewigen Faulenzer.

Cornelius hatte sein Herz gegen sie verhärtet, er konnte keinem helfen, selbst wenn er seine gesamte Barschaft unter sie verteilte. Darum wollte er an diesem bärtigen, zerlumpten Mann vorbeigehen, doch dadurch, dass er ihm im Weg saß, fiel sein Blick auf das verhärmte Gesicht. Etwas in den Augen des Mannes ließ ihn innehalten. Der Bettler sah ihn an, überaus intensiv und eindringlich. Dann stand er auf und stürzte davon.

Er war nicht sehr schnell, Schwäche machte ihn straucheln, und Cornelius fing ihn mit einem festen Griff auf.

»Du hast mich erkannt!«

»Das Gesicht – das Zweigesicht!« Der Mann zitterte.

»Komm!«, forderte Cornelius ihn auf und schob den Mann in Richtung Kaimauer.

»Lass mich in Ruhe!«

»Nein. Setz dich! Hier, iss!« Cornelius zog ihn auf die Steinmauer und setze sich neben ihn. Er brach das Brot mitten durch und reichte dem anderen die eine Hälfte. Der rang kurz mit sich, aber der Hunger siegte.

»Brest. Nummer siebenhundertvierundvierzig. Du warst einige Pritschen weiter, anfangs. Später hast du in der Metallwerkstatt gearbeitet. Seit wann bist du draußen?«

»Seit zwei Jahren«, kam die leise Antwort.

»Ich seit drei.«

»Ich weiß. Du hast deinen Weg gemacht. Manchen ist das Schicksal gnädig.«

»Ja, Kamerad. Ich habe unbeschreibliches Glück gehabt. Was ist dir passiert?«

Es war keine unübliche Geschichte, die Cornelius nun stockend erfuhr. Manchmal stellten sich ihm vor Grauen die Härchen auf seinen Armen auf. So hätte es für ihn auch aussehen können. Ohne Geld, ohne Hilfe nach der Entlassung in Brest, einer ihm fremden Stadt, von der er nichts kannte außer dem Bagno, hatte René mit Bettelei und einigen ungeschickten Diebstählen versucht, sich durchzuschlagen. Er wollte zurück nach Paris.

»Aber dann hier – meine Frau hatte sich scheiden lassen, hat wieder geheiratet. Meine Eltern wollten mich nicht sehen, mein

Bruder warf mich aus dem Haus. Ich versuchte, Arbeit zu finden. Im Hafen ging das. Aber es war zu schwer. Ich wurde krank, konnte das Zimmer nicht mehr bezahlen …«

»Was für einen Beruf hast du gelernt? Dort oder vorher?«

»Kupferstecher hier. Dort, weil ich mit Metall umgehen konnte, Feinschlosser.«

Cornelius nickte. Es könnte Möglichkeiten geben. Aber nicht so, wie René aussah.

»Ich helfe dir. Aber ich gebe dir kein Geld.«

»Wie willst du mir sonst helfen? Du siehst doch …«

»Arbeit und Unterkunft.« Mit einem Mal grinste Cornelius, als er daran dachte, wie er bei seiner Heimkehr behandelt worden war. »Zuvor gehen wir baden.«

Beschämt sah René an sich herunter. »Dafür habe ich kein Geld gehabt.«

»Weiß ich. Ich spendiere dir Bad und Barbier, dann sehen wir weiter.«

In dem öffentlichen Bad beäugte man den Bettler mit Misstrauen, aber Cornelius wischte alle Einwände zur Seite. Als René im heißen Wasser des Bottichs untergetaucht war, machte er sich auf die Suche nach anständiger Kleidung. Die Narbe der Brandmarkung auf der Schulter und die Striemen auf dem Rücken hatte er bemerkt, aber kein Wort dazu fallen lassen. Das würde später kommen. Und richtig, im Laufe des Nachmittags brachte Cornelius weitere Einzelheiten in Erfahrung, die René betrafen. Er war verurteilt worden, weil er staatsfeindliche Schriften in den Jahren des Terrors in Umlauf gebracht hatte und schätzte sich noch immer glücklich, der Guillotine entgangen zu sein. Als Mittäter erhielt er zehn Jahre Kettenstrafe, der Autor, für den er gearbeitet hatte, war als Verräter hingerichtet worden.

»Ich habe letzte Woche mit einem Druckereibesitzer gesprochen, der sich über die missliche Lage beklagte, ein Buch nicht termingerecht ausliefern zu können, weil sein Kupferstecher sich den Arm gebrochen hat. Er würde dich vermutlich nehmen.«

»Ich werde es versuchen.«

»Gut. Dann gehen wir.«

In der einbrechenden Dämmerung begab sich Cornelius wieder in den Hof und beobachtete die Katzen. Nachdem er dreimal Futter für sie mitgebracht hatte, setzten sie sich erwartungsvoll neben den Brunnen und sahen ihn starr an. Doch weder umstrichen sie ihn, noch gaben sie fordernde Laute von sich. Sie warteten einfach.

»Bande!«, brummte Cornelius amüsiert. Dann stellte er ihnen den Teller mit den Fischabfällen hin. Der Fischhändler hatte ihn bereits als Spinner eingestuft, aber er hob ihm immer einige Reste auf.

Gemächlich, um ja keine Gier anzudeuten, umrundeten die drei das kulinarische Angebot, dann hockten sie sich sittsam um den Teller, die Schwänze vornehm geschwungen, und verleibten sich den Fisch ein.

Ihr menschlicher Beobachter setzte sich zufrieden auf die Bank, stopfte seine Pfeife und sah ihnen zu. Er war mit seinem Tagewerk zufrieden. René hatte die Stelle probeweise bekommen, und für die nächsten Nächte hatte er ihn in einer billigen Pension untergebracht. Ein Zimmer, das er sich leisten konnte, würde sich ebenfalls finden.

Kleine Wolken zogen über das unregelmäßige Rechteck des Himmels, das von seinem Platz aus zu sehen war. Es würde Regen geben, den die Bauern sicher begrüßten, denn der April war ungewöhnlich trocken geblieben. Die Concierge kam mit klappernden Blecheimern über den Hof getrottet, bemerkte ihn nicht und begann, den quietschenden Brunnenschwengel zu bedienen. Die Katzen waren bei ihrem Eintreffen lautlos verschwunden, und ungehalten gab sie dem leeren Teller einen Fußtritt. Scheppernd rutschte er über das Pflaster. Der englische Künstler kam nach ihr, warf eine Papiertüte mit Abfällen in die Tonnen, die deren übliches Aroma durch einen strengen Stich Terpentin bereicherte. Er füllte ebenfalls seinen Eimer mit Wasser. Ein unmelodisches Pfeifen begleitete diese Tätigkeit, dann verschwand er, und Ruhe kehrte auf dem Hof ein.

Mit einem Plumps ließ sich die schildpattfarbene Katze auf Cornelius' Schoß fallen und schnurrte. Gehorsam kraulte er ihren Nacken. Es war ein schönes Gefühl, so ein seidiges Pelzchen unter den Fingern zu haben. Er lehnte den Kopf an die unebene Hauswand und sehnte sich nach einer Frau. Einem sanften, weichen Körper, willig und nachgiebig.

»Monsieur träumt?« Es lag ein leises Lachen in Monas Stimme, als sie sich neben ihn setzte.

»Monsieur träumt«, bestätigte er.

»Dann will ich Monsieur nicht stören.«

»Bleib hier, Mona! Hast du heute keine Milch dabei?«

»Nein, so verwöhnt werden sie auch wieder nicht. Belami, komm!«

Der Kater ließ sich locken und setzte sich neben sie. Die Katze auf Cornelius' Schoß beäugte ihn und sprang nach unten. Die kleine schwarze kam auf sie zu, schnupperte kurz an ihr und schien ihr eine Rüge wegen verbotenen Fraternisierens zu erteilen. Aber dann putzte sie ihr doch noch einmal schnell mit der Zunge das Fell glatt, das der Mensch so unordentlich durchgekrault hatte.

»Mirabelle habe ich vor zwei Jahren geschenkt bekommen. Die Concierge hat gemault, aber wir haben sie überzeugen können, dass die Mäusekolonie im Keller überhandnahm, also durfte sie bleiben. Sie war noch sehr klein, und ich musste ihr das Mausen selbst beibringen.«

»Du kannst mausen? Eine außergewöhnliche Fähigkeit für eine Modistin.«

»Näherin. Modistin – das ist mein Traum. Richtig mausen kann ich natürlich nicht, aber Papierkügelchen werfen und sie damit Haschen lehren, das kann ich. Das Erste, was sie selbst fing, hat sie mir dann ganz stolz ins Bett gelegt. Einen Regenwurm aus dem Beet dahinten.«

Ein schmaler Streifen des Hofes diente der Concierge als Gemüsebeet, in dem sie Zwiebeln, Möhren und einige Salatköpfe zog.

»Sie ist ziemlich klein, deine Mirabelle.«

»Sie ist ja auch ein Herbstkätzchen, die sind immer etwas mickerig und schaffen es gewöhnlich nicht über den Winter. Aber ich habe sie in den kalten Nächten in mein Zimmer gelassen und gefüttert. Viel aufregender war es, als sie im Frühjahr rollig wurde.« Mona kicherte. »Es ist ein nervenaufreibendes Erlebnis, zwei Wochen lang mit einer mannstollen Katze die Wohnung zu teilen. Aber ich wollte nicht, dass sie schon Junge bekommt. Ich hasse es, die Kleinen töten zu müssen. Also lieber mit einer tobsüchtigen, jaulenden Katze zusammenleben.«

»Sie scheint es dir zu danken.«

»Sie ist anhänglich, ja. Als im August die winzige MouMou hier auftauchte – sie war gerade entwöhnt und ziemlich abgemagert –, nahm Mirabelle sie an Kindes Statt an. In der Zeit habe ich hier abends oft gesessen und zugeschaut, wie sie ihr das Mausen und das Kämpfen beibrachte. Jetzt ist die Tochter größer als die Mutter, aber noch immer, wenn jemand MouMou angreift, kommt die kleine schwarze und schlägt todesmutig dazwischen.«

»Ich habe es gestern selbst gesehen. Erstaunlich, man behauptet doch immer, Katzen seien Einzelgänger.«

»Nein, sie haben auch ein Familienleben. Belami haben sie ebenfalls aufgenommen, nach der zweiten Rolligkeit dieses Jahr im März. Da hauste ich mit zwei mannstollen Kätzinnen zusammen. Ich kann dir sagen!«

»Du erinnerst mich sehr an meine Schwester. Sie neigt genauso dazu, sich für Katzen aufzuopfern.«

»Du hast eine Schwester?«

»Eigentlich ist sie die Tochter der Frau meines Vaters. Wir sind nicht blutsverwandt, aber – nun unser Verhältnis kann man am ehesten als geschwisterlich bezeichnen. Sie ist sehr herrisch. Und sehr konsequent. Im vorigen Jahr machten wir, die ganze Familie, einen Sonntagsspaziergang am Rhein entlang. Es ist ähnlich wie hier auf den Boulevards, man flaniert in gepflegter Kleidung, plaudert, zeigt sich in der Gesellschaft. Toni hörte das Kreischen, und wir sahen, wie zwei halbwüchsige Burschen eine junge Katze in einen Sack steckten. Sie liefen damit auf einen Bootsanleger und warfen das Tier in den Rhein. Ich konnte gar nicht so schnell zupacken, wie Toni losrannte und samt Spitzenhäubchen und Sonnenschirm hinterhersprang.«

»Ich liebe deine Schwester. Hat sie das Kätzchen gerettet?«

»Das hat sie. Zum Dank erhielt sie blutige Kratzer, und wir beide sahen aus wie ertränkte Mäuse. Das geneigte Publikum war äußerst amüsiert, obwohl einige vornehme Damen ein leises ›Tztztz!‹ verlauten ließen.«

»Du bist hinter ihr hergesprungen?«

»Natürlich. Die Strömung im Rhein ist recht stark. Den Sonnenschirm konnten wir jedoch nicht mehr bergen.«

»Was wurde aus dem Kätzchen?«

»Das lebt inzwischen im Katzenschlaraffenland und treibt drei ehemalige Nonnen zum Wahnsinn.«

»Eine hübsche Geschichte, Cornelius. Wie alt ist deine Schwester?«

»Achtzehn.«

»Oh! Nun, umso mehr bewundere ich sie. Es hörte sich eher an wie die Tat einer Zwölfjährigen.«

»Sie ist ein Wechselbalg. Hast du Geschwister?«

»Acht, drei Brüder, sind Soldaten, und fünf Schwestern. Zwei sind verheiratet, eine ist in Stellung bei einer Gräfin und zwei gehen noch zur Schule.«

»Warum bist du nicht bei deiner Familie?«

»Mein Papa ist Schreiber in der Mairie unserer Gemeinde. Es ist immer sparsam zugegangen. Ich bin geschickt mit der Nadel, und darum habe ich als Näherin angefangen. Inzwischen bin ich schon die zweite Hand der Couturière. Es ist nur ein kleiner Betrieb, aber unsere Modelle sind gefragt.«

»Dein Beruf macht dir Freude?«

»Meistens. Nur wenn die Damen ganz schnell eine neue Garderobe brauchen, dann nähen wir auch mal Nächte durch und verderben uns die Augen. Aber es gibt wenigstens ein Extrageld, wenn wir rechtzeitig fertig werden. Manch hübscher Stoffrest und ein wenig Zeit für Spaß bleiben auch.«

»Und der eine oder andere Sou für Katzenmilch.«

»Wenn man sparsam ist, kommt man ganz gut zurecht.«

»Du könntest mir einen Rat geben, sparsame Mona.«

»Bist du knapp dran?«

»Nicht so sehr, aber ein Freund von mir sucht eine billige, aber anständige Bleibe.«

»Ich hatte den Eindruck, deine Freunde hier seien nicht solche Hungerleider.«

»Dieser hier ist es.«

»Wenn er genügsam ist, kann er bei Gérard unterschlüpfen. Das ist der Medizinstudent. Der hat eine Kammer frei, in der er seine freiwilligen Patienten misshandelt. Ein ständiger Mieter würde uns einiges ersparen. Kann allerdings sein, dass er an deinem Freund gelegentlich das Anlegen von Verbänden übt oder seine Anatomiestudien betreiben will.«

»So lange er ihn nicht seziert …«

»Ich spreche mal mit ihm.« Mona stand auf und hauchte Cornelius einen schmetterlingszarten Kuss auf die Wange, dann war sie fort.

Gérard klopfte am nächsten Tag bei ihm an und erklärte, er hätte gegen einen Untermieter nichts einzuwenden, wenn der denn die Grundbegriffe der Hygiene befolgte. Also machte sich Cornelius auf den Weg in die Druckerei, wo er René geschickt mit dem Grabstichel hantieren sah, mit dem die feinen Linien in eine polierte Kupferplatte übertragen wurden. Er hatte ihn kommen hören und sah von dem halbfertigen Kupferstich auf.

»Natürlich bin ich mit einer Kammer zufrieden. Es wird allemal besser sein als die uns bekannte Unterkunft«, erwiderte er auf Cornelius' Vorschlag.

»Gut, dann komm, wenn du mit der Arbeit fertig bist, ins Quartier! Findest du das Haus noch?«

»Natürlich. Und – Cornelius?«

»Spar dir die Dankesbezeugungen!«

René schüttelte den Kopf, fasste sich dann aber wieder und fragte: »Verrat mir nur eins – warum tust du das?«

»Weil ich demjenigen, der mir geholfen hat, meinen Dank nicht mehr abstatten kann. Wenn du durch meine Hilfe wieder auf eigenen Füßen stehst, dann denk später daran!« Er legte ihm die Hand auf die Schulter und verließ die Druckerei, um einen weiteren Wissenschaftler aufzusuchen. Diesmal war es ein Mediziner, denn die ergötzlichen Schilderungen von Gérards Behandlungsversuchen hatten ihn auf die Idee gebracht, ein Handbuch der Heilkunde herauszugeben, das dem Leser die Grundlagen der Medizin vermittelte. Angeblich hatte der Herr, den er jetzt aufsuchte, bereits ein solches Werk verfasst und großen Zuspruch gefunden.

Diesen Abend hatte er keine Zeit für die Katzen, er half René, sich bei Gérard einzurichten, und blieb auf eine Flasche Wein bei den beiden. Am nächsten Abend aber bekamen die pelzigen Hofbewohner wieder ihren gewohnten Fisch, und Cornelius wartete auf Mona. Es hatte über Tag einige Schauer gegeben, aber als die Sonne unterging, riss der Himmel auf. Zwar war es kühler geworden, doch die Ausdünstungen der Stadt und der Staub hatten sich gelegt, und die Luft schien gereinigt. Selbst die Müllbehälter und die Sickergrube hinter dem rückwärtigen Tor rochen weniger streng. Dafür öffneten sich an dem mutigen Fliederbusch, der sich seinen Platz zwischen den Kohlköpfen erkämpft hatte, die violetten Knospen und verschenkten verschwenderisch ihren Duft.

Genau wie das Sträußchen Veilchen, das neben ihm lag.

Diesmal kam nach der Speisung die kleine schwarze zu ihm auf die Bank gesprungen und sah ihn mit ihren großen, für eine Katze ungewöhnlich runden Augen an.

»Du siehst aus, als ob du mir etwas erzählen möchtest.«

»Brrrip«, antwortete sie ihm.

»Damit hast du völlig Recht, Mirabelle.«

Sie legte besitzergreifend ihre weißbestrumpfte Pfote auf seinen Oberschenkel.

»Ist das das kätzische Adoptionsverfahren?«

»Natürlich. Du gehörst jetzt zur Familie, Cornelius, und wenn der Streuner mit dem zerfetzten Ohr wiederkommt, musst du kämpfen.«

»Guten Abend, Mona. Oh, ich sehe, Familie gilt nichts gegenüber dem Milchtopf.«

Das leise Klirren der Schale rief alle drei Katzen auf den Plan, und Mona setzte sich auf den frei gewordenen Platz neben Cornelius. Er reichte ihr das Sträußchen.

»Aber, aber! Männer, die Blumen schenken, haben schlimme Absichten oder ein schlechtes Gewissen, hat Maman mich gewarnt. Was hast *du*?«

»Ein völlig ruhiges Gewissen.«

Sie lächelte nur und steckte sich die Veilchen an den Ausschnitt. Dann saßen sie schweigend nebeneinander und beobachteten, wie der Himmel sich von blassem Azur zu Türkis wandelte und die blauen Schatten in den Winkeln und Ecken tiefer wurden. Cornelius zog an seiner Pfeife und ließ Rauchringe in die stille Luft aufsteigen. Es war ein Schweigen zwischen ihnen, in dem viel gesagt wurde, und als der erste Stern am dunstigen Firmament aufflimmerte, sang oben in ihrem Zimmer Gabrielle mit der rauen Stimme das alte Lied, dessen Refrain lautete: »Auprès de ma blonde, qu'il fait bon dormir.«

Mona nahm seine Hand. »Komm mit!«

Ihr Appartement war kleiner als das seine, die Möbel aber genauso alt und verschrammt, doch sie hatte helle Vorhänge an den Fenstern angebracht und kleinen Zierrat auf den Borden verteilt. Er legte den Arm um ihre Taille und zog sie langsam zu sich heran.

»Ich möchte es gerne, Mona. Aber du bist zu nichts verpflichtet.«

»Wegen der Blumen? Nein. Es … es scheint mir richtig.«

Er küsste sie sanft und fand Antwort. Er fand auch Antwort auf all sein Begehren, und als leichter Nachtwind Fliederduft in ihr Zimmer wehte, streichelte er zärtlich ihre Haare, die sich aufgelöst aus ihrem Zopf ringelten. Sie öffnete die Augen und sah ihn mit leichtem Spott an.

»So, so, Monsieur, das war alles?«

Er hielt mitten in der Bewegung inne. »Wie meinst du das?«

»Ein bisschen hier naschen, ein bisschen daran nippen, dann husch ins Warme schlüpfen? Nein, Monsieur, wenn ein Mädchen schon seine Tugend opfert, dann kann es doch wohl ein wenig mehr Entgegenkommen erwarten.«

Das spöttische Funkeln in ihren hellen Augen verunsicherte Cornelius. Seine Qualitäten als Liebhaber waren noch nie in Frage gestellt worden. Er war sanft und rücksichtsvoll gewesen, hatte zärtliche Worte gemurmelt und ihre Schönheit gewürdigt. Erwartete sie etwa Liebesschwüre von ihm?

»Liegt es daran, dass du lange ohne Frauen leben musstest?« Er zuckte zusammen. »Psst, Cornelius. Du weißt doch, wir wissen immer alles über jeden.« Sie fuhr mit einer leichten Bewegung über die Tätowierung über der Brandnarbe. »Dein Freund hat auch eine, fand Gérard heraus. Brest oder Vannes?«

Er seufzte leise. »Brest.«

»Lange, Cornelius?«

»Sieben Jahre. Ich werde jetzt besser gehen.«

»Warum? Ich habe es doch vorher gewusst.«

Er schüttelte den Kopf und wollte das Bett verlassen. »Ich hätte es nicht tun dürfen.«

Sie griff nach seinem Arm und hielt ihn zurück. »Bleib bei mir, Cornelius!«

»Bist du sicher?«

Das spöttische Lächeln war wieder da. »Ich bin noch nicht fertig mit dir.«

Er ließ sich wieder neben sie in die Decken sinken.

»Es scheint, als sei ich wirklich zu weltfremd geworden, ich verstehe nicht, was du möchtest.«

»Ah, nun, da kann ich behilflich sein. Wir werden aus Monsieur nicht nur einen rücksichtsvollen, sondern einen guten Liebhaber machen.«

»Daraus schließe ich, dass du mit mir nicht zufrieden warst.«

»Es gibt Vorschläge, einiges zu verbessern.« Er schwankte, ob er beleidigt oder amüsiert sein sollte. Doch sie stand auf und zündete eine Kerze an. Das Licht vergoldete ihren schlanken, wohlgeformten Körper, und das Begehren in ihm flackerte wieder auf. Dann lernte er, welche Möglichkeiten einem Mann gegeben waren, einer Frau über alle Grenzen hinweg Freude zu bereiten.

Es verblüffte ihn selbst, welchen Nutzen er daraus zog. Als sie sich schließlich matt, aber leise schnurrend in seine Arme rollte, meinte er zu hören, wie sie wisperte: »Nicht nur gut, überwältigend!«

Cornelius schlief wunderbar neben seiner Blonden.

Staubige Archive

Abend wards und wurde Morgen,
Nimmer, nimmer stand ich still,
Aber immer bliebs verborgen,
Was ich suche, was ich will.

Der Pilgrim, Schiller

Sie brauchten den ganzen Mai, um nach Darmstadt zu kommen, und mit jeder Meile fand Antonia mehr in ihr altes Leben zurück. Wenn das Wetter trocken war, übernachteten sie im Wagen, manchmal fanden sie auch Unterschlupf in der Scheune eines Bauernhofs, aber einmal in der Woche suchten sie einen Gasthof auf. Es gab schon mal Zankereien mit anderen Fuhrleuten über die Verkehrsregeln, hin und wieder mussten sie aufdringliche Zeitgenossen abwehren, aber bedrohlich wurde die Situation nie. Antonia brachte Maddy bei, den Wagen zu lenken und das Pferdchen zu versorgen. Wie Elisabeth es früher gehalten hatte, kaufte sie nützliche oder hübsche Handarbeiten auf, die die Frauen in den Dörfern anzubieten hatten, um sie irgendwo anders mit einem kleinen Gewinn zu verkaufen. An Köln dachte sie immer weniger, vielmehr richtete sie wie einst ihren Sinn darauf, sich in der Gegend zu orientieren, einen sicheren Platz für die Nacht zu finden, das Essen zu kochen und die Kleider in Ordnung zu halten. Ende Mai passierten sie Frankfurt, in die Stadt selbst fuhren sie jedoch nicht. Danach meldete sich in Maddy die Zofe wieder zurück.

»Toni, wir wollen doch einige Zeit in Darmstadt bleiben, nicht wahr?«

»Ja, einige Wochen. Es kommt darauf an, was sich ergibt.«

»Wieder als das gnädige Fräulein?«

»Zunächst ja.«

»Das wird schwierig, Toni.«

»Du meinst, weil ich völlig verbauert bin? Keine Sorge, ich werde das gute Benehmen wieder aus der Truhe fischen.«

»Das kannst du an- und ablegen, wie's beliebt. Aber deine Haut nicht.«

»Was ist, um Himmels willen, falsch an meiner Haut?«

»Sie ist braun.«

Antonia lachte auf. »O ja, ganz undamenhaft. Wie dumm, dass ich beim Hühnerrupfen keinen Sonnenschirm aufgespannt habe.«

Aber Maddy blieb ernst. »Du kannst darüber spotten, Toni, aber stell dir mal vor, wie du derzeit in einem dekolletierten, kurzärmeligen Kleid aussehen würdest.«

Das ernüchterte Antonia allerdings sofort. Sie hatte sich, wenn es warm war, nur im Hemd im Freien aufgehalten. Ihr Gesicht, der V-förmige Kragenausschnitt und die Unterarme waren gebräunt, der Rest war hell geblieben. In einem Kleid würde sie mehr als kurios wirken.

»Gütige Sankt Ursula, was für ein Bild! Was sagt die Zofenkunst dazu? Gibt es nicht irgendwelche Bleichwässerchen oder so etwas?«

»Bei milder Sonnenbräune kann man es mit hellem Puder richten, aber nicht, wenn jemand so zur Haselnuss geworden ist wie du. Wir werden irgendwo eine Zeit in einem finsteren Keller verbringen müssen, bis das verblasst ist.«

»O nein.« Die Vorstellung machte Antonia schaudern. Das Leben im Freien war ihr wichtig geworden. »Nein, Maddy, wir machen es anders. Oder, zumindest ich mache es, du brauchst ja nicht in ausgeschnittenen Gewändern herumzulaufen. Ich werde dafür sorgen, dass auch das Dekolleté und die Arme dieselbe Farbe annehmen wie mein Gesicht. Sollte es sich als nötig erweisen, sprechen wir von einer peinlichen Hautkrankheit oder dem Erbe meines südländischen Vaters.«

Maddy bedachte das und nickte. »Könnte gehen. Aber du kannst schwerlich ohne Hemd den Wagen lenken.«

»Nein. Aber das Wetter scheint sonnig zu bleiben, darum suchen wir uns eine einsame Stelle, und ich nehme Luftbäder. Ich hörte, sie sollen sehr gesundheitsfördernd sein.«

Anfang Juni betrat Fräulein Lindenborn-Waldegg mit ihrer Zofe das Hotel »Zur Traube«, wo sie schriftlich ein Zimmer bestellt hatte. Maddy seufzte zufrieden, als sie die glatten Leinenlaken, die weichen Daunenkissen, die gediegene Einrichtung und die sauberen Waschgelegenheiten sah. Mochte das Leben auf den Straßen auch seine Reize haben, sie war ein Stadtkind, das die Annehmlichkeiten der Zivilisation weit höher schätzte als ihre Herrin.

Als sie sich eingerichtet hatten, erkundigte sich Antonia bei dem Hausdiener nach der Kommandantur. Dorthin führte sie am nächsten Vormittag ihr erster Weg.

Sie fand, dank ihrer Kenntnis darüber, wie militärische Verwaltung organisiert war, schnell heraus, wer der derzeitige Kommandant der Chevauxlégères war, bei denen Jupp und Franz gedient hatten. General von Petershayn erhielt noch am selben Tag ein Billet von ihr, das sie als Antonia Dahmen unterzeichnete, und in dem sie förmlich um ein Gespräch bat. Sie erhielt die Antwort, der Herr General sei bereit, sich am Nachmittag des kommenden Samstags mit ihr in der »Traube« zu treffen. In den drei Tagen, die es bis dahin abzuwarten galt, bestand Maddy darauf, ihr einziges gutes Kleid aufzuputzen, denn sie hatten wenig gesellschaftsfähige Kleidung mitgenommen.

General von Petershayn war ein untersetzter Herr um die fünfzig, der in seiner Uniform einen straffen und kompetenten Eindruck machte und liebenswürdige Manieren an den Tag legte. Im Teesalon des Hotels erzählte ihm Antonia wieder einmal ihre Geschichte, diesmal mit Betonung auf ihre Verbindung zu den Zwillingen.

»Mein wertes Fräulein Dahmen, oder wohl besser: Waldegg, nicht wahr? Was für eine unglaubliche Geschichte!«

»Sie glauben mir nicht?«

»Meine Liebe, ich war in Jena dabei. Ich habe dasselbe gesehen wie Sie. Natürlich glaube ich Ihnen. Ich sollte das Wort faszinierend verwenden. Aber zu meinem Bedauern muss ich Ihnen mitteilen, dass sich die beiden jungen Herren nicht mehr unter meinem Kommando befinden.«

»Ist ihnen etwas passiert?«

»So könnte man es ausdrücken. Doch erregen Sie sich bitte nicht, beide waren bester Gesundheit, als sie uns verließen. Ja, ich würde sogar annehmen, es geht ihnen jetzt besser als je zuvor in ihrem Leben. Ich wundere mich nur, dass sie Ihnen nicht Bescheid gegeben haben. Eine solche Karriere verschweigt man nicht.«

»Jupp und Franz sind keine geübten Briefeschreiber. Erzählen Sie!« Mit wachsendem Staunen hörte Antonia, die beiden seien als Kurierreiter nach den Schlachten von Jena und Auerstedt weiter mit den französischen Truppen nach Norden vorgestoßen und hatten schließlich bei der Winteroffensive von Preußisch-Eylau dem Kaiser selbst aus einer Bredouille geholfen. Mit ihren Pferden und eigenen Leibern konnten sie es verhindern, dass ihr oberster Feldherr im Gefecht zu Schaden kam. Napoleon, bekannt für seine Großzügigkeit in solchen Fällen, erkundigte sich später persönlich nach seinen Rettern. Jupp und Franz erhielten das Angebot, in die Leibgarde des Kaisers aufgenommen zu werden. Sie hatten zugegriffen. Die Beförderung aber machte es notwendig, ihrem neuen Herrn nach Paris zu folgen. Dort waren sie seit anderthalb Jahren stationiert.

»Ach du meine Güte, und die beiden sprechen so ungern Französisch«, war Antonias erster Kommentar.

»Das wird sich inzwischen sicher gegeben haben, Fräulein Waldegg. Unter Kameraden lernt sich eine Sprache leichter als aus dem Lehrbuch.«

»Viel eher werden ihnen dabei die französischen Mädchen auf die Sprünge helfen.«

»Auch das ist nicht auszuschließen.«

»Schade, dass ich es erst jetzt erfahre. Mein Adoptivbruder ist vor ein paar Wochen nach Paris aufgebrochen. Ich hätte ihn begleiten und Jupp und Franz besuchen können. Je nun, ich muss also umdisponieren. Herr General, gibt es eine Möglichkeit, ihnen zu schreiben? Sie verfassen zwar selbst nicht gerne Briefe, aber lesen können sie allemal.«

»Es wird eine Möglichkeit geschaffen, das versichere ich Ihnen. Setzen sie schon mal Ihren Brief auf, ich gebe Ihnen Bescheid, wie wir ihn in ihre Hände gelangen lassen.« Dann sah er sich in dem inzwischen rege besuchten Teesalon um. »Sie sind hier untergekommen?«

»Ja, es ist ein sehr angenehmes Hotel. Aber nichtsdestotrotz werde ich mir eine andere Unterkunft suchen, solange ich auf die Antwort meiner Brüder warte.«

»Ja, wollen Sie denn nicht nach Köln zurückreisen?«

»Nein.«

»Nein?«

Antonia spielte mit einem Keks auf ihrem Teller. Der General war ein Mann, der sich für seine Leute interessierte. Das war ein gutes Zeichen. Sie hatte wenig genug Bekannte in Darmstadt, die ihr bei ihrem Unterfangen behilflich sein konnten. Obwohl sie nicht zu viele Menschen in ihre Nachforschungen einweihen wollte, brauchte sie Unterstützung. Vielleicht konnte General von Petershayn ihr die eine oder andere Tür öffnen. Sie blickte also auf und setzte ihr charmantestes Lächeln auf.

»Ich schulde Ihnen eine bessere Antwort, nicht wahr?«

»Ja, meine Liebe, das tun Sie. Wenn ich es recht verstehe, hatten Sie gehofft, sich hier unter den Schutz Ihrer Brüder zu begeben, und nun haben sie die Stadt verlassen. Es könnte Schwierigkeiten für Sie geben.«

»Weniger Schwierigkeiten, als eine Truppe blutrünstiger Soldaten mit Essen zu versorgen. Nein, ich bin es gewohnt, auf mich selbst aufzupassen. Aber ich habe, neben meinem Wunsch, die Zwillinge wiederzusehen, noch eine andere Mission hier in Darmstadt zu erfüllen. Sind Sie bereit, sich eine weitere – ähm – faszinierende Geschichte anzuhören?«

»Fräulein Waldegg, ich habe selten solch packenden Berichten zugehört wie den Ihren. Erzählen Sie!«

»Es könnte aber eine Weile dauern.«

»Ich habe Zeit für Sie. Ist es eine, die eher nach prickelndem Champagner oder nach süßem Madeira verlangt?«

»Nehmen wir Champagner, aber mit einem Wermutstropfen!« Antonia lehne sich zurück, als der General eine Flasche Champagner orderte, und dann berichtete sie vom Kölner Dom. Da ihr Zuhörer wie gebannt lauschte, flocht sie auch alle die vielen kleinen Histörchen um seine Entstehung mit ein, die sie im Laufe der

Zeit gesammelt hatte, bis sie zu den verschwundenen Plänen kam, deren Spur sie nun bis zum Archivar des Großherzogs verfolgt hatte.

»Kind Gottes, ich bin hingerissen! Ich bin überwältigt, Fräulein Waldegg. Ich verspreche Ihnen, schon als Dank für diesen großartigen Nachmittag, alles daran zu setzen, diese Unterlagen ausfindig zu machen. Ich habe einige Beziehungen, auch zum Hof. Es gibt da Möglichkeiten…« Er schien Strategien zu entwerfen und seine Truppen aufzustellen.

Antonia nippte, mit einem Lächeln in den Augenwinkeln, an ihrem Champagner. Es war eine wirkliche Abwechslung zu Brunnenwasser und auf dem Lagerfeuer gebrühtem Kaffee!

»Verzeihen Sie, ich war in Gedanken bereits vorausgaloppiert. Wir müssen taktisch klug vorgehen und die Lage sondieren. Da das Unternehmen einige Zeit kosten könnte, müssen wir als Erstes ein anständiges, aber bezahlbares Quartier für Sie finden. Außerdem werde ich Termine für Sie ausmachen. Aber ein Ziel können wir besonders anvisieren, meine Liebe. Unser großherzoglicher Landesherr gibt in zwei Wochen einen Sommernachtsball, zu dem ich Ihnen eine Einladung beschaffen werde. Wobei sich die Frage aufwirft…« Er wirkte plötzlich verunsichert, fing sich aber gleich wieder und erklärte: »Äh, wissen Sie, ich war zwanzig Jahre sehr glücklich verheiratet. Leider verstarb meine Frau vor vier Jahren, aber ich habe in Erinnerung, dass derartige Veranstaltungen immer äußerste Ansprüche an die weibliche Garderobe stellten.«

»Keine Sorge, Herr General. Ich werde in standesgemäßer Montierung zum Appell antreten«, antwortete Antonia grinsend, da sie sich die ganze Zeit über die immer militärischer werdenden Formulierungen amüsierte.

Der General stutzte und brach dann in lautes Lachen aus.

»Da haben Sie mich, Mädchen! Die feine Decke ist weg, und der alte Militärgaul bricht durch.«

»Ist doch bei mir nicht anders, Herr General.«

»Doch, meine Liebe, doch. Im Vergleich zu mir sind sie ein feuriges Araberfüllen. Lassen Sie mir zwei Tage Zeit, um einige Fäden zu ziehen, dann…«

»… haben Sie einen fertigen Schlachtplan. Gut, ich bin Ihnen überaus dankbar. Ich werde also einen langen Brief schreiben und dann eine Schneiderin zwecks Anfertigung einer passenden Garderobe aufsuchen. Beides Beschäftigungen, die einer jungen Dame wie mir natürlich mehr anstehen, als mit einem Pferdchen und einem Planwägelchen durch die Lande zu ziehen und über dem Lagerfeuer geklaute Forellen zu grillen.«

»Wollen Sie damit andeuten, Sie hätten auch das getan?«

»Ja, was meinen Sie denn, auf welche Weise ich nach Darmstadt gereist bin?«

Sein dröhnendes Lachen veranlasste die anderen Gäste, sich überrascht umzudrehen. »Mein Gott, Mädchen, Sie sind eine Rübe!«

»Zuckerrübe!«

»Ohne Zweifel. Ich werde mich am Dienstagvormittag hier im Hotel melden.«

»Danke, Herr General«, sagte Antonia, als sie aufstand. Er erhob sich ebenfalls und zog galant ihre Hand an seine Lippen.

»Keine Brüder, die sind in Paris, beschützen den Kaiser. Aber ein General zu meinen Füßen«, war Antonias knappe Zusammenfassung Maddy gegenüber.

»Besser ein General als zwei Chevauxlégères.«

»Da hast du Recht.«

Pünktlich um zehn am Dienstag ließ sich der General bei Antonia melden. Er nickte beifällig, als sie mit Maddy zu ihm in die Hotelhalle kam, und nahm den dicken Umschlag entgegen, in dem viele beschriebene Seiten steckten.

»Es geht wöchentlich ein Militärkurier nach Paris, ihm wird dieses Schreiben mitgegeben. Sie können ganz sicher sein, binnen einer Woche werden Ihre Brüder den Brief erhalten. Und nun zu der Unterkunft.«

Der General hatte ganze Arbeit geleistet. Er hatte eine ansprechende Pension gefunden, die kaum ein Viertel von dem kostete, was der Wirt der »Traube« verlangte. Sodann hatte der General eine Liste von Leuten angelegt, die in Sachen Dompläne anzusprechen waren.

»Der Archivar Dupuis ist bedauerlicherweise verstorben. Aber er hat einen Nachfolger, der sich angeblich bestens in den Beständen auskennt. Das Antiquariat Hintzen gibt es noch am bekannten Ort. Nun, und dann habe ich es geregelt, dass Sie als meine Begleiterin den Sommerball in der Residenz besuchen können. Ich werde Sie am einundzwanzigsten gegen acht abholen, wenn Sie damit einverstanden sind.«

»Wunderbar, Herr General.«

»Zudem habe ich hier – ahm – ich weiß, es ist eine Freiheit, die ich mir herausnehme, aber ich habe hier zwei Karten für das Theater. Am Sonntag. Man gibt ein Stück von Molière. Wäre es sehr vermessen, Sie zu bitten, mich zu begleiten?«

»Es wäre mir sogar ein Vergnügen, Herr General.«

Doch so hilfsbereit der General auch war, die Suche nach dem verschwundenen Plan verlief erfolglos. Hintzen, noch schrulliger als vor Jahren, erinnerte sich zwar an Antonia, hatte aber nie eine gotische Architekturzeichnung in Händen gehalten. Sie glaubte ihm, denn obwohl er ein wunderlicher Kauz war, seine Ware kannte er.

Der Archivar, sehr beflissen, da der Großherzog selbst ihn gebeten hatte, der jungen Dame behilflich zu sein, konnte ihr nur wenig weiterhelfen. Er hatte keine Erinnerung daran, je eine Architekturzeichnung einer Kathedrale in den Beständen gesehen zu haben. Immerhin fand sich die illuminierte Handschrift, die Antonia einst in Arnsberg, dann bei Hintzen gesehen hatte. Tatsächlich gab es sogar eine Quittung darüber, die darauf hinwies, sie sei von besagtem Antiquariat bezogen worden, und er war überaus bewegt, als Antonia ihm das fehlende Blatt mit der Abbildung der heiligen Ursula überreichte, das sie einst in der Köhlerhütte gefunden hatte. Sie selbst war zufrieden, mit dieser Geste endlich ihr Gewissen erleichtern zu können.

»Es würde meinen Vater beruhigen, die Handschrift gerettet zu wissen, auch wenn sie nicht mehr der Dombibliothek gehört. Sie ist ja sogar neu gebunden worden.«

»Natürlich, wir restaurieren diese Kostbarkeiten selbstverständlich. Aber für einen Prachteinband, wie sie ihn einst hatte, reicht es dann doch nicht.«

Eine erhellende Auskunft erhielte sie allerdings von dem Archivar. Er berichtete ihr, dass sich 1803 die Abgesandten des ehemaligen Kurköln und die Frankreichs in Darmstadt, und zwar just in der »Traube«, in der Antonia gewohnt hatte, getroffen hatten, um dort über die Aufteilung der Bestände des Domschatzes und der Bibliothek zu verhandeln, die der Großherzog bei seinem Zug nach Arnsberg in sein Land geholt hatte. Damit führte die Spur der Pläne mal wieder ins Unbekannte, denn die Archivalien waren zwischen dem Herzog von Arenberg, den Fürsten von Nassau-Usingen und Wied-Runkel sowie Ludewig von Hessen-Darmstadt und den Franzosen aufgeteilt worden. Außer in Darmstadt konnten sie nun an vielen Orten sein.

Antonia verabschiedete sich enttäuscht von dem Mann, hatte aber eine Liste von Adressen und die Zusage für ein Empfehlungsschreiben erhalten. Ihre nächste Aufgabe bestand also darin, Briefe zu schreiben und auf Antworten zu warten. Dazu musste sie jedoch eine feste Adresse haben, also verlängerten sie ihren Aufenthalt in Darmstadt auf unbestimmte Zeit. General von Petershayn registrierte es mit unverhohlener Freude.

Herbstball

Du wirst im Eh'stand viel erfahren,
was dir ein halbes Rätsel war;
bald wirst du aus Erfahrung wissen,
wie Eva einst hat handeln müssen,
als sie hernach den Kain gebar.

Kleiner Rat, Mozart

Am Neuen Markt, neben dem Militärcasino, fand in den Räumen der neu gegründeten »Société« der erste Ball statt. Vierzig angesehene Kaufleute und wohlhabende Bürger hatten diese Gesellschaft zur Förderung des geselligen Lebens gegründet, und was Rang und Namen hatte, besuchte dieses Ereignis.

Susanne Wittgenstein betrat am Arm ihres Gatten Philipp die hell erleuchteten Räume und musste leicht ihren Fächer bewegen, denn Wachskerzen, schwere Parfums, das berühmte Kölnische Wasser und der Duft des in der Wärme sich entfaltenden Blütenschmucks überwältigten sie schier. Ihr war ein wenig übel, aber tapfer grüßte sie rechts und links ihre Bekannten.

»Hör auf, dem Oberst schöne Augen zu machen!«, zischte Philipp ihr ins Ohr.

»Hab ich gar nicht, ich habe nur grüßend genickt. Er ist einer unserer Kunden.«

»Weil er Putzwerk für seine Gespielinnen kauft. Du wirst ihn ignorieren.«

»Philipp!«

»Und jetzt lächele wieder!«

Susanne setzte ein gezwungenes Lächeln auf, das ihr an den Mundwinkeln zerrte, und steuerte eine Sesselgruppe an.

»Ich will mich zu meiner Tante setzten, Philipp, mir ist schwindelig.«

»Meine Güte, sei doch nicht gleich so eingeschnappt!«

Sie gab ihm keine Antwort, sondern begrüßte ihre Tante und sank dann erleichtert auf das Polster. Ihr Fächer flatterte heftig. Philipp machte eine steife Verbeugung.

»Nun, du bist ja in guter Obhut, Susanne. Ich sehe einige Freunde, mit denen werde ich ein paar Worte wechseln.«

»Tu das! Soll ich dich für einen Tanz vormerken, Philipp?«

Aber er hatte sich schon abgewandt.

»Nun, wie geht es der frischgebackenen Ehefrau, Liebes?«, erkundigte sich ihre Tante, und Susanne zuckte mit den Schultern.

»So, wie es sich gehört. Inzwischen ist das Personal endlich vollzählig, und ich habe einen Teil der Aufgaben an unsere Hausdame abgegeben. Sie scheint recht fähig zu sein. Zwei Gästezimmer haben wir auch eingerichtet, und im Garten habe ich selbst die Zwiebeln gesetzt, damit wir uns im nächsten Frühjahr an den Tulpen erfreuen können.«

»Sehr vernünftig. Wie steht es mit dem Kinderzimmer?«

Diese unverfroren neugierige Frage beantwortete Susanne mit leicht zusammengezogenen Brauen. »Wir sind erst drei Monate verheiratet.«

»Aber du wirkst ein bisschen blass, Liebes …?«

»Es ist warm hier.« Sie lenkte die Unterhaltung auf andere Themen, und als die Tänze mit einer Polonaise eröffnet wurden, erschien ihr Gatte tatsächlich, um sie in die Reihen zu führen. Seine schlechte Laune schien verflogen, und er lächelte sie und die anderen Damen freundlich an. François Joubertin bat sie um den nächsten Tanz, die Quadrille.

»Soll man es für möglich halten, sie haben den parfümierten Ziegenbock zum Tanzmeister bestellt«, flüsterte er ihr ins Ohr, und erstmals klang ihr Lachen wirklich vergnügt. Als die Tanzpause angekündigt wurde, nahm er sie zart am Ellenbogen und meinte: »Sie brauchen eine Erfrischung, Frau Wittgenstein. Darf ich Ihnen ein Glas Champagner oder Bowle holen?«

»Ja, danke, etwas Bowle. Aber ich möchte mich einen Moment setzen.«

Er führte sie in eine ruhigere Ecke und kam kurz darauf mit einem Glas Bowle für sie zurück. Durstig trank sie.

»Und, wie behagt Ihnen Ihre neue Stelle, Monsieur Joubertin?«

»Der Richter saugt mir das Mark aus den Knochen, aber es ist lehrreich. Und wie behagt Ihnen Ihre neue Stelle, Madame?«

Susanne kicherte. »Oh, mir saugt sie ebenfalls das Mark aus den Knochen. Lehrreich ist es auch. Ich weiß jetzt endlich, wie viele Laken und Betttücher wir haben, wie man ein Menü für zwanzig Personen zusammenstellt und wie oft das Zimmermädchen mit dem Kutscher in den Ställen verschwindet.«

»Brillant!«

»Ach ja, und welchen Schmuck ich zu welchem Anlass anzulegen habe, dafür sorgt meine Kammerfrau. Im Vertrauen – sie ist ein Ekel!«

»Werfen Sie sie raus!«

»Geht nicht, sie wurde mir von meiner Schwiegermutter empfohlen. Vermutlich, um mich zu bespitzeln. Oh, wer ist die Galeone unter vollen Segeln, die dort im Kielwasser von Cornelius Waldegg einläuft?«

Die eintreffende Dame hatte viel von einer Galionsfigur, der glänzende, cremeweiße Satin spannte sich schimmernd über einem vollen Busen, ausladende Hüften wogten unter dem anschmiegsam fallenden Stoff ihrer Robe, und der Eindruck, sie trüge unter diesem modischen Gewand wenig oder sogar nichts, drängte sich Susanne auf.

»Melanie van ter Sandt. Seit einem Jahr verwitwet. Sie geht jetzt wieder auf Gesellschaften.«

»Ich erinnere mich. Sie war mit einem Papierfabrikanten verheiratet. Er war recht betagt, glaube ich. Jetzt hat sie sich einen jungen Verleger gekapert.«

»Sie ist auf Kaperfahrt, das mag stimmen, aber ob sie Waldegg erobert, wird man sehen.«

Derzeit schien sie keinen Erfolg zu haben, Cornelius wandte sich an zwei Herren, mit denen er plauderte, und sie ließ sich von einem grauhaarigen Herrn zu einem Sessel führen.

»Ah, und Ihr ehemaliger Vorgesetzter vergnügt sich auch auf diesem Ball.« Susanne wies auf Kormann, der seine prunkvoll gewandete Gattin am Arm führte.

»Er macht offenbar gute Geschäfte. Er gehört zu den Mitbegründern der Société.«

»Und hat für Cornelius Waldegg nur ein äußerst kühles Nicken übrig.«

François nickte versonnen. Er erinnerte sich gut, warum. Susanne gegenüber aber meinte er nur: »Er hat sich mit dem Domherrn nicht besonders gut verstanden.«

Joubertin blieb noch eine Weile bei ihr, dann ergriffen die Musiker wieder ihre Instrumente, und sie wurde von dem Oberst, der Philipps Missfallen erregt hatte, zum Walzer aufgefordert. Ihr Gatte gesellte sich zu ihr, als sie zum Buffet schritt, und machte ihr deshalb eine leise, heftige Szene. Sie verdarb ihr den Appetit. Statt zu essen, bediente sie sich großzügig aus dem Bowlengefäß und suchte mit ihrem Glas eine Fensternische auf.

»Madame Wittgenstein, was ist passiert?« Cornelius hatte sie beobachtet und war zu ihr getreten.

»Nichts. Hüps!«

Er nahm ihr das Glas aus der Hand. »Die ist stärker, als sie schmeckt. Seien Sie vorsichtig damit!«

»Wollen Sie mir vorschreiben, was ich zu tun und zu lassen habe?«

»Nein, ich möchte Sie nur warnen. Ich hole Ihnen eine Limonade.«

»Ich will … hüps … keine Limonade. Ich will mich betrinken, verdammt noch mal!«

Cornelius gab ihr das Glas zurück. »Nur zu. Aber ich rufe schon einmal eine Sänfte, Madame. Eine Dame von Welt besäuft sich nicht in der Öffentlichkeit. Ihr Boudoir dürfte der geeignetere Ort dafür sein.«

»Hör auf, mich zu verspotten, Cornelius!«, murmelte sie und legte plötzlich den Kopf an die kalte Scheibe.

»Was ist denn los, Sarah Susanne?«

Im vergangenen Sommer, in dieser glücklichen Zeit, hatten sie die Förmlichkeiten aufgegeben, doch als Cornelius aus Paris zurückgekommen war, hatte er mit nicht geringer Überraschung zur Kenntnis genommen, dass Susanne den Sohn des Bürgermeisters geheiratet hatte. Bei ihrem nächsten Zusammentreffen bedienten sie sich, unabgesprochen, beide wieder der förmlichen Anrede und tauschten lediglich einige höfliche Phrasen aus. Cornelius hegte so seine Zweifel, ob die Entscheidung beider eine besonders glückliche war. Philipp, dem er auch in reinen Männergesellschaften begegnet war, dünkte ihm nicht das Musterbild eines Ehegatten. Er hatte eine ausgeprägte Neigung zu leichten Hemdchen, vor allem, wenn der Duft der Theaterschminke an ihnen haftete. Ansonsten hielt er ihn nicht für ein besonders helles Licht. Dagegen war er von Susannes künstlerischer Begabung durchaus überzeugt. Und nun saß sie hier und kämpfte mit den Tränen.

»Ich hole dir eine Sänfte und begleite dich nach Hause. Bleib hier sitzen, Susanne! Du bist nicht mehr ganz standfest auf den Beinen.«

Sie hatte ein Tüchlein aus ihrem Retikül gezogen und presste es sich an die Lippen, nickte aber zustimmend. Kurz darauf ging sie, von ihm unauffällig gestützt, zum Ausgang. Cornelius begleitete zu Fuß die Sänftenträger und achtete darauf, dass sie das Haus betrat.

»Bleib bei mir, Cornelius! Ich will jetzt nicht alleine sein.«

»Es gehört sich nicht.«

»Ach, nichts gehört sich! Komm mit ins Musikzimmer!«

»Also gut. Lass uns einen starken Tee oder Kaffee bringen.«

Mit einer herrischen Handbewegung scheuchte Susanne den Diener fort und schloss die Tür hinter ihnen.

»Nein. Sie bespitzeln mich alle.«

»Glaubst du wirklich?«

»Vielleicht spinne ich auch nur.«

Sie zog die langen Ballhandschuhe aus und legte sie auf den Flügel.

»Warum sollten sie dich bespitzeln?«

»Weil Philipp geradezu krankhaft eifersüchtig ist.«

»Dann wird er dir wegen meines Besuches wieder eine Szene machen. Ging es darum, vorhin im Ballsaal?«

Susanne nickte. »Den Oberst habe ich früher oft im Laden getroffen. Er hat immer mit Antonia gefachsimpelt und mir manchmal Komplimente gemacht. Er ist nett, aber harmlos. Warum soll ich nicht mit ihm tanzen? Ich kann doch nicht wie eine Matrone in der Ecke sitzen bleiben.« Sie ließ sich auf eine Chaiselongue fallen und löste den hohen Knoten. »Es ziept«, erklärte sie und begann, sich einen losen Zopf zu flechten. »Das macht diese dumme Kuh von Kammerfrau extra.«

Cornelius fühlte sich nicht wohl, die Situation begann, sich in eine gefährliche Richtung zu entwickeln. Er hoffte nur, Philipp möge sich an den Spieltisch begeben haben und nicht sofort erfahren, dass sein Weib die Veranstaltung mit ihm verlassen hatte. Wenn er jetzt eintrat und Susanne mit gelösten Haaren antraf, musste es Ärger geben. Trotzdem, es interessierte ihn, was sie bedrückte.

»Susanne, warum hast du Philipp geheiratet?«

»Eine sehr gute Frage, Cornelius.« Die Bitterkeit in ihrer Stimme ließ ihn das Schlimmste befürchten.

»Ich gehe jetzt besser«, erklärte er und erhob sich.

»Nein, Cornelius. Ich würde dir die Frage gerne beantworten. Und mir auch«, fügte sie leise hinzu.

Also setzte er sich und schlug die Beine übereinander.

»Er hat mich zwei Jahre lang mit seinen Anträgen verfolgt. Meine Großeltern haben mehr als einmal angedeutet, was für eine gute Partie er sei.«

»So leicht hast du dich mürbe machen lassen?«

»Zermürbt, ja das ist wohl das richtige Wort für meinen Zustand.« Sie schlug wieder die Hände vor dem Gesicht zusammen und atmete schluchzend ein. Dann ließ sie die Hände sinken und schaute ihn mit einem unsagbar kummervollen Blick an. »Ich war plötzlich so alleine, Cornelius. David war abgereist, du bist nach Paris gefahren, Antonia zog fort. Sogar François war so beschäftigt, er hatte kaum noch Zeit für einen Spaziergang. Philipp war der Einzige, der sich um mich gekümmert hat.«

Cornelius bemerkte nichts dazu. Er erinnerte sich nur zu gut an seine Rückkehr im Juli und das Entsetzen, als Elena ihm mitteilte, seine Schwester sei zu ihren anderen Brüdern nach Darmstadt gezogen. Das war das erste Mal, dass er seine Stiefmutter am liebsten geschüttelt hätte. Aber sie jammerte: »Sie mag mich nicht, Cornelius, was sollte ich denn tun? Sie hat mir diesen Brief hiergelassen und sich einfach davongemacht. Aber wenigstens hat sie ihre Zofe mitgenommen.«

Da sich Cornelius ein ziemlich gutes Bild von Maddy gemacht hatte, vermutete er eine der Wahrheit näher kommende Komplizenschaft der jungen Frauen, statt sich eine standesgemäße Reise von vornehmem Fräulein und Zofe vorzustellen. Er hatte herumgefragt, aber die beiden hatten gute Arbeit geleistet. Mit der Postkutsche oder einer Extrapost waren sie nicht gefahren, aber das Guthaben auf der Bank war aufgelöst. Er hatte sofort ein Schreiben nach Darmstadt geschickt, aber da er keine konkrete Adresse der Herren Jupp und Franz Dahmen hatte, war es bisher unbeantwortet geblieben. Er hätte sich am liebsten selbst auf den Weg gemacht, aber es würde zu einer Suche nach einer Stecknadel im Heuhaufen werden. Denn welchen Weg sie genommen hatten, wusste er nicht. Außerdem musste er sich um das Geschäft kümmern, das allmählich aus den Kinderschuhen wuchs. Kurzum, er war nicht gut auf Antonia zu sprechen.

»Du hast ihn also geheiratet, weil meine nichtsnutzige Schwester ihr Heim sang- und klanglos verlassen hat?«

»Du darfst ihr nicht böse sein, Cornelius. Auch sie konnte nicht anders.«

»Susanne, weißt du etwa, was sie vorhatte?« Sie sah die Flamme in seinen Augen und zuckte zurück. »Sarah Susanne! Hast du diesen Streich mit ihr zusammen ausgeheckt?«

»Hör auf, mit mir zu schimpfen.«

Er zwang sich zur Ruhe und fragte sanfter: »Du weißt, wo sie ist, nicht wahr? Wir machen uns große Sorge um sie.«

»Sie wird nicht zurückkommen. Lass ihr ihre Freiheit!«

»Ich bin ein großer Verfechter der Freiheit, glaub mir. Ich werde nie jemanden in Ketten legen. Aber wo ist sie?«

»Sie war in Arnsberg und Altenkleusheim, dann in Darmstadt und ist jetzt auf dem Weg nach Paris. Ihre Brüder sind dort bei der kaiserlichen Leibwache. Sie hat mir einmal geschrieben. Letzte Woche habe ich den Brief bekommen.«

»Auf dem Weg nach Paris. Großer Gott!«

»Sie wollte diesen Plan finden, Cornelius.«

»Er ist nicht in Paris. Vermutlich auch nicht an den anderen Orten. Geht es ihr gut, Susanne?«

Susanne lächelte traurig und wissend. »Ja, es ihr geht gut. Sie hat den General in Darmstadt nicht geheiratet.«

»Hätte sie das sollen?«

»Sie hätte es können. Ich bringe dir den Brief morgen, ich mag jetzt nicht nach oben gehen und die Kammerfrau aufscheuchen.«

»Danke. Du hättest es mir früher sagen sollen, Susanne.«

»Ich hätte dir vieles früher sagen sollen, Cornelius.« Sie stand auf und setzte sich zu seinen Füßen. »Mit dem Tod des Domherrn ist alles zerbrochen. Ich weiß nicht, er hat irgendwie die Dinge zusammengeführt, so dass sie gut waren. Antonia und mich, David und dich, unsere Freunde ... Er ist von uns gegangen, und alles löste sich auf. Darum habe ich einen schrecklichen Fehler begangen, Cornelius. Bisher habe ich das nie laut eingestanden. Bisher habe ich selbst die Augen davor verschlossen. Und nun ... werde ich mein ganzes Leben dafür büßen.« Sie lehnte ihren Kopf an seine Knie und begann bitterlich zu schluchzen.

»Steh auf, Susanne!« Er nahm sie sanft bei den Schultern. Ein tiefes Mitleid hatte ihn ergriffen. Auch er hätte früher mehr erklären müssen, wenngleich anderes als sie. Gehorsam ließ sie sich von ihm wieder zur Chaiselongue führen. Er setzte sich neben sie und legte tröstend den Arm um sie.

»Ich kann dir nicht helfen, den Fehler wiedergutzumachen, und das bedauere ich sehr, Susanne.«

»Du könntest ihn zumindest lindern.«

Ja, das könnte er. Er wusste nur zu gut, wie.

Der tanzende Bär

Heut kehren wir beim Gerlach ein,
Beim reichen Gollo morgen.
Da gibts brav Käsof, Moos und Wein,
Was übrig ist, das packen wir ein,
Der Gerlach, der muss sorgen.

Rotwelschlied*

»Verschwinde, du Schlampe! Lass dich hier nie wieder blicken! Raus! Fort mit dir! Hexe, verdammte!«

Antonia und Maddy sahen eine Frau in schmutziger Schürze und wirren Haaren keifend und schreiend aus dem Haus laufen, es flogen ihr ein Schinkenknochen und eine Holzpantine hinterher, beide trafen indessen nicht.

»Na, hier tanzt ja wahrhaftig der Bär«, stellte Antonia fest. Das Gasthaus »Zum tanzenden Bären« hatten sie ausgewählt, weil es auf ihrem Weg Richtung Dierdorf lag, die letzte Station ihrer Reise.

»Den Pelz hat er sich dabei auch versengt. Es riecht angebrannt.«

Der Wirt, der im Haus selbst so getobt hatte, trat nun ebenfalls vor die Tür, ließ sich schwer auf eine Bank fallen und vergrub den Kopf in den Händen.

»Welche eine Tragödie mag sich hier abgespielt haben?«, fragte Antonia. »Verließ Medea das Haus des Pelias, nachdem sie ihren Gemahl in den falschen Kräutern kochte?«

»Du hast zu viele von diesen griechischen Geschichten gelesen, Toni. Obwohl eine Ähnlichkeit besteht. Ich vermute, das Weib war die Köchin. Dem Duft aus der Küche nach jedoch keine besonders begabte.«

* Gerlach = Pfarrer; Gollo = Bürgermeister; Käsof = Silber; Moos = Geld

Antonia näherte sich dem beleibten Mann und tippte ihm auf die Schulter. »Bei Ihnen brennt etwas an, Bärenwirt.«

»Und wenn schon. Den Fraß kann sowieso keiner zu sich nehmen«, stöhnte er und sah hoch. »Gibt heute nichts zu essen hier, junger Mann.«

Sie bückte sich nach dem Schinkenknochen, der ihm als Wurfgeschoss gedient hatte, und schüttelte den Kopf.

»Klar, wenn Sie damit die Köchin verprügeln, statt ihn in die Suppe zu legen. Maddy, schauen wir mal, was wir retten können.« Sie gingen, ohne auf eine Einladung des Wirtes zu warten, in das Gasthaus und folgten dem angebrannten Geruch. Nachdem sie einen Kessel Grütze mit der Bemerkung, damit könne man eher schadhafte Wände verputzen als Menschen ernähren, in den Kompost entleert hatten, fragte Antonia den Wirt: »Haben Sie noch so einen Schinken?«

»Ja. Schneiden Sie sich ein Stück davon ab, wenn Sie hungrig sind. Brot von gestern ist auch noch da.«

»Sie haben auch noch einen Sack Kartoffeln hier stehen. Zwiebeln, Möhren und Porree wachsen in Ihrem Garten. Wie viele Gäste haben Sie zu füttern?«

»Was soll das, junger Mann?«

»Nicht junger Mann, Sie blinder Tanzbär, sondern Fräulein Antonia!«, herrschte Maddy den niedergeschlagenen Wirt an. »Sie ist eine ausgezeichnete Köchin!«

»Quatsch! Nicht Fräulein Antonia, sondern Toni. Und? Soll ich Ihnen eine Kartoffelsuppe kochen?«

Es sah sie verdattert an, dann grinste er gleichfalls. »Ich heiße Herbert, Fräuleins. Wenn Sie mir helfen wollen, soll's Ihr Schaden nicht sein.«

»Haben Sie auch ein Zimmer für uns, Bärenwirt?«

»Sie können das von der Zeitlerin haben. Liegt hinter der Küche, hat einen eigenen Ausgang zum Garten. Berechne Ihnen nichts dafür.«

»Gut. Wir müssen ein paar Tage rasten. Ich koche für Sie.«

»Sie sind ein Geschenk Gottes«, stöhnte er auf. »Es kommen meist so um die zwanzig Mann, die einen herzhaften Bissen wollen. Packen Sie das wirklich?«

»Wenn genügend Vorräte da sind.«

Die Speisekammer war ziemlich geplündert, aber trotzdem schafften sie es, eine gehaltvolle Suppe zu kochen. Maddy hatte außerdem das ihnen zugewiesene Zimmer inspiziert und frische Laken und Decken angefordert.

Sechs Wochen lang waren sie unterwegs gewesen. Es dauerte bis Ende Juli, bis sie alle Antworten auf ihre Schreiben erhalten hatten, und so lange waren sie in Darmstadt geblieben. Die Rückmeldungen waren schleppend eingetroffen und nicht besonders ermutigend. Der Herzog von Arenberg hatte seinen Archivar antworten lassen, ein derartiges Pergament habe es nie gegeben. Von Nassau-Usingen kam der Bescheid, in der Residenz in Schloss Bieberich in Wiesbaden gäbe es keinerlei gotische Pläne, doch könnte sich in Nassau oder in Usingen ein solcher Plan unter den Archivalien befinden. Man sei aber mit dem Katalogisieren noch nicht weit vorangekommen. Einzig der Schatzmeister von Wied-Runkel glaubte, eine Architekturzeichnung gefunden zu haben, die interessant aussah, wenngleich er sie für jüngeren Datums hielt. Fall man sie in Augenschein nehmen wolle, möge man sich nach Dierdorf begeben. Ob sich in Neuwied oder Runkel, beides Residenzen des Fürsten, der gesuchte Plan befände, entzöge sich seiner Kenntnis.

Der General hatte angeboten, die Damen zu den Orten zu begleiten, doch als sie unter sich waren, beschlossen Antonia und Maddy einmütig, dieses Angebot abzulehnen. Antonia wollte sich ihm nicht noch weiter verpflichtet fühlen. Petershayn hatte nämlich angefangen, versteckte Bemerkungen über sein schönes, aber verwaistes Heim, seine behaglichen Einkünfte und die einsamen Stunden ohne weibliche Gesellschaft zu machen. Er brachte auch immer wieder kleine Geschenke mit und bat um ihre Begleitung zu allerlei kulturellen Ereignissen.

Jupp und Franz hatten ihren Brief erhalten, und schon drei Wochen später übergab der General Antonia ein Päckchen von ihnen. Es befand sich darin ein kurzes, von unbeholfener Hand verfasstes Schreiben und ein Beutel mit Goldfrancs. Franz teilte ihr mit, sie seien traurig drüber, was ihr passiert sei, und sie dürfe jederzeit zu ihnen kommen. »Paris ist ganz lustik. Wir schicken dir unsern halben Sold. Damit kommst du gut her. In Liebe Jupp und Franz.«

Antonia war zutiefst gerührt. Was sie ihr geschickt hatten, war der halbe Sold des ganzen letzten Jahres. Sie verstaute die Münzen sorglich in zwei Leibgürteln, die sie und Maddy unter der Kleidung trugen.

Für den General hinterließ Antonia also ein paar erklärende Worte und dankte ihm für seine fürsorgliche Betreuung. Wohin sie aber reisen wollten, verriet sie ihm nicht.

So zockelten sie über die Landstraßen, und zwei Mal waren sie unterwegs in heftige Sommergewitter geraten und nass wie die jungen Hunde geworden. Dennoch genoss Antonia das Leben auf den Straßen noch immer, streifte wie früher durch die Felder, handelte frisches Obst und Gemüse bei den Bauern ein, sammelte Beeren und Pilze in den Wäldern und machte sich wenig Sorgen über den nächsten Tag. Die Schnitter waren allenthalben bei der Mahd, und sie liebte es, im Heu zu schlafen, nur den sternenbesäten Himmel über sich. In den Nächten aber, als die Tränen des Laurentius vom Firmament tropften, trauerte sie und hielt stumme Zwiesprache mit dem Domherrn. Eigentlich fürchtete sie, er würde sie mahnen zurückzukehren, aber er tat es nicht, sondern schien sich darüber zu amüsieren, dass sie wieder ihr Wanderleben aufgenommen hatte. »Meine Einvierteltochter«, hörte sie ihn manchmal raunen. »Du wirst schon noch erwachsen werden.« Nicht zuletzt begegnete ihr auch die Stimme von Pater Emanuel, der ihr einst gesagt hatte: »Abschiednehmen schmerzt und hinterlässt Narben im Herzen. Tränen weichen sie wieder auf. Vergiss nicht, kein Abschied ist für immer. Auch der Tod ist kein endgültiges Scheiden. Niemand ist fern von dir, wenn du dich seiner mit Liebe erinnerst.« Aber weinen konnte sie nicht. Sie verschloss nach solchen Nächten die Trauer in ihrem Herzen, und nur Maddy bemerkte die Schatten in ihren Augen. Aber sie unterließ jede Bemerkung dazu.

Die Arbeit in der Küche weckte bei Antonia Erinnerungen an die Zeit, in der sie mit Elisabeth das Essen für die Soldaten gekocht hatte, und darum kamen die raubeinigen Fuhrknechte an diesem Tag in den Genuss einer köstlichen Kartoffelsuppe und beschwerten sich nicht über das altbackene Brot.

»Du willst hierbleiben, Toni?«, fragte Maddy, nachdem sie drei Tage lang die Küche versorgt hatten und abends müde in ihre Betten gekrochen waren.

In keinem der bisher aufgesuchten Orte hatten sie auch nur im Entferntesten Erfolg gehabt, lediglich Dierdorf blieb als Möglichkeit bestehen. Darum meinte Antonia: »Nur ein paar Tage. Es ist nicht weit bis nach Dierdorf, ich werde morgen hinreiten und schauen, ob ich etwas herausfinde. Der Wirt leiht mir einen Sattel für das Pferdchen.«

»Wenn du nichts findest, machen wir uns auf den Weg nach Paris?«

»Ja, Maddy.«

»Du könntest zurück nach Köln.«

»Nein, Maddy.«

Seufzend drehte sich die kleine Zofe um und zog die Decke über sich. Antonia aber starrte in die Dunkelheit. Manchmal dachte sie an Köln. Es würde bestimmt Spaß machen, mit Cornelius in der Druckerei zu arbeiten. Oder wieder mit Susanne im Bernsdorf'schen Laden. Aber ihr graute davor, im Haus des Domherrn zu leben, und eine eigene Wohnung würde man ihr nicht gestatten. Besser, sie fing ein völlig neues Leben an. Aber eines wollte sie am nächsten Tag noch machen – Susanne einen Brief schreiben und darin ihre Pläne erwähnen.

Das Pferdchen, das einige Tage auf der Weide gestanden hatte, war lebhaft und ausdauernd, die Strecke brachte sie nach zwei Stunden hinter sich. Der Sommer allerdings war endgültig vorbei, und ein böiger Herbstwind pfiff über die Höhen des Westerwaldes. Er trieb dunkle Wolken vor sich her, und mehr als einmal wandte Antonia ihren Blick kritisch gen Himmel. Sie hatte keinen Umhang mitgenommen und den Sommer über nicht vermisst. Aber es war nötig, sich für die lange Reise nach Frankreich mit warmer, vor den Wettern schützender Kleidung zu versorgen.

Ihre Suche führte auch in Dierdorf nicht zum Erfolg. Der Archivar, der ihr geschrieben hatte, es gäbe einen Architekturplan, legte ihr einen Kupferstich vor, der zwar die Doppeltürme des Kölner Doms zeigte, aber natürlich nicht das Originaldokument war. Sie bedankte sich höflich für seine Mühen und machte sich, nachdem sie für sich und Maddy weite Umhänge bei einem Mantelschneider erstanden hatte, auf den Rückweg. Es war schon später Nachmittag, und es fing an zu regnen. Sie war froh über die Kapuze, die ihren Kopf bedeckte, obwohl der stürmische Wind sie dann und wann nach hinten zerrte. Hinter den Feldern des Ortes begann der Wald, und unter den hohen Bäumen war es nun dunkel geworden. Knarrend und ächzend bogen sich die Äste über ihr, die tief eingeschnittenen Karrenspuren füllten sich mit Wasser und wurden zu kleinen Bächen. Sie passierte zwei fluchende Kutscher, die sich nicht darüber einig werden konnten, wer an der Schmalstelle zurückzusetzen hatte, und einen Mann mit einem hoch beladenen, einrädrigen Schürreskarren, der schwankend seine Last zwischen den Karrenspuren umherjonglierte. Danach begegneten ihr keine Menschen mehr. Darum machte sie sich auch keine Sorgen, überrascht zu werden, als sie abstieg und hinter den Büschen verschwand, um sich zu erleichtern. Doch sie hatte gerade ihre Kleidung wieder gerichtet, da hörte sie das Pferdchen leise schnauben. Sie lugte vorsichtig durch das Gezweig und sah eine dunkle Gestalt, die sich an den Zügeln, die sie um ein Stämmchen geknotet hatte, zu schaffen machte. Der spitze Dolch lag in ihrer Hand, als sie sich leise von hinten an den Mann heranschlich und ihm dann, als er gerade das Geschirr ergreifen wollte, mit einer schnellen Bewegung den einen Arm um die Taille legte und den anderen, mit dem Messer in der Hand, an seine Kehle setzte. Der Dieb war kaum so groß wie sie, und ein Laut der Überraschung entrang sich der solcherart bedrohten Kehle.

»Loslassen!«, zischte Antonia, und die Hände ließen die Riemen fahren. Doch hätte sie beinahe das Messer fallen lassen, denn diese Hände steckten nicht etwa in dunklen Handschuhen, wie sie geglaubt hatte, sondern sie und auch das Gesicht, das sie nun von der Seite sah, waren schwarz.

»Verzeihung«, gurgelte ihr Opfer. »Ein Missverständnis!«

»Ach ja, du dachtest wohl, das sei dein Ross, was? Kann man ja im Dunkeln auch so schlecht unterscheiden.«

»Ich dachte, der Reiter habe einen Unfall gehabt.«

»Klar, den hättest du in seinem Blut hier liegen lassen.«

»Nehmen Sie das Messer weg, bitte!«

»Ungern!« Sie wusste leider, dass sie nicht viele Trümpfe in der Hand hielt. Sie musste den Mann laufen lassen und hoffen, er würde ihr nicht an anderer Stelle auflauern. Trotzdem versuchte sie, ihm noch etwas Angst einzujagen, und drückte die Schneide fester gegen seinen Hals. »Wie heißt du?«

»Xavier.«

»Ich schätze, wenn ich dich meinen Freunden beschreibe, wird man dich finden, Xavier. Du bist ziemlich unverwechselbar. Trotzdem, ich werde Gnade vor Recht ergehen lassen und dir nicht deine schwarze Gurgel durchschneiden. Lauf! Und zwar den Berg hinauf, nicht hinunter!« Sie ließ ihn los und gab ihm einen Schubs. Er stolperte, sprang aber auf und rannte los.

Den restlichen Weg ritt Antonia mit geschärften Sinnen, und manches Mal zuckte sie zusammen, wenn es irgendwo im Gebüsch besonders laut knackte. Der Regen kam jetzt wie in Sturzbächen vom Himmel, und sie hoffte, der Räuber habe die Lust an weiteren Überfällen verloren.

Endlich sah sie die erleuchteten Fenster des Wirtshauses, und völlig durchnässt und frierend brachte sie das Pferdchen in den Stall, wo sie es abrieb und den Futtertrog auffüllte. Dann stapfte sie durch den Hintereingang in ihre Kammer und wechselte die Kleidung. Sie trug, seit sie als Köchin arbeitete, wie Maddy und die Mägde wieder einen Rock aus derbem Stoff. Mit feuchten Haaren begab sie sich in die Küche.

»Gott sei Dank, dass du da bist, Toni. Dieser stumpfsinnige Trampel von Magd kennt nur eine Handbewegung, und die führt vom Teller an ihren Mund«, schnaubte Maddy. »Und die Ella ist heute nicht gekommen.«

»Ich helfe, die Sachen hinaustragen.« Da sie unterwegs ihre Jungenkleidung angehabt hatte, erkannte der Mann sie nicht, als sie mit einem vollgeladenen Tablett in den Schankraum trat. Sie aber sah das schwarze Gesicht und hätte fast ihre Last fallen lassen. Er saß am Tisch mit drei Männern, keine ihr bekannten Fuhrleute oder Dorfbewohner, und redete eindringlich auf sie ein. Mit erzwungener Ruhe verteilte sie die Teller und Krüge, kassierte und räumte geleerte Becher ab. Dann aber zog sie den Bärenwirt am Ärmel in die Küche.

»Wer sind die vier, die mit dem Schwarzen zusammensitzen, Bärenwirt?«

»Weiß nicht, wen du meinst.«

»Mann, du bist doch nicht blind. Sogar du kannst einen Neger erkennen, wenn er vor dir steht.«

»Kenn nicht jeden, der herkommt.«

»O doch, Herbert, das tust du. Wer sind die vier?«

In der Woche, die sie im »Tanzenden Bären« lebte, hatte sie sich die Gesichter ganz gut eingeprägt. Sie kannte den Müllerknecht, der morgens sein Kommen mit einem gepfiffenen Liedchen ankündigte. Sie kannte den sauertöpfischen Korbflechter mit der müden Mähre, die Bäuerin, die ihre Apfelernte zum Markt fuhr und ihr einen Topf Apfelkraut geschenkt hatte, den Scherenschleifer mit dem verschlagenen Gesicht, den pockennarbigen Kartoffelbauern und die schwarzfingrigen Köhler mit ihren Ladungen von Holzkohle und Teerpech, die sie zum Rhein transportierten. Und natürlich die Fuhrknechte, die täglich vom Rhein zum Höhenweg bei ihnen Rast machten. Diese vier waren bisher nie in der Schankstube gewesen, aber sie schienen keine Fremden zu sein, denn niemand beäugte sie, obwohl der Neger recht auffällig war.

»Das braucht dich nicht zu interessieren, Toni. Ich kümmere mich um sie.«

»Fürs Erste, Bärenwirt. Aber wir reden noch darüber.«

Maddy allerdings erzählte sie später von dem Überfall und dem seltsamen Zusammentreffen.

»Räuberbande?«

»Zumindest keine ganz gesetzestreuen Bürger. Es wird Zeit, von hier zu verschwinden.«

Doch das erwies sich als zunehmend schwierig. Sturm und Regen ließen nicht nach, im Gegenteil, sie wurden heftiger. Die wenigen Fuhrleute, die am nächsten Tag Station bei ihnen machten, berichteten von umgestürzten Bäumen und Schlammlawinen, von aufgeweichten Wegen und gebrochenen Rädern und Deichseln. Die kommenden Tage stand der Bärenwirt lange Stunden in seiner Schmiede, um eisenbeschlagene Reifen zu richten, und seine Söhne, bullig wie er und meist ziemlich maulfaul, reparierten geborstene Holzteile. Selbst als die Herbststürme nachließen und im milden, sonnigen Wetter die Laubbäume allmählich ihr buntes Kleid anlegten, waren viele Wege weiterhin schwer zu passieren. Antonia und Maddy beratschlagten Anfang Oktober, was sie nun tun sollten.

»Das Problem ist, dass wir nicht mehr vor dem Wintereinbruch nach Paris kommen. Es sind fast vierhundert französische Meilen dorthin. Das Wetter wird schlechter und die Tage kürzer. Wir schaffen mit dem Wagen kaum zehn Meilen am Tag, und Rast müssen wir auch einplanen. Das heißt, wir werden über zwei Monate bis dorthin brauchen.«

»Wir bleiben also hier?«

»Wir werden den Winter über bleiben. Der Wirt hat nichts dagegen. Wir müssen nur auf diese vier Männer achten, die hier Abend für Abend ihr Geld verprassen.«

»Sie sprechen eine komische Sprache, wenn sie sich miteinander unterhalten.«

»Rotwelsch. Den einen mit der Nickelbrille nennen sie Breloer, der Schwarze ist Xavier, der Schwarzbärtige wird Nick gerufen, den mit der Narbe über dem Auge bezeichnen sie einfach als Brecher.«

»Richtig, so viel habe ich auch mitbekommen. Aber, Toni, wenn sie wirklich Räuber sind, wie du glaubst, warum meldet sie dann keiner den Behörden?«

»Entweder weil sie ihrem Gewerbe hier nicht nachgehen, oder weil die Leute feige sind. Ich werde sie übrigens auch nicht anzeigen, solange ich hier wohne.«

»Macht einen das nicht zum Komplizen?«, gab Maddy zu bedenken.

»Vermutlich schon.«

»Gut, dann gehen wir jetzt also unter die Räuber«, kicherte die kleine Zofe übermütig.

Unter Räubern

Alles fühlt der Liebe Freuden,
Schnäbelt, tändelt, herzet, küsst;
Und ich soll die Liebe meiden,
Weil ein Schwarzer hässlich ist.

Zauberflöte, Schikaneder

Der Winter war streng im Westerwald, und Reisende kamen seltener am »Tanzenden Bären« vorbei. Doch trotz Schnee, Frost und vereisten Wegen wurden noch immer notwendige Waren transportiert, und das Wirtshaus war gut besucht. Vor allem gab es etliche, die hier ihr Winterquartier aufgeschlagen hatten. Alle Zimmer waren belegt, meist von drei oder gar vier Personen. Es waren jene, die in den freundlicheren Monaten mit einem fahrenden Gewerbe ihr Geld verdienten und keinen festen Wohnsitz ihr Eigen nannten. Unter ihnen auch der Breloer und seine Bande.

Antonia hatte ein Auge auf die vier, die keinem besonderen Handwerk oder Handel nachzugehen schienen. Xavier arbeitete gelegentlich in der Schmiede mit, sie verhielten sich weitgehend unauffällig, und Gerüchte über Einbrüche oder Überfälle hörte man nicht. Doch mochten sie vielleicht ihretwegen etwas vorsichtiger sein, denn an einem verschneiten Dezembernachmittag, als Antonia alleine in der Küche arbeitete und Fische mit einem scharfen Messer in Stücke teilte, war Xavier zu ihr gekommen.

»Was willst du?«

»Wärme. Der Küchenkamin heizt besser als die Kohlepfanne in unserem Zimmer. Und nette Gesellschaft.«

»Ich bin nicht nett.«

»Ich weiß. Aber du bist geschickt mit dem Messer, Toni.«

Sie schenkte ihm einen kühlen Blick, erlaubte ihm jedoch, neben dem Feuer Platz zu nehmen. Es war eine Gelegenheit, hoffte sie, etwas mehr über ihn herauszufinden.

»Du reitest gar nicht mehr mit dem hübschen Pferdchen aus«, bemerkte er nun und zog ebenfalls ein kleines Messer heraus, um an einem Stück Holz herumzuschnitzen, das er von dem Stapel Scheite genommen hatte. Also hatte er sie schließlich doch erkannt, dachte Antonia. Vielleicht war das ganz gut so.

»Selten. Aber wenn der Schnee liegen bleibt, werde ich wieder Vorräte beschaffen müssen.«

»Ich könnte dich begleiten.«

»Besser nicht. Aber erzähle, woher kommst du eigentlich, Xavier? Ich höre einen leichten französischen Akzent in deiner Sprache.«

»Ah, die Sprache verrät, dass ich kein Einheimischer bin! Nicht die Hautfarbe?«

Antonia grinste ihn an. »Ich habe Köhler gesehen, die schwärzer waren als du.«

»Die Köhlerei ist ein übles Geschäft und mit viel Pech verbunden. Insofern mag eine weitere Ähnlichkeit bestehen. Pech hatte auch ich. Eine so dürftige Bleibe wie dieses Haus war es nicht, in der ich das Licht der Welt erblickte. So kalt wie hier wurde es dort nie. Doch das sind meine einzigen Erinnerungen an meine ersten Jahre. Man holte mich, als ich vier war, von Sainte Marie fort, damit ich einer herrschaftlichen Familie als Page dienen durfte. Ich erhielt bunte Seidenkleider und einen juwelengeschmückten Turban, der, wenn ich ihn noch besäße, mir heute ein erträgliches Leben gestatten würde.«

»Kleine Pagen wachsen.«

»Und werden große Pagen, doch dazwischen war eine üble Zeit, in der ich der Duchesse keinen angenehmen Anblick bot. Zum Kamineauskehren trägt man weder Seidenkleider noch Juwelen. Aber man erkannte mein Geschick mit Pferden, weshalb ich wieder eine köstliche Livree erhielt und bei Ausfahrten einen exotischen Anblick bieten durfte. Vor allem, da man mir eine weiß gepuderte Perücke anbefahl.«

»Armes Schwein«, entfuhr es Antonia.

»Menschenwürde stand in den ersten achtzehn Jahren meines Lebens nicht auf dem Tagesplan.«

»Sie kam mit der Revolution zu dir?«

»Stückchenweise. Meine Herrschaften beschlossen, sich dem Pöbel zu entziehen, aber nicht auf so schäbige Weise wie manch anderer, der lediglich mit den Kleidern auf dem Leib die Flucht antrat. Man tat es mit Gefolge.«

»Über den Rhein?«

»Aber nein. Man hatte Beziehungen nach England. Wir reisten unbehindert Richtung Kanalküste, obwohl 1793 der terreur seinen Höhepunkt erreichte. Aber der Graf hatte ein Händchen fürs Schmieren.«

»Und die Mittel.«

»Und die Mittel.«

»Warum hältst du dann deiner Herrin nicht jetzt die Tür ihres vornehmen Londoner Palais auf?«

»Sie verlor ihren Kopf.«

»Wie peinlich.«

»Durch Verrat.«

»Wie üblich.«

»Ich trauere ihr und ihren Angehörigen nicht nach. Doch was passierte, war ein Schurkenstreich, und ich kann froh sein, dass ich meine schwarze Haut beinahe unbeschadet gerettet habe.«

»Was geschah?«

»Der Mann, der heimliche Überfahrten für Aristokraten nach England organisierte, hatte die Zeichen der Zeit erkannt. Er sollte uns die Fahrt über den Kanal vermitteln – zu einem entsprechenden Preis. Aber als es so weit war, besann er sich darauf, dass die neuen Machthaber ihm wohler gesinnt wären, wenn er dieses einträgliche Geschäft an den Nagel hing und ihnen als Morgengabe für die neue Ehe eine fette aristokratische Beute andiente. Statt des Schiffs kamen die Schergen. Mich fanden sie nicht, weil ich mich unter einem Heuhaufen versteckte und es mir gelang, den Entsetzensschrei zu unterdrücken, als mich ein Bajonett beinahe in die Schulter traf.«

»Glück im Pech.«

»Und dann viel Pech. Ich war krank und halb verhungert, niemand traute sich, mir zu helfen. Schwarze Männer liebt man nicht, Toni. Ich war erst ein Schaustück, dann ein Ausgestoßener. Aber ich wollte überleben.«

»Diebstahl und Bettelei.«

Xavier hob die Schultern. »Ein paar Deserteure hatten keine Angst vor mir. Ich zog mit ihnen. So kam ich her.«

»Raub und Diebstahl?«

»Handel, Toni, Handel. Manchmal auch Schmiedearbeit.«

»Lassen wir das mal so stehen.« Antonia war mit dem letzten Fisch fertig und wusch sich die Hände. Dann nahm sie zwei Henkelbecher von ihren Haken und füllte sie mit dem warmen, gewürzten Wein, der in einer Kupferkanne auf dem Kaminsims stand.

»Danke«, sagte Xavier, nahm einen Schluck und sah sie freundlich über den Rand seines Bechers an. »Wie kommst du hierher?«

»Ein Notfall – die Köchin verließ unter Protest das Haus, als wir hier vorbeikamen. Ich übernahm ihre Stelle. Es ist nicht schlecht zum Überwintern. Im Frühling ziehen wir weiter.«

»Und verkauft Bänder und Tressen.«

»Meine Vorräte hast du also auch durchgewühlt?«

»Nein, das hat mir Maddy erzählt.«

Antonia nickte zufrieden. Sie hatten miteinander abgesprochen, sich bei allzu neugierigen Fragen als Bandkrämerinnen auszugeben, die von Köln nach Darmstadt gezogen waren und sich nach dem Winter wieder auf den Rückweg machen wollten.

»Sie hat dir das Hemd geflickt und neue Knöpfe an den Rock genäht, wie ich bemerkt habe.«

»Für einen räuberischen Preis. Sie stammt aus Köln, nicht wahr?«

»Hat sie dir das erzählt?«

»Ja. Und dass sie Zofe in einem – äh – unterhaltsamen Haus war. Und«, plötzlich waren seine braunen Augen kalt und hart, »dass sie den Mann kennt, der uns damals an die Revolutionskommissäre verraten hat.«

»Holla!« Antonia war jetzt wirklich überrascht. »Du hast ihr deine Geschichte also auch erzählt?«

»Nein, aber sie erwähnte ihn. In Verbindung mit Schmuggelware.« Xavier grinste breit, und Antonia deutete es so, dass er ihnen unterstellte, einen schwunghaften Handel mit Konterbande betrieben zu haben und daher die heimischen Gefilde für geraume Zeit verlassen mussten. Sie korrigierte ihn nicht.

»Wer soll der Mann gewesen sein?«

»Ein Frédéric Kormann, der sich jetzt eine hohe Position in der französischen Verwaltung ergattert hat. Hat sich für ihn gelohnt, die kleine Posse mit meiner Herrschaft.«

Antonia drehte sich zum Kamin um und schürte das Feuer, damit Xavier nicht ihren fassungslosen Ausdruck sah. Einigermaßen nüchtern erklärte sie: »Ach, der. Ja, er leitete das Wohlfahrtsbureau. Xavier, lass die Finger von Maddy!«

»Warum, Toni? Sie ist alt genug, um ihre eigenen Entscheidungen zu fällen.«

»Du wirst ihr Ärger machen.«

»Ich werde ihr Freude bereiten, wenn sie es zulässt, mhm?«

»Ich halte das nicht für eine gute Idee.«

»Weil ich eine schwarze Haut habe?«

»Nein, weil deine Seele schwarz ist.«

»Du schließt vom Äußeren aufs Innere.«

»Ich schließe von der Handlung auf den Charakter.«

»Ich habe versucht, es dir zu erklären.«

»Ja, das hast du versucht.«

»Wenn ich dich kriegen könnte, Toni, wärst du mir dreimal so lieb wie die Zwergin. Aber an dich kommt kein Mann heran. Weder weiß noch schwarz, weder gut noch böse.«

Damit ging er aus dem Raum.

Am Weihnachtstag hing ein Silberkettchen um Maddys Hals, und manche Nacht verbrachte die kleine Zofe nicht in ihrem Bett. Einmal versuchte Antonia ihre Freundin vorsichtig zu warnen, aber ihre Worte drangen nicht zu ihr durch. Maddy war verliebt und wirkte meist, als sei sie nicht von dieser Welt. Ihre ganze weltkluge, oft zynische Art war wie weggeschmolzen. Zwar arbeitete sie fleißig und zuverlässig in der Küche und im Schankraum, aber jede freie Minute vertändelte sie mit Xavier.

Über den Jahreswechsel von 1809 zu 1810 gab es eine Woche heftigsten Schneefall, und sie waren auf Tage eingeschneit, weswegen kein Fremder an die Tür klopfte. Dann aber wurden die Wege wieder einigermaßen passierbar, und als sie an einem sonnigen, wenn auch frostigen Nachmittag Ende Februar einen Ausritt zu den benachbarten Bauerhöfen machen wollte, musste sie feststellen, dass das Pferdchen nicht im Stall stand. Der Bärenwirt sah sie betreten an, als sie ihn zur Rede stellte.

»Der Breloer hat es ausgeliehen.«

»Herbert, es ist mein Pferd. Du hast ihm nicht zu erlauben, damit auszureiten!«

»Er kommt ja morgen wieder. Ich werde ihm empfehlen, er soll dir die Miete dafür zahlen, ja?«

»Damit ist es nicht getan. Ich habe etwas dagegen, wenn andere über mein Eigentum verfügen.«

»Ich dachte, wenn Maddy es weiß, ist es in Ordnung.«

Antonia knirschte mit den Zähnen. So lief das also jetzt. Die Angelegenheit fing an, ihr immer weniger zu gefallen. Als die vier am nächsten Tag wieder auftauchten – sie hatte nicht mitbekommen, wann sie überhaupt zurückgekommen waren – stellte sie den Breloer zur Rede.

»Reg dich ab, Toni! Wir haben nur ein paar Vorräte beschafft. Hier ist die Pferdepacht.«

»Wo wart ihr?« Sie nahm den Beutel an sich.

»In Dierdorf. Hab da ein Mädchen wohnen, und der Nick seine alte Muhm.«

»Ich werde das Gefühl nicht los, dass ihr keine lieben Besuche gemacht habt.«

»Toni, du kochst sehr leckere Sachen. Ich würde nie auf die Idee kommen, dir in die Suppe zu spucken. Umgekehrt sollte das Gleiche gelten, klar?«

Sie ließ es auf sich beruhen, aber sie befragte Maddy.

»Ich weiß nicht, wo sie waren und was sie gemacht haben. Ich will es auch nicht wissen.«

»Du bist blind, Maddy. Du verschließt die Augen vor dem Unrecht.«

»Was weißt denn du von Unrecht? Warum willst du Xavier etwas anhängen? Kannst du ihm denn irgendwas beweisen?«

»Nein, vermutlich nicht.«

Antonia resignierte. Letztlich lebte auch sie von dem Geld, das diese seltsame Bande im »Bären« ausgab. Aber sie war sich sicher, dass deren Ausflug mit unguten Taten zu tun hatte. Der Verdacht erhärtete sich, als sie zwei Tage später beim Richten der Betten in Maddys Kissen einen goldenen Ring entdeckte, die Fassung wie eine Blüte geformt, darin eine rosig schimmernde Perle. Sie wagte ihn anscheinend nicht am Finger zu tragen, denn er war an einem Seidenband befestigt, damit sie ihn im Ausschnitt verbergen konnte. Der Knoten des Bandes musste sich über Nacht gelöst haben, und der Ring war ihr entglitten. Antonia nahm ihn an sich, in der Hoffnung, Maddy würde sie danach fragen und sie könnte mehr darüber herausbekommen, woher er stammte.

Maddy aber fragte nicht, und die vier Männer waren wieder einmal verschwunden, ihre Zimmer geräumt.

Ihre Antwort erhielt Antonia am nächsten Tag.

Sie sollte katastrophale Folgen haben.

Räuberopfer

Die Dirnen waren frisch und jung
Und hatten schlanke Leiber,
Gar flink im Drehen, leicht im Sprung;
Die Burschen waren Räuber.

Die Heideschenke, Lenau

»Papa, ich habe dir schon in Neuwied gesagt, dass du dich täuschst. Das Mädchen gehörte nicht zu den Räubern, die uns überfallen haben.«

»Es war ihr Pferd, sie hatte deinen Ring.« Der distinguierte Herr im nüchtern grauen Rock schüttelte missbilligend den Kopf und erklärte seiner schönen Gastgeberin: »Meine Tochter hat manchmal närrische romantische Ideen im Kopf. Obwohl sie der brutale Überfall auf unsere Kutsche eines Besseren belehrt haben müsste.«

»Mein Gott, wie entsetzlich. Ich würde zugrunde gehen, wenn mir das passierte. Reisen ist ja so gefährlich. Ich stehe jedes Mal Todesängste aus, wenn Frédéric sich wieder auf den Weg macht.«

»Meine Liebe, ich pflege bewaffnet zu reisen, und der Kutscher trägt auch eine Pistole.«

»Unser Kutscher trug ebenfalls eine, doch der Tropf war nicht fähig, sie zu benutzen. Oder er steckte mit den Vaganten unter einer Decke. Es war demütigend, erbärmlich und eine Schande. Ich musste mich mit dem Gesicht nach unten in den Straßendreck legen, während man mir die Börse aus der Tasche zog, und meine Tochter wurde auf das Entwürdigendste begrapscht.«

»Sie durchwühlten unsere Koffer und warfen alles in den Schlamm. Aber ich reise nicht mit Wertgegenständen, also war die Beute mager«, ergänzte die hellblonde junge Frau. »Am meisten traf mich der Verlust meines Rings, ein Erbstück meiner Mutter.«

»Können wir etwas tun, lieber Herr Geißler, um Sie für diese erschreckende Tat zu entschädigen?« Kay Friedrich Kormann war bemüht, dem zukünftigen Geschäftspartner gefällig zu sein, der über eine moderne Tuchfabrikation in Aachen verfügte. Doch der Mann schüttelte den Kopf.

»Nein, nein, kein Anlass dazu. Wir sind glimpflich davon gekommen. In Dierdorf wurde uns Hilfe zuteil, und in Neuwied haben wir Anzeige bei den Behörden erstattet. Man wird dieses Räubernest ausräuchern. Denn wir haben herausgefunden, wo die Banditen ihren Unterschlupf hatten.«

»Ich denke immer noch, dieses Mädchen hat nur zufällig den Ring in die Hand bekommen.«

»Nein, meine Liebe, nein.«

Charlotte bot der jungen Dame ein Petit four an und ermunterte sie zu erzählen, was denn geschehen sei.

»Oh, wir machten – oder besser, wir mussten Rast machen in einem schlichten Wirtshaus auf dem Weg nach Neuwied, weil unsere Kutsche bedenklich in den Achsen knirschte, und der Kutscher befürchtete, sie könnten brechen. Die Straßenverhältnisse waren nicht eben gut. Nun, jedenfalls bot der Wirt Wagnerdienste an, und tatsächlich hatte die Vorderachse gelitten. Wir übernachteten in dem sehr einfachen Haus. Was uns jedoch angenehm überraschte, war das Essen, das man uns anbot, nicht wahr, Papa? Wir hatten einen kleinen Raum für uns, und die Wirtin, eine junge Frau mit erstaunlich guten Manieren und gewählter Sprache, servierte uns zwar schlichte, doch wohlschmeckende Kost. Sie war ein eigenartiges Geschöpf. In der Schankstube tanzte sie mit den Gästen, als zwei Musikanten aufspielten, aber am nächsten Morgen sahen wir sie in Männerkleidung im Hof, wo sie in derbem Tonfall einen Postkutscher zurechtwies.« Sie kicherte leise. »Es war sehr blumig, was sie ihm an den Kopf warf. Sie nannte ihn den vertrockneten Balg eines mottenzerfressenen Schimpansen und verglich seine Fahrkünste mit denen eines rülpsenden Bierkutschers. Was den Nagel auf den Kopf traf. Danach schwang sie sich wie ein Mann auf ein Pferd und ritt davon.«

»Ein Pferd, das dem eines der Straßenräuber sehr ähnlich war«, knurrte ihr Vater. »Kenn mich aus mit den Rössern.«

»Ähnlich vielleicht! Sie war am Nachmittag zurück, und da Papa sich mit dem Wagner und dem Kutscher in der Werkstatt aufhielt, hatte ich Muße, mit ihr einige Worte zu wechseln. Sie interessierte mich, wissen Sie. Sie behauptete, sie habe nur zufällig die Stelle als Köchin angenommen, sei ansonsten aber als Bandkrämerin unterwegs. Ich glaubte ihr nicht so recht, und es kam heraus, dass sie hier in Köln in einem vornehmen Putzmachergeschäft gearbeitet hat.«

»Tatsächlich?« Ihre Gastgeberin hing förmlich an ihren Lippen, darum fuhr sie lächelnd fort: »Nun, ich erzählte ihr von dem Überfall, und sie wurde sehr ernst. Sie hatte auch schon von Übergriffen auf Reisende gehört.«

»Nicht nur gehört«, warf Jonathan Geißler ein. »Wetten?«

»Ach, Papa, diese Toni war eine grundanständige Frau. Sie hat sogar der winzigen Gehilfin aufgetragen, sich um meine zerrissene Pelerine zu kümmern und hat kein Geld dafür genommen.« Während sie sich ereiferte, entging ihr der Blick, den ihre Gastgeber miteinander tauschten. »Nun, jedenfalls bejammerte ich den Verlust des Rings, und als wir am nächsten Morgen aufbrachen, kam sie zur Kutsche, drückte mir ein Tüchlein in die Hand und meinte: ›Grüßen Sie mir François Joubertin, wenn sie ihn treffen.‹ Darauf konnte ich mir zwar keinen Reim machen, aber als ich das Tuch entfaltete, fiel mir der Ring mit der Perle entgegen.«

»Aus diesem und keinem anderen Grund habe ich den Polizeibehörden Anzeige gegen sie und ihre Spießgesellen erstattet. Selbst wenn sie nicht an dem Überfall beteiligt war, ist sie sicher eine Hehlerin. Über ihre Unschuld, so sie existiert, wird der Richter befinden! Ich habe etwas dagegen, dass derartiges Gelichter frei herumläuft.«

»Da haben Sie vollkommen Recht, Herr Geißler. Schlimm genug, dass junge Frauen von Benehmen so tief sinken können«, pflichtete ihm Kormann bei. »Ich weiß nicht, wie die Ordnungshüter jenseits des Rheines arbeiten, aber ich bin lange Zeit Schöffe am hiesigen Kriminalgericht gewesen. Hier geht man mit aller Härte gegen diesen Abschaum vor. Fräulein Geißler, es mag eine hübsche weibliche Regung sein, aber entwickeln Sie nicht zu viel

Mitgefühl mit derartigen Geschöpfen. Wer mit schlechtem Blut geboren ist, wird immer den Weg des Unrechts einschlagen.«

Jonathan Geißler stimmte dem unumwunden zu, die beiden Damen aber hatten Mühe, ihre Zungen zu hüten, wenn auch aus sehr unterschiedlichen Gründen. Beide waren froh, als man sich unverfänglicheren Themen zuwandte. Erst beim Abschied kam Marianne Geißler noch einmal auf den Vorfall zu sprechen. Sie fragte: »Sagen Sie, Frau Kormann, kennen Sie zufällig einen François Joubertin?«

»Zufällig ja. Er war ein kleiner Angestellter im Wohltätigkeitsbureau, als mein Gatte die Stellung des Kommissärs dort innehatte. Sie wissen, diese Institution ist für die Armenpflege in der Stadt zuständig.«

»Danke. Wenn die Zeit es gestattet, werde ich ihn aufsuchen und die Grüße ausrichten. Vielleicht ist er ein Freund jener jungen Frau, die ich für unschuldig halte.«

»Tun Sie, was Sie müssen, Fräulein Geißler! Und nun hoffe ich, Sie beehren uns am Samstag bei unserer kleinen Soiree musicale.«

Als Vater und Tochter Geißler gegangen waren, sahen sich Charlotte und Kay Friedrich Kormann mit verständnisinnigem Blick an.

»Was denkst du, Frédéric?«

»In Jungenkleidung, mit einem Mundwerk wie eine Rattenfalle. Diese Antonia, spricht sie auch Französisch?«

»Absolut perfekt, würde ich behaupten. Ich habe sie einmal mit Madame Joubertin plaudern hören.«

»Dann ist sie länger in der Stadt, als ich dachte. Interessant. Sehr interessant.«

»Wieso das?«

»Ich bin ihr in dieser Jungenverkleidung schon im Januar 1807 begegnet. Da lebte sie noch nicht bei den Waldeggs.«

»Eine kriminelle Vergangenheit, die sie wieder eingeholt hat?«

»Denkbar. Du könntest deiner Freundin Elena vermutlich einen großen Dienst erweisen.«

»Könnte ich.«

»Aber ich würde vorschlagen, nicht auf dem direkten Weg.«

»Nein. Es trifft sich, dass ich mich morgen mit einigen Damen zu einem Rezitationsvortrag treffe. Man hört dabei ja weniger dem Vortragenden als den Tuscheleien zu.«

»Eine Gelegenheit, einige Worte über das betrübliche Absinken der Moral gewisser natürlicher Kinder einfließen zu lassen, die in gesellschaftlich zweifelhafter Umgebung groß geworden sind.«

Charlotte schmunzelte vor sich hin, bemerkte aber, dass ihr Gatte einen nachdenklichen Ausdruck angenommen hatte.

»Cornelius Waldegg wird nicht glücklich über diese Entwicklung sein«, meinte er schließlich. »Gar nicht glücklich.«

Nützliche Fähigkeiten

Und haben wir dann ausgeräumt,
Mit Luppert uns versehen,
Dann trinken wir uns Mut und Kraft,
Und mit dem Gollo Brüderschaft,
Der in der Penne thronet.

Rotwelschlied*

»Cornelius!« François Joubertin keuchte, als er in die Druckerei stürmte. Die junge, silberblonde Dame an seiner Seite drückte sich die Hand an das klopfende Herz.

Überrascht sah Cornelius von der frisch gedruckten Seite auf, die er gerade aus der Presse genommen hatte.

»Ist etwas passiert?«

»Ein Unglück. Antonia.«

Cornelius ließ die Seite sinken. »Was?«

»Man hat sie wegen eines Raubüberfalls angeklagt.«

»Woher weißt du das?«

»Marianne Geißler. Sie war das Opfer. Sie wird es dir selbst erzählen.«

»Kommt mit nach oben!« Er hängte die feuchte Seite sorgfältig auf die Leine, zog die schwarzen Stulpen von den Armen, die sein Hemd vor der Druckerschwärze schützen sollten, und folgte seinen Besuchern die Treppe hinauf.

»Verzeihen Sie, Fräulein Geißler, wenn ich so unhöflich auf Eile dränge, aber bitte berichten Sie so schnell wie möglich!«

Marianne Geißler setzte sich auf den Stuhl, den er ihr neben seinen Schreibtisch rückte, François setzte sich auf die Fensterbank. Noch einmal wiederholte sie die Geschichte, die sie zuvor Kormanns und dann dem jungen Joubertin erzählt hatte. Sie

* Luppert = Uhr; Gollo = Bürgermeister; Penne = Herberge

hatte ihn schnell ausfindig gemacht, denn in dem Hotel, in dem sie abgestiegen waren, kannte man den einflussreichen Notar und seinen aufstrebenden Sohn. Sie suchte ihn am nächsten Tag gegen den Willen ihres Vaters auf, um ihm die seltsamen Grüße auszurichten, die ihr die liebenswürdige Frau in der Schenke aufgetragen hatte. Mit leichtem Amüsement hatte sie den staunenden Ausdruck in dem Gesicht des jungen Juristen wahrgenommen, der sie unverhohlen, aber schweigend betrachtete.

»Habe ich einen Fleck auf der Nase?«, fragte sie, als das Schweigen andauerte.

»Sie haben eine vollendete, völlig fleckenlose Nase, Mademoiselle. Nein, mein unhöfliches Starren hat einen anderen Grund, den ich Ihnen beizeiten nennen werde. Aber sehen Sie, Antonia – Ihre Toni – vermissen wir schon seit fast einem Jahr. Es ist äußerst überraschend, so plötzlich von ihr zu hören. Wir wähnten sie in Paris bei ihren Angehörigen.«

»Sie kennen sie also?«

»Sicher. Sie ist eine gute Freundin unserer Familie.«

»Und vermutlich keine Straßenräuberin.«

»Sie hat gelegentlich einen Hang zu Tollkühnheit, aber – nein, wahrhaftig nicht.«

»Dann muss ich Ihnen eine unangenehme Eröffnung machen.« Als sie ihren Bericht beendet hatte, sprang François auf und zog im Gehen seinen Überrock an.

»Ich muss ihren Bruder benachrichtigen. Entschuldigen Sie, Mademoiselle Geißler. Es ist eine Tragödie!«

»Wenn das so ist, begleite ich Sie. Denn indirekt bin ich schuld an dieser Tragödie.«

Cornelius hörte ihr genauso aufmerksam und konzentriert zu, wie es François getan hatte, aber sein Gesicht war nicht besorgt, sondern drückte mehr und mehr eine dunkle Wut aus. Darum schloss sie: »Seien Sie ihr nicht böse, Herr Waldegg! Sie hat es gut gemeint. Ich bin mir sicher, sie hat mit der ganzen Angelegenheit nichts zu tun.«

»Sie ist ein dummes Huhn«, knurrte er. »Wo genau ist dieses Wirtshaus?«

Sie beschrieb es ihm, und er machte sich Notizen.

»Sie hat es den Kormanns erzählt, Cornelius«, wagte François noch zu bemerken.

»Das ist meine geringste Sorge. Ich reite morgen. François, wird dein Vater ihr ein Leumundszeugnis ausstellen?«

»Selbstverständlich. Sprich auch die Bernsdorfs an. Sie bürgen mit Sicherheit für sie.«

»Wittgenstein?«

»Besser nicht, Philipp ist ein Schwätzer.«

»Ja, je weniger davon wissen, desto besser. Obwohl eher Frédéric dafür sorgen wird, dass es sich verbreitet.«

»Himmel, er ist nicht Ihr Freund?«

»Nein, Fräulein Geißler, er ist bedauerlicherweise ein Mann, der mir und meiner Familie zu gerne Hindernisse in den Weg legt. Die Neuigkeit, die Sie ihm berichtet haben, wird er mit Genuss und zu unserem Schaden verbreiten.«

»Mein Gott, ich habe aber auch alles falsch gemacht.«

»Nein, das konnten Sie nicht wissen.«

François erhob sich von seinem Sitz. »Ich komme mit. Wenn sie angeklagt wurde, benötigt sie rechtlichen Beistand.«

»Ich will zunächst in den ›Bären‹, vielleicht hat man sie noch nicht verhaftet. Wenn doch, erfahre ich dort, wo man sie hingebracht hat.«

»Nach Neuwied, würde ich meinen. Ich werde mich bei der dortigen Polizeibehörde erkundigen. Nimm auf jeden Fall alle wichtigen Papiere mit, Cornelius!«

Marianne hatte aufmerksam zwischen den beiden Männern hin und her geschaut. »Wer ist diese Toni? Sie scheint Ihnen viel zu bedeuten?«

»Antonia Helena Lindenborn-Waldegg ist meine Schwester durch Adoption. Ich mag sie ein dummes Huhn nennen, aber das ist sie ganz und gar nicht. Die Vorstellung, Fräulein Geißler, dass sie in einem Gefängnis sitzt, bereitet mir aus persönlichen Gründen einen wahrhaften Horror.«

»Wird es etwas bewegen, wenn ich meine Aussage vor der Behörde mache? Mein Vater verbat mir damals, ihn zu begleiten.«

»Sie können sie entlasten, Mademoiselle, wenn Sie angeben,

sie sei bei dem Überfall nicht dabei gewesen«, antwortete François ernst.

»Dann komme ich ebenfalls mit.«

»Ihr Vater …«, wollte Cornelius einwenden, aber sie unterbrach ihn kurz: »Wird sich damit abfinden müssen. Er hat mich in Neuwied nicht zu Wort kommen lassen. Diesmal gebe ich ihm keine Chance. Ich bin eine gute Reiterin, Herr Waldegg. Wie komme ich an ein passendes Pferd?«

»Bleiben Sie dennoch hier, Fräulein Geißler! Ich möchte nicht, dass Ihr Vater mich anschließend der Entführung bezichtigt. Es wäre zudem erheblich hilfreicher, wenn Sie Ihren Herrn Vater dazu bewegen könnten, die Anklage umzuformulieren. Es ist schon richtig, die Räuber anzuzeigen, aber Antonias Rolle sollte er dabei nicht erwähnen.«

Marianne überlegte kurz und nickte dann. »Sie haben Recht, Herr Waldegg. Jetzt, da ich weiß, um wen es sich handelt, habe ich sogar eine Möglichkeit, ihn umzustimmen. Ihr Vater, Monsieur Joubertin, bürgt für Fräulein Waldegg. Glauben Sie, er wäre auch bereit, mit dem meinen zu sprechen?«

»Wir suchen ihn heute Abend noch auf.«

»Anschließend werden wir auch nach Neuwied reisen, Herr Waldegg. Nehmen Sie in dem Hotel Wohnung, in dem wir übernachtet haben. Es ist recht ordentlich. Ich schreibe Ihnen die Adresse auf. Dort treffen wir uns dann oder können zumindest Nachrichten hinterlassen.«

»Sie sind eine praktisch veranlagte Dame, Fräulein Geißler.«

»Ich führe seit dem Tod meiner Mutter unseren Haushalt. Ich bin es gewohnt, Entscheidungen zu treffen.«

»Sehr gut. Ich werde also morgen aufbrechen und mir den Bärenwirt vorknöpfen.«

Bilder von dem elenden Gefängnis, in dem er auf seine Verurteilung gewartet hatte, die Monate in Ketten, der Abschaum, mit dem er sich verdreckte, stinkende Räume geteilt hatte – Erinnerungen, die er dank der Hilfe von Freunden in die Tiefen seiner Seele verdrängt hatte, kamen wieder an die Oberfläche, während Cornelius am nächsten Morgen sein Pferd antrieb. Es war ein Schicksal, das er niemandem gönnte, am allerwenigsten Antonia. Er machte sich Vorwürfe, nicht genug getan zu haben, um ihren Verbleib herauszufinden. Er hatte, als er im Herbst Antonias einzigen Brief an Susanne gelesen hatte, sofort seinen Freunden in Paris geschrieben und sie gebeten, sich bei den Gens d'armes nach ihren Brüdern umzuhören. Beinahe gleichzeitig erhielt er ein Schreiben von General von Petershayn, der ihm von Antonias Auftauchen und anschließendem spurlosem Verschwinden aus Darmstadt berichtete, ihm darin aber wenigstens die Adresse der Gebrüder Dahmen mitteilte. Auch ihnen schrieb er, erhielt aber nur die kurze, besorgniserregende Mitteilung, Antonia sei noch nicht in Paris eingetroffen.

Um sein Pferd nicht zu Schanden zu reiten, musste er über Nacht eine Rast einlegen, aber am nächsten Tag um die Mittagszeit erreichte er den »Tanzenden Bären«.

Die Erste, die er erblickte, war Maddy, die ein Schaff Wasser vor dem Haus entleerte. Sie sah ihn an, als sei ihr ein Geist erschienen.

»Herr Waldegg!«

Er packte die kleine Zofe an der Schulter und fragte barsch: »Wo ist Antonia?«

»Gendarme. Sie haben sie verhaftet«, antwortete sie mit zitternder Stimme.

»Warum du hast nichts getan, um ihr zu helfen?«

Ihre Augen füllten sich mit Tränen, und unter Schniefen und Stammeln jammerte sie: »Was hätte ich denn tun können, Herr? Sie hätten mich auch verhaftet!«

»Mir schreiben, du Hohlkopf!«

»Kann doch nicht schreiben.«

»Herrgott, dann hätte es ein anderer für dich tun müssen!«

Sie schluchzte weiter, und der Bärenwirt trat aus der Tür. Der bullige Mann kam Cornelius gerade recht. An dem kleinen Weibchen konnte er seinen Zorn nicht auslassen, aber mit dem Wirt hatte er ein Huhn zu rupfen. Er tat es gründlich, und als er mit ihm fertig war, wusste er von Nick und dem Brecher, die beide in den Tiefen des Westerwalds verschwunden waren. Er konnte sich ein ziemlich gutes Bild davon machen, was für ein

Geschäft die vier Spießgesellen betrieben. Die Rolle des Wirts war dabei ebenfalls deutlich geworden, und seine leisen, aber nachdrücklich geäußerten Drohungen zum Thema Hehlerei und Schmuggel ließen diesen mit weichen Knien auf einen Schürreskarren sinken. Er war raue, polternde Fuhrleute gewöhnt, nicht vornehme Herren, die Beziehungen hatten und die obendrein auch noch kräftig waren. Schon gar nicht solche, in deren Augen eiskalte Wut geschrieben stand. Um dem zu entgehen, was diese Augen versprachen, stimmte er zu, am nächsten Morgen pünktlich um zehn Uhr bei der Polizeibehörde vorstellig zu werden und Antonias guten Leumund zu bestätigen.

Cornelius ließ ihn sitzen und schnappte sich die Zofe wieder, die fassungslos danebengestanden hatte, als er ihren Arbeitgeber am Kragen gepackt und so lange bedroht und geschüttelt hatte, bis der mit der Wahrheit herausgerückt war.

»Maddy, pack deine und Tonis Sachen! Kommst du mit dem Wagen alleine zurecht?«

»Ich weiß nicht. Ja, ich versuche es!«

An diesem Abend konnte er nicht mehr viel für Antonia tun, doch als er im Bett lag, wanderten seine Gedanken zu ihr. Noch nie in seinem Leben hatte ihn das Schicksal eines anderen Menschen derart berührt. Als er jung war, musste er gegen die Verachtung seines Vaters kämpfen, und darum hatte er sich schon in frühen Jahren eine unerträgliche Arroganz zugelegt, die Mitgefühl für andere ausschloss. Als er selbst dann aber Hilfe und Freundschaft erfuhr, hatte das eine tiefere Wandlung bei ihm verursacht als alle Predigten und Strafen zuvor. Nur zu gut konnte er sich vorstellen, wie sich Antonia fühlen musste. Eingesperrt in einen hässlichen, kalten, dreckigen Raum, in dem es keine erkennbaren sanitären Einrichtungen gab, geschweige denn Möglichkeiten, sich zu waschen. Er kannte sowohl ihre Freiheitsliebe als auch ihren Hang zur Reinlichkeit. Das Essen würde grauenerregend sein, die Gesellschaft desgleichen. Er hoffte nur, man würde sie nicht misshandeln. Als er daran dachte, welchen weiteren Bedrohungen junge Frauen unter diesen Umständen ausgeliefert waren, kochte eine glühende

Welle des Zorns in seiner Kehle hoch, und er hätte am liebsten aufgeschrien.

In dieser Stimmung suchte er am Morgen die Polizeibehörde auf, wies sich als Antonias Vormund und Bruder aus und forderte ihre umgehende Freilassung. Man verweigerte ihm selbstredend diesen Wunsch. Seine Aussage, es handele sich bei der Verdächtigen um eine junge Dame aus guter Familie, die lediglich ein tollkühnes Abenteuer gesucht hatte, erschien den Beamten geradezu lachhaft. Cornelius verwies auf den Bärenwirt, und man stimmte insoweit zu, dass dessen Angaben noch einmal geprüft werden sollten.

Doch wer nicht erschien, war der Wirt.

»Das spricht seine eigene Sprache. Suchen Sie ihn! Er ist der Hehler dieser Bande, nicht Fräulein Lindenborn-Waldegg.«

Der Polizeikommissär wurde nachdenklich, während Cornelius eindringlich und unablässig auf ihn einredete.

»Jonathan Geißler wird in Kürze eintreffen und seine Anklage gegen meine Schwester zurückziehen.«

»Herr Waldegg, dann werden wir sie selbstverständlich freilassen. Aber bis dahin bleibt sie in Haft.«

»Selbst wenn ihre Unschuld vorher bewiesen ist?«

»Wie wollen Sie die beweisen?«

»Durch ein Geständnis der beiden gefassten Räuber.«

»Die gestehen nichts. Sie sind hartgesottene Lügner und haben für alles eine passende Erklärung. In der Tat belasten sie diese Toni Dahmen.«

»Lassen Sie mich mit ihnen reden!«

»Nein. Was soll das bringen?«

»Ich habe da eine gewisse Vorstellung. Sie bekommen ein volles Geständnis und eine Entlastung meiner Schwester.«

Der Polizeikommissär war gegen seinen Willen von dem Mann, der so hartnäckig die Verdächtige verteidigte, beeindruckt. Er war gepflegt gekleidet, hatte einwandfreie Manieren, drückte sich gewählt aus, und doch schlummerte etwas Gewalttätiges unter der glatten Oberfläche. Ob das an seinem seltsam zweigeteilten Gesicht lag oder der Art, wie er seine Argumente vorbrachte, wusste er nicht. Aber es veranlasste ihn, zumindest neugierig dem Vorschlag zuzuhören, den er nun machte. Als er geendet hatte, verzog ein erstauntes Grinsen seine Lippen. Er war natürlich daran interessiert, die Wahrheit herauszufinden. Er ahnte sie auch, denn Gestalten wie der Breloer und Xavier waren ihm bereits zuvor begegnet. Genau genommen waren die beiden in anderen Fällen, bei denen es zu Einbrüchen und Überfällen gekommen war, genannt worden, aber er war ihrer noch nie habhaft geworden.

»Sie werden Sie durchschauen, Herr Waldegg. Die Männer erkennen Ihresgleichen an vielen Kleinigkeiten, die unsereins nicht in der Lage sind, auch nur wahrzunehmen.«

»Ich beherrsche diese Kleinigkeiten, einschließlich des Argots, mit dem sie sich verständigen. Sieben Jahre Bagno waren in der Hinsicht sehr lehrreich.«

»Guter Gott!«, entfuhr es dem Polizeikommissär. Und dann stimmte er dem Vorhaben zu.

Selbst der Wärter hielt den abgerissenen Mann in der schmuddeligen Kleidung und dem gebückten Gang für einen aufgegriffenen Landstreicher. Er stank nach Fusel, hatte schwarze Ränder unter den Fingernägeln und gab nur einige unzusammenhängende Laute von sich, als er ihn grob in die Zelle stieß, in der die beiden Straßenräuber hockten. Die betrachteten ihn mit Misstrauen, und als er sich eine der schmierigen Decken nahm, fingen sie einen Streit mit ihm an. Er erwies sich als gewandt im Ausweichen von Püffen und Tritten und ebenso geschickt darin, seine Blechschüssel mit wässriger Brühe zu verteidigen. Gegen Abend hatten die beiden sich mit ihm abgefunden, und als er die eingeschmuggelte Flasche Gin aus seiner viel zu weiten Joppe herauszog, machten sie sogar Anstalten, gut Freund mit ihm zu werden. Zumal der Kerl recht bewandert im Knastwesen schien. Er wies sich in seiner Sprache als von jenischem Adel aus, und das abgegriffene Päckchen Spielkarten, das er aus einem Stiefel zauberte, versprach ihnen einen geselligen Abend. Sie erzählten viel in dieser langen Nacht. Am Morgen wurde der Landstreicher von einem barschen Wärter aus der Zelle gezerrt, was sie tatsächlich bedauerten.

Dieses Bedauern endete bei dem Breloer abrupt, als er sich eine Stunde später genau diesem Mann wieder gegenüberfand, der jetzt, in einem blauen Rock von feinstem Zwirn, gewaschen und gekämmt an der Seite des Polizeikommissärs saß und ihn aufforderte, bestimmte Aussagen der vergangenen Nacht in gewähltem Deutsch zu wiederholen. Der Gefangene fluchte und schimpfte, haderte und geiferte, aber dummerweise hatte er einige Namen und Orte genannt, die bei näherer Überprüfung dazu dienen konnten, einen festen Hanfstrick für ihn zu drehen.

Er machte seine Aussage, und erstmals kam auch die Rolle des Bärenwirts zur Sprache. Von Antonia war im Zusammenhang mit Raub und Hehlerei nicht mehr die Rede.

Xavier, der sich nach dem Breloer dem nächtlichen Kartenspieler gegenübersah, gelang es, bessere Haltung zu wahren. Nachdem er gemerkt hatte, wie er überlistet worden war und welchem Zweck es diente, machte er gute Miene zum bösen Spiel, um seine Haut zu retten. Er entlastete Antonia vollständig, wenn er auch nicht mehr als nötig von seinen Schandtaten zugab.

»Ein sauberes Stückchen Arbeit, Herr Waldegg«, lobte der Polizeikommissär, als die Büttel den schwarzhäutigen Räuber fortgebracht hatten. »Ich mache die Unterlagen fertig. Gehen Sie und holen Sie Ihre Schwester ab! Ich bedauere, ihr diese Unannehmlichkeit zugefügt zu haben, aber die Indizien und ihre eigenen Angaben machten sie, wie Sie sicher einsehen, äußerst verdächtig.«

Cornelius zuckte nur mit den Schultern. Etwas weniger Vorurteile bei der Untersuchung hätten das Missverständnis früher aufgeklärt. Aber er schwieg zunächst darüber.

Antonia hatte die Knie angezogen und die Arme darum geschlungen. Neben ihr auf dem fauligen Stroh, das den Boden der Zelle bedeckte, kniete eine Frau und betete verzweifelt. Die andere stand an der Tür und brüllte dem Wärter Verwünschungen durch die vergitterte Öffnung hinterher. Doch weder Gebete noch Flüche würden ihr helfen.

Es war eine seltsame Lethargie über sie gefallen, seit sie in dem Gefängnis saß. Sie lebte wie in einem Traum vor sich hin, aß das widerliche Essen, das man ihnen zwei Mal am Tag zugestand, gab Antworten, wenn man sie befragte, sicherte sich ihren Platz auf der schmalen Pritsche unter dem hohen, vergitterten Fenster und verweigerte jede Form der Unterhaltung mit ihren beiden Leidensgenossinnen. Sie versuchte sogar, nicht zu denken. Aber das war schwierig. Die erzwungene Untätigkeit forderte ihren Tribut. Unzählige versunken geglaubte Bilder und Erinnerungen suchten sie heim. Solche an ihr Leben auf den Märkten und in den Lagern, an Märsche und Schlachten, an friedliche Stunden mit ihrer Mutter Elisabeth. Dann wieder durchlebte sie die Qualen noch einmal, die sie bei ihrem Tod empfunden hatte. Die Rückkehr nach Köln, die Suche nach ihrer leiblichen Mutter – sie sah es jetzt aus einer neuen Distanz. Ein unbeschreibliches Glück hatte sie in das Haus des Domherrn geführt. Als sich der eiserne Ring des Schmerzes wieder um ihr Herz zusammenzog, verdammte sie sich selbst, jenes Leben, das er ihr in seiner Güte und Liebe eröffnet hatte, aus Trauer und Verdruss weggeworfen zu haben. Die Flucht war nicht die Lösung ihrer Probleme. Obwohl sie sich selbst eingeredet hatte, damit ihren Schwur zu erfüllen und die verschollenen Dompläne zu suchen, die sie einst in den Händen gehalten hatte. Dieses Vorhaben hätte sie auf andere Weise in Angriff nehmen müssen. Cornelius und David, wahrscheinlich auch François, hätten ihr geholfen, wenn sie die Absicht mit ihnen besprochen hätte. Sogar mit ihrer Mutter hätte sie sich darüber beraten müssen. Sie mochte eine überempfindliche, von starken Schuldgefühlen geleitete Frau sein, aber sie besaß einen Sinn für Gerechtigkeit und eine ihr eigene Art von Pragmatismus. Elenas unablässiger und hartnäckiger Einsatz für die ledigen Mütter hätte ihr eigentlich früher die Augen öffnen müssen. Sie mochte sich, wenn das Schicksal sie allzu hart anfasste, in ihre Zustände flüchten, aber sie hatte auch Standhaftigkeit bewiesen.

An Cornelius dachte sie ebenfalls. Nur selten hatte er von seiner Zeit im Bagno berichtet, aber sie konnte sich ausmalen, was er erlitten hatte. Sie bewunderte ihn dafür, der Hölle unbeschadet entkommen und wieder fähig zu sein, Heiterkeit zu empfinden, zu vertrauen und sogar zu trösten. Sie erinnerte sich daran, wie er sie am Abend von Waldeggs Tod in den Arm genommen hatte und sie lange nur einfach fest an sich gedrückt hatte. Sie konnte nicht weinen, aber sie war fassungslos vor Kummer gewesen. In jener Nacht war er ihr Halt gewesen, unerschütterlich und ruhig, obwohl genauso betroffen und traurig wie sie.

Sie hatte alles verspielt. Sie war feige, selbstsüchtig und unverzeihlich dumm gewesen. Die Strafe dafür würde sie ereilen. Sie würde sie annehmen, ohne ein Wort über ihre Familie zu verlieren. Auf Diebstahl stand mehrere Jahre Zuchthaus und zuvor die Ausstellung am Pranger. Sie hoffte nur, dass sie nicht auch gebrannt würde, davor hatte sie wirklich Angst. Das andere – vielleicht überlebte sie ja.

Antonia drückte sich tiefer in ihre Ecke. Die trunksüchtige Hure hatte irgendwoher Branntwein erhalten und lag schnarchend mit offenem Mund auf ihrer Pritsche. Sie roch nicht gut. Noch schlimmer aber stank die fette Schlampe, die sie vorhin zu ihnen gesteckt hatten. Ein schmutziges, ordinäres Weib mit eitrigen Pusteln im Gesicht, das ihr anbot, sie unter ihrer Decke zu wärmen. Mit einer Gänsehaut vor Ekel setzte sie sich gegen sie zur Wehr. Das jammernde Psalmodieren der ehemaligen Nonne überhörte sie inzwischen, und mit angezogenen Beinen rollte sie sich auf der harten Unterlage zusammen, um in einen Halbschlaf zu fallen. Daher nahm sie kaum wahr, dass sich die Tür öffnete und ein Mann eintrat. Erst als sie seine Stimme hörte, zuckte sie zusammen. Sie klang ungewöhnlich sanft und überaus bekannt.

»Wach auf, Antonia! Es ist Zeit, nach Hause zu kommen!«

Ungläubig schlug sie die Augen auf. »Cornelius?«

»Derselbe.«

Sie stieß die Decke fort, setzte sich auf und wollte auf ihn zugehen, aber nach dem ersten Schritt fiel sie schlichtweg zu Boden. Cornelius fing sie auf und hob sie auf seine Arme. »Schon gut, Kleine«, hörte sie ihn murmeln und die fette Schlampe mit dem Fuß beiseitestoßen, die krakeelte, er möge sie auch mitnehmen. Dann verließen sie endgültig ihre Sinne.

Als sie erwachte, lag sie in einem Bett, fühlte sich sauber und warm von weichen Decken umhüllt. Ein kleines Nachtlicht brannte ruhig in seinem Halter, und an ihrem Bett saß Cornelius. Er schien zu schlummern, doch als sie sich bewegte, kam seine Hand zu ihr und strich ihr über die Haare.

»Du bist in Sicherheit, Toni«, beruhigte er sie leise.

»Zu Hause?«, fragte sie ungläubig.

»Noch nicht, aber sehr bald.«

»Gut. Ich will nach Hause.« Sie nahm seine Hand und drückte sie an ihre Wange. »Ich war so dumm, Cornelius.«

»Nicht dümmer als manch anderer, Kleine.«

»Du bist mir nicht böse?«

»Ich bin der Letzte, der dir wegen dieser Verrücktheit böse sein könnte.«

Sie drehte sich ein Stückchen weiter um, damit sie ihn besser sah. »Ich habe viel nachgedacht, Cornelius. Ich würde meinem Vater jetzt gerne die Tochter sein, die er sich gewünscht hat. Habe ich noch einmal die Chance?«

»Die hast du, Toni. Obwohl er sicher auch die Dreivierteltochter liebt. Bleib so! Nun schlaf! Wenn du wieder aufwachst, regeln wir alles Weitere.«

»Danke, Cornelius.«

»Ich habe nur eine Rechnung beglichen.«

Sie sah ein Glitzern in seinen Augen, und ihr wurde bewusst, dass ihre Sauberkeit nicht von ungefähr stammte.

»Wer hat mich gewaschen?«

»Maddy.«

»Nie und nimmer. Sie ist zu klein, um mich in eine Wanne zu heben.«

»Ich habe ihr natürlich geholfen. Sie war zwar entrüstet, aber ich dachte mir, deine Schamhaftigkeit würde es verkraften.«

Seit langer Zeit endlich lächelte Antonia wieder, kuschelte sich tiefer in die Kissen und ließ es sich gefallen, dass Cornelius sie um sie feststeckte. Dann fielen ihr die Augen zu.

Er blieb die ganze Nacht bei ihr sitzen, und dann und wann streichelte er ihre kurzen Locken. Sie war zurückgekommen, und er gestand sich ein, wie sehr er sie vermisst hatte. Er versuchte, seine Gefühle für sie zu ergründen, und kam zu einem erstaunlichen Ergebnis. Doch das verbarg er tief in seinem Herzen. Sie war so jung, noch keine zwanzig, er war vierzehn Jahre älter. Wenn sie wieder in Köln lebte und Gras über die Angelegenheit gewachsen war, würde sie eine begehrte junge Frau sein. Das Trauerjahr war um, sie konnte wieder in Gesellschaft gehen und sich den Mann suchen, der zu ihr passte. Er hoffte, sie würde sich für einen entscheiden, der ihrer würdig war. Er hingegen würde die schöne, verführerische Melanie zu seiner Geliebten machen. Sie bekundete seit geraumer Zeit Interesse, aber er hatte bisher nur oberflächlich mit ihr geflirtet. Mit einer Frau war er seit seiner kurzen Affäre in Paris nicht mehr zusammen gewesen. Es konnte ganz amüsant mit der wohlgestalteten Witwe werden.

Doch als er Antonias ruhiges, klares Gesicht, das in das goldene Licht der kleinen Nachtlampe getaucht war, betrachtete, wusste er, dass Melanie seine Sehnsucht nicht stillen würde.

Als Antonia aufwachte, war es heller Tag, und sie fühlte großen Hunger. Neben ihr auf einem Stuhl saß Maddy, die nähte und sich dabei die rot geweinten Augen rieb.

»Wo bin ich, Maddy?«

»Oh, gnädiges Fräulein! Sie sind aufgewacht!«

»Halbwegs.«

»In einem schönen Hotel, Fräulein, sind wir. Seit gestern Nachmittag. Sie haben die ganze Zeit geschlafen. Es ist jetzt bald Mittag.«

»Cornelius?«

»Der Herr ist unten, mit den Leuten aus Köln. Die auch im ›Tanzenden Bären‹ waren. Herr Jonathan Geißler und seine Tochter Marianne.«

»Die sind hier?«

»Ja, wegen der Anklage. Sie haben sie fallen lassen.« Dann schniefte Maddy wieder, und die Tränen rannen ihr über ihr abgezehrtes Gesicht. »Können Sie sie nicht bitten, auch für Xavier gut zu sprechen?«

Antonia seufzte. Ihre Zofe schien immer noch nicht verstanden zu haben, was geschehen war. Oder wollte es nicht. Sie richtete sich in den Kissen auf und meinte: »Ich will mich anziehen und zu ihnen gehen. Hilf mir dabei!«

Während sie sich mit Maddys Hilfe ankleidete und frisierte, aß sie heißhungrig einige Brote. Es dünkte sie, nach dem entsetzlichen Essen im Gefängnis, wie ein reines Festmahl. Das frische Kleid fühlte sich wunderbar an, und allmählich löste sich die Lethargie, die sie seit zwei Wochen umfangen hielt. Ihr wurde bewusst, dass wahrhaftig eine Art Wunder geschehen war. Sie forderte Maddy auf, sich das Gesicht zu waschen und sie nach unten zu begleiten.

Geißlers, François Joubertin und Cornelius saßen zusammen in der Teestube und unterhielten sich, als sie an den Tisch trat. Marianne sprang auf und ging mit zwei schnellen Schritten zu ihr. Beide Hände nahm sie in die ihren und fragte mit besorgtem Blick: »Geht es Ihnen gut, Fräulein Lindenborn-Waldegg? Ich habe mir solche Sorgen gemacht. All diese Missverständnisse sind geschehen, weil Sie so gütig waren, mir meinen Ring zurückzuerstatten.«

»Es ist vorbei. Hoffe ich!«

»Ja, es ist vorbei. Wie unendlich gut, dass Sie mir diese seltsamen Grüße an François Joubertin aufgetragen haben! Ich wage mir gar nicht vorzustellen, was geschehen wäre, wenn ich ihm nicht von Ihnen berichtet hätte.«

Auch François war aufgestanden und sah Antonia mit einem augenzwinkernden Lächeln an.

»Meine Liebe, Sie haben Schicksal gespielt. Konnte ich anderes tun, als mich mit allen mir zur Verfügung stehenden Mitteln für Sie in die Bresche zu werfen?«

»Habe ich Schicksal gespielt?«

»Ich fürchte, ja.« Er sah zu Marianne hin, die leicht errötend sein Lächeln erwiderte. »Aber nun müssen Sie sich erzählen lassen, mit welch einem erstaunlichen Gaukelstückchen ein ehrenwerter Herr wie Cornelius zwei Straßenräubern ein Geständnis abgerungen hat.«

»Herr«, mischte Maddy sich ein und sank vor Cornelius in die Knie. »Herr, können Sie nicht auch Xavier helfen?«

»Nein.« Er betrachtete sie kalt. »Auf keinen Fall. Er hat zugegeben, an dem Überfall beteiligt gewesen zu sein. Und auch an weiteren Schandtaten. Du hast dein Herz dem Falschen geschenkt, Maddy.«

»Sie werden ihn hinrichten!«

»Vielleicht. Finde dich damit ab.«

»Sie sind herzlos!«, kreische sie auf, und Antonia packte sie an den Schultern und schüttelte sie.

»Ich habe dir vor drei Jahren eine Chance gegeben, Maddy. Ich gebe dir jetzt noch einmal eine, weil du mir auf einem langen Weg beigestanden hast. Aber er hat Recht.«

Die kleine Zofe war still geworden und sah ihre Herrin mit seelenwunden Augen an. »Du weißt nicht, was Liebe bedeutet, Toni. Hoffentlich musst du nie erfahren, was es heißt, den Geliebten in den Tod gehen zu sehen.«

Ein eisiger Schauder flog über Antonias Haut.

Hoffentlich, dachte sie.

Vaterschaft

Sprich mir von allen Schrecken des Gewissens,
von meinem Vater sprich mir nicht!
Don Carlos, Schiller

In der Kutsche fanden am nächsten Morgen die beiden Damen, Maddy und Jonathan Geißler Platz, Cornelius und François ritten voran. Auf der gut ausgebauten Chaussee entlang des Rheins erfuhr Antonia während der beiden Reisetage durch Marianne und ihren Vater mehr über Kormanns Geschäfte. Wie es schien, hatte er seine Position als Wohlfahrtskommissär inzwischen aufgegeben und betätigte sich als Geschäftsmann im so genannten Verlagswesen. Er kaufte Rohstoffe, vor allem Tuche, auf, um sie von einigen Schneidern in deren Werkstätten zu Uniformen verarbeiten zu lassen. Die fertigen Stücke sammelte er in Lagern, um sie dann in entsprechenden Kontingenten seinen Auftraggebern, in diesem Fall dem französischen Militär, zu verkaufen.

»Sehr einträglich in diesen Zeiten, Fräulein Antonia, sehr einträglich. Aber von nicht unbeträchtlichem Risiko. Ich hoffe, er hat die Handwerker gut unter Kontrolle, denn Qualität und Menge müssen stimmen, und die Termine müssen pünktlich eingehalten werden.«

»Er stammt aus einer Weberfamilie, ich vermute, er hat gute Beziehungen zu den Schneidern und Nähern.«

»Die hat er, und man kann es sogar als wohltätigen Akt bezeichnen, was er mit seinem Geschäft betreibt, denn nach Aufhebung der Zünfte sind viele durch die auswärtige Konkurrenz verarmt. Denen bietet er jetzt Lohn und Brot, denn alleine könnte kein armes Schneiderlein so große Aufträge akquirieren, wie er es tut.«

»Nun, der Gesichtspunkt der Wohltätigkeit dürfte ihm dabei nicht der wesentliche sein. Kormann ist ein – sagen wir im weitesten Sinne – dubioser Charakter«, erklärte Antonia nüchtern. Sie erinnerte sich an seinen Verrat an der Aristokratenfamilie und warnte den Geschäftsmann: »Seien Sie sich bei allen Verhandlungen mit ihm darüber im Klaren, dass jede seiner Handlung von Eigennutz bestimmt ist! Er scheut vor Verrat und Untreue nicht zurück.«

»Sie sind sehr jung, Fräulein Antonia. Glauben Sie, Sie dürften sich darüber ein Urteil erlauben?«

»Ich darf, Herr Geißler. Ich habe ihn als Kommissär von seiner übelsten Seite kennengelernt.«

»Das Leben ist hart, und im Kampf um eine Position am Markt muss man oftmals rücksichtslos auftreten. Sie werden kaum einen Unternehmer finden, der eine blütenreine Weste hat, Fräulein Antonia.«

»Das mag sein. Ich habe Sie lediglich darauf hingewiesen, im Umgang mit ihm Vorsicht walten zu lassen.«

Jonathan Geißler erlaubte sich ein schmallippiges Lächeln. »Ich bin den Umgang mit seinesgleichen gewöhnt. Dennoch, danke für Ihren Hinweis. Ich denke, ich werde nicht über Gebühr hinaus mit ihm gesellschaftlich verkehren. So sympathisch ist er mir auch wieder nicht.«

»Und seine Gattin hat böse Augen«, ergänzte seine Tochter. »Aber sprechen wir von anderen Dingen.«

Sie hatten vielerlei Themen, über die sie sich unterhalten konnten, und zwischen Antonia und Marianne entwickelte sich eine aufblühende Freundschaft.

Cornelius war vorausgeritten und hatte ihr Kommen angekündigt. Daher empfing Elena ihre Tochter mit ruhiger Fassung. Sie sah besser aus als vor einem Jahr, fand Antonia. Sie hatte die tiefsten Täler der Trauer durchwandert und ihr inneres Gleichgewicht wiedergefunden. Sie hörte von ihr kein Wort des Vorwurfs, sondern nur ein herzliches Willkommen.

Zwei Wochen später hatte sich das Zusammenleben etabliert. Elena widmete sich weiteren Aufgaben in der Charité maternelle, die sie häufig außer Haus führten, Antonia übersetzte ein neues Manuskript für Cornelius, Maddy, weiterhin wortkarg und unglücklich, zog wieder in ihre Kammer und befleißigte sich mit strenger Zurückhaltung ihrer Zofendienste. Nur Jakoba hatte Antonia, als sie das erste Mal wieder in die Küche kam, ernsthaft ausgeschimpft.

»Sie haben das Unglück Ihrer Frau Mutter noch vermehrt, Fräulein Antonia. Sie glaubt, Sie könnten sie nicht leiden. Mag ja sein, dass sie auf ihre Art manchmal ein bisschen schwierig ist, aber einfach wegzulaufen, das war schon ein arger Streich.«

»Ja, Jakoba, das war es. Aber damals dachte ich, es wäre der einzige Weg.«

»Ja, Liebelein, aber er war feig, nicht wahr?« Jakoba hatte sich die feuchten Hände abgetrocknet und zog das Mädchen an ihre Brust. Antonia legte ihre Stirn an ihre Schulter und nickte. »Also gut, Mamsell, dann wollen wir das mal vergessen. Ich habe hier ein paar Bratwürste, die Ihnen bestimmt munden werden. Die gnädige Frau hat extra angeordnet, dass Sie essen sollen, was Ihnen schmeckt.«

»Ich hätte da noch ein paar neue Rezepte.«

»Ah, die probieren wir in den nächsten Tagen aus. Übrigens – geben Sie ein wenig Acht, wenn Frau Charlotte Kormann zu Besuch kommt. Sie hat es sich zur Angewohnheit gemacht, einmal in der Woche zum Tee zu erscheinen. Ich habe sie im Verdacht, ein paar böse Geschichten über Sie in Umlauf gebracht zu haben.«

»Das befürchtete ich schon. Man kann nicht viel machen, Jakoba. Was hat sie meiner Mutter erzählt?«

»Nichts, soweit ich weiß. Aber sie hat verschiedenen Damen gegenüber Ihren lockeren Lebenswandel angedeutet. Sie hat wohl auch etwas über Ihre ersten Monate in Köln herausgefunden, als Sie bei den Stammels wohnten.«

»Ratten und Kakerlaken!«, fluchte Antonia, und ihr altes Selbst kam nach langer Zeit wieder zum Vorschein.

»Es schmerzt die Gnädige mehr als Sie, denken Sie daran.«

Die üble Saat war tatsächlich Anfang April aufgegangen.

Cornelius war am Freitagnachmittag von der Druckerei gekommen und hatte einen Probeabzug mitgebracht, den er Antonia zum Lesen geben wollte. Sie saß, wie üblich, in der Bibliothek am Schreibtisch des Domherrn, und schrieb säuberlich einen übersetzten Text ab. Ihr Mittelfinger war tintenschwarz und die Feder in ihrer Hand reichlich gezaust.

»Wirst du das für mich Korrektur lesen, Toni? Wir haben es gestern gesetzt.«

»Natürlich.« Sie legte die Feder beiseite und wischte sich die Finger an einem Lappen ab. Vorsichtig nahm sie den ungeschnittenen Doppelbogen und warf einen Blick darauf.

»Oh! Du hast mich ja als Übersetzerin direkt neben dem Autor genannt.«

»Natürlich. Oder möchtest du lieber, dass es unter einem Pseudonym erscheint? Du könntest beispielsweise als ›Räuber-Toni‹ zeichnen?«

Sie lachte laut auf, und Cornelius registrierte zufrieden, dass sie die Erlebnisse der letzten Wochen bewältigt hatte.

Doch in diesem Augenblick kam Elena in die Bibliothek gerauscht und blieb mit gerötetem Gesicht und blitzenden Augen am Kamin stehen.

»Was erregt Sie, Frau Mutter? Habe ich zu laut gelacht?«

»Nein, Antonia. Es ist … Diese Frauen …!«

»Sie waren auf einer Sitzung der Charité. Was ist vorgefallen? Hat man Sie beleidigt?«

Elena ging mit raschelnden Röcken einige Male auf und ab, sichtlich um Fassung bemüht. Cornelius stand auf, geleitete sie in den Salon und wandte sich dem Schrank mit den Kristallkaraffen zu. »Ein Schlückchen Portwein wird Sie beruhigen, Madame.«

»Mich beruhigt nichts! Stellt euch vor, die Wisskirchen machte Andeutungen, meine Tochter sei von einer Marketenderin großgezogen worden und höchst versiert in dem Geschäft.«

»Das stimmt doch, Frau Mutter.«

»Du bist bei Elisabeth aufgewachsen.«

»Und die war Marketenderin. Aber ich ahne, was die gute Frau uns unterstellt. In der beschränkten Welt dieses trunksüchtigen Nilpferds sind alle Frauen, die im Tross mitziehen, Huren und Dirnen, nicht wahr?« Elena nickte stumm und nahm das Glas Portwein entgegen. »Regen Sie sich nicht darüber auf!

Früher oder später hätte es doch jemand herausgefunden und sich seine schmutzigen Gedanken darüber gemacht.«

»Ich dachte, die Aufregung habe sich gelegt, als wir dich anerkannten, Antonia. Aber jetzt faselten sie und noch drei andere herum, du hättest schlechtes Blut, und darum seist du auf und davon, um deinen sündigen Lebenswandel wieder aufzunehmen. O ja, sie bedauerten mich aufrichtig, eine solche Schlange an meinem Busen genährt zu haben. Denn von mir stamme diese schlechte Veranlagung nicht.«

»Nein, Maman, von Ihnen bestimmt nicht.« Antonia war kurz davor zu kichern, aber sie riss sich zusammen. »Machen Sie sich nichts daraus, diese Frauen sind dumme Schnepfen, die Mühe haben, ihren Hut auf dem Kopf zu behalten, geschweige denn einen Gedanken darin.«

»Sie nannten dich eine Verbrecherin, die monatelang im Gefängnis gesessen hat.«

»Hat unsere Räuber-Toni auch – na ja, nicht gerade monatelang«, erklärte Cornelius. »Lass sie schwätzen.«

»Sie haben Waldegg, meinen Gatten, geziehen, ein schändliches Verhältnis mit ihr gehabt zu haben, nur deshalb habe er sie in unseren Haushalt aufgenommen«, kam es erstickt von Elena, und diesmal fuhr auch Antonia auf.

»Diese Handschrift kenne ich. Maria Stammel! Sie hat versucht, mich mit solchen Verleumdungen zu erpressen.«

»In welcher Beziehung steht die ehrenwerte Maria Stammel zu den Damen der Charité?«, wollte Cornelius wissen.

»Zu denen in keiner, aber ich könnte mir jemandem vorstellen, in dessen geneigtes Ohr sie diese giftige Botschaft träufelte.«

Elena war zum Kamin getreten und spielte nervös mit einer kleinen Meißner Tänzerin. »Es muss jemand in die Welt gesetzt haben, der mich quälen will«, stellte sie fest.

»Natürlich. Aber …«

»Antonia? Was heißt aber?«

»Sie werden mir nicht glauben wollen, wenn ich Ihnen sage, wer es ist.«

»Ich muss dir sehr einfältig erscheinen«, klang es bitter.

»In dieser Sache ja. Also gut, hören Sie, Frau Mutter!« Sie berichtete, auf welche Weise die Nachricht über ihre angebliche Untat an Kormanns Ohren gelangt war und dass sie auch etwas über ihr Vorleben herausgefunden hatten. »Es ist ja nicht geheim, dass ich eine Weile bei den Stammels gewohnt habe. Es ist auch nichts Ehrenrühriges daran. Aber Ihre Freundin Charlotte hat schon häufiger bewiesen, wie hübsch sie die Wahrheit verdrehen kann. Und sie kennt alle Ihre Bekannten.«

»Es könnte auch Fräulein Geißler …«

»Sie ist fremd hier, ich bezweifle, dass zu ihrem Umgang Frau Wisskirchen gehört. Die aber ist eine Nachbarin von Kormanns.«

Elena sah eine Weile mit unbewegtem Gesicht auf das Figürchen. Es schien, als fielen ihr eben einige bemerkenswerte Zusammenhänge ein. Plötzlich sah sie auf, murmelte: »Diese Figur hat sie mir vor zwei Wochen mitgebracht«, und schmetterte sie mit aller Kraft gegen den Kaminsims. Die Splitter flogen in alle Richtungen. »Diese niederträchtige Natter!«, fauchte sie.

Cornelius und Antonia sahen einander verblüfft an, dann klatschte Antonia in die Hände und rief: »Bravo, chère Maman, bravo!«

»Verzeiht, meine Lieben, ich habe die Fassung verloren.«

»Vollkommen zu Recht, Madame.«

»Ja, wirklich. Ich empfehle Ihnen, einige Worte mit Jakoba zu diesem Sujet zu wechseln. Sie bat mich schon vor Tagen, ein Auge auf die liebe Charlotte zu haben.«

»Jakoba hat immer versucht, mich vor ihr zu warnen. Aber sie war freundlich und geduldig mit mir, als es mir so schlecht ging. Ich bin wohl tatsächlich einfältig.« Elena verließ den Raum, allerdings mit gestrafften Schultern.

»Alle Achtung. Ich hätte nie geglaubt, ihre Haltung könne sich so schnell und so plötzlich ändern.«

»Manches braucht seine Zeit, Toni.«

Sie wollten sich gerade wieder in die Bibliothek zurückziehen, als Johann zwei weitere Besucher ankündigte.

Susanne flog förmlich auf Antonia zu. »Du bist wieder da!

Ach, Toni, du bist wieder da!« Heiße Tränen tropften in Antonias Haare.

»Du warst ja auch fort, Susanne.«

»Gott ja, ein paar Wochen. Man glaubte, das Klima und das Wasser von Spa würden mir guttun nach der Fehlgeburt. Aber du bist zurück, das macht mich wirklich gesund.«

»Es sieht aus, als hätten wir viel zu bereden. Aber nicht jetzt. François, was führt Sie zu uns, und ganz ohne Marianne?«

Joubertin zeigte ein verlegenes Lächeln. »Ist es so deutlich?«

»Man sieht euch oft miteinander.«

»Ja, aber heute Abend musste sie mit ihrem Vater und einigen Bekannten ins Theater. Ich traf Susanne, und wir beide beschlossen, Sie zu überfallen.«

»Dann wollen wir uns Kaffee kommen lassen. Ich habe vorhin Jakobas Marzipantorte gerochen. Bleib auch, Cornelius!«

Er zögerte, aber dann setzte er sich doch nieder, um mit den Besuchern zu plaudern.

»Es wird Ihre unglückliche kleine Zofe übrigens aufheitern, die Nachricht zu hören, die ich aus Neuwied bekam«, verkündete der junge Jurist.

»Gab es eine Freilassung?«

»Sozusagen. Xavier und der Breloer sind – wohl mit Hilfe ihrer Spießgesellen – aus dem Gefängnis entwichen.«

»Ich weiß nicht, irgendwie gönne ich es zumindest Xavier. Er hatte nie eine andere Möglichkeit. Aber ich möchte ihnen nie wieder begegnen«, meinte Antonia nachdenklich, und als die Tortenstückchen serviert waren, fragte Susanne: »Hast du denn erreicht, was du wolltest, Antonia?«

»Nein.« Sie seufzte leise. »Nein, ich habe die Pläne nicht gefunden.«

Cornelius meinte: »Toni, ich habe dich bisher nicht nach den Einzelheiten deines Abenteuers gefragt, aber es würde mich interessieren, was du unternommen hast.«

»Ja, ich sollte es euch erzählen, denn ihr wisst ja, worum es geht. Schade, dass David nicht dabei ist.«

Sie berichtete ihren Freunden also von ihrer Fahrt nach Arnsberg, ihrem Besuch bei dem Pfarrer von Altenkleusheim, der die Rolle mit dem Fassadenriss in der Hand gehalten hatte und sie dem Hessisch-Darmstädter Kommissär übergeben hatte. Sie schilderte ihre Gespräche mit dem Archivar in Darmstadt und die Suche in den verschiedenen Fürstentümern. »Jetzt kann der Plan eigentlich nur noch in Frankreich sein«, schloss sie.

»Dort habe ich die Spur aufgenommen, Toni, und sie endete an einem Grab. Es ist leichter, die sprichwörtliche Nadel in einem Heuhaufen zu finden. Doch eine sehr bemerkenswerte Nachricht habe ich bei meinem Gespräch mit den damaligen Volksrepräsentanten erhalten. Unser aller geschätzter Freund Kormann interessiert sich ebenfalls brennend für den Plan und hat eine Anfrage an Monsieur Jaubert gerichtet.«

»Kormann? Ich dachte, der würde den Dom lieber heute als morgen zum Steinbruch erklären.«

»Er scheint eine Änderung der Windrichtung verspürt zu haben. Heute könnte man mit diesen Plänen Aufsehen erregen. Der junge Boisserée ist weit mit seinen Vermessungen vorangekommen und findet mehr und mehr Anhänger. Kormann hat die Pläne, oder zumindest einen der beiden, wohl schon mal in der Hand gehabt. Er war damals als Berater bei der Kunstkommission tätig – zum Aufspüren versteckter Kunstschätze.«

Susanne zerbröselte das Kuchenstückchen auf ihrem Teller und schien in Gedanken weit entfernt zu sein.

»Was ist, Susanne? Keinen Appetit?«, fragte Antonia.

»Was? Oh … nein, ich dachte nach. Du hast vorhin immer diese Rolle erwähnt. Das hat eine Erinnerung geweckt.«

»Susanne!«

Alle Augen richteten sich plötzlich auf sie, und sie schüttelte den Kopf: »Nein, ich habe sie nicht gesehen oder unter meinem Bett versteckt. Aber da war etwas mit einer Lederrolle, als mein Vater verunglückte. Ich habe in der letzten Zeit schlecht geschlafen, und die Albträume von damals kehrten zurück. Mein Vater besaß eine Lederrolle, in die er seine Zeichnungen legte. Als wir auf dem Domdach waren, hatte er sie dabei. Kormann als Kunstkommissär – das erklärt es. Ich sah ihn damals unten über den Domhof gehen, mit drei Soldaten und einem Fuhrkarren. Es war

Kormann, denn ich erkannte seinen eleganten Frack. Er war einige Male bei uns zu Gast gewesen.«

»Durchaus möglich, dein Vater und er waren befreundet.«

»Richtig. Ich fürchte, er war auch der Mann, der oben auf dem Dach erschien. Bislang erinnerte ich mich nur an streitende Stimmen, aber jetzt... Sie stritten um die Lederrolle mit den Skizzen. Dabei fiel mein Vater gegen die Brüstung und verlor den Halt.« Susanne legte beide Hände auf den Tisch und sagte: »Kormann hat meinen Vater ermordet!«

»Zum Mord gehört Vorsatz. Ihrer Schilderung nach war es allerdings ein Unfall«, korrigierte François sie.

»Er hat mit ihm um die Rolle gekämpft. Ich höre meinen Vater noch schreien: ›Sie sind nicht darin, du starrköpfiger Idiot!‹. Er muss geglaubt haben, in der Rolle wären die Dompläne.«

»Er hat sie aber später nicht mitgenommen.«

»Nein, sie hatte sich geöffnet, und die Skizzenblätter waren zu sehen. So unsinnig ist das alles. So entsetzlich unsinnig!« Susanne verbarg das Gesicht in den Händen. François legte ihr sanft die Hand auf die Schulter.

»Wollen Sie Anklage gegen ihn erheben?«

Sie sah wieder auf und meinte: »Ich würde es gerne, aber die Chancen sind gering, es ihm zu beweisen, nicht wahr?«

»Das befürchte ich auch.«

Sie schwiegen alle miteinander, bis Cornelius schließlich meinte: »Er ist schon immer wie der Teufel hinter diesen Plänen her gewesen. Ich saß einmal mit David im Nebenzimmer und hörte ihn mit unserem Vater und Daniel Bernsdorf über den Dom streiten. An dem Abend, als der Domherr die Pläne zu seinem Logentreffen mitgenommen hatte. Daher bezweifle ich, dass er sie für die Kunstkommission an sich nehmen wollte. Eher vermute ich, er wollte sie vernichten, um den Weiterbau zu verhindern. Denn, Susanne, er hat bereits vor diesem Zwischenfall auf dem Dach versucht, sie an sich zu bringen.« Cornelius sah sehr ernst aus und blickte Antonia lange an. »Ich fürchte, soeben sind wir der Lösung eines alten Geheimnisses näher gekommen. Eine Aufklärung, die uns wahrscheinlich nicht gefallen wird.«

»Sprich dennoch darüber, Cornelius! Du kannst jetzt nicht einfach aufhören«, forderte Antonia.

Trotzdem überlegte er eine Weile, dann berichtete er: »Ich hatte, als ich noch Schüler war, eine Hausaufgabe über ein Thema zu erledigen, das mich in das Bauhüttenarchiv führte. Bernsdorf besaß einen Schlüssel dazu, da er Studien an den Unterlagen für das Domkapitel zu machen hatte. Mit ihm hockte ich also spät in der Nacht in einem vollgestopften Hinterzimmer, als plötzlich leise Geräusche im Nebenzimmer zu hören waren. Daniel vermutete einen der Domherren, da sie die Einzigen waren, die Zugang zu dem Archiv hatten, und er die Tür hinter sich abgeschlossen hatte. Aber als er nachsehen ging, hörte ich ärgerliche Stimmen, Gepolter und dann einen Schrei. Eine Tür schlug, und draußen waren Schritte zu hören. Ich rannte zum Fenster und sah zwei Gestalten, die davonliefen, konnte sie aber nicht unterscheiden. Einer musste Daniel gewesen sein, denn das Archiv war leer. Ein Schrank stand offen, und die beiden Lederrollen lagen auf dem Boden. Ich legte sie zurück auf ihr Bord und verschloss den Schrank. Dann wartete ich auf Daniel, aber er ließ sich nicht mehr blicken. Also ging ich nach Hause und bat den Domherrn, das Archiv zu schließen. Er hatte allerdings, so glaubte er damals, seinen Schlüssel verlegt, und wir mussten einen alten Kollegen von ihm wecken. Ich habe der Angelegenheit keine große Bedeutung zugemessen. Es schien nichts aus dem Archiv abhandengekommen zu sein. Erst später entdeckte man das Fehlen einiger kleiner, aber wertvolle Pretiosen, doch das hat man damals mit diesem Zwischenfall nicht in Verbindung gebracht.«

»Du meinst also, der Störenfried oder Einbrecher könnte Kormann gewesen sein?«

»Ich bin mir heute fast sicher, Toni. Und zwar, weil ich ein erstaunliches Detail von David erfahren habe. Du hast doch seine letzten Briefe gelesen.«

»Aber da stand nichts über den Plan drin.«

»Nein, aber über Isabetta, seine Mutter.«

»Richtig, ich erinnere mich. Er schrieb, sie habe schon damals unseren Vater betrogen, und einer der Männer, die sie besucht hatten, war cher Frédéric.«

»Dem sie, falls er darum gebeten haben sollte, den Schlüssel zum Archiv gegeben haben könnte, denn sie hatte ja auch Zugang zum Haus des Domherrn.«

»Ja, das sind aber nur Annahmen, Cornelius. Beweisen kannst du nichts davon. Du hast niemanden identifiziert, es gibt keine Aussage von Bernsdorf, und abhandengekommen ist zunächst nichts. Welches Geheimnis um Kormann willst du damit gelöst haben?«, fragte François.

»Es gibt noch ein Faktum, das es zu beachten gilt. Toni, so schrecklich es mir auch erscheint, aber das betrifft dich. Diese Geschichte fand Ende März 1790 statt.«

Antonia schüttelte irritiert den Kopf. »Das war vor meiner Geburt. Ja, und?«

»Aber nicht vor deiner Zeugung.«

Stille. Absolute, atemlose Stille.

Dann keuchte Antonia: »Sag, dass das nicht wahr ist!«

»Ich fürchte, Elena wird es dir bestätigen. Sie hat Kormann wohl an dem Sommerball vor zwei Jahren erkannt, weshalb sie so anmutig bei seinem Anblick in Ohnmacht sank.«

»Pest, Cholera und Gürtelrose. Du meinst, er ist in Sankt Mauritius untergeschlüpft, hat meine Mutter um Hilfe gebeten, sie dann vergewaltigt und ist kühl lächelnd nach Hause gegangen?«

»Die beiden ersten Folgerungen stimmen, doch er kehrte nicht heim, sondern verließ die Stadt. Mit besagten kleinen wertvollen Pretiosen. Dieser Zeitpunkt stimmt auch.«

»Ich glaube, mir wird übel.«

François reichte ihr ein Glas dunkelroten Weins. »Trinken Sie langsam! Vielleicht gibt es eine andere Erklärung.«

Aber Antonia läutete bereits die Tischglocke und bat den eintretenden Johann: »Holen Sie bitte meine Mutter!«

Die wenigen Minuten, die sie auf Elena warten mussten, vergingen in Schweigen.

»Ihr wünscht meine Gesellschaft, sagt Johann? Antonia, du bist sehr blass.«

»Ja, Frau Mutter. Bitte, wir haben etwas herausgefunden. Sie müssen uns helfen, Klarheit zu schaffen. Selbst wenn es Ihnen sehr schwerfällt.«

»Nun, ich will mich bemühen, Liebes.«

»Ich habe Sie schon einmal, an meinem siebzehnten Geburtstag, gefragt, wer mein Vater ist. Damals behaupteten Sie, Sie wüssten es nicht. Aber nun glaube ich, Sie haben ihn erkannt. Stimmt das?«

Elena sah von einem zum anderen. »Ihr wisst es schon?«

»Ist es Kay Friedrich Kormann?«

»Ja, Kind. Zu meinem allergrößten Bedauern, ja. Aber bitte glaub mir, ich wusste es bis zu diesem entsetzlichen Ball selbst nicht. Von mir hätte es keine Menschenseele je erfahren.«

Noch immer fassungslos schüttelte Antonia den Kopf, dann aber fing sie plötzlich an zu lachen. »Heilige Sankt Ursula, der ondulierte Affe! O Gott, wenn der das wüsste!«

Elena sah sie erstaunt an. »Du lachst?«

»Chère Maman, was soll ich sonst tun? Es ist einfach zu absurd. Ich bedaure zutiefst, dass Ihnen die Schmach durch ihn zugefügt wurde, andererseits lebe ich, nicht wahr? Und ich habe durch Sie meinen wirklichen Vater gefunden.«

»Ja, Hermann liebte dich wie sein eigen Fleisch und Blut. Es ist … ja, es ist bestimmt wirklich alles nicht so schlimm, wie ich immer dachte.«

Antonia stand auf, legte ihren Arm um ihre Mutter und führte sie zum Kanapee. »Nein, Maman. Es ist alles nicht so schlimm und lange vorbei.«

Elena seufzte nur leise und erwiderte die sanfte Umarmung ihrer Tochter kurz.

»Und, liebe Antonia«, betonte François mit einem versonnenen Lächeln, »mit diesem Wissen haben Sie eine scharfe, tödlich gefährliche Waffe in der Hand, die Sie gnadenlos einsetzen können, sollte es jemals notwendig sein.«

»Ja, die habe ich allerdings«, bestätigte Antonia, plötzlich ernst geworden. »Die habe ich! Man könnte der lieben Charlotte zum Beispiel mit dem Hinweis auf die Herkunft meines schlechten Blutes ziemlich den Wind aus den Segeln nehmen.« Schließlich, noch ernster, fügte sie mit einem Blick auf ihre Mutter hinzu: »Wisst ihr, wenn ich all das bedenke, was geschehen ist, dann will es mir wie ein eigenartiges Schicksal dünken, dass ich letztlich mein Leben den Plänen des Doms verdanke. Weil sie gestohlen werden sollten, kam es zu meiner Zeugung. Als Kind habe ich sie in den Händen gehalten und wusste nicht, was sie waren. Ich verlor sie. Als ich ihre Bedeutung erkannte und mich erinnerte, nahm mir diese Erinnerung den Mann, den ich in meinem Herzen immer als meinen Vater betrachten werde. Ich habe sie für ihn gesucht und nicht gefunden. Vielleicht aber wird gerade deshalb das Schicksal sie auch wieder in meine Hände führen. Wenn die Zeit reif ist dafür.«

Doch das Schicksal hatte größere Pläne, die das Leben nicht nur der Menschen in Antonias Umgebung für die nächsten drei Jahre erschüttern sollte.

VIERTER TEIL

Krieg und Frieden 1811–1814

Unsere äußeren Schicksale interessieren die Menschen, die inneren nur den Freund.

Heinrich von Kleist

Der Geheimrat

Der hohe Dom zu Köln!
Es lag in Finsternis
Des Meisters Plan und Riss;
Jüngst hat man aus der Nacht
Den Plan ans Licht gebracht
Vom hohen Dom zu Köln!

Der Dom zu Köln, Rückert

Der Geheimrat war schlecht gelaunt und zeigte das auch dem aufdringlichen jungen Mann, der ihn an diesem schönen Maitag in seinem Haus in Weimar aufsuchte. Sulpiz Boisserée nannte er sich und kam aus Köln. Eine Stadt, der der große Dichter in seiner Erinnerung nicht gewogen war. Er hatte damals geschrieben, er sei, als er sie 1774 besuchte, unangenehm überwältigt von der Empfindung von Vergangenheit und Gegenwart in einem gewesen, die ihm etwas gespenstermäßig erschienen war.

Das Gespenstische rührte von dem unvollendeten Dom her, den er ohne Führung besichtigt und von dem er sich erfolglos versucht hatte vorzustellen, wie er denn nach Fertigstellung aussehen sollte. In Gesellschaft bewunderte er zwar diese merkwürdigen Hallen und Pfeiler, aber war er für sich, versenkte er sich in dieses mitten in seiner Erschaffung, fern von der Vollendung schon erstarrte Weltgebäude immer missmutig. Es störte ihn, dass abermals ein ungeheurer Gedanke nicht zur Ausführung gekommen war, und er schloss grummelnd, die Architektur sei nur da, um einen davon zu überzeugen, dass durch mehrere Menschen in einer Folge von Zeit nichts zu leisten sei. So wörtlich.

Nun bedrängte dieser redegewandte Mensch ihn mit seiner Sammlung alter Kölner Gemälde, vornehmlich sakraler Natur, und seinem so genannten Domwerk, an dem er arbeitete. Ihn, der er doch der christlichen Religion so überhaupt nicht geneigt war.

Er gab sich also steif und zugeknöpft und war heilfroh, als er den ungebetenen Besucher endlich losgeworden war und er sich zu einem ruhigen Schoppen Rotwein in den Garten setzten konnte.

Indes, der Quälgeist ließ nicht locker und war auch nicht dadurch abzuschrecken, dass er ihm zum Abschied nur einen Finger reichte. Zwei Tage darauf pochte diese Nervensäge wieder an seine Tür und traktierte ihn mit seinen Kölner Zeichnungen. Der Geheimrat selbst hatte sich in sehr jungen Jahren ja ebenfalls mal für die Gotik interessiert, damals, in Straßburg. Aber der Nachgeschmack jener Studienzeit war ein nicht allzu köstlicher: Frederike Brion, eine gescheiterte Beziehung, das Kirchenrecht, eine gescheiterte Doktorarbeit und ein Traktat über das gotische Münster, für das er kein Lob erhielt. Andererseits …

Andererseits hatte er sich einst für die Gotik begeistern können. Erst hatte er zwar unter der Rubrik »gotisch« alle Synonyme von Unbestimmtem, Ungeordnetem, Unnatürlichem, Zusammengestoppeltem, Aufgeflicktem, Überladenem angehäuft, und es hatte ihm vor dem Anblick eines missgeformten krausborstigen Ungeheuers gegraut. Doch nun wühlte er die Zeichnungen heraus, die er selbst zu Zeiten vom Straßburger Münster gemacht hatte, und fand in Boisserée einen aufmerksamen Zuhörer. Also sah er sich noch mal diese Stiche an, die der Jungspund mit äußerster Beharrlichkeit und Gründlichkeit angefertigt hatte. Wider Willen nahmen sie ihn gefangen. Und hatte nicht dieser Boisserée eine hübsch bescheidene Art, ihm zu verstehen zu geben, er hielte ihn für einen der ersten Geister seiner Zeit und erhoffe beinahe schüchtern seinen Beifall?

Am Abend schrieb Sulpiz Boisserée in sein Tagebuch: »Ich weiß nicht, wie ich die Worte setzte, denn der Alte wurde ganz gerührt davon, drückte mir die Hand und fiel mir um den Hals. Das Wasser stand ihm in den Augen.«

Tatsächlich hatte der junge Kunstsammler sich der Unterstützung eines der mächtigsten Förderers des Dombaus versichert – die des Geheimrats Johann Wolfgang Goethe.

Zufrieden mit seiner Mission machte Boisserée sich auf den Weg nach Leipzig, wo soeben die Jubilate-Messe stattfand.

Leipziger Allerlei

Als Gutenberg den Druck erfand,
der Herrgott ihm zur Rechten stand.
Jedoch ohn' allen Zweifel:
zur Linken stand der Teufel.
Und in der Engel lautem Chor,
flüstert er ihm leis ins Ohr.
Seither muss jeder selbst ermessen,
von wessen Worten er besessen.

Matthias Claudius

Die Kutsche schaukelte sich durch das nächste Schlagloch, und einmal mehr wünschte Cornelius, er hätte sich zu Pferd auf den Weg nach Leipzig gemacht. Aber das konnte er Simon Rieker, dem alten Buchhändler, der ihn begleitete, nicht zumuten.

Dem Fünfundsechzigjährigen hingegen schienen die Schaukelei und das Holpern über die schlechten Straßen nicht viel auszumachen, er schwatzte fröhlich vor sich hin, je näher sie ihrem Ziel kamen. Mit Thomas Lindlar, dem Drucker, und Simon Rieker, dem Buchhändler, und ihm selbst als Herausgeber bildeten sie inzwischen ein in seiner Arbeitsteilung ganz trefflich florierendes Unternehmen. Immer mehr trennten sich die drei Zweige, obwohl es auch noch etliche Unternehmen gab, in denen Drucker, Verleger und Händler in einer Person handelten.

Nach einer anstrengenden Reise erreichten sie endlich die Stadt und rollten vor das Paulinum, in dem sie Unterkunft bestellt hatten. Es war ein lang gestrecktes, viergeschossiges Haus, das eigentlich zur Universität gehörte und der Sitz der theologischen Fakultät war. Sie erhielten je ein Zimmer in der Mansarde, und von dem kleinen Fenster in der Gaube konnte Cornelius in den Innenhof des Gebäudekomplexes schauen. Vage erinnerte ihn der Anblick an die Pariser Hinterhöfe. Auch hier waren es alte, graue Mauern, manche Giebel sackten durch, die Dachziegel waren von Taubenkot bekleckert, und die Dachtraufen hatten lange Schmutzspuren auf den Wänden hinterlassen. Unten mündeten einige Fallrohre in Wassertonnen, die auf Grund der letzten Regenfälle übergelaufen waren. Eine Handvoll mickriger Bäume standen im Hof, die nicht genug Sonnenlicht erhielten, ihre Äste wiesen nur wenig hellgrünes Laub auf. Aber einige Spatzen versammelten sich in ihren Zweigen. Sie tschilpten lauthals ihre Frühlingslieder und flatterten empört auf, als eine struppige Katze ihren Weg zwischen den Stämmen suchte.

Cornelius verstaute seine Habseligkeiten im Schrank und machte sich auf, um zu überprüfen, ob seine Lieferung ordnungsgemäß eingetroffen und gelagert worden war. Als er die Treppe nach unten eilte, gingen vor ihm zwei Männer, von denen ihm der jüngere bekannt vorkam. Der aber war so in sein Gespräch vertieft, dass er ihn nicht beachtete.

»Heute waren der Kunsthändler Friedhof, der Ratsherr Stieglitz und das Großmaul Böttiger bei mir zur Dom-Schau. Nur Cotta kam nicht«, schnappte er auf, und der andere erklärte: »Machen Sie sich nichts draus, Boisserée, der ist griesgrämig wegen der schlechten Zeiten.«

Sie bogen vor dem Tor nach links ab. Cornelius erstaunte es nicht, den Kölner Kunstsammler auf der Messe anzutreffen. Er wünschte ihm viel Erfolg mit seinem Domwerk, an dem auch David einen winzigen Anteil hatte. Cotta war ein bekannter Verleger, und wenn Boisserée ihn bewegen konnte, die Stahlstiche zu veröffentlichen, würde er ein breites Publikum erreichen. So gerne er selbst daran mitgearbeitet hätte, wusste er doch, dass ein derart aufwändiges Werk seine Kapazitäten weit überschritt. Er wandte also seine Schritte zum Lagerhaus, wo er seine Ware verpackt und in gutem Zustand vorfand.

Die nächsten Tage entwickelten sich überaus geschäftig, und unter Riekers kompetenter Führung konnte Cornelius nicht nur den Großteil seiner mitgebrachten Bücher verkaufen, sondern sie erstanden auch eine erkleckliche Anzahl hochinteressanter Neuerscheinungen. Am dritten Nachmittag aber nahm der alte Buchhändler eine Einladung Leipziger Kollegen an und forderte ihn auf, ihn zu begleiten. Man traf sich in einem Kaffeehaus, wo sich Gruppen und Grüppchen von Verlegern, Buchhändlern, Buchbindern und Druckereibesitzern bildeten. Die Luft füllte sich bald mit Gesprächen, Kaffeeduft und Tabakschwaden. Cornelius selbst beteiligte sich nicht an den Unterhaltungen, sondern rauchte seine Pfeife und hörte zu. Er nahm auf diese Weise allerlei Wissenswertes auf. Etwa über die neue Druckerpresse, die in London konstruiert worden war und einen kontinuierlichen Druck über Walzen ermöglichte, über Stahlfedern zum Schreiben, die den Gänsekiel ersetzten, und über Raubdrucke, die auf der heruntergekommenen Frankfurter Buchmesse verhökert wurden. Besonders aber spitzte er seine Ohren, als jemand erklärte: »Er hat einfach mit fetthaltigem Stift auf den Stein gezeichnet und ihn dann mit Gummiarabikum überzogen. Wenn man es einfärbt, bleibt die Schwärze an den fetten Stellen hängen, die anderen stoßen die Feuchtigkeit ab. Simpel, nicht wahr?«

»Ja, ich habe schon davon gehört, Lithografie oder Steindruck nennen sie es. Viel einfacher als Kupferstich, man kann die Zeichnung direkt auf den Untergrund auftragen.«

»Aber spiegelverkehrt, oder?«

»Sicher, aber das ist das geringere Übel. Noten für Musikstücke werden fast nur noch so gedruckt.«

Von der Lithografie hatte Cornelius in Paris gehört. Er war überzeugt davon, hatte aber bisher keinen Drucker gefunden, der dieses Handwerk verstand. Außerdem erforderte es die zusätzliche Anschaffung einer Reibepresse. Aber er nahm sich vor, sich eine Beschreibung der Technik zu besorgen und mit Thomas das Thema noch einmal genau zu durchdenken. Es hatte auf jeden Fall Vorteile.

Der Besuch der Messe erwies sich für Cornelius nicht nur als informativ sondern auch als geschäftlich erfolgreich. Er traf eine Vereinbarung mit einem Kommissionär, der sich darum kümmern würde, dass seine noch nicht verkauften Bücher Abnehmer fanden, und in seinem Portefeuille befanden sich die Adressen etlicher interessanter Geschäftspartner. Einen Geheimtipp erhielt er von einem befreundeten Verleger, der ihm riet: »Nehmen Sie einige Exemplare von diesem neuen Conversations-Lexikon mit! Das ist ein Handwörterbuch zu Themen aus Wissenschaft und Künsten von Arnold Brockhaus. Er hat die Rechte vor drei Jahren erworben, da lief es einfach nicht. Aber er hat es sorgfältig überarbeitet und stellt es dieses Jahr erstmalig vor.«

Zwei Tage später machte Cornelius sich mit einer prächtig gebundenen Vitruv-Ausgabe, dem Neuen Hannöver'schen Kochbuch, zwei aus Edelhölzern geschnitzten Pfeifen und einigen der sehr teuren Stahlfedern im Gepäck auf den Weg nach Dresden. Als er an die Tür des Baumeisters Leopold Stark klopfte, öffnete ihm eine kräftige junge Frau mit gerötetem Gesicht, in mehliger Schürze und umhüllt von einer Duftwolke von frischem Hefegebäck. Er wurde überaus herzlich aufgenommen. Nach einem gewaltigen Abendessen stellte Meister Leopold den Brüdern eine Flasche Wein auf den Tisch und verabschiedete sich mit den Worten: »Ihr werdet euch viel zu erzählen haben.«

Das hatten sie auch.

»Du hast es wirklich gut getroffen, David.«

»Ja, die letzten vier Jahre war mir das hier ein Heim, ich werde behandelt wie der Sohn des Hauses. Aber, Cornelius, wie das so ist, irgendwann wird man flügge, und ich fürchte, es wird Trauer geben, wenn ich Meister Leopold verlasse.«

»Wegen Emma?«

»Auch, aber er hat mir die Partnerschaft in seinem Unternehmen angeboten.«

»Aber du willst deine Flügel weiter ausspannen?«

»Ja, viel weiter. Ich weiß noch nicht ganz genau, wohin es mich zieht, aber ganz bestimmt ist mein Ziel nicht, Wohnhäuser für reiche Bürger zu bauen, die wirre Vorstellungen von pseudogotischen Türmchen oder nachgemachten mediterranen Peristylen haben. Stark ist ein hervorragender Praktiker, und seine Gebäude sind für die Ewigkeit gebaut. Aber er lehnt es ab, sich mit Stil und Harmonie zu beschäftigen und geht auf jeden Wunsch seiner Auftraggeber ein, der machbar ist.«

»Du aber möchtest einen eigenen Stil entwickeln.«

»Ja. Dazu möchte ich nach Berlin. Dort gibt es die Bauakademie, ich hoffe, bei Schinkel so etwas wie eine Assistentenfunktion zu erhalten.«

»Du hast also keine Scheu mehr, nach Berlin zurückzugehen?«

»Nein, das habe ich überwunden. Man wird sich kaum noch an die Entlassung erinnern. Es hat sich ungeheuer viel getan. Ich werde mit ganz anderen Leuten zusammenkommen. Paul Lettow ist dort und hat eine ansprechende Clique um sich versammelt.«

»Und deine Mutter hat die Stadt verlassen.«

»Ja, mit einem zwanzig Jahre jüngeren Mann. Ein zwielichtiger Kerl, wie Paul meint, aber wenn sie sich damit aus meinen Kreisen fernhält, soll es mir gleichgültig sein. Wie sieht es bei euch in Köln aus, Cornelius?«

»Antonia ist wieder sie selbst. Obwohl sie verändert wirkt. Seit ihrer Rückkehr von diesem tollen Ausflug scheinen sich einige raue Kanten abgeschliffen zu haben.« Er berichtete ihm von Antonias erfolgreichen Übersetzungen, Elenas Zuneigung zu Xaviera, Maddys Mitbringsel von der verrückten Reise, das sich als schokoladenbraunes Püppchen erwies, und seine Hoffnung, einen guten Reiseschriftsteller zu finden.

»Ich höre mich mal um. Paul in Berlin wird den einen oder anderen kennen. Es muss ja nicht eine wissenschaftliche Beschreibung sein, oder?«

»Solange es keine Gedichte oder schwülstigen Romane sind.«

»Wie es heißt, verkauft sich der Werther von Goethe noch immer gut.«

»So viel zu Schwulst, ich weiß. Ach, übrigens habe ich Boisserée in Leipzig getroffen. Er wohnte auch im Paulinum, und wir unterhielten uns ein paar Mal in einer Studentenkneipe. Er tingelt mit seinen Domansichten umher und sucht Mäzene. Den Geheimrat hat er wohl überzeugt, und am Weimarer Hof präsentierte er die Stiche ebenfalls mit Erfolg. Er wollte danach nach Dresden reisen. Vielleicht treffen wir ihn. Er arbeitet mit einem interessanten Architekten in Darmstadt zusammen, einen Georg Moller. Der scheint ähnlich wie du den alten Bauformen zugeneigt zu sein.«

»Ich würde ihn gerne kennenlernen. Wie lange bleibst du?«

»Ich dachte, ich falle euch eine Woche lang lästig.«

»Aber du könntest verlängern?«

»Nicht unendlich, aber ein wenig.«

»Wartet jemand sehnsüchtig auf dich?« David grinste seinen Bruder über den Rand seines Weinglases an. »Toni schrieb, du segeltest längsseits einer aufgetakelten Fregatte, deren Takelage sich im Winde bläht.«

»Göre!«, knurrte Cornelius und grinste dann auch. »Allerdings muss ich gestehen, das Bild ist nicht unzutreffend. Melanie verfügt – wie man es so schön formuliert – über schwellende Formen.«

»Wirst du Anker werfen?«

»Um Himmels willen, nein.«

»Dann achte auf die Enterhaken.«

»Die Gefahr ist gering, David. Sie ist zwar auf großer Kaperfahrt, die hübsche Witwe, aber sie hat auch einen Bankier und einen reichen Tuchfabrikanten im Visier, die ihr beide Herz, Hand und Vermögen zu ihren zierlichen Füßen legen würden, wenn sie etwas deutlicher winkte.«

»Was findet sie dann an einem mittellosen Verleger wie dir?«

»Möglicherweise kann ich ihr in gewissen Aspekten des Zusammenseins ein größeres Vergnügen bereiten als die beiden älteren Herren.«

David nickte und sagte: »Darin scheinen wir uns zu ähneln.«

»So gibt es auch hier das eine oder andere Bettschätzchen für dich?«

»Gibt es. Zum Glück bin ich in den Augen der respektablen jungen Damen nur ein armer Student, der sich seine Groschen mit Knochenarbeit verdient, darum hängen sie sich nicht an mich. Aber in gewissen Aspekten ...«

»Ach ja?«

»Cornelius ...« David war wieder ernst geworden.

»Ja, Bruder?«

»Wie geht es Susanne? Sie schreibt mir nicht mehr, seit sie verheiratet ist.«

»Philipp ist höllisch eifersüchtig. Sie hat einen Fehler gemacht und weiß es auch. Aber es geht ihr besser, seit Antonia wieder da ist. Sie ist dem Burschen ein paar Mal in die Parade gefahren, als er ihr eine Szene machen wollte. In bewährter Manier. Seither ist er sehr vorsichtig ihr gegenüber. Aber Susanne verkümmert in meinen Augen.«

»Sie hat ein ungewöhnliches Talent. Sie könnte eine große Künstlerin werden.«

»Auch der Erfolg anderer weckt Philipps Eifersucht.«

»Idiot!« David stürzte wütend seinen Wein hinunter.

»Toni versucht, sie wieder zum Malen zu bringen. Aber Susanne tut es heimlich, und ohne Anerkennung von außen wird sie es vermutlich bald wieder einstellen.«

»Sag mal …«

»Ja?«

»Könnte sie nicht für euch Zeichnungen anfertigen? Ich meine, Thomas druckt doch diesen Gesellschaftskalender. Was, wenn sie von irgendwelchen Ereignissen Bilder zeichnete? Du weißt schon: ›Bürgermeister bei der Gründung des Veteranenvereins‹ oder ›Wohltäterinnen bei der Eröffnung des Waisenhauses‹.«

»Wir drucken ihn ohne Bilder, es ist zu teuer, einen Kupferstecher für solche kurzlebigen Sachen anzustellen.« Dann schwieg er einen Moment und dachte nach. »Obwohl, wenn ich ihr die Steindrucktechnik beibringen könnte … David, das ist keine schlechte Idee. Mit Wittgenstein werde ich schon fertig.«

»Hilf ihr, wenn du kannst, Cornelius!«

»Natürlich. Auch ein Grund, warum du dein Bratkartoffelverhältnis hier nicht vertiefen möchtest?«

»Auch. Es ist einfach so, dass mir die gemeinsamen Tage mit ihr damals einfach nicht aus dem Kopf gehen wollen.«

»Sie ist eine schöne, begabte und heitere Frau. So eine wie sie findet man nicht alle Tage.«

»Du sagst es. Auch wenn da derzeit Hindernisse sind, ohne Not werde ich mich erst einmal an keine andere binden.«

Cornelius blieb zwei Wochen in Dresden und erlebte dabei noch mit, wie sein Bruder zum Baumeister ernannt wurde. Dann reiste er ab, und Davids Abschiedsworte lauteten: »Wenn die Götter gnädig sind, komme ich im nächsten Sommer zu euch nach Köln, Bruder!«

Aber die Götter hatten anderes mit Leutnant David von Hoven vor.

Abenteuergeschichten

Es ist eine alte Geschichte,
Doch bleibt sie immer neu;
Und wem sie just passieret,
Dem bricht das Herz entzwei.

Ein Jüngling liebt ein Mädchen, Heine

Susanne erwies sich als geschickt in der Technik der Lithografie, die ihr Cornelius und Thomas Lindlar vermittelt hatten. Die ersten Abzüge – das neue, von Napoleon der Stadt verliehene Wappen – wurden in der Druckerei bewundert. »Die Bilder werden uns eine kräftige Auflagenerweiterung bringen. Sofern Frau Susanne weiter die Steine bearbeitet«, stellte Thomas Lindlar zufrieden fest.

»Ich würde schon gerne …«

»Du wirst auch, Susanne. Selbst wenn ich deinen Philipp persönlich überreden muss. Wir werden uns einige schöne Motive für die nächste Ausgabe einfallen lassen. Thomas, Susannes Stärke sind Porträts, und ich bin mir sicher, der Eitelkeit unserer Stadtgrößen wird geschmeichelt, wenn sie sich im Gesellschaftskalender abgebildet wiederfinden. Gehen wir mal die nächsten größeren Ereignisse durch, und schauen wir, wie wir an Einladungen kommen. Deinem Schwiegervater, Susanne, dürfte es wenig Probleme bereiten, dir den Zugang zu allen repräsentativen Veranstaltungen zu verschaffen. Schließlich ist er der Maire.«

Eine Weile zierte sich Susanne noch, doch Antonia überredete sie, zusammen mit den anderen dieses Projekt in Angriff zu nehmen, und bot ihr Unterstützung gegenüber ihrem Gatten an. Das erwies sich aber gar nicht als notwendig, denn als sie an diesem Nachmittag die Druckerei verließen und in das Haus der Wittgensteins traten, erwartete sie eine Überraschung. Philipp war bereits zu Hause, ungewöhnlich für ihn, denn er verbrachte seine Nachmittage gerne in den Kaffeehäusern. Er saß mit zwei Männern im Salon, und als er sich erhob, um sie zu begrüßen, blieb Antonia beinahe die Luft weg. Er trug einen weißen Rock mit himmelblauen Samtaufschlägen, weiße Hose und weiße Weste, schwarze Reitstiefel und einen Säbel. Ein Dreispitzhut à la Prussien lag neben ihm auf dem Tisch.

»Ist Krieg ausgebrochen?«, fragte sie trocken.

»Ein Mann hat die Aufgabe, das Vaterland zu schützen, auch wenn Frieden herrscht«, tönte Philipp hochmütig, ergänzte dann aber: »Zu Ihren Diensten, meine Damen: Leutnant Philipp Wittgenstein, Garde d'honneur à cheval.«

»Das kommt aber sehr plötzlich, Philipp«, wagte Susanne anzudeuten, als sie auf ihn zuging, um ihn und die beiden anderen Herren, ebenfalls uniformiert, zu begrüßen.

»Es war immer mein Wunsch. Und seit sich ankündigt, dass unser Kaiser uns die Ehre seines Besuches gibt, wurde die Garde weiter aufgestockt. Ich werde in den nächsten Wochen häufig im Dienst sein, Susanne. Ich hoffe, du verstehst das.«

»Aber natürlich, Philipp. Ich werde euch Herren jetzt allein lassen. Sie haben gewiss dienstliche Angelegenheiten zu bereden.« Sie ging bis zur Tür noch gemessenen Schrittes, dann aber stürmte sie die Treppe empor zu ihrem Boudoir. Antonia folgte ihr.

»Trottel, Angeber, Wichtigtuer!«, schäumte sie, als die Tür hinter ihnen zugefallen war.

Antonia setzte sich in den zierlichen Fauteuil am Fenster und fragte neugierig. »Warum regst du dich so auf?«

Susanne tupfte sich etwas Lavendelwasser auf die Schläfen und beruhigte sich schließlich.

»Ja, ich sollte mich nicht darüber aufregen, sondern sogar ganz froh sein. Diese Scharade wird ihn tagelang fesseln und von hier fernhalten. Aber … er wird sich wieder einmal so richtig als Mann fühlen. Ach Gott …«

»Das haben Uniformen so an sich. Ich habe es oft genug beobachtet. Steck einen Mann in einen strammen, tressenverzierten Rock in bunter Farbe, und gleich wölbt sich seine Brust unter dem Hemd. Das vergeht erst, wenn sie durch Schlamm und Blut waten müssen.«

»Die Gefahr wird er nicht laufen. Dafür wird sein Papa schon sorgen. Aber mir gibt es Bewegungsfreiheit.«

Susannes neu erworbene Fähigkeiten als Lithografin sollten bald in der Praxis erprobt werden. Einen Monat später klopfte nämlich ein Mann bei Cornelius an, der ein Empfehlungsschreiben von Paul Lettow und eine abgewetzte, dicke Kladde bei sich trug und behauptete, eine abenteuerliche Reise durch die Südsee gemacht zu haben. Cornelius lud ihn ein, seine Geschichte vorzutragen.

Roderick Carlson war hellblond, sein Schnauzbart eine Idee dunkler. Ganz jung war er nicht mehr, etwa Ende dreißig, schwer einzuschätzen. Sein Gesicht war klar geschnitten, aber seine Haut wirkte wie verwittert, die Augen darin von strahlendem Blau. Er war korrekt gekleidet, trug graue Pantalons und einen schwarzen Rock, beides wirkte etwas verschlissen hier und da, aber sauber gebürstet. Sein Hemd leuchtete blütenrein, und sein Halstuch wand sich, wenn auch kunstlos, so doch ordentlich gebunden um den reinen Kragen. Seine Hände waren rau. Seine Stimme ebenfalls. Was er erzählte mit dieser rauen Stimme und gelegentlich mit sparsamen Gesten der rauen Hände, fesselte die vier Zuhörer in Waldeggs Bibliothek.

Der Buchhändler Rieker, Cornelius, Susanne und Antonia saßen um ihn herum und lauschten, was er von den seltsamen Gebräuchen der Menschen auf der fernen Südseeinsel zu berichten wusste. Von den groß gewachsenen Adligen, den Alii, und von einflussreichen Priestern, den Kahunas, von der Verehrung der Feuergöttin Pele und dem Wesen des Tabus, diese Gesetze und Verbote, die das ganze Leben der Einwohner bestimmten. Er erwähnte die großen, wilden Rinderherden, die von den Tieren abstammten, die vor fünfzehn Jahren von einem Kapitän Vancouver dem König des Inselreiches geschenkt worden waren, und deren Tiere nun tabu waren, also nicht berührt werden durften. Als er von einer Landschaft, die unvorstellbar zauberhaft war, erzählte, wurden seine Worte fast poetisch. Er malte das vielfarbige Grün der üppigen Regenwälder aus, beschrieb Bäume, deren Holz betörend duftete, und schwärmte von hohen, silbern glitzernden Wasserfällen, die mit ihrem Rauschen das der Blätter übertönten und sprudelnd die klaren Seen zwischen Farnen und Orchideen füllten. Doch auch die bizarren Felsen, die grauen Aschewüsten und die erstarrte Lava der noch immer lebenden Vulkane schilderte er mit Ehrfurcht, und sie sahen förmlich die Dampfwolken, die aufstiegen, wenn das kirschrot glühende Gestein auf das aufbrodelnde Wasser des Meeres traf.

Hin und wieder warf er einen Blick in die stockfleckigen Seiten, die er mitgebracht hatte, und um derentwillen er eine Einladung von dem Verleger erhalten hatte, dem seine Reiseerfahrungen vielleicht ein Buch wert waren. Es waren die Aufzeichnungen des Anthropologen Roderick Carlson, der unter Admiral Krusenstern drei Jahre lang, von 1803 bis 1806, um die Welt gesegelt war.

Carlson machte eine Pause, lehnte sich zurück und trank dankbar das Bier, das man ihm serviert hatte.

»Sie sind kein unbegabter Erzähler, Herr Carlson. In der Tat, nicht unbegabt«, bemerkte der Buchhändler und beugte sich vor, um sich das Tagebuch näher anzusehen. »Darf ich einen Blick hineinwerfen?«

»Bitte!«

Antonia legte den Bleistift nieder, mit dem sie während der ganzen Zeit eilig mitgeschrieben hatte, Cornelius klopfte seine Pfeife aus, und Susanne schaute still auf ihre Hände.

»Dieses Buch hilft uns nicht, obwohl es Anregungen enthält. Unsere Leserschaft kann mit den Angaben von Längen- und Breitengraden nichts anfangen und ist es zudem gewohnt, vollständige Sätze zu lesen«, murrte Rieker.

Es schien sich leichte Enttäuschung in der lässigen Haltung des Mannes abzuzeichnen. Cornelius aber hatte ihn unter halb geschlossenen Lidern beobachtet und fragte: »Toni?«

»Er müsste langsamer sprechen. Aber – ja!«

»Susanne?«

Sie hatte das Buch aus Riekers Hand genommen und blätterte darin.

»Die Skizzen sind gut, aber ich brauche mehr Ansichtsmaterial.

Gibt es schon Kupfer über die Flora und Fauna dieser Insel? Wie heißt sie gleich: Owaijee?«

»Owaihi, gnädige Frau. Manche sprechen es auch wie Hawai'i aus.«

Cornelius erklärte, zu ihr gewandt: »Ich habe das Werk von Hawkesworth, der Cooks Tagebücher ausgewertet hat. Es ist zwar in die Kritik geraten, weil er kräftig nach eigenem Dünken mit den Fakten verfahren ist, aber darin dürfte zumindest die pazifische Pflanzenwelt abgebildet sein.«

Roderick Carlson stellte sein Glas ab und sah fragend zu Cornelius hin. »Sie würden es als Grundlage nehmen?«

»Unter gewissen Voraussetzungen, Carlson.«

»Oh!«, entfuhr es Susanne in diesem Moment. Der Reisende sah zu ihr hin und zuckte zusammen. »Verzeihen Sie, gnädige Frau. Ich hatte nicht bedacht…«

»Was? Glaubten Sie, uns ließe der Anblick einer halb entblößten Geschlechtsgenossin in Ohnmacht sinken?«, fragte Antonia, die gleichfalls auf das Blatt schaute.

»Es ist so, dass man sich dort anders kleidet. Ähm…«

»Sicher, es ist eine andere Kultur, und sie erwähnten das ungemein milde Klima. Erzählen Sie, was ist derzeit Mode auf Owaihi?«

Das braun gebrannte Gesicht des Anthropologen wurde etwas dunkler, aber mutig schilderte er, die Kleidung stelle sich eher spärlich dar. »In diesem Fall hier handelt es sich um eine Tänzerin in einem Rock aus Tapa. Dazu trägt sie Kränze und Ketten, die aus Blättern gebunden werden. Zu manchen Anlässen flechten sie Blumen mit hinein. An den Hand- und Fußgelenken tragen sie Ketten aus Hundezähnen, Muscheln, Samen oder Walknochen, die rhythmisch klappern, wenn sie tanzen. Überhaupt bewegen diese Menschen sich in großer Harmonie, und ihre Körper, die sie so anmutig zur Schau stellen, entsprechen ganz unserem antiken Schönheitsideal.« Er seufzte einmal versonnen und schwärmte dann fast ehrfürchtig: »Gott, man muss es gesehen haben, wie diese jungen Männer und Frauen auf einfachen Holzplanken hinaus auf das offene Meer rudern und von dort, wenn eine der hohen Wellen sich auftürmt, darauf stehend auf dem Kamm zum

Ufer reiten. Wie die Götter erscheinen sie, golden und leuchtend unter der Sonne. Die Frauen sind groß und schlank, wohlgebildet an allen Gliedern. Ihre Haare sind lang und schwarz und leicht gewellt, ihre Augen strahlend und voller Stolz. Sie wirken so ganz anders als unsere Frauen mit ihren gekünstelten Frisuren und Gebaren. Ihre Haltung ist von einer natürlichen Majestät. Manche, die von Adel sind, halten große Macht in ihren Händen, und die Männer nähern sich ihnen nicht anders als auf dem Boden kriechend.«

Cornelius räusperte sich, als er den Überschwang bemerkte, in den sich Carlson steigerte, als er die Schönheit der Frauen pries.

»Auch bei uns, lieber Freund, gibt es Damen von Anmut, und auch bei uns täten einige Männer gut daran, sich ihnen auf Knien zu nähern.«

»Verzeihung, bitte verzeihen Sie, meine Damen. Ich vergaß mich.«

Carlson rutschte von seinem Sessel, ging auf Knie und Hände und senkte den Kopf demütig. Susanne kicherte, und Antonia betrachtete ihn mit einem belustigten Zucken ihrer Mundwinkel.

»Cornelius?«

»Ich nicht, nein, nein!«

»Irgendwann kriege ich dich dazu.«

»Da wird noch viel Wasser den Rhein hinunterfließen müssen«, beschied er sie, doch Susanne bemerkte einen seltsamen Ausdruck auf seinem Gesicht. Die sanftere Hälfte, wollte ihr scheinen, drückte Sehnsucht aus und die Bereitschaft, sich ohne Zögern vor Antonias Füße zu werfen.

»So ist das also«, stellte sie für sich fest. »Nicht Melanie.« Laut aber befahl sie streng: »Herr Carlson, die Demonstration war hübsch, aber nun erheben Sie sich wieder!«

Er tat es mit Anmut und lächelte sie ein wenig herausfordernd an. Susanne errötete.

»Nun, es ist spät geworden«, mahnte Rieker und stand auf, um sich zu strecken. »Ich werde jetzt nach Hause gehen und Frau Susanne dabei zu ihrem Heim geleiten. Es war ein unterhaltsamer Abend, und ich denke, wir werden uns morgen oder übermorgen zusammensetzen, und uns beraten, inwieweit Ihr Projekt für uns in Frage kommt. Vertrauen Sie uns Ihre Aufzeichnung so lange an?«

»Natürlich, Herr Rieker.«

Auch Roderick Carlson hatte sich erhoben und ebenso Cornelius. Susanne beugte sich, als die Herren ihr Verabschiedungsritual durchführten, zu Antonia hin und flüsterte: »Und?«

»Von meiner Seite aus ja. Und du?«

»Ich finde ihn faszinierend.«

»Ist er. Aber sei vorsichtig!«

»Notgedrungen! Gute Nacht, Toni.«

Kurz darauf kam Cornelius zurück in die Bibliothek. Er öffnete das Fenster und ließ die laue Nachtluft hineinströmen. Der August war noch sehr warm, und ein Hauch von Rosenduft vertrieb den Tabakrauch im Zimmer. Antonia räumte die Gläser fort und goss nun für Cornelius einen Cognac und für sich einen Wein ein. Sie löschte die Lampen bis auf eine Kerze, die leicht in der Zugluft flackernd auf dem Kaminsims stand. Dann setzte sie sich auf einen gepolsterten Schemel zu seinen Füßen und reichte ihm den Schwenker. »Wirst du es machen?«

Cornelius lachte. »Euch hat er gefallen, nicht wahr?«

»Ein ungewöhnlicher Mann. Du magst ihn nicht?«

»Das habe ich nicht behauptet. Erzähl mir, was du mit seinem Tagebuch anfangen würdest, Toni!«

»Nun, es bietet erstaunlich viele Einzelheiten, ist aber unmöglich geschrieben. Doch zusammen mit seinen Erzählungen würde es einen spannenden Bericht geben. Allerdings fürchte ich, kein wissenschaftliches Werk.«

»Nein, kein wissenschaftliches.«

»Er ist kein Anthropologe.«

»Ich vermute, nein. Aber wie kommst du zu dem Schluss?«

»Ich weiß nicht genau. Er hat nur Tagebuch über Owaihi geführt, aber Krusenstern wird wohl auch andere Länder und Inseln angelaufen haben.«

»Allerdings, und es gibt bereits Veröffentlichungen über seine Fahrt. Krusenstern hat sehr eingehend die Insel Nuku Hiva erforscht. Die Sandwich-Inseln, zu denen Owaihi gehört, hat er nur umrundet.«

»Andererseits kann er nicht alles erfunden haben. Dafür wirkt es zu glaubhaft.«

»Ich halte es für sehr authentisch.«

»Also war er auf dieser Insel in der Südsee, und wahrscheinlich hat er auch die Nadeshda gesehen?«

»Ich nehme an, er ist sogar eine Weile auf ihr gefahren.«

»Aber auf Owaihi hat er bei Weitem länger gelebt, denn er kennt sie sehr gut.« Antonia sah mit einem Grinsen zu Cornelius auf. »Vor allem die Frauen.«

»Vor allem die. Paul Lettow hat mir ein Schreiben geschickt, aus dem etwas mehr hervorgeht, als das, was der Mann uns verraten will. Aber er bat mich, ihn dennoch unvoreingenommen zu prüfen. Er hat ihn in einer Kneipe kennengelernt, wo er sein Seemannsgarn gesponnen hat. Ein paar Fragen hier und da, und er fand heraus, dass er bei einem Dachdecker arbeitete, um sich das Geld für die Heimreise nach Hamburg zu verdienen. Immerhin aber beeindruckten ihn seine Geschichten, aber er hat nie vorgegeben, mehr zu sein als ein Seefahrer.«

»Wer hat den Anthropologen erfunden?«

»David.«

»Mhm.«

»Paul hat ihm von Carlson erzählt. Der wiederum hatte die Chance gesehen, mir einen Reiseschriftsteller zu vermitteln. Er hat ihm sogar das Fahrtgeld vorgestreckt.«

»Du willst ihm helfen, Cornelius?«

»Ja, wenn ich es vermag. Einen Schaden hätten wir sicher nicht davon, wenn wir seine Erlebnisse veröffentlichen. Nur den Namen Krusenstern müssen wir aus dem Buch heraushalten. Aber an dir und Susanne bleibt die Hauptarbeit hängen.«

»Mir macht es Spaß, ihm zuzuhören, und die Geschichten werden sich gut schreiben lassen.« Antonia nippte an ihrem Wein und lehnte ihren Rücken an Cornelius' Knie. »Was, glaubst du, ist Roderick Carlson wirklich?«

»Vermutlich ein Schiffszimmermann, Toni, wenn er sich sein Brot als Dachdecker verdient. Einer, der wahrscheinlich Pech hatte, aber sich selbst aus dem Sumpf gezogen hat. Aber mach dir nicht zu viele Gedanken um ihn!«

»Nein. Aber Susanne tut es.«

»Das sollte sie nicht.«

»Warum nicht, Cornelius? Er ist ein besserer Mann als Philipp. Ich gönne ihr ein Abenteuer. Oder – wenn du so willst, einen Abenteurer. Gott ja, er ist ein Mann, dem eine Frau mehr als einen Blick schenken kann. Wenn ich mich endlich mal verlieben sollte, dann hoffe ich, es wird jemand wie er sein. Ein Mann, der nicht ganz so leicht zu durchschauen ist, der irgendwie verwegen wirkt, auch wenn er nach außen das Benehmen eines Herrn zeigt. Ein Mann, dessen Körper und Wille hart sind, der Hindernisse überwunden, Schrecken durchgestanden hat, Angst bewältigt und Gefahren überlebt hat, und der sich trotzdem dieses kleine Lächeln in den Augen bewahrt hat. Ein Raubein, das in allem Schönheit erkennt, ein Kämpfer, der noch träumen kann. Ein Mann, der Frauen Achtung entgegenbringt.« Sie lachte leise. »Er ist bestimmt ein umwerfender Liebhaber. Dafür werden diese schönen Insulanerinnen schon gesorgt haben.«

Cornelius' Stimme klang heiser, als er fragte: »Denkst du so, Toni?« Er hatte sein Glas abgestellt und sich vorgebeugt, um ihr Gesicht zu sehen. Es war verträumt, und ihre Augen waren geschlossen.

»Ja. Ja, ich habe mir manchmal in der letzten Zeit überlegt, welche Art Mann zu mir passen würde.« Und dann riss sie mit einem einzigen Satz Cornelius' Herz in Fetzen. »Dir kann ich ja solche Überlegungen anvertrauen, mein Bruder.«

Bettgeschichten

Darum an dem langen Tage
Merke dir es, liebe Brust:
Jeder Tag hat seine Plage
Und die Nacht hat ihre Lust.

Philine, Goethe

Lavinia von Dossow hatte das hauchzarte Negligé übergezogen. Obwohl die Beleuchtung wie üblich in ihrem Schlafzimmer gedämpft war, wollte sie ihren Körper nicht mehr vollends entblößen. Erst recht nicht vor einem jungen Mann, der gut fünfzehn Jahre jünger war als sie. Es war ein gepflegter Körper, sie achtete peinlich darauf. Ansonsten fand sie, hatten auch die reiferen Jahre ihre Reize.

Ein wesentlicher Reiz lag neben ihr in den seidenen Decken. Süße Venus, was für ein Mann! Schwarz ringelten sich die Locken um seinen Kopf und bedeckten halb die Wange. Schwarz lag auch der Schatten des Bartes über seinem Kinn. Die Haut über seinem Rücken war glatt und tief gebräunt, die festen Muskelstränge traten deutlich hervor. Dann, von der Taille abwärts, war die Haut blass, doch auch das Gesäß und die Schenkel waren muskulös und fest. Wie anders, als die verweichlichten Salonhelden, die gelegentlich ihr Bett besuchen durften.

Dieser Mann hatte gearbeitet. Er hatte auch gekämpft, und nun war er, nach über vier Jahren, wieder zu ihr zurückgekehrt. Es freute sie, dass er sie nicht vergessen hatte, dieser David von Hoven. Damals, als man ihn der Feigheit bezichtigte und seine Ehre mit Füßen trat, hatte sie versucht, ihm zu helfen. Doch da er zu denen gehörte, die es aus eigener Kraft schafften – sie hätte es ahnen können, dass er ihre Unterstützung ablehnen würde. Nun war er Architekt und Baumeister und hatte einen schlecht bezahlten Posten an der Bauakademie angenommen. Sie hatte ihm geholfen, eine kleine, aber gut gelegene Wohnung zu finden, ein schwieriges Unterfangen in Berlin, das noch immer unter Einquartierungen französischer Soldaten litt. Sie konnte ihn auch mit dem notwendigen Klatsch und Tratsch versorgen. Unter anderem, dass sich seine Mutter in Berlin vollends unmöglich gemacht hatte und nun nach Weimar gezogen war. Der junge Mann, der sie begleitet hatte, war ohne sie zurückgekehrt und sang nicht gerade ihr Loblied. Sie hatte ihn ein halbes Vermögen gekostet. Ungeschicktes Weib, diese Isabetta.

Lavinia rückte vorsichtig ein Stück nach links, um an das Champagnerglas zu kommen und nahm einen kleinen Schluck daraus. David schien ungerührt von diesen Nachrichten, und das war sicher gut so. Weniger gelassen hatte er auf die Neuigkeit reagiert, Adam Burk sei inzwischen zum Offizier befördert worden. Er knurrte ebenfalls, als er hörte, seine Frau Dorothea habe ihm bereits das dritte Kind geschenkt. Aber dann hatte er nur bitter aufgelacht und erklärt, die Entwicklungen des preußischen Militärs gingen ihm ziemlich am Hintern vorbei. Obwohl sich inzwischen einige Leute von Verstand um die Reformen gekümmert hätten. Der einzige Offizier, über dessen Schicksal er sich immer auf dem Laufenden hielt, war sein Freund Nikolaus Dettering, der zur Zeit in Spanien auf Seiten Wellingtons in der King's German Legion kämpfte. Sein anderer Freund war Paul Lettow. Ein angenehmer junger Mann, den er zu ihrem Jour fixe mitgebracht hatte, und mit dem untrüglichen Sinn einer erfahrenen Salonière hatte sie erkannt, dass diesem ehrgeizigen Juristen eine glänzende Karriere bevorstand. Sie liebte es, derartige Männer zu fördern, und hatte sich schon einen Plan zurechtgelegt, mit wem sie ihn zukünftig zusammenbringen wollte.

David wollte sich allerdings nicht in der Gesellschaft profilieren, sondern hegte lediglich den nicht unvernünftigen Wunsch, das Liebeslager mit ihr zu teilen. Sein Aufenthalt in Berlin war sowieso begrenzt, ihn zog es heim nach Köln. Dort lebte, wie sie mit ihren geschulten Sinnen erspürte, eine Frau, nach der er sich sehnte.

David atmete einmal tief durch und schlug die Augen auf.

»Mhm?«, brummte er und steckte die Hand nach ihr aus.

Sacht zog er die hauchdünne Seide über ihrem Busen zur Seite und koste mit wissenden Fingern das weiche Fleisch.

Lavinia beschloss, er sollte die Sehnsucht nach dieser Unbekannten für eine Weile vergessen.

In dieser Kunst war sie wahrlich eine Meisterin.

Susanne griff nach dem zarten Negligé, das sie vor einiger Zeit hatte achtlos fallen lassen, und zog es sich über. Die Oktobersonne fiel durch einen Spalt der zugezogenen Portieren, und es kam ihr noch immer sehr schamlos vor, ihren vollkommen nackten Körper dem Tageslicht auszusetzen. Obwohl der Mann in den weißen Leinenkissen ihr mit Worten und Werken mehr als deutlich zu verstehen gegeben hatte, wie unendlich bezaubernd dieser sei.

Bezaubert war sie auch, unendlich, das war gewiss. Seit dem ersten Tag hatte er einen magischen Bann über sie geworfen. Zwei Monate war es nun her, seit sie sich in Waldeggs Bibliothek getroffen hatten, und eine Woche später, sie konnte es selbst nicht glauben, hatte er das erste Mal ihre Lippen berührt. Es kam wie ein Blitzschlag über sie, und bereits den nächsten Nachmittag lernte sie, was es bedeutete, von einem Mann wirklich und ausgiebig begehrt zu werden.

Philipp stellte kein Problem dar. Roderick schien einen besonderen Instinkt dafür zu haben, wann er abwesend war. Das kam in der letzten Zeit sehr häufig vor. Die Garde exerzierte, um dem französischen Kaiser ein entschlossenes, martialisches Bild zu liefern. Anschließend trank die Garde auf ihre eigenen Leistungen.

Sehr vorsichtig setzte sich Susanne wieder auf das Bett. Roderick konnte jederzeit in einen tiefen Schlummer fallen, aber bei der leisesten Bewegung wachte er wieder auf, ohne je benommen zu sein, so als ob er es gewöhnt sei, mit dem Messer unter dem Kissen zu schlafen. Sie betrachtete ihn mit einem zärtlichen Lächeln. Sein blondes, kurz geschnittenes Haar war zerzaust und fiel ihm in die Stirn. Im Schlaf wurden die harten Linien seines Gesichts weicher, doch die Haut war braun gebrannt und von vielen Fältchen durchzogen. Seine Schultern waren breit, mächtige Muskeln lagen über seinen Armen. Auch hier war die Haut gebräunt, aber viele, ja unzählige Narben hatten hellere Streifen hinterlassen. Narben von Verletzungen, Narben von Kämpfen, Narben von Messern und Peitschen. Sie fragte sich oft, wie tief diese Narben reichten. Er sprach wenig davon, nur von dem gewalttätigen Leben an Bord unter einem brutalen Kapitän hatte er einmal berichtet. Vor ihm war er geflohen, seinetwegen war er vor zehn Jahren auf jener paradiesischen Insel gelandet.

Ihr Blick glitt weiter nach unten. Auch sein Gesäß und die Beine waren von der Sonne dunkel gebrannt, selbst die letzten Monate an Land hatten die über Jahre erworbene Färbung nicht verblassen lassen. Auf der rechten Pobacke trug er eine blaue Tätowierung, ein insulanisches Ornament, wie er erklärt hatte. Sie fand es aufregend und musste sich zurückhalten, die Linien nicht mit den Fingern nachzuziehen. Aber sie hatte es auf ihren Skizzenblock gebannt, und wenn es nach ihr ging, würde es in dem Buch erscheinen, an dem sie gemeinsam arbeiteten.

Er war sehr hilfreich bei der Erstellung der Bilder gewesen. Auf Basis der kleinen Zeichnungen in dem Tagebuch, einigen botanischen Werken und seiner lebhaften Beschreibung hatte sie Szenen zusammengestellt, die das Leben auf der Insel nach seiner Meinung sehr genau trafen. Sie seufzte leise vor Lust, und ein Hauch von Trauer legte sich um ihr Herz.

Sie waren fast fertig mit den Aufzeichnungen. Cornelius und Rieker waren sehr zufrieden mit Antonias und ihrer Arbeit, das Buch sollte bald in Druck gehen. Danach würde Roderick fortgehen. Er hatte zwar noch nicht davon gesprochen, aber sie wusste es ganz einfach. Er war ein Wanderer, ein Abenteurer. Er war arm gewesen und reich, hatte alles verloren und war in den Abgrund geraten. Er hatte sich befreit, war entronnen, krank und elend. Nun würde er wieder einen neuen Anfang machen. Cornelius hatte ihm ein anständiges Honorar gezahlt und ihm Schreiben an seine Freunde ausgestellt. Er war ein Schiffszimmermann, da hatte er richtig vermutet. Er war aber auch ein Mann, der seine Chancen zu nutzen wusste. Auf Owaihi hatte er die wilden Rinder eingefangen, die einlaufenden Schiffe mit deren Fleisch versorgt und damit ein Vermögen gemacht – bis die

Einwohner dahinterkamen, dass er das Tabu verletzt hatte. Seine Flucht führte ihn mittellos, nämlich in einem Kanu, im Juni 1804 auf das Schiff Krusensterns.

Susanne hoffte, die Zukunft würde ihm mehr Glück bescheren. Dass er es nicht an ihrer Seite finden würde, lag in der Natur der Sache. Aber sie wollte jetzt nicht an Trennung und Trauer denken. Noch war er bei ihr.

Sie gab der Versuchung nach und malte mit dem Zeigefinger die Linien der Tätowierung nach. Er lachte leise auf und drehte sich zu ihr herum. Bald, das wusste auch er, würde er sie verlassen, diese schöne, zärtliche, heitere Frau, seine Himmelsblume. Leilanie nannte er sie manchmal, und flüsterte es jetzt. Die Zukunft mochte bringen, was sie wollte, jetzt wollte er den Augenblick mit ihr genießen.

Darin war er ein Meister.

Melanie schlüpfte in die glatte Seide ihres Negligés und naschte ein Praliné. Dann rückte sie wieder an die Seite des Mannes, der schlafend in ihren Satindecken lag. Sie hätte sich wohlig befriedigt fühlen müssen, wäre da nicht dieser seltsam bittere Nachgeschmack übrig geblieben. Sie hatte noch nicht herausgefunden, woher er rührte. Vielleicht weil sie nie ganz ergründen konnte, was in ihm vorging. Gut, er war der unwiderstehlichste Liebhaber, mit dem sie sich je den Vergnügungen des Bettes hingegeben hatte. Er war fantasievoll und kenntnisreich und stellte sein eigenes Vergnügen immer hintan. Nun ja, nicht ganz, aber lange genug. Aber nie hatte sie das Gefühl gehabt, er verlange mehr von ihr als alle paar Wochen eine sündige Liebesnacht. Die zwei anderen Männer, die um sie warben, bisher aber nie den Weg in ihr lauschiges Schlafzimmer gefunden hatten, hatten ihr beide mehrmals die Heirat angeboten. Nicht, dass sie mit Cornelius verheiratet sein wollte, die beiden, ob Tuchhändler oder Bankier, konnten ihr bei Weitem mehr Luxus bieten, und darauf musste eine Witwe achten, die einen gewissen Lebensstandard gewöhnt war. Aber wenigstens die Genugtuung, ihn so weit zu kriegen, die hätte sie gerne gehabt.

Dem entzog er sich, und manchmal fragte sie sich, ob seine

Neigung einer anderen, nicht erreichbaren Frau galt. Die Vorstellung kränkte ihre Eitelkeit aufs Äußerste. Entschlossen schob sie diesen Gedanken beiseite und tröstete sich mit einem zweiten Praliné. Jetzt, hier und heute, lag er bei ihr, und die Nacht war noch lange nicht zu Ende. Sie betrachtete ihn im Schein der rosabeschirmten Lampe. Dieses seltsam zweigeteilte Gesicht erschien im Schlaf ausgeglichener als im Wachen, als sei er mehr mit sich im Reinen. Seine dunklen Haare, leicht gewellt, trug er länger als andere, wahrscheinlich aus Nachlässigkeit. Er achtete wenig auf seine Kleidung, behauptete, er habe zu viel zu arbeiten, um sich mit modischen Firlefanzereien abzugeben. Dennoch machte er immer eine gute Figur. Es mochte an seiner Größe und den langen, schlanken Gliedern liegen. Es war kein Fett an ihm, auch keine schwellenden Muskeln, aber er war zäh und stark. Sein Gesicht und die Unterarme waren gebräunt von den Ausritten, die er den ganzen Sommer über unternommen hatte, doch der Rest seines Körpers war hell. Schwarz hob sich das Gelock auf seiner Brust von der Blässe ab und zog sich in einem schmalen Streifen nach unten, wo es unter der Decke verschwand. Sie fand den Anblick sehr anregend. Überhaupt war er sehr ansehnlich, nur diese geschmacklose Zeichnung einer vollbusigen Frau mit Fischschwanz statt Beinen, die sich auf der Schulter befand, die er ihr zugewandt hatte, stieß sie ab. Er stammte sicher aus halbwegs gutem Hause, war aber mehr Handwerker als Herr und leider eben nicht vermögend. Immerhin betonten die Gerüchte aber, er habe in der letzten Zeit gute Geschäfte gemacht und sei auf dem Weg, ein einflussreicher Verleger zu werden. Er pflegte mit einigen Honoratioren der Stadt gute Bekanntschaft, die ihn respektierten und ihm zuhörten, wie sie bei gelegentlichen Gesellschaften, zu denen er sie begleitete, feststellen konnte.

Vielleicht sollte sie nochmals ihre Bemühungen verstärken?

Sie beugte sich über ihn, wodurch der Satin ihres Negligés seine Brust streifte, und begann, sich mit kleinen, neckenden Bissen mit seinem Hals zu beschäftigen. Einem Mann alle Gedanken an andere Frauen zu vertreiben, darin war sie nun wirklich Meisterin.

Dachte sie. Aber da irrte sie leider.

Antonia zog den wollenen Morgenmantel fester um ihre Schultern. Kalt war die Nacht zwar nicht, aber sie fühlte sich einsam in ihrem Bett, in dem sie sich nun seit Stunden schlaflos gewälzt hatte. Dieser Zustand war ihr gewöhnlich fremd, und darum bedrückte er sie mehr als andere Menschen, die öfter mal die Nacht durchwachten.

Seit sie Roderick Carlson kennengelernt hatte, beschäftigte sie immer häufiger die Frage, warum sie sich eigentlich nicht verlieben konnte. Allen jungen Mädchen und Frauen schien das mit Leichtigkeit zu gelingen. Ob es daran lag, dass sie so lange selbst wie ein Junge gelebt und gefühlt hatte? Susanne, so viel weiblicher als sie, verliebte sich andauernd. Gerade jetzt war sie im Stadium des vollendeten Irrsinns angekommen. Sie neidete ihr das nicht, im Gegenteil, sie gönnte es ihr. Traurig stimmte sie nur, dass Roderick vermutlich bald verschwinden würde, wohin auch immer. Seine unruhige Wandererseele war in den vergangenen Tagen immer deutlicher hervorgetreten. Es würde Susanne wehtun. Dennoch half es ihr, mit dieser verkorksten Ehe besser zurechtzukommen. Philipp, ständig eifersüchtig, hatte bisher noch nichts bemerkt, und niemand würde es ihm hinterbringen. Ganz bestimmt nicht Cornelius.

Über ihn dachte sie manchmal nach, vor allem, weil er sich ihr gegenüber in der letzten Zeit so zurückhaltend verhielt. Irgendwie war ihr herzliches Verhältnis kühler geworden. Vielleicht, weil sie sich eines Abends mit Melanie angelegt hatte? Die aufgetakelte Fregatte hatte versucht, sie über ihn auszuhorchen, und sie hatte ihr mit ein paar gezielten Insultationen den Wind aus den ach so geblähten Segeln genommen. Diese Frau war eine aufgeblasene, selbstsüchtige Schneiderpuppe mit den Geisteskräften eines schwindsüchtigen Karnickels. Pah! Konnte Cornelius ihr gram sein, so lange er wollte, davon rückte sie nicht ab.

Es betraf ja nicht ihr eigentliches Problem. Eine Chance hatte sie vertan, das wusste sie inzwischen. Hätte François nicht Marianne geheiratet, hätte sie wohl seinen Antrag angenommen. Er war, wenngleich nicht ihre große Liebe, so doch ein guter Freund. Mit ihm verstand sie sich auf allen Ebenen, und vermutlich hätte es auch im Ehebett keine Enttäuschung gegeben. Marianne jedenfalls sah glücklich und sehr zufrieden aus. Aber was vorbei war, war nun vorbei.

Manchmal dachte sie auch an David. David, der Mann, der ihr ihren ersten Kuss geschenkt hatte und das erste kleine Flattern in ihr entfachte. Wenn der Sommer vor zwei Jahren nicht so tragisch geendet hätte ... Aber dann war der Domherr gestorben, und für lange Monate war ein Gedanke daran, sich zu verlieben, ihr überhaupt nicht in den Sinn gekommen. Die jungen Herren der Gesellschaft, die sie jetzt umwarben, erschienen ihr so farblos und ohne Esprit. Die älteren, die es ebenfalls taten, hielten nie den Vergleich mit dem Domherrn aus.

»Ich bin zu wählerisch«, murrte sie vor sich hin und versuchte, durch das Aufschütteln des Kopfkissens eine bequemere Lage zu finden. Es war wohl die richtige Maßnahme, denn endlich fiel sie in einen unruhigen Schlaf.

Dass sie von Cornelius geträumt hatte, daran erinnerte sie sich am nächsten Morgen nicht mehr. Nur eine vage Sehnsucht war von dem Traum übrig geblieben, die sie resolut beiseiteschob.

Darin war sie nämlich eine Meisterin.

Charlotte legte das mit weichen Schwanendaunen verbrämte Negligé um ihre Schultern und verließ das eheliche Bett, um ihr eigenes aufzusuchen. Einen letzten Blick warf sie auf den Mann, der dort mit ausgebreiteten Armen auf dem Rücken lag und leise schnarchte. Er war noch immer stattlich, zugegeben, aber die Zeit des Wohllebens hatte ihm zu einem gewissen Embonpoint verholfen, wie man es vornehm bezeichnete. Charlotte, weniger vornehm, bezeichnete es für sich als Wampe. Nach vier Jahren Ehe mit cher Frédéric war es ihr lieber, alleine zu schlafen. Unwillig war sie ihren ehelichen Pflichten zwar nicht nachgekommen, aber mit der Dauer fand sie es mühselig, ihren Herrn Gemahl zufriedenzustellen. Da er seinerseits sich nur selten dazu bequemte, sie zufrieden zu stellen, hatte sie angefangen, Alternativen zu suchen. Es mangelte nicht daran. In ihrem Boudoir schaute sie in den Spiegel. Sie näherte sich den dreißig, aber sie wirkte noch jugendlich. Zwei Kinder hatten ihrer Figur keinen Schaden angetan, die rotgoldenen Locken benötigten keine Spülungen mit Henna, und auf dem Bord standen genügend Tiegelchen und Töpfchen mit Lilienwasser und Gurkenlotion, die die möglichen Fältchen um die Augen noch lange verhindern würden.

Sie tupfte geistesabwesend eine zarte Creme auf die Lider. Im Grunde war sie am Ziel ihrer Wünsche angekommen. Sie hatte ein großes Haus, einen übervollen Kleiderschrank, einen Schmuckkasten, der Neid erregen konnte, zwei einigermaßen wohlgeratene Kinder und einen erfolgreichen Mann. Warum nagte es nur an ihr? Was nagte da an ihr?

Es musste mit dieser lächerlichen Elena zu tun haben. Vor ungefähr einem Jahr hatte es angefangen. Es war so etwas wie der kühle Hauch von Verachtung, der von ihr ausging, der sich lähmend über sie legte und mit der sie ihr die Quelle der Bewunderung entzog, von der sie sich seit Jahren nährte.

Warum hatte Elena, die naive, vertrauensselige Elena sich so gewandelt?

Wieso hatte sich diese Antonia jetzt so auffällig mit ihr angefreundet?

Was wussten die beiden von ihr?

Charlotte überlegte ernsthaft. Dann lächelte sie ihr Spiegelbild zufrieden an. Sie würde es herausfinden.

Darin war sie schließlich eine Meisterin.

Große Geschäfte mit der Großen Armee

Der Mann muss hinaus ins feindliche Leben,
muss wirken und streben,
pflanzen und schaffen,
erlisten, erraffen,
muss wetten und wagen ...

Die Glocke, Schiller

Kay Friedrich Kormann gehörte zu den Auserwählten, die den Kaiser selbst sprechen durften. Am fünften November war der Imperator von Düsseldorf kommend in Köln eingetroffen, wo er im Hause Zuydtwyk in der Gereonsstraße Wohnung nahm. Wie bei seinem ersten Besuch vor sieben Jahren, wurde ihm ein begeisterter Empfang geboten.

Kormann bewunderte den genialen Feldherrn und Eroberer. Schließlich verdiente er an dessen kriegerischen Auseinandersetzungen ein erkleckliches Sümmchen. Genug, um Charlotte zur Geburt seiner Tochter Karla Marie ein kostbares Collier schenken zu können, das sie anlässlich des Kaiserbesuches natürlich trug.

Das Gespräch mit dem kurzgewachsenen und mit den Jahren stämmig gewordenen Imperator verlief wohlwollend und nichtssagend, dennoch suhlte Kay Friedrich sich in seiner Huld, und die darauffolgenden Konsultationen mit etlichen Herren aus dem kaiserlichen Gefolge verliefen ergebnisreich. Napoleon, zur Inspektion der Rheinarmee aufgebrochen, prüfte, akribisch wie er war, Festungen und Brücken, Straßen und Garnisonen. Die Ausrüstung seiner Soldaten lag ihm am Herzen, und ein Mann, der gute Beziehungen zu den Militärs hatte, konnte reichlich Aufträge erwarten. Zumal einigen Offizieren die Ausstattung der Ehrengarde gefallen hatte, für deren Einkleidung Kormann zuständig gewesen war. Außerdem gab es natürlich immer auch

Gerüchte. Es selbst spitzte die Ohren, und Charlotte tat bei den Damen das Nämliche.

Nichts war konkret in diesem November, aber es schwelte Unruhe. Eine Unruhe, die der Kaiser verströmte. Böse Zungen warfen ihm Größenwahn vor, munkelten, er habe völlig den Boden unter den Füßen verloren, sinne auf einen weiteren Krieg, sei süchtig nach Siegen und Erfolgen geworden. Mit seinen feinen Sinnen für politische Wetteränderungen erspürte Kormann diese Schwingungen. Europa schien, oberflächlich gesehen, seit dem Sieg über die Österreicher bei Wagram befriedet, aber an den Grenzen wurde die Macht des Herrschers immer wieder auf die Probe gestellt. In Spanien machten die Engländer und die einheimischen Guerillas den Okkupationstruppen das Leben schwer, Preußen reorganisierte sein Staatswesen und sein Heer, und in den Rheinbundstaaten entstanden Freicorps, die sich die nationale Unabhängigkeit auf die Fahnen geschrieben hatten. Vor allem aber die skandinavischen Staaten und Russland missachteten offen die Kontinentalsperre, und die Güter aus den geächteten Staaten konnten ungehindert, wenn auch über gewisse Umwege, auf den Kontinent gelangen. Was sich dazu hinter den verschlossenen Türen der hohen Diplomatie abspielte, erfuhren die Untertanen natürlich nicht im Einzelnen. Offiziell betitelten sich der Zar von Russland und der Kaiser von Frankreich herzlich als Brüder, der Kaiser von Österreich war seit Kurzem der Schwiegervater Napoleons, und der König von Preußen trauerte noch immer um seine Luise, statt sich dem unbequemen Geschäft der Staatsführung zu widmen. Aber es gab Stimmungen. Sie rochen nach Krieg. Nach einem großen Krieg. Irgendwer hatte das Wort von der Grande Armée geflüstert.

Als Napoleon die Stadt verlassen hatte, verbrachte Kormann lange Stunden in seinem Comptoir. Es galt, Briefe zu schreiben, Berechnungen anzustellen und Maßnahmen zu planen. Die Chance für einen wirklich großen Wurf war da. Wenn das Heer – gerüchteweise eine halbe Million Männer – aufgestellt wurde, brauchte man Unmengen an Uniformen, Mänteln, Decken und so weiter. Jonathan Geißler erhielt eine Anfrage über die Tuchmengen, die er in den folgenden Monaten liefern konnte, Gürtelmacher, Schneider, Näher, Knopflieferanten und alle denkbaren anderen Zulieferer bekamen ähnlich lautende Schreiben. Dann wandte Kay Friedrich sich wieder dem Immobilienmarkt zu und trachtete danach, mehr Lagerplatz zu erhalten. Es gab weiterhin Häuser, die die Hospizienkommission abzustoßen bereit war, jetzt jedoch nur noch sehr heruntergekommene Quartiere. Aber das war für die Zwecke, für die sie dienen sollten, nicht relevant. Nicht zuletzt war ein Besuch bei dem Bankier Schaaffhausen notwendig, der sich mit gerunzelter Stirn den Kreditwunsch des Herrn Kormann anhörte und um einige Tage Bedenkzeit bat.

Das verärgerte Kay Friedrich, wie so verschiedene kleine Verdrießlichkeiten in der letzten Zeit eingetreten waren. Erst spielten sie sich auf gesellschaftlicher Ebene ab, was Charlotte beleidigte, weil die Damen der Gesellschaft sie zunächst kühl empfingen, nach einer Weile aber sogar schnitten. Besorgt wurde er, als der junge Joubertin die Tochter Jonathan Geißlers, diese Marianne, heiratete. Es war eine Hochzeit, bei der sich die halbe Stadt im Dom und hinterher zu einem Fest ungeheuren Ausmaßes einfand. Kormanns waren nicht eingeladen worden. Etwas später hatte er vorsichtig vorgefühlt, ob denn die Loge ›Du Secret des trois Rois‹ geneigt wäre, ihn wieder als Mitglied aufzunehmen, und erhielt durch Valerian Raabe diesbezüglich eine höfliche, aber bestimmte Abfuhr. Man nehme derzeit keine neuen Brüder auf, hatte er ihn beschieden. Kurz darauf erfuhr er, Cornelius Waldegg habe selbstverständlich Zutritt zu den Freimaurern erhalten.

Woher diese ablehnende Stimmung kam, wusste er nicht, und als er Charlotte anwies, ihre Freundin auszuhorchen, behauptete sie, Elena habe wieder ihre Zustände und sei zu nichts zu gebrauchen.

Aber das schien ihm nicht der Fall zu sein. Im Gegenteil, Frau Waldegg war häufiger denn je in Gesellschaft zu sehen, oft zusammen mit ihrer Tochter, über die er gerne mehr herausgefunden hätte. Aber die Quelle war versiegt, wie Charlotte zugeben musste. Andererseits hatte sie, einfallsreich wie sie war, schon vor einiger Zeit diese Stammels ausfindig gemacht, die gegen eine kleine Zuwendung bereit waren, aus ihren Erinnerungen zu schöpfen.

Kormann lächelte. Dieser Pitter hatte sich als Zigarrenhändler nicht qualifiziert. Nach seinem Gefängnisaufenthalt war der Laden in die Pleite gegangen, und er hatte hier und da als Aushilfe gearbeitet. Auch Marie musste mit anpacken. Sie arbeitete jetzt als Waschfrau für einige große Häuser und hatte ein kundiges Auge für die schmutzige Wäsche der Bewohner. Charlotte hatte Recht, man sollte sie ein wenig unterstützen. Zwei der neuen Häuser, die er erwerben wollte, lagen nebeneinander. Eines würde er Stammels vermieten, das andere zum Lager und Pitter zum Lageraufseher machen. Man würde dankbar sein.

Brand in Köln

Kochend, wie aus Ofens Rachen,
glühn die Lüfte, Balken krachen,
Pfosten stürzen, Fenster klirren,
Kinder jammern, Mütter irren.

Die Glocke, Schiller

Es war ein frostiger Februarmorgen, und ein Regenschauer hatte die Straßen mit glattem Eis bedeckt. Jakoba war ganz dankbar, dass Antonia ihr angeboten hatte, sie auf den Markt zu begleiten. Auf ihren Arm gestützt, steuerte sie über den Domplatz Richtung Alter Markt. Ihre Einkäufe waren bald erledigt, und Antonia wuchtete sich den Korb mit den Kohlköpfen und den Würsten auf den Arm und überließ ihrer älteren Begleiterin die leichteren Backwaren. Sie wollten sich schleunigst auf den Heimweg machen.

Doch daraus wurde nichts. In der Budengasse herrschte wilde Aufregung, und aus einem Haus drang lautes Geschrei. Antonia schnüffelte.

»Hier brennt es irgendwo. Himmel, hier brennt's doch!«

»Ich sehe aber nichts. Lassen Sie uns nur rasch nach Hause kommen, Kind!«

Aber schon stürmten Männer mit Eimern an ihnen vorbei und schrien: »Feuer! Feuer im Haus! Zu Hilfe, zu Hilfe!«

Der Brunnen war nicht weit, und schleunigst bildete sich eine Kette. Jede Hand wurde gebraucht.

»Bleiben Sie an die Hauswand gelehnt, Jakoba, und passen Sie auf die Körbe auf!«

Antonia wartete nicht auf die Antwort, sondern ergriff den vollen Eimer, den ihr ein Mann reichte und gab ihn an eine Frau mit verrutschter Haube und Schürze weiter.

Das Geschrei wurde lauter, und immer mehr Leute kamen aus

ihren Häusern. Alle erdenklichen Behälter wurden nun weitergereicht – Eimer, Kannen, Töpfe, alles, was Wasser fassen konnte, wechselte von Hand zu Hand. Man sah den schwarzen Qualm aufsteigen, hörte das Prasseln der Flammen und Entsetzensschreie. Dort, wo das Wasser auf das Feuer traf, stieg weißer Qualm auf und wälzte sich, einer Nebelwolke gleich, durch die enge Gasse. Zwei Hunde, hysterisch kläffend, rasten davon, eine Katze sprang todesmutig vom Dachfirst, kam auf die Füße, sah Antonia verdattert an und schoss davon. Wasserladung um Wasserladung nahm sie entgegen, bemerkte kaum, dass ihr Kleid völlig durchweicht war. Plötzlich entdeckte sie Marie Stammel, die verzweifelt die Hände rang.

»Marie!« Antonia löste sich aus der Kette, die sich sogleich durch andere helfende Hände schloss.

»Mein Kind! Meine Elli, sie ist oben in ihrem Bett!«

»Gütiger Gott, dann hol sie doch!«

»Ich kann nicht. Ich kann nicht!«

Mit wild rollenden Augen, aber unfähig, sich zu rühren, kniete Marie im eisigen Schlamm. Antonia gab ihr eine kräftige Ohrfeige, aber das Geheul wurde dadurch nur lauter. »Verdammt, Marie! Wo ist das Kind?«

»Oben. Oben in der Wiege!«

Schluchzend brach die Frau zusammen, und Antonia warf einen kritischen Blick in das Haus. Es qualmte zwar, aber die Flammen schienen mehr Nahrung nach hinten heraus zu finden. Sie riss sich das dünne Fichu vom Hals, streckte die Hände nach einem der ankommenden Eimer aus und goss sich dessen Inhalt über den Kopf. Das nasse Leinen-Fichu legte sie sich übers Gesicht, dann rannte sie, der Proteste nicht achtend, in das Haus. Hinten im Hof wütete schon das Feuer, aber die Stiege schien noch sicher. Sie stürmte die knarrenden Stufen hoch und sah sich um. Von den zwei Kammern war eine Tür offen, aber hier war kein Kind. Die Tür zu der anderen klemmte von der Hitze, die sich entfaltete hatte, und sie hatte alle Kraft nötig, sie aufzustoßen. Ihre geprellte Schulter bemerkte sie nicht, sondern rannte zu dem Bettchen, wickelte das Kind in sein Tuch und wollte nach unten. Doch hier hatte sich inzwischen starker Rauch gesammelt, und hustend musste sie die Tür hinter sich zuwerfen. Ohne Zögern riss sie das Fenster auf und schrie: »Fangt sie! Fangt das Kind!«

Hände reckten sich nach oben, und das kleine Kind wurde, kreischend vor Freude an dem neuen Spiel, von ihnen sicher aufgefangen.

»Springen Sie auch, hier unten kommen Sie nicht mehr durch!«, brüllte ein Mann nach oben, und Antonia raffte ihre Röcke zusammen. Gut zehn Fuß tief würde sie fallen, aber sofort hatten sich vier Männer gefunden, die ihre Hände verschränkten, um sie aufzufangen. Nach Luft ringend und keuchend, aber beherzt, kletterte sie durch das kleine Fenster über die Fensterbank und dankte den vielen Jahren, die sie als Bub auf Bäume geklettert war. Vorsichtig hielt sie sich an dem Sims fest, ließ die Beine nach unten baumeln und war froh um die langen Unterhosen, denn ihr Rock verzog sich auf sehr unschickliche Weise. Dann ließ sie sich fallen.

Die Hände konnten sie nicht halten, milderten jedoch den Sturz. Trotzdem schlug sie hart mit dem Rücken auf dem Pflaster auf und blieb einen Moment benommen liegen. Jemand half ihr auf, und zwei starke Arme packten sie unter den Achseln, um sie von dem brennenden Haus wegzuschleifen.

»Das Kind?«, fragte sie zwischen zwei Hustenanfällen.

»Ist bei seiner Mutter, dieser verdammten Schlampe. Heult und flennt, statt sich um ihre eigene Brut zu kümmern. Das war ziemlich mutig von Ihnen, Fräuleinchen!« Es war eine stämmige Frau, die ihr einen Becher Wasser einflößte und ihr eine Decke um die Schultern legte. »Sie sind ganz nass. Kommen Sie, ich suche Ihnen trockene Kleider heraus.«

»Jakoba. Ich muss nach Jakoba sehen!«

»Die kann sich um sich selbst kümmern.«

»Nein, ich muss sie suchen. Sie sorgt sich um mich.«

»Also gut.«

Antonia wickelte die grobe Decke fester um sich und drängte sich durch die Menge zu dem Hauseingang, wo sie Jakoba mit den Körben verlassen hatte. Doch hier war das nächste Unglück geschehen. Zwei Frauen beugten sich über die Köchin, die niedergesunken war.

»Ich fürchte, es hat sie der Schlag getroffen. Die Aufregung war zu viel für sie«, erklärte eine von ihnen.

»Sie muss nach Hause. Es ist nicht weit. Kann mir jemand helfen?«

»Die Männer müssen alle löschen. Ach was, komm, Berti, wir schaffen das schon. Wir legen sie in eine Decke und tragen sie an den Zipfeln.«

Die beiden Frauen waren resolute Markthändlerinnen, und zusammen mit Antonia schafften sie es, die bewusstlose Jakoba heimzubringen.

Trotz des heißen Bades, trotz der wärmenden Getränke, trotz der heißen Ziegelsteine im Bett – Antonia klapperten am Abend die Zähne vor Schüttelfrost und Fieber, und die nächsten Tage verbrachte sie nur halb bewusst, hustend und mit schmerzenden Gliedern im Bett. Selbst ihrer robusten Natur waren die eisigen nassen Kleider, die Anstrengung, die vielen Prellungen von dem Sturz und die ausgestandene Angst zu viel geworden. Eine Unterkühlung, die Doktor Schmitz bedenklich von Lungenentzündung sprechen ließ, hatte sie niedergeworfen. In ihrem dämmernden Zustand nahm sie wahr, das sich Maddy, Linda, ihre Mutter und manchmal auch Susanne beständig um sie kümmerten, ihr Arzneitränke einflößten, sie mit Suppe fütterten und kühle Tücher auf ihre Stirn legten. Beinahe zehn Tage kämpfte sie gegen das Fieber an, dann erwachte sie eines Morgens und seufzte vor Erleichterung, weil die andauernden Kopf- und Gliederschmerzen sie endlich verlassen hatten.

Elena kam an ihr Bett und stellte das Tablett mit Tee und Haferschleim ab.

»Guten Morgen, Maman. Ich bin wieder gesund.«

»Guten Morgen, mein Liebes. Ganz bestimmt. Aber trotzdem wirst du im Bett bleiben und nicht gleich zu einem Ausritt aufbrechen.«

»Nein, ich denke, vorher möchte ich frühstücken.« Sie betrachtete den Napf mit dem Schleim und verzog den Mund. »Vielleicht ein Käsebrötchen oder zwei. Und dann gebratenes Huhn. Danach einen von Jakobas köstlichen Apfelpfannkuchen.«

Elena zog einen Stuhl an das Bett und setzte sich. Sie nahm Antonias Hand in die ihre. »Es tut mir so leid, Toni. Das wird nicht gehen.«

»Oh, ach nein – ich erinnere mich, Jakoba ist ohnmächtig geworden. Ist sie auch krank?«

»Nein, Kind. Jakoba … Sie ist von uns gegangen.« Tränen liefen über Elenas Wangen, und sie wischte sie mit einem Tüchlein fort.

Antonia schloss die Augen und drehte den Kopf zur Seite. Sie hatte die alte Köchin gern gehabt, sie war ihr so etwas wie eine Großmutter gewesen. Trauer umfasste ihr Herz, und tonlos erwiderte sie: »Daran bin ich schuld.«

»Nein, das bist du nicht. Es wäre genauso geschehen, wenn sie alleine zum Markt gegangen wäre. Es waren verschiedene Leute hier und haben uns erzählt, was sich zugetragen hat. Du bist sehr tapfer gewesen, das hat sie beeindruckt. Jakoba hat den Schrecken nicht überlebt, als die Mutter nach ihrem Kind schrie. Sie hat gar nicht mehr mitbekommen, dass du in die Flammenhölle gelaufen bist.«

»Trotzdem!«

»Bitte, Toni, mach dir keine Vorwürfe! Ich werde Maddy bitten, dir etwas zu essen zu richten.« Elena verließ das Zimmer, kam aber kurz darauf zurück und setzte sich wieder an das Bett.

Antonia seufzte und meinte: »Ich scheine ein bisschen Zeit verloren zu haben, Maman. Was ist passiert?«

»Du hast anderthalb Wochen stark gefiebert. Gestern aber wurde der Höhepunkt der Krankheit überschritten, und du hast die ganze Nacht friedlich geschlafen. Heute ist der siebte März. Jakoba starb zwei Tage nach dem Unglück. Wir haben sie auf Melaten begraben, Toni. Wenn du wieder auf den Beinen bist, begleite ich dich zu ihrem Grab.«

»Ja, Maman.«

»Soll ich dich alleine lassen?«

»Eine Weile. Aber heute Nachmittag, bitte, da würde ich gerne nach unten kommen und mich mit dir unterhalten.«

»Doktor Schmitz hat …«

»Der will immer, dass man sich schont, ich weiß. Aber es wird mir nicht schaden, unten am Kamin zu sitzen.«

Doch das erwies sich als eine Aufgabe, zu der ihre Kräfte noch nicht reichten. Als sie sich auf die Bettkante setzte, um aufzustehen, wurde es ihr schwarz vor Augen. Unmutig gestand sie sich ein, dass sie einige Tage länger das Bett würde hüten müssen.

Antonia erholte sich schnell, nachdem das Fieber gesunken war. Schon am nächsten Tag gelang es ihr, sich in ihren Morgenmantel zu kleiden und zwei Stunden am Fenster im Salon zu sitzen. Elena hatte sich mit ihrer Gobelinstickerei zu ihr gesellt und beantwortete ihre Fragen. Sie wirkte beklommen, gab sich aber Mühe, geradeheraus zu sein.

»Jakoba kam nur noch ein Mal zu Bewusstsein, Toni. Zum Glück war ich gerade bei ihr. Ihre linke Seite war gelähmt, sie konnte kaum sprechen, aber dennoch war sie bei klarem Verstand. Es ist schrecklich, was sie mir gebeichtet hat.«

»Was kann Jakoba denn auf dem Gewissen gehabt haben? Sie war eine so gute und treue Seele, Maman.«

»Ja, das war sie. Doch hat sie vor langer Zeit etwas getan, was jemand ausgenutzt hat. Ach, was soll's, Toni. Es betrifft auch dich, und ich bin sicher, sie wollte, dass du es weißt.«

»Mich betrifft es auch?«

»O ja. Damals, als ich mit dir schwanger war, da erschien es mir wie ein Geschenk des Himmels, denn sie kümmerte sich um mich und fand eine Lösung für mein Problem. Gott, wäre ich nur so tapfer gewesen wie du, Liebes, ich hätte darauf verzichten können.«

»Woher willst du wissen, wie ich in einer solchen Situation gehandelt hätte? Vielleicht warst du ja auch tapfer. Ich glaube, Mut oder Feigheit hängen immer davon ab, welche Möglichkeiten man überhaupt erkennen kann. Wer immer in einem dunklen, engen Raum lebt und nichts anderes kennt, der braucht schon Mut, um durch eine neue Öffnung zu gehen. Wer immer im Freien lebt, braucht Mut, sich in einen dunklen, geschlossenen Raum sperren zu lassen.«

Elena sah ihre Tochter verwundert an. »Manchmal sagst du seltsame Sachen. Aber ich will darüber nachdenken. Hermann hat auch manchmal so geredet. Er hat mir mehr Mut gemacht als alle Menschen je zuvor. Ohne ihn hätte ich das Kloster nicht verlassen. Aber – kommen wir auf Jakoba zurück. Sie hat mir gestanden, ich sei nicht die erste Frau gewesen, der sie auf diese Weise geholfen hat. Sie war bekannt dafür, dass sie Frauen mit ungewollten Kindern beistand.«

»Eine Engelmacherin?«

»Nein, das nicht. Aber sie vermittelte Neugeborene an Frauen, die sich vergeblich Kinder wünschten. Und sie ließ es sich bezahlen.«

»Ei, ei! Da mag es also in den besten Familien das eine oder andere Kuckucksei geben, was?«

»Ich fürchte, so ist es. Sie hat Buch darüber geführt, und diese Aufzeichnungen habe ich an mich genommen. Aber hineingeschaut habe ich nicht.«

»Man sollte es ungelesen verbrennen, damit kein Leid daraus erwächst.«

»Das hilft wohl nicht mehr. Jemand ist bereits dahintergekommen. Und hat sie mit dem Wissen erpresst.«

Antonia betrachtete ihre Mutter nachdenklich, dann nickte sie. »Soll ich raten, Maman, wer die Natter war, die es herausgefunden hat?«

»Ich bin solch ein Tropf gewesen, die ganzen Jahre über, Toni. Ich verstehe es selbst nicht mehr, wieso ich Charlotte vertraut habe. Als meine einzige Entschuldigung kann ich anführen, dass ich anfangs dachte, an ihr das gutzumachen, was ich dir schuldete. Sie war mir wie eine Tochter oder eine jüngere Schwester.«

»Sie ist eine geübte Schmeichlerin. Jetzt aber hat sie Jakoba erpresst, und was hat sie ihr verraten?«

»Alles, was hier im Haus vorgeht, vermutlich. Ich konnte nicht mehr viel verstehen, was sie mir zuflüstern wollte. Das Einzige, was sie noch klar über die Lippen brachte, war: ›Antonia – Segen!‹, dann fiel sie wieder in die Bewusstlosigkeit und wachte nicht mehr auf. Am nächsten Morgen fand Maddy sie tot in ihrem Bett.«

Antonia wurde noch einmal von einer Welle von Trauer überschwemmt und schloss die Augen. »Liebe alte Jakoba. Sie hat mir in den ersten Tagen hier im Haus so geholfen. Ohne sie hätte ich mich nie richtig einleben können.«

»Vor allem, da deine eigene Mutter so blind und dumm war. Ich weiß, Toni. Ich bin froh, dass wir uns jetzt besser verstehen. Ich will mich bemühen, nicht mehr so nervös zu sein.«

»Du hast die Krise der letzten zwei Wochen ohne deine Vapeurs überstanden. Ich glaube, das ist ein beachtlicher Fortschritt.«

»Ich musste mich doch um dich und Jakoba kümmern.«

Antonia streichelte ihr die Hand und lächelte sie an. Elena wandte sich ab, um ihre feuchten Augen zu verbergen.

Nach einer Weile aber stellte Antonia fest: »Wir müssen aufmerksam sein, was dieses doppelzüngige Natterngezücht anbelangt. Du hast ihr eine sehr kalte Schulter gezeigt, und einige Damen folgen deinem Beispiel. Ich glaube, sie wähnte sich dank cher Frédérics geschäftlichen Erfolgen schon an der Spitze der guten Gesellschaft, und eine solche Demütigung, gerade durch dich, hat sie nicht erwartet.«

»Meinst du, ich sollte wieder freundlich zu ihr sein? Ich meine, es würde mir, nach allem, was ich inzwischen weiß, ziemlich schwer fallen, aber wenn es hilft…«

»Besser nicht. Du kannst dich nicht gut verstellen, und ich mich erst recht nicht. Ich denke, wir werden etwas anderes machen.«

»Toni, du spinnst Intrigen!«

»Aber Maman, wie kommst du denn nur darauf?«

»Weil du so ein Glitzern in den Augen hast.«

»Habe ich das, wenn ich nachdenke?«

»Ja, und du denkst immer in erstaunlicher Weise. Ich wünschte, ich könnte dir folgen.«

»Mhm. Ich denke mal laut, dann kannst du mir folgen. Ich möchte jetzt gerne ein süßes Geheimnis von Madame Kormann lüften. Und zwar eines, das uns vermutlich einen gewissen Vorsprung verschafft. Erinnerst du dich an ihren Besuch kurz vor ihrer Hochzeit?«

»O ja. Ich war empört über deine Unterstellung, sie sei schwanger. Dabei hast du sicher Recht gehabt. Warum hätte sie sonst so eilig aus Köln verschwinden sollen?«

»Eben. Sie ist lange vor der Eheschließung schwanger geworden, und mich würde sehr stark interessieren, wer der Vater von p'tit Frédéric ist.«

»Kormann natürlich.«

»Nicht unbedingt. Ich hätte da noch einen anderen Herrn in Verdacht. Das wiederum bringt mich auf die Idee, wen wir als neue Köchin einstellen sollten.«

»Toni, du denkst zwar laut, aber folgen kann ich den Galoppsprüngen deiner Gedanken dennoch nicht.«

»Ich lass mich ja schon in den Trab zurückfallen, Maman.«

Elena lachte leise und schüttelte den Kopf. »Versuch es im Schritt, meine Liebe!«

»Unterschätze dich nicht selbst! Pass auf!« Antonia, die sich an Maddys Dienstbotengeschichten erinnerte, schlug deren Freundin Nora vor, die derzeit als Küchenmädchen bei Elisa Lindenborn ihr karges und ungemütliches Leben fristete und sich sehnlichst eine Veränderung wünschte. Elena stimmte nach einer kleinen Weile der Überlegung zu.

Am nächsten Nachmittag hatte Antonia so viel Energie aufgebracht, sich ein einfaches Kleid anziehen zu lassen und ohne Hilfe die Treppe nach unten zu steigen. Sie setzte sich an ihren schmerzlich vermissten Schreibtisch in der Bibliothek und studierte einige Seiten des neuen Manuskripts, das ihr Cornelius zum Überarbeiten gegeben hatte. Doch dann war sie ermüdet, hatte sich in den Ohrensessel am Fenster gekuschelt und war eingenickt.

So traf Cornelius sie an. Sonnenstrahlen fielen durch das hohe Fenster und ließen ihre kurzen Locken schimmern. Aber sie zeigten auch die Höhlungen in ihrem Gesicht, die das Fieber hinterlassen hatte. Ein Gefühl tiefer Zärtlichkeit erfasste ihn, und er kniete neben dem Sessel nieder. Antonia schlug die Lider auf.

»Oh, ich träumte von Pfeifenrauch. Und den Männern von Owaihi, die vor ihren Frauen knien. Wie passend, Cornelius!«

Verlegen stand er auf. »Ich wollte nur sehen, ähm, ob alles in Ordnung mit dir ist.«

»Nur ein Nickerchen. Dieses Manuskript über die griechischen Vasen ist ein reines Schlafmittel.«

»Du sollst dich doch schonen, Toni. Das Geschreibsel kann gerne noch ein paar Wochen liegen bleiben.«

»Aber ich nicht.« Sie richtete sich auf, strich ihren Rock glatt und ging wieder zum Schreibtisch. »Könntest du uns Kaffee holen?«

»Natürlich. Soll ich dir in den Salon helfen?«

»Erstens kann ich mir selber helfen, und zweitens finde ich es hier sehr gemütlich.«

»Kratzbürste.« Aber gehorsam ging er in die Küche, kam allerdings nicht mit einer Kanne Kaffee zurück, sondern hatte einen Teller mit Schokoladenkuchen dabei.

»Hat Susanne heute für dich abgegeben, sagt Maddy. Sie will dich morgen besuchen.«

»Oh, schön. Sie war auch ein paar Mal hier, als ich nicht so ganz von dieser Welt war, nicht wahr?«

»Jeden Tag, Toni. Trotz ihres Zustands. Sie ist dir eine sehr gute Freundin.«

»Trotz ihres Zustands? Cornelius, du musst unbedingt mal mit ins Wöchnerinnenhaus kommen, dann wirst du lernen, was Frauen in ihrem Zustand alles vollbringen. Ein kleiner Spaziergang durch die Stadt hat noch keiner werdenden Mutter geschadet. Große Wäsche im eisigen Wasser oder Kohlenschaufeln eher. Aber das wird selbst Philipp nicht von ihr fordern.«

Cornelius hob nun die Schultern. »Ich hörte bisher, Frauen unter diesen Umständen seien empfindlich, und sie hatte schon zwei Fehlgeburten. Aber es stimmt, sie macht einen sehr gesunden Eindruck.«

»Sie freut sich auf das Kind. Die beiden Fehlgeburten hatte sie immer im dritten Monat, jetzt ist sie im fünften.«

Elena trat in die Bibliothek und stellte das Tablett mit Kaffeekanne und Tassen ab. »Ihr sprecht von Susanne?«

»Ja, Maman. Cornelius glaubt, sie opfert sich auf, wenn sie mich besucht.«

»Unsinn. Bewegung ist gut für sie. Ich habe meine Pflichten damals auch erfüllt, ohne dass es mir geschadet hätte. Sie wird bestimmt ein gesundes Kind zur Welt bringen. Sie hat so etwas Strahlendes an sich.«

»Ja, und wenn es blond ist, wird sie immer auf ihre Haare verweisen können«, murmelte Cornelius.

»Wie meinst du das?«, fragte Elena irritiert.

»Weil Philipp doch dunkle Haare hat, Maman. Aber das macht nichts. Nur frage ich mich, wie sie das hübsche Muster auf dem unschuldigen Kinderpopo erklären wird.«

Cornelius gab ein kurzes, trockenes Lachen von sich und schenkte ihnen beiden Kaffee ein.

»Was für ein Muster? Wollt ihr mich schon wieder foppen?«, fragte Elena.

»Ja, meine arme Maman, wir foppen dich. Es ist nämlich so, dass Roderick Carlson dieses hübsche Muster auf sein strammes Hinterteil tätowiert trägt.« Antonia zog ein Blatt aus dem Stapel von Drucken und legte die Lithografie des Ornamentes vor sie hin.

»Woher weißt du das denn?«

»Von Susanne, er hat es ihr – ähm – gezeigt.«

»Er hat was? Himmel, Toni? Ist er ihr zu nahe getreten?«

»Nahe genug, damit sie es abzeichnen konnte, denke ich. Und nicht unaufgefordert.«

Elena schluckte, fasste sich wieder und fragte dann: »Das Kind ist von ihm?«

»Wir vermuten es sehr.«

»Je nun. Er – mhm – war ein einnehmender Mann.« Sie drehte sich um und ging zur Tür. Dort blieb sie noch mal stehen und schaute über die Schulter. »Schade, das Muster hätte ich auch gerne im Original gesehen. Denn einen hübschen Hintern hatte er wirklich.«

Fassungslos starrten Cornelius und Antonia die Tür an, die hinter Elena zugefallen war.

»Was ist denn mit deiner Mutter passiert?«

»Frag mich nicht! Sie versetzt mich seit Tagen beständig in Erstaunen. Ich glaube, seit sie festgestellt hat, wie gut sie ganz alleine mit unserer häuslichen Katastrophe fertig geworden ist, hat sie an Selbstachtung gewonnen. Sie bekennt sich ja endlich zu all diesen Geheimnissen, die sie vorher so ängstlich zu hüten bemüht war. Vielleicht hilft ihr sogar, so schlimm das klingen mag, Jakobas Tod. Denn nun ist niemand mehr da, der dieses Wissen mit ihr teilt, und sie braucht keine Angst mehr zu haben.«

»Damit hast du vermutlich den Kern der Sache getroffen.«

Antonia trank einen Schluck Kaffee und streckte sich dann. »Was führt dich her, Cornelius?«

»Der Wunsch, meine kleine Schwester zu drangsalieren natürlich. Zudem ein paar Neuigkeiten, die dir sicher große Freude machen werden.«

»Puh!«

»Du bist eine Berühmtheit, Toni. Die Jeanne d'Arc der Budengasse.«

»Du glaubst wirklich, mir damit eine Freunde zu bereiten?«

»Nein, damit nicht. Gut, eine Zusammenfassung. Marie Stammels Kind ist unversehrt. Die beiden anderen sind mit angesengten Haaren davongekommen. Sie sind übrigens schuld an dem Feuer. Marie hatte irgendeinen Brei auf dem Herd stehen und ist dann vor die Tür gegangen, um zu schwätzen. Dabei ist das Zeug angebrannt, und der Topf stand in Flammen. Der ältere Junge hat ihn mit einem Besenstiel heruntergehoben und in den Hof getragen. Dabei hat ihn seine Schwester geschubst, und der glühende Topf ist auf das trockene Stroh gefallen, das auf dem Pflaster lag. Es hatte sich sofort entzündet. Die Kinder flohen nach nebenan, wo ihr Vater im Nachbarhaus eine Ladung Kleidungsstücke verstaute. Er hat noch versucht, die Flammen zu ersticken, aber ein Windstoß hatte das brennende Stroh hinübergeweht, und die Wolltuche begannen zu glosen. Er packte seine beiden Kinder und rannte aus dem Haus.«

»Soll ich mich jetzt für Pitter Stammel freuen? Gut, dann tue ich das. Allerdings wundere ich mich, dass er nicht mehr bei Sankt Apern wohnt.«

»Die Wohnung mussten sie aufgeben. Aber er hat eine neue Stelle gefunden, als Verwalter eines Lagerhauses mit Wohnrecht in dieser baufälligen Hütte in der Budengasse.«

»Die er vermutlich jetzt verloren hat. Ich kann darüber keine Freude empfinden.«

»Nein, er ist ein bedauernswerter Wicht. Bedauern müssen wir auch den Besitzer des Lagerhauses, denn ihm ist nicht nur das Gebäude abgefackelt worden, sondern auch eine ganze Partie Uniformen für ein französisches Depot verbrannt. Sie brauchen, wie wir wissen, jeden Rock und jede Hose, jetzt, wo die Grande Armée im Entstehen ist. Es war ein Eilauftrag und sollte am Tag darauf ausgeliefert werden.«

»Nun, da wird der Produzent dieser Uniformen in beträchtliche Schwierigkeiten kommen. Er dauert mich. Wen hat es getroffen?«

»Cher Frédéric.«

»Ah! ›Freude hat mir Gott gegeben!‹«, zitierte Antonia mit einem Zwinkern. »Keine Perlen für Charlotte mehr.«

»Und keine Tratschereien von Marie.«

Antonia war schlagartig ernst geworden. »Verdammt, das hätte ich fast übersehen. Kormann hat sie angestellt, nicht wahr? Das war bestimmt kein Zufall.«

»Nein, das war keiner.«

»Was ist jetzt mit Stammels?«

»Sie haben die Stadt verlassen, angeblich gibt es da eine Schwester von Marie, die auf dem Land lebt und einen kleinen Bauernhof bewirtschaftet.«

»Ich wünsche ihnen nichts Böses, aber ich bin froh, dass sie fort sind.« Antonia wirkte jetzt müde und zerkrümelte die Reste ihres Kuchens auf dem Teller.

»Du solltest besser zu Bett gehen, Toni. Genesung braucht ihre Zeit.«

»Ja, gleich. Wann fährst du nach Leipzig?«

»Direkt nach Ostern, in genau drei Wochen.«

»Bis dahin werde ich wieder auf den Beinen sein.«

»Bestimmt, aber mitnehmen werde ich dich trotzdem nicht, Toni. Du weißt nicht, was für eine Strapaze es ist, zwei Wochen oder länger in einer rumpelnden, kalten Kutsche zuzubringen.«

»Cornelius!«

»Keine Widerrede, Toni. Nächstes Jahr, ich verspreche es dir.«

»Du hast es mir für dieses Jahr versprochen.«

»Aber du bist krank geworden.«

»Ich werde wieder gesund. Ich bin doch keine Zierpflanze.«

»Und ich keine Säuglingsamme. Du wirst unterwegs nur einen Rückfall bekommen.«

»Ich möchte aber David sehen.«

Cornelius seufzte. »Ja, Toni. Ich weiß, ich weiß. Jetzt, da er wieder Uniform trägt und die Franzosen sich langsam im Osten sammeln …«

»Nicht mehr lange, und es herrscht Krieg. Die Franzosen haben die Preußen verpflichtet, mit ihnen gegen Russland zu kämpfen. Er wird mit ihnen ziehen müssen.«

»Wer weiß. Die letzten Meldungen berichten, sie hätten nur ein Hilfscorps von zwanzigtausend Mann zu stellen.«

»Er wird dabei sein. Wir kennen ihn doch.«

Cornelius hob ergeben die Schultern. »Ja, er wird dabei sein. Man hat ihm vollständige Rehabilitierung, ja sogar Belobigung angeboten, und ein General hat ihn persönlich um Entschuldigung gebeten. Es muss ihn viel gekostet haben, denn es war einer von altem Schrot und Korn.«

»Sie haben endlich eingesehen, dass er bei Magdeburg richtig gehandelt hat. Das ist gut. Aber ob ich es genauso gut finde, dass er wieder ins Feld zieht … Es wird ein mörderischer Krieg werden, Cornelius.«

»Kriege sind immer mörderisch.«

»Ja, aber dieser wird alle vorherigen übertreffen.«

»Du wirst mir später deine Einschätzung erläutern, heute Nachmittag fehlt mir etwas Zeit dafür. Übrigens, Toni – noch einer unserer Bekannten zieht gen Russland.«

»Wer? Hoffentlich nicht François.«

Cornelius schnaubte. »Der ist viel zu klug dafür. Nein, Philipp Wittgenstein. Er ist mit seinem Fähnlein gestern aufgebrochen.«

»Oh.«

»Ja – oh. Ein weiterer Grund, Toni, warum du hierbleiben solltest. Susanne wird dich brauchen. Auf die eine oder andere Weise.«

»Da hast du wohl Recht. Auch mit dem Vorschlag, ich solle mich wieder hinlegen.«

Antonia erhob sich, musste sich aber an den Lehnen des Stuhls festhalten, weil ihr schwindelig wurde. Cornelius sprang auf und hielt sie fest, dann hob er sie ohne Federlesens auf die Arme.

»Ich bin das ja gewöhnt, dich irgendwohin zu schleppen. Halt dich fest, kleine Schwester, es geht ins Bett.«

Sie lachte leise und schlang ihm die Arme um den Hals, als er sie die Treppen hoch trug und die Tür zu ihrem Zimmer aufstieß. Vorsichtig legte er sie in ihrem Bett ab und meinte: »Den Rest wird besser deine Maddy besorgen. Schlaf dich gesund!« Er gab ihr einen schnellen, leichte Kuss auf die Stirn und verließ eilig den Raum.

Verwirrt sah Antonia ihm nach.

Logensitzung

Lehrlinge, Gesell und Meister,
brüderlich zum Tun gesellt,
bauen aus der Welt der Geister
hier schon eine bessre Welt.
Denn unseres Tempels Hallen
kennt man Zorn und Rache nicht.

Freimaurerlied

Sie schickten ihn wieder in die Kammer der verlorenen Schritte, diesen dunklen Raum der Reflexion. Er hatte sich nicht sonderlich darum bemüht, aber einige der Brüder überredeten ihn schließlich, sich der Gesellenprüfung zu unterziehen. Also ergab er sich in das – in seinen Augen viel zu pompöse – Ritual.

Cornelius hatte, als er anfing, sein Unternehmen aufzubauen, lange überlegt, welchen Vereinigungen er beitreten sollte. Es ging nicht ohne die Mitgliedschaft in irgendeinem Club, wenn man Beziehungen pflegen und an vertrauliche Informationen herankommen wollte. Auf die Freimaurer war seine Wahl gefallen, weil er sich seinem Adoptivvater verpflichtet fühlte, und man hatte ihn mit großer Zustimmung vor über einem Jahr aufgenommen. Es erstaunte ihn damals, wen er alles von seinen Bekannten hier antraf, und das versöhnte ihn mit dem hoch tönenden Brimborium, das die Logensitzungen begleitete. Es gab unter den Mitgliedern eine Reihe von Männern, denen das Mystische und das Zeremonielle bei Weitem wichtiger waren als die eigentlichen Ziele des Bundes. Sie legten großen Wert auf die albernen Schürzen, das Ausrollen des Symbolteppichs, das gemeinsame Absingen qualitativ zweifelhaften Liedgutes und die Einweihungsspielchen. Andere hingegen schätzten die Gemeinschaft mehr, unterstützten wohltätige Vorhaben und halfen einander unauffällig auch im täglichen Leben. Von ihnen hatte Cornelius gerade in den ersten

Monaten einige Hilfestellungen erhalten, für die er dankbar war. Im Gegenzug erklärte er sich nun bereit, den zweiten Grad zu erwerben und damit weitere Verpflichtungen auf sich zu nehmen.

Er trat mit gebührendem Ernst in den Raum, diesmal ausgestattet mit den Symbolen der Versuchung – Gold, Lorbeer und Schwert. Er musste lächeln, als er sich deren Bedeutung vergegenwärtigte. Gold, das bedeutete Reichtum. Reichtum aber war keine Versuchung für ihn. Nach Reichtum strebte er nicht. Zum einen hatte er eine, wenn auch nicht übermäßige, sondern lediglich stabile finanzielle Grundlage durch sein Erbe erhalten, zum anderen machte es ihm Freude, sein Einkommen durch die von ihm gewählte Aufgabe zu erarbeiten. Den Lorbeer, der den Ruhm bedeutete, betrachtete er nur kopfschüttelnd. Nach Ruhm strebte er nicht. Erfolg in gewissem Maße empfand er als befriedigend, persönlichen Ruhm lehnte er strikt ab. Blieb das Schwert – die Macht. Hierüber hatte er noch am Vorabend mit Antonia eine hitzige Diskussion geführt. Auch Macht wollte er nicht erlangen, behauptete er, und sie hielt ihm entgegen, Macht brauche er nicht anzustreben, Macht müsse er lediglich erhalten. Denn er besitze sie bereits. Es hatte ihn verblüfft, sie das sagen zu hören, aber auf ihre direkte Weise erklärte sie ihm ihre Meinung. »Cornelius, du hast Macht, weil du unabhängig bist. Du beherrschst dein Metier, du hast eine breite Weltkenntnis und Bildung, und du hast gelernt zu kämpfen. Macht, glaube ich, ist nicht das Gebieten über Heerscharen, Arbeitskräfte oder finanzielle Mittel, sondern die Fähigkeit, sich frei zu entscheiden. Das kannst du, weil du dir deine innere Freiheit erkämpft hast. Du verlierst sie, wenn du dich Zwängen und Abhängigkeiten unterwirfst, wenn du dein Wissen nicht auf dem neuesten Stand hältst und«, das fügte sie mit einem Grinsen hinzu, »wenn du schwammig, lahm und fett wirst.«

Er wog das Schwert in seinen Händen. Gestern hatte er gelacht, aber jetzt, als er das Symbol der Macht greifbar in den Händen hielt, musste er ihr zustimmen. Ja, er hatte eine ganz persönliche Art von Macht gefunden. Auf dem langen Weg über Leichtfertigkeit und Egoismus, Demütigung und Überlebenskampf, über Selbsthass und Orientierungslosigkeit war er zu

Zielstrebigkeit, Stärke und Vertrauen gekommen. Mit Hilfe von Freunden, manchmal auch Fremden. Und von seinem Vater. Er wollte nicht so weit gehen zu behaupten, er habe sogar Güte gelernt. Aber er hatte auf jeden Fall verstanden, dass er anderen etwas zu geben hatte. Erhalten, hatte Antonia gesagt. Erhalten solle er seine Macht, und das bedeutete tägliche, immer wiederkehrende Arbeit. Das war die Erkenntnis, die er in dieser stillen Stunde erhielt.

Er war bereit, diese Anstrengung auf sich zu nehmen. Nicht für die freimaurerischen Brüder, sondern damit er vor ihr bestehen konnte.

Joubertin, der Ältere, trat in die Kammer, um ihm die drei rituellen Fragen zu stellen, und nickte zustimmend, als er sie unumwunden beantwortete. Dann wurde er hinausgeführt und musste vor dem Meister des Stuhls sein Gelöbnis ablegen, übernahm die ihm zugemessene Rolle in dem folgenden Gesellenritual, bei dem ihm die Abzeichen seines neuen Standes überreicht wurden und ein Paar weißer Handschuhe, die er der Dame seiner Wahl zu überreichen hatte. Es folgten noch einige zeremonielle Handlungen und Lieder, dann war dieser Part endlich abgeschlossen, und man ging zu dem formloseren Teil des Abends über.

Hierzu hatte man ihn gebeten, eine Rede über ein für ihn bedeutsames Symbol vorzubereiten, mit der er seine Ziele und Gesinnungen darstellen sollte. Er trat also an das Pult im Versammlungsraum und begann: »Im Angedenken an meinen Vater, den Domherrn Hermann Waldegg, habe ich als Gegenstand meiner Ausführungen den Kölner Dom gewählt. Er hat sein Leben dieser Kathedrale verschrieben, und ich habe sein Erbe angetreten. Darum, meine Brüder, will ich Ihnen an dieser Stelle vortragen, in welchem Licht ich das im Augenblick nicht sehr ansehnliche Gebäude sehe.«

Es ging ein Raunen durch die Zuhörer. Das Thema war gewagt, die Meinungen dazu durchaus konträr. Nur strikteste Disziplin, vom Meister des Stuhls befohlen, hielt die Männer zurück, als Cornelius in seiner Rede fortfuhr. Denn er hatte einen unerwarteten Gedankenweg eingeschlagen.

Er sprach zunächst über die Bedeutung Kölns, einst als blühende Römerstadt, dann ihren Untergang, darauffolgend ihr Wiedererstarken als heiliges Köln und Pilgerstadt, als weltoffene Handelsmetropole im Mittelalter, dann ihren zweiten Niedergang in der Reformationszeit, der vor allem durch die Engstirnigkeit und Intoleranz der Bewohner hervorgerufen worden war. Man hörte das nicht gerne. Man hörte auch nicht so sehr gerne, der neue Aufstieg sei durch die französische Einwirkung ausgelöst worden. Noch ungnädiger aber nahm man seine Worte auf, als er sich dem Dom widmete und dabei von der Gotik sprach, die nicht, wie man allenthalben begonnen hatte, sich gegenseitig zu versichern, eine rein deutsche Baukunst sei, sondern ihren Ursprung in Frankreich hatte, und selbst in Spanien und England lange vor dem deutschsprachigen Raum Fuß gefasst hatte.

»Bruder Waldegg, ich muss doch sehr bitten! Wer hat Ihnen eine solch abwegige Idee eingegeben?«, wollte einer der Zuhörer wissen.

»Mein Bruder David. Er ist Architekt und Baumeister – diesen Weg hat er aus Liebe zu unserer Kathedrale gewählt. Aber gerade deshalb hat er sich sehr eingehend mit der Gotik beschäftigt. Was ist denn so schlimm daran, dass dieser Baustil von Frankreich zu uns gekommen ist? Immerhin hat man ihn in unserem Dom zur höchsten Vollkommenheit entwickelt.«

»Wollen Sie damit behaupten, der Dom könne nicht als Symbol der Deutschen dienen?«

»Der Dom, liebe Brüder, ist zu allererst eine Kirche, und damit das Symbol des christlichen Abendlandes. Nicht eines völkischen Bewusstseins, sondern einer übergreifenden Idee. Vergessen Sie nicht, geschätzte Brüder, es haben in den Bauhütten Menschen aus aller Herren Länder gearbeitet. Die kunstfertigen Handwerker durchwanderten weite Strecken, sammelten ihr Wissen und vervollkommneten ihre Kenntnisse überall dort, wo große Bauwerke entstanden. Die besten Glasmacher und Bildhauer hatte Italien, die ersten Gewölbe wurden in Spanien und Südfrankreich hergestellt, und es sollte einen nachdenklich stimmen, dass die Spitzbogen und die ornamentalen Maßwerke in einer Zeit entstanden, als die Kreuzfahrer die maurische Architektur kennenlernten. Kurzum, ich will damit klarstellen, der Dom, das letzte und vollendetste der gotischen Bauwerke, das noch begonnen wurde, hat viele Wurzeln. Er ist kein vaterländisches Symbol der Deutschen, sondern eines des gesamten Kontinents. Aus diesem Grund wäre es wünschenswert, ihn aus seinem jahrhundertelangen Schlaf zu wecken und endlich fertigzubauen. Er könnte das Verbindungsglied von einer großen Vergangenheit zu einer Zukunft der friedlichen Zusammenarbeit werden, ein Gebäude, an dem die besten Kräfte des ganzen Europas zusammenarbeiten.«

»Bruder Waldegg, Ihre Ansichten sind höchst unpassend!«, fauchte einer der älteren Herren. »Bedeutet Ihnen das deutsche Vaterland denn gar nichts mehr?«

»Was ist das deutsche Vaterland, Bruder Wisskirchen? Ein Flickenteppich ohne Führung, von dem jeder Flicken seine eigenen Wichtigkeit betont.«

»Es ist die Einheit der Menschen von deutschem Blut, von deutscher Sprache, von deutscher Tradition.«

»Deutsches Blut – einige unsere Vorfahren mögen germanische Heiden gewesen sein, aber genauso wie sie haben die Römer jahrhundertelang unsere Kultur geprägt, wie auch die Eindringlinge aus dem Norden und dem Osten. Dünkelhafter Nationalstolz der Deutschen will mir überheblich erscheinen.«

Das Lager war gespalten, eine lautstarke Diskussion entspann sich, und bedauerlicherweise verlor Cornelius in ihrem Verlauf die Geduld mit jenen, die nationales Blut über rationales Denken setzten, und lief beinahe Gefahr, dass man ihm seinen neu erworbenen Gesellenstatus absprechen wollte. Erst das energische Eingreifen des Meisters vom Stuhl, der auf die Tugenden der Loge – Toleranz und Redefreiheit – pochte, beendete die Auseinandersetzung, und als Cornelius seinen Rednerplatz verließ, um sich zu Doktor Joubertin zu setzen, schob der ihm schmunzelnd seinen Tabaksbeutel zu.

»Das haben Sie mit Absicht getan.«

»Natürlich. Ich bin dieser Deutschtümelei ein bisschen überdrüssig geworden. Mit wem man auch spricht, jeder weiß plötzlich, welch große Verdienste die Deutschen in der Vergangenheit erworben haben. Aber ein einig Volk von Brüdern sind wir daher noch lange nicht.«

Cornelius stopfte seine Pfeife und nickte den drei anderen zu, die sich zu ihm gesellten – Faucon, dem Meister vom Stuhl, dem Arzt Doktor Schmitz und Jonathan Geißler, der, wann immer er in Köln zu tun hatte, an den Logentreffen teilnahm.

»Sie tragen Rebellenblut in sich, Bruder Waldegg. Aber das ist, mit Maß und Ziel eingesetzt, nicht immer von Übel«, bemerkte Doktor Schmitz.

»Ich versuche, es zu disziplinieren. Nicht immer gelingt es mir.«

»Die typische Arbeit am rauen Stein«, folgerte Faucon und lächelte ihm zu.

»Der Gedankengang war nicht schlecht gewählt: der Dom wie das Deutsche Reich eine herrenlose Ruine – guter Vergleich, den Sie da gefunden haben. Aber die europäische Idee – ist sie nicht etwas zu hoch gegriffen?«, wollte Geißler wissen.

»Selbst wenn man Napoleon sehr kritisch sieht, er hat sie ebenfalls. Aber ich bin auch Realist, meine Herren, und daher vermute ich, diese Idee wird erst in einer ferneren Zukunft Eingang in das allgemeine Bewusstsein finden. Derzeit, fürchte ich, ist sie gerade zum Scheitern verurteilt. Aber das ist kein Grund, sie zu verdammen, noch sie zu vergessen.«

»Sie glauben an ein Versagen des Kaisers in Russland?«

»Ja, Bruder Joubertin. Ich bin überzeugt davon.«

Auch Joubertin stopfte seine Pfeife und lehnte sich zurück. »Warum?«

»Weil Russland ein großes, weites Land ist. Wie mir einer der Forschungsreisenden berichtete, der mir seine Aufzeichnungen über eine Expedition dorthin vorgelegt hat, ist es sehr dünn besiedelt, und der Sommer ist trocken und heiß. Sechshunderttausend Mann, mit Tross und Pferden, wirbeln eine Menge Staub auf. Der Marsch wird beschwerlich sein, denn Wasser und Nahrung müssen über weite Entfernungen herbeigebracht werden.«

»Ein Feldherr wie Napoleon wird vorgesorgt haben.«

»Glauben Sie? Der Nachschub ist ein schwieriges logistisches

Problem. Bisher haben wir noch von keiner Schlacht gehört, nicht wahr?«

»Nein, es heißt, er marschiert, ohne auf Widerstand zu stoßen, geradewegs Richtung Moskau.«

»Das gibt Ihnen nicht zu denken, Bruder Schmitz?«

»Doch, obwohl die Unterstellung abscheulich ist. Sie glauben, der Zar lässt ihn tief ins Landesinnere marschieren und schneidet ihm dann die Versorgung ab?«

»Ob er es mit Absicht macht oder deswegen, weil er seine Truppen nicht schnell genug massieren kann, sei dahingestellt. Auf jeden Fall wird es die Kampfkraft der Großen Armee empfindlich schwächen, wenn sie sich zu lange hungrig und durstig durch die staubigen Steppen schleppen muss. Ich erlaube mir sogar noch ein weiteres Szenario. Stellen Sie sich vor, es kommt nicht vor September zu einer Entscheidungsschlacht. Dann heißt es in Russland zu überwintern. Gut, wenn Napoleon die Schlacht gewinnt. Ein Grauen, wenn sie verloren wird. Denn der Rückzug durch den russischen Winter wird einem langsamen, qualvollen Massensterben gleichen.«

»Sie sind selbst nie Soldat gewesen, Bruder Waldegg. Woher nehmen Sie diese Vorstellungen?«, fragte Faucon.

»Ich habe mich mit meiner Schwester darüber unterhalten. Ihre Schilderungen der Belagerung von Mainz und später Philippsburg im bitterkalten Winter sind sehr lehrreich.«

Faucon und auch der Arzt sahen ihn überrascht an. »Ihre Schwester? Die so mutig das Kind aus dem brennenden Haus gerettet hat?«

»Sie hat in Mainz gelebt?«, wollte Faucon wissen.

»Nein, sie hat mit ihrer Familie die Kölnischen Truppen seit 1794 begleitet.« Cornelius gab ihnen eine Zusammenfassung von Antonias Trossbubenzeit und schloss mit den Worten: »Sie hat die Schlacht von Jena und Auerstedt miterlebt und ist, so vermute ich, kriegserfahrener als fast jeder hier im Raum.«

»Und ihre Einschätzung der Lage in Russland dürfte der Wahrheit sehr nahe kommen«, mutmaßte Faucon leise.

»Tja«, entgegnete Doktor Joubertin. »Tja. Wie es scheint, haben alle anderen vor dieser Möglichkeit die Augen zugemacht.

Krieg ist eben ein einträgliches Geschäft, nicht wahr, Bruder Geißler?«

Jonathan Geißler, der Tuchhändler, hatte den Anstand, betreten auf seine Hände zu schauen.

»Uniformschneider, Musketenmacher, Schuster, Pferdezüchter, Kanonengießer, Wagenbauer, Sattler und Schwertfeger und viele andere mehr haben Arbeit erhalten. Ein Einzelner, der sich dem entzieht, ändert nichts am Lauf der Geschichte. Und von den sechshunderttausend sind auch nicht alle unfreiwillig losmarschiert.«

»Im Gegenteil, Bruder Waldegg. Aber lassen wir diese fatalistischen Gedanken. Sie haben vom Dom gesprochen, von seiner Fertigstellung. Sie kennen doch sicher den jungen Boisserée? Was halten Sie von ihm?«

»Ein idealistischer Mensch, fast fanatisch in seinen Bemühungen um sein so genanntes Domwerk. Beredt und überzeugend, in gewisser Weise bewundernswert, doch leider ein wenig enervierend. Er stellt weder die architektonische Leistung noch die vaterländische Bedeutung der Kathedrale in den Vordergrund, sondern berauscht sich an ihren christlichen Werten.«

»Er sollte Prediger werden«, knurrte Joubertin. »Er hat mir eine ganze Stunde damit in den Ohren gelegen, man müsse Unrecht erleiden und seine Feinde lieben. Seiner Meinung nach sollen alle Fürstendiener ihre Befehle verweigern und die Strafen dafür auf sich nehmen, dann würde das Gefühl der Verpflichtung Gott gegenüber bei allen Völkern wachsen und jeder Herrscher christlich handeln müssen. Ein hehrer Grundsatz eines weltfremden Jungen.«

»Immerhin, ein starkes Symbol, der Dom. Er weckt Visionen, und dafür sollten wir dankbar sein. So, und damit habe ich dann auch die passenden Abschlussworte für unsere heutige Sitzung gefunden.« Faucon erhob sich. »Ich werde den Tempel schließen.«

Obwohl er die Riten der Freimaurer nicht ganz ernst nehmen konnte, verbrachte Cornelius eine sehr nachdenkliche Nacht in seinem kargen Zimmer über der Druckerei. Die Symbole hielten ihre eigene Macht in sich, und die weißen Handschuhe auf dem Tisch leuchteten im Mondlicht zu ihm hin. Sie waren bestimmt für die Lebensgefährtin des Maurers, doch er hatte sie ganz spontan seiner Schwester zugedacht. Sie war das, was von der Definition her einer wirklichen Gefährtin am nächsten kam, einer Freundin, mit der er so vieles mehr bereden konnte als mit anderen Frauen. Sie kannten einander, vertrauten einander, tiefer und inniger als viele Ehepaare. Warum konnte er sich nur nicht damit zufrieden geben?

Irgendwann in den schlaflosen Stunden fasste er mit schwerem Herzen den Entschluss, eines der heiratsfähigen Mädchen aus gutem Hause zu heiraten. Es gab ihrer genug, und auch unter ihnen waren solche von Witz und Verstand. Vielleicht würde dann diese Sehnsucht nach Antonias Zärtlichkeit erträglicher werden.

Ein einsamer Reiter

Über Russlands Leichenwüstenei
Faltet hoch die Nacht die blassen Hände;
Funkeläugig durch die weite, weiße,
Kalte Stille starrt die Nacht und lauscht.

Anno Domini 1812, Dehmel

General Sebastien Renardet gehörte zum engsten Kreis um den Kaiser, und daher befand er sich ganz an der Spitze der von Tag zu Tag dahinschwindenden Großen Armee. Es war kalt, kälter, als er es je erlebt hatte, doch auf irgendeine Weise drang die Kälte nicht mehr in sein Bewusstsein. Auch der Hunger nicht und die Schmerzen in seiner Seite, da, wo ein Stück Metall zwischen seinen Rippen steckte. Er fragte sich manchmal, wenn er sich überhaupt etwas fragte, warum er noch lebte. Es waren alle Gefühle in ihm abgestorben, warum nicht auch sein Leib? Als der Feldzug begann, hatte er noch den Verlust seines ersten, treuen Pferdes bedauert, ebenso den des zweiten, das bei Borodino erschossen wurde. Sogar das des dritten, das auf dem Rückweg unter ihm jämmerlich verreckte. Danach hatte er es aufgegeben, die Pferde zu zählen, auf denen er saß. Er hatte es auch aufgegeben, die Männer zu zählen, die einst zu seiner Truppe gehörten. Bei dem ersten, der seinen Kameraden erstach um eines schimmligen Stücks Brot willen, hatte er noch befohlen, den Dieb zu erschießen, bei dem zweiten und allen anderen hatte er weggesehen. Der Anblick einer Kinderleiche, die am Wegesrand lag, verhungert und von Schwären übersät, ein Trossbub, hatte ihm schier das Herz abgedrückt, und einen flüchtigen Augenblick hatte er sogar an den vermeintlichen Trossbub Toni gedacht und dem Mädchen gewünscht, es möge irgendwo im Warmen und in Sicherheit sein. Später hatte er aufgehört, den Tausenden von Leichen – Soldaten, Trainvolk und Pferden auch nur einen Blick zu gönnen. Er hatte aufgehört, über sein eigenes Schicksal nachzudenken, ja, er empfand nicht einmal mehr Wut über den schlecht geführten, schlecht organisierten Feldzug. Bei Smolensk hatte er noch versucht, den Kaiser zur Umkehr zu bewegen, in Moskau zu einem schnellen Rückzug. Jetzt hatte er sich in das Unheil ergeben und versuchte lediglich, im Sattel zu bleiben. Er wusste kaum, wo er sich befand, irgendwann hinter Wilna hatte der Kaiser sich von dem jämmerlichen Trümmerhaufen der glorreichen Großen Armee getrennt und war jetzt im Eiltempo nach Paris unterwegs. Renardet hatte seine eigenen Kameraden aus dem Blick verloren, er ließ das müde Pferd seinen eigenen Weg entlangzockeln, in der Hoffnung, es führe ihn zu irgendeinem Ziel, vielleicht sogar zu einer warmen Unterkunft. Eine dünne Schneedecke verwischte alle Konturen, und der Himmel schien bis fast zur Erde zu hängen, bleigrau und dunkel.

Es war, als wollte nie wieder Licht werden.

Capitain David von Hoven war mit seinem Burschen Heinrich und einigen Soldaten ausgeritten, um nach Rückkehrern Ausschau zu halten. In den vergangenen Wochen waren sie in Ostpreußen eingetröpfelt, zerlumpte, kranke, verhungerte Gestalten, viele von Kämpfen, noch mehr vom Frost verstümmelt. Immerhin waren einige in der Lage, über die Ereignisse Meldung zu machen, und diese Meldungen einzusammeln, war jetzt seine Aufgabe, obwohl er eigentlich zu den Pionieren gehörte. Aber Pionierarbeit war derzeit nicht erforderlich, darum hatte er sich dazu gemeldet, diese Art von Aufklärungsarbeit zu betreiben. Außerdem hoffte er, unter den Versprengten die Kameraden vom preußischen Husarenregiment anzutreffen, die den Weg nach Moskau angetreten hatten, aber bisher war von diesen Männern noch keiner wieder aufgetaucht. Er selbst hatte den Feldzug verhältnismäßig unbeschadet überstanden. Sein Verband unter General Yorck war mit dem Zehnten Corps, geführt von Marschall MacDonald, nach Riga gezogen, um die linke Flanke der Großen Armee zu decken. Es hatte nur wenige Gefechte gegeben, Riga war belagert worden, aber die Nachrichtenübermittlung war so schlecht gewesen, dass MacDonald weiterhin vor der Stadt verharrte, als die Russen bereits seine Rückzugslinie über Tilsit bedrohten. Sie hatten einen eiligen Rückzug angetreten, und inzwischen saßen Yorck und einige Offiziere der russischen Armee in Tauroggen und verhandelten. David wusste nicht, über was genau, aber die Vermutung lag nahe, dass man über einen von König Friedrich Wilhelm dem Dritten nicht autorisierten Waffenstillstand sprach, denn unter den Russen waren viele ehemalige preußische Offiziere.

Ein leichter Schneefall hatte eingesetzt, und David wischte sich einige Flocken aus dem Gesicht. Die Landschaft wirkte konturenlos, es war beinahe unheimlich still. Doch dann bemerkte er den dunklen Fleck, der sich langsam auf ihn zubewegte. Er wies seine Begleiter darauf hin und setzte sein Pferd in Bewegung.

Es war ein Reiter, dick vermummt, auf einem klapprigen Gaul. Er war gut hundert Schritt von ihm entfernt, da brach das Tier zusammen, der Mann stürzte zur Seite und blieb reglos liegen.

David hielt auf ihn zu, zügelte sein Pferd und sprang ab. Vorsichtig hob er den Oberkörper des Gestürzten an und betrachtete ihn. Sein bartstoppeliges, ausgemergeltes Gesicht verriet nur die Entbehrungen, erst als er die Decke, die er um sich geschlungen hatte, auseinanderzog, erkannte er die französische Uniform. Die Tressen bedeuteten ihm, dass es sich um einen Offizier handeln musste.

»Er lebt noch. Hebt ihn auf das Packpferd. Und nehmt die Satteltaschen mit. Der Gaul ist nicht mehr zu retten.«

»Nein, Herr Capitain. Soll ich ihn erlösen?«

»Tu das, Heinrich!«

Der einzelne Schuss verhallte traurig über dem Schnee, dem erschöpften Offizier flatterten einmal leicht die Lider, dann versank er wieder in Bewusstlosigkeit.

David hatte ein, an den Verhältnissen gemessen, beinahe komfortables Quartier in einem Blockhaus am Rand von Treuenburg, und hierhin brachte er den Mann. Das Lazarett wollte er ihm nicht zumuten, denn dort herrschte das Fleckfieber, aber er ließ den Chirurgen benachrichtigen. In der Zwischenzeit richteten sie ihm ein Feldbett in der Nähe des offenen Kamins.

»Das Übliche, Capitain. Erschöpfung, Unterernährung, Erfrierungen an den Füßen, dazu ein Steckschuss unterhalb des zweiten Rippenbogens«, konstatierte der Arzt später, als er ihn untersucht hatte. »Ich kann nicht viel tun, wenn ich ihn operiere, stirbt er mir unter der Hand. Kann er hierbleiben? Im Lazarett sind wir überbelegt, und mit etwas Ruhe und ausreichend Essen könnte er es schaffen.«

»Es wird irgendwie gehen.« David zuckte mit den Schultern. Er hatte sein Herz zwar auch gegen das Grauen verschließen müssen, das ihm tagtäglich begegnete, aber ganz ohne Mitleid war er nicht.

»Ich sehe, sowie ich Zeit habe, noch mal nach ihm. Versuchen Sie, ihm Brühe oder süßen Tee einzuflößen, er braucht Flüssigkeit am meisten. Den Rest wird die Natur erledigen. So oder so. Auf gar keinen Fall, aber, Capitain, sprechen Sie das Wort ›Kosaken‹ in seiner Gegenwart aus. Ich habe schon Sterbende erlebt, die von ihren Lagern aufsprangen und in heller Panik zu fliehen versuchten.«

»Ich weiß. Sie haben ein Schreckensregiment geführt. Es muss ein Terror ohnegleichen gewesen sein.«

Der Chirurg nickte. »Es gibt keine Worte mehr für das, was diese Männer erlitten haben. Noch weniger für das, was jene erlitten, die wir nie wiedersehen werden.«

David gab Heinrich den Befehl, sich um den Franzosen zu kümmern, dann machte er sich auf den zweiten Ausritt an diesem Tag und sammelte mit seinen Leuten drei versprengte Bayern ein, die er kurz befragte und dann ins Lazarett schickte. Als er in seine Unterkunft zurückkam, hatte der Franzose sich nicht gerührt, schien aber tief zu schlafen und sah nicht mehr ganz so grau aus. David ließ sich ein Essen bringen, ein kaum genießbares Zeug aus undefinierbaren Resten, überwiegend aus Kartoffeln bestehend, aber wenigstens heiß. Er verschlang es hungrig, nahm sich Tee aus dem Samowar und machte sich dann daran, beim Schein einer flackernden Tranlampe den Tagesbericht zu schreiben. Er hatte gerade die ersten Zeilen beendet, als sich sein Gast bewegte und ein leises Stöhnen von sich gab.

David drehte sich um und fragte: »Monsieur?«

Der Mann schlug die Augen auf, hatte aber Mühe, seine Umgebung zu erkennen. Davids Französisch war in den letzten Monaten wieder fließender geworden, und so erklärte er: »Sie sind in Sicherheit, Monsieur. Ein preußischer Posten, wir lasen Sie von der Straße auf.«

»Danke!«

»Unser Knochenbrecher hat Ihnen Flüssigkeit verordnet. Ich werde Ihnen von diesem warmen Tee geben. Bemühen Sie sich nicht, und lassen Sie sich helfen!«

Trotzdem versuchte der Mann, die Tasse selbst zu halten, aber er sah bald ein, dass es ein unsinniges Unterfangen war. Also trank er durstig, was ihm David ziemlich ungeschickt an die Lippen hielt. Danach sank er wieder zurück auf das Polster.

»Capitain David von Hoven, preußisches Ingenieurcorps, zu Ihren Diensten.«

»General Sebastien Renardet, ohne Corps, ohne Befehl. Aber zu Ihren Diensten, Capitain, so ich dazu noch tauge.«

David starrte den General mit sprachloser Verblüffung an und wiederholte dann: »General Sebastien Renardet? Wirklich?«

»Guter Fang, nicht wahr, Capitain?.«

»General, Sie wissen nicht, wie gut. Aber noch sind wir – ähm – Verbündete. Doch selbst wenn wir Erzfeinde wären… General, glauben Sie an die Vorsehung?«

»Nein, Capitain. Ich glaube an nichts mehr.«

»Das dachte ich auch eine lange Zeit, aber gerade bin ich eines Besseren belehrt worden. Aber bevor ich Ihnen das erkläre, trinken Sie bitte noch etwas!«

Diesmal klappte die Zusammenarbeit besser, und dann holte David die Lampe an das Bett, damit sie einander im Lichtschein besser sehen konnten.

»Sie sind mir kein Fremder, General. Vor einiger Zeit bin ich nur knapp davongekommen, Ihr Gefangener zu werden. 1806, Olvenstedt bei Magdeburg. Mein Freund Nikolaus Dettering und ich wurden von einem garstigen Trossbuben unter Ihrem Kommando aufgestöbert und gefangen genommen. Ich habe mich sehr unehrenhaft verhalten, mein Offizierswort gebrochen und bin ihm mit einer List entwischt. Nikolaus aber war verwundet und wurde zu Ihnen gebracht.«

Renardet versuchte sich stöhnend aufzurichten.

»Bleiben Sie um Himmels willen liegen, General!«

»Sie? Sie sind der Freund des jungen Leutnants? Ist er auch hier?«

»Nein, er ist zur King's German Legion nach England gegangen und steht jetzt in Spanien.«

»Und Toni? O Gott, wissen Sie eigentlich, dass sie gar kein Junge war?«

»Ich weiß es. Das ist der Grund, warum ich an die Vorsehung glaube.« Als David Renardet die wesentlichen Punkte von Antonias Heimkehr nach Köln, die Aufnahme in ihre neue Familie und ihre verwandtschaftlichen Beziehungen darlegte, hörte Renardet mit wachsendem Staunen zu. »Und, General, weil Toni immer voller Achtung und sehr liebevoll von Ihnen gesprochen hat, und weil Sie ihr das Leben in den schweren Jahren ihrer Jugend erleichtert haben, werde ich jetzt alles daransetzen, Sie nach Köln zu ihr zu expedieren.«

Lange schwieg Sebastien Renardet, dann aber murmelte er: »Ich hätte nie gedacht, nie in den vergangenen dunklen Tagen, Capitain, dass es überhaupt noch so etwas wie Licht gibt. Auf dem Weg von Moskau zurück habe ich erfahren müssen, dass Menschlichkeit nur eine dünne Tünche über der Kreatur ist, die im Kampf um das Überleben sofort verschwindet.« Seine Stimme versagte, er drehte den Kopf zur Seite. Doch leise und heiser flüsterte er: »Capitain, Sie treiben mich zu Tränen.«

Zwei Tage später hatte der Chirurg den General für bedingt transportfähig erklärt. Jeder, der sich mit eigener Kraft bewegen konnte, wurde von ihm als gesund bezeichnet. David hatte in der Zwischenzeit eine Reisemöglichkeit organisiert. Heinrich, seinem Burschen, gab er die Order, den General auf dem schnellsten Weg nach Köln zu bringen, und stattete ihn mit ausreichend Geldmitteln aus.

»Wenn er nicht mehr reiten kann, miete eine Extrapost oder

einen Wagen, Heinrich! Sieh zu, dass er gut zu essen bekommt und nachts ein warmes Bett! Hier sind die Karten, ich denke, er ist in der Lage, dir beim Lesen zu helfen.«

»Wird gemacht, Herr Capitain.«

»Diesen Brief übergibst du meiner Schwester Antonia, den anderen meinem Bruder Cornelius.«

»Selbstverständlich.«

»Du bleibst auch in Köln in seinem Dienst, bis er einen geeigneten eigenen Burschen gefunden hat.«

»Wie Sie wünschen, Herr Capitain.«

»Und du achtest mir streng darauf, dass er am Leben bleibt.«

»Zu Befehl, Herr Capitain!«

Heinrich kannte einen Großteil der Geschichte, und er hatte zwar ein schlichtes, aber romantisches Gemüt. Vor allem war er von stoischer Zuverlässigkeit.

General Sebastian Renardet humpelte aus dem Haus zu den Pferden, in einen dicken Wollmantel gehüllt, eine Pelzmütze auf den Kopf und Fellstiefel an den Füßen.

»David, mir fehlen die Worte, um Ihnen zu danken.«

»Dann danken Sie mir nicht, Sebastien! Reisen Sie wohl! Ich denke, es bleibt zwar kalt, aber es wird nicht weiter schneien. Grüßen Sie mir Köln und Toni! Versprechen Sie mir einfach, bis dahin am Leben zu bleiben!«

»Ich werde alles in meiner Macht Stehende tun, mein Freund. Auch wenn es aus dem Mund eines Atheisten albern klingen mag: Gott segne Sie!«

»Leben Sie wohl, mon général! Gott beschütze Sie!«

Sie waren sich nahegekommen in den vergangen Tagen und hatten Zuneigung gefasst. Nun umarmten sie sich, dann schwang sich Renardet steif auf das Pferd. Heinrich war schon aufgesessen und hielt das Packpferd am Zügel.

David sah ihnen lange nach und ging dann mit schwerem Herzen zurück zu seiner Unterkunft. Sebastien war ein zäher Mann, aber er hatte Hunderte von Meilen vor sich. Und er war schwerer verwundet, als der Chirurg es ihm offenbart hatte. Es würde die letzte Reise sein, die er antrat. Der General war in kurzer Zeit sein Freund geworden, doch er würde ihn nie wiedersehen. Er hoffte innig, er möge Antonia erreichen. Und dass er, wenn er sterben musste, es in ihren Armen tat.

Elena war alleine zu Hause, als das geschlossene Coupé vor der Tür hielt, und ein untersetzter Mann an ihre Tür klopfte. Sie hörte Johann nach seinem Begehr fragen und verstand Antonias Namen. Entschlossen legte sie die Druckbogen beiseite, die sie gerade durchgesehen hatte – eine fesselnde Abhandlung über antike Vasen, die Antonia mit launig erzählten Histörchen aus der griechischen Sagenwelt angereichert hatte – und trat in den Flur.

»Gnädige Frau, dieser Mann behauptet, der Herr David habe ihn geschickt, und er müsse dringend das gnädige Fräulein sprechen. Er nennt sich Heinrich und weist sich als Bursche des Capitains aus.«

»Guten Tag, Heinrich. Ich bin Antonias Mutter. Was bringen Sie für Nachrichten?«

Heinrich drehte verlegen seine Mütze in den Händen, denn er konnte zwar mit widersetzlichen Wirten und Posthaltern umspringen, mit feinen Damen hatte er keine Erfahrung.

»Nicht nur Nachrichten, sondern auch einen Herrn, gnädige Frau. Einen General, den der Herr Capitain in Fräulein Antonias Obhut zu geben wünscht.«

»Einen General?«

»Herrn General Sebastien Renardet, gnädige Frau!«

»Oh!« Elena zupfte nervös an dem warmen Shawl, den sie sich umgelegt hatte, dann fasste sie sich und bat: »Lassen Sie ihn eintreten, Johann!«

»Verzeihung, gnädige Frau, er ist schwer blessiert«, erklärte der Bursche.

»Ja – dann!« Sie drehte sich um und gab mit erstaunlich fester Stimme Anweisungen. »Johann, holen Sie Maddy, Linda und Nora! Maddy soll in die Druckerei gehen und Cornelius und Thomas, so schnell sie kann, herbringen. Der Stift soll zu Susanne laufen und Antonia holen.«

Die drei Frauen eilten herbei, Maddy warf sich dabei bereits ein Tuch über und stürzte über die Straße zur Druckerei.

»Linda, richte Cornelius' Zimmer her, und mach ein Feuer im

Kamin an! Nora, du wirst diesem guten Mann ein Essen richten und einen großen Kessel Wasser aufsetzen. Johann, Sie eilen zu Dr. Schmitz und bitten ihn, zu einem Notfall zu kommen.«

»Ja, gnädige Frau«, kam es einstimmig von den verdutzten Bediensteten. So energisch hatten sie die Dame des Hauses noch nie erlebt. Aber sie setzten sich alle drei sogleich in Bewegung, um ihre Aufgaben auszuführen. Sie selbst trat an den Wagen und fand den Herrn darin unansprechbar. Zusammengesunken lehnte er in einer Ecke, doch zum Glück kamen schon Cornelius und Thomas angelaufen.

»Was ist passiert, Elena?«

»Helft dem Mann im Wagen! Er muss getragen werden. Bringt ihn in dein ehemaliges Zimmer, Cornelius!«

»Natürlich. Wer ist es?«

»General Sebastien Renardet.«

»Großer Gott!«, entfuhr es Cornelius. »Tonis Colonel!«

»Gnädiger Herr, bitte, hier ist ein Schreiben von Ihrem Herrn Bruder, das alles erklärt.«

»Gleich, Heinrich. Der Name erklärt mir vieles.«

Thomas und er hatten Mühe, den bewusstlosen Mann aus dem Coupé zu heben, aber dann trugen sie ihn vorsichtig die Stiegen hinauf und legten ihn auf das gerichtete Bett. Elena und Heinrich folgten ihnen.

»Wo ist er verletzt? Ich sehe keine Verbände?«

»Ein Projektil in der rechten Seite, und ich fürchte, den Frostbrand in den Füßen. Er ist bis vor vier Tagen geritten, aber dann wurde er ohnmächtig, und ich musste den Wagen mieten.«

»Mein Gott, wie lange sind Sie unterwegs gewesen?«

»Sechzehn Tage, gnädige Frau. Wir brachen am achtundzwanzigsten Dezember auf.«

»Der arme Mann! Sie müssen auch am Ende Ihrer Kräfte sein.«

»Nur ein wenig erschöpft.«

»Gehen Sie in die Küche, Nora wird sich um Sie kümmern.«

»Wenn Sie gestatten, würde ich mich lieber erst um den General kümmern. Ausziehen, wissen Sie, und so weiter. Ich bin es gewohnt.«

»Na gut, tun Sie das! Hat er Gepäck?«

»Ich hole es«, bot Cornelius an und ging nach unten. Als er mit der Reisetasche zurückkam, begleitete der Arzt ihn.

»Doktor Schmitz, gut, dass Sie so schnell kommen konnten.«

»Ein Notfall?«

»Ein Offizier, er kommt aus Russland.« Elena wies auf das Bett, und der Arzt gab ein mitleidiges Brummen von sich.

Renardet stöhnte ein paar Mal, als sie ihn von seinen Kleidern und Stiefeln befreiten, und Doktor Schmitz bekam eine bedenkliche Miene, als er die Füße seines Patienten betrachtete, wo sich die schwärzliche Verfärbung des Frostbrands zeigte. Er drückte einige Male an den geschwollenen Zehen herum und murmelte dann: »Eile tut not. Würden Sie mir assistieren, Herr Waldegg? Auch Sie, Heinrich? Ich werde schneiden müssen. Drei Zehen sind nicht mehr zu retten.«

»Was sollen wir tun?«

»Den Patienten still halten. Noch ist er bewusstlos, aber es wird eine schmerzhafte Prozedur. Ich hoffe, es gelingt mir, ihm eine Dosis Laudanum einzugeben.«

Nach über einer Stunde lehnte sich Cornelius schweißüberströmt an das Fenster, während Doktor Schmitz seine Utensilien zusammenpackte. Thomas hatte das Zimmer schon vor geraumer Zeit würgend verlassen, und Heinrich musste sich über die Waschschüssel beugen. Cornelius selbst hatte es irgendwie durchgestanden, aber sein Magen befand sich weiter in Aufruhr.

»Wie halten Sie das nur aus, Doktor?«

»Man tut, was man muss. Wenn Sie die Wunde ruhig und sauber halten, wird er wahrscheinlich gerettet, und der Verlust von drei Zehen will mir in Anbetracht der Geschehnisse in Russland ein geringes Opfer sein. Mehr zu denken gibt mir dieses Metallstück zwischen seinen Rippen. Aber das kann ich in seinem jetzigen Zustand unmöglich entfernen. Die oberflächliche Wunde ist verheilt, aber er wird ständig Schmerzen haben. Hoffen wir, es fängt nicht an zu wandern und verletzt ein inneres Organ.« Der Arzt schüttelte betrübt den Kopf. »Ihre Vorhersage über den Ausgang des Russlandfeldzugs in der Logensitzung bewahrheitet sich auf geradezu erschreckende Weise.«

Es stellte sich als harte Arbeit heraus, den General zu pflegen. Er lag zwei Tage in tiefer Bewusstlosigkeit, danach dämmerte er gelegentlich vor sich hin. Manchmal stöhnte er vor Schmerzen, dann gaben sie ihm das Betäubungsmittel. Nachts aber wurde er von entsetzlichen Mahren heimgesucht, und mehr als einmal machte er Anstalten, aufzuspringen und zu fliehen. Heinrich schlief auf einem Behelfsbett im selben Zimmer, während Antonia und Maddy sich die Wache teilten. Wenn der Patient wieder unruhig wurde, hatte der Bursche alle Kraft nötig, ihn zu halten. Nach der dritten, äußerst lebhaften Nacht fand Antonia indessen heraus, dass ihn ihre Stimme weit mehr beruhigte als Heinrichs Körperkräfte. Also begann sie, immer wenn Renardet sich heftig auf seinem Lager bewegte, sanft auf ihn einzureden. Alles Erdenkliche erzählte sie ihm, und oft, wenn er dann stiller wurde, legte sie ihm ihre Hand an die Wange.

In der sechsten Nacht war sie so übermüdet, dass die Erinnerungen aus der Vergangenheit mit Macht zu ihr zurückkamen. Sie sah sich selbst als kleinen Burschen dem verirrten jungen Colonel an einem heißen Sommertag bei Pfungstadt Apfelmost und Brot anbieten, dachte an die langen Marschtage Richtung Thüringen, an denen er oft abends am Marketenderzelt vorbeigeschaut hatte, um mit Elisabeth und ihr zu plaudern. Sie erinnerte sich, wie sie David und Nikolaus im Apfelbaum belauscht und ihn spät in der Nacht in seinem Offiziersquartier aufgesucht hatte, um ihm die Position der Preußen zu verraten. Als sie an den Tag dachte, da sie ihn an der Schulter verwundet aufgelesen hatte, kam neben dem Mitleid auch dieses seltsame Gefühl von damals zurück. Sie war sechzehn und hatte das erste Mal vergessen, dass sie kein Junge war. Sie hatte seine Einsamkeit gespürt und den Wunsch, ihn mit Zärtlichkeit zu trösten. Darum hatte sie ihm, wie jetzt, das Gesicht gestreichelt, als er benommen von Obstschnaps und Schmerzen in ihrem Zelt lag. Später, als Elisabeth gestorben war, übernahm er die Rolle des Trösters, nicht mit Zärtlichkeit, aber mit Verständnis und Hilfe. Vor sechs

Jahren hatte sie ihn das letzte Mal gesehen, und sie fragte sich, was er in dieser Zeit alles erlebt hatte.

Sie betrachtete ihn wie so oft im matten Schein der Lampe. Er mochte jetzt um die vierzig sein, sein Haar war noch immer schwarz und kraus, aber an seinen Schläfen gab es vereinzelte silberne Fäden. Heinrich rasierte ihn jeden Morgen, aber in der Nacht lag ein dunkler Schatten um Kinn und Wangen. Wenn er ruhig schlief, waren wenige Falten zu sehen, und er wirkte genauso wie zu der Zeit, als sich ihre Wege getrennt hatten. Auch damals war er hager gewesen, aber sein Teint war sonnengebräunt und nicht so farblos, fast grau. Seine Augen hatten damals vor Lebensfreude gefunkelt. Wenn er sie jetzt einmal öffnete, schienen sie schwarz, nicht mehr braun, und blicklose Brunnen tiefster Qual.

Sie nahm seine Hand in die ihre, und als die frühe Januardämmerung in das Zimmer kroch, da versuchte sie, nicht nur leise zu ihm zu sprechen, sondern ihn energisch aus seiner Schattenwelt zurückzurufen.

»Mon Colonel, wachen Sie auf! Ich bin es, Toni. Erinnern Sie sich nicht mehr an Toni, den Trossbuben? Hören Sie mich, mon Colonel? Toni ist bei Ihnen. Werden Sie wach, mon Colonel! Sie haben David versprochen, lebend zu mir zu kommen. Halten Sie Ihr Wort, mon Colonel!«

Er bewegte seinen Kopf, und mühsam hoben sich die Lider.

»Toni?« Es war kaum ein Flüstern. Aber es war das erste Mal, dass er überhaupt sprach.

»Ja, Toni. Der Junge vom Marketenderwagen.«

»Toni?« Er blinzelte stärker.

»Immer noch derselbe.«

»Toni, der zur Stelle ist, wenn ich mich verirrt habe oder verletzt bin?«

»Es gab solche Gelegenheiten, ja, mon Colonel.«

»Du bist bei mir? Kein Traum?«

»Nein, ich bin kein Traum. Ich bin bei Ihnen, mon Colonel.«

»Gut.«

Sie strich ihm wieder zart über die Wange, und er schmiegte zufrieden den Kopf in ihre Hand.

Danach setzte tatsächlich die Genesung ein, und eine Woche später saß er schon, von vielen Kissen gestützt, in seinem Bett und unterhielt sich mit Cornelius.

»Es ist mir überaus peinlich, Ihre Gastfreundschaft so lange in Anspruch zu nehmen, Herr Waldegg. Sie hätten mich in ein Hospital bringen lassen müssen.«

»Das hätte nur bedeutet, das die beiden Damen dort ständig um Sie herum gewesen wären. So ist es bequemer für alle.«

»Es muss ein Ende haben. Doch ich muss Sie noch um einen Gefallen bitten.«

»Nur zu, General. Eine Uniform, ein schnelles Pferd, einen Säbel?«

»Nichts dergleichen. Eine ruhige Wohnung, ein paar Anweisungen an meine Bank, einen Diener. Ich möchte wieder zu Kräften kommen, aber dazu muss ich auch mein Leben wieder in die Hand nehmen.«

»Das wird zu regeln sein. Soll ich Ihnen bei den schriftlichen Angelegenheiten zur Hand gehen?«

»Ich habe dort schon einige Papiere liegen. Aber einen Botengang zu einer Bank müssten Sie für mich übernehmen.«

»Ich werde es mit unserem Bankier regeln, wenn Sie mir vertrauen wollen. Was die Wohnung anbelangt, General, so kann ich Ihnen sogar ein passendes Objekt anbieten. Wenn Ihnen auch ein kleines Haus genehm ist.«

»Es ist mir gleichgültig, Hauptsache, ich kann mich in der Umgebung ein wenig bewegen. Ach – und Geld spielt keine Rolle, ich bin ein – mhm – ziemlich vermögender Mann.«

»Ich weiß, Comte de Bessèges. Ein Gut in der Provence, einige Häuser in Marseille et cetera. David schrieb mir ausführlich. Das Landhäuschen, das ich letztes Jahr gekauft habe, liegt an einem Seitenarm des Rheins, recht ländlich, aber nicht weit von der Stadt entfernt. Ich wollte es herrichten lassen, als Sommerhaus für meine Familie, aber bewohnbar ist es. Sie können es beziehen, sowie sie reisefähig sind. Eine Haushälterin sorgt für Sie, und Heinrich wird Sie begleiten.«

»Danke. Das hört sich sehr passend an. Ich zahle Ihnen selbstverständlich eine angemessene Miete.«

»Sicher.«

»Die Arztrechnungen …«

»Natürlich.« Mit einem Blinzeln in den Augen ergänzte Cornelius: »Selbstverständlich berechnen wir Ihnen auch jede Tasse Tee, die Sie getrunken haben, Monsieur.«

»Das erwarte ich. Den Damen werde ich mich jedoch auf andere Weise erkenntlich zeigen.«

»Gut, dann werde ich jetzt Ihre Schriftstücke übermitteln, Botschaft an die Haushälterin senden, damit sie die Räume vorbereitet, und eine Transportmöglichkeit für Sie besorgen. Ach ja, und ich glaube, Kleidung werden Sie auch benötigen. Wollen Sie Uniform tragen oder Zivil?«

»Ich habe um Beurlaubung aus gesundheitlichen Gründen gebeten, nicht um Entlassung. Also werde ich wohl Uniform tragen. Eine einfache Kavalleriemontur, nicht die der Kaisergarde. Kann man hier so etwas auftreiben?«

»Köln, General, ist Frankreich. Noch.«

»Das Wörtchen ›noch‹ verwendete auch Ihr Bruder, als er mich noch als seinen Verbündeten bezeichnete.«

»Das französisch-preußische Bündnis ist aufgelöst.«

»Einige Gazetten, Herr Waldegg, wären mir ebenfalls sehr willkommen.«

»Ich vermute, die Lektüre wird Ihrer Gesundheit nicht bekömmlich sein.«

Renardet lächelte Cornelius schief an. »Vielleicht doch?«

Liebesfrühling

Du meine Seele, du mein Herz,
Du meine Wonn', o du mein Schmerz,
Du meine Welt, in der ich lebe,
Mein Himmel du, darin ich schwebe.

Liebesfrühling, Rückert

Drei Tage später, am Lichtmesstag, begleitete Cornelius den General nach Sürth, dem kleinen Fischerdorf an einem weiten Rheinarm. Er war sehr schwach und musste sich auf Heinrich und einen starken Stock stützen, aber als er das strohgedeckte Haus inmitten eines winterbraunen Gartens betrat, wirkte er zufrieden.

»Genau das, was ich gesucht habe. Danke, Cornelius.«

Auch sie hatten sich angefreundet, und Cornelius versprach Renardet, ihn alle paar Tage zu besuchen. Es war ein schöner Ausritt von der Stadt bis zu der Rheinschleife südlich der Stadtmauern.

Mit Antonia hingegen hatte Cornelius eine kleine Meinungsverschiedenheit auszufechten.

»Wie kannst du ihn alleine dort hausen lassen, Cornelius?«

»Er benötigt eure Pflege nicht mehr.«

»Harte Männer, was?«

»Es gibt ein Maß, das man nicht überschreiten soll, Toni. Jemand, der lange so schwach war, muss auch seine Selbstachtung wieder aufbauen. Im Übrigen werde ich ihn in drei Tagen wieder besuchen und nach dem Rechten schauen.«

»Ich begleite dich.«

»Nein.«

Sie führten ihre Auseinandersetzung in Cornelius' kleinem, vollgestopftem Arbeitszimmer über der Druckerei, und wütend knallte Antonia den Stapel Papier auf den Schreibtisch, den sie ihm hatte abliefern wollen.

»Warum soll ich nicht zu ihm? Er fand meine Anwesenheit nicht lästig.«

»Nein, sicher nicht, solange er noch schwach und hilfsbedürftig war. Aber hast du nicht bemerkt, dass du ihn in den letzten Tagen manchmal verlegen gemacht hast?«

Sie hatte es bemerkt, oder besser, sie hatte eine gewisse Distanziertheit wahrgenommen, und sich aus dem Krankenzimmer zurückgezogen, um ihn nicht zu stören. Sie fuhr sich mit den Fingern durch die Haare, die sie seit dem Brand in der Budengasse wieder in kurzen Locken trug, und fragte mit seltsam unsicherer Stimme: »Ich bin ihm doch lästig gewesen, nicht wahr? Er will mich nicht sehen, oder?«

»Setz dich, Toni! Ich will versuchen, es dir zu erklären.«

Sie zog einen Schemel heran und sah zu ihrem Bruder auf. Cornelius, der sich in den vergangenen Tagen viel mit Renardet unterhalten hatte, drängte seine eigenen Gefühle entschlossen zur Seite.

»Du magst ihn sehr, nicht wahr?«

»Ja. Aber er mich nicht, ist es so? Du hast so lange mit ihm geredet. Hat er dir das gesagt?«

»Nein, Toni. Ich denke, er empfindet mehr für dich, als er zeigen mag. Gib ihm Zeit, wieder kräftig und gesund zu werden! Warte mit deinem Besuch, bis er dir wieder als der Mann entgegentreten kann, der er früher war!«

Antonia senkte den Kopf. Sie hätte selbst darauf kommen können, das Argument war einsichtig. Aber das erste Mal in ihrem Leben befand sie sich in einem Gefühlsaufruhr, der ihr es schwer machte, verständig zu denken.

»Du bist verliebt, Toni?«

»Ich fürchte, ja. Wahrscheinlich schon sehr lange. Ich war es damals bereits halb. Aber es ist mir nie so klar geworden. Ich dachte immer, es sei ganz anders. Aufregender, irgendwie prickelnder. Aber es ist nur ein Ziehen in mir, irgendwie schmerzlich.«

»Das könnte an den Umständen liegen, meinst du nicht auch? Wenn er dir in seiner Galauniform auf einem Ball begegnet wäre, gesund, siegreich, stattlich, hättest du dieses Prickeln sicher bemerkt. So aber überdeckt dein Mitgefühl viel von dem, was die Bewunderung für einen anziehenden Mann ausmacht.«

»Ja, mag sein. Also gut, ich werde warten. Aber gib mir Bescheid, wenn ich ihn sehen darf, ja?«

»Versprochen.«

Sie schnaufte leise und sammelte sich wieder. »Ich habe dir die Reiseberichte von diesem skurrilen Russlandforscher mitgebracht. Sie werden jetzt auf reges Interesse stoßen, Cornelius, aber der Mann hat einen Stil!« Sie rollte mit den Augen. »Der muss verbale Gallenkoliken gehabt haben, als er das schrieb. Kaum ein Satz mit Pronomen, keiner länger als vier Wörter, die Aussagen aneinandergeknallt wie Exerziergriffe am Gewehr. ›Feld jesehn! Jrün jewesen. Büscheljras!‹« Sie lachte trocken auf. »Baliner! Vermutlich ein richtiger preußischer Kommisskopp!«

»Alter Obrist! Vater schon unter Fritz jedient. Präzise!«

»Wie ein Scharfschütze. Ob er wohl dagegen ist, wenn ich etwas zivile Watte um seine Kasernenhofsätze wickle?«

»Wenn er will, dass ich sein Werk verlege, wird er sich damit abfinden müssen. Sonst keene Moneten! Sonst keenen Ruhm!«

»Also gut, dann mache ich mich an die Arbeit. Susanne würde gerne wieder Lithografien für dich machen.«

»Soll sie. Hat sie inzwischen irgendwas von Philipp in Erfahrung bringen können?«

»Nein. Er gilt weiter als vermisst. Von seinen Kameraden ist bisher keiner wieder aufgetaucht. Es besteht nicht viel Hoffnung, oder? Die Ungewissheit macht sie nervös, aber wenn sie die bestätigte Nachricht von seinem Tod bekommt, wird sie sicher nicht in Weinkrämpfe ausbrechen.« Sie zuckte mit den Schultern. »Das Kind ist ihr wichtiger. Sarah Leilanie ist aber auch ein Püppchen.«

»Mit einem ganz unschuldig blanken Popo?«

»Noch nicht einmal ein Muttermal, geschweige denn eine Tätowierung. Was mich zur Gerüchteküche bringt, Cornelius«, meinte Antonia mit gefährlich blitzenden Augen.

»Was köchelt in dieser Küche?«

»Dass du Bettina Sartorius den Hof machst. Bist du verliebt, Cornelius?«

Eine geballte Faust in den Magen hätte ihn nicht unerwarteter treffen können. »Nein, absolut nicht!«

»Aber man flüstert die Worte ›Verlobung‹ und ›Antrag‹ in diesem Fall ziemlich vernehmlich.«

»Ich habe Bettina keinen Antrag gemacht.«

»Aber seit wann tändelst du mit unverheirateten Jüngferlein aus guter Familie herum? Als charmante Begleitung sind solche leichten Hemden wie Melanie viel ungefährlicher.«

Es war an Cornelius, herumzudrucksen: »Himmel, woher …«

»Maddy.«

»Verdammte kleine Schnüfflerin!«

»Hat aber zusammen mit Nora rausgefunden, dass cher Frédérics Sohn und Erbe mit ziemlicher Sicherheit Lindenborns Abkömmling ist.«

»Autsch!«

»Wenn du unbedingt heiraten willst, Cornelius, dann nimm Susanne!«

»Auf gar keinen Fall!«

»Warum nicht, du magst sie doch! Und sie dich auch.«

»Ich möchte nicht Gefahr laufen, von David in einer dunklen, kalten Nacht im Rhein ersäuft zu werden.«

»Ach, so ist das! Na, jetzt lasse ich dich alleine und poliere unseren preußischen Knurrhahn auf.«

Die ersten Blattknospen öffneten sich, und Schneeglöckchen sprossen in Büscheln, da, wo vorsorgliche Gärtner ihre Zwiebeln in den Boden gesteckt hatten. Die Wiesen waren grün geworden, und der Huflattich blinzelte hier und da leuchtend gelb durch die Halme, als Antonia in der ersten Märzwoche am Rhein entlangritt. Fünf Wochen hatte sie gewartet, sich in Arbeit versenkt, mit Susannes und Maddys kleinen Töchtern gespielt, Nora die Gerichte beigebracht, die Elena gerne aß, mit einigen jungen Herren die Karnevalsbälle besucht und ein wenig geflirtet, aber kein großes Vergnügen daran gefunden.

Von Renardet hatte sie nur über Cornelius spärliche Nachrichten bekommen. Aber gestern hatte er ihr verraten, der General sei schon wieder ausgeritten und erfreue sich einer guten Kondition. Sie betrachtete das als Erlaubnis, ihn aufzusuchen.

Wo das Häuschen lag, wusste sie, im Herbst hatte sie es mit Cornelius und Elena besichtigt und ihr Einverständnis zum Erwerb gegeben. Als es in Sicht kam, bemerkte sie, dass der Garten in Ordnung gebracht, die Beete umgegraben, der Zaun ordentlich hergerichtet worden war, und an den säuberlich aufgebundenen Spalierobstzweigen an der Sonnenseite zeigte sich junges Laub. Die Fenster zwischen den grün gestrichenen, aber abblätternden Läden blinkten sauber, und der Weg zur Haustür war mit weißem, frisch geharktem Kies bestreut.

Antonia glitt aus dem Sattel und band das Pferd am Pfosten fest. Mit bangem Herzen ging sie zur Tür und klopfte.

Es war Heinrich, der ihr öffnete. »Oh, Fräulein Antonia!«

»Störe ich, Heinrich?«

»Aber nein, nein. Nur, der General ist ausgeritten. Aber er wird bald zurückkommen. Möchten Sie auf ihn warten?«

»Wenn ich darf.«

»Kommen Sie rein! Es ist ein bisschen unaufgeräumt, denn Frau Liese kommt erst am Nachmittag. Aber einen Tee habe ich für Sie. Es ist noch ziemlich kalt, obwohl die Sonne scheint, nicht wahr?«

»Ich fand es schön. Nehmen Sie meinen Mantel, Heinrich!«

Er führte sie in ein hübsches Wohnzimmer, das mit leichten, weiß lackierten Möbeln eingerichtet war, und machte sich an einem Samowar zu schaffen.

»Was ist denn das für eine Höllenmaschine?«

»Das einzig Gute, was uns die Russen gebracht haben. Man kann damit starken Tee kochen. Nehmen Sie ihn auf jeden Fall mit Zucker und Milch!«

»Danke. Wie geht es dem General?«

»Täglich besser, will ich meinen. Aber Sie werden es gleich selbst sehen. Ich höre sein Pferd auf dem Weg.«

Sie ging zum Fenster, und als sie ihn den Pfad hochreiten sah, machte ihr Herz einen Sprung. Er sah gut aus, ein hoch gewachsener Mann mit schwarzen Haaren, aufrechter Haltung und anziehenden Zügen. Als er vom Pferd stieg, humpelte er zwar noch immer, aber einen Stock schien er nicht zu benötigen.

Dann stand er in der Tür und sah sie an.

»Mademoiselle Antonia, was für eine Überraschung!«

»Ich habe Sie überfallen, General. Ich hoffe, ich komme nicht ungelegen.«

»Kaum, Mademoiselle. Ich führe kein geschäftiges Leben. Als Unterhalter stehen mir derzeit nur Heinrich und der Drache zur Verfügung.«

»Sie verfügen über einen Drachen?«

»Ein Haustier, doch nicht handzahm, namens Liese. Nehmen Sie Platz, Mademoiselle Antonia!« Er hinkte zu einem Sessel und schob ihn ihr zum Kamin hin.

»Wie geht es Ihnen? Sie sehen erholt aus, General.«

»Es scheint die Natur ihre eigenen Wunder zu wirken, doch seltsamerweise empfinde ich den Verlust dreier kleiner Zehen gelegentlich als störend, denn er wirkt sich bei manchen Bewegungen auf das Gleichgewicht aus. Das Tanzen wird mir wohl nie wieder so recht gelingen. Aber ich will nicht klagen, es ist, gemessen an vielen anderen Dingen, ein kleiner Verlust.«

Sie machten höflich Konversation, sprachen sich mit General und Mademoiselle an, und Antonia fand keinen Weg, die glatte, gesellschaftliche Politur zu durchbrechen. Dass er sie besaß, erkannte sie erst jetzt, früher hatte sie sich darüber nie Gedanken gemacht. Er hatte weltmännische Manieren und war sicher in jedem vornehmen Salon ein gern gesehener Gast. Natürlich auch bei Hofe, wie sie sich klarmachte, denn die letzten Jahre hatte er zur Kaiserlichen Garde gezählt. Das brachte sie schließlich auf die Idee, sich nach dem Verbleib ihrer beiden Ziehbrüder Jupp und Franz zu erkundigen. Das wurde ihr mit einem kleinen, wehmütigen Flackern in seinen Augen belohnt.

»Die beiden sind in Paris geblieben, Mademoiselle. Man könnte behaupten, zu seinem eigenen Glück hat sich Franz – glaube ich – kurz vor dem Abmarsch das Bein gebrochen. Sein Bruder weigerte sich standhaft, ihn zu verlassen.«

»Gott sei Dank!«, flüsterte Antonia.

»Ja, man kann dankbar dafür sein. Sie sind eine junge Dame,

die mit beeindruckenden Brüdern gesegnet ist, Mademoiselle Antonia. Auch David und Cornelius sind erstaunliche Männer. Und sie sind stolz auf ihre Schwester.«

»Ihre Dreiviertelschwester. Ein Viertel, General, ist von mir immer noch ein Junge, wie Sie sehen.« Sie streckte ihre in Reithosen und Stiefeln steckenden Beine aus.

»Man würde sie dennoch heute kaum dafür halten, Mademoiselle. Oder – sagen wir, nicht, solange Sie still sitzen und schweigen«, bemerkte er mit einem Lächeln. Sie stand auf und ging zum Fenster. »Habe ich Sie beleidigt?«

»Nein, General. Nur – nachdenklich gemacht.«

Auch er stand auf und trat zu ihr. »Worüber?«

»Über das Viertel. Ich bin seiner überdrüssig, General.«

»Aber Sie könnten es doch mit Leichtigkeit ablegen. Ein hübsches Kleid, ein wenig Zierrat?«

»Nein, das hilft nicht. Es ist in mir drin und lässt sich mit äußerem Putz nicht überschminken. Ich bin nur eine Dreiviertelfrau.« Sie sah ihm in die Augen und merkte, dass er verstand. Und verwirrt war.

»Macht man es Ihnen zum Vorwurf?«

»Nein. Zumindest nicht meine Freunde.«

»Sie sind sehr weiblich, Mademoiselle, das können Sie mir glauben. Ich war einst ein Narr, es nicht früher erkannt zu haben. Ich hätte Ihnen manches leichter machen können.«

»Sie haben es doch erkannt.«

»Als Dettering mich darauf aufmerksam machte.«

»Nein, schon vorher.« Er wandte den Blick ab. »General?«

»Ich habe mich dessen sehr geschämt, Mademoiselle. Ich fürchtete …«

»Einen Junge zu begehren?«

»Ja.«

»Fürchten Sie auch, eine Dreiviertelfrau zu begehren?«

»Mademoiselle, es ist jetzt alles anders.«

»Ist es das?« Wieder sah sie ihm in die Augen, und er hielt ihrem Blick stand. Es lag Verlangen darin. Er konnte es nicht unterdrücken. Er hatte, seit David ihm von ihr erzählte, an sie gedacht.

Antonia machte einen kleinen Schritt auf ihn zu und legte ihm ihre Rechte an die Schulter.

»Sie haben meinem Bruder nicht Ihr Ehrenwort gegeben, lebend zu mir zu kommen, nur weil Sie mit mir höflich Konversation zu machen wünschten.«

Er sah über sie hinaus aus dem Fenster. »Ich war nicht Herr meiner Sinne.«

»Sie waren genug Herr Ihrer Sinne, ihm einen ausführlichen Bericht über die russischen Zustände zu liefern, General. Sie hätten sicher auch dort Unterkunft und Pflege erhalten. Warum haben Sie eingewilligt, die lange, beschwerliche Reise auf sich zu nehmen, um zu mir gekommen?«

»Mademoiselle …«

»Als ich noch Toni war, mon Colonel, haben wir viele Abenteuer und Gefahren miteinander geteilt.«

Er senkte den Kopf und schaute dann wieder zu ihr hin. »Ja, das haben wir, Toni.«

»Haben Sie inzwischen Angst vor Gefahr und Abenteuer?«

»Vor diesem schon.«

»Warum?«

Er hätte es ihr erklären können. Mit sehr einfachen Worten. Aber er tat es nicht. Stattdessen legte er seinen Arm um sie und zog sie an sich. Leicht berührten seine Lippen die ihren. Als er sie löste, hielt sie ihre Augen geschlossen und ihr Gesicht weiter zu ihm hochgewandt.

»Toni!«, flüsterte er verzweifelt, »Toni!«

Dann küsste er sie nochmals, viel weniger zart, und ihre Hand legte sich um seinen Nacken. Ihr Körper schmiegte sich an den seinen, er spürte ihr feines Zittern. Damit vergaß er alle Vorsätze, alle Zurückhaltung, sogar die beständigen Schmerzen in seiner Seite. Er hielt sie fest und suchte ihren Mund, während seine Finger sich in ihre Haare wühlten. Dann löste er sich von ihr, und sein Atem ging heftig. Sie lehnte ihren Kopf an seine Schulter, aber das Zittern war nur noch heftiger geworden.

»Hast du Angst?«, fragte er leise.

»Nein – ja, vor der eigenen Courage. Aber, mon Colonel, Sie

werden mir helfen, nicht wahr? Sie sind der Einzige, von dem ich diese Hilfe annehmen kann.«

»Bin ich das? Du tust mir große Ehre an, Toni.«

Es polterte an der Tür, und eine grauhaarige, knochige Frau trat in das Zimmer. Voller Empörung fuhr sie den General an, der, wie es schien, einen schlanken Jungen im Arm hielt und koste.

»General Renardet, was unterstehen Sie sich! Lassen Sie sofort diesen Burschen los!«

Antonia löste sich aus der Umarmung, zwar noch ein wenig schwankend, aber wieder gefasst.

»Der Drache, General?«

»In seiner feurigsten Form.«

Mit ausgestreckten Händen ging sie auf die aufgebrachte Frau zu und lächelte sie strahlend an. »Sie müssen Frau Liese sein, die Haushälterin. Ich freue mich, Sie kennenzulernen. Mein Bruder hat mir von ihrer gewissenhaften Art berichtet, wie Sie sich um unseren Gast kümmern.«

Das strenge Gesicht wurde milder, als die Haushälterin gewahr wurde, dass der Besucher weiblichen Geschlechts war und vermutlich in einem verwandtschaftlichen Verhältnis zum Eigentümer des Hauses stand. Aber ihr Misstrauen war noch nicht verflogen.

»Ihr Bruder, Fräulein?«

»Cornelius Waldegg, Ihr Arbeitgeber, nicht wahr? Ich bin Antonia Helena Lindenborn-Waldegg und habe lange Zeit unter General Renardet gedient. Wir sind alte Kameraden.«

Zweifel, Unsicherheit und Verärgerung kämpften in dem strengen Gesicht.

»Ich weiß, es hört sich ungewöhnlich an, aber es war wirklich so«, versicherte ihr Antonia, weiter lächelnd. »Darum freue ich mich, dass Sie ihn unter Ihre Fittiche genommen haben. Sie mögen ihn nämlich, den Herrn General, stimmt's?«

»Als Nächstes behaupten sie auch noch, ich würden diesen Strohkopf mit Henkeln, seinen tumben Burschen, mögen.«

»Sicher, Heinrich ist ein braver Kerl, und seine abstehenden Ohren darf man ihm nicht zum Vorwurf machen. Aber nun, Frau

Liese, wäre ich Ihnen sehr dankbar, wenn Sie uns ein wenig ungestört ließen. Zum Abendessen richten Sie bitte nur etwas Leichtes, von dem wir uns selbst bedienen können. Eine Consommé, einen Salat oder so etwas.«

»Er isst zu wenig«, murrte die Haushälterin.

»Ich sorge schon dafür, dass er bei Kräften bleibt. Und zum Frühstück mag ich dann Kaffee und Honigbrötchen.«

Jetzt musterte Liese Antonia mit einem überaus strengen Blick und brummelte vorwurfsvoll: »Man könnte Sie für ziemlich dreist halten, gnädiges Fräulein.«

»Ach, tun Sie das doch bitte, Frau Liese!«

Ein gackerndes Lachen war die Antwort, dann verließ die Haushälterin das Zimmer.

»Liegt es daran, weil ich eure Sprache so schlecht beherrsche, Toni, oder verfügst du über die Zauberkräfte eines Drachenbezwingers?«

»Sie versteht Sie sehr gut, glaube ich, und mein Zauber war simpel. Aber ich hatte Ihnen mehr Menschenkenntnis zugetraut, General.«

»Bei Drachen versagt sie gelegentlich.«

»Hatten Sie nie einen Adjutanten, einen Burschen oder sonst einen Menschen, der sich nur mit äußerstem Grimm um Sie bemühte?«

»Doch, hatte ich. Ich verlor ihn bei Borodino.« Renardet seufzte. Dann nickte er. »Du hast vermutlich Recht. Sie kann nicht anders.«

»Nein, sie kann ihre Fürsorge nur durch Murren und Brummen ausdrücken.« Sie ging wieder auf ihn zu und legte ihm die Hände auf die Schultern. »Alsdann, mon Colonel, wo waren wir stehen geblieben?« Fürwitz lugte aus ihren Augen, aber er war wieder ernst geworden.

»Toni, es ist nicht richtig. Ich kann es nicht leugnen, ich begehre dich, ich empfinde tiefe Zueignung zu dir, aber ich kann dir nicht bieten, was du verdienst. Weder ein Heim noch eine Zukunft.«

»Ich weiß es, Sebastien. Sie haben Familie und Verpflichtungen. Aber wir haben eine Vergangenheit und Gegenwart. Mir genügt es.«

»Ich werde nicht bei dir bleiben können.«

»Aber jetzt sind wir hier.«

Er schloss die Augen wie vor Schmerz, aber es war nicht der ständig nagende Schmerz in seiner Seite, der ihn quälte.

»Sebastien, ich habe dich aus dem Tal der Schatten heimgerufen, damit du bei mir bist.«

»Ja, Toni, das hast du getan.« Er zog sie wieder an sich und streichelte ihre Wange. »Uns bleibt nur wenig Zeit. Versprich mir, mir nicht zu grollen, wenn ich gehen muss!«

»Meine Freundin hat einen Liebhaber gefunden, der nur drei Monate bei ihr blieb. Sie hat ihn leidenschaftlich geliebt, und ich glaube, sie wird ihn immer vermissen. Aber sie ist dennoch glücklich, die Erinnerung an die Zeit mit ihm zu haben. Schenk mir die Erinnerung, mon Colonel!«

Er war sanft und rücksichtsvoll, als er sie die Liebe lehrte, und verlor sich selbst in ihrer verzückten Hingabe. Die Abenddämmerung zog schon auf, als sie sich, verträumt an seiner Schulter ruhend, allmählich wieder zu regen begann. Er wachte aus einem leichten Schlummer auf.

»Mein Gott, Toni, es ist Abend geworden!«

»Ach ja, wie schnell die Zeit verging«, bemerkte sie mit einem glücklichen Lachen in der Stimme und strich über seine bloße Brust.

»Du kannst nicht im Dunkeln zurückreiten.«

»Natürlich nicht. Deswegen hoffte ich ja, dass du mir ein Lager für die Nacht anbietest. Eine einfache Strohschütte reicht, mon Colonel.«

»Du kannst selbstverständlich hierbleiben, aber man wird sich Sorgen um dich machen.«

»Nein. Meine Mutter weiß, wo ich bin. Und warum.«

»Aber dein Bruder! Er wird mir das Fell über die Ohren ziehen.«

»Er selbst hat mich hergeschickt. Er würde sich weit mehr wundern, wenn ich nach Hause käme.«

»Du hast deiner Familie gesagt, du hättest …«

»Ich erklärte ihnen, ich wolle mit dem Mann, den ich seit

vielen Jahren liebe, eine Affäre beginnen. Warum soll ich lügen?«

Jetzt lachte Renardet leise und drehte sich so, dass er sich über sie beugen konnte.

»Du bist eine einzigartige Frau, Toni.«

»Dreiviertel?«

»Nein, ganz und gar und absolut vollkommen. Himmel, viel zu vollkommen.«

»Ich fühle mich auch sehr vollständig. Obwohl das Gefühl wohl vertieft werden könnte. Meinst du, man könnte auf die Schnelle noch daran arbeiten?«

»Bestimmt nicht auf die Schnelle.«

Mit diesem Tag begann für Antonia und Sebastien, obwohl die Welt um sie herum in Trümmer zu versinken drohte, ein seltsam bittersüßer Liebesfrühling.

Spielereien mit Erlkönigs Töchtern

Du liebes Kind, komm, geh mit mir!
Gar schöne Spiele spiel' ich mit dir.

Der Erlkönig, Goethe

Lydia war eine schmale, sehr weißhäutige Schönheit mit blauschwarzem, prachtvollem Haar und kühlen, grauen Augen. Augen, die unfehlbar einen Gewinner erkannten. An diesem Abend fiel ihr Blick auf einen der Stammgäste, einen stattlichen, sehr gepflegten Herrn in einem meisterlich geschneiderten Frack und blütenweißer Halsbinde. Bisher hatte sie noch nicht mit ihm gesprochen, doch sie wusste eine ganze Menge über ihn. Seit zwei Jahren etwa erschien er regelmäßig ein-, zweimal im Monat. In der letzten Zeit aber wurde er häufiger in den eleganten Räumen in der Gertrudenstraße angetroffen.

Der Gastgeber, über dessen Identität niemand sprach und wenn man ihn schon erwähnte, lediglich als den Erlkönig bezeichnete, hatte sie und die drei anderen Damen engagiert, um vorsichtig, sehr vorsichtig Erkundigungen über seine Besucher einzuholen. Er war ein besonnener Mann und ging kein Risiko ein. Jener Herr, auf dem ihr Augenmerk nun lag, war ein Armeelieferant, vor allem Uniformen verkaufte er dem französischen Heer. Ein krisenfestes Unternehmen, sollte man bei den derzeitigen Verhältnissen annehmen. Nach der Niederlage in Russland hatte der Kaiser es geschafft, eine zweite, fast ebenso große Armee auszuheben, die selbstverständlich eingekleidet werden musste. Ständige kleinere Kämpfe im Westen sorgten ebenfalls dafür, dass Nachschub an Bekleidung benötigt wurde. Ein Grund, warum der Herr es sich leisten konnte, mit hohen Einsätzen zu spielen. Was er auch tat, und weswegen er auch sehr willkommen in dem illustren Kreis war.

Kay Friedrich Kormann nahm gelassen die Schuldverschreibung seines Gegenübers entgegen und erhob sich vom Kartentisch, um sich im Nebenraum eine Erfrischung zu holen. Die elegante Villa war der Treffpunkt vieler vermögender Spieler und so etwas wie ein privater Club, zu dem nur ausgewählte Mitglieder Zugang hatten. In drei Räumen wurde dem Glücksspiel gefrönt, ein weiterer war mit kleinen Tischchen und einem erlesenen Buffet ausgestattet. Große Kristalllüster verbreiteten helles Licht, eine schummerige Atmosphäre war bei den Spielern nicht erwünscht, die Getränke wurden von stummen, gut ausgebildeten Lakaien an die Tische gebracht. Müßig beobachtete er die vier exquisit gekleideten Damen, die in den Spielpausen durch die Räume schlenderten und hier und da ein Wort mit den Anwesenden wechselten. Sofern es gewünscht wurde, waren sie, gegen ein entsprechendes Honorar selbstverständlich, gerne gewillt, mit dem einen oder anderen die schön geschwungene Treppe nach oben zu gehen, wo sich einige heimelige Separees befanden.

Er erwog ein solches kleines Intermezzo. An diesem Abend hatte er ein keines Vermögen gewonnen, ein sehr nützliches und sehr dringend benötigtes Vermögen.

Lydia hatte feine Sinne dafür entwickelt, wer geneigt war, ihre nähere Bekanntschaft zu machen und sich ihrer kunstreichen Unterhaltung anzuvertrauen. Kormann hatte viel gewonnen, sehr viel, mehr, als an jedem Abend zuvor. Obwohl er eine unbeteiligte Miene zur Schau trug, bemerkte sie, wie sehr ihn diese Tatsache befriedigte. Er rechnete es sich als persönlichen Erfolg an, obwohl eigentlich die Dame Fortuna beim Hasardspiel regierte. Ein Spieler mit Leib und Seele, das war ihre Einschätzung. Und einer, der durchaus willens war, einen Teil seines Gewinns bei ihr zu lassen – für besondere Dienste. Außerdem hatte er den Ruf, sehr feinfühlig politische Windrichtungen zu erahnen, und sie hatte die Absicht, ihm einige nützliche Informationen zu entlocken. Mit einem Glas Champagner in der Hand trat sie einladend lächelnd auf ihn zu.

Kay Friedrich Kormann spielte an diesem Abend nicht mehr an den Tischen – er spielte andere, beinahe ebenso aufregende Spiele in einem der oberen Räume. Lydia erwies sich als eine erfinderische Partnerin, die seine Sinne mit erstaunlicher Raffinesse zu reizen verstand. Charlotte war früher eine einfallsreiche Geliebte gewesen, doch seiner jetzigen Gespielin konnte sie nicht das Wasser reichen. Er war der immer üppiger werdenden Fülle seiner Gemahlin allmählich überdrüssig geworden, diese schlanke, biegsame Hexe wusste geheimste Wünsche zu erfüllen, und sie war in keiner Weise zimperlich, selbst extravagante Varianten mit ihm durchzuexerzieren. Ja, sie forderte ihn geradezu heraus, seiner Phantasie in jeder Weise nachzugeben. Irgendwann war er ermattet in die Kissen gesunken, und sie erhob sich von dem zerwühlten Lager, um ihm ein weiteres Glas Champagner einzugießen. Dabei ließ er seinen Blick genießerisch auf ihrer ungenierten Nacktheit ruhen. Die beinahe knielangen, lockigen Haare wallten über ihren Rücken und bildeten einen atemberaubenden Kontrast zu der milchig weißen Haut, die an manchen Stellen dank seines Einwirkens jetzt gerötet war. Ihre grauen Augen, die noch vor Kurzem fast diabolisch schwarz in ihrer Leidenschaft gewirkt hatte, blickten jetzt wieder kühl und distanziert. Als sie sich in den zierlichen Sessel setzte, wirkte sie so unnahbar wie eine Gräfin in ihrem Salon. Sie begann mit kultivierter Stimme, die so ganz anders klang als die, mit der sie ihm aufreizende, höchst ordinäre Worte ins Ohr gegurrt hatte, über die allgemeine politische Lage zu plaudern. Der Kontrast amüsierte ihn, und er ging auf dieses Spiel ein.

Am nächsten Vormittag hatte Lydia ihrem Arbeitgeber einige sehr interessante Neuigkeiten zu vermelden. So beispielsweise, dass der Armeelieferant der Franzosen heimlich Kontakte mit den preußischen Militärs aufgenommen hatte, um seine Leistungen anzubieten. Es bestätigte ihr, dass sich das Blatt wahrhaftig gewendet hatte, obwohl Napoleon mehrere Siege gegen die russisch-preußische Allianz errungen hatte und es Anfang Juni sogar zu einem Waffenstillstand gekommen war. Kritisch hingegen stimmte sie die Tatsache, Kormann habe einen hohen Kredit aufgenommen. Und zwar nicht bei einer Kölner Bank, sondern bei einem Bankhaus in Aachen. Der Erlkönig vermutete, er wolle seine Lagerbestände aufstocken, da die Versorgungslage in unsicheren Zeiten wie diesen schwierig werden konnte, aber Lydia erinnerte ihn an den Brand vor einem Jahr. Da hatte er einen beträchtlichen Verlust erlitten, den er noch immer nicht verkraftet hatte. Denn durch das russische Desaster waren die Zahlungen der französischen Heeresversorgung eher schleppend erfolgt, wenn nicht zur Gänze ausgefallen.

»Er hat seitdem mit hohen Einsätze gespielt und gestern viel gewonnen.«

»Um die forderndsten Gläubiger zu befriedigen, wird es reichen, doch es ist lange nicht genug, um ihn zu sanieren.«

»Behalte ihn im Auge, Lydia! Ich will keinen Bankrotteur an meinen Tischen haben.«

Abschied ohne Wiederkehr

Alles gaben Götter, die unendlichen,
Ihren Lieblingen ganz.
Alle Freuden, die unendlichen,
Alle Schmerzen, die unendlichen, ganz.

Goethe

Das Frühjahr war in einen warmen Sommer übergegangen, und die langen, hellen Tage luden dazu ein, unter den Kastanienbäumen zu sitzen oder gemächliche Spaziergänge in den Auenwäldern zu machen. Antonia fühlte sich manchmal wie in eine verzauberte Welt versetzt, wenn sie den Weg nach Sürth ritt. Ganz zu Beginn ihrer Liebe hatte sie Sebastien gefragt, ob sie zu ihm in das Häuschen ziehen sollte, aber er hatte sie gebeten, ihm ein wenig Zeit für seine Korrespondenz und Berichte zu erlauben.

Es war eine Ausrede, das hatte sie schnell herausgefunden. Sie merkte, dass er sich an manchen Tagen nicht besonders wohlfühlte und große Schmerzen litt. Frau Liese klärte Antonia darüber auf und bat sie, ihren Besuch anzukündigen, denn der General sei so störrisch und wollte die schmerzlindernden Medikamente nicht nehmen, die ihm Doktor Schmitz verschrieben hatte. Nur wenn er um ihr Kommen wusste, ließ er sich dazu überreden.

Also ritt sie zwei- oder dreimal in der Woche hinaus, blieb über Nacht bei ihrem Geliebten und kehrte am nachfolgenden Nachmittag nach Köln zurück. Sie brachte ihm dabei immer alle deutsch- und französischsprachigen Gazetten und Zeitungen mit, die sie beide dann mit großer Begeisterung lasen. Sebastien erklärte Antonia das laufende Kriegsgeschehen, das er aus Sicht des Feldherren beurteilen konnte, und erfreute sich an ihren scharfsinnigen Kommentaren und Schlussfolgerungen.

»Du wärest die Vorzeigeschülerin einer jeden Kriegsakademie, Toni. Ich habe kaum je einen Mann getroffen, der so rasch die

Zusammenhänge, die Möglichkeiten und die Risiken einer militärischen Operation erkennt.«

»General Vandamme hat es mir damals in Olvenstedt ja angeboten, mich auf die Kadettenschule zu schicken. Hätte ich das Angebot nur angenommen.«

»Dann würde unser Kaiser vermutlich noch in zwanzig Jahren siegreich über Europa herrschen.«

»So wird es nur noch ein paar Monate dauern. Wirst du wieder mit ihm ziehen, wenn die letzte Schlacht droht?«

»Nein, Toni. Mein aktiver Dienst ist zu Ende. Aber etwas ganz anderes – sag mal, wo hält sich eigentlich dein Bruder David derzeit auf? Ist er noch im Yorck'schen Corps?«

»Davids letzter Brief kam nach der Schlacht von Bautzen. Dort haben sie den Rückzug der Preußen gedeckt. Bisher ist ihm, dem Himmel sei Dank, nichts geschehen.«

»Yorck ist ein bedächtiger Führer, er schont seine Leute.«

»Sie haben viel getan, diese Preußen.«

»O ja, sie haben viel von unserem Kaiser gelernt. Die starre Gefechtsordnung gehört bei ihnen der Vergangenheit an.«

»Ich hoffe, sie haben auch gelernt, Feldlazarette aufzubauen und Ärzte auf den Feldzug mitzunehmen. Ich fand es immer grauenerregend, wie kaltherzig sie ihre Verwundeten hilflos auf dem Gefechtsfeld haben liegen lassen.«

»Es ist der bei Weitem schrecklichste Teil des Krieges, da hast du völlig Recht. Selbst die Lazarette sind eine Schande. Schlachten sind ein Spielzeug der Offiziere, ein viel zu intellektuelles Vergnügen, das jegliche Menschlichkeit vermissen lässt.«

»Sagte der General.«

»Gestatte, Toni, dass ich über eine gewisse Leidensstrecke hinweg dazugelernt habe.«

»Ja, Sebastien, ich weiß. Verlassen wir dieses Thema, ich will dir lieber von meiner Suche nach den Domplänen berichten, über mein Jahr als umherziehende Bandkrämerin und Straßenräuberin.«

»Natürlich, Straßenräuberin, was konntest du auch sonst werden? Jede junge Dame aus gutem Hause sollte mindestens ein Mal in ihrem Leben unter die Räuber gehen.«

Er hatte seinen Spaß an ihren blumig vorgetragenen Geschichten, und sie endete mit den Worten: »Als Erinnerung haben wir jetzt nun Xaviera, Maddys Tochter, ein richtig süßes Karamellbonbon.«

Er lächelte sie an und wurde dann plötzlich ernst. »Toni, dir ist doch klar, dass diese Aussicht auch bei dir besteht?«

»Ja, Sebastien, sehr klar. Macht es dir etwas aus?«

Einen Moment lang schwieg er, dann legte er den Arm um ihre Schultern und zog sie an sich. »Es weckt zwiespältige Gefühle in mir, Liebste. Auf der einen Seite würde es mich unendlich glücklich machen, wenn aus unserer Liebe ein Kind erwachsen würde, auf der anderen bedrückt es mich zu wissen, welche Folgen es für dich hätte.«

»Welche Folgen denn, Sebastien?«

»Du bist eine ledige junge Frau. Man wird dich gesellschaftlich ächten. Ich bin sicher, deine Familie wird darüber ebenfalls nicht sehr erfreut sein.«

Antonia lachte leise auf. »Ach, weißt du, uneheliche Kinder haben bei uns so etwas wie Tradition. Ich bin die Tochter einer Nonne, Cornelius ist zwar in ehelicher Gemeinschaft gezeugt, aber nicht von seinem Vater, sondern von dem Domherrn, und David ist der Sohn von dessen Konkubine.«

»Oh.«

»Siehst du? Es wäre nicht so schlimm. Was die gesellschaftliche Ächtung anbelangt, Sebastien, was glaubst du, was mich die schert? Ich gebe den Leuten gerne einen Anlass, sich das Maul über mich zu zerreißen, ich bin es gewöhnt. Meine Freunde aber werden zu mir stehen. Wenn ich es hätte vermeiden wollen, hätte ich entsprechend vorgesorgt.«

»Du bist schwanger?«

»Wenn ich richtig gerechnet habe …«

Er schloss die Augen und streichelte sanft ihren Arm. Sie sah sein Gesicht und entdeckte Wehmut und Sehnsucht darin. Gerade wollte sie etwas Aufmunterndes äußern, als er flüsterte: »Für das Kind wird immer gesorgt werden, Toni, das verspreche ich dir. Aber, mein Gott, ich hätte ihm so gerne meinen Namen gegeben.«

»Es wird sowieso deinen Namen tragen. Ich finde Sebastian oder Sebastienne sehr schön.«

Sie waren glücklich und lachten viel in jenen sonnigen Tagen. Trotz allem bemerkte sie, wie schwankend der Gesundheitszustand des Generals war. Im April noch hatten sie gemeinsame Ausritte unternommen, im Mai waren sie seltener geworden, und seit drei Wochen schob Sebastien es auf das schwülwarme Wetter, dass er lieber im Garten sitzen wollte. Sie tat, als bemerke sie es nicht, aber sie machte sich ihre Gedanken.

Als sie in der ersten Juliwoche zurück nach Köln ritt, begleitete sie ein schmerzliches Unbehagen. Er war wie immer liebevoll und zärtlich zu ihr gewesen, doch in der Nacht hatte ihn ein heftiger Fieberanfall geschüttelt. Sie verabreichte ihm das Fieberwasser, das die Haushälterin immer griffbereit hielt, aber er hatte die Angelegenheit heruntergespielt. Dennoch war sie den nächsten Tag dageblieben, und in der Nacht war ihr Beisammensein sogar ganz besonders innig gewesen. Trotzdem entschied sie sich, Doktor Schmitz, so bald es ging, aufzusuchen.

Von diesem Besuch kehrte sie niedergeschlagen nach Hause zurück und sprach mit niemandem. Aber sie packte eine Tasche mit ihren Kleidern, um in das Landhäuschen zu ziehen. Auch wenn Sebastien sich weigern sollte, ab jetzt würde sie bei ihm bleiben.

Bis zum bitteren Ende.

Sie erreichte das Haus am späten Nachmittag in leichtem Nieselregen und brachte das Pferd zu den Stallungen. Es überraschte sie, Heinrich nicht herbeieilen zu sehen, um ihr zu helfen, also ließ sie die Tasche, die sie hinter den Sattel geschnallt hatte, erst einmal, wo sie war, und ging zur Haustür. Sie war angelehnt, und mit gezwungen fröhlicher Stimme rief sie in das Haus: »Sebastien! Ein Überfall!«

Sie bekam keine Antwort und trat ein. Es wirkte seltsam leer und unbewohnt, die Zeitschriften waren fortgeräumt, die Bücher zugeschlagen und ordentlich in die Regale gestellt, die Blumensträuße, die sie im Garten gepflückt hatte, waren verschwunden.

Eine böse Ahnung beschlich sie. Noch einmal rief sie: »Sebastien?«, und als sie wieder keine Antwort erhielt, ging sie nach hinten in die Küche. Hier fand sie die Haushälterin, die auf dem Boden kniete und die Holzbohlen scheuerte. Erschrocken blickte sie auf, und Antonia sah in zwei rot geweinte Augen.

»Frau Liese, was ist passiert? Wo ist der General?«

Statt einer Antwort vergrub die Frau ihr Gesicht in der Schürze und schluchzte auf. Antonia kniete sich neben sie. »Was ist mit dem General? Bitte – so sprechen Sie doch!«

»Er ist fort!«

Ungläubig starrte Antonia sie an. »Fort?«

Mit rauer Stimme und stockend erklärte die Haushälterin: »Sein Sohn und zwei Freunde. Sie haben ihn gestern zum Schiff begleitet. Sie bringen ihn heim.«

»Aber …«

»O Gott, gnädiges Fräulein, es tut mir ja so leid!«

»Er wusste, dass er geht, und hat es mir nicht gesagt?« Liese nickte nur. »Warum? Warum? Warum?«

Es war nur ein Flüstern, das sie als Antwort bekam: »Er ging, um zu sterben.«

Antonia nahm den Putzlappen, der auf dem Boden lag, und drehte ihn so heftig zwischen den Händen, dass er riss.

»Er hat Ihnen ein Päckchen dagelassen, gnädiges Fräulein. Oben, in seinem Raum. Soll ich es Ihnen holen?«

Dankbar nickte Antonia, der Schmerz, der sie umfangen hielt, war so heftig, dass sie es nicht aus eigener Kraft geschafft hätte, noch einmal das gemeinsame Schlafzimmer aufzusuchen. Als die Haushälterin zurückkam, hatte sie sich jedoch wieder vom Boden erhoben und mühsam etwas Fassung errungen.

»Danke. Danke für alles, Frau Liese. Ich werde zurückreiten, ich habe hier nichts mehr zu tun. Ist Heinrich mit ihm gegangen?«

»Der Strohkopf sitzt hinten im Garten. Er ist zu nichts mehr zu gebrauchen. Wie ich auch.«

Wieder wischte sie mit dem Schürzenzipfel über ihre Augen. Antonia legte ihr kurz die Hand auf die Schulter und suchte, bevor sie zum Stall ging, den Burschen. Sie fand ihn im Regen am Zaun stehen und mit blicklosen Augen in das Grau starren.

»Heinrich!«

Er zuckte zusammen. »Gott, gnädiges Fräulein!«

»Warum begleiten Sie ihn nicht?«

»Er wollte es nicht. Ich soll zurück zu dem Herrn Capitain, hat er befohlen.«

»Das wird das Beste sein.«

»Ich habe mein Wort nicht gehalten. Ich habe dem Capitain versprochen, auf das Leben des Generals zu achten.«

»Sie haben es getan, Heinrich, soweit es in Ihrer Macht stand, und dafür bin ich Ihnen dankbar. Gegen das Schicksal können wir alle nicht kämpfen. Kommen Sie in Köln bei uns vorbei, bevor Sie abreisen, ja?«

»Wenn Sie es wünschen!«

»Ich wünsche es. Und nun reite ich zurück.«

Er half ihr auf das Pferd, dann verließ sie das Haus, ohne sich noch einmal umzusehen. In sich fühlte sie nichts als Leere, vermochte keinen klaren Gedanken zu fassen, und das Einzige, worauf sie achtete, war der Weg, den sie so oft geritten war. Völlig durchnässt erreichte sie ihr Heim, und als Elena sie ansprach, schüttelte sie nur den Kopf und stieg die Treppe zu ihrem Zimmer empor.

Maddy, die sie gehört hatte, kam zu ihr, wollte etwas sagen, aber als sie Antonias Miene sah, blieb sie still und half ihr nur aus den feuchten Kleidern.

»Er ist fort. Zu seiner Familie«, erklärte sie schließlich.

»Aber er ist doch krank?«

»Er stirbt.«

Antonia setzte sich in den Sessel vor dem Frisiertisch und sah in ihr erstarrtes Gesicht. Maddy trat hinter sie und schlang ihre Arme um ihre Schultern. Tränen schimmerten in ihren Augen, als sie ihren Kopf beugte.

»Ich weiß, was du fühlst.«

»Ja, Maddy. Ich war damals viel zu hart mit dir. Verzeih.«

»Xavier lebt. Es gab Hoffnung. Du hast keine. O Liebes, es tut mir so leid.«

»Lass mich alleine, Maddy!«

Still verließ die kleine Zofe das Zimmer, aber sie eilte sofort zu Elena, um ihr von den schrecklichen Nachrichten zu berichten.

Antonia hatte sich rücklings auf ihr Bett gelegt und die Augen geschlossen. Sie kämpfte gegen jeden Gedanken, gegen jedes Gefühl an, aber es war aussichtslos. Bleischwer senkte sich der Verlust über ihre Seele. Sie blieb auch am nächsten Tag, nach einer schlaflosen und qualvollen Nacht, einfach liegen, sprach kein Wort und regte sich nicht, als die Tür geöffnet wurde und jemand eintrat, um sich an ihr Bett zu setzen.

»Toni!«

Langsam öffnete sie die Augen. »Cornelius?«

»Ich habe es gehört. Es ist entsetzlich, Toni, aber du darfst es nicht in dir verschließen. Steh auf, Toni. Er hat nicht gewollt, dass du dich selbst aufgibst.«

»Ich kann nicht mehr, Cornelius. Ich kann einfach nicht mehr. Jeder, den ich liebe, verlässt mich. Jeder, den ich liebe, stirbt.« Wie ein Aufschrei hallte es durch das Zimmer. »Es liegt ein Fluch auf mir!«

»Es liegt allenfalls ein Fluch auf unserer Zeit, in der so viele junge und gesunde Menschen geopfert werden.«

»Warum konnte er nicht bleiben? Ich wäre bei ihm gewesen.«

»Er hat dir einen Brief geschrieben, in dem er dir bestimmt erklärt, warum er so handeln musste. Lies ihn wenigstens!«

Er reichte ihr das Päckchen, das sie achtlos auf den Nachttisch geworfen hatte.

»Es tut zu weh.«

»Es war sein Wunsch.«

Sie setzte sich auf und löste mit unbeholfenen Fingern Siegelwachs und Kordel. In dem Päckchen lagen eine Schatulle und mehrere dicke Briefumschläge. Auf dem ersten stand ihr Name. Langsam entfaltete sie das darin liegende Schreiben.

»*Geliebte Toni,*

ich weiß, Du ahnst es seit geraumer Zeit. Auch wenn wir uns bemüht haben, es zu vergessen. Meine Zeit ist abgelaufen, und darum wollte ich eigentlich nicht, dass wir beide ein Paar würden. Doch die Liebe scheint eine größere Macht als alle Vernunft zu sein. Ich bereue es nicht, denn Du hast mich unbeschreiblich glücklich gemacht. Du hast das Wunder vollbracht, meine geschundene Seele zu heilen. Ohne Dich hätten mir die Albträume Russlands den Verstand geraubt.

Ich wäre gerne geblieben, bis zu meinem letzten Tag, doch mein Verantwortungsgefühl zwingt mich, zu meiner Familie zurückzukehren, um auch dieses Haus noch zu bestellen, bevor ich nicht mehr dazu in der Lage bin. Ich habe meinen Sohn gebeten, mich heimzubegleiten. Er missbilligt, wie nicht anders zu erwarten, meine Handlungsweise. Gerade deshalb ist es wichtig für mich, meine Angelegenheiten sehr sorgfältig zu regeln. Anbei findest Du die beglaubigte Abschrift meines Testaments, bei dem mir Doktor Joubertin geholfen hat, es unanfechtbar zu formulieren. Darin habe ich unser ungeborenes Kind als das meine anerkannt und ihm sein Erbe gesichert. Ich hätte es gerne im Arm gehalten, ein Kind von Deinem Geiste. Ich weiß, du wirst es zu einem wundervollen Menschen erziehen.

Ich habe ein Weiteres getan, falls es trotz aller juristischer Winkelzüge zu Problemen kommt. Auf Dein Konto, von dem mir Dein Bruder Cornelius berichtete, habe ich eine passende Summe überwiesen, die es dir möglich macht, in angenehmen Verhältnissen zu leben und Dir, falls es einmal opportun erscheint, als eine angemessene Mitgift dient. Ich verdanke Deiner Familie und Deinen Freunden mehr, als ich zurückzahlen kann. Richte ihnen meine Grüße aus und meinen tief empfundenen Dank.

Geliebte, auch wenn ich meinen letzten Atemzug nicht in Deinen Armen tun kann, so wird doch Dein Bild das letzte sein, das ich vor meinen Augen haben werde, und Dein Name wird das letzte Wort sein, das über meine Lippen kommt. Du bist die größte Liebe meines Lebens, und so wir denn eine unsterbliche Seele haben, meine geliebte Toni, wird die meine über Dich und unser Kind wachen.

Ich liebe Dich
Sebastien

Geschrieben im Juli des Jahres 1813,
gezeichnet, Sebastien Marie Renardet, Comte de Bessèges

Langsam ließ Antonia das Blatt sinken und strich es mit einer zärtlichen Geste glatt.

»Er hat mit dir darüber gesprochen, Cornelius?«

»Er bat mich um Rat, wie er deine Zukunft am besten absichern könnte. Ich verwies ihn an Doktor Joubertin.«

»Es ist mir so gleichgültig, Cornelius.«

»Im Augenblick, Toni. Aber das Leben geht weiter. Es ist ja sogar nach dem Tod unseres Vaters weitergegangen.«

»Und nach dem meiner Mutter und nach dem meines ersten Vaters und nach Pater Emanuels und und und. Ich weiß nicht, ob es diesmal weitergeht.«

»Dein Kind will leben.«

Mit einer unwillkürlichen Bewegung legte Antonia ihre Hände auf ihren Bauch, und dann stiegen ihre Tränen auf. Seit sie ein Kind war, hatte sie nicht mehr geweint, jeden Verlust, jeden Kummer hatte sie trockenen Auges überstanden. Diesmal aber war die Grenze dessen erreicht, was sie ertragen konnte. Der Damm brach, und Cornelius konnte nichts weiter tun, als sie an seine Brust zu ziehen und weinen zu lassen. Er streichelte sanft ihren Rücken und versuchte, ihr tröstende Worte zuzuraunen. Irgendwann hob sie ihr tränenverschmiertes, verquollenes Gesicht.

»Du bist mir nicht böse? Ich meine, wegen des Kindes?«

»Ich bin dir nicht böse. Ein Bastard mehr in unserer Familie wird unserem Ruf auch nicht weiter schaden. Aber, Toni, wenn du willst, heirate ich dich.«

In diesem Moment versiegten sogar ihre Tränen. »Du? Aber du bist doch mein Bruder.«

»Adoptiert und noch nicht einmal blutsverwandt, das kann man regeln.«

»O danke, Cornelius. Danke für dein Angebot. Aber ich will dich nicht an mich fesseln. Das wäre ungerecht.«

Er sah das zwar vollkommen anders, aber ihr das jetzt zu erklären, das leuchtete ihm ein, war der unpassendste Augenblick überhaupt.

»Auf jeden Fall werde ich dir zur Seite stehen, sollte sich jemand darüber echauffieren. Und nun, Liebes, wirst du noch ein Letztes tun müssen.«

»Das Testament lesen?«

»Nein, diese Kassette öffnen. Sebastien hat dir ein Andenken hinterlassen, das du würdigen solltest.«

»Ich werde wieder weinen müssen.«

»Es erleichtert den Schmerz.«

»Wenig, Cornelius, nur sehr wenig.«

Aber sie öffnete die mit Samt ausgeschlagene Schatulle, und ihre Tränen tropften auf ein erlesenes Brillantcollier.

Die Macht der Liebe

Ich bete an die Macht der Liebe,
Die sich in Jesu offenbart;
Ich geb' mich hin dem freien Triebe,
Wodurch ich Wurm geliebet ward;

Choral von Tersteegen, gespielt anlässlich des Zapfenstreichs nach der Völkerschlacht von Leipzig

Capitain David von Hoven hatte kaum Zeit gefunden, seine Uniform einigermaßen repräsentabel zu machen, seine Stiefel waren schlammverkrustet, sein linker Ärmel blutverschmiert und von einem Verband notdürftig bedeckt, und seine Haare stanken nach Pulverrauch. Doch sein Bursche war unauffindbar, sein Quartier von Verletzten belegt. Viel besser sahen auch die anderen Offiziere und Soldaten nicht aus, die sich jetzt, am frühen Nachmittag des 19. Oktober 1813, auf dem Marktplatz von Leipzig versammelt hatten, um den Sieg über den französischen Kaiser mit einer Parade zu würdigen. Der russische Zar Alexander, der österreichische Kaiser Franz, der preußische König Friedrich Wilhelm und der schwedische Kronprinz hatten sich eingefunden, und ihre Corps hatten sich, soweit sie dazu in der Lage waren, versammelt, um mit der Regimentsmusik voran durch die Straßen zu ziehen.

Es war das Ende der größten Schlacht seit Menschengedenken, einer wahren Völkerschlacht.

Es war auch ein entsetzliches Schlachten gewesen.

Aber nun war es vorbei, und der Rückzug der napoleonischen Truppen war ein Zeichen dafür, dass ein Ende der andauernden Kriege absehbar wurde. Schon hörte man, die Verbündeten würden den nach Westen fliehenden Franzosen folgen, um sie endgültig über den Rhein zurückzutreiben. David hoffte es, denn ihm stand der Sinn jetzt nur noch danach, Köln zu erreichen. Er hatte im Frühjahr 1812 hart mit sich gekämpft, und dann nach Ostern doch wieder die Uniform angezogen. Es war ein Entschluss, den er selbst mit dem Verstand nicht begründen konnte, aber als er im Dezember in Ostpreußen General Renardet gefunden hatte, war es ihm wie eine Bestätigung seiner Entscheidung vorgekommen.

Seine Gedanken wanderten zu Antonia. Er hatte ihr großes Glück und großes Leid verursacht, indem er den Verwundeten zu ihr sandte. Für sie hoffte er, das Glück möge in ihrer Erinnerung irgendwann das Leid aufwiegen. Heinrich war im August wieder zu ihm gestoßen und hatte ihm in anrührender Weise von der großen Liebe zwischen den beiden berichtet. Dabei schwankte seine Stimme gelegentlich, und als er von der Abreise des Generals sprach, waren sogar Tränen über seine Wangen gerollt.

David fühlte mit seiner Schwester und trauerte mit ihr um einen guten Mann. Er wäre gerne zu ihr geeilt, aber das war im Augenblick undenkbar. Er musste nun auch noch die letzten Kämpfe überstehen, um dann endlich wieder seinem inneren Ruf nachgehen zu können, als Baumeister tätig zu werden. In den letzen Monaten hatte er mehr Bauwerke zerstört als errichtet. Er gehörte dem Ingenieur- und Pioniercorps an, das General Scharnhorst unterstellt war. Er hatte diesen ehrgeizigen und weitblickenden Offizier sehr geschätzt, und sein Tod – eine verschleppte Verletzung, ähnlich der Renardets – hatte ihn mit aufrichtiger Trauer erfüllt. Seit Juli führte Generalmajor von Rauch das Corps, doch es war, seiner Bestimmung nach, den sechs kämpfenden Corps zugeteilt, seine Einheiten begleiteten das Yorck'sche Corps. Mit ihm zog er nun durch die Straßen Leipzigs, unter den Klängen des Regimentsmarsches.

Sie nahmen Aufstellung auf dem Marktplatz, die Herrscher der Verbündeten in ihren sauberen, goldglänzenden Uniformen, auf wohlgenährten Pferden, ließen hoheitsvoll ihre Blicke über die gezausten Einheiten schweifen. Es war ihr Sieg, und unberührt von dem Entsetzen der Kämpfe, die mit erschreckender Gewalttätigkeit geführt worden waren, nahmen sie die Ehrenbezeugungen ihrer Generäle und Marschälle entgegen. David versuchte, mit stoischem Gleichmut die Szenen zu verdrängen, die er erlebt hatte. Die Franzosen, obwohl meist ganz junge und unerfahrende Soldaten, hatten mit einem Mut und einer Tapferkeit gekämpft, die alle in Erstaunen versetzte. Zu Fuß, mit der blanken Waffe in der Hand, hatten sie einige Stellungen verteidigt. Es war manchenorts das reine Gemetzel gewesen, und die Kanonaden hatten entsetzliche Opfer gefordert. Die zerfetzten Leiber tränkten den Boden mit ihrem Blut.

Darum entfernte sich David zum zweiten Mal in seiner militärischen Laufbahn ohne Erlaubnis von seiner Truppe, als auf Befehl des preußischen Königs der Choral gesungen werden sollte, der mit den Worten begann: »Ich bete an die Macht der Liebe«. Diesen blanken Hohn konnte er jetzt einfach nicht ertragen.

Niemand hielt ihn auf, als er durch das zerstörte Grimmaische Tor, bei dessen Erstürmung er am Morgen selbst mitgeholfen hatte, zu seinem Quartier ging. Hier hatte sich inzwischen Heinrich eingefunden, der sogar sein Pferd aufgetrieben hatte. Seine wortreiche Entschuldigung wischte David beiseite und sah sich um. Etliche Soldaten biwakierten auf dem Feld vor der Stadtmauer. Hier hatte die Leipziger Bürgerwehr ihre Aufräumarbeiten beendet, aber weiter draußen, auf den Gefechtsfeldern, lagen noch die Toten und Verwundeten.

Wieder packte David der Zorn. Eine Parade abzuhalten, während dort draußen die Männer im Sterben lagen, hilflos, unfähig, sich in Sicherheit zu schleppen, mit quälenden Schmerzen.

Er sah sich um. Es gab genug Decken und manch eine Lanze, aus denen man behelfsmäßige Tragen herstellen konnte. Er befahl seinen Unteroffizier zu sich und wies ihn an, so viele Männer wie möglich zum Zurückholen ihrer verwundeten Kameraden zusammenzurufen. Mit einem beachtlichen Trupp begab er sich vor die Stadt. Da er zu Pferde war, dirigierte er seine Helfer dorthin, wo er unter den Gefallenen noch Lebende fand, aber schon bald stieg er ab und ging zwischen den Pferdeleibern, weggeworfenen Tornistern, aufgegebenen Geschützen, Toten und stöhnenden Verletzten umher. Obwohl es das nackte Grauen war, das sich ihm bot, hielt er durch, befahl mit zusammengebissenen Zähnen seine Leute hierhin und dorthin. Einige Male hörte er

Schüsse, doch er sah sich nicht um. Es mochte gnädiger sein, das Leiden Einzelner zu verkürzen.

Die Dämmerung brach herein, und mit dem Zwielicht kamen auch andere auf das Schlachtfeld. Er sah die Frauen, die sich immer wieder bückten, und er wusste aus Tonis Erzählungen, dass sie auf Beutezug waren. Zwei Mal verscheuchte er Weiber, die den Toten die Kleider vom Leib zogen.

Als es dunkler wurde, verlangte er Fackeln, und mit einem Soldaten an seiner Seite wanderte er weiter über das Feld. So stolperte er fast über die Frau, die neben einem Mann kniete und sich an seiner Montur zu schaffen machte. Sie schrie erschrocken auf, als sie ihn sah.

»Was machst du hier, Weib? Er lebt noch!«, fuhr er sie an.

»Ja, er lebt noch, Herr Offizier.« Sie schluchzte auf. »Er ist mein Mann, und ich kann ihm nicht helfen.«

Dem Soldaten hatte eine Kanonenkugel den rechten Fuß abgerissen, gehen konnte er nicht mehr, und tragen konnte sie ihn nicht alleine.

»Ich werde dafür sorgen, dass er ins Lazarett kommt.«

»O Gott, nein. Lieber soll er hier auf dem Feld sterben. Nicht ins Lazarett. Nur nicht ins Lazarett, Herr Offizier. Ich will für ihn sorgen. Ich kenn mich mit Wunden aus.«

David verstand sie, und da im Augenblick keiner der Träger in der Nähe war, nickte er kurz entschlossen.

»Hast du ein Zelt oder einen Wagen in der Nähe?«

»Einen Wagen, ja, Herr Offizier.«

»Wir tragen ihn gemeinsam. Nimm du seine Beine!«

Mit sichtlichem Widerwillen begleitete der fackeltragende Soldat sie zu einem Marketenderwagen, der nahe an das Feld gefahren worden war. Dort schnitt er die Dankesbezeugungen der Frau wortlos ab und ging zurück.

Es war gespenstisch, dieses Schlachtfeld bei Nacht. Wie durch Zauberhand war der Großteil der Pferde verschwunden, und die Leichen der Soldaten waren inzwischen überwiegend nackt.

Es war still geworden über Leipzigs blutigem Boden.

»Herr Capitain, wir können hier nicht mehr viel ausrichten«, wagte der Soldat sich zu melden.

»Nein, das können wir wohl nicht mehr. Gehen wir ins Quartier zurück!«

David schlief nur wenig diese Nacht, und am nächsten Morgen schrieb er einen langen Brief an Toni, weil er von ihr wusste, sie würde verstehen und handeln. Er versicherte ihr, dass er zu ihnen kommen wollte, sobald die Umstände es erlaubten, aber er schrieb nicht, er hoffe, Susanne wiederzusehen.

Zwei Tage später brachen die Sieger auf, den napoleonischen Truppen nach Westen zu folgen, und tatsächlich führte David der Weg zurück nach Köln.

Spendenaufruf

Leipzig, Leipzig! arger Boden,
Schmach für Unbill schafftest du.
Freiheit! Hieß es, vorwärts, vorwärts!
Trankst mein rotes Blut, wozu?

Der Invalide im Irrenhaus, Chamisso

Antonia trug einen schlichten grauen Rock und einen Kittel darüber, denn sie hatte sich wieder einmal mit frischen Druckfahnen beschäftigt, die nicht unerheblich abfärbten. Seit Renardet abgereist war, hatte sie sich in ihre Arbeit vertieft und versucht, ihre Trauer in sich einzuschließen. Es gelang ihr nicht oft, bei jeder Kleinigkeit kamen ihr die Tränen, und dann verschwand sie stumm in ihrem Zimmer. Anfangs ließen sie alle alleine, aber nach einer Woche war ihr Elena gefolgt und hatte sich zu ihr gesetzt. Zu ihrer größten Verwunderung stieß ihre Tochter sie nicht fort, sondern ließ es sich sogar gefallen, von ihr tröstend in die Arme genommen zu werden. Auch Maddy und Susanne fanden Zugang zu ihr, und im September wurden die Weinkrämpfe allmählich seltener.

Dann kam der Brief.

Er stammte aus der Feder von Renardets Schwester, die als Nonne in einem Kloster der Franziskanerinnen lebte, das die Wirren der Revolution weitgehend unbeschadet überstanden hatte, weil sich die Bewohnerinnen der Krankenbetreuung widmeten. Sie hatte von der Heimkehr ihres sterbenden Bruders erfahren und war zu ihm gekommen, um seine Pflege zu übernehmen.

»Mademoiselle, ich erachte es als meine Christenpflicht, Ihnen zu schreiben, auch wenn die Familie jeglichen Kontakt mit Ihnen ablehnt. Meine Schwägerin ist kein versöhnlicher Mensch, also nehmen Sie bitte Abstand davon, eine Antwort zu senden.

Mein Bruder traf schwach und fiebernd Anfang August hier ein, doch er fand noch so viel Kraft, mit den Verwaltern und Advokaten seine Regelungen zu treffen. Eine Woche danach aber konnte er das Bett nicht mehr verlassen. Wenn er bei Bewusstsein war, Mademoiselle, sprach er von Ihnen, was seine Gemahlin so sehr erbitterte, dass sie seinem Krankenzimmer fernblieb. Daher übernahm ich die Wache an seinem Lager. Ich bin Ordensschwester aus Berufung, doch ist mir das Weltliche nicht fremd. Ich glaube, eine solch tiefe Liebe, wie mein Bruder sie für Sie empfunden hat, darf nicht als Sünde gelten. Wenn Sie sein Gefühl teilen, dann haben sich zwei Seelen berührt, und mich dauert, dass das irdische Band zwischen ihnen zerrissen ist. Das Band der Liebe jedoch wird halten, bis in alle Ewigkeit.

An seinem letzten Tag, Mademoiselle, bat er mich, den Ring, den unsere Mutter trug, an Sie zu senden. Traditionell erhält ihn die älteste Tochter der Familie, aber meine Hand schmückt nur der Ring des himmlischen Bräutigams. Der Ehe meines Bruders sind lediglich drei Söhne entsprungen, und so bestimmte er ihn jener Sebastienne, die er als seine Tochter anzuerkennen wünscht. Er sprach mit großer Sicherheit von einer Tochter, Mademoiselle, und da Sterbende manchmal über Hellsichtigkeit verfügen, nehme ich an, dass Ihr Kind ein Mädchen sein wird.

Nachdem er den Ring, den ich ihm ans Bett brachte, geküsst hatte, fiel er in eine tiefe Bewusstlosigkeit. Er erwachte nur noch ein Mal, kurz vor Mitternacht, flüsterte die Worte: »Toni!« und »Liebe«, dann entschlief er mit einem stillen, glücklichen Lächeln.«

Wieder war es Elena, die Antonia festhielt und leise wiegte, doch diesmal weinte sie mit ihrer Tochter.

Nun war es November geworden, und eigentümlicherweise hatte das Wissen um Renardets Tod Antonias Trauer gewandelt. Ihre Gedanken galten oft dem Leben, das in ihr wuchs, und manchmal konnte sie sogar, wenngleich nicht ohne Wehmut, ihrer gemeinsamen glücklichen Stunden gedenken. Heiter war sie noch nicht, und sie hatte sich, nicht nur ihrer Schwangerschaft wegen, aus dem gesellschaftlichen Leben völlig zurückgezogen. Auch ihrem Aussehen schenkte sie wenig Aufmerksamkeit, was Maddy häufig tadelnd bemerkte. Aber sie arbeitete viel für die Druckerei, und elegante Kleider und kunstvoll aufgesteckte Haare waren dabei nurmehr lästig.

An diesem Nachmittag war sie alleine im Haus. Daher öffnete sie eigenhändig die Haustür, als es energisch unten pochte. Eine Reisekutsche stand am Straßenrand, der eine Dame in pelzverbrämtem Samtjäckchen entstiegen war. Unter einem modischen Zylinderhut mit Schleier lockten sich glänzend schwarze Haare, und ein voluminöser Muff versteckte ihre Hände. Das Gesicht, das eine hochmütige Miene zur Schau trug, war gepflegt und sehr gekonnt geschminkt, gehörte aber einer nicht ganz jungen Frau. Näselnd fragte sie: »Dies ist das Haus des Domherrn von Waldegg?«

»Ja, Madame.«

»Ich wünsche den Herrn zu sprechen.« Sie reichte dem vermeintlichen Dienstmädchen mit spitzen Fingern eine Visitenkarte. Mit Verblüffung las Antonia den darauf gedruckten Namen: Isabetta von Cattgard. Davids Mutter, erfasste sie sofort, und nach Monaten erstmals regte sich wieder das kleine Teufelchen in ihr.

»Der Herr ist außer Haus, gnädige Frau. Sie finden ihn bei der Kapelle von Sankt Maria im Pesch, am Dom.«

»Ich weiß, wo sich die Pfarrkapelle befindet.«

Die Dame rauschte zur Kutsche und ließ sich die wenigen Schritte zur Trankgasse fahren. Eine halbe Stunde später kehrte sie zurück, und Antonia wurde, als sie auf das energische Pochen öffnete, mit den giftigen Worten begrüßt: »Wie konntest du dich erdreisten, Mädchen, mich auf einen Friedhof zu schicken?«

»Was heißt hier erdreisten, gnädige Frau? Der Domherr weilt nun mal seit vier Jahren dort.«

»Wem gehört jetzt dieses Haus?«

»Seiner Witwe, Elena Waldegg.«

Damit war die Besucherin denn doch aus der Fassung gebracht. »Ich dachte … Ich hoffte …«

»Sie hatten Aufnahme im Haus des Domherrn erwartet?«

»Ich bin eine gute alte Freundin von ihm.«

»Vielleicht alt, nicht jedoch gut genug, sich über sein Befinden über Jahre hinweg zu erkundigen, Madame.«

»Freches Geschöpf!«

»Nur erschreckend ehrlich, Frau Cattgard.«

Isabetta hatte ein Tüchlein aus dem Muff gezogen und betupfte sich demonstrativ die Augen. »Es trifft mich so hart, dass mein Hermann von uns gegangen ist. Ich bin extra von Weimar hergereist, um ihn zu sehen. Es war eine entsetzliche Reise. Diese Soldaten, die Schlachtfelder …«

»Ja, es muss Sie ein dringender Anlass bewogen haben, in diesen unruhigen Zeiten zu reisen.« Antonia empfand eine gewisse Bewunderung für die Zähigkeit, mit der die Besucherin sich Zutritt zu ihrem Heim zu verschaffen suchte. »Kommen Sie herein, Frau Cattgard! Meine Mutter wird gegen fünf zurück sein.«

»Deine Mutter?«

»Elena Waldegg. Jetzt kommen Sie schon, ich kriege kalte Füße, und das Kind tanzt eine Mazurka in meinem Leib.«

Für einen Moment verstummt, trat Isabetta ein, dann sah sie sich um und nickte. »Ganz anders als damals, aber sehr geschmackvoll.« Mit einem überwältigend charmanten Lächeln wandte sie sich dann an Antonia und säuselte: »Ich muss Sie auf Knien um Verzeihung bitten, junge Frau. Ich habe Sie bedauerlicherweise für ein Hausmädchen gehalten. Können Sie mir noch einmal verzeihen?«

»Ich sehe nicht sehr repräsentativ aus, das weiß ich. Darum nehme ich es Ihnen nicht übel. Hier entlang, bitte. Ich werde uns einen Kaffee bereiten.«

»Aber bitte, bitte, bemühen Sie sich nicht!«

Doch Antonia hatte bereits die Hand ausgestreckt, um ihr Muff und Jacke abzunehmen.

Nachdem die Fronten also geklärt waren, legte Isabetta ein zuvorkommendes, ja geradezu gewinnendes Benehmen an den Tag, und Elena wurde, als sie kurz darauf eintraf, von ihrer Herzlichkeit schier überwältigt. Beschwingt plauderte die Besucherin über die kleinen Kapricen in den Weimarer Salons, ließ die

Namen bekannter Geistesgrößen einfließen, mit denen sie auf vertrautestem Fuße gestanden hatte, und schwärmte von den geistreichen Gesprächen mit den kultivierten Damen der dortigen Gesellschaft.

Antonia bemerkte an den fahrigen Bewegungen, mit denen Elena die Teile des Kaffeeservices zurechtrückte, dass sie immer unsicherer wurde, und mischte sich schließlich ein: »Maman, Frau Cattgard plaudert fast so amüsant wie die liebe Charlotte, findest du nicht auch?« Ein verdutztes Verstehen flackerte in Elenas Zügen auf, dann beruhigten sich ihre Hände, und Antonia setzte hinzu: »Aber eines hat sie bei all den ergötzlichen Geschichten doch vergessen – sich nach ihrem Sohn David zu erkundigen.«

»David!«, rief Isabetta exaltiert aus. »David! Sie wissen von meinem lieben, lieben Sohn?«

»Natürlich. Sie haben wohl lange keinen Kontakt mehr zu ihm gehabt?«

»Ach Gott, der arme Junge hat ja ein solches Unglück gehabt! Ich glaube, das macht es ihm schwer, seiner Mutter unter die Augen zu treten. Aber natürlich würde ich ihn jederzeit an meinen Busen drücken. Haben Sie denn unlängst von ihm gehört?«

Von der Tür her sagte Cornelius, der unbemerkt eingetreten war und einige Minuten dem Gespräch gelauscht hatte: »Wir hoffen, dass er Leipzig überlebt hat, Madame. Isabetta Cattgard, wenn ich mich nicht irre?« Cornelius hatte selbstverständlich Waldeggs ehemalige Konkubine wiedererkannt und fragte mit kühler Stimme: »Sie lassen Ihren Kutscher noch draußen vor der Türe warten, Frau Cattgard. Wo werden Sie denn hier in Köln untergebracht sein? Dann kann er Ihr Gepäck schon in Ihrem Logis abliefern.«

»Ach Gott, ja, Cornelius, ich hatte mich ja so darauf verlassen, meinen guten Hermann hier vorzufinden…«

Toni und Cornelius wechselten ein Zwinkern, aber er blieb höflich und schlug vor: »Für einige Tage, Elena, wirst du sicher die Dame aufnehmen können, bis sie ihre hiesigen Verwandten ausfindig gemacht hat, nicht wahr?«

»Ja, Cornelius. Wir werden dein Zimmer für sie richten. Wenn es Ihnen nichts ausmacht, einen bescheidenen Raum zu beziehen, Frau Cattgard.«

»Ach, ich bin Ihnen ja so dankbar. Nennen Sie mich doch Isabetta, bitte! Es gibt so vieles, das uns miteinander verbindet.«

Es weckte Antonias Lebensgeister auf eine ganz neue Art, diese gewandte Schmeichlerin im Hause zu haben, denn sie traute den glatten Höflichkeiten nicht, die in einem unaufhörlichen Strom von ihren Lippen flossen. Dennoch nahm sie sich auf erstaunlich subtile Weise Elenas an und überredete sie, mit ihr einige Modistinnen aufzusuchen und weihte sie in die höheren Weihen der Schminkkunst ein. Zwei Wochen später präsentierte sich Elena, die kurzen Haare zu einer gefälligen Frisur gelegt, zart geschminkt, in einem neuen Nachmittagskleid bei Antonia. Obwohl deren Worte Bewunderung ausdrückten, war ihre Miene erstaunlich ernst.

»Was ist, Toni? Es gefällt dir nicht?«

»Doch, Maman, du bist richtig hübsch, sehr distinguiert, aber auch ein bisschen lebenslustig. Es ist das Schreiben, das ich erhalten habe. Von David. Es hat mich erschüttert.«

»Was schreibt er? Ist er unverletzt?«

»So gut wie. Aber er bittet mich um Hilfe, und die wird er bekommen. Maman, welches ist die nächste größere Einladung, die wir erhalten haben?«

»Eine musikalische Soiree bei Schaaffhausens.«

»Ich werde dich und Isabetta begleiten. Es wird Zeit, Sebastiens Collier zu zeigen. Auch wenn das den Eindruck schäbiger Noblesse, den wir sinnvollerweise Isabetta gegenüber gewahrt haben, hinfällig werden lässt.«

»Aber dein Zustand?«

»Den trage ich mit Stolz und Würde, Maman.«

»Ja, natürlich. Aber, Kind, was willst du tun?«

»Ein Lazarett gründen!«

Isabetta war begeistert, Isabetta war selbstverständlich bereit, Toni mit einer ihrer Roben auszuhelfen, Isabetta fädelte selbst den Faden in die Nadel, um die entsprechenden Änderungen vorzunehmen. Isabetta ließ sich auch – nach anfänglichem Staunen über Tonis Kleiderwahl – glauben machen, schwarzen Samt trage sie der Trauer wegen.

Doch den schwarzen Samt, eine Provokation, ihn als junge, unverheiratete Dame zu tragen, wählte Antonia aus genau diesem Grund. Die Machart der Robe war ebenfalls nicht gerade die eines Trauergewandes. Maddy ließ sie freie Hand, was ihre Frisur und ihr Gesicht anbelangte. Als sie das Brillantcollier anlegte und sich in dem hohen Spiegel betrachtete, sah ihr eine majestätische Gestalt entgegen. Der üppige Faltenwurf des Kleides verdeckte ihren gewölbten Leib, und die Künste ihrer Zofe ließen ihre Augen strahlen und ihre Lippen glänzen.

Aber auch Elena, in silbergrauer Seide, sah elegant und ätherisch schön aus, an ihrem Hals schimmerten drei Reihen rosiger Perlen, und perlenbesetzte Kämme hielten ihre Locken. Sie warteten beide im Salon auf Cornelius, der sie begleiten wollte, als Isabetta hereinrauschte. In blutrotem Taft, ein Halsband aus schwarzem Gagat auf dem wogenden Dekolleté. Ihre Augen allerdings wurden rund, als sie den Schmuck ihrer Gastgeberinnen bemerkte.

Cornelius' Augen wurden schmal, als er die drei Grazien sah. »Toni, das ist skandalös!«

»Ja, nicht wahr?«

Er ging auf sie zu und hob ihre Hand an die Lippen. »Aber hinreißend. Was hast du vor?«

Sie wiederholte es noch einmal: »Ein Lazarett gründen!«

In den festlich beleuchteten Räumen des Bankiers Schaaffhausen hatte sich die gute Gesellschaft Kölns versammelt. Antonia erntete missbilligende, Isabetta neugierige und Elena bewundernde Blicke, doch niemand sprach in ihrer Gegenwart aus, was die Gemüter so heftig bewegte. Bevor die musikalischen Darbietungen begannen, plauderten die Damen ungezwungen, Isabetta sogar mit einer gewissen Koketterie. Dann trat ein Musiker an den Flügel und bot eine ansprechende Leistung, die allenthalben mit Beifall aufgenommen wurde. Die Dame, die sich danach zu ihm gesellte, trug mit schöner Altstimme eine Ballade vor, doch anschließend nahm eine Matrone an dem Instrument Platz, die wie ein Streitross durch ein Nocturne stampfte.

Dann kam der Moment, in dem ein in unschuldiges Weiß gekleidetes junges Mädchen mit einem Rosenkranz auf den braunen Locken ein Gedicht deklamierte. Mit atemloser, hoher Stimme hub sie an:

»Der Gott, der Eisen wachsen ließ,
Der wollte keine Knechte.
Drum gab er Säbel, Schwert und Spieß
Dem Mann in seine Rechte ...«

»Ach ja, der Gott der Eisen wachsen ließ?«, flüsterte Antonia. »Der ist es jetzt?«

»Psst!«

Glühenden Auges und das Herz überquellend von brennender Vaterlandsliebe deklamierte das Mädchen mit immer lauterer, sich beinahe überschlagender Stimme Verse von Rache und Schlachten, von gespaltenen Schädeln, brausenden Flammen und süßem Heldentod. Tosender Beifall belohnte diesen Vortrag, aber Antonia erhob sich, noch bevor die letzte Hand zum Schweigen kam, und trat auf das Podium. Erstauntes Geraune begleitete sie, doch in Erwartung eines überraschenden Beitrags verstummte man.

»Ein schönes Gedicht, meine Damen und Herren. Es macht Lust aufzustehen, zu den Waffen zu greifen und gegen die Tyrannen zu kämpfen. Wie es so aussieht, sterben dabei auch nur die Tyrannen in der Schlacht, nicht wahr?«

Es murrte leise, aber sie ließ sich nicht beirren.

»Leipzig war ein großer Sieg für das eben zitierte heilige Vaterland, hören wir. Die Majestäten versammelten sich nach der Schlacht, um in einem gemeinsamen Choral zu verkünden, dass sie die Macht der Liebe anbeten. So schrieb mir mein Bruder, der auf Seiten der Preußen an diesem Entscheidungskampf teilgenommen hat.«

Beifall prasselte auf.

»Die Macht der Liebe, meine Damen und Herren, beten sie an. Während auf den Feldern vor der Stadt die Opfer ihrer liebreichen Taten ruhen. Wir mögen sie beweinen, obgleich ihr

Schicksal gnädig ist.« Sie fuhr mit kalter, scharfer Stimme fort: »Nicht gnädig ist das Schicksal mit jenen, die mit zerschossenen Gliedern, zerfetzten Gedärmen, herausgerissenen Augen, zertrümmerten Knochen auf dem Blutacker liegen, deren Schmerzensschreie und Hilferufe keiner hört, die ohne Wasser, ohne Decken, ohne sorgende Hand über Nacht liegen gelassen werden, um qualvoll zu verrecken.«

Ein Aufschrei des Entsetzens erhob sich. Ein Herr im ordensgeschmückten Frack trat vor, um Antonia von dem Podium zu holen. Sie schüttelte seine Hand ab, und eine brüchige Stimme fuhr ihn mit durchdringender Schärfe an: »Lass sie reden, Eberhard!«

»Ja, lassen Sie mich reden, meine Damen und Herren! Denn der Gott, der Eisen wachsen ließ, gab auch mir ›den kühnen Mut, den Zorn der freien Rede‹, wie es so schön hieß. Auch das, was ich Ihnen eben schilderte, beschrieb mir mein Bruder. Und, wie Sie ja alle inzwischen wissen, bin ich die Letzte, die den Wahrheitsgehalt seiner Worte anzweifelt, denn ich selbst bin über Schlachtfelder gegangen und habe das Elend mit eigenen Augen gesehen.«

Wieder unterbrach allgemeines Flüstern ihre Rede. Als es abgeebbt war, fuhr sie fort.

»Obwohl die großen Feldherren sich nicht um ihr Kanonenfutter kümmern, so gibt es doch Menschen, in deren Brust noch ein mitleidiges Herz schlägt. Kameraden, Marketender oder Dorfbewohner sammeln die Verwundeten auf und bringen sie in Lazarette.«

»Warum schildern sie dann überhaupt diese degoutanten Szenen?«, begehrte ein Zwischenrufer auf.

»Weil, werter Herr, ich damit zu dem eigentlichen Kern meiner Rede kommen möchte. Ich bitte die Damen, ihre Riechfläschchen bereitzuhalten.«

Das war ein weiser Rat, denn Antonias Schilderung der Zustände in den Lazaretten war so drastisch, so bildhaft und so unmissverständlich, dass sich lähmendes Schweigen ausbreitete. Sie erzählte von Fleckfieber und Ruhr, von Eiter und Läusen, von stinkenden Decken, zerlumpten Kleidern und erbärmlichen sanitären Bedingungen, von Durst und Hunger, Wundbrand und Amputationen ohne Betäubung.

»Die Toten aber werden bis zu fünfzig auf einmal hinaus auf die Felder gefahren und nackt verscharrt. Weil es vorkommt, dass einige noch leben, werden die Gräber nicht ganz zugemacht, damit jene, die zu sich kommen, Hilfe suchen können.«

»Hören Sie auf! Hören Sie auf!«, schrie eine Frau und rannte nach draußen.

»Ja, verbieten wir ihr endlich den Mund!«, brüllte der Herr mit den Ordenssternen und wollte wieder das Podest erklimmen.

»Wie kann eine anständige Frau wie Sie nur solchen Unrat verbreiten!«, schimpfte eine weitere Dame.

Ein energisches Pochen ertönte, und die brüchige Stimme, die sie schon einmal unterstützt hatte, durchdrang das aufgeregte Reden.

»Sie wird ausreden. Und ihr werdet zuhören.«

Antonia fand die Quelle dieser scharfen Stimme. Es war eine weißhaarige, sehr alte Frau, die mit ihrem Gehstock kräftig auf den Boden gepocht hatte. Sie bemerkte ihren Blick und nickte ihr zu. »Weiter, Mädchen!«

»Meine Damen und Herren, ich habe Ihnen diese Missstände nicht zu meinem Vergnügen geschildert, sondern weil ich Sie darauf aufmerksam machen möchte, dass wir hier in Köln außer dem Bürgerhospital keinerlei Möglichkeiten haben, Blessierte zu versorgen. Doch sie werden kommen, meine Damen und Herren. Sie werden zu Hunderten, ja zu Tausenden kommen. Hundertzwanzigtausend Tote und Verletzte hat die Schlacht von Leipzig gekostet, die Gefechte und Kämpfe, die sich die Heere auf dem Rückzug liefern, werden weiter Tausende Opfer fordern. Die Front nähert sich dem Rhein. Die siegreichen Helden bedecken sich mit Ruhm und kümmern sich nicht um ihre gefallenen Kameraden. Es bleibt an uns Frauen, an den Gefährtinnen und Müttern, den Töchtern und den Schwestern, dieses Versäumnis nachzuholen. Für die armen Wöchnerinnen in der Stadt wurde auf Initiative meiner Mutter die Société maternelle gegründet. Ein Verein, der sich um die verwundeten Soldaten kümmert, könnte hier Abhilfe schaffen. Wir werden Betten benötigen und Decken, Mahlzeiten müssen gereicht werden und Kleidung gestellt. Wir brauchen Verbandsmaterial und Medikamente, wir brauchen Quartiere – und wir brauchen Ärzte und Pflegerinnen. Ich rufe Sie auf – nicht bei dem eisernen Gott, sondern bei dem barmherzigen Vater, bei dem mitleidigen Sohn und bei der schmerzensreichen Mutter – das Elend der Kranken und Verletzten zu lindern.«

Aus einer hinteren Ecke erscholl ein lautes Händeklatschen, und vereinzelt wurde es aufgenommen. Doch nicht von allen, denn die Rede war aufwühlend gewesen und die heraufbeschworenen Bilder Entsetzen erregend.

Antonia sah, wie die alte Dame Doktor Schmitz einen Wink gab. Er eilte an ihre Seite und half ihr auf. Auf seinen Arm und auf ihren Stock gestützt ging sie zum Podium und ließ sich die zwei Stufen hinaufhelfen.

»Sie sind entsetzlich vorlaut, Mädchen«, rügte sie leise. »Aber Sie haben verdammt Recht!« Wieder pochte sie mit dem Stock auf den Boden, und das Holz des Podiums dröhnte unter ihren Schlägen. »Habt ihr euch jetzt genug echauffiert?«, fragte sie in die Menge.

Man verstummte augenblicklich.

»Dieses Kind hat ausgesprochen, was ans Licht kommen musste. Nicht das Vorplärren patriotischer Gedichte ist die Pflicht der Stunde, sondern Hilfe tut not. Ich für meinen Teil sage diesem Fräulein meine unbedingte Unterstützung zu. Wer sich ebenfalls für dieses Unternehmen einsetzen möchte, findet sich bitte morgen Nachmittag um vier bei mir ein. Ich erwarte mindestens zwölf Damen, ist das verstanden? Marie Charlotte? Josefine? Henrietta? Albertine? Sophia? Du auch, du, albernes Geschöpf da mit dem idiotischen Rosenkranz auf deinem leeren Hirn. Zum Bettenmachen wird's noch reichen! Und auch du, Henning, wirst dazukommen!«

»Jawohl, Großtante Almut!«

»Und Sie kommen auch, Kind!«

»Sehr wohl, gnädige Frau!«

»Und Ihre Mutter!«

»Ganz gewiss, gnädige Frau!«

»Die Kokotte im rotem Taft könnt ihr zu Hause lassen.«

»Wie Sie wünschen, gnädige Frau.«

»Hören Sie auf, wie eine Dienstmagd mit mir zu reden.«

Antonia produzierte eine perfekte militärische Ehrenbezeugung, stand stramm und antwortete zackig: »Jawohl, mon général!«

Die Alte lachte auf, und ihr Lachen klang überraschend jugendlich. Doktor Schmitz schüttelte, gleichfalls lächelnd, den Kopf und stellte vor: »Fräulein Waldegg, Sie haben das Vergnügen, sich mit meiner Großtante, der Frau von Spiegel, zu streiten. Ihre Zunge ist eine Geißel der Menschheit, und sie beruft sich ihrethalben auf eine Ahnherrin aus dem vierzehnten Jahrhundert, die auf ähnliche Weise ihr Mannsvolk terrorisiert haben soll. Aber sie wird Ihrer Sache dienen. Und ich, Fräulein Waldegg, werde es auch.«

»Danke!«

Sie hatten zwar von Peter Joseph Kley, dem Präsidenten der Hospizienkommission, die Zusage für die Nutzung des Bürgerhospitals erhalten und auch einige leerstehende Häuser zugewiesen bekommen, aber es war noch lange nicht alles so gerichtet, wie sie es sich wünschten, als Ende November die ersten Verwundetentransporte eintrafen. Bislang waren es wenige, aber die Frauen hörten und sahen nun erstmals, was auf sie zukommen würde.

Die Rheinbundstaaten waren inzwischen alle von Frankreich abgefallen, die Preußen rückten der Rheingrenze immer näher, die Verbündeten hatten sich in Frankfurt versammelt, und die französischen Mitglieder der Stadtverwaltung verhielten sich äußerst zurückhaltend. Eine seltsame Spannung lag über der Stadt, und das Weihnachtsfest feierten sie nur in ganz engem Kreis, zumal Antonia jederzeit auf das Einsetzen der Wehen wartete. Sie schenkte dem Weltgeschehen naturgemäß nur noch wenig Beachtung, einzig Cornelius weckte kurz ihr Interesse, als er ihr berichtete, Sulpiz Boisserée werbe in Frankfurt bei den österreichischen und preußischen Majestäten für den Dombau. Seinem Bruder

Melchior sei es gelungen, dem Kronprinzen von Preußen seine Kupferstiche zu präsentieren, und der romantisch veranlagte junge Mann habe sich für den Weiterbau begeistert. Sogar Kaiser Franz habe sie gnädig zur Kenntnis genommen.

»Er ist ein geschickter Taktiker, der Boisserée, so versponnen er sonst auch sein mag. Ob nun die Preußen oder die Österreicher in Zukunft das Sagen haben, beiden hat er sein Projekt schmackhaft gemacht.«

»Cornelius, wenn dies alles vorbei ist – also ich nicht mehr aussehe wie ein Heringsfass auf Rollen und der Krieg vorüber ist –, dann werden wir uns wieder auf die Suche nach den Plänen machen. Ich habe nämlich inzwischen eine Idee, wo sie sein könnten.«

»Ach ja?«

»O ja!«

Gewinn und Verlust

Willst, feiner Knabe, du mit mir gehn?
Meine Töchter sollen dich warten schön.

Erlkönig, Goethe

Lydia beobachtete unauffällig die Spieler. Es hatte Veränderungen gegeben in den vergangenen Wochen. Neue Gesichter waren dazugekommen, viele bekannte verschwunden. Vor allem die der Franzosen. Zivilisten hatten schon im Dezember die Stadt verlassen, Angehörige des Militärs plagten weiß Gott andere Sorgen, als sich am Abend in einem Spielclub zu vergnügen. Da ihr Arbeitgeber, der Erlkönig, immer nur eine begrenzte Anzahl Gäste in seinem Haus begrüßte, hatte es durch ihr Fernbleiben neuen Interessenten die Gelegenheit verschafft, aufgenommen zu werden. Natürlich nur solchen, die einen Bürgen nennen konnten, der ihre Bonität bestätigte. Der junge von der Leyen war vom Sohn des Präsidenten des Appellhofs, Mylius, eingeführt worden. Von der Leyen war ein guter Name, hinter dem ein beträchtliches Vermögen stand. Der junge Mann verfügte vielleicht nicht über einen direkten Zugriff darauf, er wirkte noch sehr studentisch in seiner lässigen Art, aber der Herr Papa würde dem Sohn im Falle eines finanziellen Missgeschicks vermutlich aushelfen. Oder der Bruder.

Lydia lächelte dem modisch gekleideten Herrn zu, der übertrieben nonchalant an seiner Zigarre paffte. Er war äußerst gesprächig. Vieles hatte sie, die darin geschult war, Fetzen von Unterhaltungen wie Mosaiksteinchen zusammenzutragen, seinem Geplauder mit anderen Spielern entnommen, anderes hatte sie ihm in dem kosigen Boudoir entlockt, zu dessen Nutzung sie ihn auf Geheiß des Erlkönigs einlud, als er vor einigen Tagen eine große Summe gewonnen hatte.

Christian fühlte sich wohl in der Gesellschaft der Männer um sich herum. Er war seinem Freund dankbar dafür, dass er ihn in diesen exklusiven Club eingeführt hatte, in dem sich Herren von Bedeutung versammelten, hier ein Bankier, da ein Entrepreneur, dort ein Richter, da ein Ratsmitglied – Namen von Gewicht flüsterte ihm sein Freund zu, doch auch die Warnung, nie außerhalb dieser Mauern ein Zeichen des Erkennens zu geben, es sei denn, man war sich auf anderer gesellschaftlicher Ebene vorgestellt.

Das Spielen selbst faszinierte ihn. Es war eine wohltuende Abwechslung zu den trockene Übungen, zu denen ihn sein Studium gezwungen hatte. Er war auf Geheiß seines Vaters nach Freiburg gegangen, um einen akademischen Grad in Philologie zu erwerben, was immer man damit anfangen konnte. Da er nicht dumm war, hatte er den Stoff bewältigbar gefunden, Begeisterung entlockten die alten Sprachen ihm nicht. Die Herausforderungen der Dame Fortuna hingegen taten es, und auch die Reize der Dame Lydia.

»Erlkönigs Töchter«, hatte sein Freund ehrfürchtig geraunt und ihm verraten, dass vom Glück begünstigte Herren sich in ihrer speziellen Aufmerksamkeit sonnen durften. Was Christian besonders glücklich machte, war, dass er zu jenen Begünstigten gehörte, nicht aber sein Freund.

Ganz leicht ließ Lydia im Vorbeigehen ihre Hand über die Schulter eines Spielers streifen, der am Tisch des jungen von der Leyen die Karten gab. Es war an der Zeit, sich wieder einmal mit ihm zu unterhalten. Der Erlkönig wünschte einige Hinweise über die politische Entwicklung. Schon waren die Preußen bei Koblenz über den Rhein gegangen, der Kaiser war vor ihnen auf der Flucht nach Paris, auf der Köln gegenüberliegenden Rheinseite hatte sich die preußischen und russischen Truppen versammelt. Würde es zum Kampf um die Stadt kommen?

Der zweite Grund, warum Lydia sich mit dem eleganten Herrn, der seine kupferfarbenen Locken immer so sorgfältig onduliert trug, unterhalten wollte, war delikater und betraf die Finanzen ebendieses Herrn. Denn es gab Gerüchte, kleine Auffälligkeiten und vage Hinweise. Lydia hatte, wie auch die drei anderen Damen, ein ausgeprägtes Gefühl für Zahlen, und es war bemerkt worden, dass an seinem Tisch mit besonders hohen Einsätzen gespielt wurde und dass sich – zwar noch nicht auffällig, aber doch bemerkbar – die Gewinne bei ihm einfanden. Sie beobachteten ihn, bemerkten aber keine Anzeichen von Tricks. Sie untersuchten die Karten daraufhin, ob sie unauffällig markiert sein konnten, fanden aber keinerlei Hinweis.

Christian hatte an diesem Abend, dem vorletzten des Jahres 1813, wieder einen erstaunlich satten Gewinn gemacht. Mit Genugtuung strich er die Summe ein und wiegte sich in dem angenehmen Gefühl, möglicherweise ein gewitzterer Spieler zu sein als seine Partner, zumindest aber ein von Madame Fortuna geliebter Mann. Die Summe würde es ihm erlauben, auch an den nächsten Tagen das Etablissement aufzusuchen und vielleicht sogar noch höher zu setzen. Die Vorstellung, von der Apanage unabhängig zu sein, die sein Vater ihm zahlte, war verlockend. Ein einziger Wermutstropfen bildete eine Schliere im Kelch seines ungetrübten Glückes. Lydia würdigte ihn diesen Abend keines Blickes, sondern lockte sein Gegenüber mit einladenden Schmeicheleien vom Tisch.

»Glück im Spiel, Pech in der Liebe«, wisperte sein Freund ihm ins Ohr. »Aber tröste dich, mein Junge! Mit deinen wohlgefüllten Taschen wird sich ein williges Liebchen finden, das alle Wünsche erfüllt. Ich kenne da einen Ort …«

Die Preußen kommen

Auf den Bergen dort oben, da wehet der Wind;
Da sitzet Mariechen und wieget ihr Kind,
Und schaut in die Nacht hin, mit weinendem Blick.
Dahin ist ihr Liebster, und kehrt nicht zurück.

Romanze, Tiedge

Der dritte Tag des neuen Jahres sollte für Antonia zu einer bleibenden Erinnerung werden. Sie brachte ihr Kind zur Welt, und seit Mittags um zwölf bestürmten von der anderen Rheinseite die Preußen unter General Boltenstern die Stadt. Im Zimmer, in dem sie mit zusammengebissenen Zähnen dem Wehenansturm trotzte, hörte man die Schüsse der Kämpfenden und Kanonendonner.

»Wie die Mutter, so die Tochter«, bemerkte Antonia, als Susanne ihr mit einem feuchten Tuch den Schweiß von der Stirn wischte. »Oder wie der Vater. Kanonendonner scheint uns alle von Kindheit an zu verfolgen.«

»Ich hoffe nur, dass sie nicht das Haus besetzen.«

»Hast du Angst?«

»Ein bisschen.«

»Noch sind sie vor der Stadtmauer. Cornelius behauptet, es sei das Potsdamer Gardejägerbataillon, das seit dem fünfzehnten Dezember in Mühlheim liegt. Reichlich übermütig von ihnen, gegen eine befestigte Stadt anzurennen. Mach dir also keine zu großen Sorgen, sondern lass mich lieber ein paar Schritte durch das Zimmer gehen!«

Susanne half ihr beim Aufstehen und unterstützte sie, während sie schwerfällig auf und ab wanderte. Es war seit langer Zeit das erste Mal, dass sie ihrer Freundin wieder näherkam. Seit Antonia im vergangenen Jahr ihre Liebesaffäre mit dem General eingegangen war, hatte sie leicht verschnupft und eifersüchtig Abstand zu ihr gehalten. Die beiden Männer, die sie für ihre ersten Lieben gehalten hatte, Cornelius und Renardet, hatten sich nicht ihr, sondern Antonia zugewandt, und das schmerzte sie. Aber ihr Gefühl für Gerechtigkeit hatte inzwischen gesiegt, und das tragische Ende der Beziehung hatte sie ebenfalls betroffen gemacht. Dann aber war es Antonia gewesen, die sich in ihrer Trauer zurückgezogen hatte. Erst als Susanne ihren Neujahrsbesuch bei Waldeggs machte, erschien sie ihr wieder zugänglich, vertraute ihr wieder ihre Gedanken an und bat sie schließlich, ihr bei der Geburt beizustehen.

»Uch!«, stöhnte Antonia und wankte zum Bett.

»Nächste Wehe?«

Sie bekam keine Antwort mehr, hielt aber Antonias Hand fest, während diese sich durch die Schmerzen quälte. Als es vorüber war, plauderte Susanne wieder mit ihr.

»Unser Freund, cher Frédéric, ist jetzt unter die Herrenschneider gegangen, hast du das gewusst?«

»Nein. Aber der ondulierte Affe hat ja eine Neigung zu modischen Anzügen. Nimmt er persönlich Maß an seinen Kunden?«

»Das nun doch nicht. Er hat eine Anzeige in der Kölnischen Zeitung, in der er konfektionierte Ware anbietet.«

»Eigentlich ist er ein schlauer Kerl, Susanne. Das Geschäft mit den Uniformen für die Franzosen wird über kurz oder lang stagnieren.«

»So kann man es wohl ausdrücken.«

»Ob allerdings in der nächsten Zeit preußische, russische oder österreichische Farben mehr gefragt sein werden, weiß man ja noch nicht. Also ist es sinnvoll, zivile Anzüge herzustellen. Selbst bei gewissen Militärpersonen könnte demnächst eine große Nachfrage danach entstehen.«

Susanne kicherte und wanderte mit Antonia wieder langsam durch den Raum. »Die Kupfer für die Anzeige hat übrigens Cornelius' seltsamer Findelhund gemacht.«

»René? Findelhund ist gut. Er sieht wirklich aus wie ein verlotterter Dackel. Krummbeinig, langnasig und mit einem Ausdruck im Gesicht, dass man jederzeit erwartet, seine Ohren müssten nach unten schlappen.«

Der Kupferstecher war im November in der Druckerei aufgetaucht und hatte Cornelius nach Arbeit gefragt. Er musste Paris verlassen, weil er, wie er erklärte, von seiner Vergangenheit eingeholt worden sei. Die Leute, die ihn einst mit der Herstellung aufrührerischer Drucke beauftragt hatten, die ihn dann ins Bagno führten, waren wieder an ihn herangetreten, und er entzog sich wohlweislich durch Flucht. Köln war ihm eingefallen, da es weit genug entfernt lag und er sich von Cornelius Hilfe erhoffte. Antonia glaubte die Geschichte nicht, Cornelius auch nicht, er gab dem ehemaligen Kettensträfling zu verstehen, er habe keine feste Arbeit für ihn. Trotzdem bot er ihm den Lagerraum als vorläufige Unterkunft an und nannte ihm Adressen einiger anderer Verlage und Drucker. René hielt sich daher mit Gelegenheitsarbeiten über Wasser. Er bewohnte inzwischen eine einfache Bleibe und tauchte nur manchmal nach Arbeitsende bei Cornelius auf, um die Handpresse für Probeabzüge seiner Kupferstiche zu benutzen. Meist waren es, so wie Kormanns Werbung für Herrenanzüge, Anzeigen von Einzelhändlern und kleinen Unternehmern.

Sie kamen, aus Gründen, die die Natur vorgab, nicht dazu, das Thema zu vertiefen, und als Antonia sich von der Wehe wieder erholt hatte, seufzte sie: »Das geht jetzt schon seit sechs Stunden so. Nimmt denn das gar kein Ende?«

»Es nimmt einmal ein Ende. Soll ich die Hebamme rufen?«

»Noch nicht. Erzähl mir einfach den gängigen Klatsch! Ich bin die letzten Wochen nicht mehr aus dem Haus gekommen, und Maman hat kein Talent für Pikanterien.«

»Hach, aber ich?«

»Natürlich.«

Susanne grinste. »Danke. Also, die teure Isabetta nimmt die Salons im Sturm. Sie hat ein unglaubliches Talent, sich überall ein Entree zu verschaffen. Und die Herren – nicht alle, wohlgemerkt – schenken ihr mehr als nur beiläufige Aufmerksamkeit. Sie zieht einen ganz bestimmten Typus an. Ich glaube, solche, die – mhm – erfahrene Frauen vorziehen.«

»Sie verbreitet ja auch den Anhauch von Erfahrenheit.«

»Cher Frédéric wird gelegentlich in ihrer Gesellschaft gesehen, und man munkelt, Charlotte sei nicht ganz glücklich darüber. Denn sie war es ja, die Isabetta in ihre Kreise eingeführt hat.«

Als die nächste Wehe abebbte, berichtete Susanne: »Die liebe Charlotte hat übrigens inzwischen ein eigenes Spendenkränzchen aufgemacht. Ich glaube, sie vermisste die menschliche Wärme in unserem Frauenverein.«

»Ja, es ist derzeit sehr en vogue, sich der Wohltätigkeit zu widmen. Bringt sie wenigstens eine vernünftige Summe ein?«

»Keine Ahnung. Die Abrechnungen macht die ›Gesellschaft zur Verteilung von Lebensmittel‹.«

»Wer ist denn, zum Teufel, das schon wieder?«

»Die Charité maternelle. Beziehungsweise einige Damen daraus.«

»Dann habe ich ja gute Chancen, mich da mal einzumischen. Würde mich interessieren, was die Einzelnen so zusammenbekommen.«

»Du willst doch nur wissen, wo die Knicker sitzen.«

»Richtig. Und dann werde ich mal wieder eine Rede halten. Eine, die auch die letzen Börsen öffnet.«

Für eine Weile hielt Antonia dann aber keine Reden mehr, und anschließend widmete Susanne sich dem erfreulichen Sujet der ansehnlichen jungen Männer, hier insbesondere in der Person des Hans Christian von der Leyen, der kurz nach Weihnachten in Köln erschienen war. Cornelius' zehn Jahre jüngerer Bruder hatte sehr vorsichtig und beinahe schüchtern bei Cornelius angeklopft, wurde aber mit offenen Armen aufgenommen. So hörten sie denn, der alte von der Leyen habe seinen ältesten Sohn nie wieder erwähnt, die Mutter hingegen sprach heimlich von seinen Erfolgen als Verleger. Cornelius hatte Möglichkeiten gefunden, ihr dann und wann Nachrichten über sein Ergehen zukommen zu lassen, die sein Vater nicht entdecken konnte. Christian war ein einnehmender junger Mann, er ähnelte seinem Bruder, aber sein Gesicht war weit ebenmäßiger als das von Cornelius. Seine trocken vorgebrachten Geschichten von Studentenstreichen erheiterten die Damen immer außerordentlich.

»Du wirst dich doch nicht wieder verliebt haben, Susanne?«

»Nein, er ist zwar ein hinreißender junger Mann, aber seit Roderick habe ich den Geschmack an grünen Jungen verloren.«

»Ob er wirklich so grün ist? Er tut gerne unbedarft, aber in seinen Augen liegt manchmal ein ziemlich abschätzender Blick. Na, solange du nicht in seine Arme sinkst, wird es keinen Schaden anrichten. Wenn dieses – uuuch – vorbei ist … puh, werde ich ihn mir näher ansehen.«

Die letzten Worte stieß Antonia zwischen zusammengepressten Zähnen hervor. Als der Krampf vorbei war, fragte sie Susanne nach der Arbeit in den Lazaretten.

»Erzähl mir von den Schmerzen anderer, dann schätze ich mich glücklich, nur einfach in Stücke gerissen zu werden.«

»Es ist entsetzlich, Toni. Es sind ihrer so viele. Wir tun, was wir können, aber für Dutzende haben wir nicht einmal Decken. Großvater hat noch einmal seine Lager durchgesehen und Stoffe gespendet. Es ist ein Albtraum, was den armen Männern angetan wird. O Gott, hoffentlich treffe ich nie auf jemanden, den ich kenne. So bleibt wenigstens eine kleine Distanz, aber wenn ich mir überlege …«

»… dass David eines Tages zerschossen und blutend dort eingeliefert wird?«

»Ja.«

»Ich habe auch Angst davor. Wenn er kommt, heil oder blessiert, Susanne, solltest du dich nicht zu sehr zieren.«

»Was meinst du damit?«

»Das weißt du doch ganz genau.«

Susanne bekam heiße Wangen. Tatsächlich hatte sie das eine oder andere Mal darüber nachgedacht, was passieren würde, wenn David wieder bei ihnen war. Es war ein ganz anderes Gefühl als das, was sie früher ihre Verliebtheit genannt hatte, und es war auch ganz anders als das, was sie an Leidenschaft für Roderick empfunden hatte.

»Er mag dich sehr, Sarah Susanne.«

»Glaubst du? Aber er weiß von Philipp und Roderick und Leilanie.«

»Ich halte ihn nicht für einen nachtragenden Erbsenzähler.«

Es klopfte an der Tür, und Elena trat ein. »Wie geht es dir, Toni?«

Da die nächste Wehe eine längere Antwort erschwerte, zischte Antonia lediglich: »Rat mal, Maman!«

»Es ist scheußlich. Ich weiß. Soll Doktor Schmitz nach dir schauen?«

»Der soll lieber die angeschlagenen Kämpen versorgen. Was hört man von draußen?«

»Die Preußen haben die Schanze bei Riehl eingenommen, aber die Franzosen haben sie vor dem Eigelstein zurückgeworfen. Es sieht aus, als ob sie über den Rhein zurückweichen müssen.«

»Habe ich mir fast gedacht.«

»Cornelius ist unten. Er … er wirkt etwas nervös.«

»Ist ja auch das erste Mal, dass er Onkel wird. Übrigens fühlt es sich nun anders an, ich denke, die Hebamme bekommt jetzt ihre große Stunde.«

Dann wurde es turbulent und stürmisch, und um halb neun abends hielt Antonia schließlich die kleine Sebastienne im Arm. Als sie den Kopf mit den verklebten, schwarzen Löckchen streichelte, rannen ihr die Tränen über die Wangen. »Sebastien, sie ist sehr hübsch, deine kleine Tochter«, murmelte sie, kurz bevor sie völlig erschöpft einschlief.

Als Elena ihre Tochter und Enkelin versorgt hatte, fand sie zu ihrem Erstaunen Cornelius noch in der Bibliothek sitzend. Nun ja, nicht eigentlich sitzend, sondern er hatte seinen Kopf in die Arme gebettet auf dem Schreibtisch liegen, neben ihm eine halb geleerte Karaffe Cognac.

»Cornelius? Cornelius, geht es dir gut?«

Glasige Augen suchten die Quelle der Frage. »O ja. Besser als ihr.«

»Cornelius, du bist betrunken.«

»Völlig richtig. Konnt's nicht mehr ertragen, die Qual.«

»Cornelius, Antonia hat das Kind bekommen, nicht du.«

»Aber die Schreie. Sie hat so geschrien. Und ich konnte ihr nicht helfen. Elena, warum darf ich ihr nicht helfen?«

»Weil Kinder gebären nun mal Frauensache ist.«

»Wenn ich der Vater wäre, hätte ich dann wenigstens bei ihr sein dürfen?«

Elena zog einen Schemel herbei und setzte sich zu Cornelius. Vorsichtig strich sie ihm die wirren Haare aus der Stirn.

»Du wärst gerne der Vater ihrer Kinder, nicht wahr?«

»Will mich ja nicht. Bin ja nur ihr Bruder.«

»Du bist viel mehr für sie, Cornelius. Du bist ihr Freund und Vertrauter.«

»Sebastien war ihr Geliebter.«

»Ja, das war er. Wäre er nicht gekommen, mein Lieber, sähe die Welt heute wahrscheinlich ganz anders aus. Ist dir nicht schon einmal der Gedanke gekommen, dass Toni deine Rolle als Bruder allzu häufig und viel zu sehr betont?«

»Weil ich nicht mehr für sie bin.«

»Weil sie das andere noch nicht sehen kann und sich davor verschließt. Aber sie wird darüber hinwegkommen. Sebastien war ein Teil ihres früheren Lebens – ein unglaublich guter Teil davon. Aber nun ist er abgeschlossen, und die Zeit wird die Wunde heilen, die sein Tod verursacht hat. Warte ein paar Monate, Cornelius!«

»Ich warte schon so verdammt lange.« Sein Kopf sackte wieder auf die Arme.

»Dann kommt es jetzt nicht mehr auf ein paar Tage an. Sie muss sich an das Kind gewöhnen, hilf ihr dabei. Du wirst der Vater der kleinen Sebastienne sein, bedenke das!«

Noch einmal hob Cornelius seinen schweren Kopf. »Du bist dir sehr sicher.«

»Ich bin ihre Mutter. Ich habe viel falsch gemacht, aber inzwischen glaube ich, ich habe ihr Wesen erfasst. Sie liebt dich, Cornelius, und sehr bald wird sie entdecken, dass sie dich auch begehrt.«

Wenige Tage später war David trotz aller vergangenen Strapazen glücklich, als er seinen Fuß auf den Boden Kölns setzte. Die Franzosen hatten am vierzehnten Januar ohne Blutvergießen die Stadt geräumt, derzeit hatte ein preußischer Freiherr von Lasberg die Position des Stadtkommandanten inne. Es gab wilde Befreiungsfeiern, aber daneben war es notwendig, Einquartierungen vorzunehmen, Lebensmittel zu organisieren, die Pferde unterzubringen und die Verwundeten zu versorgen. Dankbar hörte David vom Frauenverein, der Lazarette eingerichtet hatte, entsetzt war er, als er von deren Überfüllung hörte. Von seinem Vorgesetzten erhielt er die Erlaubnis, Quartier bei seinen Verwandten nehmen zu dürfen, der Major war froh um jeden Mann, um den er sich nicht kümmern musste. Also stand David am Abend an der Tür des Waldegg'schen Hauses und klopfte.

Johann, der ihm öffnete, begrüßte ihn mit einer geradezu väterlichen Freude. Elena kam aus dem Salon gestürzt, umarmte ihn heftig und zerrte ihn förmlich in den Raum, wo Antonia mit ihrer kleinen Tochter im Arm saß. Sehr vorsichtig legte sie die Kleine zurück in die Wiege und stand auf.

»David! David, unverletzt?«

»Ja, Toni.« Er schlang die Arme um sie und drückte sie fest an sich. »Kleine Schwester, es ist so schön, dich wiederzusehen.« Er kämpfte mit der Rührung, als er in ihr blasses Gesicht sah. »Ist denn mit dir alles in Ordnung?«

»Ich stehe schon wieder auf eigenen Füßen, und der Kopf funktioniert auch einigermaßen. Aber die letzten Wochen waren ein bisschen anstrengend.«

»Ich habe so lange nichts von euch gehört. Den letzten Brief erhielt ich im Juli von Cornelius.«

»Nun, dann schau dir mal die wichtigste Neuerung an, die wir erworben haben.« Sie wies auf die Wiege. »Deine Nichte Sebastienne. Sie traf vor elf Tagen hier ein.«

David beugte sich über die Decken, aus denen nur das schwarzlockige Köpfchen hervorschaute. »Renardet?«

»Er starb im Herbst.«

»Ach, Toni. Es tut mir so leid.« Ganz zart strich er dem Kind über die Wange, und es blubberte leise. »Er war ein tapferer Mann, der General. Er hatte ein besseres Schicksal verdient. Wir hätten gute Freunde werden können.«

»Das hättet ihr. Er hielt sehr viel von dir, David. Er war dir so dankbar, dass du ihn zu mir geschickt hast. Ich … ich denke, ich habe ihn noch ein wenig glücklich gemacht.«

»Dessen bin ich mir ganz sicher.«

»David?«

»Ja, Toni?«

»In all dieser Unruhe und dem Hin und Her ist es uns nicht gelungen, Sebastienne taufen zu lassen. Aber ich denke, in den nächsten Tagen wird es möglich sein. Würdest du ihr Pate werden?«

»Es wäre mir eine große Ehre, Toni. Eine sehr große.«

»Danke. Cornelius hat es nämlich abgelehnt. Er fühlt sich nicht christlich genug dafür, hat er erklärt.«

David sah sie verwundert an, meinte dann aber: »Er wird dennoch immer für euch da sein, wenn ihr ihn braucht. Ich glaube, darauf kannst du dich verlassen.«

»Darauf können sie sich verlassen«, bestätigte Cornelius von der Tür her und ging auf seinen Bruder zu. Wortlos zog er ihn in seine Umarmung.

»Deine Augen sind kriegsmüde geworden, mein Bruder.«

»Ich bin kriegsmüde, Cornelius.«

»Dann solltest du unbedingt morgen das Lazarett bei Sankt Cäcilien aufsuchen. Dort gibt es Menschen, die sogar das heilen können.«

»Ich fürchte, das wird, wenn überhaupt, nur die Zeit heilen.«

Antonia aber hatte verstanden, was Cornelius andeuten wollte, und setzte nach: »Doch, David, ich halte es auch für eine gute Idee. Es sind dort Damen tätig, die eine gute Hand in solchen Fällen wie dem deinen haben. Elena und ich sind ja feige und gehen derzeit nicht in die Hospitäler, weil wir Angst haben, irgendetwas Ansteckendes mit nach Hause zu bringen, was Sebastienne schaden könnte. Aber Susanne beispielsweise kümmert sich jeden Tag um die Blessierten und Erschöpften.«

David ließ sich auf dem Kanapee am Kamin nieder und nahm von Elena das Glas Rotwein an.

»Susanne …«, flüsterte er. »Wie geht es ihr?«

»Gut, besser als noch vor einigen Monaten. Philipp ist tot, es hat sich ein Überlebender gefunden, der gesehen hat, wie er bei dem Brückenschlag über die Beresina von einem Balken erschlagen wurde und von den Fluten fortgespült wurde. Er war in seinen letzten Tagen noch sehr tapfer.«

»Sie arbeitet im Lazarett, hat sie keine Angst um ihr Kind?«

»Das wird von ihren Großeltern vergöttert, sie hält sich von Leilanie fern. Es sind ungewöhnliche Zeiten, David, und wir alle versuchen zu helfen, auch unter persönlichen Opfern. Ich habe deine Vorschläge, die du in dem Brief von Leipzig gemacht hast, so gut es ging, umgesetzt.«

»Ja, ich habe von den Frauenvereinen gehört. Auch dafür danke, Toni.«

Sie redeten noch viel an diesem Abend, bis David plötzlich einfach an ein Kissen gelehnt einschlief.

Alte Kameraden

Ich hatt einen Kameraden,
einen bessren findst du nit.
Die Trommel schlug zum Streite,
er ging an meiner Seite
in gleichem Schritt und Tritt.

Der gute Kamerad, Uhland

Susanne saß am Bett eines preußischen Majors und bemühte sich, ihm Brühe einzuflößen. Er war ein großer, starker, ungeheuer muskulöser Mann, und es war schwer, seine Schultern zu stützen. Außerdem war er unwillig.

»Lassen Sie es, Susanne! Es hat doch keinen Sinn mehr.«

»Wir haben uns so viel Mühe gemacht, Major, eine wohlschmeckende Suppe zu kochen. Ich werde sie nicht fortgießen.«

»Geben Sie sie jemandem, der noch etwas davon hat!«

»Sie haben etwas davon. Ich bin sicher, Sie haben schon lange nichts Anständiges zu essen bekommen.«

»Henkersmahlzeit.«

»Stärkung, Major.«

»Himmel, Mädchen, Sie wissen doch, wie es um mich steht.«

»Ja, Major. Ich weiß es. Ist das ein Grund, diesen kleinen Luxus abzulehnen?«

Er schloss die Augen, und sein Gesicht wirkte vor Schmerzen und Erschöpfung verzerrt. Dann sah er sie wieder an und nickte. »Dann füttern Sie mich in Gottes Namen.«

Sie half ihm geschickt, Löffel für Löffel die Suppe zu essen, und dann legte sie vorsichtig seine Schultern zurück in die Polster. Mit einer tröstenden Gebärde strich sie ihm die Haare aus der Stirn und zog die Decke zurecht.

»Haben Sie von dem Arzt die Tropfen bekommen, Susanne?«, flüsterte er.

»Ja, Major!«

»Werden Sie mir helfen, wenn es nicht mehr geht?«

»Ja, Major.«

»Sie sind ein Engel, Susanne.«

Ein Todesengel, dachte sie bedrückt, und als sie aufsah, entdeckte sie den Mann, der am Wandschirm stand, der das Bett des Verwundeten von den anderen Krankenlagern abteilte. »David!«, entfuhr es ihr leise, aber mit großer Verwunderung. Doch der Capitain sah nur den Mann im Bett mit einem hasserfüllten Blick an und wandte sich dann ab. »David!«, rief Susanne ihm gedämpft hinterher.

»David von Hoven?«, ächzte der Major, der sich mit Mühe umgewandt hatte.

»Ja, David von Hoven. Kennen Sie ihn, Major?«

»Ja, Susanne. Ich kenne ihn. Mädchen, wenn Sie noch einen guten Dienst tun wollen, dann bringen Sie ihn her.« Susanne war schon aufgestanden, aber er hielt sie zurück. »Warten Sie! Er wird nicht freiwillig kommen. Richten Sie ihm aus, ich habe ihm etwas Lebenswichtiges mitzuteilen. Bitten Sie ihn – in meinem Namen – auf Knien! Ich muss ihn sprechen.«

»Ich werde ihn herbringen, und wenn ich ihn an den Haaren herbeizerren muss.«

Sie stürmte den Gang zwischen den Betten hinunter und sah David im Treppenhaus verschwinden. Eilig rannte sie die Stufen hinter ihm her, aber unten an der Pforte schnappte sie sich einen der Pflegehelfer und wies ihn an: »Laufen Sie hinter dem Capitain her! Sagen Sie ihm, eine der Lazarett-Damen wünscht ihn zu sprechen, aber nicht meinen Namen! Bringen Sie ihn in das Büro der Vorsitzenden!«

Das Büro war zum Glück leer, und kurz darauf trat David ein. Susanne stellte sich sofort mit dem Rücken gegen die Tür, die sie hinter ihm geschlossen hatte.

»David, willkommen zu Hause«, begrüßte sie ihn mit sanfter Stimme.

»Guten Morgen, Susanne.« Die Wut war noch nicht aus seinem Gesicht gewichen, und er stand hölzern vor ihr.

»Wann bist du eingetroffen? Warst du schon bei Toni?«

»Ich kam gestern, und ja, ich war bei Waldeggs.«

Sie ging näher auf ihn zu und nahm seine Hände.

»Suchst du deine Kameraden hier? Kann ich dir helfen?«

»Nein, es hat sich erledigt.«

»Gut, dann könntest du meine Bitte vielleicht erfüllen.«

»Wenn es möglich ist.«

»Der Major, bei dem ich eben saß, wünscht dich unbedingt zu sprechen, David. Er behauptet, er müsse dir etwas Lebenswichtiges mitteilen.«

»Ich kann deiner Bitte nicht nachkommen, tut mir leid.«

»Doch, David, du kannst. Es ist nicht so schwer, sich an das Bett eines Verletzten zu setzen und sich seine Geschichte anzuhören.«

»Da täuschst du dich.«

»David, er hat mir angedeutet, du würdest dich wahrscheinlich weigern. Aber er bittet dich dennoch.«

»Ich habe Major Adam Burk nichts zu sagen, und er mir nicht.«

»Gott, bist du hart.«

»Darf ich nun gehen? Ich habe Aufgaben zu erledigen.«

Susanne stampfte mit dem Fuß auf. »Nein, du wirst erst gehen, wenn du mit dem Major gesprochen hast. Mag ja sein, dass du einmal eine Auseinandersetzung mit ihm hattest, aber es ist jetzt nicht die Zeit, ihm vergangene Zankereien nachzutragen.«

Davids Gesicht war starr, und mit schmalen Lippen antwortete er: »Zankerei ist gut. Der Mann hat mir das Leben zur Hölle gemacht. Ich werde nicht mit ihm sprechen.«

»David, es bleibt ihm nur noch wenig Zeit.«

»Die darf er gerne in deinen Armen verbringen, wenn ihn das tröstet. Und dann zum Teufel gehen.«

»Wie ungerecht du bist.«

»Vielleicht. Jetzt lass mich in Ruhe!«

»Nein, David. Bist du so abgestumpft, dass du einem Sterbenden nicht mehr den letzten Wunsch erfüllen kannst? Er wollte dich auf Knien bitten. Aber er hat keine Knie mehr, auf die er fallen könnte. Er hat kaum noch einen Funken Leben in sich, und das, was er spürt, sind tatsächlich höllische Schmerzen.«

»Ich gönne sie ihm!«

Susanne, die sich bemüht hatte, ruhig zu bleiben, riss der Geduldsfaden. »Du herzloses, arrogantes Scheusal. Hat dich jede Form der Menschlichkeit verlassen? Bist du denn bar jeden Mitleids?« Dann sah sie ihm in die Augen und stieß mit maßloser Bitterkeit hervor: »Und einen Mann wie dich glaubte ich zu lieben.«

Sie öffnete die Tür und lief davon.

David sah ihr mit offenem Mund nach, schloss ihn aber sogleich wieder und rannte hinter ihr her. Er erwischte sie an der Treppe und bekam sie an den Armen zu fassen.

»Susanne, ist das wahr?«

»Nein, verdammt. Es ist nicht wahr. Es war ein dummer Ausrutscher.«

»Bist du sicher? Ich … ich war eigentlich hergekommen, um dir etwas Ähnliches zu gestehen.«

»Das ist mir gleichgültig. Lass mich zu meinem Patienten! Er hat meinen Trost verdient.«

»Ich begleite dich, Susanne«, lenkte David sanft ein. »Über den Ausrutscher sprechen wir später, einverstanden?«

Sie war noch immer aufgebracht, jetzt zusätzlich auch verwirrt. Doch da zog David ihre Hand nach oben, beugte seinen Kopf und drückte sie an seine Stirn.

»Bitte.«

»Wirst du ihn anhören?«

»Ja, Susanne.«

Adam Burk hatte die Augen geschlossen, aber er schlief nicht. Als David an sein Bett trat, sah er zu ihm hoch und nickte kaum merklich.

»David. Ich habe dich, seit wir uns kennengelernt haben, damals in Werneuchen, drangsaliert und gequält. Ich habe dich gedemütigt und dir deine Ehre genommen. Ich kann nicht erwarten, dass du mir jemals verzeihst. Ich kann dir nur sagen, wie unendlich ich es jetzt bedauere.«

Susanne schob David sacht den Stuhl in die Kniekehlen, und er setzte sich.

»Ja, du hast mir immer den größten Ärger bereitet, Adam.«

»Ich habe sogar deine Verlobte geheiratet. Sie ist mit mir nicht glücklich geworden, und letzten Sommer starb sie im Kindbett. Auch das bedauere ich.«

Susanne schlich sich leise fort.

»Was ist dir passiert, Adam?«

»Kanonenkugel, beide Beine, linker Arm. Sie hätten mich besser auf dem Feld gelassen.«

»Es tut mir leid.«

»Das braucht es nicht, David. So habe ich wenigstens noch die Chance bekommen, dir zu verraten, dass ich dich immer bewundert und beneidet habe. Du hattest alles, was ich nie erreichen würde.«

»Du bist Major, ich nur Capitain.«

»Du wirst schnell genug das werden, was immer du werden willst. Aber lass diese junge Frau nicht gehen, David!«

»Nein, ich werde sie nicht gehen lassen.«

Sie schwiegen gedankenverloren eine lange Zeit, bis David schließlich fragte: »Kann ich noch etwas für dich tun, Adam? Einen Brief schreiben, Botschaften ausrichten?«

»Susanne hat Briefe für mich geschrieben. Aber... David, meine Kinder, sie leben jetzt bei meinem Vater in Werneuchen. Ich fürchte, er wird sie mit derselben Strenge erziehen wie einst mich. Wenn dir irgendetwas einfällt, das zu verhindern, dann tu es!«

»Ich verspreche es dir. Ich habe Freunde in Berlin, die sich darum kümmern werden.«

»Danke. Meine Tochter ist ein süßes Ding, die beiden Jungs sind ein bisschen ungebärdig, aber tapfer. Grüß sie von mir!«

»Das werde ich tun.«

Sie sprachen leise von vergangenen Zeiten, von den Sommern in Werneuchen, dem Dienst in den Kasernen, den Manövern und Paraden, den Gefechten und Feldzügen, die sie mitgemacht hatten, von gefallenen und überlebenden Kameraden. David blieb, bis die Dämmerung hereinbrach, und als eine Pflegerin ein Nachtlicht brachte, fragte Adam: »Was wirst du tun, wenn der Krieg vorbei ist, David?«

»Ich werde den Dom hier fertigbauen.«

»Ein großes Ziel, mein Freund. Aber unter einem solchen hast du es ja nie getan. Es wird dir gelingen.«

»Wir werden sehen. Ich muss nun gehen, Adam. Ich komme morgen wieder.«

»Morgen werde ich wohl nicht mehr da sein.«

»Adam?«

»Siehst du das Fläschchen dort auf dem Tisch?« David wurde erst jetzt die unscheinbare, braune Arzneiphiole bewusst. »Susanne wird mir die Tropfen geben. Sie hat es mir versprochen.«

»Das sollte sie nicht tun müssen, Adam.«

»Nun, ich kann sie nicht selbst nehmen. Ich bin auf Hilfe angewiesen. Für immer. Und ich werde immer Schmerzen haben. Glaub mir, ich kann sie kaum noch ertragen.«

David nahm das Fläschchen auf und betrachtete es. »Willst du sie aus meiner Hand, Adam?«

»Es wäre ein letzter Freundschaftsdienst, David.«

Er war bei dem Sterbenden sitzen geblieben, hatte seine unversehrte Hand gehalten, bis er um die Mitternacht seinen letzten Atemzug tat.

Unten an der Pforte wartete Heinrich noch immer auf ihn, und als er ihm die Hand auf die Schulter legte, sagte er: »Herr Capitain, die gnädige Frau Susanne hat mir befohlen, Sie nach Hause zu bringen. Ich habe Ihre Bagage bereits dorthin gebracht.«

Ehrenschulden

Aus dem Grab, aus der strudelnden Wasserhöhle
Hat der Brave gerettet die lebenden Seele.

Der Taucher, Schiller

Überrascht war Cornelius, als Christian ihn an einem frostigen Abend Anfang März in seinen Räumen über der Druckerei aufsuchte. Er bewohnte weiterhin die beiden kargen Zimmer, obwohl er inzwischen mit seinen Verlagsprodukten so erfolgreich war, dass er sich eine angemessenere Unterkunft hätte leisten können. Aber die Nähe zu dem Waldegg'schen Haus empfand er als nützlich, abgesehen davon war er genügsam genug, um sich mit diesen spartanisch eingerichteten Räumen zufrieden zu geben. Es weckte bei seinen wechselnden Geliebten wenigstens keine falschen Hoffnungen.

Christian hatte den Aufenthalt in Köln genutzt, um sich nach der letzten Mode einzukleiden. Die Spitzen seines Hemdkragens reichten ihm bis an die Ohren, ein voluminöses Halstuch war zu einem kunstvollen Gebilde geschlungen, sein Frack jedoch war von militärischer Strenge, seine Stiefel glänzend poliert.

Cornelius dagegen trug ein Hemd mit weichem Umschlagkragen, eine gefütterte Lederweste und eine lange Hose und verzichtete auch darauf, seinen Haaren einen gefälligen Schwung zu geben. Er hatte sie, nachlässig wie er war, wieder wachsen lassen und trug sie mit einem Lederband zu einem Zopf gebunden.

»So wärmt man sich also mit den neuen Hemden die Ohren. Wie praktisch an solch kalten Tagen wie heute«, begrüßte er seinen Bruder.

»Man muss mit der Zeit gehen. Es kann nicht jeder einen solch altväterlichen Stil pflegen wie du.«

Cornelius grinste ihn an und zog an seiner Pfeife. »Setz dich, Christian. Was führt dich zu mir? Die altväterliche Stimmung in meinem Heim oder brüderliche Zuneigung? Oder hast du, was der Himmel verhüten möge, für heute Abend etwa keine Einladung erhalten?«

»Ach, ich wollte nur mal ein bisschen mit dir reden.«

Cornelius versteckte sein Erstaunen und ging stattdessen zu dem Bord mit den Karaffen, in denen er die Getränke für seine Besucher aufbewahrte. »Madeira oder Cognac? Oder einen einfachen Roten?«

»Cognac.«

Er schenkte zwei Gläser ein und setzte sich wieder hinter seinen überquellenden Schreibtisch. Aber er klappte das Tintenfass zu und legte die Stahlfeder zur Seite, mit der er sich angewöhnt hatte zu schreiben.

»Werd wohl bald wieder verschwinden«, meinte Christian beiläufig und nippte an seinem Glas.

»Pleite, Junge?«

»Nicht gerade gut bestückt.«

»Nun, auf dem Land sind die Versuchungen geringer, nicht wahr? Soll ich dir aushelfen?«

»Danke, geht schon.«

»Wirst du Ärger mit dem Vater kriegen?« Der Jüngere zuckte mit den Schultern. »Du bist seine letzte Hoffnung, Christian. Überzieh es nicht!«, mahnte Cornelius, aber lächelte dabei.

»Er hätte dich ja nicht verstoßen müssen.«

»Er hat's aber. Und ich bin ihm nicht böse darüber.«

»Du bist Mutters Malheurchen, oder?«

»Ich will nicht darüber reden.«

»Ist gut. Ich wollte… Na ja, ich wollte dir nur sagen, sie hat immer freundlich von dir geredet. Und du bist… Also, na ja… Du bist ein verdammt guter Bruder.« Er stürzte den Cognac hinunter und stand auf. »Ich geh dann mal. Mach's gut, Cornelius.«

Ein schneller Druck auf die Schulter, Christian warf sich den Mantel um und polterte die Stiegen hinunter.

Cornelius stellte sein Glas ab und starrte einen Moment aus dem Fenster, wo er seinen Bruder in der Gasse entschwinden sah. »Verdammt!«, knurrte er. »Kleiner Narr!«

Auch er warf sich einen Mantel um und hastete hinter dem jungen Mann her. Er schlug, wie er befürchtet hatte, den Weg zum Rheinufer ein. Die Straßen waren noch immer schlecht oder gar nicht beleuchtet, und hinter dem Frankentor war es gänzlich dunkel. Aber auf den Fluten des Stromes tanzte das Licht des zunehmenden Mondes und ließ die Eisschollen weiß aufleuchten. Die Silhouetten der vertäuten Schiffe hoben sich schwarz gegen den Nachthimmel ab. Er führte viel Wasser, der mächtige Fluss, die Schneeschmelze in den Bergen hatte begonnen, und seine Wellen schwappten auf den gepflasterten Weg der Promenade. Außer Christian hielt sich kein Mensch mehr hier auf. Der aber strebte weiter flussabwärts, Richtung Sankt Kunibert, der nassen Füße nicht achtend, die er dabei bekam.

Cornelius fluchte, wagte aber nicht, ihn anzurufen, um keine übereilte Handlung auszulösen. Er hoffte, sein Bruder würde doch noch zögern, ehe er sich dem eisigen Wasser überantwortete.

Er schätze ihn richtig ein. Christian blieb stehen und blickte auf den dunklen, tödlich kalten Strom hinaus.

Cornelius hatte ihn fast eingeholt, hielt sich aber im Schatten der Mauern.

Dann packte den jungen Mann offensichtlich die Verzweiflung, er machte einen Schritt nach vorne in das Wasser.

Cornelius folgte ihm mit einem Satz. Er erwischte ihn am Kragen, aber die Strömung riss sie beide von den Füßen, und sie wurden hinuntergezogen.

»Schwachkopf!«, brüllte Cornelius seinem Bruder ins Ohr, als der begann, sich zu wehren. »Halt dich fest, an allem, was du findest!«

»Lass mich, Cornelius!«

»Nein, du Idiot. So löst man Probleme nicht.«

Er bekam ein abgerissenes Tau zu packen und klammerte sich mit einer Hand daran, mit der anderen hielt er wie ein Schraubstock Christians Kragen fest. Doch das eiskalte Wasser begann schon jetzt seine Wirkung zu zeigen.

»Hilf mir, Junge, sonst gehen wir beide unter!«

Noch einmal zappelte sein Bruder, dann gab er nach und

packte ebenfalls das Tauende. Mit vereinten Kräften gelang es ihnen, den Poller zu erwischen, um den es gebunden war, und sie zogen sich ans Ufer. Keuchend blieben sie einen Augenblick auf dem gefrorenen Boden liegen, dann raffte Cornelius sich auf.

»Los, du Held. Wir müssen ins Warme.«

Gehorsam rappelte Christian sich auf, und im Laufschritt eilten die beiden in die Stadt zurück. Cornelius pochte an Waldeggs Tür, und es war Maddy, die ihnen öffnete.

»Gott, waren Sie baden, gnädiger Herr? Das war aber sehr ungesund.« Sie wedelte sie herein und schob sie, triefend wie sie waren, in den Salon, wo im Kamin ein warmes Feuer brannte.

Elena schrie auf, und Antonia kam aus der Bibliothek gelaufen. »Maman, wir brauchen Decken. Johann soll trockene Kleider für die beiden von drüben holen. Ihr zwei zieht euch aus. Aber schnell!«

Cornelius grinste sie an. »Das hat ja fast Tradition zwischen uns.« Er warf den nassen Mantel auf den Boden, ließ die Weste klatschend folgen und nickte Christian aufmunternd zu. »Nur keine falsche Scham, Brüderchen, sie hat schon ganz andere Leichen ausgezogen.«

Aber Christian, trotz klappernder Zähne über und über rot geworden, schaffte es nicht, auch nur seinen Umhang abzulegen. Cornelius hingegen war aus den Schuhen gestiegen und knöpfte sich das Hemd auf. Antonia verließ wortlos den Raum, um in der Küche heißen Grog in Auftrag zu geben. Sie hatte eine ziemlich deutliche Vorstellung davon, was geschehen war. Christian war ein kleiner Bruder Leichtfuß, der nach dem Studium einmal ordentlich über die Stränge schlagen wollte. Sie hatte Gerüchte von wilden Eskapaden mit zugänglichen Frauen und verrückten Wetten gehört. Vermutlich hatte er sich ruiniert.

Als sie mit einer dampfenden Kanne gesüßtem Tee, der mit einem kräftigen Schuss Rum angereichert war, in den Salon zurückkam, hatte Maddy die nassen Kleider fortgeschafft, und die beiden Herren saßen, in dicke Wolldecken gehüllt, am Kamin. Elena rubbelte Christian die Haare trocken.

»Wer von euch hat wen aus dem Wasser gezogen?«

»Ich den Bengel hier.« Dankbar nahm Cornelius den Becher

mit dem heißen Getränk entgegen. »Uh, das belebt wirklich jeden Ertrunkenen«, stellte er nach dem ersten Schluck fest. »Frag du ihn mal, warum er zu nachtschlafender Zeit ein kaltes Bad nehmen wollte.«

»Richtig, Christian. Welche deiner hübschen Freundinnen hat dein Herz gebrochen?« Aber Christian wirkte noch immer völlig verstört und schüttelte nur den Kopf. Antonia setzte nach: »Es gibt gewöhnlich nur wenige Gründe, die einen so weit treiben können – Liebesleid, Geldsorgen oder Ehrenschuld. Lass mich nicht zu lange raten!«

»Geht euch nichts an.«

»Ach nein? Cornelius riskiert sein Leben, ihr sitzt hier schlotternd und triefend in unserem Salon und bildet unangenehm riechende Pfützen – aber es geht uns nichts an?«

»Ist mein Problem.«

Antonia baute sich vor Christian auf und begann: »Ich will dir mal was sagen, du kleiner, anmaßender Hinterstubenwüstling. Seit zwei Monaten tobst du durch die mehr oder weniger gute Gesellschaft und schmückst dich mit den gängigen Blümchen der Nacht. Dein Herz scheint mir tatsächlich recht biegsam zu sein, aber vielleicht hat dich ja einer ihrer Beschützer in die Mangel genommen?«

»Das wäre einfach zu lösen, Christian«, mischte sich Cornelius ein. »Nenn mir den Namen!«

Der Jüngere schüttelte nur verbissen den Kopf.

»Nein, so ist das nicht, oder nein, den Namen nenn ich nicht?«, hakte Antonia nach.

»Ist nicht so.«

»Gut. Wie viel hast du verloren?«

Christian brach in Tränen aus, und Elena zog seinen feuchten Kopf an ihre Brust und streichelte ihn. Cornelius murmelte: »Scheiße!«, und Antonia: »Merde perdu!«

Eine halbe Stunde später hatten die Männer trockene Kleider angezogen, und sie saßen gemeinsam um den Tisch, um zu beraten. Es war eine ungeheure Summe, die Christian verspielt hatte, und er weigerte sich standhaft zu verraten, wo und an wen.

Cornelius und Antonia insistierten und bedrängten ihn, bis Elena schließlich bat: »Lasst ihm den Rest Ehre! Überlegen wir, wie wir an das Geld kommen! Ich habe eine hübsche Summe auf meinem Konto.«

»Wo es auch bleibt, Elena«, erklärte Cornelius sanft. »Und du, Toni, brauchst überhaupt gar nicht erst mit deinem Kapital zu prahlen. Das bleibt ebenfalls, wo es ist. Ich werde Mittel und Wege finden. Bis wann ist die Schuld fällig, Christian?«

»Bis Ende der Woche.«

»Gut, das gibt mir etwas Luft. Jetzt würde ich aber vorschlagen, wir überschlafen die Angelegenheit. Bei Tag sieht manches weniger schlimm aus, als es nachts erscheint. Behaltet Christian hier, damit er nicht wieder auf dumme Gedanken kommt.«

»Du könntest auch hier schlafen, Cornelius. Es war ein scheußliches Erlebnis, nehme ich an«, bot Antonia ihm an und wuschelte ihm durch die ungekämmten Haare.

»Lässt du mich denn unter deine Decke kriechen, damit ich mich aufwärmen kann?«, fragte er leichthin, aber sie grinste nur und erwiderte: »Ich habe zwar eine mitleidige Seele, mein Lieber, aber du verströmst bedauerlicherweise den delikaten Fäulnisduft einer angemoderten Wasserleiche.«

Er nahm die Herausforderung an und begann: »Ich könnte freiwillig ein heißes Bad …«

»Du wirst drüben bei dir schlafen. Wir achten auf Christian«, unterbrach ihn Elena energisch. Aber als sie ihn zur Tür begleitete, murmelte er hoffnungsvoll: »Sie hat mich nicht Bruder genannt.«

»Nein, das hat sie nicht. Schlaf gut, Cornelius!«

»Kaum.«

Heimlichkeiten und Erleuchtung

Wer gab dir, Minne, die Gewalt,
dass du so ganz allmächtig bist?
Walther von der Vogelweide

David und Susanne hatten nicht lange gezögert, vielleicht, weil sie beide schon vor sechs Jahren entdeckt hatten, was sie miteinander verband. Die lange Zeit der Trennung hatte nichts daran geändert, und es gab keinen Grund, auch nur einen Tag länger auf ein gemeinsames Leben zu verzichten. Antonia seufzte unwillkürlich. Vor einer Woche, an einem strahlenden Maitag, hatte die Hochzeit stattgefunden. Obwohl sie ihrer Freundin und ihrem Bruder das Glück von Herzen gönnte, das sie miteinander gefunden hatten, konnte sie doch den schmerzlichen Stich von Neid nicht unterdrücken. Sie hätte auch gerne eine eigene Familie gehabt.

Aber Sebastien war tot.

Antonia verbrachte den Frühlingsabend in der Bibliothek und tippte sich mit der Feder an die Unterlippe. Sie hatte begonnen, mit Thomas Lindlar eine Abhandlung über die Technik des lithografischen Drucks zu schreiben, zu der Susanne die entsprechende Bebilderung machen sollte. Thomas war zwar ein ausgezeichneter Drucker, der sein Handwerk bis ins Detail beherrschte, aber es verständlich auszudrücken, vor allem schriftlich, das lag ihm gar nicht. Er war jedoch nicht eitel, sondern beantwortete mit unermesslicher Geduld Antonias Fragen und las immer mit einem bewundernden Ausdruck ihre Beschreibungen. Gerade überarbeitete sie einige Seiten und fand nicht die rechten Worte, um einen bestimmten Sachverhalt auszudrücken. Schließlich warf sie die Feder hin und beschloss, sich die fraglichen Werkzeuge in der Druckerei noch einmal näher anzusehen. Sie nahm die Schlüssel an sich, die Cornelius ihr für die Zeit seiner Abwesenheit überlassen hatte.

Gleich nach der Hochzeit war er nach Sürth ins Sommerhaus gefahren, um dort einen Gartenpavillon zu bauen. Er begründete es damit, die anstrengende Arbeit würde ihn auf andere Gedanken bringen und ihm zu einer Idee verhelfen, wie er seine Probleme in den Griff bekäme. Kurz bevor er aufgebrochen war, hatte Antonia ihn gefragt, ob er von Christian gehört habe.

»Ja, er wird gleich nach Ostern seinen Posten als Sekretär bei einem Minister von Hessen-Nassau antreten.«

»Und sich hoffentlich einer gebührenden Ernsthaftigkeit befleißigen.«

»Ich denke, er hat etwas gelernt aus dieser Entgleisung.«

»Und du, Cornelius? Wie wird es mit dir weitergehen?«

»Ich weiß es nicht, Toni. Manchmal denke ich, es ist mein Schicksal, ausgerechnet durch die Spielschulden meines Bruders ruiniert zu werden.«

Antonia war innerlich zusammengezuckt. So resigniert hatte sie Cornelius noch nie erlebt. Was die Angelegenheit noch schwieriger machte – er lehnte jegliche finanzielle Hilfe ab. Sie wusste nicht genau, wie er sich das Geld beschafft hatte, um Christian auszulösen, sicher hatte er sein eigenes Vermögen dazu verwendet und darüber hinaus einen Kredit aufgenommen. Außerdem gingen die Geschäfte schlecht. Die Umbruchstimmung machte die Leute nicht gerade geneigt, Geld für Bücher auszugeben. Es waren wieder Kontributionen zu zahlen, Einquartierungen zehrten am Haushaltsgeld, und viele Männer standen entweder im Feld, waren gefallen oder verwundet.

Trotzdem, Cornelius war ein Kämpfer. Dass er jetzt so gar keine Pläne hatte, überraschte sie. Obwohl – einen Plan verfolgte er wohl doch. Das Gemunkel behauptete, er bemühe sich derzeit um eine sehr reiche, sehr hübsche Witwe.

Ihr hingegen hatte er den Schlüssel zur Druckerei gegeben, damit sie jederzeit Zugang zu den Unterlagen auf seinem Schreibtisch hatte, und so lief sie, mit einem Handlicht bewaffnet, über die Straße. Verdutzt bemerkte sie hinter den geschlossenen Läden ein Lichtchen flackern. Sollte Thomas vergessen haben, die Lampen zu löschen? Das wäre aber sehr unachtsam, überlegte sie, und überhaupt nicht seine Art. Energisch drehte sie den Schlüssel im

Schloss um und stieß die Tür auf. Der Eingangsbereich und die Treppe waren dunkel, aber in der Werkstatt brannte Licht.

»Hallo! Wer da?«

Ein kleiner, krummbeiniger Mann steckte seine lange Nase aus der Tür. »Nur ich, Fräulein Waldegg. René.«

»Ach Sie sind's! Was tun Sie hier?«

»Hab ein paar Probeabzüge zu machen, Fräulein. Der Herr Bruder hat es erlaubt.«

»Schon recht. Ich muss noch mal an die Lithografien, um etwas nachzuschauen. Lassen Sie sich nicht stören!«

Sie ging auf die Ecke zu, wo Susanne ihr Werkzeug aufbewahrte, und begutachtete die zu beschreibenden Geräte, während hinter ihr der Kupferstecher energisch Papier zerriss. Vermutlich war der Druck nichts geworden.

»So, ich bin schon fertig, René. Arbeiten Sie nicht mehr so lange, und gute Nacht.«

»Gute Nacht auch, Fräulein.«

»Ich lasse die Tür offen, schließen Sie später zu. Vergessen Sie nicht, das Licht zu löschen!«

»Nein, bestimmt nicht.«

Aber irgendwie war Antonia beunruhigt. Normalerweise war Cornelius oben und hatte einen Blick auf das, was in der Werkstatt unter ihm passierte. Eine Stunde später warf sie sich den Umhang wieder über und lief zur Druckerei. Noch immer brannte Licht, und die Tür war unverschlossen. René arbeitete weiterhin, sie hörte das Quietschen der Tiegelpresse. Sie ließ die Tür laut ins Schloss fallen.

»Probeabzüge«, murmelte sie. »Mhm.«

Am nächsten Morgen kam die Meldung, die Verbündeten hätten am 31. März Paris eingenommen und Napoleon habe abgedankt. Jubel herrschte in den Straßen, und spontane Feiern wurden ausgerichtet. Elena und Antonia gaben den Dienstboten frei, blieben aber im Haus.

»Mir ist nicht danach zu feiern, Maman.«

»Nein. Toni, das verstehe ich. Es ist … Ja, es ist etwas zusammengebrochen.«

»Ja, es ist – wieder einmal – etwas zusammengebrochen. Vielleicht war es an der Zeit, aber es war nicht alles schlecht, was dieser Mann erreicht hat. Sie nennen ihn jetzt das korsische Ungeheuer, aber im Dezember haben sie hier genauso laut den Jahrestag seiner Krönung bejubelt, wie jetzt seinen Untergang. Wahrscheinlich wird ihm erst die Geschichte wirklich gerecht werden.«

Anschließend ging Antonia nach oben und sang Sebastienne französische Wiegenlieder vor.

Am Abend allerdings bat sie Elena, sich um die Kleine zu kümmern. Sie wollte sich in Cornelius' Arbeitszimmer setzen, um dort etwas nachzuschlagen, behauptete sie. Aber eigentlich hatte sie vor herauszufinden, was der Kupferstecher so lange zu arbeiten hatte. Denn sein Verhalten kam ihr im Nachhinein doch sehr eigentümlich vor. Er hatte immer mit dem Rücken zur Druckerpresse gestanden, und es hingen keine feuchten Abzüge auf den Leinen. Außerdem – Probeabzüge hatte er bisher immer mit der Handpresse vorgenommen. Sie hoffte, er würde an diesem Abend wiederkommen und Cornelius' Abwesenheit nutzen, um seine heimlichen Arbeiten weiterzuführen.

Sie zündete kein Licht an, sondern legte sich abwartend auf das schmale Bett und döste vor sich hin.

Das leise Knarren der Haustür weckte sie, vorsichtig trat sie an den Treppenabsatz und lauschte. Ja, René war wiedergekommen. Aus den Geräuschen schloss sie, dass er eine Druckplatte in die große Presse einlegte. Es war anstrengend, alles alleine machen zu müssen – Papier einlegen, Druckerfarbe aufstreichen, Presse betätigen, Papier herausnehmen. Sie kannte die Abläufe inzwischen gut genug. Er auch. Er arbeitete zügig, wusste sichtlich, wo alles zu finden war und bediente sich großzügig an den Vorräten.

Schon alleine das konnte man ihm zum Vorwurf machen.

Sie bedauerte, nicht von oben den Werkstattraum einsehen zu können, aber sie hoffte, dass René irgendwann in den Lagerräumen verschwinden würde, denn sie wollte einen Blick auf das erhaschen, was er dort so eifrig anfertigte.

Das Warten wurde ihr lang, der Mann hatte eine unermüdliche Ausdauer, und anscheinend war alles, was er benötigte, bei der Hand. Aber schließlich wurde ihre Geduld belohnt. Die Tür zum Hinterhof, und damit auch zum Abtritt, knarrte.

Antonia huschte lautlos die Treppe hinunter und betrat die Druckerei. Etwa zehn feuchte Druckbogen hingen an Klammern an der Leine. Zu gerne hätte sie einen mit nach oben genommen, aber schon ein Blick darauf erklärte ihr die Heimlichkeit des Unterfangens.

René druckte Spielkarten.

Sie hörte seine Schritte und verzog sich schnell und leise wieder nach oben. Ihre Gedanken rasten. Sollte sie ihn überraschen und zur Rede stellen? Oder nur ein Geräusch verursachen, um ihn zu einer überstürzten Flucht zu veranlassen?

Sie entschied sich dagegen, obwohl sie zu gerne nach unten gestürmt wäre. Aber der Mann war, genau wie Cornelius, lange im Arbeitslager gewesen. Und hatte überlebt. Er mochte zwar wie ein trauriger Dackel aussehen, aber er musste zäh, vermutlich sogar gefährlich sein. Nein, sie beschloss zu warten, bis er fort war, und würde dann die Werkstatt durchsuchen.

Es dauerte bis Mitternacht, bis der Kupferstecher endlich die Tür hinter sich zuzog. Sie wartete eine Weile, um sicherzugehen, dass er sich auch wirklich entfernt hatte. Dann betrat sie den Raum. Er hatte ihn sehr ordentlich hinterlassen und sogar alle Handvorräte wieder aufgefüllt. Dass Papier oder Farbe fehlten, würde Thomas erst feststellen, wenn er das Lager kontrollierte. Die Presse war sauber, die Abfallkörbe leer.

Morgens rief sie Maddy zu sich.

»Ich dachte schon, gnädiges Fräulein, Sie würden gar nicht mehr fragen«, hatte die kleine Zofe anerkennend gesagt. »Ich hab mir natürlich Gedanken gemacht, seit der junge Mann hier so abgebrannt aufgetaucht ist. Gespielt wird natürlich bei den üblichen gesellschaftlichen Veranstaltungen, aber gewöhnlich nicht um so hohe Einsätze.«

»Nein, das riecht viel zu sehr nach professionellem Spielen. Aber wo treffen sich die Spieler, Maddy? Ich lebe, wie ich merke, inzwischen in einer viel zu behüteten Atmosphäre. Ich habe keine Ahnung.«

»Bleiben Sie nur da, wo Sie hingehören, gnädiges Fräulein! Die zwielichtigen Welten sind nicht besonders gemütlich. Immerhin habe ich mich mal umgehört. Es gibt drei Häuser, in denen private Spielclubs tagen. Das eine befindet sich hinterm Berlich, das andere an der Hahneporz und das dritte in der Gertrudenstraße. Ich persönlich würde das am Berlich ausschließen, es ist eine echte Spielhölle, in der es ziemlich derb hergeht. Aber die Männer, die dort spielen, können sich solche Beträge, wie die, die der arme Junge verloren hat, gar nicht leisten.«

»Also die Hahneporz und Gertrude. Was weißt du über die Häuser? Wem gehören sie?«

»Wem sie gehören, hat nichts damit zu tun, wer sie betreibt, gnädiges Fräulein.«

»Die Gnädige hustet dir gleich was, Maddy.«

»Schon gut, Toni. Du wirst es sicher schneller herausfinden, unter welchem Namen sie eingetragen sind, als ich.«

»Richtig, ich kümmere mich darum. Gibt es irgendeinen weiteren Anhaltspunkt?«

»Nun ja, das Haus an der Hahneporz ist sehr ruhig, behauptet man. Nur sehr distinguierte Herren spielen dort. In der Gertrudenstraße gibt es auch einige Frauen, die für Unterhaltung sorgen.«

»Was für Christian ein weiterer Anziehungspunkt hätte sein können. Kann man so ohne Weiteres in diese Clubs gehen und spielen?«

»Aber wo denkst du hin? Nein, man braucht einen Bürgen, eine Empfehlung, jemand, der dort bekannt ist, muss einen einführen, und der Patron muss zustimmen.«

»Also muss Christian jemand mitgenommen haben. Puh, es wird schwierig herauszufinden, mit wem er sich herumgetrieben hat. Er ist ein sehr kontaktfreudiger Bursche.«

»Tja, das glaube ich auch.«

»Weißt du, wie der Patron heißt, der das Haus führt?«

Maddy kicherte.

»Toni! Glaubst du, der trägt seinen Namen auf einem Schild umher? Nein, die Herren halten sich sehr bedeckt. Den an der Hahneporz nennt man den Bischof und den von Gertruden den Erlkönig.«

»Ha!«, entfuhr es Antonia. »Schon haben wir ihn.«

»Wie das?«

»Weil, meine findige Zofe, Jung-Christian, als wir ihn, trunken und unglücklich, zu Bett brachten, murmelte: ›Erlkönig hat mir ein Leids getan.‹ Ich dachte, er zitiert aus dem Gedicht, aber das wirft jetzt ein völlig anderes Licht auf die Sache. Gut, wir sind ein Stück weiter. Nun sollten wir Haus und Erlkönig unter die Lupe nehmen.«

»Was hast du vor, Toni?« Maddy klang alarmiert.

»Zum Beispiel das Haus beobachten und sehen, wer da aus und ein geht. Vielleicht erkenne ich ja einen Bekannten.«

»Du kannst dich nicht in der Dunkelheit an die Straßenecke stellen und die Männer begaffen. Was glaubst du, wie schnell du ein paar interessante Angebote bekommst?«

»Mh.«

»Lass mich mal machen! Ich will sehen, ob ich mit einer von Erlkönigs Töchtern ins Gespräch komme. Ich werde meine ehemalige Arbeitgeberin mal besuchen und hören, ob sie etwas weiß.«

Damit musste sich Antonia zufrieden geben. Dennoch – Renés heimliche Druckerei und das Wissen um des Erlkönigs Haus ergaben eine brisante Mischung, die Cornelius mit Bestimmtheit aus seiner Resignation reißen würde. Antonia beschloss, am nächsten Tag einen Ausflug nach Sürth zu machen.

Es war ungewöhnlich warm geworden, und der Ritt am sonnigen Rheinufer entlang erfüllte Antonia mit einer unbestimmten Heiterkeit. Eigentlich hatte sie befürchtet, von schwermütigen Erinnerungen an das vergangene Jahr heimgesucht zu werden, aber die Genugtuung, etwas für Cornelius tun zu können, lenkte sie sehr gründlich von jeglicher aufkommenden Traurigkeit ab. Ein leichter Wind zauste ihre Haare und wehte alle trüben Gedanken mit sich fort. Sie sah von Weitem, dass rege an dem Haus gebaut worden war. Das Strohdach war durch eine Schieferbedeckung ersetzt worden, die Läden frisch gestrichen, die im Herbst gesetzten Zwiebeln füllten den Garten verschwenderisch mit Narzissen und Tulpen. Am hinteren Ende des Grundstücks aber war das

Gerüst eines Pavillons hochgewachsen. Sie band ihr Pferd an den Zaun und ging über den gekiesten Weg dorthin, denn oben auf dem Gerüst stand Cornelius und hämmerte mit mächtigen Schlägen einige Planken zusammen. Er hatte sein Hemd ausgezogen, die Hosenbeine aufgerollt und arbeitete barfuß auf den Balken. Seine Haare hatte er wieder zusammengebunden, aber sie lösten sich bereits aus dem Zopf, und sein Rücken war braun gebrannt. Antonia beobachtete, wie sich seine Muskeln unter der schweißglänzenden Haut bewegten.

Mitten auf dem Weg blieb sie jäh stehen. Es war, als habe ihr jemand einen Schleier vor den Augen fortgezogen. Das Licht veränderte sich plötzlich, die Zeit nahm einen anderen Rhythmus an, und es schien, als ob alle Geräusche verstummt wären.

»Cornelius?« Sie hatte es nicht laut ausgesprochen. »Cornelius?« Aber es sang in ihr, und eine große Wärme breitete sich in ihr aus. »Cornelius!«

Sie wusste nun, in diesem Augenblick, wem ihre Liebe schon immer gegolten hatte. Ihrem Bruder, ihrem Freund – und wenn es jetzt nach ihr ginge, auch ihrem Geliebten. Es war völlig anders als das, was sie Sebastien gegenüber gefühlt hatte. Kein Mitleid, keine Sanftheit, nicht der Wunsch zu trösten und zu heilen lag darin, sondern heißes Verlangen und ursprüngliches Begehren.

Er musste geahnt haben, dass sie dort stand, denn nach dem letzten Hammerschlag drehte er sich um und sah ihr direkt ins Gesicht. Antonia bemerkte, wie die Röte ihr in die Wangen schoss. Wenn ihre Beine ihr gehorcht hätten, wäre sie geflohen. So aber blieb sie wie erstarrt stehen.

Cornelius bewegte sich mit müheloser Geschicklichkeit, die er als Schiffszimmermann erworben hatte, von dem Holzgerüst zu Boden und ergriff im Vorbeigehen sein Hemd. Er hielt es noch in der Hand, als er sich ihr näherte und sie mit einem Lächeln begrüßen wollte.

Ein Blick in ihre Augen, und er wusste, was geschehen war.

»Einen kleinen Moment, Toni, ich ziehe mich nur gesellschaftsfähig an«, murmelte er geistesgegenwärtig und wandte sich ab, um das Hemd über den Kopf zu ziehen. Unter dem Stoff verbarg er seine unendliche Freude. Er ließ sich und ihr Zeit, nestelte ungeschickt an den Knöpfen und rollte auch die Hosenbeine herunter. Die Freude nährte den Wunsch, dieses neue, zarte Pflänzchen zu hüten und zu hegen, es sich zu ständiger Blüte entfalten zu lassen und es um Himmels willen nicht zu früh zu berühren. Sie hatte ihm einst etwas über das Wesen der Macht erklärt, und da er nun endlich die Macht über ihre Gefühle hatte, erkannte er, wie wichtig es war, sie nicht auszuüben.

Als er sich schließlich zu ihr umdrehte, hatte er sein freundschaftliches Lächeln aufgesetzt und konnte mit leichtem Ton fragen: »Du nützt den schönen Tag zu einem Ausflug, Toni? Willst du kontrollieren, ob ich hier auch nicht faulenze?«

Auch Antonia hatte sich einigermaßen gefangen, wenngleich die neue Erkenntnis sie noch immer erschütterte, doch eine fröhliche Erwiderung fiel ihr einfach nicht ein. Also sagte sie nüchtern: »Ich glaube, zum Faulenzen bist du gar nicht fähig, Cornelius. Aber ich bin gekommen, weil ich etwas herausgefunden habe. Wegen Christian!«

»Dann werden wir darüber sprechen. Magst du auf der Terrasse sitzen? Ich habe die Möbel frisch lackiert, und Liese hat die Polster bezogen. Es ist alles schon ganz ordentlich.«

Tatsächlich war der im vergangenen Jahr noch verwahrloste Freisitz gerichtet, die leichten Sessel prangten in strahlendem Weiß und luden zum Sitzen ein.

Cornelius brachte einen Glaskrug und Becher.

»Liese war gestern da und hat herumgefaucht, wie der leibhaftige Drache aus dem Siebengebirge. Aber ihre Limonade ist köstlich. Erzähl, was ist so Wichtiges geschehen, dass du Sebastienne verlassen musstest, um einen schmutzigen Zimmermann aufzusuchen?«

»Ich fand den Erlkönig an dunklem Ort.«

»Den Erlenkönig mit Kron und Schweif?«

»Samt seinen Töchtern, in einem Haus in der Gertrudenstraße. Wo er spielfreudigen Herrn ein Obdach und wohl auch das eine oder andere Lotterbett bietet.«

Cornelius setzte langsam den Becher ab. »Schau an.«

»Was Christians kryptischer, wenn auch trunkener Bemerkung eine besondere Würze verleiht.«

»Du sagst es. Erzähl mehr!«

Antonia berichtete von dem Gespräch mit Maddy, und Cornelius hörte gespannt zu.

»Es wird seine Richtigkeit haben. Den Besitzer des Hauses kenne ich auch nicht, aber das wird herauszufinden sein.«

»Könntest du Zutritt zu dem Club bekommen?«

»Wahrscheinlich. Aber… Es gibt Dinge, die ich in meinem Leben nicht gerne wiederholen möchte. Manche Leute haben ein langes Gedächtnis, weißt du.«

»David würde es für dich tun. Er ist ein unbeschriebenes Blatt.«

»David ist kein Spieler, er kann kaum ein Pik von einem Herz unterscheiden.«

»Thomas?«

Cornelius schnaubte. »Der kann noch nicht einmal die Vorder- von der Rückseite einer Karte unterscheiden.«

»François?«

»Könnte es, aber einen Juristen werden wir anderweitig benötigen. Er darf sich da die Finger nicht beschmutzen.«

»Ich spiele recht gut. Und mein Anzug passt mir noch.«

Lächelnd schüttelte Cornelius den Kopf. »Selbst mit einem angeklebten Schnurrbart, Toni, nimmt dir keiner mehr den Jungen ab.«

»Mhm.«

»Nein!«

»Ist ja schon gut. Außerdem müssten wir sowieso erst jemanden finden, der einen von uns dort einführt. Weißt du zufällig, wer deinen Bruder begleitet hat?«

»Ich vermute, der junge Mylius. Aber der ist zurück nach Düsseldorf. Ich glaube auch nicht, dass sein Vater beglückt wäre, wenn er von diesen Ausflügen wüsste.«

»Na gut, überlegen wir uns was anderes. Maddy versucht, eines der Mädchen ausfindig zu machen. Vielleicht hat sie Glück. Aber da ist noch etwas. Ich weiß nicht, ob es einen Zusammenhang gibt, aber ich habe ein komisches Gefühl dabei.« Antonia berichtete von Renés heimlicher Druckerei, und Cornelius' Gesicht wurde plötzlich völlig ausdruckslos.

»Ich habe mich nur mit Mühe zurückhalten können, ihn zur Rede zu stellen. Ich hätte es wohl besser getan. Ihn in flagranti …«

»Es war sehr klug, es nicht zu tun, Toni. Er ist lange nicht so harmlos, wie er aussieht.«

»Ja, das dachte ich dann auch.«

»Der Club bezieht mit Sicherheit seine Karten von autorisierten Verlagen, um dem Vorwurf des Falschspiels vorzubeugen. Wenn René Spielkarten herstellt, dann kann es sich nur um einen privaten Auftrag handeln.«

»Oder eine Eigeninitiative?«, stellte Antonia in den Raum.

»Möglich. Aber nicht wahrscheinlich.«

»Kann man überhaupt eigene Karten in einen solchen Club mitbringen?«

Cornelius schnaubte verächtlich. »Was meinst du, was ich damals gemacht habe?«

»Weshalb wir auch annehmen können, dass Renés Karten auf irgendeine Weise gekennzeichnet sind?«

»Davon können wir ausgehen. Verdammt, Toni, das war eine ordentliche Leistung. Wenn es da einen Zusammenhang gibt, dann könnten wir nachweisen, dass Christian von einem Falschspieler ausgenommen worden ist. Wenn ich herausfinde, wer das ist, dann werde ich ihm die Haut in kleinen Fetzen abziehen.«

Antonia sah in sein grimmiges Gesicht und nickte zufrieden. Sie hatte erreicht, was sie wollte, er war aus seiner Resignation aufgewacht.

»Wie willst du das herausfinden?«

»Indem ich René befrage.«

»Der wird dir nicht ohne Weiteres die Wahrheit verraten.«

»Ich darf das bekannte Gedicht noch einmal bemühen, meine Liebe: ›Und ist er nicht willig, so brauch ich Gewalt‹.«

»Mhm. Du bist auch nicht so harmlos, wie du aussiehst.«

»Nein.«

Sie legte den Kopf schief und betrachtete ihn. »Eigentlich siehst du auch nicht harmlos aus.«

»Nein?«

»Manchmal, denke ich, verbirgt sich in dir ein gewalttätiger Mann.«

Er strich ihr sacht über die Wange. »Notwendigerweise, manchmal. Aber nie dir gegenüber, Toni.«

Sie zog sich vorsichtig von seiner streichelnden Hand zurück und schlug die Augen nieder. Cornelius erhob sich.

»Ich denke, das Gartenhäuschen wird noch ein paar Tage auf seine Fertigstellung warten müssen. Ich werde mit dir nach Köln zurückreiten.«

»Fein.«

Ein lieber Freund und Kupferstecher

Du danke Gott, wenn er dich presst,
Und dank ihm, wenn er dich wieder entlässt.

Talismane, Goethe

Antonia war heilfroh, sich in Aktivitäten zu stürzen, denn ihre neue Erkenntnis raubte ihr die Ruhe. Sie versuchte, so gut es ging, das Gefühl zu betäuben, das Cornelius am Tag zuvor bei ihr geweckt hatte, denn kaum eine Liebe konnte hoffnungsloser sein. Sie war ja nur seine kleine Schwester, und eine schöne reiche Witwe wartete darauf, die Seine zu werden. Sie verstärkte also ihre Bemühungen, ihm wenigstens eine Freundin zu sein und mehr über diesen dubiosen Erlkönig herauszufinden.

Maddy hatte keinen Erfolg gehabt, die Identität der gefälligen Damen in Erlkönigs Reich zu lüften, aber sie kam am nächsten Tag mit einem anderen, wie Antonia fand, überdenkenswerten Vorschlag.

»Man muss es sauber machen.«

»Wie wahr!«

Daher standen sie am frühen Vormittag in schlichter Dienstbotenkleidung in der Gertrudenstraße, jede einen Korb mit Blumensträußchen am Arm, die sie geschäftigen Passanten für ein kleines Entgelt zu verkaufen vorgaben, und hatten ein Auge auf das ansehnliche Haus, hinter dessen ehrbarer Fassade die nächtlichen Spiele getrieben wurden. Mit ihrem schlichten Hinweis hatte Maddy ihr nämlich eine Gelegenheit genannt, wie man mehr über das Etablissement erfahren konnte. Sie beobachteten so unauffällig wie möglich den Dienstboteneingang. Es kamen Lieferanten, die ein livrierter älterer Herr einließ. Bierfässer wurden gebracht, Kisten mit Wein geliefert, Wäschekörbe abgeholt, und der Kohlenkutscher lud seine schwarz staubende Ladung im

Hinterhof ab. Hausmädchen schien es jedoch nicht zu geben, denn niemand hatte bisher Asche und Abfälle herausgebracht, Fenster geöffnet, Decken gelüftet oder Besen geschwungen.

»Sie haben keine festen Bediensteten, außer dem Majordomus. Irgendwann werden die Putzfrauen kommen.«

Sie hatten vor, sich diese Frauen zu merken und sie später auszufragen. Doch es ergab sich eine weit bessere Gelegenheit. Denn gegen zehn kam gemächlich eine Frau angeschlendert, die Antonia ein erstauntes Glucksen entlockte.

»Die Fussije Ida. Was macht die denn hier?«

»Da sie soeben das Haus durch den Dienstboteneingang betritt, sollten wir vermuten, dass sie zu den Putzfrauen gehört.«

»Tja, Maddy, so sieht das Ende einer ruhmreichen Karriere als Trottoirschwalbe aus.«

»Sie hat sich nie an ihre Tochter oder ihren Schwiegersohn gewandt, was?«

»Ich glaube, Kormanns haben ihr die Furcht Gottes eingebläut. Warten wir mal ab, was weiter passiert.«

Der Fussijen Ida oblag tatsächlich die Säuberung des Hauses. Kurz nach ihrem Eintreffen öffneten sich die oberen Läden, Kissen wurden auf die Fensterbänke gelegt, Waschschüsseln mit Schwung auf die Straße entleert und ein Mopp ausgeschüttelt. Der Majordomus, jetzt in strengem Überzieher und Hut, verließ das Gebäude, und Antonia nickte Maddy zu.

»Wir werden die Fussije Ida jetzt gleich befragen, der Augenblick ist günstig. Hier, nimm meine Blumen in deinen Korb. Ich komme gleich wieder.«

Es gab in der Nähe des Neuen Marktes eine exklusive Konditorei, und hier erwarb Antonia, vorgeblich ein diensteifriges Hausmädchen, einen Korb voll unterschiedlichster Leckereien für ihre Herrschaft, die nachmittags eine große Teeeinladung geplant hatten. Dann forderte sie Maddy auf: »Unterhalte du dich mit ihr, ich will nicht, dass sie sich irgendwann an mich erinnert. Du kannst behaupten, du wärst das Ladenmädchen, das die Pralinés für die Herrschaften bringt. Lad sie ein, davon zu kosten! Hier, diese dunklen sind mit Liqueur gefüllt. Biete ihr besonders die an! Du bleibst besser bei Krokant und Marzipan.«

»Was für ein genussvoller Auftrag«, kicherte Maddy.

»Sag das nicht, wahrscheinlich wirst du, wenn du mit ihr fertig bist, ein Jahr lang kein Praliné mehr sehen können.«

»Gut, was soll ich sie fragen?«

»Vor allem, ob sie den Erlkönig kennt. Wenn nicht den, dann, ob sie einige der Herren kennt, die hier ein und aus gehen. Die Fussije Ida wird eine handverlesene Bekanntschaft haben.«

Mit einem spitzbübischen Lächeln übernahm die kleine Zofe den Korb und machte sich auf den Weg zum Haus. Ida öffnete ihr und schien ihr ohne Misstrauen ihre Rolle abzunehmen. Maddy verschwand für geraume Zeit, und Antonia wanderte langsam die Straße auf und ab und vermied es, wenn es eben ging, ihre Blumen zu verkaufen, um nicht zufällig erkannt zu werden.

Um die Mittagszeit trat Maddy wieder auf die Straße, und diesmal lächelte sie sogar noch breiter. Der Korb war leer.

»Lass uns verschwinden, Toni! Hier will ich nicht reden!«

»Hattest du Erfolg mit deiner Befragung?«

»Und wie!«

Zur selben Zeit fand eine andere Befragung statt, die aber weit weniger freundschaftlich ablief. In der Druckerei tauchte an diesem Vormittag René in aller Unschuld auf, um eine Kupferplatte mit Anzeigen für den Gesellschaftskalender abzuliefern. Thomas, der eingeweiht war, ließ sofort bei seinem Erscheinen Cornelius rufen.

»Ah, René, auf dich habe ich gewartet«, begrüßte er den Kupferstecher und schlug ihm kurz und präzise die Faust auf das Kinn. Benommen strauchelte der Mann, doch Thomas hatte ihn schon aufgefangen.

»Presse auf!«, befahl Cornelius dem Gesellen. Der, verdattert, aber hilfsbereit, tat, wie ihm geboten wurde.

»Papier raus!« Das Papier verschwand.

Thomas schob René in Richtung Presse, Cornelius nahm seine Arme in festen Griff, schob sie zwischen Druckplatte und Presse und kommandierte: »Presse zu!«

»Aber …?«

»Presse zu!«

Der Geselle drehte mit weit aufgerissenen Augen den Pressbengel nach unten. Als Renés Hände festgeklemmt waren, befahl Cornelius: »Stopp!«

Der Kupferstecher war wieder zu sich gekommen und begann zu kreischen.

»Halt die Klappe, René, oder du verlierst auch noch den Rest deiner faulen Zähne!«

Cornelius' seltsam zweigeteiltes Gesicht schien auf einmal zu einem zu verschmelzen, und es drückte keine der Seiten irgendeine wie auch immer geartete Form der Milde aus.

»Ich habe ein paar Fragen an dich, René. Und ich habe nicht sehr viel Zeit und Geduld, mir Lügen anzuhören. Also antworte mir kurz und klar, sonst wirst du mit deinen Händen nie wieder einen Kupferstich herstellen können. Ich würde sogar darauf wetten, dass du noch nicht einmal mehr selbst deinen Hosenlatz aufbekommst. Haben wir uns verstanden?«

Mit heller Panik in den Augen nickte der schmächtige Franzose.

»Du hast vor drei Tagen hier nachts gedruckt, richtig?«

»Du hast es erlaubt, Cornelius!«

»Probeabzüge habe ich erlaubt. Aber du hast die große Presse benutzt. Und dich aus unseren Vorräten bedient.«

René schluckte trocken.

»Was hast du gedruckt?«

»Fl… Flugblätter.«

»Ach ja? Bist du ganz sicher?«

»Hab sie weggeworfen. Wollte nicht in Schwierig…« Der Rest ging in Geheul unter, denn Cornelius hatte die Spindel ein Stück fester angezogen.

»Was hast du gedruckt?«

René wimmerte, schwieg aber.

»Soll ich weiter zudrehen? Glaub mir, ich habe keine Skrupel. Nur, weil ich so dumm war, dir in Paris zu helfen, bin ich nicht blöd genug, mich von dir ausnutzen zu lassen. Was hast du gedruckt?«

Nicht nur René schauderte vor Cornelius' kaltem Ton, auch

der Druckergeselle und die beiden Stifte zogen sich mit angstvoller Miene in eine Ecke zurück.

»Karten«, flüsterte René.

»Spielkarten?«

Ein Nicken.

»Markierte?«

Wieder ein Nicken.

»Für wen?«

»Für mich.«

Cornelius griff zur Winde.

»Nicht!«, jaulte der Kupferstecher auf. »Nicht!«

»Für wen?«

»K… kenn den Namen nicht.«

»Dann beschreib den Mann.«

»Schneider. Macht Anzüge.«

»Davon gibt es viele.«

»Anzeige, Zeitung!«

»Ah!«, sagte Thomas, griff nach der Kölnischen Zeitung und blätterte darin. »Diese Anzeige?«

René nickte, Cornelius warf einen Blick darauf und löste den Druck der Presse.

»Glück gehabt, alter Freund. Aber deine miese Visage möchte ich in der Stadt nicht mehr sehen. Solltest du mir noch einmal über den Weg laufen, werden sie deine von den Fischen zerfressene Leiche nicht vor Neuss wiederfinden.«

Renés Abgang wurde durch Cornelius beschleunigt, der ihn eigenhändig am Kragen zur Tür hinausschleifte. Dort blieb er eine Weile liegen, bis seine Beine ihm wieder gehorchten. Dann aber nahm er dieselben schleunigst in die Hand.

In der Druckerei herrschte tiefes Schweigen.

»Geht wieder an die Arbeit. Danke, Thomas.«

»Sie… Sie hätten wirklich zugedreht?«, wollte ein völlig verängstigter Lehrling wissen.

»Ja, mein Junge, das hätte ich.«

Der Bursche würgte und lief nach draußen.

Thomas aber sah nachdenklich auf die Zeitung.

»Cornelius, mach dich nicht unglücklich!«

»Nein, Thomas, bestimmt nicht. Nicht mich. Ihn schon. Keine Angst, ich kann, trotz dieser bösen Vorstellung eben, meinen Jähzorn inzwischen ganz gut beherrschen. Aber ich brauche ein paar Informationen zusätzlich.«

Er nickte den Leuten zu und ging wieder nach oben, um an seinem Schreibtisch weiterzuarbeiten. Doch das Manuskript, das vor ihm lag, fesselte seine Aufmerksamkeit nur für wenige Minuten. Er versank in tiefes Brüten, bis David ihn aus dieser Stimmung riss.

Antonia hörte sie schon auf der Straße brüllen.

»Heilige Sankt Ursula, ich hab ihm doch verboten, ihm Geld anzubieten!«, fauchte sie, und Maddy lachte.

»Kannst du es ihm verdenken?«

Sie betraten die Druckerei, und Thomas begrüßte sie mit verzweifelt nach oben gedrehten Augen.

»David ist hier.«

»Nicht zu überhören.«

»Er hat von Ihrer Mutter erfahren, dass Cornelius sein Vermögen geopfert hat, Toni.«

»Weshalb er jetzt versucht, ihm sein eigenes Vermögen in den Rachen zu stopfen.«

»So ungefähr.«

»Nun, wir haben Nachrichten, die beide in atemloses Schweigen versetzen werden.« Antonia wollte die Treppe emporstürmen, aber Thomas hielt sie mit einem seltsamen Lächeln zurück.

»Cornelius wird Sie auch in atemloses Staunen versetzen, vermute ich mal. Wir hatten vorhin Besuch von René.«

»Oha!«

Sie sprangen die Treppe hinauf und hielten sich nicht mit Anklopfen auf.

Die beiden Brüder gifteten sich auf das Herzhafteste an und bemerkten sie nicht, darum schloss sich Antonia der gewählten Lautstärke an.

»Habt ihr zwei Brüllaffen eigentlich jeden Sinn für Anstand verloren? Die ganze Straße dröhnt von eurem Gebell.«

Ein Paar blaue und ein Paar grüne Augen starrten sie verdutzt an.

»David, du solltest wissen, dass Cornelius nicht zu helfen ist, und du, Cornelius, solltest wissen, dass deine Freunde nichts lieber täten, als dir zu helfen. Verdammt sei dein sturköpfiger Stolz! Und mit Maman habe ich ebenfalls noch ein Hühnchen zu rupfen. Sie hätte dir nichts von diesen verfluchten Ehrenschulden erzählen dürfen, David. Aber das kann warten.«

»Du wirst Elena nicht anblaffen, Toni!«, donnerte Cornelius sie an, und David schoss hinterher: »Ich habe sie förmlich gezwungen, es mir zu sagen.«

»Du hast sie gezwungen?«, fauchte Cornelius wiederum ihn an, und David holte Luft, um den nächsten Schwall Beschimpfungen loszulassen.

»Spar dir den Atem, David! Es gibt bei Weitem geeignetere Ziele für euren Zorn. Maddy hat herausbekommen, wer der Erlkönig ist.«

Tonis Ankündigung zeigte Wirkung. Beide Männer schwiegen.

»Ja«, erklärte Maddy. »Unter Verlust meines Geschmackssinns und dem Erwerb einer lebenslangen Abneigung gegen Pralinés haben ich es herausgefunden.«

»Nehmt Platz!«

Antonia schob Papiere zur Seite und setzte sich auf die Kante des Schreibtischs, Maddy kauerte sich auf einen Hocker, David auf den Schreibtischstuhl und Cornelius nahm die Fensterbank.

»Wer?«, wollte er wissen.

Verschmitzt begann Maddy ihren Bericht. »Also, wir banden in der Frühe Sträußchen.«

»Komm zur Sache!«

Antonia fuhr unbeeindruckt fort: »Und wählten die schlichte Kleidung der Blumenmädchen, wie ihr seht.«

»Kind Gottes, wer?«

Cornelius' Stimme klang drohend, doch David begann zu lachen.

»Still, Cornelius. Ich vermute, wir erfahren gerade etwas über einen von Tonis ausgefuchsten Streichen.«

»Ganz richtig. Also lauscht aufmerksam! Denn wenn auch die Geschäfte mit unseren Sträußchen in der Gertrudenstraße kläglich verliefen, kreuzte eine liebe, alte Bekannte unseren Weg.«

Cornelius knirschte mit den Zähnen, als sie eine wirkungsvolle Pause einlegte. Aber er war wider Willen gefesselt.

»Du hast vor einigen Jahren einmal ein aufschlussreiches Gespräch mit ihr geführt, David. Ich bin sicher, sie erinnert sich heute noch deiner.«

»Ich hinterlasse gerne einen guten Eindruck bei den Damen. Du bestätigst mich, Toni«, ging David auf das Spiel ein.

»Nun, die Dame kennt viele schöne Herren. Von Namen, Gesicht und Stimme.«

»Darf man, so en passant, erfahren, um wen es sich bei der guten Frau handelt, oder müssen wir auf diese Enthüllung bis zur Dämmerung warten?«, knurrte Cornelius vom Fenster her.

»Aber nein, nein. Es war die Fussije Ida.«

David lachte schallend auf, und auch Cornelius legte seine ärgerliche Miene ab. »Vermutlich ein Born des Wissens.«

»Selbstverständlich, und naschhaft wie eh und je.«

Nun schilderten sie zusammenhängend, wie sie der alten Trottoirschwalbe entlockt hatte, wer der Patron des Spielclubs war. »Sie verriet uns, dass er mit seinen Leuten immer nur hinter einem Paravent versteckt redet, aber sie kennt die Stimme. Sie ist ein gewitztes altes Luder, unsere Ida.«

Weder David noch Cornelius wagten, die Frage zu stellen, die ihnen auf der Zunge brannte.

»Johann Jakob Wisskirchen«, artikulierte Antonia mit liebevoller Betonung.

Cornelius entfuhr ein höchst unanständiges Wort.

»Tztztz!«, machte Maddy. »Es sind Damen anwesend.«

»Großer Gott, und was für welche.« David starrte sie voller Bewunderung an. »Das war fantastisch. Der Mann ist doch einer deiner Logenbrüder, Cornelius?«

»Nicht mehr lange, David, nicht mehr lange. Oh, wie ich es bedauere, dass Faucon die Stadt verlassen hat. Es wäre mir ein ausgesuchtes Vergnügen, es ihm zu überlassen, dem Mann die

Eissplitter unter die Fingernägel zu pressen. Er hatte eine erschreckende Art, jemanden mit Worten gefrieren zu lassen.«

»Ich bin überzeugt davon, du kannst ihm in dieser Beziehung das Wasser reichen, Cornelius.«

»Seine subtile Art erreiche ich nicht, aber es gibt andere, die ihm ähnlich sind. Ich hingegen habe auf sehr viel weniger raffinierte, aber gleichfalls wirkungsvolle Art herausgefunden, für wen René die gezinkten Karten gedruckt hat.«

»Thomas erwähnte es. Wer, Cornelius?«

»Nun…!« Genussvoll zog Cornelius das Wort in die Länge. »Das ist eine Geschichte, für die man sich Zeit lassen muss.«

David, Maddy und Antonia stöhnten auf.

»Es begann damit, dass ich meinem lieben Freund und Kupferstecher die Faust auf das Kinn setzte.«

»Ahh!«, gaben seine drei Zuhörer dem Stichwort folgend von sich.

»Und dann seine Hände in der Presse einklemmte.«

»Uuh!«, heulte das Publikum schaudernd auf.

»Und zudrehte!«

»Iiiih!«

»Spritze Blut?«, wollte Antonia zudem wissen.

»Noch nicht, aber Informationen quollen aus dem guten Mann, wenn auch vermutlich zögerlicher als bei der Fussijen Ida. Ich musste tatsächlich zwei Mal den Druck erhöhen.«

»Und dann?«

»Dann verriet er ihn mir, den Auftraggeber.«

»Ooh!« Bewundernd kam es aus dem Munde der Zuhörer.

»Auch ein guter alter Bekannter.«

Er schwieg und sonnte sich in der gebannten Aufmerksamkeit der drei Augenpaare. Aber Toni kicherte plötzlich los und fragte: »Soll ich raten?«

»Tu's!«

»Cher Frédéric? Le bon papa?«

»Oui, Mademoiselle!«

»Das schlägt dem Fass die Krone ins Gesicht!«, stellte David fest.

»Womit wir annehmen können, dass er bei dem Erlkönig ein

gern gesehener Gast ist und dort mit falschem Spiel unserem Christian ein Vermögen abgegaunert hat.«

»Das dürfen wir gerne annehmen, beweisen können wir es nicht. Aber wie der Zufall es will, findet morgen ein Logentreffen statt. Zu diesem Anlass wird mir in der fraglichen Sache der Erlkönig Rede und Antwort stehen.«

»Eine schriftliche Aussage wäre wünschenswert«, schlug David vor.

»Wird er leisten, schließlich ist Doktor Joubertin unser neuer Meister vom Stuhl.«

Dann stand Cornelius auf und ging in sein Schlafzimmer. Als er zurückkam, hatte er ein Paar weißer Handschuhe dabei.

»Ich bin noch nicht dazu gekommen, Toni. Aber ich würde dir gerne diese Handschuhe übereichen. Man gab sie mir anlässlich meiner Aufnahme als Geselle in der Loge, mit der Auflage, sie einer guten Freundin zu schenken.«

Zögernd nahm Antonia die Handschuhe entgegen, senkte aber die Lider, um ihre Verwirrung und Freude nicht zu deutlich zu zeigen.

»Bin ich deine Freundin?«

»Meine allerbeste, Toni. Gerade eben hast du es wieder bewiesen.« Er nahm ihre Rechte und führte sie an seine Lippen. »Danke für deine Hilfe.«

»Danke Maddy! Es war ihre Idee.«

»Sicher. Aber sie bekommt keine Handschuhe. Aber, Maddy, du hast immer einen Wunsch bei mir frei. Und die Fussije Ida erhält von einem rätselhaften Unbekannten nächste Woche einen Präsentkorb Pralinés.«

David begleitete Maddy und Antonia nach Hause zurück, und als er sich vor der Haustüre verabschiedete, betonte er mit Blick auf die Handschuhe: »Halte sie in Ehren, Toni! Das ist mehr als ein Freundschaftsgeschenk.«

»Sie sind nicht besonders elegant, aber ich werde sie selbstverständlich in Ehren halten.«

»Tu das, denn sie sind ein Symbol, so wie die Freimaurer viele Symbole haben.«

»Woher weißt du das?«

»Gehöre ich vielleicht selbst dazu?«

»Oh?«

»In Berlin, Paul Lettow hat mich eingeführt.«

»Wofür sind sie ein Symbol?«

»Nun, man schenkt sie eigentlich nicht einer Freundin, sondern seiner auserwählten Gefährtin. Meine habe ich damals schon Susanne geschickt.«

Am übernächsten Tag saß Antonia abends noch lange über ihren Manuskripten, aber wie so oft in den letzten Tagen wanderten ihre Gedanken dann und wann ab. Nicht nur zu den erstaunlichen Erkenntnissen, die sie über Spielclubs und Kartenmanipulation erhalten hatte. Sondern vor allem zu ihrem Verhältnis gegenüber Cornelius. Was hatte David ihr da andeuten wollen? Dass sie mehr als nur eine Freundin war, sicher. Aber das Wort Schwester hatte er auch nicht erwähnt. Sie hatte mit niemandem über ihre Gefühle gesprochen, sie war unsicher, manchmal sogar beschämt. Sechs Jahre lang hatte sie Cornelius nur als ihren Bruder betrachtet, hatte den Domherrn mit ihm betrauert, seine Liebschaften bespöttelt, mit ihm gestritten oder in Eintracht disputiert und hatte sich an seiner Schulter ausgeweint, als Sebastien sie verließ. Wer würde verstehen, dass sie ihn so plötzlich in einem ganz anderen Licht sah?

Antonia seufzte leise und widmete sich wieder ihrem Text.

Elena hatte das Seufzen gehört, kommentierte es aber nicht, sondern trat in die Bibliothek und stellte ein Glas Wein neben ihre Tochter.

»Arbeite nicht mehr so lange, Toni! Du siehst müde aus in den letzten Tagen. Schläfst du nicht gut?«

»Sebastienne weckt mich manchmal«, log Antonia. »Aber es geht mir gut.«

»Nun, ich gehe zu Bett, Liebes. Gute Nacht.«

»Gute Nacht, Maman.«

Sie korrigierte ein paar Seiten, dann hörte sie die Laute, auf die sie den ganzen Abend gehofft hatte. Die Haustür wurde leise geöffnet, und Schritte näherten sich der Bibliothek. Sie hielt den Kopf über das Papier gesenkt, aber ihre Nerven vibrierten.

»Ich habe mir doch gedacht, dass du noch auf bist, Toni. So eine neugierige Katze wie du kann wohl nicht schlafen, bevor sie herausgefunden hat, was vorgeht?«

»Du hast ja dein albernes Schürzchen nicht an, Cornelius.«

»Nur im Tempel.«

»Kindereien, die ihr da veranstaltet.«

»Sicher. Aber heute waren sie sehr nützlich.«

»Erzähl!« Sie löschte die Lampe und ging voran in den Salon.

»Doktor Joubertin und ich haben uns eingehend mit Bruder Wisskirchen beschäftigt. Ich erspare dir Einzelheiten. Wir haben die schriftliche Aussage, dass Kormann am zehnten März Christian die besagte Summe abgewonnen hat. Er spielte schon früher an seinem Tisch und hat ihn zu Beginn mehrmals stattliche Beträge gewinnen lassen. Das hat Lydia, eine seiner Damen, stutzig gemacht, und sie haben damals die Karten untersucht, aber nichts gefunden.«

»Sieht man das denn nicht, wenn sie markiert sind?«

»Nicht, wenn es unauffällig im Druck passiert. Angeschrägte Kanten, Löchlein, Knicke und so weiter – danach haben sie gesucht.«

»Du wirst dir die Karten ebenfalls ansehen.«

»Natürlich. Ich weiß ja, wonach ich zu suchen habe.«

»Kannst du cher Frédéric damit überführen?«

»Sicher.«

»Was wirst du tun, Cornelius?«

»Ich werde zusammen mit Doktor Joubertin eine Liste der Anklagepunkte aufstellen. Da er inzwischen auch Friedensrichter ist, wird es der Sache einiges Gewicht verleihen. Ich werde mich allerdings erst einmal nur im Beisein des Juristen mit ihm unterhalten, um nicht zu viel davon an die Öffentlichkeit dringen zu lassen. Es könnte einen Skandal geben, der Leute trifft, die nicht in unsere Fehde mit einbezogen werden sollten. Aber du, Elena, und Susanne, ihr könntet zusammentragen, was ihr gegen ihn vorzubringen habt. Und gegen Charlotte natürlich.«

»Und dann?«

»Dann wird er zahlen. Oder er wird angezeigt, und dann erwartet ihn die Kettenstrafe. Sollte er sich dadurch ungerecht behandelt fühlen und an den Appellationshof gehen, wird Mylius vermutlich keine Gnade walten lassen. Joubertin hat ihm von den Umtrieben seines Sohnes berichtet, und er hat sich nicht eben freundlich über Spielclubs geäußert. Ich kann mir kaum vorstellen, dass ein Falschspieler Gnade vor seinen Augen findet.«

»Er wird nicht viel haben, um zu zahlen, Cornelius. Ich habe den Eindruck, er ist ziemlich hoch verschuldet.«

»Woraus schließt du das?«

»Verschiedenes. Beweisen kann ich auch nicht viel, aber rechnen kann ich ein bisschen.«

»Erzähl.«

»Der Brand 1812 hat einen kompletten Lagerbestand vernichtet, der am folgenden Tag ausgeliefert werden sollte. Das war ein hoher Schaden, den er ersetzen musste. Danach blieben vermutlich die Zahlungen der Franzosen aus oder verzögerten sich, denn der Russlandfeldzug hat Ressourcen gefressen.«

»Das ging mir auch durch den Kopf. Aber die haben ja bereits im Frühjahr weitere Rekruten ausgehoben.«

»Richtig, aber ein Schneider braucht erst einmal Stoff. Um ihn zu beschaffen, hat cher Frédéric bei einer Aachener Bank einen hohen Kredit aufgenommen. Ich habe Marianne befragt, ihr Vater wusste davon. Er lieferte ihm nämlich die Tuche zu harten Konditionen und bestand auf sofortiger Bezahlung. Er mag unseren Freund nicht.«

»Ach nein.«

»Also spielte er, um sich Kapital zu verschaffen.«

»Dazu muss man allerdings eine andere Einstellung zum Spielen haben. Er ist zu leidenschaftlich.«

»Du bist berechnend.«

»Richtig.«

»Aber er hat zumindest etwas von dir gelernt.«

»Wie man die Karten manipuliert. Sicher. Und hierbei nehme ich es ihm besonders übel, dass er René dazu missbraucht hat und die Dinger auch noch in unserer Druckerei herstellen ließ. Man könnte Absicht dahinter vermuten.«

»Könnte man. Auf ein weiteres Indiz seiner finanziellen Schwierigkeiten bin ich gestoßen, als ich versuchte, hinter die Ursache der fehlerhaften Spendenabrechnungen zu kommen. Charlottes Damenkränzchen sammelt eifrig für die Verwundeten. Das Geld kommt allerdings nicht in voller Höhe in der Wohltätigkeitskasse an. Ich vermute, sie zweigt da einiges für sich ab. Denn cher Frédéric scheint von einer gewissen Sparsamkeit ihr gegenüber befallen zu sein. Ich plauderte mit Isabetta.«

»Bemerkenswert. Schieb dem einen Riegel vor!«

»Meine Mutter und Doktor Schmitz übernehmen das. Ich habe den Verdacht, dass ich Maman damit eine kleine Freude bereite.«

Cornelius nickte, und sein Lächeln war nicht eben freundlich. »Charlotte ist eine Schlange, und sie hat euch das Leben oft genug schwer gemacht. Nun gut, Toni. Es wird ein paar Tage dauern, bis wir alles hieb- und stichfest zusammengestellt haben, aber dann gibt es eine vollständige Abrechnung. Kormann besitzt noch immer das Haus und Charlottes Schmuck. Das wird ausreichen, um seine Schulden bei mir zu begleichen. Oder hast du Bedenken, Toni?«

»Nein Cornelius, ganz bestimmt nicht. Du meinst, weil er mich gezeugt hat?«

»Ja, das meine ich.«

»Blut, mein Lieber, ist tatsächlich nicht dicker als Wasser. Er hat nie einen Gedanken auf mich verschwendet, und er hat meiner Familie oft genug geschadet.«

»Gut dann. Und jetzt solltest du schleunigst zu Bett gehen, Toni. Du siehst sehr müde aus.«

»Das bestätigt mir heute irgendwie jeder. Es muss wohl etwas dran sein.« Sie begleitete ihn zu Tür, und im dunklen Flur drehte er sich zu ihr herum, nahm sie in die Arme und drückte sie fest an sich. Doch er berührte nur ganz leicht mit seinen Lippen ihre Stirn.

»Es wird eine andere Zeit kommen. Ich verspreche dir, dass manches dann leichter wird. Schlaf gut, meine süße Toni!«

Sie schlief überhaupt nicht.

Ein fatales Vermächtnis

Man reißt und schleppt sie vor den Richter,
die Szene wird zum Tribunal!
Und es gestehn die Bösewichter,
getroffen von der Rache Strahl.

Die Kraniche des Ibykus, Schiller

Kay Friedrich Kormann fauchte sein säumiges Weib an: »Bist du bald so weit? Wir haben eine Verabredung, bei der man ausnahmsweise mal pünktlich sein sollte.«

Er hatte einen offiziellen Brief vom Friedensrichter Doktor Joubertin erhalten, in dem er und seine Gattin aufgefordert wurden, sich an diesem Tag um elf Uhr wegen einer Vermögensangelegenheit in seinen Amtsräumen einzufinden, die ihre Wurzeln in der Vergangenheit hatte. Das Schreiben war nicht sehr präzise, ließ aber vermuten, es könne sich um einen für ihn günstigen Sachverhalt handeln. Kormann spekulierte mit einem unerwarteten Erbe, und da seine finanzielle Lage noch immer angespannt war, hoffte er, eine erfreuliche Nachricht zu erhalten. Seine vorsichtigen Gewinne hatten zwar die ungeduldigsten Gläubiger befriedigt, aber von einer positiven Entwicklung war er weit entfernt. Ja, er hatte sogar erwogen, Charlottes Schmuck zu veräußern, nur die damit verbundene Auseinandersetzung mit seiner Gemahlin ließ ihn bis dato davor zurückschrecken.

In den nüchternen Räumen der Kanzlei empfing man sie höflich, doch ließ man sie eine geraume Weile warten.

»Was glaubst du, Friedrich, worum es sich handeln könnte?«

Charlotte redete ihren Gatten nach Abzug der Franzosen auf seinen Wunsch hin mit seinem deutschen Taufnamen an. Es schien ihnen beiden opportun.

»Keine Ahnung. Es könnte sich um ein Vermächtnis eines dankbaren Herrn handeln, dem ich vor Zeiten geholfen habe.«

»Von einem adligen Emigré? So wie dem Comte de Nemours?« Sie erinnerte sich an den freundlichen jungen Grafen, über den sie solch interessante Geschäftsbeziehungen zu den Lyoner Seidenhändlern aufgebaut hatten.

»Denkbar. Aber lass uns nicht raten, gleich werden wir es erfahren.«

Doktor Joubertin begrüßte sie in seinem geräumigen Arbeitszimmer und bat sie, vor seinem Schreibtisch Platz zu nehmen. Er kam direkt zur Sache.

»Im Zusammenhang mit der Vermögensangelegenheit muss ich Ihnen die Frage stellen, ob Sie einen französischen Kupferstecher namens René Laballe kennen.«

»Ja, ich hatte kurze Zeit mit ihm geschäftlich zu tun. Ein kleiner Auftrag, den er zu meiner Zufriedenheit abwickelte.«

»Worum ging es dabei?«

»Um Anzeigen, die mein Angebot an Herrenkleidung darstellten.«

»Sonst keine weiteren Aufträge, Herr Kormann?«

»Nein, Doktor Joubertin.«

»Nun, bevor wir zur eigentlichen Angelegenheit kommen, muss ich Sie bitten, mir anzugeben, wo sie sich am zehnten März abends aufgehalten haben.«

In diesem Augenblick keimte das Misstrauen in Kay Friedrich. Vorsichtig antwortete er: »Das ist schon eine Weile her. Ich kann mich nicht erinnern. Wir besuchen sehr viele Abendgesellschaften, meine Frau und ich.«

»Und Sie, gnädige Frau, können Sie sich erinnern, wo Sie sich an besagtem Abend aufgehalten haben?«

»Gott, ja. Zufällig weiß ich es. Ich hatte meine Damen – Sie wissen ja, ich sammele Spenden für unsere armen Kriegsopfer – bei mir, und wir besprachen die Tombola, die wir am Wochenende danach durchführen wollten. Friedrich allerdings war außer Haus. Ich nehme an, bei Freunden. Er liebt unser Geschnatter nicht«, fügte sie mit einem koketten Lächeln hinzu.

»Was für eine Rolle spielt das, Joubertin?«

»Eine gravierende, Herr Kormann. Sie unterhalten auch Geschäftsbeziehungen zu Johann Jakob Wisskirchen?«

»Nein, absolut nicht. Der Mann, ist, soweit ich weiß, Rentier und nicht darauf angewiesen, Geschäfte zu machen.«

»Private Beziehungen?«

»Nur allgemeinster Art. Was soll das eigentlich? Ich dachte, es geht um eine Vermögenssache?«

»Geht es auch, Herr Kormann, geht es auch. Ich habe hier eine Forderung über eine nicht unbeträchtliche Summe vorliegen, die Sie noch heute begleichen sollten.« Doktor Joubertin schob ihm ein Formular zu lesen über den Tisch. Kay Friedrich warf einen Blick darauf und wurde blass.

»Was für ein Schwachsinn? Was erdreistet sich dieser Waldegg da? Ich schulde ihm nicht mal einen Hosenknopf.«

»Er sieht es anders, Herr Kormann.«

»Unsinn. Charlotte, komm, wir gehen. Ich verschwende meine Zeit nicht mit solch haltlosen Sperenzchen.« Er wollte aufstehen, aber Cornelius drückte ihm von hinten die Hand auf die Schulter.

»Sie bleiben hier.«

»Was soll das?«

»Setzen Sie sich, dann erklären wir es Ihnen.« Mit gleichmütiger Miene nahm Cornelius neben Kormann Platz und sagte: »Um es kurz zu machen, cher Frédéric, auf Falschspielen stehen noch immer zehn Jahre Kettenstrafe. Ich habe hier eine Anzeige gegen Sie aufgesetzt, in der ich Sie beschuldige, am zehnten März im Haus des Herrn Wisskirchen bei einem Spiel mit präparierten Karten meinem Bruder Christian oben genannte Summe abgewonnen zu haben. Da ich die Schulden meines Bruders übernommen habe, schulden Sie folglich mir den Betrag. Herr Wisskirchen, den Sie sicher unter dem poetischen Namen Erlkönig kennen, hat nicht nur Ihr Vorgehen schriftlich bezeugt, sondern hat mich auch in den Besitz des von Ihnen verwendeten Kartendecks gesetzt. Ebenso hat Lydia, die Sie so gerne im Anschluss an das Hasardspiel zu perversen Boudoir-Spielchen aufsuchen, Ihr Spiel mit Christian bestätigt. Von René, dem Kupferstecher habe ich ebenfalls ein umfassendes Geständnis vor Zeugen erhalten, was Ihren Auftrag, markierte Karten herzustellen, anbelangt.«

Es war Charlotte, die aufschrie und ihren Gatten mit den bösesten Worten schmähte. Als sie mit den zu Krallen gebogenen Händen über ihn herfallen wollte, wurde sie von François Joubertin festgehalten.

»Setzen Sie sich, Madame, beruhigen Sie sich!«

»Wie kann ich …«

»Wenn Sie sich nicht still verhalten, sehe ich mich gezwungen, Sie in einem geeigneten Raum einzusperren.«

Kormann hatte sich wieder gefangen und protestierte heftig gegen die Vorwürfe. Man hörte ihm eine Weile geduldig zu, dann aber konstatierte Doktor Joubertin nüchtern: »Wir können Anzeige erstatten, und Sie bringen Ihre Rechtfertigung vor dem Strafrichter vor, oder wir einigen uns ohne gerichtliches Verfahren. Was ist Ihnen lieber?«

Die Aussichtslosigkeit der Angelegenheit war Kay Friedrich durchaus bewusst. Er hatte ein Mal zu hoch gespielt. Ausgerechnet Waldegg hatte ihn dabei erwischt. Von ihm war keine Gnade zu erwarten. Nicht, nachdem er ihn vor fünfzehn Jahren wegen des gleichen Vergehens ins Bagno geschickt hatte.

»Was wollen Sie?«

»Dass Sie die Forderung begleichen.«

»Das kann ich nicht.«

»Nein?«

»Verstehen Sie nicht, der Krieg hat mich ruiniert.«

»Nicht völlig, cher Frédéric, nicht völlig! Wir haben uns natürlich kundig gemacht. Auf Ihrem Haus lastet keine Hypothek, und Madame verfügt über eine hübsche Kollektion sehr wertvollen Schmucks.«

Charlotte wollte wieder aufkreischen, aber diesmal fuhr ihr Gatte ihr barsch über den Mund. Dann knurrte er: »Ich werde mich nicht bis aufs Hemd entblößen, Waldegg. Sie können bekommen, was ich an freien Mitteln habe, mehr nicht.«

»Sie haben keine freien Mittel.«

Nein, er hatte keine. Seine Gegner hatten sich gründlich informiert. Er blieb sitzen, es sackten ihm die Schultern nach vorne, und sein Gesicht zeigte einen vollkommen resignierten Ausdruck.

Man schwieg.

Plötzlich sprang er auf und stürzte zum Ausgang.

Wo er gegen einen Felsen prallte.

David drehte ihm mit gekonntem Griff die Arme nach hinten und schob ihn wieder an seinen Platz.

»Offenbar überzeugen den Herren unsere schlichten Argumente noch nicht«, erklärte er dabei. »Antonia, wie sieht es mit deiner Rechnung aus?«

Antonia, die im Nebenzimmer mit David, Elena, Nora und Maddy gewartet hatte, trat ein. Irritiert sah Kormann sie an.

»Vor vierundzwanzig Jahren, cher Frédéric, haben Sie versucht, in den Besitz gewisser Architekturpläne aus dem Domarchiv zu gelangen. Vermutlich in verbrecherischer Absicht. Es misslang, und sie mussten fliehen. Auf dieser Flucht, cher Frédéric, wurden Sie verletzt, und eine junge Nonne half Ihnen, die Wunde zu verbinden. Zum Dank vergewaltigten Sie sie und zeugten dabei ein Kind.«

»Was?«

»Der Vorgang ist Ihnen doch nicht unbekannt, oder? Soweit ich weiß, haben Sie zumindest noch eine eheliche Tochter gezeugt.«

»Was?«

»Nun ja, bei Ihrem Sohn und Erben bestehen ja berechtigte Zweifel, nicht wahr, liebe Charlotte? Der Junge ist ein Lindenborn, und damit kurioserweise so etwas wie mein Cousin. Aber unsere Verwandtschaftsbeziehungen gehen viel tiefer, cher Papa. Hier ist meine Rechnung für Unterhalt und Ausbildung bis zu meiner Volljährigkeit.«

Diese Offenbarung brachte Charlotte völlig um ihre Fassung. Sie röchelte: »Elena?«, und Kormann wirkte vollkommen entgeistert. Elena aber trat vor den Tisch und nickte ihr zu.

»Ja, liebe Charlotte. Dein Gemahl schreckt vor Einbruch, Diebstahl, Vergewaltigung und, wie ich erfuhr, auch nicht vor Verrat und Mord zurück. Aber du bist keinen Deut besser, insofern bildet ihr ein vollkommenes Paar.« Sie reichte einen weiteren Bogen über den Schreibtisch. »Fügt zu der Rechnung noch diese hinzu, das sind die veruntreuten Gelder aus den Lazarettspenden.«

David erhob als Nächster seine Stimme: »Die Aristokraten, die Sie 1793 an der Kanalküste verraten haben, um sich bei den französischen Revolutionskommissärs beliebt zu machen, können ihre Rechnung leider nicht mehr präsentieren. Die haben ihr Leben unter der Guillotine gelassen. Aber meine Frau Susanne klagt Sie an, ihren Vater, Daniel Bernsdorf, vom Domdach gestoßen zu haben, um die angeblich in seinem Besitz befindlichen Fassadenpläne des Doms von ihm zu erhalten.«

»Über den anhaltenden Amtsmissbrauch in Ihrer Zeit als Wohlfahrtskommissär hatten wir ja schon mal eine eingehende Unterhaltung, nicht wahr, cher Frédéric?«, setzte Cornelius hinzu.

Sie umstanden ihn. Alle Augen ruhten auf ihm, und ihre Blicke waren eisig und anklagend. An Flucht war nicht zu denken. Wohin auch? Er war so oder so ruiniert. Ein Vermächtnis aus der Vergangenheit – darum ging es hier tatsächlich.

»Was soll ich tun?«, fragte Kay Friedrich Kormann tonlos.

Cornelius antwortete ihm mit kalter Stimme: »Im Nebenzimmer finden Sie Schreibzeug. Machen Sie Ihr Testament. Sie werden Antonia den Schmuck Ihrer Frau hinterlassen und mir das Haus. Über Ihre Warenbestände und Schulden können Sie verfügen, wie es Sie gelüstet. Anschließend begleiten David und ich Sie nach Hause. Dort werden Sie einen Unfall beim Reinigen einer Pistole haben.«

Kormann nickte. Es war zu Ende. Irgendwann musste es wohl so sein. Er war sich seiner Taten bewusst. Mochte er auch ansonsten ein feines Gespür für die Wendungen des Glückes haben, hier hatte es versagt. Sein größter Fehler war, sich in Sicherheit zu wiegen und seine Gegner zu unterschätzen.

Charlotte sah das anders. Ihr hatte die Welt schon als Kind so viel vorenthalten, sie gab nicht kampflos auf, was sie mit ihrer eigenen Gewitztheit, unter Demütigungen geistiger und körperlicher Art erworben hatte. Diesmal war sie es, die aufsprang und zum Ausgang fliehen wollte. Die Herrn ließen sie unbehelligt, aber Elena streckte ihren Fuß vor. Aus voller Geschwindigkeit stolperte Charlotte, prallte mit dem Kinn auf die Ecke einer Truhe und schlug der Länge nach auf den Boden.

Antonia kniete neben ihr nieder und drehte sie vorsichtig um. Ein Blutfaden rann aus ihrem Mundwinkel.

»Sie ist bewusstlos, aber sie lebt noch. Sie hätte sich das Genick brechen können. François, habt ihr hier irgendwo eine Chaiselongue oder eine Liege?«

Der junge Joubertin nickte, und half David, die schwere Frau aus dem Raum zu tragen.

»Sie ist schwanger«, erklärte Kormann leise, aber niemand antwortete ihm. David kam zurück und meinte: »Nora und Maddy kümmern sich um sie.«

Es herrschte einen Moment Schweigen im Zimmer des Friedensrichters, dann aber stand Antonia auf und sprach mit ruhiger Stimme: »Ich hatte dir gegenüber neulich behauptet, Cornelius, Blut sei nicht dicker als Wasser. Töchterliche Gefühle hege ich nicht für cher Frédéric. Aber… Da sind die Kinder. Weder sein Bastardsohn noch seine Tochter haben irgendetwas mit seinen und Charlottes Verbrechen zu tun. Und das Ungeborene auch nicht.«

»Was willst du damit andeuten, Toni?«

»Ich wäre damit zufrieden, wenn er dir Haus und Schmuck überschreibt und mitsamt Frau und Kindern binnen einer Woche die Stadt verlässt. Sein Leben… Gott, was ist das schon wert?«

Unmerklich nickte Cornelius, sprach aber kein Wort.

Endlich hob Kay Friedrich Kormann den Kopf und sah in die Augen seiner Tochter.

»Verzeih.«

»Nein.«

Doktor Joubertin reichte eine Urkunde über den Schreibtisch. »Unterscheiben Sie, Kormann! Die Übertragung Ihres Vermögens an Hermann Cornelius von Waldegg. Ihr Haus wird ab sofort versiegelt, aber ich denke, man wird Ihnen gestatten, unter Aufsicht einige persönliche Kleinigkeiten mitzunehmen.«

Zwei Gerichtsdiener sowie David und Cornelius begleiteten die Kormanns zum Neuen Markt, Antonia und Elena saßen erschöpft vor Joubertins Schreibtisch. François reichte ihnen jeweils ein Glas Sherry. »Das war ein gelungenes Stück Schauspielkunst«, bemerkte er.

»Ich weiß nicht, François. Wir hatten es nicht abgesprochen.«

»Nicht?«

»Nein«, bestätigte Elena. »Cornelius wollte Blut sehen. Aber es ist besser so.«

»Ja, Maman, es ist besser so.«

»Du hast ihm nicht verziehen.«

»Nein, wie könnte ich ihm verzeihen? Ich bin die falsche Adresse dafür. Ich verdanke ihm mein Leben.« Müde legte Antonia ihren Kopf an die Schulter ihrer Mutter.

Die Abwicklung rund um Kormanns Vermögen verlief verhältnismäßig einfach, wenn auch langwierig. Cornelius und David hatten einen gebrochenen Mann und eine zutiefst verbitterte Frau in das Haus am Neuen Markt begleitet, wo sie unter ihrer Aufsicht zwei Taschen packen durften. Das Kindermädchen war mit Sohn und Tochter zu Kormanns Eltern geschickt worden, das Paar würde in ein einfaches Hotel ziehen. Die Übergabe des Schmucks gestaltete sich noch einmal dramatisch. Schatulle um Schatulle wurde geöffnet, der Inhalt aufgezeichnet. Zwei Mal versuchte Charlotte, Teile davon in ihrem Ausschnitt verschwinden zu lassen. Man musste die Zeternde schließlich mit Gewalt aus dem Raum zerren. Im Nachhinein aber stellten sie dann fest, dass doch ein Teil des Brillantschmucks fehlte, und es überraschte Cornelius selbst, dass er darüber eine gewisse Erleichterung verspürte. Es würde einem Lebenskünstler wie Kormann helfen, irgendwo eine neue Existenz aufzubauen.

Einige Tage nach dem denkwürdigen Auftritt war François Joubertin an ihn herangetreten und hatte ihm ein sehr anständiges Angebot für das Haus am Neuen Markt gemacht. Marianne und er brauchten ein präsentables Heim, und Jonathan Geißler hatte sich erboten, ihm bei der Finanzierung behilflich zu sein. Vier Wochen später konnte Cornelius seinen eigenen Kredit zurückzahlen und befand sich wieder in einigermaßen akzeptablen Verhältnissen.

Sie besserten sich weiter, als er über den Buchhändler Rieker die Jahresabrechnungen aus Leipzig erhielt. Tatsächlich hatten sich trotz der Kriegswirren seine Bücher nicht ganz schlecht verkaufen lassen. Charlottes Schmuck loszuwerden, erwies sich als schwieriger. Die Juweliere zeigten sich nicht geneigt, die Stücke zu einem akzeptablen Preis aufzukaufen. Also hatte Elena versucht, ihn ihren Bekannten anzubieten, aber die Damen standen den protzigen Pretiosen nicht aufgeschlossen gegenüber. Einen Großteil aber hatte dann Isabetta, die einen völlig anderen Kreis von Freundinnen besaß, erfolgreich veräußert – gegen eine kleine Provision, wie sich verstand.

Mit seinem geschäftlichen Leben war er zufrieden, anderes nagte an ihm. Er hatte auch Antonia gegenüber ein Versprechen gegeben, und bedauerte es sehr, dass er es wegen der Vorkommnisse aufschieben musste.

Sie hatten sich nämlich sehr lange über die Dompläne unterhalten. Antonia war in der Sache nicht untätig geblieben, wie er dabei erfuhr. Sie hatte noch einmal alle Archivare angeschrieben, die sie auf ihrer abenteuerlichen Tour vor vier Jahren getroffen hatte, und noch einige andere darüber hinaus, in der Hoffnung, die Pläne könnten doch bei dem einen oder anderen wieder aufgetaucht sein. Die Antworten gaben keinen Anlass zu Hoffnungen. Aber sie hatte einen beachtenswerten Schluss daraus gezogen.

»Weißt du, Cornelius, ich glaube, es liegt daran, dass niemand so wie wir die Wichtigkeit dieser Zeichnungen erkennt. Mir erschienen sie damals ja auch vollkommen uninteressant. Eine Rolle stockfleckiges Pergament ohne Herkunftsbezeichnung, ohne Signatur eines bekannten Künstlers, die Zeichnung von einem Kirchturm, den niemand kennt. Wäre es der Plan des Straßburger Münsters oder Notre Dames gewesen, hätte er vielleicht sogar Aufmerksamkeit erregt. So beachtete ihn vermutlich keiner. Ganz abgesehen davon gab es damals ein Überangebot an wertvollen Handschriften, prächtig und bunt illuminiert, in kostbaren Einbänden. Das weckte das Verlangen, darum haben sich die Fürsten gestritten, die sich in Darmstadt trafen, um das Fell zu verteilen.«

»Einleuchtend, Toni, aber was willst du damit sagen?«, hatte Cornelius gefragt.

»Die Pläne sind nach Darmstadt gelangt, das habe ich ja in

Altenkleusheim bestätigt bekommen. Ein Teil des Fundes aus der Köhlerhütte ist sogar bei dem Antiquar wieder aufgetaucht. Das Zeug brachte der Hausdiener aus dem Gasthaus ›Zur Traube‹ dort hin. In der ›Traube‹ aber tagten die Fürsten der neu geordneten Länder. Wenn also niemand die schäbige Rolle haben wollte – sie ist ja in keinem Archiv angekommen – und der Antiquar sie nie zu Gesicht bekam, dann gibt es nur einen Ort, wo sie noch sein kann. Nämlich in der ›Traube‹.«

»Oder im Abfall.«

»Die Gefahr besteht. Aber es wäre einen Versuch wert, in der ›Traube‹ einmal intensiv nachzuforschen. Verflixt, ich habe dort ein paar Tage gewohnt, aber der Gedanke ist mir nie gekommen. Wahrscheinlich, weil ich so verblendet war und dachte, jedermann müsste die Wichtigkeit der Pläne sofort einleuchten.«

»Dann werden wir beide aufbrechen, Toni, und sie dort suchen. Gib mir ein paar Tage Zeit, mein Geschäft zu ordnen, dann ziehen wir los, die Dompläne bergen.«

Eine gute Woche hatte Cornelius gebraucht, um seine geschäftlichen Angelegenheiten zu regeln. Er erledigte jeden Tag bis spät nachts seine Korrespondenzen, sprach mit Thomas und dem Buchhändler Ricker die neuen Projekte durch, erledigte etliche Behördengänge und beriet mit David sein Vorhaben. Der war sofort Feuer und Flamme. Er wollte unbedingt mitkommen, zumal er seinen Abschied genommen hatte und sich mit dem Gedanken trug, den Architekten Moller aufzusuchen, um zu prüfen, ob er bereit wäre, ihn zu beschäftigen.

»Du hättest gerne eine Anstellung bei ihm?«, fragte Cornelius.

»Ich wäre vermutlich erst einmal nur ein kleines Licht, aber ja, das würde mir gefallen. Susanne und ich sind uns einig darüber, auch wenn es uns zumindest in der ersten Zeit keine großen Reichtümer beschert.«

Susanne nickte dazu und meinte: »Das Einzige, was mich nicht ganz glücklich macht, ist, dass wir deshalb sicherlich Köln verlassen müssen.«

»Wir werden sehen. Für immer bestimmt nicht. Denn der Dom wird weiterhin in Köln stehen, und er ist mein Ziel.«

Am Abend vor ihrer Abreise aber nahm Elena Cornelius noch einmal zur Seite. Antonia war oben bei Sebastienne, um mit ihrer glucksenden und brummelnden kleinen Tochter zu schmusen, die sie nur ungern alleine ließ. In der Bibliothek war es still, eine einzelne Lampe warf Schatten in die Ecken, und erstaunlicherweise hatte Elena am Schreibtisch des Domherrn Platz genommen. Cornelius saß in einem Sessel ihr gegenüber.

»Es wird Zeit, dass du die Dinge in die Hand nimmst, Cornelius«, sagte sie mit sanftem, aber bestimmtem Ton.

Er rieb sich mit beiden Händen das Gesicht. Natürlich wusste er, was sie meinte. »Glaubst du, ich habe überhaupt noch Chancen?«

»Je länger du wartest, desto geringer werden sie. Sie hat zwei weitere Anträge erhalten.«

»Und?«

»Abgelehnt. Cornelius, hast du die rechtliche Seite geprüft?«

»Joubertin hat sie vorbereitet, es bestehen keine Hindernisse.«

Er stand auf und wanderte unruhig im Salon auf und ab und schob dabei die Bauklötzchen, mit denen Xaviera gespielt hatte, mit den Füßen zusammen. Elena legte inzwischen eine bemerkenswerte Duldsamkeit an den Tag, was Unordnung und Durcheinander anbelangte.

»Was ist, Cornelius? Hast du Bedenken bekommen?«

»Nein. Aber … Elena, was ist, wenn sie mich nicht will?«

»Erstens, mein Lieber, bekommt sie immer verträumte Augen, wenn dein Name fällt, und zweitens – ich darf doch mal ganz offen sein, Cornelius?«

»Nur zu.«

»Du wirst doch Manns genug sein, sie davon zu überzeugen, oder?«

»Mhm.«

Ein großer Plan

Denn wo das Strenge mit dem Zarten
wo Starkes sich und Mildes paarten,
da gibt es einen guten Klang.
Drum prüfe, wer sich ewig bindet,
ob sich das Herz zum Herzen findet!

Das Lied von der Glocke, Schiller

»Ich werde definitiv nicht reiten. Ich bin in den letzten Monaten vom Pferderücken kaum heruntergekommen. Ich werde mich gemütlich über die Straße schaukeln lassen. Mit meinem geliebten Weib an meiner Seite.«

»Das dir auch den Kopf hält, wenn dir schlecht wird. So muss Liebe sein«, seufzte Antonia.

David half Susanne beim Einsteigen, Antonia saß schon auf dem Pferd, und Cornelius versuchte gerade, seinen tänzelnden Braunen zu beruhigen. Elena stand in der Tür und rief ihnen letzte Abschiedsworte zu. Sie wollte am Nachmittag nach Sürth reisen.

Der August war warm, schwül sogar, aber als sie die Straße am Rheinufer erreichten, wehte ein leichter Wind das Tal hinunter. Die erste Etappe brachte sie bis Lahnstein, wo sie an einem hübschen Gasthaus Halt machten. Hier stellte beim Abendessen Susanne eine Frage, die ihre drei Begleiter zunächst in Verlegenheit brachte.

»Wenn ihr den Domplan findet, was macht ihr dann damit?«

»Ja – mhm«, sagte Antonia. »Also, ich würde ihn mir gerne genau ansehen, aber dann?«

»Er gehört dem Domkapitel«, stellte David fest.

»Aber das gibt es nicht mehr. Die wenigen Domherren, die noch leben, sind inzwischen im Greisenalter«, erklärte sie.

»Wenn wir ihnen den Plan übergeben, wird er in den Archiven

verschwinden«, überlegte Cornelius. »Aber gerade das sollte nicht sein Schicksal sein. Er ist von Anfang an dazu bestimmt gewesen, der Öffentlichkeit vorgestellt zu werden, damit sich die Menschen ein Bild von der fertigen Kathedrale machen konnten.«

»Ja, er muss der Welt zugänglich gemacht werden, damit der Streit darüber beendet wird, wie sich der erste Baumeister die Turmfassade vorgestellt hat«, stimmte David ihm zu. »Es gibt derzeit die unterschiedlichsten Auffassungen darüber, ob es eine Rosette geben sollte, ob die Türme flach oder behelmt sein sollten, wie hoch sie überhaupt geplant waren, und so weiter.«

»Dazu gibt es doch den Kupferstich von Crombach aus dem siebzehnten Jahrhundert, oder nicht?«

»Ach, Toni, es gibt genügend Architekten, die annehmen, auch der sei eine freie Erfindung. Nur die Originalpläne würden jeden Zweifel ausräumen.«

»Dann wäre also das Passendste, ihn einem der Männer zukommen zu lassen, die sich um den Weiterbau bemühen«, schlug Antonia vor. »Dieser Boisserée macht sich doch außerordentlich stark dafür.«

»Ganz richtig. Er – und der Architekt Georg Moller, den ich unbedingt aufsuchen möchte.«

»Nun, dann wird der Plan, falls wir ihn finden, das beste Empfehlungsschreiben sein, David, was du dir wünschen kannst.«

»Das wäre es vermutlich. Aber ich hoffe, auch ohne den Plan bei ihm Gehör zu finden. Ich habe mich zwar in den vergangenen Monaten mehr damit beschäftigt, Mauern einzureißen, aber ich habe mir bei Schinkel einige Kenntnisse zum Erhalt alter Bauwerke angeeignet.«

Am darauffolgenden Tag erreichten sie ohne Hindernisse Darmstadt am späten Nachmittag. Sie hielten am Gasthof »Zur Traube«, wo sie der Wirt Johann Fritsch mit zuvorkommender Freundlichkeit begrüßte und ihnen ihre Zimmer anwies.

»Der wird alles andere als freundlich sein, wenn wir ihm von unserer Absicht berichten, wir wollten seine Keller und Böden durchwühlen«, vermutete Antonia leise, und Cornelius lachte.

»Dann müssen wir ihn eben ein bisschen schmieren.«

Sie hatte ein Zimmer für sich, das direkt neben Davids und Susannes lag, Cornelius bezog eines am Ende des Ganges. Es war noch immer ein angenehmes Haus, wie schon bei ihrem ersten Besuch, und ein adrettes Zimmermädchen brachte ihr Waschwasser und einen Korb mit Pflaumen und Pfirsichen.

»Sie wachsen in unseren Gärten«, erklärte sie. »Wenn Sie aus dem Fenster schauen, gnädiges Fräulein, haben Sie einen Blick darauf. Und wenn Sie mögen, können die Herrschaften auch ihr Abendessen dort unter den Weinlauben einnehmen.«

»Eine reizende Idee. Bügeln Sie mir bitte das grüne Kleid auf! Ich will es gleich anziehen.«

Das Mädchen legte sich das besagte Gewand über den Arm und verschwand damit. Antonia legte ihren Reitanzug ab, den man zwar kommentarlos, aber mit befremdeten Blicken begutachtet hatte, und wusch sich Staub und Pferdegeruch ab. Sie zog sich sorgfältig an und steckte ihre kurzen Locken mit zwei Kämmen zurück. Als sie aus dem Fenster sah, entdeckte sie Cornelius mit David und Susanne bereits im Garten. Sie eilte nach unten, fand aber nur noch Cornelius vor.

»Die beiden Turteltauben wollen alleine die Stadt erkunden. Möchtest du auch irgendwo ein Lokal suchen, oder wollen wir hier speisen?«

»Es ist hübsch hier unter weinberankten Lauben. Ich erinnere mich, dass die Küche ganz vorzüglich ist.«

Es saßen schon vereinzelt Gäste an den gedeckten Tischen, und sie wählten ebenfalls einen von ihnen.

Trotz der lauschigen Stimmung fühlte Antonia sich seltsam beklommen. Es war ihrem Seelenfrieden überhaupt nicht bekömmlich, in einer warmen Sommernacht alleine mit Cornelius in einer Laube zu sitzen. Dankbar war sie daher, als der Wirt sie nach ihren Menuwünschen fragte und ihnen dann eine Karaffe Weißwein brachte. An dem Stiel des Glases konnte sie sich wenigstens festhalten.

Auch Cornelius war eigenartig schweigsam. Unterwegs hatten

sie viel und ungezwungen miteinander geredet und gescherzt, aber nun wollten die Worte einfach nicht kommen. Es war ihm klar, dass er die entscheidende Frage endlich stellen musste.

Aber das ging doch nicht jetzt vor dem Essen, oder?

Antonia überlegte, ob sie ihm gegenüber vielleicht doch einmal die zarte Andeutung machen sollte, dass sie nicht nur rein schwesterliche Gefühle für ihn hegte. Aber im Grunde war das ein sehr delikates Thema, das man doch nicht vor dem Essen anschneiden konnte.

Also nahmen sie schweigend ihre Suppe ein und stocherten dann in dem köstlichen Kalbsbraten herum.

»Habe ich dich verärgert, Cornelius?«, fragte Antonia schließlich, denn die grimmige Seite seines Gesichtes hatte sich mehr und mehr verfinstert, und auch die sanfte wirkte nicht besonders glücklich.

»Was? O nein, nein, das hast du nicht. Ich war nur in Gedanken. An die Zukunft!«, fügte er wahrheitsgemäß hinzu.

»Die Aussichten scheinen düster zu sein, so wie du aussiehst.«

Ein Lächeln vertrieb den Grimm, als er erklärte: »Manche sind ganz reizvoll und überhaupt nicht düster. Wollen wir einen kleinen Rundgang durch den Garten machen? Mir scheint, wir beide haben keinen rechten Appetit.«

»Ja, tun wir das.«

Er rückte höflich den Stuhl fort, damit sie sich erheben konnte, und bot ihr seinen Arm. Der Garten war zwar nicht weitläufig, aber hübsch angelegt und hatte kleine Heckenwege und Bänke in den Nischen, die zum Verweilen einluden. Einige Vögel zwitscherten noch in dem Geäst, und leise perlten Gitarrenklänge durch die sinkende Dämmerung.

Antonia blieb an einer Marmorfigur stehen, die in barocker Rundlichkeit auf sie herablächelte.

»Was sind deine Zukunftspläne, Cornelius? Die reizvollen und die, die dir so eine düstere Stimmung verursachen?«

»Es gibt etwas, Toni, das mir sehr wichtig ist. Und ich weiß nicht recht, wie ich es dir erklären soll.«

»Das hört sich bedeutsam an.«

»Es ist bedeutsam. Du bist bedeutsam. Ach …«

»Ich bedeute dir etwas?«

Er nahm ihre Hand in die seine und legte sie an seine Wange. Sie sah ihn an. Still. Ohne sich zu bewegen. Atemlos.

»Toni, ich ...«

Es gelang ihr, ihre Finger in seiner Hand zu bewegen, und vorsichtig streichelte sie die Wange, an der sie lagen.

»Toni, ich ...«

Sie legte die andere Hand auf seine Brust und fühlte seinen heftigen Herzschlag.

»Toni, ich ...«

Plötzlich überkam sie eine jubelnde Heiterkeit. Seine Hilflosigkeit war so bezaubernd, sie konnte ein leises Lachen nicht unterdrücken.

»Nun sag es schon, Cornelius. Sag: ›Toni, ich möchte dich hier hinter die Hecke zerren!‹«

Er hatte sich viele ergreifende Worte zurechtgelegt, hatte poetische Formulierungen gesucht, um ihr einen möglichst würdevollen Antrag zu machen, und nun sprach sie – also verdammt noch mal – sie sprach aus, was er wirklich wollte. Er lachte laut auf und zog sie an sich.

»An unserem Hochzeitstag, Toni, und nicht hinter die Hecke, sondern ins Ehebett. Ein Mal, Antonia, meine Geliebte, wirst du dich wie ein anständiges junges Mädchen und nicht wie ein garstiger Trossbub verhalten!«

Sie drückte ihn mit beiden Händen von sich.

»Hochzeitstag? Ist das ein Heiratsantrag?«

»Ein ziemlich misslungener, ich weiß. Ich hatte mir so schöne Worte zurechtgelegt. Aber du überstürzt ja immer alles, nicht wahr?«

»Jetzt bin ich wieder schuld. Ich bin eben immer noch zu einem Viertel die grässliche Göre.«

»Ich liebe grässliche Gören.« Er strich ihr eine Locke aus der Stirn, die sich aus dem Kämmchen gelöst hatte. »Toni, du besserer Teil meiner Seele, willst du mich heiraten?«

Ernst und zweifelnd schaute sie ihm ins Gesicht. Die eine, sardonische Seite war ruhig und ernst, die andere drückte ängstliche Erwartung aus.

»Du meinst das ernst. Du hast das damals schon ernst gemeint. Als Sebastien fortging, nicht wahr?«

»Ja, damals schon.«

»Es war ein langer Weg bis hierhin, Liebster«, flüsterte sie leise, und er zog sie enger an sich.

»Nicht ohne Stolpersteine, Toni. Aber das Fundament ist gut, glaube ich.«

»Haben wir ein Fundament gelegt?«

»Eines, auf das man hoch und weit bauen kann. Den Grundstein, meine verrückte Freundin, hast du damit gelegt, dass du einem schmutzigen, fiebernden Fremden die Stiefel ausgezogen hast. Danach hast du einfach Stein für Stein hinzugefügt.«

»Aber ich habe auch Umwege gemacht, Cornelius, und ich werde nie meine Liebe zu Sebastien verleugnen.«

»Du wirst sie in Ehren halten und eure Tochter an ihren Vater erinnern. Vielleicht gibt es ja die Möglichkeit, ihr Geschwister …«

»Ach, glaubst du, du wärst dazu in der Lage?«

»Es würde mich vermutlich große Überwindung kosten, den einen oder anderen kleinen Trossbuben zu zeugen.«

»Ah pah!« Antonia legte ihren Kopf an seine Schulter, dort, wo sie wusste, dass eine Meerjungfrau das gebrannte F verdeckte. »Ich könnte dir entgegenkommen.«

Er drückte sie fest an sich, und nach einigen schweigenden Minuten fragte sie: »Wird es keine Schwierigkeiten geben, ich meine, wegen der Adoption und so?«

»Hat der gute Doktor Joubertin schon aus dem Weg geräumt, und deine Maman drängt mich seit Wochen. Allerdings habe ich cher Papa nicht um Erlaubnis gefragt.«

Antonia gab ein gurgelndes Geräusch von sich und fuhr auf. »Cher Papa würde Blut husten, aber wieso muss ich erfahren, dass Maman sich als infame Kupplerin entpuppt?«

»Sie kennt ihr Kind wohl doch recht gut, Toni.«

Antonia seufzte und lehnte sich wieder an ihn.

»Sie ist glücklich. Aber – Cornelius, ich bin glücklicher. Meinst du, man könnte diese Entscheidung mit einem ganz kurzen, keuschen Kuss besiegeln?«

Man konnte, auch wenn von kurz und keusch nicht viel zu bemerken war.

Toni trug es mit Fassung.

Der große Plan

Der hohe Dom zu Köln!
Umsonst ward nicht entdeckt
Der Plan, der war versteckt.
Der Plan sagt es uns laut:
»Jetzt soll sein ausgebaut
Der hohe Dom zu Köln!«

Der Dom zu Köln, Rückert

Johannes Fuhrer, seines Zeichens Polier, nahm von dem Wirt der »Traube« höflich nickend die Anweisung entgegen, für die anstehende Feierlichkeit zu Ehren der Teilnehmer des Feldzugs gegen Napoleon ein Plakat zu malen, das die Gäste auf das Ereignis aufmerksam machen sollte. Es war ihm dabei überlassen, ein entsprechend großes Stück Papier oder Leinwand aufzutreiben. Er bekam jedoch die Erlaubnis, auf dem Dachboden nach geeignetem Material Ausschau zu halten. Er fand nach einigem Herumstöbern ein zwölf Fuß langes Pergament, auf dem man Bohnen gedörrt hatte. Was ihn stutzig machte, war, dass auf der anderen Seite die Zeichnung einer gotischen Kirchenfassade zu erkennen war. Welche es war, wusste er nicht, aber dass er es gewiss nicht als Plakat verwenden würde, war ihm, dem Mann vom Bau, auch klar. Er rollte das Pergament also zusammen und stieg vom Boden hinunter. Im Haus wohnte derzeit ein junger Architekt aus Köln, hatte er gehört, und ihn wollte er zu seinem Fund befragen.

Er fand den Gast, der zusammen mit zwei ausgesucht schönen jungen Frauen und einem weiteren Herrn in der Morgensonne seinen Kaffee einnahm. Verlegen trat er von einem Fuß auf den anderen, räusperte sich und bat um Entschuldigung für die Störung.

»Sie stören nicht. Können wir Ihnen helfen?«, fragte Cornelius, und Fuhrer holte die Pergamentrolle unter dem Arm hervor.

Was nun geschah, kam fast einem Tumult gleich. Die eine junge Dame sprang auf und rief: »Das ist er!«

Der Architekt riss ihm die Rolle aus der Hand, packte das eine Ende des Pergaments, der andere Herr nahm das andere, und in seiner ganzen Länge legten sie es andächtig auf das sauber geschnittene Gras.

»Der Fassadenriss«, stieß die junge Dame wieder hervor, diesmal heiser, und kniete sich ungeachtet der Grasflecken, die ihr Kleid erhalten würde, vor dem Plan nieder. Der Polier konnte nur staunen.

»Wo befand es sich?«

»Auf dem Dachboden, gnädige Frau.«

»Ja, da habe ich ihn vermutet. Dürfen wir Ihnen dieses Pergament abkaufen, guter Mann?«

»Nun, ich weiß nicht. Ich habe es gefunden und wollte es meinem Meister bringen, um ihn zu fragen, ob das eine wichtige Zeichnung ist. Aber dann bedeutete man mir, der Herr hier sei Architekt. Es ist eine gotische Kirche, nicht wahr?«

»Der Kölner Dom.«

»Allmächtiger Gott!«

»Ja, das kann man wohl sagen. Und ein Gott mit einem krausen Sinn für Humor, will's scheinen! Denn wir, Herr Fuhrer, waren auf der Suche nach diesem Plan, der unserem Vater, dem Domherrn Hermann Waldegg, in den Wirren der Säkularisierung verloren ging.«

»Dann ist er gewiss wertvoll, aber, ich weiß nicht recht…«

Sie sahen, dass der arme Mann keine Verantwortung übernehmen wollte, und David half ihm, indem er fragte: »Wer ist Ihr Meister?«

»Karl Christian Lautenschläger.«

»Wir würden Sie gerne zu ihm begleiten.«

»Ja. Ja, natürlich. Er befindet sich heute Vormittag im Malersaal des alten Hoftheaters, wo er mit dem Theatermaler Seekatz eine Beratung abhält.«

Meister Lautenschläger und Meister Seekatz hörten sich die unwahrscheinliche Geschichte sprachlos an, und Seekatz meinte dann zu David, der als Wortführer auftrat: »Sie wissen offenbar, worum es sich handelt, Herr von Hoven. Ich danke Ihnen, dass sie mich dennoch informiert haben. Nehmen Sie den Plan, Sie scheinen ein Recht daran zu haben.«

»Ein Recht daran hätte das Domkapitel von Köln, aber ich würde das Pergament gerne dem Hofbaumeister Moller übergeben, denn er beschäftigt sich, wie ich gehört habe, mit den Zeichnungen der Kathedrale.«

»Georg Moller? Da haben Sie aber Glück. Der Hofbaumeister wollte um die Mittagszeit hier vorbeischauen. Wenn Sie sich so lange gedulden wollen?«

Da es tatsächlich das beste Entree war, das ein ehrgeiziger junger Architekt haben konnte, überließen Susanne, Antonia und Cornelius es David alleine, den Plan dem Hofbaumeister vorzulegen und ihm seine Geschichte zu erzählen.

Und Moller war es dann schließlich, der Sulpiz Boisserée den Fassadenriss übergab und in seinem Brief eine kurze Zusammenfassung des unglaublichen Fundes gab.

Einen Monat später, am Jahrestag des Todes von Hermann Waldegg, dem Domherrn, schritten Antonia und Cornelius über das feuchte Gras des kleinen Friedhofs an der Nordseite des Doms. Es hatte in der Nacht heftig geregnet, und der Nebel hing dicht über dem Rheintal. Auf dem Friedhof herrschte eine fast gespenstische Stimmung, die knorrigen Eiben zwischen den Gräbern und das alte Mauerwerk der kleinen Kapelle von Maria im Pesch gemahnten an die vergangenen Jahrhunderte. Die Grabsteine hatten Moos angesetzt, und ihre Inschriften verschwanden unter langsam sich ausbreitenden Flechten. Der Stein aber, zu dessen Füßen Antonia den Strauß gelber Rosen legte, war rein gehalten und der Name des Domherrn deutlich zu lesen.

Still standen sie nebeneinander, die Finger ineinander verschränkt, die Köpfe geneigt.

Es war Antonia, die als Erste sprach.

»Ich habe mein Versprechen erfüllt, Vater. Der Plan, den ich verloren habe, ist gefunden und an jene übergeben worden, die nun das große Werk weiterführen werden.« Sie schwieg einen Moment, so als ob sie auf eine Antwort lauschte, doch es wisperten nur einige Ästchen, die eine kleine Brise an den alten Mauern rieb. Dann fuhr sie fort: »Ihr Sohn David hat ihn an die richtige Stelle gereicht, und er wird ebenfalls sein Versprechen halten und nach besten Kräften am Erhalt des Domes und seinem Weiterbau arbeiten.« Dann sah sie hoch zu dem nebelverhangenen Himmel und tat kund: »Ich werde Ihren Sohn Cornelius heiraten, Vater, und ich hoffe, Sie heißen es gut. Er weiß es noch nicht, aber er besitzt viel von Ihrer Güte und Weisheit, und ich werde mit aufrichtiger Freude versprechen, ihn zu lieben und an seiner Seite zu stehen, bis dass der Tod uns scheide.«

Die Finger, die in die ihren verflochten waren, drückten sachte zu. Dann erhob Cornelius seine Stimme.

»Ich werde es ihr mit gleicher Aufrichtigkeit und Freude versprechen, Vater, und ich hoffe nicht nur, dass du es gutheißt, sondern ich bin mir dessen sogar völlig sicher. Du sprachst einst davon, doch da hielt ich es noch nicht für möglich. Aber weil das Undenkbare wirklich wurde, bin ich mir nun sicher, dass auch dein anderer Herzenswunsch in Erfüllung gehen wird. Es finden sich mehr und mehr Menschen, die den Dom fertiggebaut sehen wollen. Aus den seltsamsten Motiven heraus. Boisserée sieht darin das Symbol des christlichen Glaubens in seiner märchenhaften, verklärten Form, andere wollen ihn zum Mahnmal der vergangenen Kriege machen und einige Nationalisten ihn gar zur Wacht am Rhein. Doch wir, Vater, deine Kinder, sehen in ihm die Manifestation dessen, was das Einhalten der ordnenden Gesetze eines weisen Schöpfers und Baumeisters der Welten ermöglicht: ein den Himmel berührendes Gebilde von strenger, ewiger Schönheit und umfassender Harmonie.«

Er schwieg und schien gleichfalls zu lauschen, doch es wisperten nur einige Ästchen, die eine kleine Brise an den alten Mauern rieb.

»Wir werden tun, was in unserer Macht steht, Vater, um seine Vollendung voranzutreiben. Mag sein, dass wir dazu Allianzen mit anderen Gesinnungen schließen müssen, doch Toleranz und

Weitherzigkeit sollten den Bau bestimmen. Wir werden auf Schwierigkeiten stoßen und sicher oft genug kämpfen müssen. Aber wir werden unser Streben an unsere Kinder weitergeben und auch in ihnen den Grundstein zum Verständnis von Maß und Werk legen.«

Und Antonia fuhr fort: »Es wird uns nicht gegeben sein, zu erleben, wie die Kreuzblume den Turmhelm krönt, doch der Dom war schon immer ein Bauwerk, das Generationen verband. So möge es denn auch jetzt sein, Vater.«

Sie blieben, still, wartend, an dem Grab, und es schien ihnen beiden, als berühre eine segnende Hand ihre Stirn.

Aber es konnte auch nur ein Nebelhauch gewesen sein.

Schlusswort

Im Jahre 1814, kurz nachdem der Plan des Nordturms in Darmstadt – selbstverständlich von dem Polier Fuhrer im Gasthof »Zur Traube« – gefunden wurde, machte sich der »Rheinische Merkur« zum Verkünder des Dombaus. Andere traten ebenfalls an die Öffentlichkeit. Goethe, Schinkel und Boisserée an erster Stelle. Friedrich Rückert schrieb anlässlich des wiederentdeckten Fassadenrisses das bemerkenswert schlechte Gedicht: »Der Dom zu Köln«.

Die zweite Hälfte des Gesamtplans wurde ein Jahr später in Paris gefunden. Die Witwe des Volksrepräsentanten hatte ihn wohl mit in die Ehe mit dem Chemiker Fourcroy gebracht. Dieser hatte sie einem Herrn Alexander Lenoir überlassen, der ihn seinerseits dem Ingenieur Imbard zur Verfügung stellte, einem Mann, der sich durch die Abbildungen von Baudenkmälern einen Namen gemacht hatte.

Boisserée kaufte sie ihm ab, und so wurde der Fassadenplan wieder zusammengefügt.

Heute hängt er, hinter einem grünen Vorhang verborgen, in der Johanneskapelle im Kölner Dom.

Es dauerte nach dem Auffinden der Pläne noch eine geraume Zeit, bis der Bau weiterging. Zwar wurde schon bald wieder ein Dombaumeister ernannt, aber zunächst musste restauriert und vor allem weiter vermessen werden. Die Grundsätze des Denkmalschutzes wurden in dieser Zeit entwickelt, eine Angelegenheit, die Georg Moller zu der seinen machte.

Immerhin, die Macht der alten Pläne entfaltete sich, und 1823 bewilligten die Preußen hundertviertausend Taler – eine ungeheure Summe – für den Dombau.

Aber erst weitere zwanzig Jahre später war Boisserées Saat bei dem romantischen König Friedrich Wilhelm dem Vierten aufgegangen. 1842 wurde dann der Grundstein für den Weiterbau gelegt, ein Festakt, den besagter König mit den geschmackvoll schönen Worten »Alaaf Köln« schloss.

Am 15. Oktober 1880 wurde der letzte Stein auf die Kreuzblume hundertsiebenundfünfzig Meter hoch über Köln gesetzt.

Auf seine Weise ist der Dom tatsächlich ein Mahnmal geworden. Zutiefst erschüttert hat mich die Luftbildaufnahme aus dem Jahr 1944, die Köln als komplette Trümmerwüste zeigt – nur der Dom ragt weitgehend unversehrt daraus hervor.

Mag ein jeder selbst für sich herausfinden, welche symbolische Bedeutung er hat.

Dramatis Personae

Die Heldinnen und Helden

Antonia – meist Toni gerufen, wächst als Trossbub in den französischen Heeren auf und findet auf ihren Irrfahrten nicht nur geheimnisvolle Zeichnungen, sondern auch eine Familie

Cornelius von der Leyen – ein junger Adeliger, der eine mutwillige Tat lange büßen muss und erst durch die Niederungen des Lebens zu einem angesehenen Verleger aufsteigt

Susanne Bernsdorf – ohne ihr Zutun die Schande der katholischen Seite ihrer Familie, die sich mit weiblichen Tugenden ihren Weg erkämpft

David von Hoven – wider Willen ein preußischer Offizier mit einer Neigung zum Bauwesen, der das Entsetzen kennenlernt und mühsam seinen Weg findet

Kay Friedrich Kormann – »cher Frédéric« für seine Freunde, ein Anhänger der revolutionären Ideen mit einem Riecher für den Wind des Wechsels

Charlotte Pfeifer – eine Frau mit Hang zum Luxus, die eine dunkle Vergangenheit vergessen will

Ihre Freunde und Feinde

Elisabeth Dahmen – eine Marktfrau, die sich als Marketenderin durch die Kriegswirren schlägt und ihren Kindern das Überleben in schwierigen Situationen beibringt

Jupp und Franz – Zwillinge, Elisabeths Söhne, die Trossbuben, denen Antonia nacheifert

Wilhelm Dahmen – Elisabeths Mann und Stadtsoldat von Köln, ein Opfer seiner Zeit

Elena Lindenborn – eine junge Nonne, die notgedrungen in das weltliche Leben zurückkehrt

Hermann von Waldegg – Domkapitular mit freigeistigen Ansichten, der sich gegen seine besseren Gefühle nicht wehren kann

Isabetta von Hoven – Waldeggs Geliebte, eine schöne, verschwenderische Frau

Karl Ludwig Lindenborn – Elenas Vetter, ein viel beschäftigter Baumeister

Elisa Lindenborn – seine dünkelhafte Frau

Jakoba – Haushälterin bei Waldeggs mit Beziehungen

Mutter Ottilia und drei Schwestern – ehemalige Nonnen, die sich mühsam an das neue Leben anpassen

Daniel Bernsdorf – Susannes Vater, ein Steinmetz und Opfer seines Berufes

Johann Peter Bernsdorf – Susannes Großvater, ein erfolgreicher protestantischer Fabrikant

Familie Hirzen – Susannes traditionsbewusste katholische Angehörige mütterlicherseits

Pierre – ein Sträfling, der seinen wahren Namen verschweigt

Mathias, Willi und ihre zwei Kumpel – Straßenräuber und nicht ganz zu Unrecht Kettensträflinge

Pater Emanuel – ein blinder Prämonstratenser aus Arnsberg, der über seltene, heilige Gäste wacht

Sebastien Renardet – ein französischer Offizier, der zur Menschlichkeit fähig ist

Johannes Hintzen – verschrobener Antiquar in Darmstadt und Hüter alter Handschriften

Nikolaus Dettering – Davids Jugendfreund und Offizierskamerad

Pastor Dettering – ein väterlicher Freund mit strengen protestantischen Ansichten

Dorothea Dettering – Nikolaus' wankelmütige Cousine

Adam Burk – ein preußischer Unteroffizier von echtem Schrot und Korn

Major Cattgard – ein preußischer Offizier alter Schule und Davids Stiefvater

François Joubertin – ein schmucker Sekretär und ehrgeiziger Jurist

Pitter Stammel – der jüngste der Stadtsoldaten, später Tabakhändler und Schmuggler

Marie Stammel – sein nörglerisches Weib mit offenen Ohren

Maddy – ein Dienstmädchen mit besonderen Fähigkeiten

Philipp Wittgenstein – des Kölner Bürgermeisters Sohn

Lavinia von Dossow – eine Berliner Salondame, die junge Offiziere in die Gesellschaft und andere Beschäftigungen einführt

Paul David Lettow – Davids Freund und Wandersmann

Leopold Stark – ein Baumeister in Dresden, der David mit Liebe zur Pflicht führt

Emma – die Baumeistertochter mit dem gesunden Küchenverstand, ein patentes Mädel

Bice – eine Hafenhure. Oder so etwas Ähnliches

Jean-Luc, Bartholomé und Hervé – Cornelius' Reisebegleiter und freundliche Forscher

René – ein Bettler mit Vergangenheit und ohne Zukunft

Mona – eine nette Midinette

Mirabelle und MouMou – die beiden Katzen der Autorin, die sich hier als Pariser Hinterhofbewohner wieder einmal eingeschlichen haben

Joseph Krauskopf – ein hilfreicher, aber zudringlicher Pfarrer in Kleusheim

Christian von Petershayn – ein Darmstädter General zu Antonias Füßen

Xavier, Nick, Breloer und der Brecher – Räubergesellen aus dem Westerwald

Der Bärenwirt – Schmied, Wagner und Gastwirt, gelegentlich auch Hehler

Jonathan Geißler – ein Tuchhändler aus Aachen
Marianne Geißler – seine Tochter, eine charakterstarke junge Frau

Doktor Joubertin – ein anerkannter Kölner Jurist und Friedensrichter
Doktor Schmitz – Hausarzt der Familie Waldegg
Thomas Lindlar – ein engagierter Druckereibesitzer und Verleger
Rieker – ein gestandener Buchhändler mit Branchenkenntnis
Roderick Carlson – ein Weltreisender, der die Sehnsucht kennt
Hans Christian von der Leyen – Cornelius' leichsinniger jüngerer Bruder

Heinrich – Davids Bursche
Liese – ein Hausdrachen
Nora – ein Küchenmädchen
Der Erlkönig – Besitzer eines Spielsalons, der aus diversen Gründen unerkannt bleiben möchte
Lydia – eine von Erlkönigs Töchtern
Die Fussije Ida – ein Original, dem Gin und Liqueur-Pralinés außerordentlich zugetan
Melanie – ein Schiff unter vollen Segeln
Almut von Spiegel – eine Reminiszenz

Die Kinder

Moritz Cattgard – Sohn und Erbe von Major Cattgard, Isabettas zweiter Sohn
Frédéric Leon Kormann – Sohn und Erbe von Kay Friedrich Kormann, Charlottes erster Sohn
Karla Marie Kormann – Kay Friedrichs und Charlottes Tochter
Xaveria – Maddys Tochter, ein Karamellbonbon
Leilanie – Susannes eheliche Tochter
Sebastienne – Antonias uneheliche Tochter

Historisch bedeutsame Personen spielen auch eine Rolle, vor allem

Meister Arnold – Dombaumeister und ein überragender Architekt

Meister Johannes – sein Sohn und Nachfolger

Hermann Crombach – Jesuit und Schriftsteller, der die Dompläne drucken lässt

Sulpiz Boisserée – Kunstsammler und glühender Verfechter der Domvollendung

Maximilian Fuchs – Zeichner und Vermesser des Doms

Caspar David Friedrich – ein melancholischer Maler

Georg Moller – ein Architekt und Hofbaurat

Der Geheimrat Goethe – ein Dichter

Napoleon – ein Kaiser